U0918982

特别鸣谢

中共上海浦东新区宣传部

浦东新区塘桥街道办事处

上海地铁世纪大道站

嘹亮的红

桂兴华研究图文集

桂兴华诗歌艺术中心 编著

上海社会科学院出版社

· 对于后来的桂兴华同志，我要说：他不仅比我写得多，而且比我写得好。新时期以来，桂兴华同志以及其他同志在政治抒情诗创作上取得的新开拓、新成就和新经验，一直是我倍觉珍贵并努力学习的。

——贺敬之

· 桂兴华反映大时代的政治抒情诗十分有个性，即非常注重细节，生活气息很浓。这一点使他的诗不空洞。我认为：强烈的审美感，决定了政治抒情诗的生命。桂兴华的一系列作品，是对郭小川、贺敬之风格的一种发展。

——高占祥

· 桂兴华以深厚的情感积累、思想积累和生活积累，连续创作了一系列紧扣时代脉搏的政治抒情长诗。这些诗在形象塑造中表达政治激情，读来朗朗上口。

——金炳华

· 读桂兴华富有激情、美感和新浦东符号的诗，人们会随着时代的脉搏跳动，并变得年轻！

——赵启正

· 桂兴华的诗走向社会，走进人民群众，反响热烈，像鼓舞和凝聚民心奔向小康的嘹亮号角。

——殷一璀

· 桂兴华在政治抒情诗方面成绩是巨大的。

——谢　冕

· 桂兴华对重大题材的创作，积累了丰富的实践经验。

——李　瑛

· 桂兴华很有才华，诗中的佳句不少。

——屠　岸

· 桂兴华完全有驾驭重大事件的创作能力。

——雷抒雁

· 桂兴华在我国政治抒情诗领域里是很突出的一位诗人。

——张同吾

作者简介

桂兴华，上海文广影视集团国家一级编剧，2010年上海世博会志愿者标志、口号评选委员会委员。中国作家协会会员，中国电视艺术家协会会员，中外散文诗学会副主席，中国散文诗研究会副会长，上海师范大学、上海电影艺术学院、上海电视大学兼职教授，浦东新区第一、二、三、四届政协委员。

1982年起，注力于散文诗创作，出版了《美人泉》《新年酒吧》《金号角》《靓剑》等多部散文诗集，并主编了我国新时期第一本青年散文诗选《散文诗的新生代》，是中国城市散文诗的开拓者之一。

1993年以来，连续创作了政治抒情长诗《跨世纪的毛泽东》《邓小平之歌》《中国豪情》《祝福浦东》《永远的阳光》《青春宣言》《智慧的种子》《又一次起航》，并汇成《激情大时代》出版。后又出版了《城市的心跳》《前进！2010》，发行了《大地的呼吸》朗诵CD及《中国在赶考：桂兴华朗诵诗插图本》，被誉为传播正能量的"红色诗人"。

其作品多次入选上海市重大文艺创作项目和全国重点书籍。中国作家协会、上海作家协会、《文汇报》曾在北京召开"桂兴华政治抒情诗研讨会"。

其获得的奖项有：《萌芽》文学创作荣誉奖、全国电视诗歌展播特别奖、中国人口文化奖、纪念中国散文诗90年优秀作品集奖、共青团中央"五个一工程"奖、《人民文学》纪念改革开放30周年征文优秀作品奖、"甲午殇思"全国诗歌征文一等奖等。

春风一步过江朗诵团系列活动

荣获上海市2014年公共文化建设创新项目

中国在赶考

•《跨世纪的毛泽东》1992年版

跨世纪的

第一届浦东文化艺术节
春风一步过江
国庆朗诵会
暨桂兴华"红诗"朗诵邀请赛优秀节目展播
2011.10.1中午12:00至13:00由上海故事广播FM107.2播出
指　　导：上海文广影视集团
浦东新区文广局
主　　办：上海东方广播有限公司
浦东新区文化艺术指导中心
塘桥街道党工委、办事处
承　　办：塘桥社区文化活动中心
协　　办：塘桥社区党员活动中心
策划、统筹：桂兴华红色主题工作室
演出时间：2011.9.29（星期四）上午10:30
地　　点：蓝村路86号塘桥社区文化活动中心5楼剧场

细节中国梦　特别正能量
峥嵘岁月
桂兴华朗诵诗专场

俏也不争春

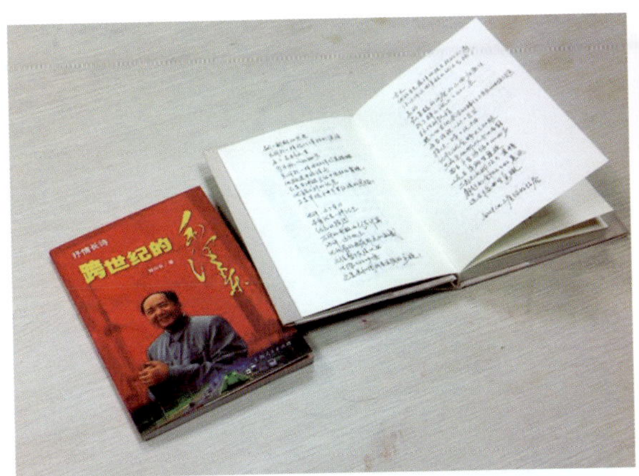

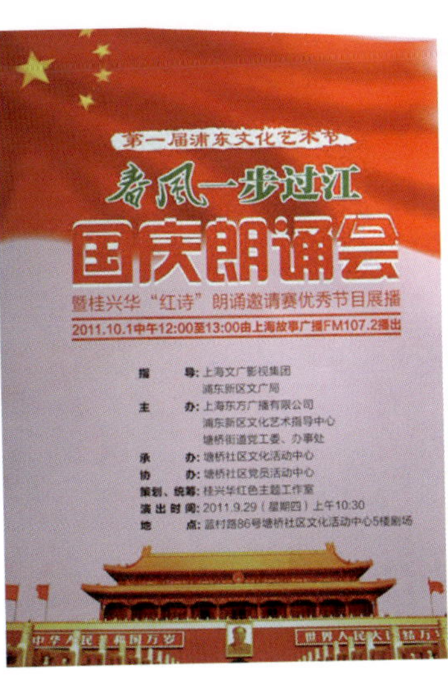

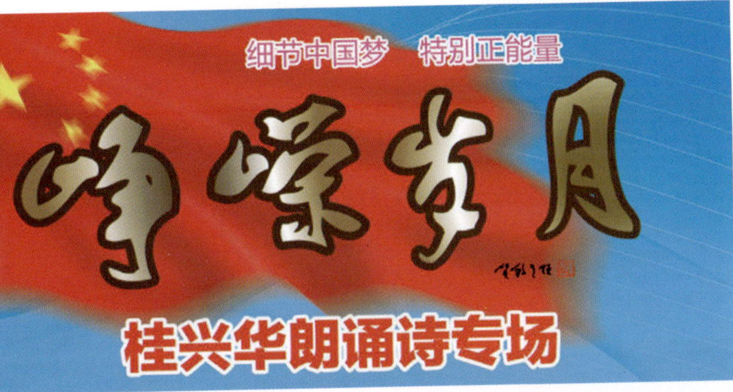

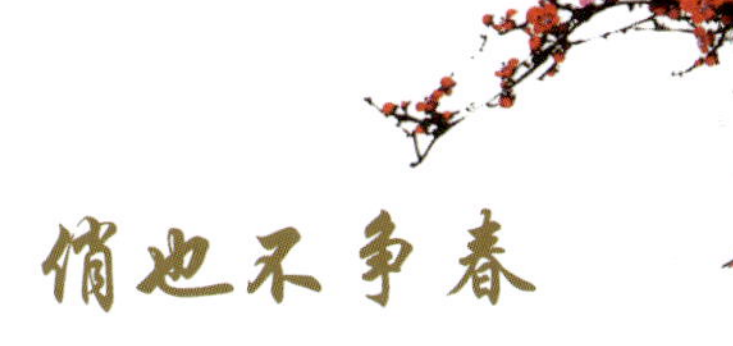

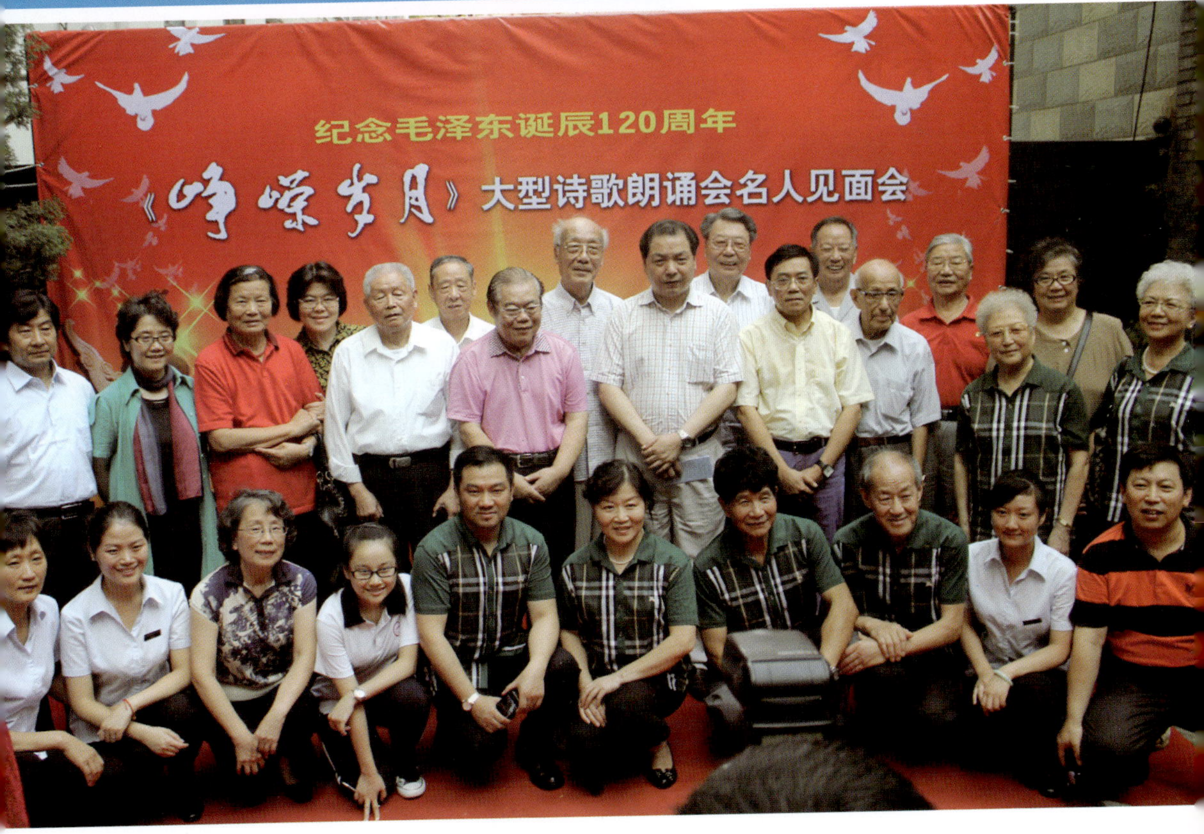
纪念毛泽东诞辰120周年
《峥嵘岁月》大型诗歌朗诵会名人见面会

单位：
广播有限公
塘桥街
文化艺

改革开
30 周年
北京民族文
中国曲艺家协会
中国戏曲学
音乐学院
文联百花文化
邓小平之歌

泪的后面

又一个春天
小平诞辰110周年大型诗歌交响音乐会

深切缅怀邓小平同志

1997 年、2008 年进京朗诵《邓小平之歌》

《邓小平之歌》1996 年版

阳光的请柬

给中国2010年上海世博会
诗集
城市的心跳首发式
2008.7.8

城市的心跳

春的约会

长诗《上海表情——白莲泾日记》创作座谈会
2007.12.3

纪念中国共产党成立90周年
上海市重大文艺创作项目
《金號角：桂兴华散文诗90章》
首发式暨朗诵欣赏会
时 间：2011年4月15日
地 点：中共一大会址纪念馆
金號角
桂兴华 著

火的年代

• 在南湖红船上朗诵

冬的剖析

《靓剑：桂兴华散文诗精选》朗诵签售

梁波罗、淳子等率“春风一步过江朗诵团”献演

主持：著名节目主持人淳子

嘉宾：著名诗人桂兴华、著名朗诵家梁波罗、雪飞、梁辉

浦东新区宣传部2014年文化资助项目

纪念邓小平诞辰110周年　献给国庆65周年

《中国在赶考》桂兴华朗诵诗专

中国梦的步伐　正能量的浦东

2014年9月25日(周四)晚上7点——8点30分

塘桥社区文化活动中心五楼剧场

梦的步伐

赶考路上

• 上海市 2014 年公共文化建设创新项目：春风一步过江朗诵团系列活动

第一届浦东文化艺术节
春风一步过江
“塘桥杯”桂兴华红诗朗诵邀请赛
主　　办：塘桥街道党工委、办事处
浦东新区文化艺术指导中心
雪飞
桂兴华
梁辉

邓小平之歌
桂兴华诗歌工作室回顾
桂兴华诗歌工作室回顾

杨富珍
桂兴华

猜猜看他们
谁
新华网

诗歌·塘桥
桂兴华
诗歌艺术中心
祝贺上海浦东新区
桂兴华诗歌艺术中心成立
颂祝《红色经典诵读》
桥开学典礼圆满成功
2015年1月21日

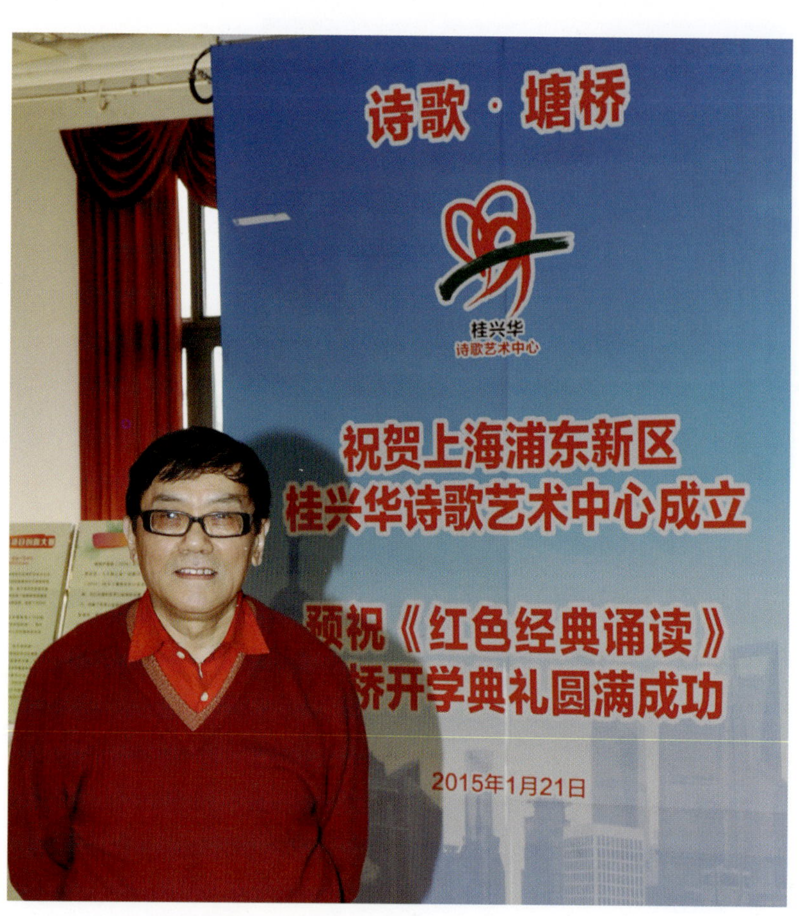

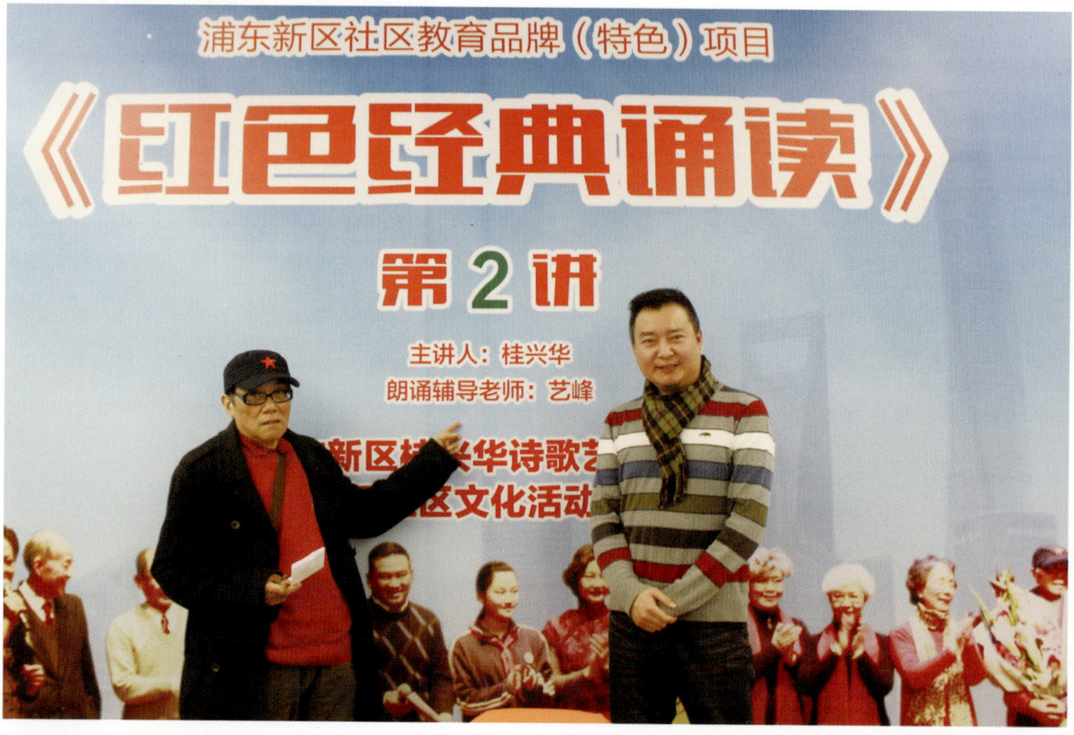
浦东新区社区教育品牌（特色）项目
《红色经典诵读》
第2讲
主讲人：桂兴华
朗诵辅导老师：艺峰

浦东开发开放20周年、迎接
华长诗《前进！2010

weibo.com/u/156375

草根微笑

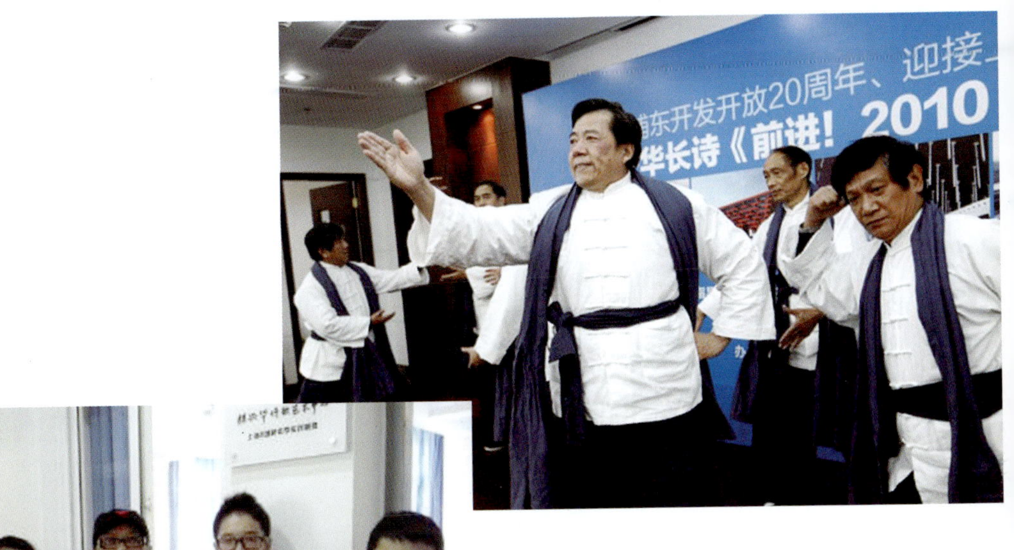

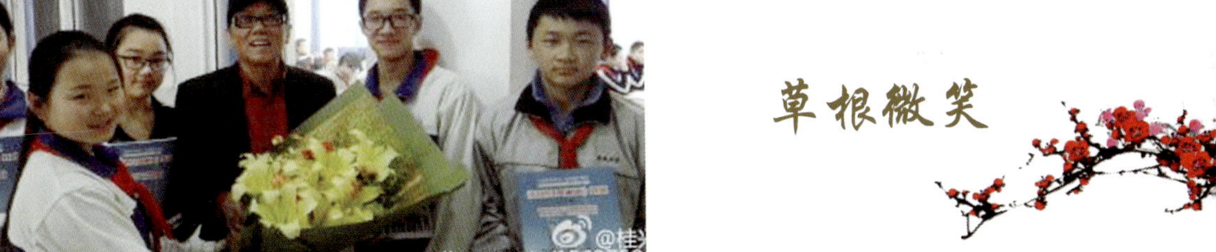

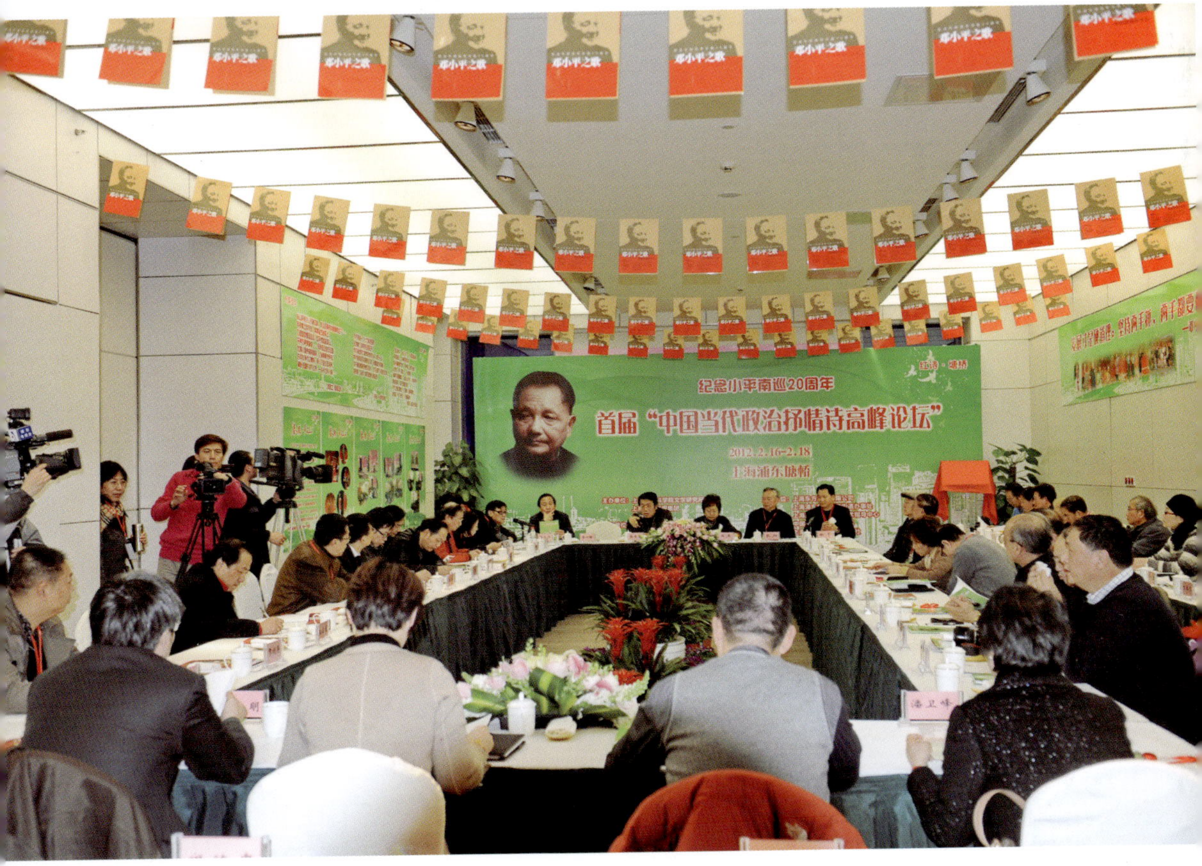
邓小平之歌
纪念小平南巡20周年
首届"中国当代政治抒情诗高峰论坛"
2012.2.16-2.18
上海浦东塘桥

上海书展
主办单位
承办单位
协办单位

《桂兴华精品朗诵CD》

春风拂面

特别的秀

春风一步过江

“红色诗人精品展”落户塘
暨桂兴华工作室揭牌仪式

兴华诗歌工作室”

特别的秀

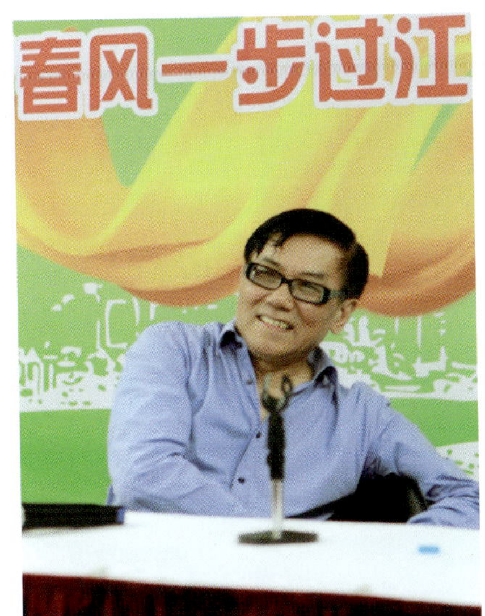

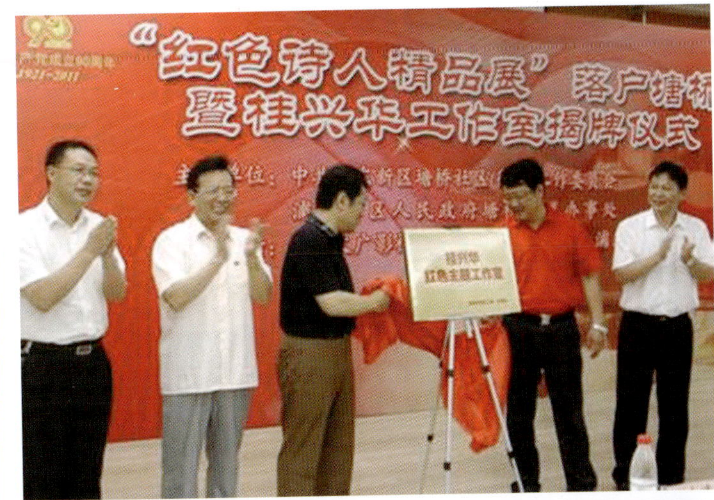

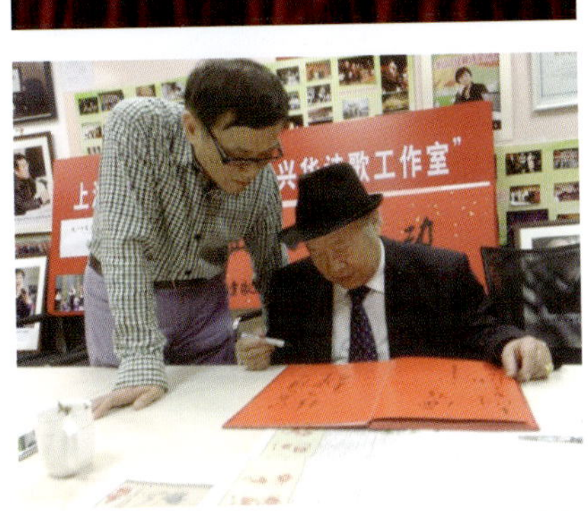

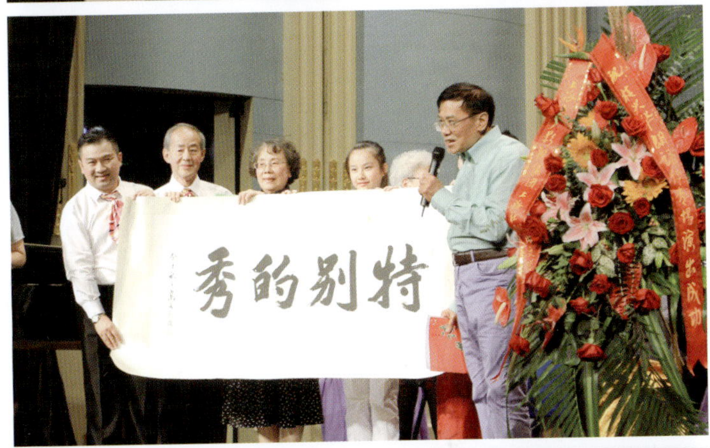

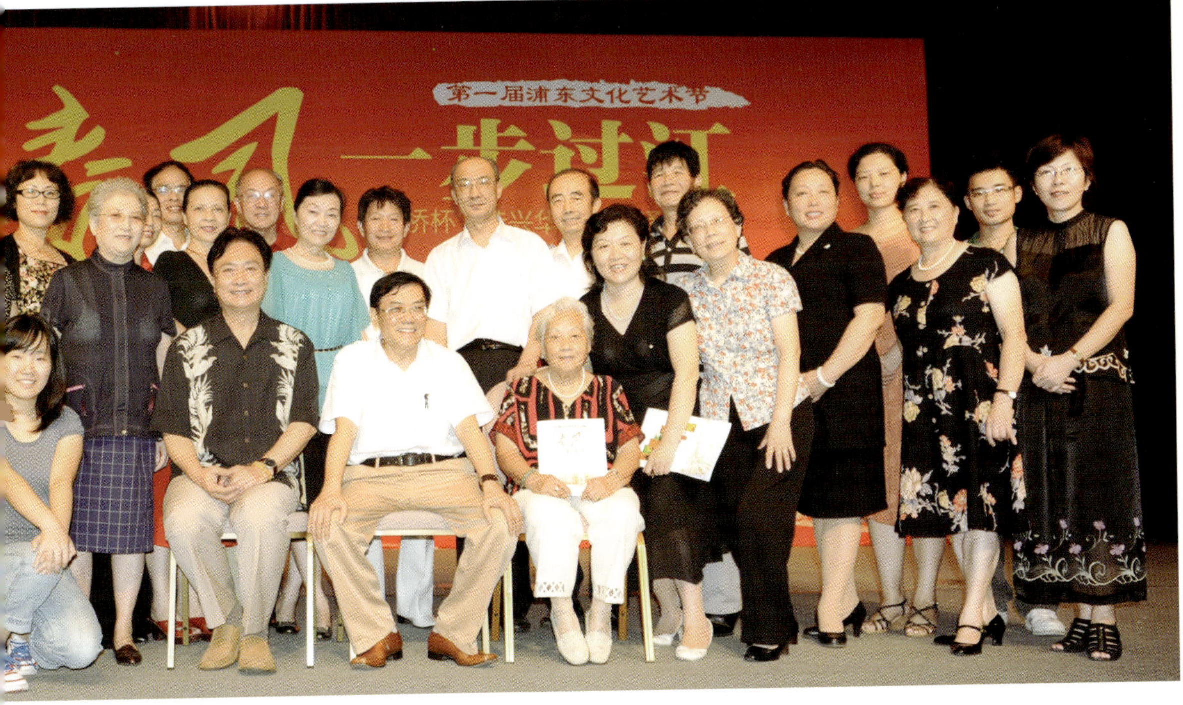
第一届浦东文化艺术节

在春姑娘身边

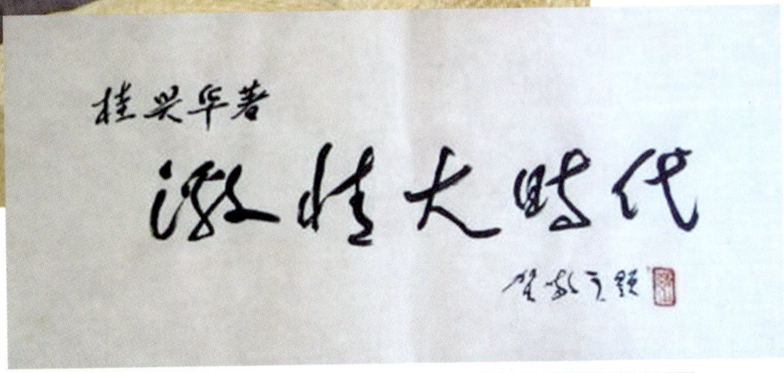

桂兴华著

激情大时代

一起放声歌唱

2014年9月25日下午2点

揭牌开场

激情洋溢
世纪大道

每月下旬一次，每次

世纪大道站

上海地铁换乘点最多

• 上海地铁朗诵角

记忆深处

• 油画《桂兴华》，彭鸣亮作于 1983 年

叩问历史

辽阔的海

书架里 一颗永远饥饿的心

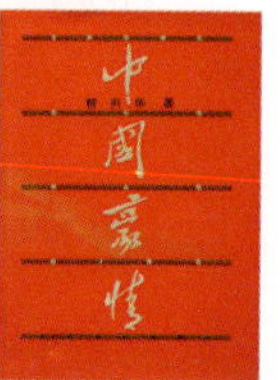

• 雨中，马雅可夫斯基墓前

目　录

上篇　政治抒情诗

二、桂兴华的有关文章 …… 228

下篇 散文诗

二、桂兴华的有关文章

附录资料

序一
红色魅力　大放光彩
——伴随桂兴华的正能量诗歌

■ 文／何建华*

2014年，何建华到塘桥出席桂兴华诗歌工作室成立三周年座谈会

在当代中国诗坛，被誉为“红色诗人”的桂兴华无疑值得关注。

他的诗歌可以说开创了政治抒情诗的一片新天地。诗人发自心灵的吟咏，让我们一同重温波澜壮阔的中国革命历程，一同感受党领导人民革命建设、改革开放的辉煌业绩，品味桂兴华的诗，不禁引发我关于红色、中国革命以及“红色诗人”桂兴华的几点思考与认知。

首先，是对红色的崇敬。在大自然的色彩中，红橙黄绿青蓝紫七色中红为先。

红色代表着吉祥、喜气、热烈、奔放、激情、斗志，还象征着具有驱逐邪恶的功能。所以，中华民族对红色可以说是情有独钟，怀有崇敬。中国共产党在黑暗的旧中国点燃了中国革命的火焰，推翻了压在中国人民头上的三座大山，建立了新中国。红色，是近现代中国革命的原色，人们用红色来赞颂中国共产党为“红色政党”，用红色来形容革命根据地以及中国革命，红色无疑成为中国人民心中最为鲜亮的一道色彩。

其次，是对红色的礼赞。作为当代诗人，桂兴华的底色无疑是红色的。

沐浴着党的阳光雨露健康成长的诗人桂兴华，早在1992年就创作出版了

---

* 何建华：上海社会科学院副院长。

新时期以来的中国第一部政治抒情长诗——《跨世纪的毛泽东》。此后，桂兴华一发而不可收，连续创作推出了《邓小平之歌》、《中国豪情》、《祝福浦东》、《永远的阳光》、《青春宣言》、《智慧的种子》、《又一次起航》、《城市的心跳》、《前进！ 2010》、《金号角》、《中国在赶考》11部作品。

桂兴华以深厚的情感积累、思想积累和生活积累，从红色革命根据地到改革开放的一片片热土，他从前沿阵地走进历史，再从历史走进时代前沿，紧扣时代脉搏，把握“红色主题”，以诗人的激情为我们展现了一幅党的红色传承的史诗般画卷。视角从微观切入，激情从细节喷出，以极强的艺术感染力唤醒了我们心中珍贵的红色记忆。桂兴华以自己饱蘸真情和充满魅力的红色颂歌，为我国诗歌界平添了一道华彩乐章，在文坛上连续引起了反响。

再则，是对“红色诗人”桂兴华的认知。

被赞誉为“红色诗人”，桂兴华欣然接受。桂兴华甘愿孤独，不谋功利，倾情潜心于政治抒情诗的创作。他患有哮喘，发作时晚上常常要垫两个枕头还难以入睡。他的很多作品，是伴着他的咳嗽声，在急诊室里完成的。诗人豪情满怀、语言优美、笔触细腻，形象化、视角新、角度巧、气魄大，全方位地表现了许多可歌可泣的领袖人物、先贤英烈和广大群众的风采，发人深思，使人昂奋。今天，我们朗诵、吟咏桂兴华的“红诗”，我们情不自禁地对诗人桂兴华深表敬意！

我参加过好几次桂兴华的诗歌活动，每次都被他的激情所感染。心灵也受到进化，精神受到提升。

桂兴华作为红色诗人，有三个特点是难能可贵的。

第一，他把传统的政治抒情诗写到了极限。有人说我们现在处于改革开放、市场经济下，人们似乎缺乏了一种政治激情，更多关注的是市场经济的大潮。学界也在评判整个社会是不是道德有点滑坡，精神的力量有点松散。 但是，桂兴华的政治抒情诗却用事实说明：我们社会在改革开放的发展市场经济中，还是有精神力量的。这种力量，从他的诗作里可以强烈地感受到。

第二，他毫不回避他本人和诗歌中所展现出的两个鲜明的字：红色。开始的时候，可能也有人质疑。但是现在看来：红色，是桂兴华一种很朴素的本色，是我们这代人感情的凝聚，灵魂的凝聚。正如现在习总书记所提：共和国的江山也要永远红色。

第三，他在塘桥落户，并在此成立诗歌工作室。他曾经是塘桥的居民，现在又回归塘桥，并把政治抒情诗和广大民众的咏读联系在一起，极大地发挥了政治抒情诗感染人、激励人这一特色。

我对红色文化走近大众十分赞同。2011年金秋时节，“红色诗人”桂兴华工作室得以落户地处中国改革开放先行区的浦东塘桥，这是一个非常有眼光、有价值的举动。

近20年来，桂兴华以连续12部作品及由此策动的30多场大型配乐朗诵公众活动，让市民大众品味了红色颂歌的真情和魅力，不仅续写了政治抒情诗的新篇章，而且发扬了政治抒情诗通过公众朗诵诞生效应的优秀传统。桂兴华诗歌工作室的诞生，使这位“红色诗人”倾情潜心于政治抒情诗的创作，同时也让诗歌走近人民群众，使社区居民可以近距离朗诵、吟咏、欣赏，更好地发挥政治抒情诗的社会功效。

有人说，在当下的中国，颂歌的时代结束了。事实上，我们从桂兴华矢志不渝创作政治抒情诗的实践和成就中不难看到，在文化多元的背景下，政治抒情诗仍然不失感人的魅力，关键在于要用真心、抒真情、写真意！

现在，桂兴华作为一个红色的政治抒情诗人，永远是跟随着、伴随着伟大时代的节拍在前行。现在又进入了新的伟大时代，所以写出了讴歌中国梦的很好的诗作。

我看他的后记，他今天已经66岁了。事实上，诗人的心永远不老，66岁对一个政治抒情诗人来说，在我的眼里是刚刚开始。因为政治抒情诗，它需要对这个社会有敏锐的洞察，它的激情要有准确的政治把握，同时也要对社会人生有更多的一种历练和灵魂上的一种感知。

桂兴华，作为我们这个时代的政治抒情诗人，他的艺术生命才刚刚开始，我期待读到他更多讴歌伟大时代的篇章。

2014年7月

2011年，何建华（左二）参加桂兴华的诗歌活动

序二
桂兴华：不断涌动的正能量

■ 文／宋　妍*

早就知道桂兴华，这是一个和诗歌联系在一起的名字。

2014年，宋妍（左一）、桂兴华在纪念杜宣的座谈会上

他的父母似乎先知先觉，或者早就给他的人生定好了基调，使得他的诗和他的名字一样，和新中国的命运那么难解难分：诸如《中国豪情》、《邓小平之歌》、《祝福浦东》、《天安门礼赞》、《中国少女之歌》、《世纪之光》等，主题鲜明，气韵雄浑，独具一格，感动了人民，成就了作者。因此，桂兴华老师有了“政治抒情诗人”的誉称。

很长时间，我是知其名而未见其人，这就让我有一些想象，需要怎样的体魄和热血才能长久地抒发撼人的政治激情？

前些年，在虹口的上海鲁迅纪念馆，后来在茂名路甲秀里毛泽东的故居前、在人流熙攘的世纪大道地铁站、在上海音乐厅，在一些主旋律活动的重要场合，因工作关系，我有了和桂兴华老师接触的机会。

这是一位平凡、执着、热情的诗人。有的活动他是负责组织的，每次都见他忙里忙外，前后照应，满头是汗。见面时我握到的那双手总是湿漉漉的，听到的问候和关照总是细致而具体的。看得出，“张罗”这一行并不是他的专

---

* 宋妍：上海文联党组书记、专职副主席。

业，但他干得非常认真投入，诗情澎湃，随时让人感受得到他心中不断涌动的正能量。

如今，基层文化生态欣欣向荣，唱歌跳舞大热，写诗诵诗小众化。桂兴华老师在浦东塘桥有一个工作基地，那里活跃着一批不同年龄段的诗歌爱好者和他的崇拜者，顶梁其中，他无疑有一种打造诗歌大国的社会责任感。

有两次，桂兴华老师带着他的团队表演，老老少少粉饰一新，轮番登台吟唱，像是在打一场文化保卫战。桂兴华老师最后上台，被粉丝包围。但见他捧着纪念证书，正襟端立，神情凝重，依然是满头热汗，认真享受着被敬重的文化尊严，那时台下的我，油然生出感动。

最近，桂兴华老师打电话给我，说是要出版《桂兴华研究图文集》了，我小记随感，聊作祝贺。

2014年12月6日

序三
我们这个时代需要桂兴华

■ 文／王山*

王山在塘桥出席“第二届中国当代政治抒情诗高峰论坛”

很早就认识桂兴华先生了。

时光如梭，桂先生对于政治抒情诗的热情始终未减。

几年之前，有一次我和桂先生一起参加辽宁省的一个诗歌活动，和他谈起了政治抒情诗不仅应有政治，更要有真情实感，更要注重艺术细节。桂先生深表赞同，我们的认识高度一致，而桂先生在政治抒情诗的创作上也一直是如此实践的。即便随着社会的变迁，有些人已经对这类诗歌抱着一种不以为然的态度了。但是，桂先生的诗歌依然嘹亮。他还以此为题写了一篇专论，发在了《文艺报》上，当时，我还在《文艺报》工作。

2013年春天，我有幸应邀来到了上海浦东塘桥，参加“第二届中国政治抒情诗高峰论坛”。身为此次活动发起者的桂先生，他那忙碌的身影，给我留下了难忘的印象。

他的“红”，是发自内心的。立足点很低，但立意很高，视野也开阔，确确实实是热血沸腾的“红”。因此，获得了非常多的“草根”的支持。有广大“草根”支持的红，才是真正的红。

---

* 王山：中国作家协会《中国作家》杂志主编。

那天，他新创作的组诗就在上海的地铁站台上朗诵，中午筹备活动的人就一起吃着盒饭，那时还没“八项规定”呢。

中国文学素有政治抒情诗的传统，也产生了不少脍炙人口的优秀诗篇。时至今天，如何通过诗歌表达时代精神和历史主题，在这方面，桂先生作出了自己不懈的很有影响的努力。

他的《跨世纪的毛泽东》、《邓小平之歌》、《中国豪情》、《祝福浦东》、《青春宣言》、《永远的阳光》、《城市的心跳》、《前进！ 2010》、《金号角》、《中国在赶考》以及最近发表在《中国作家》上的《希望：有更大的吞吐量》等作品，无疑都是有艺术感染力的，起到了鼓舞人心、提供正能量的作用。

从这个角度说，桂兴华先生的作品既是政治抒情诗，又不是那种喊口号的空洞的所谓“政治抒情诗”。桂先生在意的不是政治，而是艺术地表达百姓的心声，是一种民意的表达。

我们需要桂兴华。我们这个时代需要桂兴华。

2015年3月31日

序四
桂兴华，一个有大情怀的诗人

■ 文／黄亚洲*

2014年，黄亚洲（左二）、桂兴华在嘉兴参加诗歌活动

桂兴华有一次应邀来我们浙江参加一次文化活动。在台下，他微笑，谦谦有礼地应答与叙述，有节制地表达他对文化的各种意见，轮到他上台发言，他说着说着忽然就爆发，吼叫似地发表他的激情澎湃的想法，顿时激起全场雷鸣。我当时就想，这就是一个典型的诗人了。

诗人不这样，谁这样？现在这年头，诗歌很有点横行的意思了，除了网络时代的特色推送之外，就有赖于诗人与诗歌的任性。

由于这种难以抑制的激情，桂兴华写诗，就特别善于表达大江东去的气势，擅长用“大词”。这一点我跟他有点相像，也有朋友批评我抑或是表扬我喜用“大词”，我一直想，这不一定是坏事，至多算是一种个性，连现今大家热捧的乡土诗人余秀华表达那种纯私人的暧昧“睡你”，都要“穿过大半个中国”，把气势鼓捣得很大，何况我们这些在新中国历史中“穿过大半部忧患”的人。

当然，在用大词，抒发大感情方面，桂兴华要比我更纯熟，比我更带制高

* 黄亚洲：《诗刊》编委，鲁迅文学奖获得者，电影《开天辟地》、《邓小平1928》编剧，电视剧《历史转折中的邓小平》编剧之一。

点，从而眼光与声调也更辽远，这就有点像屈子，心间始终横亘着一个国家，搬它不动，也推它不动。

这是我们这一拨人难以挣脱的桎梏、镣铐，也是我们这一拨人暗自的骄傲。谁叫我们选择这个寒寒暑暑的时代摆下了我们的年龄段。

而且，有趣的是，桂兴华的诗歌不仅是在脱口而出的一刹那具有爆炸性的特质，而且还长着脚，会走路。当然我这里指的不是韵脚，指的是极强的行动能力。

桂兴华善于建造与经营各种朗诵场子，他有指挥诗歌起舞的名为“桂兴华诗歌艺术中心”的工作场所。为了辅导学员，他还编写了全套教材；他还专门组建了诗歌朗诵团，并且经常设计各种有关诗歌的文化活动，也常邀我去参加。

我曾去上海参加过他发起与主持的诗歌研讨会，研讨的当然是特别宏大的主题，在那次会议上他不仅请来了上海市主管宣传文化事业的领导，甚至还请来了上海电影界的年已九旬的老艺术家秦怡女士，这叫大家很意外也很惊喜。他总是站在阵地上高高举着旗帜，他手中的“大词”总是吱吱地冒着白烟，导火索是已经拉开的。

“所有的钟都盼望着同一个时辰，每一朵花都呼吸得仿佛刚刚诞生！在这样一个春夜，世纪风，正赴约于每一扇敞开的大门！”他挥动的手，总是像旗杆。

桂兴华的诗以及他的诗的行动力，现在已经是一方土地的文化标识。要做到这一点，一个诗人是不够的，非得是一个战士；一个战士也是不够的，非得是一个将军。

我就经常去这个将军的营帐报到，因为我也希望我腰间佩着的诗歌会吱吱冒烟，能投掷出去，能看到前方的火光与响声。

真希望这个年代的诗歌，有大情怀，见风骨。

2015年3月20日

序五
桂兴华：一个以个性姿态出现而自觉占据时代坐标的诗人

■文／邹岳汉*

读桂兴华作品，总有一种熟悉的亲切感和扑面而来的陌生感交织一起。

2012年，邹岳汉（左二）、刘虔（左一）、桂兴华参加散文诗笔会

说是熟悉，他从20世纪80年代开始活跃在中国散文诗坛且引人注目，到现在将近30年，他的名字和作品风格早已为读者所熟悉；说是陌生，就是说在他持续不断的散文诗创作生涯中，总是像在季节转换中一次次蜕壳的鸣蝉似的，于今同样伏在枝头热烈地鸣唱，却早已不是前些年的那一只——每每读到他的新作，往往出乎意料地让人眼前唰的一亮：作品切入角度的新锐，仿佛散文诗界又出现了一位给人们带来惊喜的新人似的。

他的散文诗创作，总是在不变中求变。

不变，是就他创作的基本方向而言。比如，写作题材贴近现实，这一点他是始终坚持不变的。

桂兴华作品总是展示出活生生的现实图景。在他笔下，只有具体的“南京路”“人民路”或是“滨江大道”，没有任何关于抽象的“大路”或“小路”的

---

* 邹岳汉：《中国年度散文诗选》主编，中外散文诗学会副主席。

吟诵。哪怕是写入作品的一根白发，也必定是在某个直观的场景一刹那间所闪现出来的。

桂兴华作品中的一切情感抒发也都是从一定的环境中提炼、升华而来，这就使得他的作品具有了一定的叙事因素从而避免了空泛——而这也正是散文诗的特点和长处所在。

大的方向几十年没有变，而其深度、力度却在一步步扩展、提升。

比如在读到桂兴华近期以上海著名景观为素材写作的《人民路上》、《迈步滨江大道》、《又上东方明珠塔》系列作品时，我们会很自然地想到他20世纪80年代写作的《南京路在走》、《老人舞会》、《新年月历》等反映上海底层生活图景的作品——他的散文诗和分行新诗的写作总是绕着脚下的这一块赖以生存的土地在转。从中，我们不难看出桂兴华作为一个上海诗人始终不改的初衷和他深入骨髓、一以贯之的上海情结。

然而，他早期写的《南京路在走》中，小村的人们来到南京路是为了"采购繁华"，"采购开放"和"新潮"，反映的是改革开放初期上海街头浮现的与以往迥然不同的景象；20多年之后的今天，他在写下许多反映上海新面貌篇章的同时，也在《人民路上》里面写下了"矮檐下淅淅沥沥"、"满脸风雪"等城市一角留下的沧桑，并发出了"谁欺骗了人民，他就不配走在这条路上"的呼喊。

诗人桂兴华随时代而前行，也随时代的前进逐步走向思想和艺术的成熟。

作为著有近十部政治抒情诗集的桂兴华，他的作品从题材到主旨，充满光明的色调与积极向上的正能量是无可置疑的。然而，我们只有在读到、充分理解他的全部诗歌作品之后，我们才知道：他在歌颂光明的同时，也有对于某些实际存在的阴暗面义正词严的鞭挞，这时我们才看到一个完整的诗人桂兴华。

被誉为"红色诗人"的桂兴华，同时也是一个艺术上追求"前卫"的诗人。这在全国为数众多的政治抒情诗人中，他算是现存的一个特例。

早在20世纪80年代，他就曾经编辑出版过一本颇为新潮的散文诗选集《散文诗的新生代》，那里面入选的就包括当时颇有名气而且艺术观比较前卫的赵丽宏、晓桦、叶延滨、马及时、叶庆瑞、陈慧瑛、陈所巨等在内的58位作者构成的"新生代"的作品。柯蓝在该书的序言中写道："散文诗的新生代，应该突出'现代风格'。"所谓"现代风格，主要是指艺术构思与表现手法，要具有现代感"。入选该书的诸多作者中，坚持在探索的路上一直走到现在的，还有蔡旭、韩嘉川、李松璋、肖敏等以及桂兴华本人。

近几年，桂兴华的探索又经历了两个大的转折：一是从生活小场景的短章向俯瞰式、长卷式、多部头的鸿篇巨制的转换。在2009年新中国成立60周年、2010年上海世博会、中国共产党成立90周年以及革命领袖人物传记等重大题材方面他都有长篇散文诗或分行新诗等重磅作品隆重推出。《金号角》则是桂兴华此类作品中最具重要标志意义的作品。之后，我们又看到他写下了许多诸如访问欧洲的经历，以及平时发生在身旁一些看似细小平凡却颇有情趣、理趣的素描、速写式的作品。

从2010年发表《嫩绿色的风衣》、《女高中生的手被他抓住了》，到2014年发表在多家报刊上的《陌生山水》系列，桂兴华的创作明显是在更高层次上，向个体生存状态体验的方向回归。在经历了大半辈子的寻求、探索、多种形式的实践之后，他的那些看似短小的作品更趋成熟也更有分量。

从他的这些新作中，我们看到：桂兴华不仅仅是一个激情澎湃、出色的政治抒情诗人，同时也是一个对于生活有着细腻观察力和深刻解析力的诗人；不仅能驾驭诡谲的历史风云于笔端，也能在简单平淡的生活中掘出甘美的诗的泉眼；不仅能够下笔千言，恣意铺陈挥洒，也能以极短篇幅写出既有生活场景又蕴含哲思、精致纯粹的散文诗作品。比如：他的《这一缕头发藏有千万句话》短短五行：

合影时，你那一缕秀发掠过了我的前额。
我只觉得这一缕只有十七岁。
她是一根导火线——
还会拉响那管不甘心失声的响雷！
谁相信：你已经七十岁！

这是写诗人与聚在一起开展活动的老人们一起合影时的独特感受：当那位同样年事已高的“你”的一缕秀发掠过“我的额头”，却勾起诗人对于已经逝去的青春年华无限的怀念和遐想。尤其是从17岁到70岁跳崖式的落差形成的强烈对比令人震撼：令人感受青春易逝的同时也领略到青春的永在，那情感的真挚、纯净，都包含在这一缕秀发的飘抚里。

还有一章《默认的伞》：

悄悄地转移话题，也是一种默认。

她随后，送给了你这把伞。

无论雨猛，还是雨细，或者久久地将伞撂在墙角，伞都默认了。

她，就是这把伞。

“伞”作为一个艺术的象征，很早就出现在诗中了。最让人联想起的，莫过于戴望舒《雨巷》里彳亍而行、丁香似的姑娘手中攥着的那把油纸伞。而像桂兴华这么径自地把伞的某些品质人格化，且写得如此干净利索的，在当代散文诗坛，十分罕见。

桂兴华数十年来坚守散文诗“诗”的品质这个基本出发点，始终不变。

作为一个老散文诗人，桂兴华一直以来是把散文诗作为诗来写作的。他曾在《金号角》一书的后记中说：“散文诗要做大做强，必须在‘诗’这个核心上下功夫。”

本来，散文诗就是新诗的一体，其写作围绕诗的核心而展开是不言而喻的；而在以前相当长的一段时间里，在一些诗家或散文诗写作者的眼里，散文诗“诗”的内在规定性是被有意或是无意忽视的。在这样的背景下，作为力主散文诗的社会功能和政治参与的诗人桂兴华，能够保持这么清醒的认识是十分难能可贵的。

更为可贵的是，他通过切身体验到的“细节是散文诗的第一要素”以及运用“打碎、重构、浓缩、跳越”等手段，在《金号角》里成功地实现了饱满的政治激情与散文诗浓厚诗意二者之间的紧密结合。这是桂兴华散文诗作品的独到之处。

在《金号角》这部具有鲜明时代特征的长篇散文诗中，整体上采用了具有强烈战斗、前进象征意味的号角，作为虚置的、然而是贯串始终的主体，从而摆脱了政治和意识形态可能带来的干涩。

全书开篇就是在这个设置中拉开了一段历史的宏大序幕：

“嘟——！嘟嘟——！”

1921年的大幕，在徐徐拉开。

7月的舞台一侧，一位思想的兵在昂首吹号。

脚微微踮着，年轻的胸膛起伏。

你是真进入了金灿灿的梦境？还是在故意压低铿锵的呼吸？
也许，你又在准备发出一张张黎明的通知……

而在接下来的叙事中，诗人将漫长的90年风雨历程，分别浓缩在“铁血咏叹”、“火的协奏”、“泪与笑”、“穿越彩虹”四个部分的90个相对独立的散文诗篇章之中，金线串珠般成功地实施了诗人“化整为零”的抒写策略。那些有时间、有地点、有场景甚至有故事情节的片段，如写在1977年首次恢复高考的《那一刻，考场的秒针特别紧张》。单独看，是一章完整的散文诗作品，放入长篇，则是构成恢宏历史长卷里的一环。

桂兴华是一个具有创造力的诗人。他率先在上海浦东，成立了全国第一家诗人个人工作室——桂兴华诗歌工作室，成功地把诗歌朗诵纳入基层精神文明建设的组成部分。

2013年，他还运用网络媒体在全国开展“草根散文诗”大赛，变幻的历史风云，底层的生存状态，都在他关注的视角之内。

桂兴华以他个人独特的艺术风格，在中国散文诗坛卓成一家，焕发出一股清新、别致而持久的魅力。

2015年1月5日

序六
高蹈于红色广场上的深情歌者

■ 文／刘 虔*

2015年春节，刘虔（左一）与桂兴华夫妇在三亚

仿佛是一种宿命，也是一种使命，从来的诗人总是以歌唱者的角色践行自己的天职的。怀抱着属于自己的各色各样的乐器，或笛或箫，或琴或号，或昂首击鼓，或低眉抚弦，或深沉，或高亢，或哀婉，或豪壮，用音色独具的自己的声音、回旋不已的思想与情感的咏叹，起舞弄清影，放歌天地间……这“人世间的歌者”，就是诗人们最得意也最恰切的另一种称谓了。歌者，歌哭人间，兴观群怨，心之呼号者也。

走进桂兴华的诗篇，聆听他风卷云舒的情怀，一股炽热奔腾如江河的旋流可触可感。

在他的歌声里，红色虽不是唯一的颜色，却是最鲜艳夺目、最高贵难得的底色。

念念不忘的红色情结，如火光一样冲出，附着于他文字的旗帜上，摇曳闪烁。

他满怀敬意与情义，回望着那段震惊人寰、改天换地的红色的历史，缅想

* 刘虔：《人民日报》高级记者，中外散文诗学会副主席。

与赞颂先辈们红色的足迹，其真其切，近乎神奇与神圣。

他始终不渝地追索着，认知与开掘着，在历史的细节中展示蕴藏着的宏大与深邃。

他的解读是有血性的，温暖的，独特的，处处以小见大，以近致远，力求出新，让心灵的光芒照射在暗夜，艺术地再现那些人与事，那些长存的辉煌与壮阔。小处见真功夫。这就有了新意，有了鲜活如水的诗韵诗情，与那些习惯于空洞的喊叫拉开了距离。

他回溯着那段血与火的过往的长路和倒在长路上勇士们的动人情节，让他们拨开岁月之网，披着荣光，“一个个从纪念碑里列队走出”：

歌唱20世纪“跳出死海旳新思潮”，因为有了“绞不死的宣言”。

歌唱曾经的“层层危机中的那一线希望”，因为天空密布的乌云。

歌唱“既顶得住风又扛得起雨”、“既焦灼又沉静”的土窑洞。

歌唱“摞着补丁的土灰色军装”，还有“百万雄师踩过的滔滔洪波”。

直到天晴的日子，“雨季里落下的点点滴滴，已经被无数双漾着秀水的眼睛收藏”……

这所有的满怀深情的歌唱，决非一时冲动，而是自来有源。

源自歌者桂兴华珍藏在骨血里的信念、信心与信仰。怀里心里装着的，是他所倾慕敬仰的红色的事业与生活，是远去的历史和当下承受巨大挑战的现实，以及历史与现实之间彼此血脉相通相连不弃不离的记忆与体认。

桂兴华的歌唱是由衷的。感动在内心，发声在笔端。这也是同当下那种虚无的抹杀、冷漠的轻蔑相对抗的果实，是重温经典、重拾光荣与梦想的前行者庄严选择后的真实的歌声。这歌声无疑是炽热而细腻的。因为它遵循诗人自身天性与后觉感受而写作，不被习以为常的那些条条框框束缚笔墨。它自自然然地流淌着，汹涌喷泻……

这内心隐秘的深情之歌，也正是诗歌自身哦！

2014年12月16日，匆草于三亚新风桥畔

序七
直指诗弊的一柄靓剑

■ 文／徐成淼*

2012年8月，徐成淼（前排左一）、刘虔（前排左二）、蒋登科（前排左四）、林登豪（前排左五）等在长百山下为桂兴华（前排中）庆贺生日

桂兴华先生对中国当代散文诗的现状不满意。

不满意就有话要说，欲一吐而后快。

而他的“吐”与旁人不同，他是直指诗弊，一语中的。

我对中国散文诗的现状也不满意，也有许多话要说，不吐不快。

但我缺少桂兴华先生的那番勇气。我往往欲言又止，欲说还休。常常用许多言不由衷的婉语，把锋芒遮蔽起来。

毕竟与桂兴华年代不同，经历不同。在社会这口酱缸中摸爬滚打了几十年，再尖锐的棱角也磨钝了，时不时地，就暴露出自己的圆通来。总想把话说得完满、全面、平正、无懈可击。尽量把批判的指向虚化，既明且哲，以保其身。

---

* 徐成淼：贵州民族学院教授，中外散文诗学会副主席。

桂兴华不。他敢于直言，有话就说。一针见血，不留情面，不免激愤，甚至“发火”。

20多年前，桂兴华就坦然表示，想编一本《劣质散文诗选》，把那些泛滥成灾的伪劣散文诗拿出来示众。

除他之外，谁人有这等勇气！

1988年8月24日，桂兴华在上海写《散文诗的品质》。他说：“面对散文诗的这种落后情况，我实在憋不住了，先发一阵火，日后再细细剖析当代散文诗退伍的症结。如果有可能，我真想继编选、出版了《散文诗的新生代》以后，再编选、出版一本《劣质散文诗选》，配以评析，用来提醒、告诫自己和所有与散文诗有关的作者和读者。”

文章写道：“最近我集中时间翻阅了一批新出版的报刊与选集，发现为数不少的劣质散文诗，堂而皇之地变成了铅字。这一现象再一次证明了，散文诗作者队伍中，确有一批被诗与散文淘汰的落伍者，到这块刚刚复苏的土地上以次充好了。这无疑加重了迟迟不见有迅猛进展的散文诗肩上的包袱。”

还有：“数量不低的次货败坏了散文诗的名誉”，“好不容易冒出来的新意，也被这些大批量的劣质散文诗遮去了”，“极其肤浅、毫无自己生命的体验”，“实在是散文诗的悲哀”，“怪就怪这种作品还会有人恭维有人捧”，“陈词滥调”，“孬诗”，“个性弱到了何等地步”，“乃至在语言结构、语言声调上，都有令人憎恶的早该好好洗洗的旧习性”，“如果不从骨子里和气息上猛换一番，冠之以‘散文诗人’总觉不像”，等等。

这些话毫无调和、婉约之处。大有一剑封喉、不及其余之势。正如他在最近的一篇“创作笔记”中所说，“不但能吹响号角，更要拔出一把锋芒毕露的霍霍直响的‘靓剑’”！

令人惊讶的是，20年后，他竟然把这篇檄文，拿出来再次发表。只是加了一个副题：“20年前的一篇‘创作谈’”。

在“中国散文诗90年”纪念活动中，桂兴华的《新年酒吧》获“中国当代优秀散文诗集奖”。他以这篇《散文诗的品质》作为获奖感言，重新发表在《散文诗世界》2007年第12期“纪念中国散文诗90年特辑”上。还在事后援引谢冕先生的话说：“散文诗的现状20多年后，还是这样”。

在这样隆重的日子里，桂兴华拿出20年前的旧文重新发表，是想表明什么？他的用意，是说20年来，当代散文诗进展缓慢，许多痼疾并未祛除：“散文诗鱼目混珠的现象，还将维持多久？”

桂兴华的这些激愤之语，也许个别地方有过火之处。但很多时候，切中时弊的偏激之言，比面面俱到的空话更有用。

桂兴华直指诗弊的另一特点，是他敢于把劣作直接拿出来示众。如在那本《靓剑：桂兴华散文诗选》的后记《“剑出鞘”：我的散文诗》中，他就举了若干实例：

> 最近，我在为自己发起的“中国散文诗无名作者征文”初选作品。不少新手英气逼人，但有些作品为何被筛下？就因为“轻飘飘”，不结实，不饱满。
>
> 有的弱在思想含量上。意象陈旧，思路老套：“远航的船需要风鼓帆，才能驶向理想的彼岸。”有的内涵浅薄，那种感悟和哲理像位老太太在唠叨：“在黄昏飘散的炊烟里，我是哪一根枯枝的灵魂？”“被生活的繁重包围久了，心上就会长出愤愤不平的荒草。”
>
> 有的败在语言衣裳上。过于修饰，快感顿减。设计当代散文诗的打扮，不能老依恋那些旧材料：“我倚在岁月的肩膀，掸落一身寂寞的尘。”
>
> 散文诗不能都是，也不能总是那么温柔缱绻。都挂那种山水画，人们就会说：“不过是些点缀或摆设而已”。
>
> 散文诗内核的改变，为何这么难？相比诗坛，这里高手寥寥。就这么一味地“轻飘飘”下去？我一直想改变散文诗的这种软性化，对散文诗总体趋势有一种忧虑。

我不能像桂兴华那样无情而尖刻地剑指要害，但读桂兴华直指诗弊的言论，一种快感油然而生。如痛饮烈酒，有一种释放之后的舒坦。

桂兴华先生敢于直陈诗弊，自有他的底气和实力在。在《“剑出鞘”：我的散文诗》中，桂兴华宣称：“为何取名《靓剑》？其中一个重要因素，就是为了愤然亮相：散文诗并不都是差的诗人在那里挤眉弄眼，涂脂抹粉！”又如他在《一滴、一滴溅开——创作笔记》（《散文诗世界》2014年第10期）中说的那样：“只有当自己的影响能与权威抗衡，讲话才无所畏惧。”

有了实力，才可能有充分的自信和自由。

那本《靓剑：桂兴华散文诗选》，就是他“自己的影响”的充分展示。

2014年11月30日

自序：从《第一次诱惑》到《嘹亮的红》

■ 文／桂兴华

（一）

2005年，沉思的桂兴华

方向比努力更重要。

近40年了，我就在政治抒情诗、散文诗这两个领域探索。

方向早已定，细节就决定作品是否坚挺。老子说过："天下大事，必作于细。"拥有无数细节的我，不断茁壮起来。从细节入手，就得学罗中立的油画力作《父亲》，既带着强烈的个人感受，又有厚重的时代气氛。

反映时代，不可能离主旋律不近，属于"事故多发地段"。关键在于诗是不是政治的传声筒？我对那些贴着政治脸，又没有自己立场的蹩脚货，十分看不起。政治难道离得开下一顿是否喝清汤？离得开床上是否盖破被？那些空洞的诗，政治家也看不中啊。那些诗人，就酸溜溜地指责我："离主旋律太近。"

应该说：我们的生活根本离不开主旋律！任长霞不断被百姓拨响的手机就是"主旋律"，我就要写这个细节！孔繁森身上的遗物只有六元八角纸币就是"主旋律"，我就要写这个细节！古城的"动拆办"被连锅端就是"主旋律"，我就要写这个细节！而且，写得理直气壮！我的散文诗里，这类"细节"就更多了，春色纷呈。

（二）

最近，我深夜靠向枕头时的第一意识，就是：一天又过去了，我还有几天？

一个我说：明天比今天更好。

另一个我说：明天比今天更老。

一个像刚醒来的孩子的眼。

另一个像爬上床的老人的腿。

生命的珍贵，越到晚年就越体会深刻，而且隐隐带着痛。

我真的很害怕：过几年就要手持“老年卡”乘公交车了。

路口。又到路口。生命的路口。各有各的依依不舍。越来越多的同路人，退回到了家门口。越来越多的平静，就在这个路口分手。

海明威说得好：“优于别人，并不高贵，真正的高贵，应该是优于过去的自己。”

我还有没有——1970年小杜生产队那间小茅屋里深夜还往煤油灯添油的那种执着？

我还有没有——1978年在墨墨黑的藕塘公路上数着望不尽的路桩往前赶的那股坚韧？

我还有没有——1986年跟着便衣警察通宵在北站附近连连揭开暗角交易的那些迅猛？

作为回城知青、专攻大特写的记者，懂得曾经陷入的苦难之深，也明白：能抢救自己的首先是自己！

（三）

这些天，我翻箱倒柜找过去的痕迹，发现从自己的第一本诗集《第一次诱惑》到今天，已经横跨了整整30年。这30年，是个多么伟大、多么值得放开喉咙纵情歌唱的时代啊！从“文革”阴影中走出的我，非常庆幸自己成熟于此，献声于此！

记得塘桥第一届中国当代政治抒情诗高峰论坛朗诵会上，我演绎贺敬之的《中国的十月》时，竟然痛哭失声。电台主持人梁辉随即问我流泪的原因，我哽咽着回答：“听到四人帮被粉碎的消息，我还在农村，在凤阳沉闷的古城墙下。学大寨工作队队员脚上套的解放鞋，鞋带是用稻草绳代替的。没有那个十月，我们这一代会是什么样？真是不敢设想！”

不能赴高考，不能回城，不能发出自己的声音啊。

（四）

好像是盖在嗓子上的瓶塞被一下子拔掉，用自己的声音喷爆出了《第一次诱惑》。1987年，由冰夫编入他和郑成义主持的学林出版社《海岸诗丛》第一辑。发行量达到12 300册，名列那个诗丛的首位，那时候谈诗、写诗真是有争先恐后之势。

那些天，我在《上海文化报》上班，轰轰烈烈主持每周一整版的大特写，傍晚赶到巨鹿路，师母帮我贴一张张剪报，好几次还留我吃饭，真不好意思，然后到外滩乘摆渡船回浦东陆家嘴，再转车塘桥。从早到晚就这么赶，这种快节奏至今还影响着我。而采访社会方方面面，给了我许多素材的积累。

第一线上的记者，其实与第一线上的诗人的区别在于：一个用事实，一个则还要展开想象。而许多时候，我是白天、晚上各尽其职。

（五）

一张熟悉的脸踱过来了：一条肥肥的白色平角裤，套着他的拖沓。左手，拎着老奶奶式鼓鼓囊囊的马甲袋，右手多余的时间，拿着两个虚胖的馒头还冒着热气。一个上午九点一刻的身影，就这样留在了我的身边。我不知道：他是否在小菜场，为那堆马铃薯、那摊番茄讨价还价？

诗人最不值钱。诗，有时候还换不来他手中的那一把葱。这时候，那辆公交车靠站了。我来不及向他告别，就匆匆挥了挥手。他肯定不理解我这么匆忙的67岁。他也不明白，我的微信里还有许许多多留言。

一个太安闲。一个过于紧张。都很正常，也很平常。我们不都是路边那一树正在纷纷飘落的枯叶吗？赞之金灿灿的，有；叹之病迹斑斑的，也有。我们都将被强劲的大扫帚，收入等候着的垃圾车。

我对那辆公交车笑笑：开过去吧，反正后面还有，还有。我已经习惯了慢。也不得不慢。慢慢地回味。慢慢地陶醉。一急促，我就会气喘。我这个老古董，不可能再有矫健的心跳了。我只有在诗中才能抓住青春的笑容和丰满。最难得：在这已经不看手表的年代，我这个老年诗人在手腕上还拨快了童年的表。拨快一秒,不就多一次微笑吗?

尽管我时常烦恼、委屈、不如意,甚至想发火,但我总是以饱满的精神对待人,对待工作。为什么呢?因为正能量,就是得给人鼓舞,催人奋进,身边的合作伙伴,才喜欢与我接触。正能量,不是空洞的虚张声势。

(六)

说实话:这些年,我始终是个在夹缝中挣扎、成长的诗人。

夹缝:这个圈子与那个圈子,官员诗人与非官员诗人,主流与非主流,主旋律中追求质量与只图数量的,诗与散文诗……

我也习惯了。我不会在某个圈子里陷得很深。我是独立的。我不会在看不惯我的那些人里丢掉我的快乐。还是那句话:让别人说去吧,我走我的道。平坦的路,积累的力反而不足。障碍,能促使你聪明起来。

我感恩。在感恩老师的同时,我也感恩对手。对手使我的写作更加严谨。不轻易出手。不开打。只管写自己的诗。就上海这些年来政治抒情诗的写作状态,《新民晚报》的一位资深记者一针见血地指出:“桂兴华在孤军作战!”我感谢他深层次的理解。而且,将我闷在心里的话直说了。

我,是在一个人战斗。但身后支持的目光其实非常多。

怎么“通过有筋骨、有道德、有温度的文艺作品,彰显信仰之美、崇高之美”,我将继续思之,动之。

昨天,看了电影《灰姑娘》。将观后感录在此吧:

快乐的倒计时,往往更快。忘了与你同行的时间吧。你的舞台,虽然短暂;但你,毕竟换上了一条天蓝色的裙。

王子并不知道:妒忌的门到底有多少道?有你的继母、有你身边的两个妹妹、还有许多不同的美丽。

仅仅靠善良的马,怎能冲出层层包围圈?

多亏有那么一双水晶鞋,没有第二个你能够穿进去。

(七)

这里,也许放置了一面镜子。既照出了一个诗人不同时期的精神面貌,也映出了中国当代诗坛及散文诗界的许多表情。

桂兴华在2014年北京的第一场雪中，天安门广场

年轻时爱照镜子。年老时怕照镜子。但镜子的提醒我是不能忘记的。

看看67岁的自己：是否还拥有正能量？如果能想到诗，说明心还在旅行；能阅读诗，说明还有独泡一杯清茶的雅兴；能写出诗，说明自己的笔下还能涌出新鲜的红……

2014年11月29日初稿
2015年3月17日再改

上篇

政治抒情诗

我说三句话： 贺敬之

一、我同意会前看到的金炳华同志的文章和刚才[illegible]同志的发言，同意他们对桂兴华同志的作品所作的肯定性评价和具体分析，这使我进一步认识桂兴华作品以及整个政治抒情创作得到了许多新的宝贵的启示。

二、有的同志在文章或者发言中提到了我，这使我感到惭愧。在跟我同辈的诗人中，许多同志比我的成绩大。对于后来的桂兴华同志，我要说：他不仅比我写得多，而且比我写得好。新时期以来，桂兴华同志以及其他同志在政治抒情诗创作上取得的新开拓、新成就和新经验，一直是我珍贵并努力学习的。

三、我祝愿并同时相信：今后在诗歌多样化的进一步发展中，"与人民同心、和时代同步"的社会主义诗学观和有民族特色的社会主义政治抒情诗，必定会、也理应会得到各有关方面的重视和支持。在老中青几代诗人特别是走在前列的桂兴华等中青年诗人的努力下，在已有经验的基础上，她的更加辉煌的前景是完全可以预期的。正如30年前诗人食指用诗句来表达的："我相信未来"。今天，正是30年前的"未来"，而10年、20年、30年后，又是我们的下一个"未来"。

贺教之在2006年北京"桂兴华政治抒情诗研讨会"上的发言底稿

2010年10月，贺教之、柯岩在香港旋转餐厅（桂兴华摄）

桂兴华与艾青、峻青、铁凝、高瑛、舒婷、周良沛、刘祖慈等在诗歌活动中

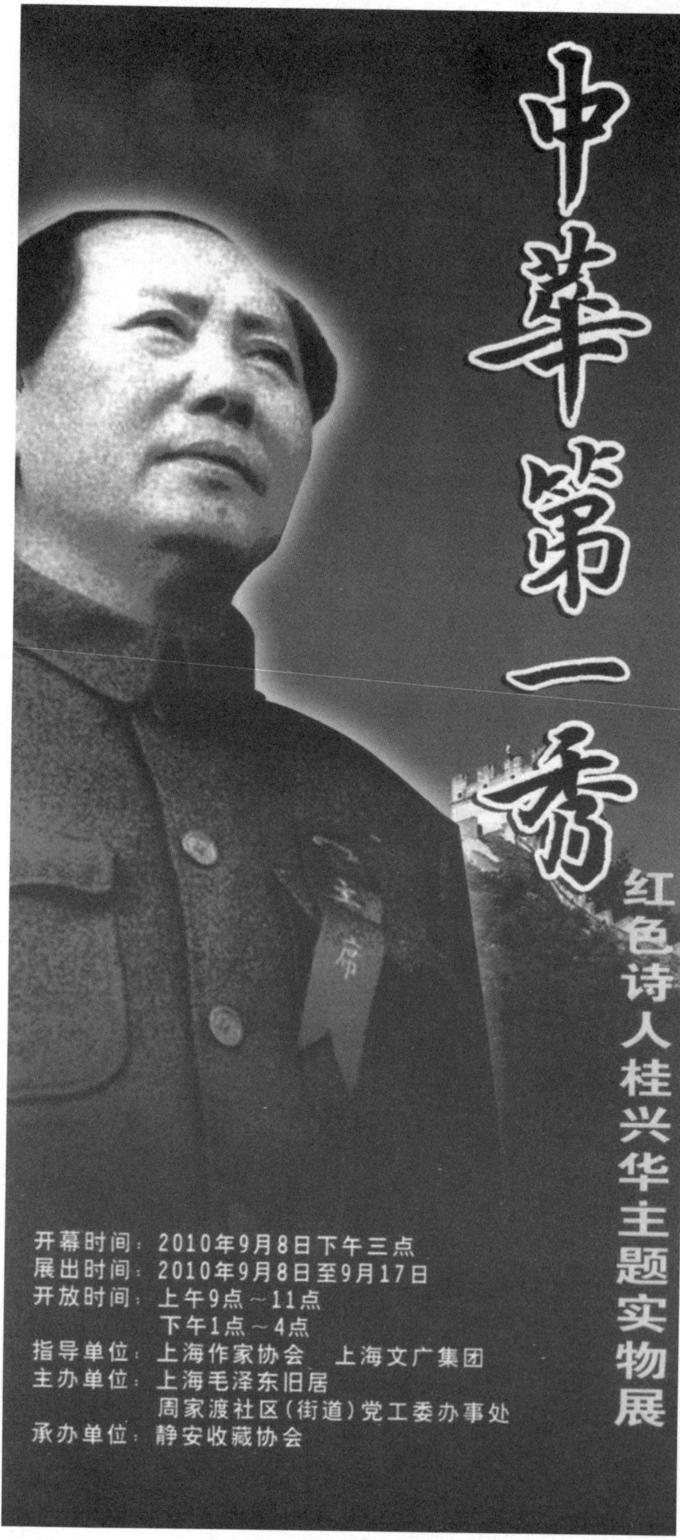

中華第一秀

红色诗人桂兴华主题实物展

开幕时间：2010年9月8日下午三点
展出时间：2010年9月8日至9月17日
开放时间：上午9点～11点
下午1点～4点
指导单位：上海作家协会　上海文广集团
主办单位：上海毛泽东旧居
周家渡社区（街道）党工委办事处
承办单位：静安收藏协会

红色题材的采访、写作、朗诵与传播

2008年，秦怡、赵屹鸥、张培、陈少泽（从右至左）在北京朗诵《邓小平之歌》

2011年，桂兴华的母校浦东中学同学在上海兴业里朗诵《殷夫：雪亮的尖刺》

一、研究桂兴华的有关评论（1992—2015）

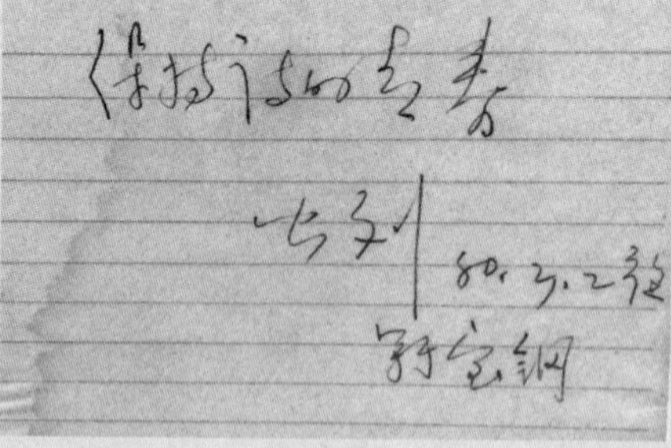

在《跨世纪的毛泽东》初版首发式上的讲话

■ 文/罗 洛

在中国共产党建党70周年的时候，桂兴华和我们合作搞过一部交响合唱《世纪之光》。他反复地改，反复地讨论，反复地写，觉得用诗歌表现重大题材非常难。那一首诗还不太长。后来，他跟我说，他要写一首长诗，名为《跨世纪的毛泽东》，而且说他要到延安去，到韶山去，我觉得这很好。

兴华同志很有才华，如果写一点小桥流水抒情的东西，是非常容易的，轻而易举的。他不肯在那个水平上踏步，他想不断地向上跨，最后写成这样一首长诗。出版前，这首诗还要长得多。最后写成这样一首长诗。出版前，这首诗还要长得多。经过很多人看，他反复地改。这至少是一个很有意义的探索。

用诗歌的武器来抒写重大题材，这本来就是新诗的战斗传统。中国五四以来新诗至少有两个特点：第一个特点，就是它非常关心民族的命运，国家的前途。所以，它始终把写重大题材作为诗人的一项重要任务。我们只要回忆一下，“五四”以来有成就的诗人几乎都写过这样成功的作品。但他们表

1991年，罗洛（左四）、桂兴华（左二）、郦国义（左一）、汪天云（左五）等在上海商城剧院《世纪之光》音乐会闭幕后合影

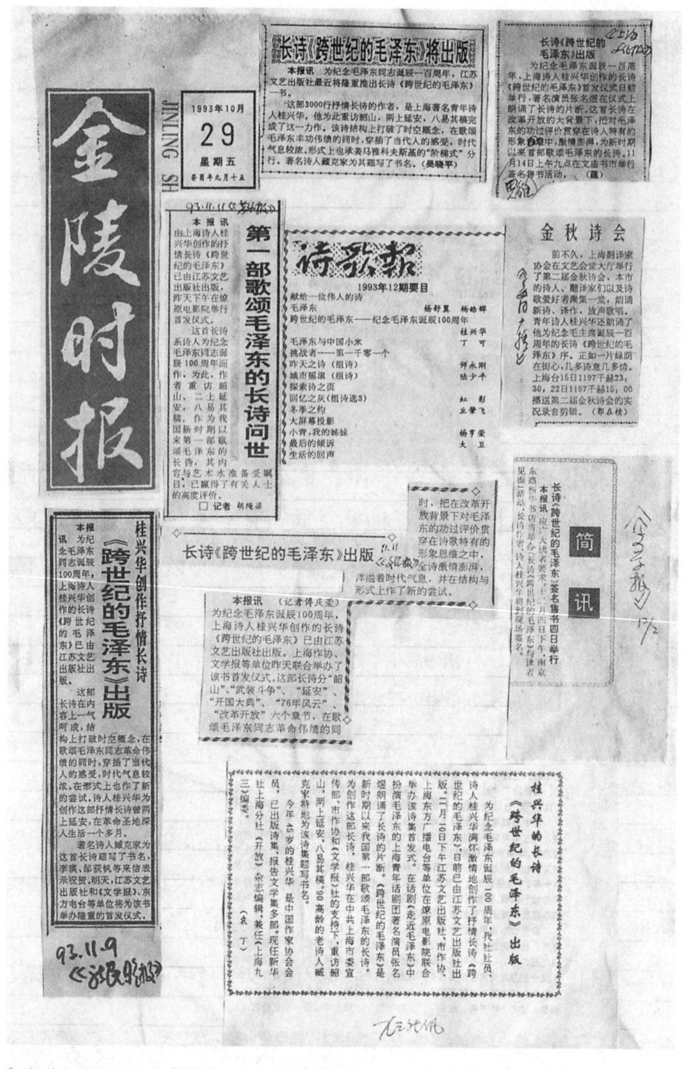

金陵时报

JINLING SH

1993年10月 29 星期五 癸酉年九月十五

长诗《跨世纪的毛泽东》将出版

本报讯 为纪念毛泽东同志诞辰一百周年，江苏文艺出版社最近将隆重推出长诗《跨世纪的毛泽东》一书。

这部3000行抒情长诗的作者，是上海著名青年诗人桂兴华。他为此重访韶山，两上延安，八易其稿完成了这一力作。该诗结构上打破了时空概念，在歌颂毛泽东丰功伟绩的同时，穿插了当代人的感受，时代气息较浓，形式上也承袭马雅科夫斯基的“阶梯式”分行。著名诗人臧克家为其题写了书名。（吴晓平）

长诗《跨世纪的毛泽东》出版

为纪念毛泽东诞辰一百周年，上海诗人桂兴华创作的长诗《跨世纪的毛泽东》首发仪式日前举行，著名演员张名煜在仪式上朗诵了长诗的片断。这首长诗在改革开放的大背景下，把对毛泽东的功过评价贯穿在诗人特有的形象思维中，激情澎湃，为新时期以来首部歌颂毛泽东的长诗。11月14日上午九点在文庙书市举行签名售书活动。（蕴）

第一部歌颂毛泽东的长诗问世

本报讯 由上海诗人桂兴华创作的抒情长诗《跨世纪的毛泽东》已由江苏文艺出版社出版，昨天下午在燎原电影院举行首发仪式。

这首长诗系诗人为纪念毛泽东同志诞辰100周年而作，为此，作者重访韶山、二上延安，八易其稿，作为我国新时期以来第一部歌颂毛泽东的长诗，其内容与艺术水准备受瞩目，已赢得了有关人士的高度评价。

□ 记者 胡绳梁

诗歌报

1993年12期要目

献给一位伟人的诗

毛泽东	杨籽昊 杨皓晖
跨世纪的毛泽东——纪念毛泽东诞辰100周年	桂兴华
毛泽东与中国小米	丁 可
挑战者——第一千零一个	
昨天之诗（组诗）	郑永刚
城市摇滚（组诗）	陆少平
探索诗之页	
回忆之灰（组诗选3）	虹 影
冬季之约	丘肇飞
大屏幕投影	
小青，我的姊妹	杨亨荣
最后的倾诉	大 卫
生活的回声	

金秋诗会

前不久，上海翻译家协会在文艺会堂大厅举行了第二届金秋诗会，本市的诗人、翻译家们以及诗歌爱好者聚集一堂，朗诵新诗、译作，放声歌唱。青年诗人桂兴华还朗诵了他为纪念毛主席诞辰一百周年的长诗《跨世纪的毛泽东》序。正如一片绿荫在街心，几多诗意几多情。上海台15日1197千赫23：30，22日1197千赫15：00播送第二届金秋诗会的实况录音剪辑。（郭在精）

桂兴华创作抒情长诗《跨世纪的毛泽东》出版

本报讯 为纪念毛泽东同志诞辰100周年，上海诗人桂兴华创作的长诗《跨世纪的毛泽东》已由江苏文艺出版社出版。

这部长诗在内容上一气呵成，结构上打破时空概念，在歌颂毛泽东同志革命伟绩的同时，穿插了当代人的感受，时代气息较浓，在形式上也作了新的尝试。诗人桂兴华为创作这部抒情长诗曾两上延安，在革命圣地深入生活一个多月。

著名诗人臧克家为这首长诗题写了书名，李瑛、邹荻帆等来信表示祝贺。明天，江苏文艺出版社和《文学报》、东方电台等单位将为该书举办隆重的首发仪式。

长诗《跨世纪的毛泽东》出版

本报讯 （记者傅庆萱）为纪念毛泽东诞辰100周年，上海诗人桂兴华创作的长诗《跨世纪的毛泽东》已由江苏文艺出版社出版。上海作协、文学报等单位昨天联合举办了该书首发仪式。这部长诗分“韶山”、“武装斗争”、“延安”、“开国大典”、“76年风云”、“改革开放”六个章节，在歌颂毛泽东同志革命伟绩的同时，把在改革开放背景下对毛泽东的功过评价贯穿在诗歌特有的形象思维之中，全诗激情澎湃，洋溢着时代气息，并在结构与形式上作了新的尝试。

简讯

长诗《跨世纪的毛泽东》签名售书四日举行

本报讯 应广大读者要求，十二月四日下午，南京东路新华书店将举办「长诗《跨世纪的毛泽东》与读者见面」活动，长诗作者、诗人桂兴华将到现场签名。

桂兴华的长诗《跨世纪的毛泽东》出版

为纪念毛泽东诞辰100周年，我社社员、诗人桂兴华满怀激情地创作了抒情长诗《跨世纪的毛泽东》，日前已由江苏文艺出版社出版。二月10日下午江苏文艺出版社、市作协、上海东方广播电台等单位在燎原电影院联合举办该诗集首发式。在话剧《走近毛泽东》中扮演毛泽东的上海青年话剧团著名演员张名煜朗诵了长诗的片断。《跨世纪的毛泽东》是新时期以来我国第一部歌颂毛泽东的长诗。为创作这部长诗，桂兴华在中共上海市委宣传部、市作协和《文学报》社的支持下，重访韶山，两上延安，八易其稿。90高龄的老诗人臧克家特地为该诗集题写书名。

今年45岁的桂兴华是中国作家协会会员，已出版诗集、报告文学集多部。现任新华社上海分社《开放》杂志编辑，兼任《上海九三》编委。（袁丁）

《跨世纪的毛泽东》出版后的媒体报道

现方式不一样，每个诗人有他的气质、风格、生活道路；第二个特点，它始终把读者把人民放在心里，不是为写作而写作，而是把写作作为尽社会责任，让读者能够理解的东西。文学的基本任务，小平同志也讲过，“力求把最好的精神食粮贡献给人民”，把心灵中美好的东西奉献给读者。

我想，中国诗人大多具有这两个基本特点，兴华同志是继承了的。具体来说，他写毛主席的一生，这很难得。用散文来写很难，诗就更难，但也有好处：用散文写很多事回避不开，但诗歌可以跳跃比较大。诗歌也有诗歌的长处。

我想，这样一首诗到目前跟大家见面，他至少达到了他自己创作的高度，对上海诗歌界也是一件值得高兴的事。我再一次表示祝贺。

1993年11月10日于燎原电影院

沉寂诗坛上的一声春雷

■ 文／余传诗*

用诗歌写毛泽东的一生，这是上海青年诗人桂兴华一个独特选择。这部名为《跨世纪的毛泽东》的政治抒情长诗，最近由江苏文艺出版社出版后，被誉为新时期以来第一部歌颂毛泽东的长诗。全诗共6个章节3 000多行，内容上一气呵成，结构上打破了时空界限，在歌颂毛泽东革命伟绩的同时，穿插了当代人包括作者本人的感受和反思，充满激情，有强烈的时代气息，形式上又借鉴了马雅可夫斯基阶梯诗的形式，受到了广大读者的欢迎。

这位当年的"老三届"知青在谈到这部长诗的创作时说："我是一个享受着主席在开国大典中撒出阳光的少先队员，又是一个在主席晚年的失误中度过了整个青春年华的红卫兵，我一生的欢乐和痛苦都与主席有关。"

1991年10月，大病初愈的桂兴华踏上了去长沙、韶山、湘潭、醴陵采访的路途，在毛泽东当年读书、生活和工作过的地方体验生活、累积素材，回沪后写下的报告文学《泪和笑铸成的韶山》荣获由《文学报》和《陕西日报》联合举办的纪念《讲话》发表50周年征文优秀作品奖；同年7月和10月他又二上延安，在延安深入采访一个多月。走了许多地方，找到了许多人说话，采访了当年老红军和他们的后代，访问了当年在南泥湾垦荒的359旅的战士。他还经常跟随延安市的领导下乡下厂座谈调查。延安人民改革开放的精神面貌和对毛泽东同志的深厚感情给他留下了深刻的印象。

延安初冬的夜晚寒气逼人。简陋的小旅馆离主席居住过的那一片窑洞那么近，一种神圣的冲动使桂兴华难以入眠，借一件军大衣裹住身体，在早雪的寒气中他常常伏案到天明。

作为一名中国作家协会的会员，桂兴华出版了多部诗集和报告文学集。但桂兴华说，这部长诗的写作才是他一生中最重要的一次创作活动。1991年

---

* 余传诗：《光明日报》高级记者。

12月初稿完成以后,他多方征询意见,八易其稿,精心修改,小小的稿纸容纳不下他火一般的激情,他便像画家创作长卷一样,把诗稿誊在大白纸上挂满屋子的四壁,调兵遣将,大段挥改。有时半夜醒了,他也会突然跳下床去修改突然找到的一个好字、一个好句。

1992年10月,桂兴华严重的哮喘病复发,在医院的病床上桂兴华一边静脉注射,一边修改长诗。谁都难以相信,那一章气势磅礴的开国大典是桂兴华在医院的病床上写就的。

前不久,在上海南京东路新华书店举行的作者签名售书活动,800本散发着油墨清香的新书一售而空,热情的读者围着作者久久不肯离去,东方广播电台称:这部长诗的出版是“沉寂诗坛响起的一声春雷”。

1993年12月26日

拉不住的汽笛回声

■ 文／郭在精*

在1993年10月上海翻译家协会举办的金秋诗会上，诗人桂兴华用高亢的语调，澎湃的诗情，朗诵了他献给毛泽东诞辰一百周年的长诗《跨世纪的毛泽东》序篇，把诗会推向了高潮，让在座的诗人、翻译家以及诗歌爱好者一起沉浸在对毛主席的深深缅怀之中：

昨　　天

他检阅过我
检阅过我们
整整一代人
无数的制高点
从韶山
一路铺向天安门
今日
即使用世纪之尺
也量不尽
这位中华民族最难忘的人
生活
在到处印证
他留下的诗篇
早已被他梦游的大地送审
岁月的笔

---

* 郭在精：上海人民广播电台高级编辑。

怎能不颤抖着为他打分
传说在不断变奏
走向我们新书架的
不再是他恍惚中的语录
祝福来来往往方向盘的
又有了他朝霞里的笑容
特区手中的“大哥大”
还贴上了他不能磨灭的英俊
就这样
一个军人
一个诗人
一个一米八三
下颌有着黑痣的
不老的老人
成了九十年代的中国
一处处著名的风景
他诞生在最寒冷的12月26日
却把阳光
撒给了我们的子子孙孙
他使所有仇恨他的人
面对他一贯的从容
只能把咒语
埋在肮脏的牙缝
他使所有热爱他的人
一提起他晚年的失误
就像孩子原谅了自己的父亲
这个农民的儿子
从秋收起义就开始播种
全凭着兴业里
铸造的那把镰刀
才收获了遍地的麦浪滚滚
是拨正航向的遵义

把他推举为船长
才使他比任何一个船员
有了更多的
潮退
潮涌
他不是不需要睡眠
但他巨大的身躯
至今还在把
我们党的旗帜牵动
他留下的梦
每天都在被
不同肤色的手开垦
他休息在纪念堂里的心脏
已经不再跳跃
但地球的每一个方位
都能听到他海涛般的呼吸声
他指挥过各路大兵团和游击队的双臂
已经不再挥舞
但依然护送着我们
冲过有声和无声的搏杀
前进!
手擎的鲜花
每一朵都感谢他
在满山荆棘中的探索
脚下的长城
每一步都追随他
没有被风雨侵蚀的眼神
对他的信仰
永远是我们
宣言中的灵魂
对他的崇敬
永远是我们的孩子

系在脖子上的红云
因为他二十八画的名字
签下了我们
共同的姓氏
也铭刻着无数个我
不会褪色的青春
一百年、一千年、一万年
也决不变更

这首长诗《跨世纪的毛泽东》，是诗人桂兴华用了两年多时间，深入韶山，深入延安，深入到毛泽东曾经走过的地方，体验生活，而后精心构思，八易其稿，创作完成的。这是一部用诗歌形式来歌颂毛泽东的重要作品。全诗3000多行，吸取了我国民歌的营养，运用了苏联诗人马雅可夫斯基跳跃式的诗行，写得气势磅礴，很有激情。著名诗人臧克家为他题了书名，李瑛、邹荻帆也来信祝贺他："你写了这样重大题材的一首长诗，且经多年再三修改定稿，使人高兴，祝贺你成功。"（李瑛）

正如李瑛所说，桂兴华写了这样一部重要作品，使他的创作达到了一个新的高度。桂兴华能走到这一步，绝不是偶然的。

桂兴华，1948年8月生于上海。1970年到安徽插队务农。后被推荐到凤阳师范学习。毕业后到县文化局工作。1979年调回上海，先在市蔬菜公司职工学校当语文教师，后调到文学报从事记者编辑工作，后又调到《上海文化艺术报》负责纪实文学专版。1993年9月调到新华社上海分社开放月刊担任编辑。

桂兴华在工作之余，创作很勤奋。从1976年发表第一首诗作开始，10多年来，他已发表散文诗近千首，诗歌300多首，出版了诗集《第一次诱惑》；散文诗集《长长的街》、《美人泉》、《红豆咖啡厅》；报告文学集《上海夜生活众生相》。他的作品，在1980年获得"上海市青年诗歌比赛"一等奖，1990年他参加创作的《世纪之光》获得"上海市七一征文优秀诗歌"奖。

我是在10年前他刚调回上海还在市蔬菜公司工作的时候认识他的。那是在虹口区工人俱乐部讨论他的作品的座谈会上。他中等身材，头发蓬蓬的，有点瘦削的脸上戴一副眼镜。说起话来，抑扬顿挫，很响亮，十分自信，不给自己和别人留点余地。后来，了解到，他家庭条件并不太好，但写诗很刻苦，很勤奋，而且敢说敢闯。自此，常看到他的作品。再后来，听说他转向了城市散文诗的创作，接连出了几本散文诗选。著名诗评家谢冕说：“桂兴华的散文诗之所以值得注意，是由于他给自己确定了一千个目标。他立志于写城市，并以此传达出他的散文诗观。他的创作实际表明；在他的观念中，散文诗绝不是一种点缀或摆设，它是有用的。”桂兴华针对目前散文诗坛偏重于写自然，反映社会风貌较少的状况，为自己确定了突破的目标。他说过：“他要以自己的努力，为男子汉的硬派散文诗冲开一条路。”事实上，桂兴华以“死死地盯住严峻的现实生活”的不懈努力，以期对散文诗的单一构成实现改变。他的工作无疑是有成效的。对他的工作价值的估量，应从其延伸和拓展散文诗的领域而给予充分肯定。”谢冕称桂兴华的散文诗，有一种敏锐的先觉，有一种沉思的灵感，有一种美感的力度。我们读一读他的散文诗《我是一盏重放光明的路灯》，便可体会到诗人独特的思辨力度：

我是一盏重放光明的路灯。

我始终，怀念着修理过我的人。

他对我是陌生的，只不过是偶尔路过我的身旁。仅仅那么一次，却使我明白了灰暗的原因……

如今，他已远离了我。

但我一直在等候他。每夜、每夜，我都伫立着谛听着他遥远的脚步声。尤其是在飕飕的寒风里，我更想用黄澄澄的温柔，洗去他双肩伪风尘。

但他，始终没有来。也许，他又在修理许多许多盏过去的我。

渐渐地，我明白了：

他让我重放光明，并不是为了镀亮他的前程。

再后来，听说桂兴华向上海作家协会申请去韶山延安深入生活，要创作长诗《跨世纪的毛泽东》。于是，他在1992年4月去了长沙、韶山、湘潭、醴陵采访；7月去了西安、延安；10月又去了延安，下乡下厂调查研究。他住在小旅馆里，离当年毛主席的窑洞很近，在早雪的寒夜里心潮起伏，彻夜难眠，终于完成了长诗中延安一节。1992年12月，完成了长诗初稿。1993年春，他请朋友们提意见。1993年3月，他病重住院，在左手静脉注射药水的情况下，仍坚持用右手修改诗稿，先后改了第三、第四、第五稿。1993年5月，完成第八稿。11月，由江苏文艺出版社出版。11月10日，在上海燎原电影院举行了长诗《跨世纪的毛泽东》的首发式。著名作家罗洛、赵长天、叶辛、冰夫、曾文渊以及社会学家邓伟志等人出席了首发式。上海作协副主席、著名诗人罗洛说得好:“写政治抒情诗,是难度很大的一件事情。我们在中国共产党建党70周年的时候;兴华和我们合作搞过一个《世纪之光》。反复地改,反复地讨论,反复地写,觉得非常难,用诗歌表现重大题材。那一首诗还不太长。后来,他跟我说,他要写这一首诗,而且说他要到延安去,到韶山去。我觉得这很好。

桂兴华的创作十分可贵,在于他敢于写别人没有写或者不敢写的重大题材,并且花大力气创作出了达到他自己新高度的长诗。我约他作了一次交谈。

问:“你的《跨世纪的毛泽东》已经出版,蛮精彩的,也是很不容易的。你是怎么想到写的,或者你是怎么写的。你有什么体会?”

桂:“两年以前就开始酝酿这首政治抒情诗。政治抒情诗,这几年来,很少有人会涉足,整个诗坛处于冷僻,比较萧条,阵地缩小,诗人纷纷改行,读者纷纷减少。整个诗坛一片沉寂,像20世纪60年代郭小川的《向困难进军》,贺敬之的《放声歌唱》这类响亮的、震撼人心的政治抒情诗很少看见。我不甘心这种状况。我想用我的闯劲来打破这个沉寂,闯一闯政治抒情诗领域。

政治题材诗歌创作,在我来说,也是一种擅长。我在中国共产党建党70周年时写过一个大合唱的歌词,我是主要执笔者。后来在上海获奖,写了党的70年征程。这其实对我写主席的一百年起了一个沉淀作用。政治抒情诗在全国写的人比较少。新时期以来,歌颂主席的长诗,全国诗坛没有。我想通过对主席的功过的评价,融化在我特有的形象思维之中。我们这一代人,对主席很有感情。这种感情于创作是有很大关系的,我是披着开国大典阳光成长的少先队员,我的青春年华全部在与主席相联的那个特殊年代中度过的。整个诗章三千行,无时不穿插主人公同代人对主席各时期的感受,不是客观地、很死板地按主席在韶山、井冈山、延安这样写过来。这样就落套了。每当写到主席某一段时就穿插20世纪90年代人物对主席功绩的思辨色彩,用诗歌语言来表达。这首诗从头到尾是押韵的,一共六章,每一章分别押一个韵,这样便于朗诵。我从民歌那里汲取了很多营养,比如郭小川、贺敬之的诗歌,以及苏联诗人马雅可夫斯基写的《列宁》。他写的《列宁》,我反复看了好几次,他这种激情澎湃,对我也是一种感染。我认为,我这一生最重要的作品,就是这一首诗。政治抒情诗既然是一个冷缺、薄弱环节，那么是不是可以通过我的创作实践，为大家提供一片试验田，提供一个小的样品来评一评。在主席诞辰一百周年的前夕，这也算是我给主席的一份心意。”

问:“你的人生信奉和艺术上的追求是什么?”

桂:“我的人生信奉，可以用一百首散文诗来表达，我写过一首散文诗叫《离开码头》:我，爱和海鸥们一起远航。远航中，不知要离开多少码头。每每握别码头，我总依依不舍。停泊下来，我就步入了安宁。海风对我说:别再远航了，可以离开颠簸了。但是对我来说，一个码头拉不住我，两个码头拉不住我，离启航很远很远的码头还拉不住我。为什么呢?未到达的风景，总是在海洋深处，倔强地吸引着我。所以我不肯抛锚。相反，我以加倍航速，回答沿途的各个码头。拉响吧，我的汽笛!我认为，汽笛离开码头，比靠拢码头更有永久的回声!我人生的目标，我没达到的，我总努力去达到它，而不是中途停下来，不前进了。这首毛泽东的长诗，也是我人生追求的一个验证。人家既然不敢写，很多人说，为什么全国没有人写，你来写，很难的，包括有些领导认为很难弄的。但我为什么八易其稿，不肯罢休，说明我愿意离开一个个码头向前方，向没有到达的风景。这是我的人生信奉。

我是1976年发表第一首诗的。1976-1993年发表了1 000多首散文诗，300多首诗。我没有停止自己的苦斗。别人的深夜，一直是我的黄昏。很多人讲，桂兴华在文学圈内出名，是靠勤奋，以勤奋打动人的。但光靠勤奋是不行的，还要有一种开拓精神。我这个人还是喜欢闯的。譬如说20世纪80年代初，整个散文诗创作是个薄弱环节。我就进入了散文诗领域，用男子汉雄心勃勃的手法来反映都市生活。写了10年散文诗以后，我又感到政治抒情诗是一个薄弱环节，这里有我的优势，我敢于涉足。有的人看到了，但他不敢，因为没有他的优势。我在散文诗和政治抒情诗两个领域，前人占有多少，当代人解决了多少，还有哪些需要解决的，这些方面我比较清醒。所以，我十分努力，即使尝试失败了，也是光荣的。毕竟我闯了。对创作来说，也需要这种敢闯敢搏的精神。艺术没有终点;这首长诗创作发表，对我来说也是一个新的起点。

桂兴华像他自己所说的，是拉不住的汽笛声，离开一个个码头，去追寻一个个新的风景。从他的长诗《跨世纪的毛泽东》中延安一节，菜地连着菜地，辣椒连着西红柿这一幅散发着枣香的风情画面，我们可以相信，诗人桂兴华还会保持勤奋敢闯的劲头，用潇洒的笔，去狂草共和国未来的花季:

在我的记忆里

延安总是在一片最顶得住风扛得起雨的土窑洞里

既焦灼又沉静的土窑洞啊
最懂得生长也最懂得埋葬的上窑洞啊
没一条沟壑不深刻着光荣的土窑洞
有一场六月雨
显得特别清晰
他那件摞着补丁的土灰色军装
灌进了难御的寒气
这个指挥着世上最大的人民战争的庄稼汉
仍然巍然屹立
在一个不能再小的司令部里
他还怀着对麦收季节的殷殷希冀
当嚣张的弹片在四下横飞
隐痛的山坡被再次袭击
当七沟八梁的农家气息已先后转移
迸着泪珠的石洞玻璃全部献出了身躯
他还是随自己的中央纵队
缓缓离开了宝塔山的逶迤逶送
他的窑洞为何料理得这么安谧
桌子和茶壶为何伫立得如此整齐
就是为了告诉跟踪的土匪
谁制造伤口
谁就把伤口留给了自已
他坚信
延安毕竟是由红格英英的糜子喂大的
是由汗涔涔的步枪杠起的
是由千万架巧格灵灵的纺车转活的
思念着白羊肚手中的信天游
必将被安塞的鼓声召回到土坡的怀抱里

睡不着的朵朵红霞
必将随着农家的剪刀张贴在山峁的憧憬里

被窗纸收藏起盖世豪情的土窑洞啊
被纺车牵绕着万缕思念的土窑洞啊
被雄风鼓荡起千种向往的土窑洞
午夜的门帘后面
棉鞋已经被火盆烤焦
他还啃着严冬的馒头干
铺开了桦树皮
只有当身边的警卫员披上了他的大衣
他才用古砖上的墨
痛悼着外来的大夫和烧炭的战士
只有当碗里的黑豆继续着他的便饭
他才用潇洒的笔
狂草着共和国未来的花季
油灯下的著作啊
哪一篇不展示着他几经汗水过滤的洞察力
清晨的田埂上
寒霜还闪着点点晨曦
爬到他跟前的土丘
已经在恭听陕北粗犷的话题
他多么像当年的放牛娃
与老农同早春走在一起
他手拿的耙子
也许在拾起遗失在鏖战中的诗的构思
他掰着的手指
也许在询问苗间的锄草一茬得有几次
这两户拜过年的邻居
菜地连着菜地
辣椒连着西红柿
就这样把一幅散发着枣香的风情画

传给了一代又一代的农家子弟
正是有了这样一个湛蓝的黎明
我才熬过了多少年后寒风的凌厉
我务农的镢头
多少年后还焕发着三五九旅的伟力
我排练的秧歌剧
多少年后还充满着田野的新空气
我巡回演出的小分队啊
多少年后还剥下一路留有情意的鸡蛋皮
被唢呐声吹得很黄的土窑洞啊
被新对联映得更红的土窑洞啊
被大雪花衬得更暖的土窑洞
他最清楚
谁歉收,谁就只能又寒又饥
要不
他怎会把人间端起的饭碗视作最大的问题
要不
他怎会对女儿撒落的饭粒眼珠般珍惜
为了把他最钟情的这片旷野
打扮成百花盛开的城市
即使他拥有了至高无上的权力
也没对每月很少的伙食费感到太低
即使他的油灯已经被明晃晃的璀璨代替
也从没忘记把过道的路灯随手关灭
他亲自把留学归来的岸英送向劳动大学
不就是为了让儿子也成为一颗优秀的种子
他敢于把播种以后的播种
留给党的一次又一次代表大会
不就是为了锻炼一届届紧握着红旗的手臂
他多么想
多么想在茂密的果园里
捧起红彤彤的苹果

尝尝祖祖辈辈最向往的滋味啊
他多么想
多么想让他最喜爱的颜色
在一穷二白的山沟里
得到最巧妙的移植
窑洞里的中国啊
渴望着天安门上的灯笼……

1993年11月14日

2003年,桂兴华在韶山再次采访毛家饭店创办人汤瑞仁老太太

别具风格的“这一个”

——桂兴华新作印象

■ 文/花　建[*]

他写毛泽东的长诗，整整酝酿了两年多。白日里，他是新华社《开放》月刊的记者，奔波于闹市和郊县，回旋于文字和人事。此时，他是劳碌而焦心的，唯有那时代浪花所激起的情愫，透过心灵的过滤，悄悄积淀下来。夜深人静之时，当都市的喧嚣在露水中隐去，他心中的诗情才像开闸之水，猛烈地释放出来。

难怪他的短诗和长诗，散文和随笔，常常具有回环复沓的音乐之美。

他从人的品格写毛泽东的一生，多难之世出良才，大浪淘沙砺真金；他也从领袖的诗情写毛泽东，务实的思维缜密而辛苦，浪漫的才情伺机而出，扶摇于蓝天之上；他还从历史的回眸里写毛泽东，潮起潮落，显示着岁月的评价，天下公论，自有民心的向背。从思维的展开到文字的锤炼，桂兴华的诗都有一种波涛般荡去而复来的韵味。我想，从这些诗行中，可以见出作者反复酝酿的思维痕迹，层层推进的情感节奏。

他也有才识。在今天这个生机勃勃而充满挑战的社会中，一切空洞而华丽的言论早已失去市场，哪怕是诗，也需要有示人以新发现的见地，教人有所作为的观念。

在桂兴华1994年4月新出版的散文诗集《红豆咖啡厅》中，恰恰显示了他务实而有识的另一面。他从当前职业声望的变迁中，见出社会价值观念的转换；从文化人献身的苦干中，发出社会需要精神投资的呼吁；也从一系列社会弊端的顽症中，指出提高民族反思意识的必要。从这些见解的表现中，我能想象他是怎样辛勤地提炼着新鲜的信息，汇聚成切中时弊的新论。

古人云：“诗者，识为骨，情为肉，韵为毛发。”我想，这正可以作为桂兴华诗的一个写照。

（刊于1994年5月14日《文艺报》）

---

* 花建：研究员、上海社会科学院文化产业研究中心主任。

序桂兴华报告文学集《东方之珠》

■ 文/杜　宣*

1921年7月1日是中国共产党诞生的日子，全中国人民都将这一天作为盛大的纪念节日。1997年7月1日这天将是我们神圣的领土——香港回归祖国的日子。它必将成为千载一时、一时千载的盛大节日。从此以后，我们纪念“七一”，就蕴含了双重意义。

自1841年，也就是臭名昭著的鸦片战争后一年，昏聩腐败的清政府作为战败国，被迫签订了将香港割让给英帝国主义的丧权辱国的条约。从此，原属于我广东省新安县的面积1074平方公里的香港，被英帝国主义强占去了。

虽然蒸汽机是英国人发明的，虽然英国工业革命比较早，但是英国却是一个保守的、富有侵略性的封建帝国。在18世纪和19世纪，挂着英国旗的三桅船，在亚非拉一带横冲直撞，杀人掠地。英帝国在当时号称为“日不落国”。

香港是英帝国所有的掠夺地中最大的“聚宝盆”，是一座取之不尽的金山。150多年来，英帝国从香港搜刮去的财富，核算出来，惊为天文数字。而这也是英帝国千方百计总想赖在香港的原因所在。

1982年，邓小平对英国首相撒切尔夫人斩钉截铁地说：主权问题，不是个讨论的问题。现在时机已经成熟了，应该肯定，1997年中国要收回香港，就是说：中国要收回的不仅仅是“新界”，而是包括香港岛、九龙。邓小平的这一宣告，打破了英帝国恋栈的幻想。

邓小平的话，代表了150多年来全中国人民共同的愿望：香港，是我们的。

香港一度谣言四起，人心惶惶。一些手中拥有巨大财产而缺乏政治头脑的人，像热锅上的蚂蚁，急得团团转，忙着将财产转移到加拿大、南美洲一些国家。于是，有一批投机商趁机在弄护照、办手续等问题上大发其财。

还是我们的总设计师邓小平，他高瞻远瞩，一直在考虑切实可行的祖国统

---

* 杜宣：著名剧作家、诗人。

1996年12月30日，杜宣、杨堤、胡立教（前排左一、左二、左三）等出席《邓小平之歌》首发式

一的大计。从1978年开始，他的“一国两制”的思想开始形成了。在一个国家中有的地方实行社会主义，有的地方实行资本主义。这是一剂有效的定心丸。于是很多将财产转移出去的，又纷纷转回来。香港出现了惊人的稳定。

香港回归的日子，一天天地接近了。设在北京、广州、深圳、香港的倒计时钟，总是那么有规律地跳动，就是在它一刻一刻地跳动下，回归的时间一点一点地移近。这是亿万中国人心的跳动，也是中国大地之母的心脏的跳动。

香港啊，你去得早，回得晚！

经过150余年的漂泊、屈辱，现在终于回到祖国母亲的怀抱了。

诗人桂兴华，最近写了这本《东方之珠》，他将稿子送来，要我为该书作序。香港是我的旧游之地，当1945年8月日本天皇发出接受《波茨坦公告》无条件投降后，我就作为盟军代表团成员乘飞机到香港，向日军交涉释放被关在集中营中的英、美、加等国的战俘和侨民。这以后，我一直留在香港工作。经过8年离乱后，因为香港这地方的特殊性，我才开始可以过上比较稳定的生活，也可以和平常人一样，有一个家了。我们在香港生活了3年多时间，这是我永远留在记忆中的一段温馨的日子。以后这几十年，由于一些国际活动，经常要经过香港。对香港的情况，我是比较熟悉；香港的变化，我是目击的。我对香港是有感情的。所以，为《东方之珠》作序，我义不容辞。

现在正是江南的秋夜，在一盏明灯之下，秋虫唧唧声中，我静静地捧读着《东方之珠》，一个字、一个字地看着，一页一页地翻着。作者以充满对祖国热爱的情怀，以诗人澎湃的热情，经过翻阅大量资料，将香港的过去和现在作了详尽的介绍。在香港回归祖国的前夕，关心香港的读者应该读一读这本好书。

全本由九篇文章组合而成，连接有序，分可成章。主要介绍今日香港形形色色的现状，以及香港的历史情况。作者通过自己的眼睛看香港，然后用笔抒发出看法。因其是带着对香港无比热爱的感情来写的，所以看后会感到一番亲切生动，读起来的时候，也好像是在听一个熟悉朋友的娓娓清谈。

第一章“1997快些来吧”，第二章“打开香港这本书”，第三章“总设计师的梦”，第四章“在迎接1997的日子里”，这四章可以组成一组。作者从自身的感情出发表达了全国人民对香港无比的热爱，对1997年香港回归这一天到来的那种难以抑制的心跳，得益于邓小平对香港主权问题的坚定不移的决心和“一国两制”天才的决策。

第五章“拼命才能赢的香港人”，第六章“以快闻名的香港”，第七章“大都会的风景线”，这几章是介绍香港这个城市的许多特点、香港繁华的情况、香港人的生活节奏等。第八章“香港文化大扫描”，则是专门谈香港的文化。香港本来被称为“文化沙漠”。第二次世界大战之后，香港经济空前发展了起来，各方来港移民的人也多起来。香港文化也随之发展起来，香港文化是多元性的。西方文化和自己地区的本体文化相结合，所以有别于内地。报业特别发达，商业文化比较发达，但高雅文化和专业文化相对逊色。第九章带有概括性、总结性，将深圳、上海和香港进行比较，抒发出自己对香港的感情。

全书还有一大特点，即它的笔调虽是抒情，却带有纪实性。除了引用很多统计数字，许多政治家、作家、艺术家和企业家都是真名真姓，凸显了它的可靠性，并且常常引用某一个人的具体小故事，来证实他的论点，加强了真实性和趣味性。香港对我来说，并不是个陌生的地方。但这本书里的描述到处都充满了新鲜感。

1997年7月1日，不舍的昼夜向我们奔来。全国人民都急切地在等待着这一天的到来。我们将要看到，英帝国的国旗将从我们的神圣领土——香港上空降下来。从此，150余年的屈辱被洗刷，五星红旗将永远飘扬在香港的扯旗山上，又一次证实中国人民站起来了。

1996年10月14日

一首引人注目的政治抒情诗

——读桂兴华《跨世纪的毛泽东》

■ 文／杨光治*

以席慕蓉、汪国真为代表的“热潮诗”退潮之后，诗坛一片清冷。调子雷同的无病呻吟、音调繁杂的“第X代”演奏、半死不活的小花小草充斥其间。虽然“写诗的多过读诗的”一说，已被认定是极度夸张的嘲讽，但这几年，诗歌的确被广大读者冷落了。

一首长达3 000多行的政治抒情诗，却引起了相当强烈的反响。这就是桂兴华的《跨世纪的毛泽东》。

桂兴华还未收到出版社的样书，就收到了一封寄自青浦警备区干休所的信——一位老同志希望得到这本书作为送给儿子生日的礼物；在上海举行首发式时，某中学的教导主任一下子就定了近200册；在新年晚会上，获得此书的人高兴得频频起舞；一位港商为了取得此书，掏出身份证来要求验证……

此诗前几年先在江苏文艺出版社出版，很快销售一空。1996年9月，此诗又由香港文学报社出版。我是出版界中人，对香港的出版情况相当了解。香港虽然不是什么“文化沙漠”，但是读者也很少；因而当地诗人要出诗集，都必须自掏腰包，就算有名的诗人也不例外。如今这部长诗竟能在该地免费印行，这不是作者“走运”，而是它具有出版价值——香港回归在即，该地的同胞渴望看到以严肃的艺术态度来塑造的真实毛泽东。

政治抒情诗被公认为诗歌写作的难点，以这种文学形式来写毛泽东，可谓难上加难。桂兴华却知难而上，真是敢闯。

新时期以来，毛泽东的传记出过不少，真真假假，令人眼花缭乱。歌唱他的长诗却一首也没有，主要原因不外是诗人不敢写或不愿写。作为“披着开国大典阳光长大的少年队员”的桂兴华，对毛泽东很有感情，对其功过也非常

---

* 杨光治：著名诗歌评论家，花城出版社编辑。

清楚，而且向来敢于开拓，因此他有决心、有勇气、有能力去填补诗坛的这一重大空白。

这首政治抒情诗确实有吸引力，我一口气读完，之后，仍扶卷深思不已。窃以为它的吸引力来自两个方面：一是字里行间饱含着真实而激荡的感情，使人受到感染；二是对毛泽东的评价比较得当，使人乐于接受。这是序诗中的几行：

他诞生在／最寒冷的／12月26日
却把阳光／撒给了／我们的／子子孙孙
他使所有／仇恨他的人
面对他一贯的从容／只能把咒语／埋在肮脏的／牙缝
他使所有／热爱他的人
一提起他晚年的失误／就像孩子／原谅了自己的／父亲

句子是马雅可夫斯基的阶梯式（本文为节省篇幅，按句意来分行），正适宜表达奔腾涌荡的情绪。字里行间充盈着对毛泽东的敬爱，这是全诗的感情基调。但是人不愿发出“浅薄的欢呼”，坚持在“既远离‘现代迷信’，又忠诚于自己对毛泽东的再认识”的思想指导下，创作这首长诗。

全诗除“序”之外有六章，分别表现了毛泽东一生的各个历史阶段及他身后出现的改革新潮。桂兴华认识到纪实不是诗的长处，因而展开了想象的翅膀，在认真把握分寸感的同时追求艺术的美感，描述、抒情、议论交织，塑造了这一跨世纪伟人的立体形象。请看开国大典中游行队伍的场景：

广场／被当成了一张稿笺／铺开
每一个标点／都来自／欢腾的／人海
整个中国／不就是一首／宏火的／诗吗
格律是／雾的／沉沉一线
韵辙是／水的／茫茫九派

通过对当时天安门广场情景的想象和化用有关的诗句，间接表现了毛泽东的诗人本质，并隐约展现了他在写成创建新中国这首“一生中最壮丽的诗篇”之后的雄豪风采。构思新巧，笔法凝练而有气势，激情与才思注满了诗行。

凡涉足文学创作的人都认识到，写毛泽东的难点在于“文化大革命”。桂兴华没有回避，而是大胆去写那已被推上了神坛、“严峻得使人只敢唱无尽止的赞歌”、“崇高得使人不敢握他已被握肿了的手”的领袖的失误。

用概括的手法来描绘事件，表现了本事的真实，并站在今天的角度，满怀痛惜地予以批评。“批评 / 不是 / 诋毁 / / 诋毁他 / 就是 / 诋毁 / 我们 / 自己的 / 民族”，桂兴华是有原则的。

其间，诗人还写了“摘下了 / 自制的 / 军帽 / / 怀着 / 无限的 / 忠诚 / 向着看不清面目的 / 红司令 / 使劲地 / 挥舞”的“我”。这个“我”既是桂兴华，但又何止是他？这个“我”的出现，不仅是为了烘托当时的“红司令”的伟大，而且是为了更好地抒发作者的情怀，其中似也含有对“红司令”经历的反思意味，这一来，诗歌就更为真切动人了。桂兴华为了写好这首诗，重访韶山，两上延安，八易其稿，付出了巨大的努力。他既突破了诗坛的一个无形“禁区”，也突破了自我，实现了创作道路的一次飞跃。

但他不会因此止步。最近，桂兴华又完成了长诗《邓小平之歌》。

（发表于1996年12月27日《羊城晚报》）

在《邓小平之歌》初版首发式上的讲话

■ 文／罗　洛*

1996年12月30日，罗洛（左三）出席《邓小平之歌》首发式

今天看到这本歌颂我们革命伟人的长诗出版，心里非常高兴。

兴华同志的作品，至少有这么几个特点：

第一点，诗歌在理论界有个争论。有的说诗就是诗，诗就是艺术，就该离政治远一点。但另外一种观点就是自“五四”以来，新诗的革命传统，就是要关注时代的命运、国家的命运、人民的命运，应当描写重大题材。兴华同志用作品来回答了这个问题。很多问题，理论界的争论是争论不出结果的，作品就是最好的回答。兴华同志第一本写毛泽东，是我们第一代领导人的核心；第二本写邓小平，是我们第二代领导核心。诗歌还是要关注当代的重大题材，提倡主旋律。兴华同志的作品就能回答这个问题。

第二点，同样还有个争论，诗人如果写重大题材，写了政治，这个诗一定是没人要看的，干巴巴的。事实上，兴华同志用他的创作成果回答了这个问

* 罗洛：原上海作家协会党组书记、主席，著名诗人。

1997年8月22日，罗洛出席《邓小平诗歌》朗诵会

孙道临（左一）、曹可凡（左三）、桂兴华在《邓小平之歌》朗诵会开始前合影

题。诗不但能写重大题材，而且能写得非常具有艺术魅力。诗人作家的任务就是要做到这一点，既要有政治性，又要有历史性，而且要把两者很好地融合在一起。

兴华同志既能够着力描写革命伟人的重大题材，又尽可能把小平同志写得诗化、艺术化，具有感人的艺术魅力，这一点他做出了辛勤的努力。

第三点，作为一位诗人，最重要的一个特点就是他决不能重复自己，重复别人叫模仿，重复自己就是雷同。

兴华同志很有才华。如果写一点小桥流水抒情的东西，是非常容易的，轻而易举的。他不肯在那个水平上踏步。他在不断地向上跨。

诗人永远不能停留在原地，要不断前进。为什么说艺术是个创造，写诗是个创造，就是因为作家不能停留在原地。他不断地在探索，对于新的题材新的人物，以新的表现方法来表达。

毛泽东和邓小平是在不一样的历史时代。邓小平更接近当代，更接近改革开放这段历史。

所以，这部长诗，也就更能反映我们祖国迈向振兴之路最关键的历史时期。

我们应该贯彻江泽民同志讲话精神，关注我们时代的主旋律，时代的脉搏，把更多的注意力集中在英雄人物身上，这是邓小平文艺思想的核心。

我们时代要表现在改革开放中走在第一线的英雄人物。我想兴华同志已经带了个好头。这个作品是我们上海诗人写的，上海更应该为此感到高兴。

诗韵如潮颂时代

■ 文／王　泊*

很长一段时间以来，我们几乎听不到激动人心的政治抒情诗了，仿佛诗人们都不再呼吸政治空气。诗坛旗帜林立，宣言迭出，生命体验斑斓驳杂，语言操练怎一个“先锋”了得。虽然也佳作如云，但过多地沉湎于一己悲欢得失和玩弄文字魔方，导致了大众的冷漠，连许多国家级作家也惊呼看不懂“现代诗”。

就在这尴尬而无奈之际，我们欣喜地听到从中华人民共和国东部黄浦江畔传来风格明朗奔放、令人荡气回肠的时代抒唱。桂兴华的这些政治抒情长诗经过上海、北京等地众多艺术家激情澎湃的舞台演绎，如阳春三月欢腾奔泻的江流漫过人们的心田。人们以对于明朗诗风的特殊钟爱热烈地接纳了它，更由饱涨已久的政治情怀随着诗行的跳跃而荡漾、共鸣……

大时代不可能不造就政治伟人，大时代不可能不诞生咏赞伟人的诗章。我们曾经有过将文艺捆绑在政治战车后面的惨痛教训。然而摒弃文艺服从于政治的荒谬，并不意味着文艺与政治无关；或者说，一个健康的诗坛可以不需要感怀时代风雨的政治吟唱。尤其是当邓小平理论已经变成神州大地上的伟大实践、高速发展经济在战略意义上升华为全社会最大的政治时，我们更觉得诗人们应该对这位世纪伟人说点儿什么，诗坛也应该有一次更为雄壮而嘹亮的出发。

时代依然需要号角，投身改革开放的亿万人民期待着情感激荡。正是呼应着时代的需求，上海实力派诗人桂兴华连续以长卷制作，苦心构筑了这道诗坛壮景，阻挡了政治抒情诗的“沙漠化”。

心是未曾刊印的诗，诗是迸跳出来的心。如果说诗是诗人灵魂的表白，那么，决定政治抒情诗根本品质的则是诗人的政治情怀。诗人以敏感的心灵拥

---

* 王泊：江苏文艺评论家。

抱生活，生活则慷慨地馈赠给了他创作灵感。时代前进的伟岸姿影、现实碰撞出的激动火花、对伟人的无限崇敬叠化为滚烫的诗韵和如潮的咏叹。炽热的激情使长诗获得了不同凡响的社会品味。我们可以感受到：诗人想象如凤起龙跃般翱翔在广袤的跨度之中，多重时空听命于抒情母题的调动度，相互穿插融会，或频频切换，或压缩折叠，或定格扩张；全诗内在脉络纵横交错，富有弹性；抒情曲线奔放而跌宕多姿。独特的结构章法表明诗人桂兴华在长篇抒情诗写作上的成熟。

所以，他的长诗一经问世就受到广泛欢迎，除了包孕时代精神的激情、精湛的艺术时空构造外，还得益于它切合大众欣赏广场朗诵风格的习惯和大量隐喻性意象的精彩排练。后两者的结合大大增强了作品的艺术辐射力。

诗歌是意象的艺术，而意象的表现力常常来自象征和隐喻。广场式长篇朗诵诗的特殊性决定了作者难以从总体上营造象征氛围，因而大量散见于局部隐喻性意象，就显得尤为重要。正是这些耐人寻味的隐喻意象，从欣赏价值上标出了诗的艺术成色。当我们在诗中读到那些句子时，心头便会不期然而然地涌出一阵审美感动。

桂兴华的聪明在于既创造了精妙的隐喻意象，又写出了人物的个性，地区的特点。这样的写法，比单纯从各个侧面去写，其内涵要丰富深厚得多。

审美感动是可遇不可求的。我们庆幸在诗歌创作严重滑坡的今天，能够读到桂兴华气势恢宏又处处跳动着现代诗美的精灵的朗诵诗杰作。相信这样的作品，将回荡历史的长空。

激情为时代燃烧

——上海“桂兴华政治抒情诗研讨会”纪要

时间：1997年12月29日下午

地点：上海作家协会大厅（巨鹿路675号）

主持：罗洛、叶辛

先宣读贺敬之的贺信。然后介绍广州著名诗歌评论家杨光治发表在《羊城晚报》上的文章：一首引人注目的政治抒情诗——谈桂兴华的《跨世纪的毛泽东》。

陈圣来（上海东方广播电台台长）：

罗洛主持研讨会

邓小平同志是一代伟人，他掀起了中国改革开放的高潮。上海东方广播电台是在小平同志南巡讲话后成立起来的。作为传媒，我们应该多支持像桂兴华这样有魄力的诗人。从文学角度讲，现在诗歌的读者越来越少，甚至有写诗的人才看诗的说法。从某种程度上讲，现在的诗歌成绩远不如20世纪四五十年代，因此所受的关注也很少。当然其中原因有很多，主要是社会综合原因。诗歌要贴近生活，走向大众，这样才会被人们接受。小平同志如此伟大的人物是值得让文学界去赞颂的。而在国内很少有作家敢于描述或反映伟人，怕出现和承担政治上的责任。桂兴华在出版了赞颂毛泽东的长诗后，马上又出版了《邓小平之歌》，这种魄力是令人佩服的，是值得大家学习的。

程伟礼（上海社会科学院“邓小平理论研究中心”常务副主任）：

1993年春节，桂兴华便萌发了要写邓小平长诗的念头，多次与我们研究中心联系，希望我们给予一定的帮助。他曾多次到研究中心查看资料，仔细地阅读邓小平著作，并且很快地进入角色。他两次下深圳，以及又到广安体验改革开放的大潮，然后在小旅馆里静心写作，四周围的墙上排满了诗的草稿，十分用心。小平同志是民族崛起的象征。艺术家应大胆地表现我们的民族，我们所处的时代，以及我们的人民。桂兴华的这两部长诗，都尽情发挥了艺术家的才华。

宁宇（上海作协诗歌委员会主任）：

读了《邓小平之歌》后，觉得它比前一首长诗更加成熟，语句的排列更便于朗诵，并且富有激情。诗中最有特点的是意象跳跃，诗意活用，有些词用得很大胆。 写毛泽东的长诗，桂兴华并没有避开文化大革命，这一点把握得很好，但我认为这不够深。而邓小平长诗就很深奥，但读得懂。前一阵出现了有些诗读不懂的现象，理论界也曾摇旗呐喊，还出现了各种派别，诸如现实派，新文派等。无论是哪个派别，只要是诗好，就要支持。我们要支持好的诗，优秀的诗。

毛时安（上海作协副秘书长）：

写诗需要感情，感情的升华是热情，热情的升华再是激情，而激情为时代燃烧，这是非常恰当的。现今，很多人对现时缺乏热情，这份激情就更值得提倡。桂兴华为了写这两首长诗确实下了许多的功夫。因此，他找到了人们很难发现的激情的火种。在艺术上，这两首长诗确实很用功，艺术构思上很完整，较好地展示了小平同志的人格力量，并且没有回避毛主席晚年的一些失误，赋予诗一定的感染力。这说明桂兴华对伟人题材有较好的驾驭能力。《邓小平之歌》在总体框架上又有新的突破，这种孜孜不倦的创作态度在当前也十分可贵。

政治抒情诗在现在是一个冷僻的领域，桂兴华的这两首诗在将来的日子里，在人们对这两位伟人评论不断深入的同时，是有修改的余地的。我们期待在今后的日子里，能够看到这两首诗更完美的修订本。

孙光萱（上海教育学院教授，著名诗歌评论家）：

现在诗歌的流派非常多，“你唱罢，我登场”的现象说明诗歌界存在着浮躁。政治抒情诗的组合非常重要，它容易出现“大、假、空”，我们应把它改为“大、真、实”，诗歌一定要有中心，要放得开，收得拢。桂兴华同志便做得很好。

他有艺术的积累,他的诗中有特写的镜头,有虚实结合突出的写法,有韵味。他驾驭政治抒情诗比较成功。这两首诗统揽全局、贯穿时空,用蒙太奇的手法描述了邓小平同志的一生。当然,《邓小平之歌》在大气磅礴之外,是否应该更厚实一点。现在的诗歌出现了脱离生活的倾向,俗得不能再俗,骂人的话也用了,词汇干枯,有的又只追求雅,脱离了群众。桂兴华的诗歌却摆脱了这些模式,适当地运用了新名词,时代气息扑面而来。

张名煜(著名话剧演员):

我很喜欢桂兴华的诗,因为他的诗总是很流畅,并且便于朗诵。现在有些诗只能够"孤芳自赏",而不能在大众前面朗诵。桂兴华的这两首诗既讲到大的东西,又描述了许多小的细节,很好地把握了伟人的业绩。值得一提的是,诗中许多的描述是与人们感受相通的,是能激起共鸣的。《跨世纪的毛泽东》的序,长达5分钟,但我可以一字不差地背诵下来,这不仅是因为写得好,而且因为它朗朗上口,很容易记住便于传播。诗人与朗诵者、读者相遇,是因为他贴近了群众和他们的生活。

乔榛(著名表演艺术家):

我始终觉得桂兴华身上有特殊的诗人气质,对生活,尤其对政治有非常敏锐的感悟。这种诗人的素质和激情,使我们很佩服,他的诗朗朗上口,能使朗诵者很贴切地领悟到诗行后面所蕴含的东西,并且有一定的天地让读者去想象。读他的诗时,脑子里会产生许多丰富的想象,它不像其他人的有些诗只留于肤浅,光是些表面的东西。这两首诗让人感到非常有内涵,可以尽情地开展想象,能让朗诵者悟到诗人所悟到的东西,背出他的诗也就不感到吃力。

丁建华(著名表演艺术家):

我们想用自己的感情来讴歌伟人,感动群众的时候,正好读到了桂兴华的长诗。诗中有一个个具体的小故事。接触到这两部作品后,因为伟人本身就离我们很近,所以在朗诵这两部充满感情的作品时,就觉得一下子与这些伟人拉近了距离,似乎他们就在自己的身边。

赵丽宏(上海作协副主席,诗人):

桂兴华的这个会准备了很长时间。桂兴华这两年的创作重点都在写政治抒情诗,他有这样的激情是令人佩服的。他的这种激情不是每个人都有的,把对时代的感受转化为诗也很不容易。有些诗人不写了,但他一直在执着地写,发自内心地在写。有些人对他还不理解。诗出炉后,产生了较大的社会影响。在《跨世纪的毛泽东》一诗中,我个人认为有一点遗憾,那便是它的有些写法不太新。而《邓小平之歌》,则比前一部写得更有时代气息,写得很有感情。

这两部激情洋溢的长诗表达了我们大多数人的情感,已经广为流传,桂兴华做了非常好的一件事。如果有可能的话,可以出这两首诗修订版,使之成为精品,也就更有生命力。总之,我对桂兴华这几年的努力和成果,表示由衷地佩服和祝贺。

傅亮(青年诗人):

诗人应该活在对崇高信仰的追求中。桂兴华的激情是令人羡慕和佩服的。一定程度上是取决于他对崇高信仰的坚定追求。桂兴华有一个天真的特点,他非常注意身边美好的事物。他的作品始终没有脱离长街短巷,始终没有终止对信仰的追求。他有一个青年人纯洁的向往,有一个下乡知青的悔悟和奋起,有一个现代人对新世界童心不泯的梦想,有一个饱经苦难的中年人对未来不折不扣的憧憬。

桂兴华从1976年开始发表大量的诗歌、散文诗和报告文学以后,近年来已专注于政治抒情长诗的创作,并且取得了突破性的进展。他的第三部长诗《献给2000年》,目前已经着手创作。

有人说,桂兴华一炮打响是因为他选准了题材。我看并非仅仅如此。桂兴华的成功并不是从这两部长诗开始的。他从写诗的第一天起,就始终处于激情与思考之中,用自我的目光来审视历史和展望未来。

南通广播电台专门派人到会宣读王泊的论文——《诗韵如潮颂时代》:

论文指出:《邓小平之歌》紧扣时代脉搏,放眼历史风云,激情遍飞,充满情感审美质素,而深层次的思索为全诗浇铸了强劲的理性支撑,桂兴华苦心构筑的这道诗坛状景,阻挡了政治抒情诗的“沙漠化”。

桂兴华:

我关注时代的最佳手段是什么?是写政治抒情诗,政治抒情诗是另一种‘大特写’。激情是我最大的优势,我将继续当“诗人鼓动者,诗人宣传家”。

罗洛(上海作协主席):

今天开了一个很好等会,对每个人都有启发,使人很难忘,相信大家都会记住这次研讨会的。

这次研讨会是由上海市作家协会、《文学报》、上海东方广播电台、上海教育电视台、新华社上海分社《开放月刊》等单位共同举办的。

(《开放月刊》小徐根据录音整理)

文学要有大气

■ 文／吴欢章*

桂兴华同志在近年来创作的四部长诗中，把自己心灵的火热激情献给了深深影响了20世纪中国的历史伟人，献给了改革开放的明媚春天。

我们从中不仅可以看到时代的风云变幻，而且可以领会：社会主义虽在中国历经迂回曲折，但终究要走向胜利的历史真谛。

政治抒情诗在中国有着光荣的战斗传统，尽管过去曾受过“左”的干扰，但只要我们善于总结经验教训，今天在新的思想照耀下，政治抒情诗一定可以更好地发挥它那敏锐地关注社会的重大事变和深刻反映时代动向的功能，帮助群众推动历史的前进。

文学有没有大气，具有文学大气的创作是否占据文学的主流，是检验一个时代的文学是否真正兴旺发达的重要标志。桂兴华同志这几部长诗的可贵之处，正在于它及时地回答了这种时代的呼唤。

---

* 吴欢章：诗歌评论家，上海大学文学院教授。

强大的精神冲击力

■文／江曾培*

桂兴华的政治抒情诗经过朗诵以后，给人精神上以强大的冲击。

这种强大的精神冲击力，来自诗作的深厚感情。诗的本质在于抒情。桂兴华以饱满的政治激情，使作品达到一种灼人的感情沸点。

这种强大的冲击力，也来自深邃的思想。“诗言志”的“志”，应联系着时代的精神，人民的爱憎。诗的思想力量，不能缺少对国家和人民命运的思考。对大题材的政治抒情来说，更是如此。自然，这样的思考不是一种空洞的、教条的思考，而是一种饱含血肉的思考，一种把“小我”和“大我”熔铸在一起的思考，一种把“全世界集中在自己身上”的思考。

桂兴华的政治抒情诗犹如过去的《雷锋之歌》、《致青年公民》等洋溢着时代激情的好诗一样，发出了黄钟大吕般的时代强音，令读者精神一振。

这种强大的精神冲击力，还源于作品拥有比较娴熟的艺术表现力。情也好，志也罢，在诗里都要化为艺术，始能动人。否则，就会失之空泛与概念。

政治抒情诗，一方面，作者要有拥抱现实，关心时代命运的巨大热情；另一方面，又要寄兴于物，寓情于景，将从生活中汲取的诗情艺术地加以体现。

桂兴华同志在这两方面都显示了功力。他有丰富的生活素材作基础，同时又运用幻想、夸张、比兴寄托的手法，驰骋了想象，引发出“言外之意”、“景外之景”和“象外之象”。

1999年1月

---

* 江曾培：上海出版协会原主席。

感受时代脉搏的跳动

■文/叶 辛*

叶辛(右一)、桂兴华一起参加笔会

继《跨世纪的毛泽东》、《邓小平之歌》、《中国豪情》之后,桂兴华同志又以满腔热情勤奋耕耘,马不停蹄地为广大读者捧出了他的政治抒情诗之四——《祝福浦东》。

浦东开发10年了。浦东大地在开发开放的浪潮中,发生了翻天覆地的变化。用政治抒情诗这一艺术形式,纵情讴歌浦东的变化和发展,讴歌浦东所取得的辉煌成就,无疑是十分及时和有意义的事情。

桂兴华同志是一位富于澎湃激情的诗人。他密切地关注时代,把浦东的过去、现在、未来融会在这首铿锵有力的长诗中。让我们在感受他诗情的同时,也感受到我们这一伟大时代脉搏的跳动。

---

* 叶辛:中国作家协会副主席。

大题材的个性化

■文／顾晓鸣*

政治抒情诗要注意几点：

第一，个人化。诗成功的诀窍之一就是要以独特的个人语言叙述。马雅可夫斯基的政治长诗《列宁》之所以有它的地位，之所以可以打动人就因为它运用了独特的个人语言。《祝福浦东》在创作时已经产生了这种倾向，这个构架可以成立。个人化对诗人很重要。

第二，象征感。诗人明显在这方面已动了脑筋。我建议要有触摸感，现在数码化时代什么都虚幻了，如果空幻的形容词多了，就会给人幻影的感觉。就说这次"新大陆广场"开张让我去，这个"新大陆广场"就是原来的"沈家弄"，"新大陆"这三个字连一般个体小面馆也可以用，绝对没有"沈家弄"大气和有历史积淀感。

一百年前物质文化不够要挨打，那么一百年后想象力不够要挨宰。全中国都在呼唤想象力，所以要有一大段个人的"胡思乱想"，把未来写足写透。政治家要允许诗人的想象。

第二部分"钢桩"的意想不错。"打桩！打桩！打桩！"很有节奏感，但不能太多，否则会产生单调感。

《梦的陆家嘴》，梦的问题是整首诗的问题。信息社会实际上是人类的幻想世界，人类的童话世界，人类的故事世界。因此整首诗反映的应该是：浦东是一个造梦、圆梦的地方。另外，自我贬低不能太过，否则会影响视野。

最后一部分《世纪大道》的意想也十分不错，但要少和外国比。和外国比的同时其实是一种自卑的表现。

第三，异样感。诗是语言的非常规，是叙述方式的非常规使用。叙述程序应该更加奇特，把展望未来放在第一，百年回顾放在最后也是蛮有趣的，现在

---

* 顾晓鸣：评论家，复旦大学教授。

越有历史感的东西越有价值。

第四，诗塑造的形象应该是特立独行的。浦东是与众不同的，是全国乃至全世界人民在20世纪末、21世纪初的一个杰作。要有一种大气，不妨说得夸张一点，到了23世纪，人们将把浦东作为人类文明遗产之一，重大业绩之一。要回避乡土小镇感，要有四海为家的感觉，人们都在为浦东骄傲。

桂兴华擅长于将所经历的年代、所铸就的执着，以及所催生的诗兴，聚焦于对伟大时代的讴歌。

我想，这部《祝福浦东》继续了他的这个特色。

时代需要这样的诗，群众需要这样的诗

■ 文／李　瑛*

2011年，桂兴华在李瑛家中与其交流诗艺

伟大的诗人和伟大的作品，总是离不开他所处的时代的。

正如我国古代的屈原所作的《离骚》、《九章》，至今仍为我们所传诵。他在当时主张彰明法度，举贤授能，改革政治。在同反动贵族的斗争中，他不满黑暗统治，忧国忧民，最后怀着一种为理想而献身的精神投江而死。又如意大利的但丁是欧洲中世纪向近代资本主义过渡历史时期的一位巨人，是意大利文艺复兴的先驱。他的《神曲》就是一部具有强烈政治倾向的作品，饱含着他对民族甚至全人类命运的思考。他在诗里不遗余力地揭露社会现实，对封建社会道德观念提出挑战，被恩格斯称为是“中世纪的最后一位诗人，同时又是新时代的最初一位诗人”。再如我国现代伟大的思想家、革命家鲁迅，他的战斗的一生，他在作品中对人吃人的封建制度进行了强烈地抨击，奠定了我国新文学运动的基础。他在许多不同形式的作品中，都表现了强烈的爱国主义和彻底的革命民主主义精神，后来又以其高瞻远瞩的政治远见和韧性的战斗精神，成为我国新文化的旗手和无产阶级战士。还有德国的歌德，写了多少对贵族的憎恨和对真理探求的诗篇！他历经几十年才完成的《浮士德》，就深刻地表现了进步的科学力量

* 李瑛：中国文联副主席，著名诗人。

与反动的神秘力量进行的斗争。海涅的《德国——一个冬天的童话》也是无情地鞭挞了反动统治，号召被压迫群众行动起来进行斗争。这是一首长篇政治讽刺诗。美国的惠特曼在南北战争以前就反对奴隶主、庄园主，满怀对黑人、印第安人的同情；在南北战争时，他对奴隶制更加憎恨，他为被反动派杀害的林肯总统写了很多著名的悼念诗篇；南北战争结束后，他又进而批判资产阶级民主的虚伪，歌颂欧洲的革命运动和巴黎公社。更不用说俄国的马雅可夫斯基了，他写了那么多从早期揭露和嘲讽资本主义到后来歌颂“十月革命”和社会主义的美好生活，以及对革命领袖列宁礼赞的诗篇。

我随手举这样一些例子，主要是要说明：诗人不应该脱离时代，实际上也脱离不开政治；伟大的作品总是深刻地概括一个历史年代，总是呈现出诗人的崇高品格和爱憎分明的感情和禀赋。

现在，我们党建立80周年了。80年以来，党领导我们整个民族经历了长期的、艰巨的斗争，这惊心动魄的史实本身就是一首无比光辉壮丽的诗篇。因此就很希望有写得深刻、准确、富有震撼力、冲击力的史诗出现，希望有大气磅礴的，既有与之相称的思想高度，又有强烈的诗的素质和充沛的激情的诗篇出现。

写这样的长诗，首先该考虑好怎么写。比如怎样有完整的艺术构思，如何选好切入的角度，如何从历史的哲学的高度来把握它，在忠于历史的前提下安排好取舍，充分使用具有艺术表现力的各种艺术手段等，力戒流于抽象的空泛的概念化的讴歌。这里，选取的意象和语言至为重要。

时代需要这样的诗，群众需要这样的诗。我们诗人便应努力写好它，这是我们的光荣职责。如果能适于朗诵，使诗句在流动中为群众所接受，使之受到感染，产生共鸣就更好了。

桂兴华同志多年来一直专注于长篇政治抒情诗的创作，给予政治内容以诗的情韵和艺术的表现，并已逐渐形成自己的艺术特色，取得了很大的成绩，这种激情是十分可贵的。

在中国共产党建党80周年将临的时刻，桂兴华同志又将完成这样一首长诗，我想就他来说，对重大政治题材的诗歌创作既然已有过很多思考和体会，积累了丰富的实践经验，再加上他学习勤奋，创作刻苦，一定能够写好这首诗。

衷心祝他获得成功！

2006年5月

（选自《永远的阳光》）

《永远的阳光》专家论证会摘要

桂兴华的这部长诗富有政治激情，写得很自如，时空常常交错，像电影的“蒙太奇”，用了剪辑、交流、叠加的手法，用墨大体得当，构思也稳妥，很有特点，我很受感染。

桂兴华很有才华，诗中的佳句也不少，山的形象选用得也很好。有些排比句一层层推上去，能把听众的情绪激荡起来。我相信，朗诵后振奋人心的效果肯定会有。

长诗的内容上要注意尽量全面些，当然，有些空白我是理解的。诗中要有些反思，当然，这种反思不是叫人消沉，而是增强人的信心。语言上也要处处讲究，有的还要注意朗诵出来的实际听觉。

——屠岸（中国诗歌协会副会长，原人民文学出版社总编辑）

桂兴华的这部长诗一气呵成，很有气势，能一浪一浪地把人的激情煽起来，他完全有驾驭重大事件的能力。在把握情感上很不错，已经很熟练，语言押韵，有节奏，有魅力，也没有什么硬伤。

中国共产党建党80周年这样重大的题材，对作者的思想水平和艺术水平都有很高的要求。80年来，中国共产党主要做了三件事：救国、建国、强国。我希望长诗整篇的结构要一致，细节要再多些，画面也要再多些，要有些华彩乐章。好的政治抒情诗，不仅是给耳朵的，而且也是给眼睛的。要渗透到人的感情里去。

政治抒情诗的切入点要尖锐，就像足球的点射，要出奇制胜。这样的话，就会有很好的艺术效果。文学应该比生活更快一些，哪怕是一小时。

——雷抒雁（鲁迅文学院常务副院长）

这几年来，桂兴华在我国政治抒情诗领域里是很突出的一位诗人。

这部长诗总体来说是站在今天的高度来回顾昨天，很舒展，不拘泥，时而回顾到过去，时而又返回来，整体框架不错。总的看完后，觉得：作品真挚、热情、奔放、饱满。但修改的时候，我认为有的结构要调整，有的句子要再精致一些。郭小川、贺敬之当年的作品，既有大气磅礴的语势，又有巧妙的比喻，他们的有些诗句至今还给我们留下很深的印象，这个经验值得学习。

我对这部长诗大幅度的跳跃很感兴趣，空灵、舒展是桂兴华的长处，但也要注意：把历史的经验和教训讲清楚。

——张同吾（中国诗歌协会秘书长）

写长诗，作者要有写短诗的历史，这一点桂兴华早就具备了。建议桂兴华要有“语不惊人死不休”的决心，让读者记住一些精彩的诗句。马雅可夫斯基的《列宁》、《一亿五千万》可以借鉴，可以撇开一些很具体的东西。

——杨匡满（《当代》副主编）

桂兴华这些年来写政治抒情诗很勤奋，激情饱满，而且能贯穿全篇，已经形成了自己的风格。他选用的词句都比较响亮，很有气势，容易调动听众的情绪，在素材的处理上也是很成功的，因此很有成效。

东方广播电台引进桂兴华，是很聪明的。因为诗朗诵是感染力很强的一个节目。

我建议：对党的业绩要放在人类进程的坐标上来写，这样，立意就更高了。结构上是否要把全诗的精华篇放在最前面，以便让报刊转载，扩大影响。

——叶延滨（《诗刊》副主编）

我们《诗刊》曾经与桂兴华合作过《祝福浦东》的朗诵会，很成功。

桂兴华的革命热情，一直令人感动。他属于诗人气质，满腔热情，创作上也很负责。我听过他的作品朗诵，很有感染力，会场上的气氛也很热烈。

现在这部初稿要注意人称的统一，节奏也要注意变化。我希望在纪念中国共产党建党80周年的创作中，有这样一颗诗星闪烁。

——李小雨（《诗刊》副主编）

（根据2001年2月9日下午，东方广播电台在中国作协大楼五楼会议室召开的《永远的阳光》专家论证会录音整理）

《青春宣言》序一

■ 文/陈　靖*

青春是一个闪亮的名字,青春是一首不朽的赞歌。我们的名字叫青年。我们每个人的成长轨迹,每一次的成功和喜悦,都吸引着全社会的目光和喝彩。

今天,一群从新世纪的晨曦中走来的青年,和着清新的春风,披着灿烂的阳光,沿着希望的通途阔步向前。在他们身后,一幅瑰丽的画卷正徐徐展开,而他们正是这画卷中最欢快的亮色。

火红的青春需要优美的诗篇去讴歌,金色的年华需要智慧的声音去注解。

为此,共青团上海市委策划并邀请著名诗人桂兴华同志创作了长篇朗诵诗《青春宣言》,用激昂的语言表达我们对事业和人生的追求,用华丽的诗歌抒发我们对祖国和人民的挚爱。

这篇长诗,反映了青年一代永远跟党走的坚定信念,展现了当代中国青年在民族复兴伟大征程上的时代风采。

诗歌是青年感悟真理的桥梁,诗歌是青年心灵沟通的小舟。

值此中国共产主义青年团建团80周年之际,我们谨以诗为团的生日献礼,祝愿亲爱的团组织朝气蓬勃、欣欣向荣,祝愿青年朋友们向着阳光、向着未来、向着希望,振翅高飞!

---

* 陈靖:时任共青团上海市委书记。

《青春宣言》序二

■ 文／雷抒雁*

朗诵是一种直接的心灵交流。

青年，正处在人生的成长阶段，对自己有着特殊的要求。

“17岁的时候，每个人都是诗人。”这个时期，心情变化最频繁，感觉最敏锐，向往也最强烈。而朗诵，对培养青年的修养和气质，有很大的好处。

通过诗的朗诵，能开阔胸怀，洗涤心灵。

朗诵，是对时代的感应，不仅仅传达了诗人的心声，而且有一种青春力量的冲击。

桂兴华同志的政治抒情诗，我比较熟悉。他满怀深情地歌颂了我们的党和伟大的领袖，歌颂了我们的时代。他的几部长诗的朗诵会，我都参加了，举办得都非常及时，很成功。无论在上海，还是在北京，朗诵的时候我都怀着激动的心情，观众也都很振奋。他的语言很有特点，明白流畅，不拗口，容易与观众沟通。

我相信，这部《青春宣言》同样能在青年中找到无数的知音。

2002年1月21日

---

* 雷抒雁：时任鲁迅文学院常务副院长。

《青春宣言》序三

■文／秦　怡*

为什么我一旦参加朗诵活动，就会全身心地投入呢？首先，诗作打动了我，引起了心灵的颤动。

桂兴华同志的朗诵诗写得很有感情，诗的语言激发了我的想象力，所以我喜欢读。我参加他作品的朗诵有好多次，印象最深的有两次。

一次是应邀参加电视长诗《邓小平之歌》的拍摄。拍摄中，我不断地问自己：今天中国的日新月异，桩桩件件哪一件离得开小平同志？没有邓小平同志，今天的中国会是什么样的景象？而通过对诗的琢磨、理解，我对小平同志的一生有了更系统、更深刻的感受。有好几句诗，真是说出了我的心里话。

“从今天的每一座路标／到新世纪的每一条跑道／哪一刻不在心底轻轻呼叫／从继续丰收的每一首田间小调／到更加辉煌的每一章都市交响／怎能不汇成情感的浓浓波涛／小平你好／小平你好／小平你好！”

我在台上激动地朗诵，非常希望小平同志能再次睁开眼睛，听到我的呼唤，在场的观众也因此产生了强烈的共鸣。

另外一次，是上海的特殊奥林匹克运动会的文艺演出中，我朗诵那首《母亲的爱》，是含着热泪的。桂兴华与我交流了好几次，艺术地写出了母亲对儿子的种种牵挂。儿子的成长中，凝聚着多少母亲的挚爱啊！当那些残疾青少年登上领奖台时，我怎能不更加体会到他们加倍付出的代价。我的情感与诗人的情感融合在一起了，演出效果就很好。

朗诵诗和音乐一样，用不同的音符反映了心灵深处的种种感受。诗朗诵也是一门艺术。我希望青年朋友们通过朗诵诗歌，放声抒发时代豪情。

2002年1月27日

---

* 秦怡：著名表演艺术家。

智慧广场上的诗意

——《智慧的种子》序一

■ 文／姜斯宪*

从1992年7月张江高科技园区诞生开始，到1999年下半年上海市委、市政府实施“聚焦张江”战略，经过多年的养精蓄锐，张江发生了举世瞩目的变化。

今天，我欣闻诗人桂兴华的新作《智慧的种子》即将出版，张江的智慧广场上又将增添诗意。在此特向情系张江的桂兴华同志表示祝贺。

在走通科教兴市的“华山天险”一条路上，必须求实创新，必须有科学严谨与充满激情相结合的作风。今天，桂兴华以诗人的想象力和创造力，通过诗的语言和意境，展示了当代创业者的情怀，反映了“科学技术是第一生产力”的重大主题。

桂兴华的诗很有感染力。我们欢迎这种有感染力的好诗，也期望文艺工作者能够到浦东深入生活，精心创作，为广大群众提供优质的精神产品。

我相信，《智慧的种子》这部长诗的问世，将对如何运用文艺形式表现高科技领域的创业精神，有着积极的探索和启示作用。

在当前各行各业全面贯彻“三个代表”的重要思想，与时俱进、开拓创新的时刻，我愿这部《智慧的种子》长诗能为我国社会主义文学百花园再添一朵精致、饱满的新花。

2003年4月于浦东

---

* 姜斯宪：时任上海市副市长、浦东新区区委书记、区长。

既有气势，又不空洞

——《智慧的种子》序二

■ 文／李佳能*

李佳能、陆梅、孙云（从左至右）出席“第二届中国当代政治抒情诗高峰论坛”

岁月匆匆，转瞬之间，张江高科技园区已经建园10年有余了。

10年前的那张浦东规划图翻开在桌上，看着图中张江的那一块区域，回想着当年的阡陌纵横，眼前浮现出今日张江的勃勃生机，我百感交集，感慨万分。

自聚焦张江以来，社会给予张江很高的评价。在一片掌声之中，我在想：能不能将张江创业者的风采、“海归派”的业绩用文艺的形式反映出来？

就在这个时候，我细读了我们浦东新区政协委员、诗人桂兴华的长诗《青春宣言》，使我萌发了请他再写一部新作的想法，用诗的语言来再现张江。

我特地在2002年5月17日去广播大厦走访了他，一交谈，非常合拍。一年以后，这部《智慧的种子》已经问世了，可见他深入生活的勤快和诗歌创作

---

* 李佳能：时任上海市浦东新区管委会副主任、浦东新区第一届政协主席、党组书记。

的活跃。

对于张江高科技园区，我情有独钟。还在研究酝酿浦东开发的时候，我参与了张江园区的选址规划和布局规划。1992年7月，我参加了张江园区发展公司的揭牌仪式。1993年，为了推进张江园区开发，我参与组织了龙东路建设。2000年8月，新区一届政协成立，张江园区涌现出一批“海归派”政协委员。这期间，我和我的同事们常常去张江走访“海归派”，开展推进张江开发的课题调研。“海归派”不畏艰难，勇于创新，深深地感动了我！

在我的印象中，桂兴华同志作为政协委员，思路很敏捷，能摸准时代脉搏，为人热情，积极参政、议政，这对他从事政治抒情诗的创作，一定有帮助。

桂兴华同志作为著名诗人，我当时相信他一定能胜任《智慧的种子》的创作，他一定会成功。现在作品出来了，事实证明这部作品处处洋溢着“科教兴国”的时代气息。他的朗诵诗既有气势，又不空洞，还能激发人的联想。我很喜欢读他的诗作，听演员朗诵他的诗作。相信大家也会和我一样，欣赏他的这部《智慧的种子》。

再次祝贺桂兴华诗如潮涌。

2003年3月25日

2014年，李佳能（左二）到塘桥参观桂兴华诗歌工作室，奚德强、罗建川陪同

艺术跳高的又一横杆

■ 文／任仲伦*

诗人不是表演团体操的。他们拥有各自的思想姿态，艺术脾性。桂兴华的诗性是什么？最初的和最后的印象都是直率，或者说是直抒胸臆。如同擂鼓，有时干脆甩开鼓槌，用手敲，咚咚地敲响他的心声。

桂兴华写诗历来胆大，敢写别人不敢写，甚至不敢想的题目。比如，他歌颂三代领袖的三部诗稿。毛泽东、邓小平、江泽民，每一个名字都是厚重的民族历史，都是思想和人格的高峰，足以让诗人们逊净风骚、输尽文采。但是，桂兴华写了，写完了。其中的豪情和胆气淋漓尽致。

《智慧的种子》依然胆大。张江是浦东著名的高科技园区，这里有足够的理性和智慧，但要把微电子、软件、芯片等演化成诗情诗意，谈何容易？这是他艺术跳高的又一横杆。现在，桂兴华跳了，跳过来了。所以说，《智慧的种子》是一部新诗稿，但沿袭他一贯特色：对于时代变革的敏感，对于大江东去的兴奋，对于宏大叙述的偏爱。

诗言志，是老祖宗留下的传统。政治抒情，是桂兴华的创作强项。《智慧的种子》聚焦的是浦东张江，但是，他始终把创作视野放大到整个中国的变革。在全诗的"序"中，他开宗明义地把张江塑造成"高科技大战中的中华选手"，从而呼唤"要赛就要找最强的对手／即使输了／也输得酣畅／输得泪满双眸／就像品尝一杯／久久回味的苦酒／如果仅仅是替补／怎么能转动自己／转动出征线上的岁月／转动／浓缩在脚下的地球"的精神。它浓缩了浦东张江的本质追求，概括了当今中国逐鹿世界的形象。应该说，这几行诗奠定了整首诗的基调，也奠定了它基本的艺术灵魂。由此展开的其他篇章，都是在这个思想之根上舒展的枝叶。根深，才能叶茂。

诗歌，常常被看成是艺术的精致和极致。政治主题和时代题材的进入，会

---

* 任仲伦：时任上海市作家协会党组书记、副主席，文艺评论家。

2008年，任仲伦（后排左六）、乔榛（前排左一）、秦怡（前排左二）等出席《邓小平之歌》记者见面会

不会冲淡的它的艺术趣味和艺术技巧？应该说，只要艺术是开放的，不被狭隘化，不被题材规定化，那么，小桥流水是诗，大江东去也是诗。关键在于创作者能否把握住创作的本质，把对于时代、社会、人生的思考，演化成艺术的思维和艺术的表达。

《智慧的种子》显然在努力，努力融合思想观念与艺术传达中间的裂痕，努力寻求理性与感性、激情与诗意之间的有效结合。我觉得，在《与达尔文对话》、《今夜月光似海》、《这里特别安静》等篇章流露出作者追求的痕迹。思想与概念不是赤裸裸的袒露，艺术构思与艺术想象在这里健康地飞翔着。当然，要真正将政治与抒情之间关系形成水乳交融的意境，并非容易的事情。它始终是诗人们不断探索的课题。

诗歌，可以属于个人的低吟浅唱，也可以属于时代的咏唱。桂兴华把自己的目光瞄准社会大生活那片广袤的领域，想放开嗓子歌颂时代的变革，我们有理由期待。期待他，会通过不懈的奋斗，收获他应该收获的果实。

充满着昂扬向上的力量

■ 文／屠　岸[*]

长篇朗诵诗《智慧的种子》读后的总的感觉是：气势恢弘，充满着昂扬、向上的力量，给人以极大的鼓舞。

浦东张江是我的旧游之地。1948–1949年初，我在张江住过两个月。那时这地方叫“张江栅”，是个乡镇。我住在村子里，度过了那个寒冷的冬天。我在土屋里仿佛听到“三大战役”的隆隆炮声和解放军占领北平举行入城式时群众夹道欢呼的声音，心潮澎湃，激动不已。2002年6月，我从浦西乘地铁到浦东去“访旧”，见到的却是一片新天地！高科技园区矗立在江滨，璀璨夺目，令人无比振奋，无比激动，甚至超过了“三大战役”的炮声给我的激动！今天读着该诗，仿佛又亲身到达了浦东的那一片新天地里。

该诗很好地处理了“虚”与“实”的关系。它没有写张江发展的流水账，没有纠缠于科学技术本身，就是说，没有陷入“实”的泥淖里，而是站在历史的高度，回顾过去，展望未来，把张江的存在和发展，作出诗化的总结。就这样使张江“虚”起来。但这一“虚”招儿，并没有“虚”进理念化的死胡同。作者不是写报纸社论，而是在写诗！作者用一个又一个形象，一群又一群意象，组合成宏伟的乐章。有些抽象的概念，在诗中成了可触可摸的具体的东西。比如，“梦中向往的高度／猛然剔除了／不容存在的低矮”，或“看！一轮最圆，最甜的月亮／正在这片湖边／留下最多的信赖”。这里，“高度”、“低矮”、“信赖”都具体化了，有着明显的质感。又比如，“数字”本来是抽象的，作者却使它形象化了，甚至有了灵魂。

远古的生民／曾经扳着手指头啊／穴居的老农／曾经垒着石块算……／曾经有过多少干涸的年代啊就像大沙漠无边无际／数字／只能用手累计／飞

---

* 屠岸：著名老诗人、翻译家，原人民文学出版社总编辑。

沙走石 / 批斗了多少次 / 抄家多少次 / ……幸亏有了一次 / 最酣畅的雨 / 把陈旧的观念 / 一一清洗…… / 因为有了你 / 才有了如此蓬勃的诗意……

不能再引了，篇幅不够用。我只是想说明，作者把“数字”写活了，通过它，反映了时代的变迁，歌颂了张江的飞速发展，赞扬了张江人奋进的姿态。因而，作者的诗情诗意是通过活生生的形象、通过“实”而表达出来的。可见作者写诗擅于掌握“虚”与“实”的辩证关系，做好了“虚”与“实”的结合。

写高科技的发展，很容易写得枯燥。该诗却毫无枯燥的感觉。

例如在“这里特别安静”一章里，出现了一个又一个中国的和外国的科学家的形象：李时珍，祖冲之，郭守敬、哥伯尼、伽利略、爱因斯坦、爱迪生……作者不是抽象地提到他们，而是把他们放在典型的动作里和鲜活的形象里，让他们透过历史的尘雾，投向今天的中国、今天的浦东，形成古今对话、时空交错的图像，织成锦绣的画面，突现出从历史深处走来的张江今天的面貌和向明天猛进的身影。“与达尔文对话”一章，写得尤其生动。

桂兴华写的是朗诵诗，懂得怎样抓住朗诵的效果。

朗诵诗不能仅仅诉之于读者的视觉，必须诉之于听众的听觉，要使听者明白，听懂，而且要受到感动。作者不用生僻的字词，避开了听觉的绊脚石。作者用的语言十分口语化，使听众容易接受，但又是经过提炼的诗的语言。作者也用停顿、用韵脚，但不作死的规定，而是随着诗情的起伏，有节律地安排分行、停顿和尾韵，起到回环往复、荡气回肠的效果。“为中国加油”一章中，一再重复“进球！进球！”和最后“加油！加油！”的韵式处理，起到调动听者情绪，使之不断昂奋以达到顶点的作用，非常成功。

我相信，这首诗会受到朗诵者的欢迎，更会受到听众的欢迎。

拥抱智慧的星辰

■ 文／张同吾*

诗人桂兴华以创作主旋律的政治抒情诗见长，并且逐步形成了他独特的审美视角和艺术风格，他以真挚而热烈的情思和直抒胸臆的抒情方式，歌颂伟大的历史变革和激越的时代脚步，歌颂世纪伟人邓小平的丰功伟绩，真实地表达了我国各族人民爱戴他的深情。

回顾漫长岁月，中华民族历经巨大的历史灾难和日月沧桑，从来没有像现在这样欣欣向荣。宏伟的建设蓝图和崭新的社会风情，急剧的文化流变和丰富的生活内容，都为诗歌创作提供新的艺术灵感和更为广阔的创作疆域。

最近，桂兴华又创作了长篇朗诵诗《智慧的种子》。新的创作题材为他提供了新的创作思路，诚如黄菊同志所言："张江是新世纪浦东开发的一个新亮点，而且将成为上海发展高新科技产业的重要载体，将成为中国高科产业的辐射源。"桂兴华以诗人的敏感，最早感受到这种"辐射源"的照射，感受到它迷人的美丽和诱人的魅力，以不可遏制的激情为之歌唱。

科技与诗歌都是智慧的结晶，就像天上的星辰，放射着不同的光彩，前者更缜密更冷峻，后者更浪漫更具体更热忱。然而，任何智慧的星辰都是由人去发现、由人去解读。新世纪的绵绵春雨，不仅浇灌了东方大地的万顷禾苗，也赋予了新的思路新的构想新的活力，从而去创造新的人间奇迹；同样，新世纪的绵绵春雨也赋予诗人新的灵性和新的情趣，产生纵横驰骋的想象，产生妙舞翩跹的思绪。

他伫立在智慧广场，谛听到智者达乐文真诚的倾诉："今天，我坐在中国的诺贝尔湖边／看到一个个／新世纪骄子的身影／从世纪经济的走势图中涌来／从时尚杂志的封面上涌来／那么儒雅／那么自信／仿佛就揣着／我年轻时代／美妙的憧憬"；他也谛听到浦东的创业者们自豪的心声："这里是一片／

---

* 张同吾：时任中国诗歌学会秘书长，著名诗歌评论家。

神奇的土地/这里是一个全球信息物焦点/这里是城市中的花园啊/花园中的城市/智慧风暴的/一个中心!我们选择这里/因为这里的花朵/大小和色泽都有所超越/这里选择我们/由于我们的掌握/比万贯家财都更加贵重!”这种主客观相转换、主客观相统一的崭新关系,既是一种思想的飞越,又是一种情感的交融,而这一切又都带有崭新的时代属性。

我们对于主旋律和政治抒情诗的理解曾经比较表象和狭隘,仿佛惟有讴歌重大政治事件和历史事件的诗篇才是政治的情诗,仿佛唯有黄钟大吕才是生活的主旋律。偏狭的理解会使作品单调而呆板,他们以雷同的构思和套式化的语言,去征得人们共同通晓的道理,不仅缺乏思想启示性和艺术感染力,而且大大败坏了读者的胃口,败坏了诗的声誉。

2002年,在中国诗歌学会主办的一次作品研讨会上,金炳华同志说:“诗歌独有的艺术形式和审美特征使它成为时代的火炬和号角,它必然是一个民族和一个时代文化发展的先声,同时没有任何一种文化形态和文学界样式能够像诗歌这样敏锐而又生动地反映时代脉搏和人民的心声。”基于这样的理解,他又说:“主旋律的精神内涵和文化内涵富有极大的包容性、延展性和丰富性,一切能够激发人积极向上的美好情致,不管是讴歌诚挚的友情,还是吟唱甜蜜的爱情;不管是描绘优秀的田园风情,还是表现火热的战斗激情;不管是雄健的进行曲,还是柔美的小夜曲。一切有益于培育四有社会主义新人的情思,一切有益于激发人心理健康的情思,一切有益于广大人民群众努力开创幸福生产的情思,都是情感的主旋律,美学的主旋律,生活的主旋律和时代的主旋律。”他的话值得我们思之。

我由衷地希望桂兴华在未来的创作实践中,不断有新鲜的艺术发现,不断营造新鲜的意象,并且赋予它丰富的文化内涵,少一些直陈和解说,多一些含蓄和优美,从而更有思想启示性和艺术感染力。

2003年4月3日于北京

诗情浓郁寄张江

■文／李小雨*

诗人桂兴华致力于政治抒情诗的创作，短短几年间，他围绕着浦东开发开放十周年、中国共产党建党80周年、建团80周年等重大纪念日创作出版了数首极富影响力的抒情长诗，并通过朗诵、表演等多种艺术形式让诗长上翅膀，飞向群众，点燃人们心头的激情。

《智慧的种子》是作者又一部讴歌创业精神、赞美高科技领域突飞猛进的时代画卷。在这部长诗中，作者以高度的政治责任感、敏锐的洞察力和对故土割舍不断的亲情，从几个不同的侧面抒写了张江这个上海改革开放前沿窗口的沧桑巨变，并把它放在整个中国建设社会主义现代化强国的时代大背景下，使之有了开阔感和纵深感，让"人民创造历史"这一宏大经典的主题得到了诗意的提升。

读这部长诗，感触最深的就是作者不同于以往慷慨激昂、火山爆发般的高亢明亮、直抒胸臆，而使用了最深情的话语、最抒情的表白、最富形象感的想象力，为我们描绘出在浦东这一片曾经荒凉的土地上创业的艰辛和广大科技工作者奋斗拼搏的精神。

作者将这改变历史进程的过程具体化了：半盏油灯、手摇电话机、一碟咸菜记叙了过去贫困而又难忘的年代；有"那么一双手／帮你们擦去眼角的泪痕／给你们泡上清香的浓茶／替你们抖去风衣上一层层的尘埃"，生动地描绘出科学家们互相鼓励、相互支撑的坚忍不拔的顽强精神。以情动人，虚实结合，以普通人的平常心态，表现科学家们血肉之躯的平凡人生，画面简练跳跃，极具概括力和感染力。

同时，作者书写的高科技内容也并不枯燥，他注意运用了诗意的形象，巧妙地把如地铁二号线、磁悬浮列车、数据库、信用卡、网络平台、微电子、计算机、生物技术、芯片等无数澎湃展开的最新现代化技术项目和当今最流行的科

---

* 李小雨：时任《诗刊》副主编，中国诗歌学会副秘书长。

2002年，桂兴华在张江深入生活

技术语诗意化，并把它们融入“今夜，月光如海”，“这里特别安静”，“与达尔文对话——写在智慧广场”这样神秘的小标题中去加以延伸，字里行间洋溢着缕缕深情，“人生就是一座软件园／正被开发得多么富有／多么精彩”，“如果没有无数张信用卡／怎么把便捷刷出来／如果没有更新的数据库／怎么使未来的大脑／灵活起来”等，都充满诗情画意，携领读者去和时代做超时空的对话，用激情和美感享受人们精神上的创造，同时，也将广大科技工作者的内心世界表现得更加丰满、博大、深刻而又真实。

《智慧的种子》这部长诗在语言上朗朗上口，韵律感强，回环往复，朴素真挚，自然流畅，极富于朗诵和倾听。“多少年的风雨／全飘过去了／中国的月亮啊／多么皎洁，多么出色／全部呈现给／我们这个／爽爽朗朗的好时代……”形象单纯而意蕴浓郁，对中国的希望，对未来的祝福都凝聚在这深情押韵的诗句中了。

不是标语口号式的慷慨激昂，而是充满哲理意味的思辨，读后令人掩卷深思，浮想联翩，热血沸腾……这样的写法，更符合介绍张江这一高品位的高科技园区，更便于深入展现人物的内心世界，同时也开创了政治抒情诗的另一种写作尝试。

2003年4月18日

你早，桂兴华

■ 文／丁建华*

2012年，丁建华（右一）来塘桥参加“首届中国当代政治抒情诗高峰论坛”

桂兴华的又一部长诗同大家见面了，真为他高兴。

在我的艺术生涯中，参加过无数次不同形式的朗诵会，但整场诗朗诵的内容都是一个诗人创作的，除了桂兴华没有别人。他的诗作，强烈地印上了时代的标记，及时地喊出了时代的声音。像他这样敏感、果断、充满激情的诗人真是太少了。

---

* 丁建华：著名语言表演艺术家。

在我朗诵的诗篇中,细算起来,时间最长,数量最多,场次最密的是桂兴华的作品。每每舞台上阵容整齐,剧场内人头攒动。演出后,在与一些观众朋友的交谈中,经常能听到这样的说法:“桂兴华写的诗挺有魅力的。”

是的,当人们夸奖我和乔榛的朗诵时,我们总会情不自禁地说:“首先是作品好”。桂兴华的诗对我本人就很有冲击力,我生活在这个时代,对他诗中抒发的情感有切身的体会。他的诗有一种穿透力,大题材中有许多小细节,让人读来情真意切,诵来朗朗上口。

1993年,为纪念毛泽东诞生100周年,《跨世纪的毛泽东》在上海商城剧院、中国剧场、大世界等处演出,我和乔榛表演《韶山,没有终点的起点》一章,至今我还能背出其中的一些诗句。那年去长沙,虽然时间很紧,但我还是执意要去韶山冲看看,我在毛主席故居的堂屋里对乔榛说“这就是桂兴华诗里写到的神龛……”

1997年,我和乔榛在长城上拍摄《邓小平之歌》这部长诗的MTV,对其中的一句“1978年那不是冬季的冬季”有不同的理解,就站在烽火台上两次与上海的桂兴华接通电话,在电波里和作者沟通。那时候,身边的寒风正呼呼地吹,“那不是冬季的冬季”意味深长。

1999年,《中国豪情》在上海大剧院、南通师范学院等处演出。在去南通的长途汽车上,我发现朗诵的伴奏带忘记带了。在排练时临时找来的音乐都不理想,我和乔榛就干脆决定“清诵”。有人担心:“十几分钟的朗诵,没有一点音乐,行吗?”而我们却很自信,好歌好戏能清唱,好诗为什么就不能清诵呢?结果,有记者这样写道:“会场里响起如雷般的掌声,政治抒情诗在当代大学生中引起强烈反响,出乎人们的意料。”而我们在朗诵中,眼前浮现出一幅幅画面。当朗诵到“你更改出访行程的手啊,又一次拨响了正在巡视洪峰的总指挥的拂晓”时,仿佛看到了洪水滔滔的大堤上,指挥部临时的帐篷里,总指挥那镇定自若的眼神、刚毅有力的话语和被洪水冲皱了的衬衣……

今天,桂兴华的《智慧的种子》又出版了,我又将朗诵其中的篇章。在此,我由衷地祝愿桂兴华的诗,也像张江高科技园区的建设一样,永远在早晨,永远朝气勃勃,充满着希望。

2003年4月10日

《跨世纪的毛泽东》再版序一

■ 文/邵 华*

一晃眼，父亲离开我们已经20多年了。生活在新世纪的我们，怎能忘记他老人家。我想，全中国的人民都不会忘记他的。

今年，是他老人家诞辰110周年，上海著名诗人桂兴华的长诗《跨世纪的毛泽东》在初版10年以后重版，是个好消息。

诗人桂兴华很有激情，他撰稿的电视诗《天安门畅想曲》我看过，听说后来还得了奖。他的诗，字里行间洋溢着对我父亲的怀念和爱戴。

这部长诗的再版，说明大家很想用他的诗来寄托我们的情感。更重要的是：历史铭记着，新中国是怎样在血与火的战斗中诞生的。许许多多好的传统不能丢掉。

我想，父亲他老人家一生的奋斗，就是为人民谋幸福，所以他喊出了"人民万岁"。诗中有一节这样写道：

那一天，他始终站在检阅台，黄昏的脚步也不得不放慢了节拍，他只看见千山万岭还在向他涌来，涌来，分不清是来自驰出烟雨的遵义，还是来自转战千里的陕北。险滩被一一涉过，礁石被一一冲开，此刻他怎能不高喊：同志们万岁！同志们万岁！把水银灯打开，把水银灯打开！他想把这支前连着旷古，后接着未来的队伍，看得更加明白……

真是令人心动，久久难忘。

我父亲当年率领的这支队伍，今天还在继续前进。乘着改革开放的春风，我们的党更加壮大，更加坚强了。我相信，在以胡锦涛同志为总书记的党中央领导下，高举邓小平理论的伟大旗帜，贯彻"三个代表"的重要思想，我们党的事业将更加辉煌。

在此，再一次祝贺《跨世纪的毛泽东》再版。

2003年9月9日

---

* 邵华：中国摄影家协会原主席，毛泽东儿媳。

《跨世纪的毛泽东》再版序二

■ 文／金炳华*

在毛泽东同志诞辰110周年之际，诗人桂兴华同志的第一部长诗《跨世纪的毛泽东》再版，这是很有意义的事情。

这部政治抒情诗生动地刻画了一代伟人毛泽东的光辉形象，热情讴歌了以毛泽东同志为代表的中国共产党人为民族解放、国家富强和人民幸福所走过的奋斗历程和光辉业绩，抒发了广大人民群众、热爱中国共产党的深厚感情，表现了全国各族人民团结一致，在中国共产党的领导下，为中华民族的伟大复兴而努力奋斗的精神。作品主题鲜明，格调高昂，语言清新，具有强烈的时代特色。这次再版前，诗人多方征求意见，认真修改，精益求精，力求使全诗的主题更加鲜明，感情更加充沛，艺术更加精湛。

我认识桂兴华同志是在10多年前。1992年5月，上海市和陕西省在联合举行毛泽东同志《在延安文艺座谈会上讲话》50周年纪念活动，我和上海文艺界的同志一起前往参加。就在参观杨家岭毛主席的故居前，桂兴华同志跟我讲了要创作一部主题为歌颂毛泽东同志的长诗，我听了以后十分高兴，当即表示予以支持，并在当年毛主席和美国记者安娜·路易斯·斯特朗谈话的小桌旁，商讨了创作计划。那以后他又被安排到延安深入生活。在以后的几次交谈中，桂兴华同志给我的印象是：作为诗人，他不仅很有激情，而且创作态度也很严谨。这正是创作政治抒情诗必须具备的素质。

桂兴华同志以深厚的情感积累、思想积累和艺术积累，连续创作了《跨世纪的毛泽东》、《邓小平之歌》、《中国豪情》、《祝福浦东》、《永远的阳光》、《青春宣言》、《智慧的种子》等一系列紧扣时代脉搏、反映社会生活的政治抒情长诗。这些诗以歌颂党、歌颂人民、歌颂祖国、歌颂社会主义、歌颂改革开放为主题，努力将思想性和艺术性融为一体，注重在艺术感染中传达思想，在形

* 金炳华：时任中国作家协会党组书记。

北京，金炳华（左三）在贺敬之（左一）作品研讨会上

象塑造中表达政治激情，读来朗朗上口。

中国是诗的国度。“诗言志”，这是对诗歌品质的精练概括。当代中国诗人继承发扬我国五四以来的新诗传统，努力通过自己的心灵感受，书写我们伟大民族创业奋斗的恢弘时代画卷。新世纪新阶段，文学创作呈现出百花齐放的繁荣局面。在全国建设小康社会，实现中华民族伟大复兴的征途中，我们需要具有昂扬向上、催人奋进的激情创作，需要具有高尚的精神品格和优美的艺术形式相融合的政治抒情。桂兴华同志的创作努力因此具有很强的时代意义。

“文艺是民族精神的火炬，是人民奋进的号角”。我们相信，广大作家坚持先进文化的前进方向，深入实际，深入生活，深入群众，辛勤耕耘，精益求精，一定会创作出更多无愧于时代、无愧于人民的精品力作，为全面建设小康社会、实现中华民族的伟大复兴作出新的贡献！

2003年10月

他的诗让我们看到一个新世界

——对桂兴华的再一次造访

■ 文/傅　亮*

认识诗人桂兴华，是在1982年秋天。

那时，我还是复旦大学中文系的学生，一个诗歌爱好者，复旦诗社社长。那一夜，当校园里的香樟树叶在秋风中沙沙作响时，桂兴华应邀前来参加大学生诗歌朗诵会，会后，30多岁的他握着我的手，对我说了一句："你才20岁，真年轻！"

20多年过去了，我却觉得50多岁的桂兴华比我更年轻了。他不断有新作品问世，每次都轰轰烈烈；他不断出现在关注城市人文进程的人们的视野中，频频扔出"重磅炸弹"；甚至他能够兴致勃勃地带你去意料不到的时尚场所消费、体味，让人惊讶他的独到发现。这些都不像一个年过半百的正统文人的状态，但是，就像他当年创作长诗《跨世纪的毛泽东》一样，桂兴华就是这样令人赞叹地、精彩地活着、写着、生存着、创造着！

在我与桂兴华20多年的友谊发展史中，有一段情节是令我十分荣幸和骄傲的。

1993年深秋的一天，下着凉凉的细雨，我登上火车，向南京匆匆赶路。我肩负的使命，就是赶到南京大学印刷厂，为诗人桂兴华取回200册刚装订好、还散发着油墨芳香的《跨世纪的毛泽东》。列车隆隆行进，我的心情恰如一个走上战场的士兵——在过去的一年里，我目睹了诗人桂兴华创作这首长诗的呕心沥血。如今，这部日后引起中国诗歌界巨大反响的力作终于问世了。而我，则有幸成为第一个亲手触摸到它的人，并能作为诗人群中的一分子，为沉寂的中国诗坛终于发出一声强音而兴奋。我冒着雨，小心翼翼地提着这沉甸甸的200册书，连夜赶回上海，将它们神圣地交到诗人桂兴华滚烫的手中。第二天，这些书就和它们的作者一起出现在燎原电影院的首发式上，它们由此发

---

* 傅亮：原复旦诗社社长。

1997年12月29日，傅亮(左一)、罗洛(左四)、宁宇(左五)等在上海“桂兴华政治抒情诗研讨会”上

出的震撼性传播，无疑为当时低迷的中国诗坛注入了强力。

10年以后，诗人桂兴华突然告诉我，这部长诗又要重版了。我觉得，《跨世纪的毛泽东》作为新时期以来中国诗坛第一部政治抒情长诗，在出版10年后获得再版，正当中国诗坛处于沉寂的时候，这应可视作中国诗歌界值得自豪的事件。这是社会对一段历史的承认和肯定。客观地说，在诗歌界的同仁们对中国诗坛的文化地位日益下滑、逐渐远离文化精神中心区几乎束手无策的窘境中，只有桂兴华在这10年间从《跨世纪的毛泽东》开始，又以《邓小平之歌》、《中国豪情》、《祝福浦东》、《永远的阳光》、《青春宣言》、《智慧的种子》连续7部长诗的奉献及由此策动的多次大型诗歌朗诵公众活动，为中国诗歌界平添了一道美丽的华彩。

他的诗作，切入了毛泽东诞辰100周年、小平同志逝世、香港回归、新中国建国50周年、澳门回归、新世纪来临、浦东开发开放20周年、中国共产党建党80周年、共青团建团80周年等重大“节点”。

在他诗作的听众里，既有胡锦涛、曾庆红、吴邦国、黄菊、陈至立等中央领导和毛泽东的亲属——邓小平的女儿，也有已退休的老教师和刚进初中的学生；朗诵者中既有孙道临、秦怡、李默然、乔榛、丁建华等名家，还有无数爱好诗歌的青少年。臧克家、贺敬之、李瑛、罗洛、野曼等诸多诗坛前辈，也一直关注着他的作品并给予鼓励。

因此，无论从哪种角度看，桂兴华在这十年间的一系列政治抒情诗创作活动，不仅发展式地续写了中国新诗史上具有重要地位的政治抒情诗的新篇章，而且开拓性地继承和发扬了政治抒情诗通过公众朗诵形式诞生效应的优秀传统，功不可没，堪称中国诗坛“跨世纪的重要事件”。

“桂兴华的下一首长诗是什么？”由于桂兴华的不懈努力，这个悬念已成为人们认同的普遍期待。形成这个现象，简直就是新诗的荣幸。可以毫不夸张地说，像桂兴华这样一个浑身透明的诗人，在文化、精神结构发生重大变异的现代社会，以他固执、传统的行为方式不断制造悬念，不断引发主体人群的关注，不断向社会有效地奉献出个性鲜明的文化产品，这不但对中国诗歌界，而且对中国文化界来说，都是一个难得的好消息，都是一个值得研究与推广的成功个案。

（一）看伟人如同看父亲

1992年寒冬，诗人桂兴华为创作《跨世纪的毛泽东》，第二次来到延安。他住的小旅馆，离当年毛主席住的窑洞很近。凝望着毛主席住过的窑洞，他在早雪的寒夜里心潮澎湃，彻夜难眠。

1998年，诗人桂兴华乔迁新居。装修时，他在客厅沿墙设计了一个顶天立地的藏品柜，柜中一格格陈列着《新北大校刊》大批判文选、《红卫兵快报》、猩红色的红卫兵袖章、广安的纸币、小岗村的留影等，这些都是他从各地搜集来的展示着新中国各个历史时期纪念意义的物品，包括“文革”期间的代表性物品。诗人桂兴华每每默立在这些时代特征鲜明的收藏品前，自己与之有关的经历便油然涌现。

傅：写伟人很难，包括写毛泽东、邓小平，不是每个诗人都能写。一方面，有些舆论会认为你有“出风头”之嫌；另一方面，对伟人的功过评说是历史学家的工作和擅长，感情在先的诗人较难准确把握。但事实是，你的《跨世纪的毛泽东》很成功，大家都说好，好在哪里呢？

桂：它并不是一本历史教科书，而是一部人性化的文学作品。哦，对了，“出风头”有什么不好？只要不是哗众取宠，只要不是无病呻吟，诗人就不怕“出风头”！现在诗坛的现实是太需要有诗人站出来、站在风口浪尖上。诗人们必须要有这样的勇气、这样的胆魄！为了新诗的振兴，“我们不干谁干？”此时此刻，如果谁怕“出风头”，那可真有点“私字当头”了。

傅：你刚才说到了作品的人性化，这是指什么？

桂：《跨世纪的毛泽东》是我多年思想和情感积聚后的一次激情喷涌。我重大的欢乐与痛苦，都与毛泽东有关。我就像是他的儿子，我是把毛泽东当作自己的父亲来写的。这里提一下，在创作这部作品时，我把“文革”期间出版的那类颂歌集始终放在案头，时刻提醒我：千万不能这样写！那是现代迷信、是神化、是假话，而只有人性化的作品才最真实、最有生命。像我们这一代人，对毛主席是有特殊感情的，我是披着开国大典阳光成长的少先队员，更是在毛主席的失误中苦度了青春年华的知识青年，身陷过灾难与浩劫的我们有资格用切肤之痛抱怨、怀疑一个伟人，但这是不公平的。

傅：所以你换了一个视角，用儿子的目光去审视伟人。

桂：不仅仅是换个视角的问题，而且是一种观念、一个倾向。具体说，在过去的岁月中，人们要么把领袖当作神，顶礼膜拜，要么把领袖当作敌人，怨恨交加，这都是愚昧和无知的。如今我们身处法治社会，不仅对现实，就是对历史，都应该采取更全面的社会观。毛泽东是一个领袖，他也代表了一个时代。我觉得采取儿子看父亲的方法来看他，就更贴切些、更全面些，也更深刻些。儿子对父亲，首先是有坚定不移的感情，无法动摇，然后是体悟父亲的辛劳，熟知父亲的脾性，理解父亲的思想，分析父亲的错误。不管父亲怎么做，真正的儿子总是能够用一种特殊的眼光看他，全面地评价他，同时，能够以此为戒。这就把领袖与每个人的生活联系起来了。我们过去的思维和创作，过于缺乏这种人性化的目光，就难以把握自己。

傅：也就是说，你用这种方式写毛泽东，不仅是要认真地评价他，而且更是以他的功过为准绳，在倡导一种新时代的观念，让现代社会的人们去接受？

桂：这才是更现实的意义。毛主席时而迂回、时而猛进的智慧紧紧牵着我的手，毛主席不可挽回的错误久久沉淀在我的胸口。我想，努力实现他的理想，同时坚决杜绝他的错误，这才是一个新时代的儿子获得重生后应该达到的境界。

傅：从这个意义上说，《跨世纪的毛泽东》的确很有再版的必要。对你的追求，我总结一点：诗人的使命，不仅是以勇气去突破，以胆魄去冒险，还应该是以成功的作品去倡导。

桂：对呀，作品有一个艺术标准，但它的意义仅仅用艺术来衡量是远远不够的。诗歌与哲学一样，它的价值在于发现，在于倡导。如果诗歌真能让你信仰真理，燃烧激情，你能说你不爱诗歌吗？新诗还愁没有读者吗？（笑）

（二）诗歌逃离政治就是逃避现实

1994年新年伊始，坐落在上海繁华南京路的上海商城剧院，历史性地举行了它建成以来的第一次非商业性大型演出——由上海著名演员强大阵容朗诵刚刚出版的长诗《跨世纪的毛泽东》。“商城”里沸腾起前所未有的纯真激情。长期支持桂兴华诗歌创作的中国文联党组书记金炳华同志称赞他的诗：“气势磅礴，有力度，很容易朗诵。”

傅：谈到这里，我突然觉得我们不是在谈诗歌，倒像是在谈政治，而你像一个社会学家、政治家，这说明了什么？

桂：这并不说明我谈了政治就不是一个诗人，难道诗歌与政治真的就那么对立、那么水火不相容？毛泽东是政治家，但谁不承认他是诗人？他的诗作，如果没有政治内容，还谈得上是诗吗？还谈得上大气磅礴吗？我们当然不能与伟人相提并论，但诗人永远是现实的儿子，而政治就是现实中的重头戏。你不关心政治，你就脱离了时代，所以，我反对“让诗歌远离政治”的观点。那不是远离，那是逃避！逃避不是诗人的风格！

傅：我想，“让诗歌远离政治”观点的提出，是有渊源的。20世纪80年代，拨乱反正，人们对颂歌式的假大空口号极度厌倦和仇恨，所以希望诗歌多一点艺术、多一点人性、多一点真实，就像《天安门诗抄》被广为传诵，就像“朦胧诗”一夜成名，这是很自然的。后来，西方现代派作品来了，人们又在新鲜感中去追随，雄心勃勃地认为中国人同样能创造出现代派杰作。但那时的中国诗人并没有理解“现代派”的精髓，只是学了一些皮毛，所以诗歌从过去的假大空一下子发展到五花八门，达到不知所云的地步。其实，就像中国社会现代化进程一样，诗歌的发展同样会走弯路、入歧途。

诗人们对于政治制度中的弊端进行反动是可贵的，但这决不意味着远离政治，走向另一个极端。诗人一旦远离了政治，其使命感即随之消失，其价值也就无从体现，就像《天安门诗抄》和“朦胧诗”，它们在当代中国社会进程中都发挥了重要的作用，这种作用主要是时代主题上的，因而奠定了它们的地位，也奠定了新诗的地位。从这一点来看，20世纪90年代诗坛出了那么多流派，看似“百花齐放”，而诗歌的地位却日益下降、日益远离社会中心，就并不令人奇怪了。

桂：对。现代派不等于远离政治，这一点一定要搞清楚！远离了政治，现代派也就没有意义。高叫“远离政治”的人,骨子里恰恰最想投入政治的怀抱。

傅: 艾略特写《荒原》、金斯伯格写《嚎叫》,谁离得开政治?面对政治,他们都没有逃避,而是通过诗歌有效、鲜明地亮出自己的观点与思考。逃避就是无能。一个根本点在于,诗人必须关注现实,这是他最本原的冲动,也是他能力的体现。

桂: 对我来说,关注时代的最佳手段,就是创作政治抒情诗!我是海派文化中不和谐的一点,但海派文化又不得不容纳了我……

傅: 对不起,我并不赞同你这种自我判断。

首先,你不要认为海派文化就是光怪陆离,就是灯红酒绿,就是温柔梦乡。海派文化的特点,恰恰是以时代为标准,包容了一切先进的因素,当然它也钟情于慷慨激昂、真诚严肃、深邃高远,你的政治抒情诗怎么会与它不和谐?

其次,对你的作品和创作行为,海派文化的态度是期待、欢迎加发扬光大,怎么会是“不得不容纳”?一个国际化大都市的文化,政治抒情诗和它的作者的时代行为应该是其中不可或缺的亮点。可以自豪地说,你桂兴华是一个彻底的上海人、一个优秀的上海市民、一个海派文化的代表人物!

桂: 我始终认为:对当前千载难逢的好时代无动于衷,甚至冷漠,根本不是一个有头脑、有责任感、有激情的中国诗人所为。我相信,一个关心政治、关心时代、激情喷涌、执著追求的诗人,的确不会被海派文化排除在外!

傅: 你可以听听一种很有代表性的声音。曾多次为你朗诵诗作的上海著名语言表演艺术家丁建华这样评价你:“他的诗作,强烈地印上了时代的标记,及时地喊出了时代的声音。像他这样敏感、果断、充满激情的诗人真是太少了!”我想,在这十年间,如果中国诗坛有10个桂兴华,诗歌的文化阵地就不会沦陷。

桂: 这10年,我们焦急而痛心地看到,很多才情洋溢的诗人,活动圈子越来越小,“蒸发”得越来越多,这也是一种人才流失啊!当然,原因并不能完全归结到他们不关心政治,但未能及时适应社会发展、增强时代责任感,却是事实,也是这些人的通病。

傅: 有些诗人正在唉声叹气“怀才不遇”,或为难得获得的活动赞助品——几个可怜的水果而寒酸地庆幸,这不是诗人的悲哀,而实在是诗人的耻辱!时代那么需要诗人,怎么会对诗人如此“礼遇”?除非你这个诗人实在太无能,实在不知所云!

桂：深圳在庆祝建市20周年时，那里的宣传部一眼选中了我为他们写一首纪念性长诗。于是，我就写了《时代拓荒曲》，献给令人尊敬的深圳人民。我想，由于这首诗，深圳人民接纳了我这个诗人，承认了一个诗人的价值。

傅：与颓废对抗、与崇高同行的新诗传统，近年来的确受到了严重挑战，致使我们中的一些诗人不敢大声呐喊，生怕背上“作秀”的罪名。所以，很多人选择了逃避。

桂：逃避就是无能，逃避就要被淘汰。新诗的号角声、战鼓声哪里去了？你不去冲锋，你不去站在前沿，那你只能靠边站！

傅：去冲锋，去站在前沿，也是需要能力的。

桂：对。写政治抒情诗的诗人，必须有政治家的眼光和社会活动家的能力。我做了很多年记者，一直关注政治，了解时世，一直在社会上活动；这个神圣的职业给予我很多财富，也增强了我的能力。总的一点，现代诗人别再梦想用诗歌换面包，应该融入现实，做时代潮流中的一分子。这里我拿你做一个例子，90年代初，你大胆跳出复旦校园安逸的围墙，搞电视，在旅游业中走南闯北，像你现在这样的生活状态，像你现在这样的活法，你觉得你能不关心政治、逍遥自在吗？你难道不会在作品中体现出你在社会中生存的能力和感悟吗？你难道不觉得远离政治的抒情有些空洞和软弱吗？

傅：体会越深，就越觉得自己当初走出的这一步是走对了。

桂：不久前，我去了北京，去了天安门。如今的天安门是开放的，谁都可以自由进出，目睹一双双平凡百姓的脚踏上天安门城楼，我发自内心地感慨：中国已经天翻地覆，时代已经天翻地覆了！作为从“新月”、“雨巷”中走来的中国诗人们，我们的观念、我们的气质、我们的行为、我们的生活方式等，是不是也应该“天翻地覆”？我们的脚步，应该融入踏上天安门的成千上万双脚中，而不是远离它。否则，你就将被时代遗弃，被人民抛弃！

（三）要人们爱诗歌，诗歌就要有真情

1997年春天，上海浦东的桂兴华作品朗诵会上，一位参加朗诵的老教师说：“什么是诗？诗就是一颗火种，被诗人点燃后，放在我们每个人心中燃烧！我心中就燃烧着桂老师点燃的火种！”在杨浦大桥下的校园广场上，建平中学的学生们曾与著名演员们同台朗诵桂兴华的作品，观众多达4 000人。

校长冯恩洪说:“中学生是最富于激情、最富于想象力的一个群体,如果诗歌不能使他们感动,那就不是真正意义上的诗歌。”参加朗诵会的学生们这样说:“我们永远不会忘记那个阳光明媚的下午,即使过了若干年以后,我们也会牢牢记住那激动人心的时刻!”

傅: 杨牧在《我们身后站着李白》中说:当我们的诗歌越来越变得琐屑化;当苍白的面孔被苍白掩盖;当空洞得到空洞的支持;当远离尘世、远离众生、远离人间烟火和生命痛痒成为时尚;当无知、浅薄、奴性和乖张被“先锋”、“前卫”的绚丽旗帜晃得眼花缭乱,当如此等等的病态自赏,我们的诗坛恐怕要真正到达“最后”的时候了!

桂: 我和柯平在井冈山时,井冈山市委宣传部副部长胡刚毅也曾递给我一封公开信,他慷慨激昂地写道:“诗人陷入空前的孤立之中!大多数诗像一批痴人说梦,像精神病患者说的呓语,颠三倒四,晦涩,语法错误,指东说西。它们在思想上空洞无物,在内容上苍白无力,在感情上矫揉造作、无病呻吟,在形式上故弄玄虚。它们没有一种使命感、时代感和起码的责任感。

傅: 我认识胡刚毅,1991年就在井冈山茨坪见到过他,一个真挚、淳朴、率直的小伙子。他热爱诗歌。有正义感。他列举的现象虽不能涵盖诗坛的全部,但若连他这样绝对忠诚的“诗歌卫士”也忍无可忍地开始厌恶某些诗歌,那新诗就真的已经到了“无情无义”的危险境地。

桂: 真挚是我对毛主席的全部情感,有了真情,才会有《跨世纪的毛泽东》。我记得当年到复旦参加诗歌朗诵会,曾一次次被台下热烈的掌声打动。他们鼓掌,是因为他们听到了真诚的声音,大学生对真情的崇尚和追求是多么强烈啊!这难道还不足以成为诗人创作时的标准吗?

傅: 是啊,在80年代,诗人让大家“跟着真理走”,每个人的真情都被激发着,那真是一个幸福的年代;到了90年代,诗人一下子让大家“跟着感觉走”,技巧越来越多样,词语越来越花哨,可“感情”变成了“感觉”,人们倒反而对诗歌没有感觉了。

桂: 抒情是诗歌的特点,没有情,哪来诗?有人读了《跨世纪的毛泽东》后,评价我“把政治写得有血有肉”,血肉之躯是情感生成的基础,也是政治抒情诗成功的基础。记得当年在延安的小旅馆中,天寒地冻,而我离毛主席住过的窑洞挨得那么近,一种发自内心的神圣冲动油然而起,使我热血奔涌——一代伟人逝去了,留下了丰厚的财富,也留下了深刻的创痛。我们在反思他的错误时，又在决心继承他未竟的事业、实现他未曾实现的理想。这种情感何其复杂，又何其强烈，我从未这样深深地感受到身上的使命、心中的激越、笔下的浓情！

傅：所以我们读到了这样的诗句："他留下的梦 / 每天都在被不同肤色的手开垦 / 他休息在纪念堂里的心脏 / 已经不再 / 跳跃 / 但地球的每一个方位 / 都能听到他海涛般的呼吸声 / 他指挥过各路大兵团和游击队的双臂 / 已经不再挥舞 / 但依然护送着我们 / 冲过有声和无声的搏杀 / 前进。"

桂：这就是真情的流露和喷发。真情的诗歌，已经被无数的场景和事实证明是完全能够打动人的、是现代人热切需要的！我相信，只要真情回来了，诗歌也就回来了，热爱诗歌的人们也就回来了。

傅：不过，真情是不能制造的，也不是说有就有的。我们今天提倡诗人要有真情，并不等于每个诗人马上可以倾诉出无数真情。真情怎么产生？怎么判断？怎么提炼？我认为，这是一个值得思考的大课题。

桂：我觉得这与诗人的世界观、社会观、生活观密切相关。你怎么理解世界、融入社会、看待生活，直接决定了你心中有没有真情、你心中有没有产生真情的土壤。

傅：将近20年前，我曾在《文汇报》一个叫"社会大学"的栏目中读到过一篇陆幸生撰写的报告文学，生动描述了你和妻子间深厚的感情，感人至深。我想，一个爱妻子、爱家庭、对爱情执著不渝、为信念无怨无悔的男人，他对祖国、对领袖、对人民、对时代的真情，一定同样动人心扉。

桂：我说过，我对毛主席的感情是特殊的。如果我没有经历过"文革"劫难、上山下乡，没有经历过盲目崇拜、拨乱反正，的确很难从情感上驾驭《跨世纪的毛泽东》这样重大的题材。尤其是激情，它是高层次的情感，把它准确地献给时代，需要自己有很多、很多的"情感储蓄"。

傅：所以，一个诗人必须树立正确、健康的世界观、社会观、生活观。诗人首先好好去生活，认真走好人生的道路，然后才去写作，你的作品才有真货，才能打动人，才会有"市场"。你一定也同意我的"先做人，后作诗"的观点。

桂：对。这个道理看似简单，要做到却不容易。中国诗坛之所以会有一段时期的沉寂，就与诗人们不注意深入生活、急于标新立异有关。其实，还是有很多诗人懂得这个法则的，他们在默默地体味生活，有时接受着痛苦的煎熬。只要你挺过来了，你就会发现真情洋溢在你的全身，它们像汩汩的源泉，将不断滋润你的灵感，丰富你的笔触。

（四）诗歌要创造自我，不要迷恋自我

10年前，当桂兴华为创作《跨世纪的毛泽东》而四处采访时，曾多次带回大包小包，里面有延安的腰鼓、韶山的茶罐、井冈的笔筒、遵义的徽章、赤水河的酒瓶……《跨世纪的毛泽东》出版前，征求各方意见时，一位领导同志曾对“他缔造的中国共产党／不就是一家／为老百姓谋利益的‘肥皂制造厂’”等描述提出异议，建议他删去，但诗人桂兴华没有听从。

傅：《跨世纪的毛泽东》是最令你激动的作品。为什么最令你激动？除了它表达了你积聚多年的真挚激情以外，还有什么别的因素吗？

桂：当然有！那就是它创造了一个“自我”。

傅：你说的这个“自我”，是否指艺术上的个性？

桂：正是！写伟人，或者写重大题材，诗人就应该考虑怎样用自我的方式去表现历史，而不是仅仅艺术地再现历史。《跨世纪的毛泽东》是我理解的、表现出的一个伟人形象，而不是我用诗歌的形式重复的一段伟人历史。纪实，从来就不是诗歌的长处。你可以看出，《跨世纪的毛泽东》交杂着他的思想和我的情感，两代人的所思所想，在诗中是一个整体，是“桂兴华版”的毛泽东，别人无法替代。

傅：从诗歌艺术上分析，我觉得《跨世纪的毛泽东》最大的特点，就是它意象的独到和想象的新颖。如“特区手中的大哥大／还贴上了他不能磨灭的英俊”，又如“他那不相识的后代／正系着丝绸领带／准备与新的合同洽谈／他那合过影的邻居／正戴着钻石戒指／批发他那又被重印的／相片”。这样独特而又贴切的捕捉与糅合，全诗中不胜枚举，是你个性鲜明的发掘与创造。

桂：评论家任仲伦先生说：诗人不是表演团体操的，他们拥有各自的思想姿态、艺术脾性。我很同意。我对时代变革的敏感、对大江东去的兴奋、对宏大叙述的偏爱，如果缺乏了个性鲜明的表达，自然会减色不少。领袖题材在我的笔下越有个性，就越有生命力。

傅：现在还有一个值得引起重视的倾向，就是“漂亮的快餐包装”现象。这些诗人写重大题材如同做快餐。这样的作品，往往主题绝没有一点问题，能在一夜之间迅速炮制，但看多了，总觉得它们像是从一条流水线上制作的快餐，有固定的套路，有专用的时尚词语，只不过是所写的对象不同罢了。给人

的感觉是，这样的作品有一个现成的模式，你只要把不同的事件、人名、内容像信息一样“输入程序”，“立等可取”。这里面哪有什么“自我”呀，没有真情实感，简直就是一台诗歌定做机器！

桂：这也很可怕。不能把诗歌当作能成批生产的时尚产品，干起了批发的活儿。诗歌可不是“批发站”、“大卖场”，而是“品牌专卖店”，像每一件时装，都有不同的设计、不同的面料、不同的款式。如果在表演“团体操”，诗人就会退化，变得只会套用、组装，而失去了本来的个性——发现、发掘、发散、发挥，从而也就失去了最宝贵的“自我”。

傅：对一般事物的独特敏感与发现，是诗人的一种基本能力、一种“看家本领”。在你家中，我很早就发现了你的一个癖好，那就是喜欢搜集各种各样的小玩意，有些的确很特别——俄罗斯音乐会的票根、电影《羊城暗哨》的黑白说明书、“大白兔”奶糖的糖纸，还有对下乡知识青年特殊供应日用品的优惠券、当年离开上海时的火车票……别人都以为是废物的东西，到了你手里，真的变成诗意盎然、含义深刻的宝贝了。

桂：这大概就是诗人的眼光吧！写伟人当然离不开史实，但你必须要找到无数能引发诗意的史实，好比去挖掘到一口口能打到清水的井。比如，我以毛主席青年时代差一点进肥皂厂做工、成为“肥皂制造商”这个史料，引发出了“他缔造的中国共产党 / 不就是一家 / 为老百姓谋利益的‘肥皂制造厂’ / 一面把人世 / 洗得越来越干净 / 一面把自己 / 洗得越来越清白”的诗句。这就是我的独特描述。

傅：听说一个领导同志对此提出过异议，但你并没有完全听从他的修改建议。为什么？

桂：因为这是一个很贴切的诗眼，是我的发现和创造，我向领导作了充分的解释。

傅：这种精神很可贵。贵在发现了自我，创造了自我。在此，我还想对这个“自我”进行一下必要的区分。有一种“自我”是盲目的，不管内容，只是为了显示“自我”与众不同而刻意标新立异，结果往往是不知所云；而你的“自我”是建立在鲜明的主题、厚实的内容上的，目标是为了将主题和内容表达得更个性化。这样的“自我”才具有创造性的价值。

桂：我再补充一点：强调“自我”不是为了让人费解、看不懂，而是为了让人理解得更生动，为了让人对诗歌产生更新鲜的愉悦。“自我”必须从主题和内容中汲取养料和动力，不然，你想象的翅膀纵然飞起来了，也飞不高，很快会掉下来。诗歌要创造自我，而不是盲目地迷恋自我。

（五）时代逼迫诗人勇敢行动

在北京、哈尔滨等地举行的大型诗歌朗诵会上，诗人桂兴华身兼作者、组织者、公关人员、剧务人员等多职，成为最忙碌的“全能”工作人员。国庆50周年前夕，诗人桂兴华策划了一个《和新中国一起成长》的图片展，共收到老照片1 300多张，在上海浦东国际会议中心展出。

傅：记得在1993年春天，你曾大病一场，成了龙华医院病床上的一个“病危者”。不过，这并没有吓倒你。我来看望你，亲眼见到你躺在病床上，一手打着点滴，一手还在修改《跨世纪的毛泽东》，真像一个英雄呵！

桂：我不是硬充英雄好汉，而是觉得时间不够！ 50多岁了，就像参加一场人生球赛，已经到了下半场，我总觉得死神正在逼近我，可我还有那么多诗歌要创作，不抓紧，行吗？就是终场前一秒钟，也还要想办法再攻进一个球啊！（笑）

傅：你曾说：“下午，逼迫我行动。”你还说：“别人的夜晚是我的黄昏。”听起来像诗，可做起来并不容易，这要花很大代价。

桂：马雅可夫斯基曾在诗中喊道：“是时候了！”对，是时候了，诗人不能光写诗，还要行动。有几位老诗友，见面后总是发牢骚：诗歌阵地太少了，一年也发表不了几首诗。对他们，我真有点“恨铁不成钢”的感慨。改变诗歌的窘境，大家要行动呀，不能光是等呀！冯恩洪校长说得好：“诗歌的市场不是等来的，而是争来的。”

傅：这又是一个十分现实的课题。时代变了，对诗人的要求也提得更高了，不仅仅是辛勤的创作，诗人还必须做得更多、更实在些、更全方位些。在现代社会，诗人的行为已经不能仅仅停留在纸上，停留在笔墨上了。

桂：这就是所谓“功夫在诗外”。现代社会的多元化发展，使诗歌的传统载体面临着更新换代，现在有电视、网络、多媒体等，你不得不跟上形势，跟上这个节奏。

傅：听说你最近的长诗已经不打算再用阶梯式这种形式了，为什么？

桂：这也是为了努力适应时代。因为有编辑对我说，阶梯式的诗刊登起来实在太费版面，现在报刊的版面又极其珍贵，登这样的作品有些“吃不了，兜着走”的感觉。（笑）那好，为了节省“资源”，我可以不用阶梯式。

傅：这10年间你举办了多次作品朗诵会，足迹遍及大江南北，取得了很好的反响。不过，有一点却鲜为人知，而且不可理解，那就是你曾身兼作者、组织者、公关人员、剧务人员等多职，几乎成为朗诵会上最忙碌的“全能”工作人员，跑前跑后，忙里忙外，你这是？

桂：过去的文人骚客，给人两袖清风、手无缚鸡之力的印象，这样的诗人，如今怎么还跟得上趟？新时代诗人的形象，应该是精神健康、能力非凡、活跃全面的形象。他能从容面对社会，纵情驾驭。我只不过是想用自己的行动去实践一下，检验一下，锻炼一下。诗人想改变自己地位，就要自觉地从我做起，从小事做起。

傅：社会是公正的，诗人付出了行动和努力，就能获得成功。这10年，你不仅拿出了7部长诗，还开展了一系列诗歌活动，这些创作活动同样对抖擞中国诗坛的精神起到了重要的作用。如大型诗歌朗诵会，如大型电视音乐朗诵艺术片，再如在你政治抒情诗效应中举办的《和新中国一起成长》图片展，影响很大……

桂：那个活动是在国庆50周年前夕策划的，目的是通过征集出生于1949年10月的中国人的旧照片，从他们的理想追求、生活质量、事业发展等方面反映出时代前进的足迹。消息一公布，数不清的50岁的中年人翻出了沉睡多年的老照片，1 300多张老照片寄来了。我从中挑出了50张，一一放大并为其配上了诗，在上海浦东国际会议中心展出。

傅：把普通百姓的老照片与时代留下的档案搭配在一起，就把老照片的诗意发掘出来了，把它的意义升华了。这就是一个诗人的行动，这就是一个诗人对社会的贡献。这样的诗人，人民永远是欢迎的。

桂：未到达的风景，总是在海洋深处倔强地吸引着我，所以我不肯抛锚。横竿在不断升高，我也在不断地问自己：我还能再跳吗？

傅：我相信你能再跳，大家都相信你、期待你。同时，希望有更多的诗人振作精神，和你一起勇敢地行动起来，跳过更高的横竿！

2003年8月18日于上海

独树一帜

——《邓小平之歌》再版序

■ 文／石　英*

2011年，石英（右一）与桂兴华在诗会上

1985年，在安徽滁州琅琊山散文笔会上，我与上海的青年诗人桂兴华相遇。临别时，我便在他的笔记本写下了“独树一帜”四个字。那情景，至今仍历历在目。

当时这样写，看似信手落笔，实是早已心存一种感应。因为在此以前，我已读过桂君的一些作品，其中尤对他的散文诗印象最为深刻。因为我觉得他不甘浅俗，忌大路货，立意往往力求超拔，角度多能出新，用语则时有奇崛之处。这正是一位有思想、有见解、有作为、有个性的作家和诗人必备的重要特质。与他相处几日，虽时雨霏霏，却未遮掩他那坦荡的心扉；雨霁天气虽凉，却丝毫未减他那诗人的可贵的热情。坦荡中又有深挚，热情下又见厚实，更是极为难得的气质。于是，我那“独树一帜”四个字便自然地出自胸臆！

以后多年，一直未得见面。中间听说他写了《跨世纪的毛泽东》，我一点也不感到意外。因为尽管兴华君在“文革”中曾在皖东插队多年，备受艰辛，但他始终未被地苦事艰而稍挫锐气，反而更磨砺了内心的生活激情和社会责任感。在此后的风云跌宕中不仅未陷于困惑，反而以更清醒的眼光来审视与认定人间的正道。

---

* 石英：原《散文》月刊总编、《诗刊》编委，著名诗人。

我知道，他有足够的热情和笔力来抒写伟人的诗歌长卷。果然，在《跨世纪的毛泽东》面世几年之后，他又以更充分的思想和艺术准备投入《邓小平之歌》的创作，并获得了令人瞩目的成功。

我仔细阅读了他的《邓小平之歌》，不能不为诗人的气魄、激情、功力以及他那继承前人却又有新的发展的诗的节奏所震撼。

我注意到：在长诗的布局和素材取舍上，兴华可谓匠心独运。从各部分的题目上看，好像面面俱到，但他在挥洒中，却又有自己的独特视角和艺术人生。契诃夫说过，“简练是天才的姐妹”，诗歌的精练更应是高度提纯的产物。兴华深谙此道，他显然避免了同类政治抒情诗易生的务求全面却难免繁冗的现象，而将伟人的思想表现得极为鲜明，个性非常突出，关键处浓墨重彩而不平均使用力量。故而我们所看到的这部长诗，篇幅相对并不算长，分量却是沉甸甸的。其本身就是其诗的一大特点和优势。

长诗的精练与细腻不但不存在矛盾，而且将二者融合得恰到好处。它的大开大合与精致的刻镂往往是并行不悖。在这方面，兴华的成功，为长篇抒情诗提供了一个令人信服的例证。它的诗句具体而富于可感性，又从另一方面避免了有的政治抒情诗某些概念和空泛之弊。我想，这当然是得力于作者对伟人业绩和历史性影响的深刻理喻，对长诗布局结构的精心安排，对诗歌表现力的准确把握，对长篇抒情诗的所长及所短的辩证认识与自觉运用，等等。

兴华采用的排列形式显然是重在语气顿挫，重在感情节奏，为朗诵提供了比较科学、张弛有数的良好基础。或者可以说，是感情的节奏本已在诗人心中形成。

兴华同志说：“我常常反问自己：我关注时代的最佳手段是什么？是写政治抒情诗啊，这是这几年我才找到的一种喷薄自己积蓄的方法。”而这，我认为正是他“独树一帜”的最鲜明的标志。

这就是诗人桂兴华的“大思路和大动作”——永远为祖国、为人民、为诗歌的健康发展而大胆开拓，“独树一帜”！

又一次在诗的海洋中起航

——《又一次起航》序一

■ 文／张德明*

当桂兴华同志将长篇朗诵诗《智慧的种子——张江抒怀》完成以后，很多读者问诗人：你下一步准备写什么？

将近3年以后，桂兴华终于捧出了有关反映终身教育的佳作——《又一次起航》，来报答读者的期望和关爱。

《又一次起航》，是著名诗人桂兴华的第八部长诗。这是一部写给终身教育时代的长诗。咏诵桂君激情奔腾的诗句，我常常会发问：是时代对诗人的馈赠，还是诗人对时代的钟情？艺术创作与时代脉搏同步，这是桂兴华最可贵的创作精神。

人生有很多次拐点，有志者都把这些拐点作为人生新的起跑线。一大批在人生十字路口，选择上海电视大学（以下简称“上海电大”）作为起点的创业者，在生命航程上继续以母校的荣誉不断书写新的人生里程，桂兴华是他们当中的佼佼者。桂兴华在20世纪80年代从上海电大中文系毕业后，起跑的步伐从没有停止过。20多年来，他辛勤耕耘在诗坛上，独树一帜，成绩斐然。我于2000年来到上海电大和新建立的上海远程教育集团工作，浓郁的电大情节把我和电大的老校友们紧紧地连接在一起，我和我的同事们十分钦佩校友们在各行各业创造的奇迹，为上海电大拥有这样一批杰出的校友而感到自豪。

新世纪之初，上海构建终身教育体系、建设学习型城市的拂面春风，为上海电大和上海远程教育集团的跨越式发展提供了千载难逢的机遇。2003年，上海电大在校学生规模已超过10万人，成为上海规模最大的一所学校。而多年来她为上海经济社会发展，输送了以全国劳动模范李斌为代表的各类

---

* 张德明：上海电视大学党委书记、校长、教授。

专门人才也已超过了10万。远程开放教育实现了从广播电视到以计算机网络的现代信息技术的跨越。在这所开放大学里，远程学习打破了时空、年龄、岗位和学历的限制，夫妻同学，两代同窗已不是新鲜事，业余学习构建了夜上海一道独特的风景线。特别是迈入新世纪以来，每年都有一批普通高校专、本科毕业生甚至硕士生，报读上海电大的专科或本科。“工作需要什么就学什么，岗位缺什么就补什么”，这种崇高的学习境界实实在在地体现了终身教育的理念。

我们自然而然地萌发了一个特别创意：能不能以上海远程开放教育为背景，用诗的艺术形式展示终身教育的时代蓝图？“终身教育”是兴华同志创作经历中未曾涉猎的新领域，对诗人而言，也是一个新的挑战，而诗人的创作灵感往往来自新的挑战。兴华同志和我们一拍即合，又一次在诗的海洋中起航。

诗人在《又一次起航》中大声呐喊：“只有与时俱进的思考／才会使青春永不衰老／只有开拓创新的思考／才会有新的佳作发表。”阅读终身教育理念给时代带来的浓浓春意，悉心体会“与时俱进的思考”，正是诗人创作生涯的真实写照。

盼望上海电大的校友们常“回家”看看，让我们共同在终身教育的远大航程中永葆青春！

1986年，桂兴华从上海电视大学毕业。那些年他在《文学报》上班，还要在业余时间读书

令人击赏的长诗

——《又一次起航》序二

■ 文/野 曼*

2010年，野曼（左二）、贺敬之（左一）、桂兴华（左三）在国际诗人笔会上

我与诗人桂兴华有过几次烈焰欢舞、风雷震荡的相遇。

第一次的相遇，是在2003年11月，我意外地收到了诗人桂兴华的长篇政治抒情诗《跨世纪的毛泽东》。这部长诗曾在10年前热烈推出；在毛泽东诞生110周年的时刻，作者经过精心的修改补充后又隆重再版，并马上寄了一本给我，要我为它的首发式写几句祝词，展读之下，我不禁被其强烈的时代感，与人民群众命运密切相关的、直抒胸臆、激扬正气的诗句所冲击，所震撼，尤其是其在对毛泽东伟大形象塑造中所展现的中华民族悲壮的历史进程，以及凛然的民族正气和民族尊严，不禁令我怦然心动！我相信这一次的再版，通过它的艺术魅力，特别是通过诗化了的毛泽东形象，必将近一步呼唤和鼓舞广大的人民群众，为开创中国特色的社会主义事业的新局面，为迎接改革与开放面临的挑战而呼啸激荡，扑击向前！

第二次的相遇，是在2004年8月，我们主办的“第八届国际诗人笔会”期间，在珠海爱情湾举行的诗歌朗诵会上，有人认为那一晚，每个人的耳朵和心灵

* 野曼：国际诗人笔会执行副主席，《华夏诗报》总编辑，著名诗人。

International Poet's Pen Club

香港告士打道109號1303室

Rm. 1303, 109, Gloucester Road, Hong Kong.

Tel: 2511 2018 (4 Lines) Fax: 2507 5445 Telex: 81225 MYSIL HX

桂兴华同志并转《跨世纪的毛泽东》長诗隆重再版首发式大会

诗人桂兴华的長篇政治抒情诗《跨世纪的毛泽东》曾在10年前为迎接毛泽东诞辰100周年而热烈推出；欣闻今天在毛泽东诞辰110周年的喜庆时刻，又隆重再版，并在上海举行辉煌的首发式，这无疑将在海内外诗坛再一次引起轰动！

十年前，我曾欣喜地接到了作者寄来的这部長诗，展读之下，就被其强烈的时代感、与人民群众命运密切相关的、直打胸臆，激扬正气的诗句所冲击、所震撼，尤其对毛泽东伟大形象塑造中所展现的中华民族悲壮的历史進程，以及凛然的民族正气和民族尊严，令人怦然心动！今天再版隆重推出，通过它恒久的艺术魅力，特别是通过诗化了的毛泽东辉煌形象，必将進一步呼唤和鼓舞广大的人民群众，为开创中国特色的社会主义事业的新局面，为迎接改革与开放面临的挑战而呼啸激荡，扑击向前！

再一次祝贺《跨世纪的毛泽东》再版。

野曼

2003.11.6

野曼手书的贺信

都经历了一次语言与激情的冲击。特别使观众激动的，是诗人桂兴华以一首风雷震荡的《钢桩宣言——特区建设者的话》，赢得满场喝彩。当诗人以浑身的力气、雷电的节奏，推出他的诗歌时，人们的情感就开始为之振动；当诗人朗诵到诗的核心部分“打桩！打桩！打桩！”时，听众甚至禁不住紧跟诗人的朗诵节奏，齐声呐喊，把全场都推进了风雷震撼之中。也就是一首气势磅礴的政治抒情诗，只在几分钟时间，便把上千群众卷进了诗歌的殿堂。

第三次的相遇，是在2005年2月，诗人桂兴华又一次寄来了长诗《又一次起航——写给终身学习的人们》。

这是桂兴华的第八部长诗，由上海远程教育集团策划。该诗是专门为构筑学习型城市而写的。作者九易其稿，历时3年，可见其为这首长诗奋力追求完美所下的功力。在这部分为六章的长诗中，桂兴华同样淋漓尽致地展现了他作为政治抒情诗人的才华。他写道:“有一种饥饿/总让我在书报亭前伫立/有一种满足/会使我在图书馆里爽快! /因为我/与穿工装的勤奋同在/与穿校服的天真同在/因为我/与卫星运行的轨道同在/与火箭出阵的时辰同在/我的人生键盘被无数双手敲击/我不知被谁遥控着/使这里的现场/连着所有——能加快心跳的舞台!”本来,“构筑学习型城市”的题材,对抒情诗是一个不易跋涉和跨越的,但是,通过诗人强烈的时代感,与人民群众命运密切相关的火焰情怀,全诗依然是如此正气激扬,气象浑厚,情思隽美,感情震荡,而且用丰富的意象,使诗色彩缤纷,更加的感人。

三次风雷震荡的相遇,说明:强烈的审美感、使命感和责任感的坚守,是政治抒情诗的生命所在。不管是什么题材和主题,也不论是歌颂还是鞭挞,诗人都必须竭力把政治和艺术融化为一体,在最真最善最美的艺术塑造中表达思想和政治,通过缤纷的意象,以火焰般的抒情与雷的声韵,把它们传送给人间大地。当然,三次烈焰欢舞的相遇,也说明诗人桂兴华对驾驭重大题材的举重若轻,其气魄和功力令人击赏。我们完全可以期望作者的政治抒情诗创作能登上更高的台阶。

被誉为我国政治抒情诗的领军诗人贺敬之和郭小川,已经创作了大量光辉的经典,在为我们引路。时代需要黄钟大吕,政治抒情诗的伟大乐章,将千秋响彻人寰!

《激情大时代》序

■ 文/殷一璀*

在中国共产党成立85周年前夕，桂兴华同志将他近年来潜心创作的8部长诗和今年新创作的《中国：冲向新的高度》等合成一本朗诵长诗集《激情大时代》，正式付梓出版，值得庆贺。

这些年来，桂兴华同志紧踏时代前进的节拍，在政治抒情诗创作领域辛勤耕耘，新作迭出。无论是歌颂伟大领袖的《跨世纪的毛泽东》、《邓小平之歌》，歌颂中国共产党、中华人民共和国、共青团的《永远的阳光》、《中国豪情》、《青春宣言》，还是歌颂改革开放、现代化建设、科学发展、和谐社会建设的《祝福浦东》、《智慧的种子——张江抒怀》、《又一次起航——写给终身学习的人们》，以及刚刚完成的反映神舟六号飞天的新作《中国：冲向新的高度》等，都充满了鲜明的时代特点、浓郁的生活气息，艺术地再现了中国共产党在各个历史时期带领中国人民走过的光辉历程和取得的丰功伟绩。

桂兴华同志的诗作，不但节奏分明、朗朗上口，具有澎湃的气势和饱满的激情，而且善于捕捉典型细节，富有形象感，耐人寻味，具有较强的艺术感染力，并已通过各种形式的朗诵会走向社会、走进百姓，在广大读者中产生了良好的反响，激励人们激情投身火热的时代，鼓励人们积极创建和谐美好的新生活。

桂兴华同志有着强烈的社会责任感，每有重大主题酝酿于胸，必主动深入生产生活第一线，体验并参与火热的现实生活，把握时代的脉搏，吸取生活的营养，捕捉创作的灵感，全身心投入主旋律作品的创新，这也是其诗作深受群众欢迎的重要原因。

时代呼唤主旋律作品。衷心祝愿桂兴华同志的激情创作更上一层楼，也期待着上海文坛涌现更多优秀的主旋律作品，以无愧于我们伟大的时代。

是为序。

2006年5月

---

* 殷一璀：时任中共上海市委副书记。

北京“桂兴华政治抒情诗研讨会”摘要

时间：2006年6月13日

地点：现代文学馆

主持：中国作协党组成员、书记处书记、副主席陈建功

吉狄马加（中国作协党组成员、书记处书记、中国诗歌学会副会长）：

我代表中国作协党组书记、副主席金炳华同志，中国作协党组，以及书记处，对今天的研讨会表示热烈的祝贺，向长期以来坚持主旋律创作、并作出了卓越贡献的桂兴华同志表示崇高的敬意。这些年来，桂兴华充满着劳动者的敬业精神，自觉地以创作主旋律作品为己任，连续写了8部长诗，每部都几易其稿，并且主动深入生产、生活第一线，甚至边远地区，把握大时代的脉搏，讴歌社会主义现代化建设，为我国新诗长廊里谱写了一曲曲华彩乐章。纵观他的作品，他并不是简单地图解政治。他多年来的尝试，得到了许多前辈、领导及评论家的肯定。他反映的题材，正好是我们民族非常关注的东西。他表现了祖国的命运，因此就有了普遍的人类价值。因此，我们的诗人都要思考一下：对于时代，自己应该起到什么作用?

臧建民（上海作家协会秘书长）：

我代表上海作协对研讨会表示热烈祝贺。兴华同志是一位有着强烈社会责任感的诗人，积累了丰富的创作经验。对兴华同志的作品，上海作协前主席、著名诗人罗洛曾经概括了三个特点，是恰如其分的：第一点，诗歌在理论界有个争论。有的说诗就是诗，诗就是艺术，就该离政治远一点。但另外一种观点就是自“五四”以来，新诗的革命传统，就是要关注时代的命运，国家的命运，人民的命运，应当描写重大题材。兴华同志就是用作品来回答了这个问题。第二点，同样还有个争论，诗人如果写重大题材，写了政治，这个诗一定是没人要看的，干巴巴的。事实上，兴华同志用他的创作成果回答了这个问题。诗不但能写重大题材，而且能非常具有艺术魅力。第三点，作为一位诗人，重复别人叫模仿，重复自己就是雷同。兴华同志很有才华，如果写一点小桥流水抒情的东西，

是非常容易的,轻而易举的。他不肯在那个水平上踏步。他在不断地向上跨。

吴芝麟(《文汇报》副总编):

这些年来,上海电台、电视台的朗诵会,把桂兴华的诗推向一个十分广阔的舞台。我们《文汇报》一直很关注他。与他同时代的诗人不少都转行了。桂兴华这些年来保持昂扬的激情,很不容易,也非常难得。这本《激情大时代》给人以崭新的面貌。激情这两个字很重要,写诗,以及写其他文学作品,都需要激情。我们这个时代太需要激情了。我祝愿他的激情永不消失,也希望这种激情影响我们的生活,使我们的生活充满激情。

郑伯农(中国诗词学会常务副会长):

前几年,出现了好几部歌颂小平的长诗。我当时就讲:桂兴华的这一部不错,是政治抒情诗。而其他的像政治叙事诗,没有给读者奇特的感受。长诗也有"泡沫文化",而追着报刊炒作的,往往"泡沫"最浓。桂兴华的诗大气,有激情,有诗的韵味。"气"是一种内在的东西。连绵的一股气,在阿炳的"二泉映月"里有,李白的诗中也有。李白、杜甫、陆游写了好多政治抒情诗。试想想唐朝如果只有田园诗,怎么是盛唐?诗人离不开政治。不是这种政治,就是那种政治。在这些年一度冷漠的政治抒情诗领域,桂兴华的作品是不可替代的,有卓越的贡献。他和一些同志的作品,弥补了当代诗坛很大的一个空缺。兴华同志已经为弱势群体说了不少话,我希望他今后继续关照这方面的题材。

谢冕(北京大学教授):

我和桂兴华是老朋友。20世纪80年代一起逛过南京路,今天看到他,觉得他还非常年轻。总的感觉,他的诗是跨世纪的歌唱。他几乎每年都有一部长诗,激情非常饱满。他对时代、对生活的热爱,我非常看重。而同代的诗人对国家的关注,却正在减少。因此,桂兴华的精神非常可贵。他充满激情地为时代歌唱,我向桂兴华表示敬意。他在上海诗人群里是很独特的一位,他在政治抒情诗方面成绩是巨大的。他始终很坚定地写大主题的诗,非常可贵。中国有一段时间,政治抒情诗走向了极端,但这不是政治抒情诗这个形式的过错。诗人是民族的一员,很难超越具体的政治。以为"诗与政治是没有关系的",那是一个误区。不能说诗人写了政治就是差的。在构思、意象、语言上,桂兴华也是一个成熟的诗人。诗的抒情性、音乐性,是诗的生命。桂兴华很注意这一点。桂兴华的作品有所发展,并且综合了许多现代诗潮的优点,在这个领域做出了贡献。我很喜欢《青春宣言》,其中有好多好的语言。还有《任长霞》那首,写得好,但还可以放开写。我希望他的眼光更扩大一些,譬如对战争的谴责，揭露金钱的罪恶，干预光明中的阴暗面等。诗坛上，应该少说一些主义。只有好诗是唯一的标准。没有最好，只有更好。当前诗坛，特别私人化的东西太多，缺乏对重大事件的关怀。

石英（原《诗刊》编委）：

21年前，我就说桂兴华“独树一帜”了。这些年来，他有意无意地真的“独树一帜”了。照理，他不会是“独树一帜”的，现在真有些无奈，令我十分感慨。因为这些年，充斥诗坛的基本上是私人化的作品。我知道桂兴华的人生经历。切肤的体验非常重要。光靠书本知识是长不大的。他有自己的精神选择。20多年来，他义无反顾。非常难得。因为诗歌在当前是最不景气的艺术品种。他的坚持，出于信念；他的坚守，出于责任。诗人想唱出时代强音，必然与时代融为一体。当然，个人私语是真诚的，但不能说写大时代的就全是“贴”上去的。这种说法不合理，也是一种不真实。桂兴华有最大的真诚。这种真诚，更高一格。不能认为这种真诚是“假”的。当然也有“假”，有一段历史时期确实有“假”，因此给这类诗歌带来了负面影响。但不能因为有那个时期的“假”，就否定所有的政治抒情诗。有责任的诗歌理论家，要花力气去澄清它。为什么桂兴华有新的发展？因为桂兴华有非常鲜活的感受。很明显是在当代快节奏的生活中产生的，是现在的东西。他的诗有感染力，有生命力，有很大的成就，这个成果是不能抹杀的。

蒋巍（中国作协创研部副主任）：

打开这本厚厚的巨著，很强烈地感受到时代脉搏的跳动，血与火的碰撞，回响着钢铁的声音。在当前缺乏阳刚之气的诗坛，重新敲响这种声音，显得尤为重要。

谢克强（湖北省作协副主席）：

桂兴华是我国当代政治抒情诗的主将。一个有出息的诗人，应该为时代代言。这些年，他坚持下来了，他的诗很适合朗诵。反映大时代的，只能是政治抒情诗。当然，政治抒情诗留下来的，应该是艺术，而不仅仅是政治。

金绍任（广西南宁职业技术学院教授）：

桂兴华是令人钦佩的，他的好多诗句令人拍案叫绝。我是他的崇拜者。他以自己30年的创作实践证明，他是当今中国诗坛上一位坚持为大时代、为大众引吭高歌的诗人。他的政治抒情诗最令人瞩目。他的一系列“青春型”的、激情四射的、充满“大美”的诗篇，是近年来中国诗歌艰难岁月里耀眼的火炬，嘹亮的号角，是送给广大青年的精美礼物。他的作品已经形成了一条可观的诗河，而那些只表现小我的诗作只能是“井底之蛙”。

潘颂德（上海社科院研究员）：

桂兴华8部长诗的创作、出版，是我国当代诗坛的一件大事。他的政治抒情诗紧扣时代脉搏，格调高昂，主题鲜明，感情充沛，语言清新，艺术上相当精湛，富有音律美、节奏美。他通过长期的政治抒情诗创作实践，积累了比较丰富的经验。他在政治抒情诗创作中，注重在艺术感染中传达思想，在形象塑造中抒发政治激情，并注意通过自己的心灵感受书写时代通奏，因此，既具有高尚的精神品格，又具有比较完美的艺术形式和相当鲜明的个人风格，真正达到了革命的思想内容与比较完美的艺术形式的统一。

石湾（作家出版社原副总编）：

桂兴华正在冲向新的高度。或者说，中国的政治抒情诗正在冲向新的高度。但到目前为止，还没有超过郭小川、贺敬之时代。我十分怀念那个时代。好在桂兴华一直在坚持，我提一个希望，兴华要增强忧患意识，更加关心弱势群体。我相信兴华会作出新的贡献。

朱先树（《诗刊》编委）：

桂兴华在诗坛名声很大。诗坛缺少的不是诗人，而是大诗人。真正的大诗人，必定代表了一个时代，而且为人民歌唱过。我们呼唤大诗人，但这也很难。因为他需要心胸、气派、学识、深厚的积累。我希望桂兴华向这个方面努力。

红烛（中国文联出版社编辑室主任）：

捧着这本厚重的诗集，挺振奋的。由于它的吨位、体积和容量，我把它比作当代诗坛的“航空母舰”。当代诗坛需要“航空母舰”，就像我们不但需要普希金、叶赛宁，也需要马雅可夫斯基，站在时代的前哨。应该看到，市场经济进入以后，诗人的这种地位被剥夺了，或者说诗人自己放弃了。这就需要坚守者和抵抗者。桂兴华就是很有成就的一位。他以时代代言人的身份出现，为诗人争取了地位。不能因为自娱自乐的小夜曲占了主流，就放弃了进行曲。进行曲还是很有意义的。不然的话，缪斯就不完整了。

贺敬之（原中宣部副部长、中国作协名誉副主席）：

这个会议，我一定要来。自己已经82岁了，本来不准备讲话了。后来为了郑重起见，把三句话写了下来，现在我念一下：

我说三句话：

（一）我同意会前看到的金绍任同志的文章和刚才会上几位同志的发言，

同意他们对桂兴华同志的作品所作的肯定性评价和具体分析，这使我进一步认识桂兴华作品以及整个政治抒情创作，得到了许多新的宝贵的启示。

（二）有的同志在文章或者发言中提到了我，这使我感到惭愧。我从来是这样认为的，在跟我同辈的诗人中，许多同志远比我的成绩大。对于后来的桂兴华同志，我要说：他不仅比我写得多，而且比我写得好。新时期以来，桂兴华同志以及其他同志在政治抒情诗创作上取得的新开拓、新成就和新经验，一直是我倍觉珍贵并努力学习的。

（三）今后在诗歌多样化的进一步发展中，我祝愿并同时相信："与人民同心、和时代同步"的社会主义诗学观和有民族特色的社会主义政治抒情诗，必定会、也理应会得到各有关方面的重视和支持。在老中青几代诗人——特别是走在前列的桂兴华等中、青年诗人的努力下，在总结经验的基础上继续前进，她的更加辉煌的前景是完全可以预期的。正如30年前诗人是指用诗句来表达的："我相信未来"。今天，正是30年前的"未来"，而10年、20年、30年后，又是我们的下一个"未来"。

北京青年朗诵艺术团即席朗诵《献给"义勇军进行曲"》。

陈建功（中国作协党组成员、书记处书记、副主席）：

（在接受桂兴华的手稿捐赠以后）感谢兴华同志珍贵的捐献。对这些手稿，我们一定好好保护，好好利用。同时，我宣布：敬之老写在便笺上的那几句话，应我的请求，也捐赠给我们了。今天，现代文学馆得到了两份珍贵的手稿。

（金岭根据发言顺序整理于2006年6月13日）

（选自东方网《文学会馆》）

桂兴华：拉响大时代的弓弦

■ 文／金绍任

桂兴华是令人钦佩的。他以自己30年的创作实践证明，他是当今中国诗坛上一位不随风摇摆，坚持为大时代、为大众引吭高歌的诗人，他的一系列激情四射的诗篇是近年来中国诗歌艰难岁月里耀眼的火炬，嘹亮的号角。

由于他以《激情大时代》作为自己政治抒情诗合集的书名，我想以“大时代诗派”来称呼他所属的这个诗派，即这些年来，在中国的诗歌被“西方化”怪风刮得眩晕虚弱的困难关头，一直坚定不移地与自己的祖国、人民、时代一同高歌行进的诗派。这个诗派不像这年头的不少诗派，由几个哥们彼此拍拍肩膀，然后在文学地图上画一个圈，插上一面旗就宣告成立，而是缘于各自扎根于生活泥土的坚实创作，自然而然地在祖国的四面八方形成。它的一些成员彼此并不认识，但同是豪情之士，热血儿女。在近年的中国诗坛，大时代诗派是贵族俱乐部里的“土八路”；而从历史的广阔视野看，这个诗派与自己英雄的祖国、豪迈的时代最为血脉相通，同呼吸共奋斗，最受人民群众欢迎。桂兴华就是这个诗派的一名杰出代表。

臧克家写有这样的警句：“大时代的弓弦／正等待年轻的臂力”。当然，希望主要寄托在青年身上，不过我的理解是，这“年轻”更着重于指思想、精神状态。我相信桂兴华到80岁也能射箭入石。

桂兴华的长诗有好几处都提到，有些人对于他的诗写政治不理解，他一笑置之，继续激情似火、洋洋洒洒地写他的政治抒情诗。这是他取得今天成就的一个关键性原因。

在中国文学史上，有一个被称为“知青作家”的族群。他们基本上是人民共和国的同龄人，经历了纯洁的革命理想主义教育、1960年前后的饥饿年代、“文革”的狂热和上山下乡的磨砺。他们的作品所达到的灵魂的深度是他们之后的作家无法企及的。20世纪的七八十年代之交是个分水岭：是历史时期的、也是全社会普遍的思想观念的分水岭。相当一部分知青作家在走到这个分水岭之前写过不曾发表的火热颂歌和战歌，那时他们没有名气，思想幼稚；而过了分水岭，就大多与军号告别了。桂兴华却是激情有增无减，政治抒情长诗写了一部又一部，号角越来越嘹亮，成了跨世纪的大时代诗派突出的骁将。这既有时代原因，又有环境原因和个人原因。

先说个人原因。桂兴华生长在一个拮据的家庭，却罕见地早慧。他上小学二年级时，迷上了诗的哥哥（后来成了医生）省吃俭用，买来了几本屠格涅夫、普希金的诗集。小学生一般不会对这样的书感兴趣，小兴华却从中发现了一个极为美妙的天地，而且立下了志向：长大了当个诗人。志向的嫩芽是美丽的，但是嫩芽要想长成高树，必须经受得住后来多年的狂风暴雨、大涝苦旱，斯文贵族屠格涅夫式的力量是远远不够的。好在小兴华不久后又迷上了马雅可夫斯基，买不起书，就工工整整地抄下了一首又一首他的楼梯诗。这位狂飙式的“头号呐喊家”以及中国的马雅可夫斯基——贺敬之、郭小川的诗为桂兴华终生的精神骨架注入了丰富的钙。

从1970年起的10年知青生涯中，一本《稼轩长短句》是桂兴华最亲密的伴侣。在那最艰辛的岁月里，中国古典诗词最强的豪气浸透了他的骨髓。“汝果欲学诗，功夫在诗外。”人类有史以来最伟大的思想家马克思从未以诗人自居，但他与亲密战友恩格斯写下的一部部巨著、一篇篇宏文，不但是思想的丰碑，也有着大量激动人心的诗句（“无产者在这个革命中失去的只是锁链。他们获得的将是整个世界。”等）。毛泽东的著作同样美不胜收。历史巨人们给了桂兴华开阔的胸怀和不竭的诗情。

桂兴华是幸运的，因为他得到了上海这样的创作环境。在经济和文化上，上海早就是中国最为开放、成果最为丰硕的国际大都市。上海为大时代文学提供了丰富的营养和充沛的阳光。上海宣传部门多年来不但在创作政治抒情诗方面鼎力支持桂兴华，在工作、生活上也关怀他，使他的才华得以充分发挥。十几年来，桂兴华全面策划的一部部政治抒情诗的朗诵会和作品首发式，其热烈程度令同时期的其他地方的豪放派诗人羡慕不已。

再说时代原因。在中国这样的文化大国和诗歌大国，伟大的时代必然会产生成批的优秀诗人。从20世纪的五四时期到70年代，已经产生了毛泽东、郭沫若、闻一多、艾青、田间、臧克家、郭小川、贺敬之等大时代的杰出诗人。现在既然大时代正方兴未艾，中国优秀诗人的名单绝不会到此告终。人民群众永远需要有自己的诗人写政治，写政治抒情诗。什么是政治？孙中山说得简明扼要：“众人之事”。难道说，专门写个人虚无缥缈之梦的才是诗，而写了众人关注之事，写了民族、国家、时代就算不上诗？那古今中外的名作还能剩下几篇？

大时代者，是民族深厚的生命力勃发的时代，是积极变革、全面振兴的时代，是物质文明和精神文明繁花似锦、气象万千的时代。生逢这个伟大时代的中国人是幸运的，生逢这个伟大时代的中国诗人是幸运的。

但是有了大时代，有了经济的腾飞，不见得就有诗的丰收。

中华民族是诗化程度极高的民族，中国自古就是诗国。中国历史上精彩诗篇和优秀诗人之多，无与伦比。历史的新时期以一场诗的“大雪”为先导。可是仅仅过了十几年，诗在中国竟然沦落到了极为可怜的惨境。感谢桂兴华、雷抒雁、王怀让等一批诗人的英勇坚守，使诗神在刺骨的寒风中心头仍有融融暖意。

中国人的血液有着祖传的浓郁诗香，怎么会在经济和文化建设的大热潮中，同诗一刀两断了呢？ 20世纪70年代末，中国的民众欣喜地张开双臂，欢迎外来的物质和文化商品的洪流。我们吸收了外国很多的好东西。不过在文艺观念、创作方法和手法上，这一次理论界和创作界引进的主要是在西方也远称不上主流的货色，如“纯艺术”和“玩艺术”主义，毫无社会责任感的“世纪末”的现代主义，完全不管内容的各种形式主义。

总的来说，新潮派的先锋们要“全盘西化”，要在内容和形式上都“绝对自由”。中国的新潮文艺理论家们教训我们说：西方人早就认识到真正的艺术是要与现实生活保持距离的，与之相比，中国文学从一开始就走错了路，证据是：中国人自古就主张“文以载道”。拿诗来说。据《尚书》记载，舜提出了“诗言志”。——诗就应该是“纯诗”，言什么志！孔子说：“小子何莫学夫诗？诗可以兴，可以观，可以群，可以怨。”——这明明是把诗当作工具。屈原不懂诗，写什么“长太息以掩涕兮，哀民生之多艰”。李白不懂诗，写什么“一百四十年，国势何赫然”。杜甫不懂诗，写什么“朱门酒肉臭，路有冻死骨”。白居易不懂诗，主张什么“文章合为时而著，歌诗合为事而作”。李清照不懂诗，她果真“诗言志”：“生当作人杰，死亦为鬼雄。”鲁迅不懂诗，表白什么“我以我血荐轩辕”。

什么五千年的灿烂文化？太可悲了！教新潮诗人们怎么能不西方化，反传统？李白不是高唱“黄河之水天上来”吗？我来让他看看该怎么写黄河——“列车正经过黄河／我正在厕所小便／……只一泡尿功夫／黄河已经流远”。他们还有大量的像这样的得意之句：“我说你说他说我们说你们说他们说什么也没说”，“虫子 钟 红旗飘 尿布 下半旗”。难怪大学生们觉得，热衷于此类“诗”者可笑，甚至可怜了。

而在1993年，毛泽东百年诞辰前夕，桂兴华写出了他的第一部长诗《跨世纪的毛泽东》。

在20世纪中期那段很不正常的颂神狂潮之后，毛泽东这个名字已经在新问世的诗歌中消失很久了。桂兴华这部颇有“横空出世”声势的长诗引起了强烈反响，《光明日报》评论说：“沉寂诗坛的一声春雷。”

毛泽东可能是曾经有过最多诗篇来歌颂的一个人物，但是时至今日，除了毛泽东本人的诗词，没有一首诗被公认为将他塑造得很成功。谁还敢再去尝试？可现在就冒出了一位桂兴华，敢来攀登这座最险峻的艺术高峰。各种各样的人对毛泽东有着各种各样的认识，所以人们对于桂兴华这首长诗是否称得上“卓识”有所争论。不过争论各方都承认，桂兴华有着不同凡响的激情与胆量，是十足的豪放派。尽管他以前发表过不少诗文，得过不少奖，但只是从这部长诗开始，才可以断定，出现了一位有大将气概的豪放派诗人。这是中国诗坛的一个好消息。因为现在，具有鲜明风格的豪放派诗人虽然不是绝无仅有，但实在太罕见了。

中国的大时代在长久的遗憾之后，终于又发现了一位合自己心意的豪放派诗人，十分欣喜，于是就以自己的神力（通过很多具体的人）来直接推动桂兴华的创作了。

桂兴华早就想写邓小平，而现在“数不清的读者、听众在打听：‘你的第二部长诗是不是《邓小平之歌》？’圈内外的朋友更是直截了当：‘你好写小平了！’尤其是一次联欢会上，当我上台朗诵《跨世纪的毛泽东》片断以后，在台下一片掌声中，群众高呼：‘写小平！写小平！’对我的触动特别大。”（桂兴华《〈邓小平之歌〉初版后记》）

这些都是诗坛佳话。托尔斯泰说，人民是一切价值的试金石。与大时代如此心潮相通，受到大众如此热烈的欢迎与信赖，桂兴华称得上是最幸福的诗人了。这种最幸福的诗人是不多见的，据我所知，可以列入这个令人神往的名单的有贺敬之，20世纪60年代初，他在复旦大学等处朗诵《雷锋之歌》时，全场的气氛如沸如醉；再往前40年还有马雅可夫斯基，有一次他为红军战士们朗诵自己的诗：“列宁／在我们头脑中，枪／在我们手中”，有一个战士突然站起来高声说：“马雅可夫斯基同志，还有你的诗在我们心中！”

在各界人士热情的、自发的大力支持下，1996年，《邓小平之歌》问世。

“他也曾／把手摇车上的儿子／一次次抬进／简易的洗澡间／手中的热毛巾／就是含泪的父爱／一遍遍擦洗着／失去知觉的剧痛”；“他也是一个儿子啊／中国人民的儿子／深深懂得／该怎样／把一部／悲壮而又无悔的家史／继承……”；“谁能想到啊／这位组建了／红七军、红八军／和大别山野战军的统帅／几十年后／能率领着／继续变革的城市和乡村／跃过了／又一条陇海铁路／跃过了／又一片黄泛区／跃过了／沙河／跃过了／汝河／跃过了／淮河的浊浪滚滚／又一次／向大别山千里挺进！”

再也不是“红太阳颂”式的颂神词，而是写人，有喜有怒有哀有乐的凡人，但又确是了不起的人，惠及了亿万人的人，《跨世纪的毛泽东》已是这样写，《邓小平之歌》则明显地更上一层楼。写历史伟人，竟能写得如此荡气回肠，痛彻心扉。长诗全面展现了邓小平攀登不已的一生，回顾了他早年的苦学苦战，又极其巧妙地用他早先的苦战来比喻后来的改革开放征程，令人叫绝。在众多的写邓小平的诗中，桂兴华此作确实出类拔萃。他的《跨世纪的毛泽东》是一次豪迈的探索，《邓小平之歌》则是一座光芒四射的丰碑。

1997年2月19日，邓小平逝世。上海东方电视台反复播放根据《邓小平之歌》拍摄的MTV，寄托哀思。同年4月8日，在北京音乐厅，秦怡、孙道临等朗诵了《邓小平之歌》。演出后，胡锦涛说：“看了同志们的演出，很受感动，也很受教育。大家用音乐朗诵这种最朴素的艺术形式，表达了亿万人民共同的心声。”从广大群众到中央领导人，都被桂兴华的诗感动了。“人民具有强大、永恒的活力”（茨威格语）。人民的强大、永恒的活力使得长诗有着不同凡响的力度。

他的作品已经形成了一条可观的诗河。当然，任何个人的作品都不可能是浩浩大江，至多也只能是大江的一条支流。桂兴华这条诗河是高原峡谷间的一条激流，满河欢浪，时有飞瀑，非铺满绿锈的塘洼可比。

桂兴华的幸福，与整个中国时代的幸福是同一节拍的。

桂兴华幸福着。因为他受宠于这个诗歌地位岌岌可危的时代，当群众朗诵着他颂扬这个时代的诗篇，从字里行间感受到他的激情，并更由衷地热爱这个时代，他才是最幸福的诗人！

桂兴华将来会更幸福。因为中国已站在世界的浪口风尖，将会出现更多值得歌颂的人物和事件，不仅未来的时代需要他，当我们回首中国走过的过往，桂兴华就是用长诗的足迹来纪录这一切的。这种时代的见证将使桂兴华的幸福永不变质。

最后，对我所钦佩的桂兴华先生提一个建议：望您能再下一番苦功，去钻研古典诗词是如何锤字炼句的，那样您的大时代之歌定会达到更美妙的境界。

我坚信，在桂兴华等之后，必定将出现一长串诗坛豪俊的名字，就像为中国古典诗歌增辉的名字灿若星海，而绝不是到初唐四杰、到陈子昂就终结了。

2006年1月21日

（刊于2006年《诗潮》第5期）

站起来的长诗
——对“桂兴华现象”的思考

■ 文／何成钢*

值得重视的桂兴华现象

2013年，何成钢在塘桥“高峰论坛”上

屈指算来，从1993年桂兴华推出《跨世纪的毛泽东》以来，已经撰写并出版了八部政治抒情长诗。这是一个惊人的数字，在当今诗坛是绝无仅有的，为大上海的文化积淀留下了浓重的一笔。这些诗作的共同特点是，讴歌党和伟人的丰功伟绩、激发民族正气和自豪感、揭示时代精神和发展主题，其基调是积极向上的，其旨趣是主旋律的，其诗风是激情阳刚的。《邓小平之歌》在北京音乐厅朗诵时，邓琳等家属热泪盈眶；《邓小平之歌》在上海书展签名售书时，一位来自海边的残疾人带着孙子慕名而来。桂兴华的政治抒情诗有着广泛的群众基础和社会影响，跳动着强烈的时代脉搏。

这些年，桂兴华还为政府、企业、社团和各类大型活动撰写了30多篇主题长诗，涉及政府机构，如浦东新区及三大开发公司、崇明县、塘桥街道；企业单位，如中国联通、中国银行、建设银行和我所在的交通银行；重大工程项目，如洋山深水港建设、地铁总公司；文化单位及文化活动，如上海博物馆、浦东干部学院、上海海运学院、

---

* 何成钢：时任交通银行上海市分行企业文化部主管。

上海家庭文化节。这些主题长诗，或传扬组织的发展历史，或凸显组织的英模风采，或展示企业的理念愿景，通过捕捉一个个充满诗意的意象，为各类组织塑造了鲜明的企业形象，有效地传播了组织文化，受到了很好的评价。

桂兴华的政治抒情诗承载的主题无疑是重大的。这些诗作不仅可以用眼来阅读，更适合于广场朗诵，而且往往通过诗人匠心独运的编排运作，成为一种集朗诵、音乐、舞蹈于一体的综合艺术和广场活动，这种广场朗诵盛会已然成为当下组织文化传播的盛典仪式和中国诗坛的亮丽景观。笔者有幸参加了《邓小平之歌》朗诵会，孙道临、秦怡、冯淳超等数十名老中青演员、播音员和群众演员一起参加朗诵，辅之以观众席上群众的呼应，专业与业余、台上与台下互动，阵容之强大，声势之浩大，现场气氛煞是壮观，场面也甚是感人，置身期间心灵为之涤荡，情感为之陶冶，境界为之升华，其思想冲击力和情感震撼性尤其强烈，是一种不可取代的高尚精神食粮。

桂兴华现象寻源

组织形象宣传是市场经济的客观要求。所谓“酒香还需人吆喝”。资源的稀缺性要求，不仅企业产品需要营销，而且城市形象也需要营销；不仅物质生产活动需要营销，而且精神文化活动也需要营销。当然这种营销就其目标而言不仅仅为了经济利益，有时则主要为了追求一种效率、事功，或者说张扬一种精神价值。在经济全球化语境下，有人说新经济是一种“概念经济”或“注意力经济”，意思是说你要善于包装、善于宣传，并以此来吸引眼球。音乐、舞蹈等艺术样式虽具有较高的审美价值，但受到审美活动不确定性影响，在传递组织文化上只能起到烘托、辅助和象征作用。而诗朗诵则不同，她具有写作上灵活机动、情绪上饱满热情、语言上直抒胸臆的特点，她的这种思想性与艺术性高度融合显在的特点，使其在传播抽象的组织文化观念上往往能收到神兵奇旅的“轻骑兵”效果，正日益成为大型广场文化活动和组织形象宣传活动的思想点、情感点和兴奋点，被越来越多的企业重视并采用，具有不可替代的文化传播特质和价值。政治抒情诗适合大型广场活动朗诵，这也是桂兴华广受各类组织邀约创作主题长诗并受到欢迎的缘由。

桂兴华现象启示

（一）符合诗歌的本质

1979年，熊召政的政治抒情诗《请举起森林般的手，制止》一经发表，便在全国引起轰动，那首诗为他赢得了荣誉——获首届全国新诗奖。但是徐迟则带着批评的口吻对他说："我历来反对把诗当作匕首和投枪，诗应该是艺术创作。我要把你的创作方向扭一扭。"这就引出了一个话题：诗歌的本质究竟是什么？

有人说诗歌是艺术创作，这并没错，一部传世的好诗艺术上一定是优秀的，但强调艺术性并不应该成为反对诗歌反映重大主题的理由；有人说，揭露才是诗歌的本质，纵观世界文学史，哪部传世之作不是揭露邪恶的？这话也不错，他至少认为诗歌可以接触重大主题，但是既然邪恶应该鞭挞，那真善美为何不能赞美？

直刺西方人精神世界的艾略特《荒原》和金斯伯格《嚎叫》，是20世纪西方诗歌艺术的高峰；天才诗人马雅可夫斯基的政治抒情诗，被卢纳察尔斯基称誉为"十月革命的青铜塑像"；聂鲁达的政治抒情诗的影响与魅力不亚于马雅可夫斯基，他的诗和精神感召过切·格瓦拉和阿连德等千千万万的人，他完全可以啜着香郁的咖啡，低吟着哀怨的情诗，在外交官和议员的远大前程中安享晚年，但是他最终选择了为理想信念奋斗的不归路。

由此看来，诗歌的本质无关写作题材。中国古来就有"诗言志"的传统，也有对诗歌本质"诗缘情"的阐述。与颓废对抗、与崇高同行的新诗传统，近年来的确受到严重挑战。我们当然不认为，唯有黄钟大吕之音才是时代的主旋律，一切有益于开创幸福生活、激发健康心理、砥砺高尚人格、熏陶美好情感的诗歌，都是"情感的主旋律、美学的主旋律、生活的主旋律和时代的主旋律"。因此，桂兴华沉醉于重大主题的诗路在理论上是没有问题的。著名诗人罗洛曾说："兴华同志很有才华，如果写一点小桥流水的东西，是非常容易的，轻而易举的。他不肯在那个水平上踏步。他在不断地向上跨。"这话很有见地，也就是说诗歌既可以描写这个时代，讽刺这个时代，挖苦这个时代，当然更可以赞美这个时代。

（二）为诗歌寻找表达

中国诗歌进入20世纪90年代以来影响越来越小，这是不争的事实。随着市场经济推进和网络时代的到来，为摆脱诗歌被边缘化的命运，整个诗界正在急于为诗歌寻找新的表达方式，其中诗歌朗诵正在越来越被重视。伴随市场经济而生的城市广场文化、组织盛典仪式方兴未艾，而诗歌就非常适合在人群中朗诵表演。据说，金斯伯格把现代青年生活观念和摇滚这种方式与非常有冲击力的朗诵结合起来，结果支撑了美国诗歌十几年。究其原因，重要的一点他抓住了现代人多媒体式的审美习惯。其实，像《诗经》里的原初诗歌是在纸出现之前流传于口头的。纸面只是一种媒介，就像后来的词谱曲谱和现在的网络诗歌。历史遗留下来的是诗的实体和精神，而它的传播媒介应该是应时而异的。上海外滩的陈毅广场音乐会、吴江平望的评弹书场、重庆沙坪坝广场故事会、广州番禺文化广场的"番禺论坛"和北京朝阳区金台文化广场的露天朗诵、电影和书市，无不佐证了桂兴华投入十数年的诗歌朗诵具有广泛的群众基础和很好的未来前景。

桂兴华并不讳言其对于时代变革的敏感，对于大江东去的兴奋，对于宏大叙述的偏爱。他说："从1993年开始，我才真正在诗歌中找到了感觉——哦，我情感的最佳喷爆口，原来是政治抒情长诗啊！"有人说，80年代的中国诗坛是"跟着真理走"，90年代的中国诗坛是"跟着感觉走"。于是，20多年来，诗歌逐渐走向个人，走向诗人个人的体验、情感和思考，以至于有人提倡零度写作、冰点写作。

小桥流水是诗，大江东去也是诗。然而毕竟诚如已故著名诗人罗洛所言："兴华同志很有才华，如果写一点小桥流水的东西，是非常容易的，轻而易举的。他不肯在那个水平上踏步。他在不断地向上跨。"当我们展读万言长诗《邓小平之歌》，我们不得不为桂兴华"向上跨"的种种努力和建树所感动。

独特的主体视角是《邓小平之歌》的一大艺术特色。桂兴华曾说："领袖在每个人心中的形象是不同的。"那么，怎样才能写出被黑格尔称为"这一个"的伟人人性呢？我们认为，决定政治抒情诗根本品质的乃是诗人的政治情怀。于是，我们从诗人的人生轨迹中发现，从他写诗的那一天起，他就从来没有停止过对崇高信仰的追求，对美好事物的膜拜，对未来生活的憧憬。即使在皖东农村的苦难岁月，草绳缚鞋、败絮遮体、油灯孤影，乃至穷困潦倒至仅能用两元钱来慰藉哺乳中的爱妻，他也未曾泯灭理想的薪火。

桂兴华的朋友无不发现，他喜欢关注身边一切美好的现象。于是，我们从他早年出版的《第一次诱惑》、《新年酒吧》等诗集中看到：一位青年人纯洁的向往，一位乡下知青悔悟和奋起，一位现代人对新世界的好奇和认同，一位饱经苦难却童心不眠的中年人对人生的执着信念。他诗笔下"长街短巷"中的人与事，成为他信念的延展，总让人感受到异样的光彩、别样的希望和那样的美感。桂兴华说他对邓小平的感情是逐步加深的，触发点在他曾经就读师专的凤阳那18户手印引发的农村革命，令他几回回惊呆过春潮涌动的深圳，使他迷路而昂起头来环视的故乡浦东。

桂兴华曾说，作为一名党员诗人，为共和国写诗是他生命的一个重要内容。他在抒怀张江的长诗《智慧的种子》付梓时，郑重许下的两大心愿——修改再版《邓小平之歌》、《跨世纪的毛泽东》，现在一一圆遂了。诗人在再版《邓小平之歌》中增写了一章《怀念》，由衷地咏叹道："这些天／岁月念叨得最多的一个人／是他啊／百姓感谢得最多的一个人／也是他／他的那条硬道理／成了中国所有奇迹的摇篮／成了中国所有美丽的底色／成了中国所有员工的血型／更使我们一代又一代的怀念啊／与历史一起延伸／一起延伸……"真可谓诗韵如潮颂伟人。

桂兴华常说，诗歌写的太直没诗意。其实，别林斯基早就指出："哲学用三段论法，诗人则用形象和图画说话。"也就是说，诗歌不能直白，也不能抽象，而要用形象思维。

不直说，在《邓小平之歌》中，有的用于整篇构思。我们可以感到，诗人的想象如凤起龙飞般纵横驰骋，多重时空听命于抒情母题的调遣，相互穿插融会，或频频切换，或压缩折叠，或定格扩张，全诗内在脉络纵横交错，富有弹性，抒情曲线跌宕多姿。独特的结构章法表明诗人桂兴华在谋篇布局上的娴熟。全诗在出走广安、贬谪南昌和幽闭中南海这些小平同志人生的重要阶段，用"小路"这一意象喻指他那坎坷人生和不懈求索，形成壮阔感人的宏大意境，无怪乎小平女儿邓榕触景生情，感情的潮水止不住夺眶而出。

不直说，在《邓小平之歌》中，有的用于整段整章的情绪安排。我们这个时代是一个呼唤想象力的时代。为了把未来写足写透，表达小平同志对香港回归的无尽期盼，在《香港啊香港》的诗章中，诗人反复咏叹："他日思夜想的香港啊／一片越来越近的七色梦幻"，经过六度回环畅想，极具情绪张力，使抒情主题渲染到了灼热的制高点。

不直说，在《邓小平之歌》中，更多的用于遣词造句和细节推敲。诗的"实"与报告文学的"实"不同，要求诗人捕捉富有诗意的生活细节。怎样不重复旧的意象，是诗人创作时反复揣摩的。于是，我们看到，桂兴华大开大阖与精致刻镂往往是并行不悖的，其诗句具体而富于可感性。

开篇以具象的登山喻指小平同志的高瞻远瞩和坚苦卓绝的革命生涯，立意高亢；用“踏着川剧高亢的节拍”、“被小孙子亲得满脸口水”、用“含泪的父爱”为失去知觉的孩儿擦洗等生动细节，描摹出一个至性可亲的性情中人；有感于在世界杯足球赛中球门屡屡被洞穿的中国足球而由衷地慨叹：“又一次踢进了他的惊叹与思考”，烘托出落后就要挨打的浓郁的象征氛围；用维多利亚港、铜锣湾、红勘、旺角、中环、尖沙咀、快活谷、霓虹海、陆家嘴等无数耳熟能详的名词，既创造了精美的隐喻意象，又写出了地域个性。

桂兴华的诗有丰富的生活素材作基础，诗人十分注重炼词炼句，充满诗意的词句、优美的意象和恢弘的意境俯拾皆是，交错叠进，读来韵味盎然。老舍先生曾经说过，人的耳朵常常比眼睛更不耐烦。不容易看懂的文字往往还可以多看几眼，细细推敲一下，但不容易听懂的文字，人们只好干脆不听。朗诵诗不能仅仅诉之于视觉，桂兴华继承了艾青、郭小川、臧克家等优秀诗人明朗俊逸的诗风，他的诗不用纷呈的意象、不罗列典故，更不深字僻词一大堆。在这个广播电视革命的年代，诗歌应该从纸张上站起来，诗不但要可以看，更应可听，但是当下许多诗人的耳朵已经退化了，而桂兴华的长诗采用的却是一种面向广阔空间和滚滚人潮的抒情姿态，而且还借助乐队、多媒体、MTV等形式，由专业和业余人员在艺术殿堂和街头广场广泛颂咏，成为中国诗坛一道夺目亮丽的风景线，为中国诗歌寻找到了一种符合时代需求的表达方式。

（三）市场化生存的探索

诗歌的萧条是“全球化”的。当人们忙着奔小康和买车买房时，是不会关注诗歌的。国际惯例是对诗歌研究和活动进行赞助和捐款。据说具有近百年历史的美国《诗刊》杂志曾接到一份价值一亿美元股票的捐赠。正是这种捐赠促使西方酒吧中“开放的麦克风”等诗歌活动比较兴盛，美国、荷兰、瑞典等国都有诗歌节，美国纽约每年岁末的“诗歌马拉松”吸引了国内外众多诗人，通宵达旦的朗诵诗歌。为了振兴诗歌，前几年盛产诗人的成都打算把诗歌印在公共汽车上，让诗歌像广告一样满街流动。日本人则想出将诗歌印在厕纸上，让人如厕时静静欣赏。这些都说明，作为上层建筑的诗歌完全市场化是很难生存的，同时作为诗人又必须面对市场化环境，以积极的态度予以应对。

在这方面，桂兴华的创作实践给我们提供了有益的经验。在思想厚度、文化含量和艺术高度的综合上有新突破的桂兴华现象告诉我们，诗歌本身除了应该从形式和内容上“从小众走向大众”，开拓一条开阔的路子外，诗歌还应该看到市场的需求，捕捉到与市场的契合点，走出一条与市场共存的路子。事实上，无论是在广告词设计还是在组织文化传播中，诗歌都有着无可替代的用武之地。如果说，市场化进程的初期这种用武之地主要体现在产品广告词领域，那么，市场化进程的成熟发展阶段其用武之地则主要体现在形象宣传上。在组织对内传播文化价值观、对外传播社会形象中，都需要一种盛大的典礼和仪式来显化、固化和美化其文化特质，诗歌朗诵正在被越来越多的组织所重视。而在组织理念和诗化表达的结合上，企业缺乏这方面专才，广告公司的绩效又往往不被企业所认可，这就为诗界留下了广阔的用武之地。

一个时代诗歌的兴盛在其背后总有一种动力作支撑。如果说唐朝诗歌的兴盛是因为它可以以诗歌取仕，可以做官，那么20世纪80年代初期的诗歌兴盛，是因为新思潮接踵而至，写诗歌是因为有内心需要，而如今市场经济条件下写诗的需求在哪里？这是每一个诗人应该考虑的。桂兴华现象带给诗界乃至整个文艺创作的启示是多方面的，值得我们认真研究和汲取。

2006年春

（曾刊于《读者导报》、《新民晚报》）

坚持主旋律的诗人
——读《激情大时代》

■ 文／陆幸生*

一本588页的诗集，摆放在我们这个时代交替错杂着车辙和足印的书桌上。诗集的名字是“激情大时代”，作者桂兴华。老诗人贺敬之题写诗集书名，为诗集作序的是中共上海市委副书记殷一璀。

2006年5月22日，在上海航天大厦会议大厅，由上海文广新闻传媒集团、上海市航天局、上海世纪出版集团召开的诗集首发式上，桂兴华述说自己在2006年初，获得特批到大西北酒泉卫星发射基地的种种情景。桂兴华豪情依然，嗓音响亮，一个诗人的大时代形象跃然台上。

我们听到过许多次了，当今中国的诗歌“已经黯然失色”。上一次诗歌的主旋律轰动效应已经是20多年前的情景，共和国版图上被压抑的民众心绪像火山一般爆发出来，理性的政治剖析，平静的学术梳理，那是“后来”的事情了，人民需要当下最即刻的呼喊，于是，中国当代抒情诗的特性由此得到了最大的“吼叫”阵地。当年诗情和当年国情的震荡曲线是全然同步的。然而，轰动之后的必然平复，必然平复后对生活要求的实质提高，使得人们将最大的注意力转入到经济领域。在经济真正开始转型的改革年代，寻常普通百姓获得了前所未有的发展机会。然而，经济运行的隐形规则与“政治平反”的轰爆形态截然相反，如何投入、如何经营、如何坚持、如何获利，获得多少利益，黑白混沌，红黄交融，一切细节都在大洋的水面之下。最大坚韧和忍耐，成为新时期人们行事的特征。于是，诗歌作为民族集体云中漫步的浪漫功能，被注重利益的世俗时态最大程度地抛弃，只留下一些真正回归诗性的个体。

不过，勾勒和暴露经济生态本来也不是诗歌的长项，受到牵连的是，应该获得讴歌的这个时代正在进行的宏大建设，应该得到纪录的这个历史转折期

---

* 陆幸生：时任《新民周刊》主笔。

的扎实步履，描绘这些的抒情诗作，也遭遇无情冷落。“无情”两字，不是说今天中国百姓的精神已全然陷入虚无的泥淖，实在是近时段的社会关注力，在拥抱物质改善过程当中的曲折在面对变革世情世态时遇见的难题，讴歌也的确不具有即刻的药效。

然而，桂兴华坚持着这样的抒写。从这本《激情大时代——桂兴华朗诵诗集》汇编的诗歌名目，以及创作年代就可以看出他如此一贯的追求：《跨世纪的毛泽东》、《邓小平之歌》、《中国豪情》、《祝福浦东》，以及歌颂神六升空的《中国，冲向新的高度》，等等。

桂兴华说道，当年苏联马雅可夫斯基《穿裤子的云》和《列宁》、我们“国产”的郭小川的《投入火热的斗争》、《致青年公民》和《团泊洼的秋天》，还有诸多诗人讴歌时代的抒情诗作，是我们应该勇于继承的传统，理由非常简单：大时代要有大声音。

自然，对应时代和社会的宏大需求，决不等于口号式样的文字，可以变相获得同等规模的赞扬。犹如眼下相当“广泛”的“小调”咏叹，也并不等同于人性深层真正的追思和表达。如何评价桂兴华诗歌创作的成就，是另一个学术和艺术领域的自由。多元题材、多形式咏叹，是他诗歌的原本特征；在他诗集的首发式上，专家有恰如其分的表述。

桂兴华的努力，体现了他认识这个社会和时代的一种坚持，是其价值观的一种精神体会。可贵的坚持，在表述这位有了点年纪的诗人的品格。如是品格，存在于走向后现代的中国，解除了人们的一部分疑虑。

2006年5月31日

两个父亲

■ 文/桂　岭

2009年，桂岭（右一）、李小雨（左一）在《共和国颂》朗诵会上

父亲，是我笔下轻易不敢触及的话题。

儿时对父亲的印象是一个削瘦的他，架着黑框眼镜，永远匆忙。我上学去，他已离家；我睡了，他还在伏案。父亲爱开着收音机写作，有时候半夜里醒来迷迷糊糊地听到收音机里传出的音乐，便知道他还没有睡。那时候常有家中要高考的孩子家长带着孩子登门来请教作文，父亲却从没有传授过任何“秘诀”于我，只将成摞的名著堆到我面前，同时规定我每天要写多少多少页的毛笔字钢笔字。他慎重地将他儿时的摘抄本、剪贴本交到我的手上，上面画满了主席的头像，抄满了父亲最钟爱的诗句，还有父亲从嘴边省下的用里弄食堂代价券购买的一角七分的《少年文艺》。

于是，我也开始将心爱的张爱玲大段大段地搬移到笔下的字里行间，用剪刀和胶水自编《人物》、《专题报道》和《生活小品》。暑假就是这般悄然渡过，小伙伴们召唤玩耍的呼喊让我心痒难忍，肚子疼想赖掉钢笔字作业，可是看到父亲紧锁的双眉，就再也没有违抗的勇气。

直到考上大学，父亲都是我尽量避而远之的对象。我们对弈五子棋，更多的时候对弈态度。我觉得父亲难以亲近，觉得自己和父亲很不相像。他偏爱大块明亮的色彩，有着洪亮的嗓音，在讲台上侃侃而谈，生活中却习惯寡言独处。

他以千首散文诗的功底蓄势，敢于借毛主席诞辰一百周年的契机用自己的政治抒情长诗献礼。他用词精准、有力，他的排比像极了他的脚步，他的积极、主动与诗的喷爆点唇齿相依，甚至在他的想象力倾泻时都起伏有迹。

他是多么热爱生活、努力前行啊！在我的生命中未曾见过如他这般用诗的浓烈、壮阔去拥抱时代的人。我渐渐长大以后，又发现父亲有不急不躁的另一面。即便对着母亲的发脾气，他也是“嘿嘿嘿”地一笑了之……

我不懂得诗，也从未写过诗，但一次又一次，当诗的血液在父亲的身体里贯穿流动时，我眼里的他再也无法等同于生活中的那个父亲。他眉头舒展，情绪饱满，他写诗，用自己的诗去讴歌去记录时代，再用自己诗句间洋溢的激情去唤起民众对时代的无限热爱。他推广着诗，将诗与朗诵的艺术结合，让朗朗上口的诗句在更广泛的空间流传。为写小平到广安深入生活，他把我带在身边，我感受到他捕捉细节时的敏感和连日奔走后依旧夜夜笔耕的不倦，我去他集中全副精神创作的思南路小旅馆探望，看到贴在墙上连成片的手稿和他夜间如厕时突发灵感而写下的精彩诗句，我陪伴着他历经了多部长诗的论证会、发布会、朗诵会，无论是邓小平理论研究中心抑或是北京老一辈诗歌专家的严格审评，无论是上海大剧院抑或是北京音乐厅的宽阔舞台，无论是南京东路新华书店抑或是上海书城的签名售书，他由诗作者、策划者再到组织者，不同角色间的转换，父亲倾倒了全部的心力。

是诗，也只有诗，支撑着他越来越弯的脊背。是诗，也只有诗，赋予他脚踏冷寂诗坛独木桥的执着与坚定。在一个又一个现场，他的衣衫被汗水湿了又湿。

1999年7月，在上海大剧院《中国豪情》朗诵专场举行的前夜，身患哮喘的他由于操劳过度并闻到油漆味，倒在去后台的过道上昏迷不醒。全靠过路的民工救了他。第二天谢幕时望着站在舞台上手捧鲜花的他，我的眼泪止不住地流了下来。连演员们都说：“每当看到桂兴华为诗歌累成这个样子，我们怎能不投入？”

后来，我离开父亲到海外求学，随身的小相册里偷偷藏着他的两张照片。一张是父亲的艺术照，这是我儿时记忆中的父亲，威严而不容置疑；一张是父亲参加诗社活动时被偷拍的照片，这就是我深深爱戴的父亲啊，神情里满是对诗歌的迷恋与专注。多少个在异乡想念父亲的深夜，我抚摸着相册中他的脸庞，回忆那次探亲回家时，深夜拨打120急救电话送他去八五医院的惊心动魄，想象着他一定继续独自在为诗歌而奔忙的身影，盼望着可以早日重新回到父亲的身边，用自己的成长和更深更多的理解支持他……

而父亲，距离并没有阻隔他向我不断展示将诗视作生命的情感投入。长诗再版了，父亲给远在德国的我寄来新书，又一部长诗问世了，父亲在摄像头的那一端笑得开怀，为抒写新的篇章，冒着哮喘顽疾之大忌前往神六卫星发射基地采访，我的邮箱里有父亲站在零下25摄氏度酒泉风景线的脚印，回上海探亲，亲眼看见父亲面对香港《大公报》记者的采访和在《世纪讲坛》上讲述中国政治抒情诗发展时流利自如的娓娓道来……在法兰克福，我带着父亲赶赴歌德256岁的生辰纪念，当父亲站在歌德故居的那张剪影前，我的镜头里，是两张毕生用爱用热情谱写诗行的脸孔。

哪一个伟大的时代不需要歌者？

作为女儿，父亲对诗的执著和坚持彻底征服了我。每当他向所有的人表白自己：我是一名诗人！每当父亲的诗句经由乔榛、丁建华，经由焦晃、林如，经由浦东街道退休老干部，经由建平中学的高中生，经由无数张有名、无名的嘴巴放声，每当被父亲的诗句感动而心潮澎湃的中年人拉着我的手："你有这样的父亲，真幸福啊！"我心中的骄傲，由一个父亲与一个诗人的叠加——他不仅仅是父亲，他是用洋洋洒洒的八部长诗书写了中国变迁的桂兴华。

2006年3月11日凌晨3：30

1985年，塘桥，桂岭与柯蓝夫妇（右二，右一）、桂兴华在家中合影

跳动着时代的脉搏

■ 文／赵启正*

开发开放的新时代，使新上海真正崛起。

记录新上海的迅猛发展，可以用政府工作报告、新闻报道、报告文学和影视，但想听到历史的澎湃声，非诗不可！

诗人桂兴华很早就关注这个题材了。他的长诗中，有对比，有对世界的瞭望，更有想象力。我也在许多场合听过他的作品朗诵，每次都会勾起我许多美好的回忆。

读桂兴华富有激情、美感和新上海符号的诗，人们会随着时代的脉搏跳动，并变得年轻！

2008年1月3日于北京

1999年，赵启正（左二）、孙道临（左一）、李仁堂（右一）、桂兴华（右二）在北京《中国豪情》朗诵会上

---

* 赵启正：国务院原新闻办公室主任，全国政协常委，中国人民大学新闻学院院长。

回味久远的畅想

■ 文／周汉民*

悠悠流淌的黄浦江水，守望着历史。黄浦江，见证了上海的沧桑巨变。

2002年12月3日中国申博成功以来，黄浦江两岸的滨水区域正气势恢宏地演绎着都市大涅槃的历程。为了确保上海世博会筹办工作如期开展，政府、企业与居民齐心协力，奇迹般完成了新中国成立以来最大的单体动迁项目。与此同时，世博园区的居民乔迁新居，成为率先体验“城市，让生活更美好”这一世博会主题的群体。

上海著名诗人桂兴华先生的新作《城市的心跳》，及时地向我们展开了这里告别历史、拥抱明天的鲜活画卷。诗人以其灵感、敏锐与激情，密切关注世博动拆迁的全过程，推出了这部将世博与老城区发展交融贯穿的长诗。几年来，诗人跟踪采访、细致观察；视角独特，别具匠心。诗中场面纪实，抒情浓烈；读罢如见其人，如临其境，心潮澎湃，豪迈不已。

我相信，所有参展上海世博会的国家和国际组织，所有前来参观上海世博会的海内外游客，都会有一种热切的期盼。他们都希望知道，脚下的世博园区是如何建成的？而原本生活在这片土地的人们到哪里去了？他们过去是怎么生活的，现在又有怎样的变化？相信《城市的心跳》将为所有参展者和参观者提供一份蕴涵深远的解答。

这些年来，我曾在许多场合听过桂兴华的朗诵诗，他的诗作饱含激情，想象丰富，回味久远。诗人的字里行间，既洋溢着艺术的气息，又能让人触摸到生活的心跳。这种艺术风格，得到了广大群众的认同与欢迎。

“城市，让生活更美好”——这本身就是一个诗一般的主题，需要更多的诗人去畅想，需要所有热爱这一主题的人共同去挖掘。人们常说，“诗言志”，的确如此。正因为植根于生活，植根于我们这一国家和这座城市改革开放的伟大实践，我们的文学作品才有了崇高的艺术价值和不息生命力。谨此与诗人共勉！

2007年12月3日于上海

---

* 周汉民：全国政协常委、上海市政协副主席、上海世博会事务协调局副局长，教授。

独特的艺术追求

■ 文／郭在精

桂兴华深入白莲泾，经过一年多的酝酿、构思，创作了这部有关世博主题的长诗。诗中高度的激情，深入的采访，精心的创作，立体的朗诵实践，是他一以贯之的独具特点的艺术追求、艺术道路和艺术实践。对于《城市的心跳》的反响，我想用我为他写的10年长诗创作的评论来说明。

10多年来，桂兴华倾情致力于政治抒情长诗的创作，他心怀高远地放声歌唱，激情澎湃地抒写我们的“领袖篇”、“英雄篇”、“热土篇”、“回归篇”和“未来篇”，他的诗情激荡，他的文思苍茫，他的诗句飞扬，他的意象寥亮跳荡，他的旨趣高远豪壮，他的诗作深受广大读者的欢迎和好评。政治抒情长诗合集《激情大时代》就是一个很重要的标志。

他是如何从写短小的散文诗逐渐走向抒写重大题材的政治抒情长诗的，是如何逐步形成他的以政治抒情长诗为诗歌创作特色和风格的？这些值得认真总结。而且，他的这些政治抒情长诗，承继“五四”以来新诗的优秀传统，紧跟时代节拍，不单在上海诗歌界独树一帜，成绩斐然，就是在全国，也可以说是屈指可数，极有特色的，其中的得失经验值得我们认真思索。

新时期以来，文艺创作呈现出百花齐放的多元化局面。但也出现一些躲避崇高，远离时代和人民的倾向。改革开放的新时代，文艺状况的新情况，使得诗歌创作面临新的课题，新的要求。正是在这样多元而纷纭的情况下，诗人桂兴华坚持“五四”以来革命诗歌的优良传统，公开宣称：“激情为时代燃烧”。他常常思考“怎样做一个有政治头脑、有高度责任感、有充沛激情、有敏锐创意的中国诗人”。他说，他要用“跃动着的微笑／把一个大时代的主体／演绎到我们每一个人的心头”。在20世纪90年代之初他接受采访时就说：“这几年来，很少有人涉足政治抒情诗的创作，整个诗坛比较冷僻，诗人纷纷改行，读者减少。响亮的像郭小川的《向困难进军》、贺敬之的《放声歌唱》这类震撼人

1984年，郭在精（右一）、桂兴华（右四）在《文学报》组织的朗诵会上

心的政治抒情诗很少看见，我不甘心这种状况。我想用我的闯劲来打破这个沉寂，闯一闯政治抒情诗的创作。”

他力排各种困难，敢想人之所未敢想，敢做人之未敢做的事情，先后勤奋创作了9部抒情长诗，这些长诗都关乎我们国家整个革命历史，关乎我们国家迈向振兴之路最关键的历史时期，关乎改革开放的新时期。可以说，是极其艰巨极其光荣的创作课题。他站在时代的高处，想被人不敢想，做被人不敢做的事情。他在长诗里写道：“政治已不是／政治斗争的／图形／赞美／怎么能／成为少数人的／工具？／群众／急需喊出大时代的／心声！想一想吧——／什么／渗透在公民的／每一滴心血？／什么／巨变了生活的／每一刻内容？／市场／可以淅淅沥沥下着／心雨／我也可以刮起／歌唱二十年／歌唱五十年的／诗的雄风！”

正因为桂兴华有这样的胆识，这样的眼光，他才能孜孜不倦地在政治抒情长诗的创作上取得不同寻常的成绩。上海作家协会副主席、评论家任仲伦说：“桂兴华写诗历来胆大，敢写别人不敢写，甚至不敢想的题目。比如，他歌颂三代领袖的3部诗稿。每一个名字都是厚重的民族历史，都是思想和人格的高峰，足以让诗人们逊净风骚，输尽文采。但是桂兴华写了，写完了。其中的豪情和胆气淋漓尽致。”桂兴华的抒情长诗饱含着激情。他唱道：“祖国啊／写一个字就露出来的／祖国／讲一句话就流出来的／祖国／一枚硬币就凸显出来的／祖国／一声呼吸就溢出来的／祖国啊／从周口店一步步走过来的／祖国／在联合国的讲台上大声发言的／祖国／我早想成为你／图纸上的／一顶安全帽／成为你在超市里摆开的／一筐筐新鲜蔬菜／成为你／唇间准备唱出的／

一首首赞歌 / 成为你 / 有所发现的 / 一个个实验室啊 / 为你找到又一条神秘的 / 生命基因!”正因为桂兴华饱含对祖国的深情,这才使得他的政治抒情长诗有了金子般的震撼力,有了鼓舞人们的艺术感染力。

原上海作协主席、著名诗人罗洛说得好,桂兴华用他的作品回答了这样三个问题:(一)“诗歌要关注时代的命运、国家的命运、人民的命运,应当描写重大题材”;(二)“诗不但能写重大题材,而且能非常具有艺术魅力”;(三)诗人要“永远不能停留在原地,要不断前进”,“决不能重复自己”。巴金说:生活要下去,创作要上去。桂兴华深深懂得这一创作规律,为了写好每一首政治抒情长诗,他总是深入生活,积累体验,提升认识,酝酿创作。写伟人的长诗是这样,写青年的篇章也是这样,写其他题材也是这样。

1990年代初,桂兴华为了创作《跨世纪的毛泽东》,去了长沙、韶山、湘潭、醴陵、西安采访,两上延安,下乡下厂调查研究。他住在离当年毛泽东的窑洞很近的地方,在早雪的寒夜里心潮起伏,彻夜难眠,完成了长诗中延安一节的初稿。1992年12月完成整首长诗的初稿。1993年春请朋友提意见。3月,病重住院,在左手静脉注射药水的情况下,坚持用右手修改诗稿,先后改了第三、第四、第五稿。5月,完成第八稿。历时整整一年半。又比如他创作《青春宣言》,这是他写给年轻人的抒情长诗。2001年冬天,好几个月里,他去了上海师范大学,与师生一起生活,一起排练朗诵。我参加了两次诗作论证会。记得第一次会上,我提出了“须处理好上海与全国、典型与整体的关系”。他又去深入生活,对其中两个章节重新构思,结果第二次开论证会时,他拿出了全新的诗作,更为精练,更有激情,更有层次,获得大家一致好评。

因为深入生活,使得他的诗作有了深厚的底蕴、强烈的时代节奏、浓郁的地域风情、不同于他人的诗风。桂兴华在创作时还善于海纳百川,承前启后,一是善于吸收古往今来诗人作家的可以借鉴的东西,他从马雅可夫斯基的长诗《列宁》里学习写领袖的经验,从郭小川、贺敬之的诗作里承继经验,从辛弃疾的长短句学习锤炼诗句,创造自己的大结构与小细节、排比跳荡与回复吟咏、意象与哲理、交响乐与小夜曲相融合的雄壮诗风(用他自己的话来说,就是“有条有理更有情”的创作追求);二是善于听取群众、专家和领导的意见和建议,不断深化。他创作《中国豪情》时,向许多评论家征求意见,使得“每一章的强弱及章与章之间的衔接,有了豁然开朗的感觉”;他创作《邓小平之歌》时,先后向上海社会科学院邓小平理论研究中心、上海作家协会以及广播电视系统的同志征求意见;他创作《永远的阳光》时,在北京中国作协大楼召开了专家论证会;创作

《青春宣言》时，多次与上海师范大学师生以及上海诗人一起研讨……这样，就对诗作的主题、寓意、结构、剪裁、诗句等方面，起了精练、提升的作用。在他再版的诗集里，就可以看到他不断推敲的痕迹。他还十分重视各级领导的意见，他虚心倾听金炳华、贺敬之、赵启正、龚学平等意见，与他们交谈，“从人生到诗作，从宏观到微观，无拘无束，乃至诗的整体结构”。

著名学者唐振常谈及上海之所以发展并独放异彩的性格时概括过这么三句话：海纳百川；有容乃大；敢为天下先。我觉得，桂兴华的政治抒情长诗在政治性和艺术性结合上能够取得成绩，也是因为有了这么三个特点。

诗人创作好诗作，只是完成艺术的一半，还须走向读者民众。桂兴华总是努力使自己的长诗在出版的同时，走出“象牙塔”，成为大家抒发情感的一个载体。除了广播电视、报纸宣传之外，广大学生、群众朗读过他的长诗，许多的演员和主持人，比如孙道临、秦怡、李默然、焦晃等也都参与了朗诵表演。有在上海的大剧院演出，也有在外滩广场，也有在学校。上海的一些中学在早晨升国旗仪式中，朗诵过他的诗作，上海师范大学、上海地铁总公司团委、浦东新区图书馆、建平中学举办过他的作品朗诵会。丁建华说：“桂兴华的诗，强烈地印上了时代的标记，即时地喊出时代的声音。像他这样敏感、果断、充满激情的诗人真是太少了。”

他的朗诵演出活动，主要有：上海商城《跨世纪的毛泽东》专场朗诵会；文化部《在大海中永生》朗诵会朗诵《邓小平之歌》片断；上海兰馨大戏院《邓小平之歌》专场朗诵会；上海大剧院举行《中国豪情》专场朗诵会；北京音乐厅两场《中国豪情》专场朗诵会；广州中山纪念堂庆祝澳门回归大型文艺晚会朗诵《中国豪情》；上海外滩《于无声处》剧组朗诵《邓小平之歌》；上海建平中学两场《祝福浦东》专场朗诵会；哈尔滨北方剧场《邓小平之歌》专场朗诵会；浦东新舞台《永远的阳光》专场朗诵会……在这些活动中，他都尽心尽力，毫不马虎。上海电台主持人方舟对我说：他很佩服桂兴华的激情，在大剧院演出时，他自己就在后台昏倒了。一是累，二是他有哮喘，后台空气浑浊，使他的身子一下子就倒下了。由此可见他在诗歌实践中的敬业精神！而现今能将诗歌创作与诗歌实践作为一件统一的事情来做的诗人，也就是考虑到广大读者反映的诗人，恐怕也是为数不多的。这一点，值得我们认真思索。

最后，集桂兴华诗集名，凑成一联，赠予诗人，算是祝贺和勉励吧：中国豪情，小平之歌，永远的阳光；智慧种子，青春宣言，又一次起航！

2008年1月5日写毕于海上日月斋

真情在白莲泾喷发

■文/傅　亮

2006年深秋，桂兴华约我去浦东，计划为2010年上海世博会创作一个大作品。

我们的目的地，首先是白莲泾。因为2010年上海世博会的选址，白莲泾位列其中。大量的采访后发觉居民们来到世博家园的前后，除了喜悦还有很多困惑。可以说，桂兴华的2007之夏一定不好过，因为上海世博会的主题始终萦绕着他，叫他寝食不安。《城市的心跳》就是在对问题的思索中诞生的。

在这里，我不得不评价一下作为诗人的桂兴华，谈一谈他的作品究竟给我们带来了什么。我与桂兴华认识时，他才30出头。20多年过去了，我却觉得50多岁的桂兴华比我更年轻了。他不断有新作品问世，每次都轰轰烈烈；他

2006年，傅亮（右四）、桂兴华（右三）采访白莲泾动迁居民

不断出现在关注城市人文进程的人们的视野中，频频扔出重磅炸弹，这些都不像一个年过半百的正统文人的状态！客观地说，在诗歌界的同仁们对中国诗坛的文化地位日益下滑、逐渐远离文化精神中心区几乎束手无策的普遍窘境中，只有桂兴华在这十多年间以连续不断的长诗及其多次大型诗歌朗诵公众活动，为中国诗歌界平添了一道响亮的华彩。

无论从何种角度看，桂兴华在这十年间的一系列政治抒情诗创作活动，不仅发展式地续写了中国新诗史上具有重要地位的政治抒情诗的新篇章，而且开拓性地继承、发扬了政治抒情诗通过公众朗诵形式产生效应的优秀传统，无疑为低迷的中国诗坛注入了强力。

大半年时间，我随他一起深入周家渡、白莲泾、三林世博家园等地，目睹了一个激情诗人是怎样在鲜活的生活中完成了诗情的积累与升华。应该说，是上海世博会这个历史大事件，成就桂兴华创作了又一部好作品。此诗展开了一个见证上海告别历史、拥抱明天、携手世界的鲜活画卷，反映了人民的生活走向一个新空间，在此过程中形成的新合力。桂兴华在描写这个进程的诗句中吟唱，并进行了生动的诠释。

这部作品，既是一部反映世博主题的诗作，更体现了诗人反映时代的一种认真态度。桂兴华绝不是像有些人，走马观花、蜻蜓点水，来到工地走一遭、引用事例翻材料，我以亲身经历作证，一年来，他深入实地采访、积累素材不下50次，寻访对象不下百余人。这种态度，在急功近利的风气下，已属罕见。另外值得赞叹的，是他始终如一的政治使命感和真情喷发，这在目前的上海诗人中更为少见。用桂兴华自己的话说，就是“诗人一旦远离了使命感，其价值也就很难体现”。一个国际化大都市的文化，政治抒情诗和它作者的时代行为应该是其中不可或缺的亮点。

写政治抒情诗的诗人，必须有政治家的眼光和社会活动家的能力。的确，桂兴华做了很多年记者，一直关注政治，了解时世，这个神圣的职业给予了他很多财富，而他的直爽和率真，更让他的作品充满魅力。

记得1997年春天，潍坊街道举行过一次名为“时代强音”的桂兴华作品朗诵会，一位老教师曾说：“什么是诗？诗就是一颗火种，被诗人点燃后，放在我们每个人心中燃烧！”建平中学的学生们曾朗诵桂兴华的作品，观众多达4 000人。学生们这样说：“我们永远不会忘记那个阳光明媚的下午，即使过了若干年以后，我们也会牢牢记住那激动人心的时刻！”

中国诗坛之所以会有一段时期的沉寂，就与诗人们不注意深入生活、急于标新立异有关。其实，还是有很多诗人懂得这个法则，他们在默默地体味生活，有时接受着痛楚的煎熬，但是，只要你挺过来了，你就会发现真情洋溢在你的全身，它们像汩汩的源泉，将不断滋润你的灵感，丰满你的笔触。因此，可以这么说，是上海世博会这个大题材，赐予了桂兴华的灵感，而桂兴华没有辜负这一片丰厚的馈赠，他回报给上海世博会的是心灵的赞美和升华！

记得桂兴华在《激情大时代》出版后，曾对我说，写长诗的事要歇一歇了，没想到他并没有放自己的假，我想，这主要还是因为上海世博会和浦东这片土地的魅力，让他欲罢不能。在这里，祝贺他为上海又增添了一部好诗！我还要借用他自己的话来问他："未到达的风景，总是在海洋深处倔强地吸引着你，所以你不肯抛锚。"横杆在不断升高，你还能再跳吗？

2008年岁首于海上桂林

诗怎么激动人心?

■ 文/李小雨

2009年12月13日,《共和国颂》朗诵会海报

桂兴华很会写政治抒情诗。政治抒情诗得具备诗的特点,桂兴华牢牢抓住了这一点。他很反感概念化、公式化和苍白的口号。

桂兴华写诗的切入点往往很巧。找到这个切入点,桂兴华是花了功夫的。他运用了形象思维,可感,让人摸得到。细节也非常多。同时把历史事件也交代得十分清楚。

桂兴华很会写,他的长诗里不断有好句子出现 。读者要理解作者的苦心,即诗的含义。他的诗句跳跃性强,语言显得有张力。他有时候用词很生活化,用得很大胆,不雕琢,直接进入了大量的生活场景,相当质朴,而且都有所提炼。这样,他就扩展了政治抒情诗的表现手法,明显与《向困难进军》、《雷锋之歌》不同了。

中国的政治抒情诗自古就有,屈原、杜甫等就写过很多。有长篇的,也有短篇的,但都表现了重大主题,鼓舞人心。桂兴华的政治抒情诗个性鲜明,押韵、明朗,容易朗诵,使人感到很亲切,没有距离感。我们新中国的历史十分丰富,但桂兴华反映得很成功。

我发现,桂兴华这些年来的十部长诗之所以成功,很重要的原因是他十分重视深入生活,在生活中体验、联想、激发想象力。无论在延安、在酒泉、在西柏坡、还是在浦东,他的诗句都这么激动人心。既有时代感,也有历史感。

2009年12月13日于上海长宁区图书馆

细腻的大手笔

■ 文／高占祥*

桂兴华的第十部长诗即将出版，我表示热烈祝贺。

世博会在中国上海举行、浦东开发20周年，确实是2010年的大事。桂兴华新的着眼点很准，写得也感情充沛。

我读过、听过桂兴华的政治抒情诗，他的大视野、大手笔和细腻的描写，多次深深感染了我。

他在用形象抒发激情。他的诗作没有口号，意象迭出，节奏分明，很便于朗诵。

从《跨世纪的毛泽东》、《邓小平之歌》到这一部《前进！ 2010》，桂兴华反映大时代的政治抒情诗十分有个性，即非常注重细节，生活气息很浓。这一点使他的诗不空洞。

而空洞，是不少政治抒情诗的毛病。我认为：强烈的审美感，决定了政治抒情诗的生命。我感到桂兴华的一系列作品，是对郭小川、贺敬之风格的一种发展。

桂兴华的政治抒情诗正在不断前进。中国诗坛很需要这样的诗人、这样的诗。

2009年10月于北京

---

* 高占祥：原文化部常务副部长、中国文联党组书记。

豪壮的美

■ 文/张　炯*

2012年，张炯（左二）、龚心瀚（左一）出席“第一届中国当代政治抒情诗高峰论坛”

政治抒情诗的存在，是诗歌发展的一个重要现象。对我国而言，从屈原的《离骚》到杜甫的《北征》，以至辛弃疾、陆游的许多诗词，都代表政治抒情诗的悠久传统。近代以来，黄遵宪和南社陈去病、柳亚子诸诗人，更以政治抒情诗见长。现代诗人中，郭沫若、闻一多、艾青、田间等大批作者，也都以呼唤时代前进的诗篇，表达自己激情洋溢的政治诉求。

实际上，在任何社会中，政治都是经济的集中表现，它关系到社会成员的每个人。诗人作为社会族群的一个成员，他不能不关心族群的政治命运和利益，从而也必然具有自己的政治立场、政治观点和政治感情的爱憎。故而在他的诗歌创作中发展出政治抒情诗，正属理所当然。新中国建立后，郭小川、贺敬之、李瑛等的政治抒情诗更脍炙人口，被人民群众广为传诵。

---

* 张炯：中国作家协会名誉副主席。

桂兴华同志是我国新时期崛起的著名政治抒情诗人。他承继了前人的政治抒情传统，又有新的发展和创造，所以，他写的许多政治抒情诗，都得到了广大读者的欢迎。

《前进！ 2010》是桂兴华同志的政治抒情诗新作，写于上海世博会即将举行和浦东开发开放20周年之际。这是一篇内涵丰富、激情洋溢的政治抒情长诗。

上海世博会的举行和浦东的开发开放，不仅是上海的大事，也是我国改革开放的大事，更是全世界瞩目的大事。在我国特色社会主义现代化建设中，都具有里程碑的意义。

桂兴华同志以他的政治敏感，迅速抓住这一重大题材，深入开掘，从多个方面和侧面，展开自己的构思，并以上海的建设者和浦东当地人的身份和视角，捕捉富于历史对比感的鲜明生动的意象，倾注自己的情感，为读者展现了一幕幕激动人心的新气象、新场景、新风貌。

全诗九章，结构宏大，层次分明，层层递进，最后把读者引向高潮。

第一章“春风一步过江，万花攒动”：诗人以澎湃的激情，全方位地为我们描绘了家乡浦东的巨变和新貌，既赞颂了浦东的乡贤，也讴歌了为建设浦东做出决策的伟人。

第二章从陆家嘴开发陈列室现场出发，用一所屹立在高楼林立中的历史斑痕累累的旧宅，把读者引向昔日的时光隧道，见识陆家嘴凄惨的旧景，并对比今日陆家嘴作为国际金融中心的辉煌新貌。

第三章“新闻发布人：浦东大道141号”：则以阴暗、潮湿、简陋的浦东开发办公室为对象，从它传达室的坐过各色人等的旧椅子，从它迎接许多大财神的小车棚，从它风尘仆仆的楼梯口，小中见大，侧面讴歌了浦东建设的艰辛。

第四章沿着长江汹涌的呼吸：对视着档案里不眠的眼睛，把笔墨转向大浦东的建设工地及其变化的速度，以诗人亲切的记忆、历史的故事，映衬出浦东大地一处处的巨变，角度出新。

第五章“不老的码头号子”：将28位老码头工人的号子作为起兴，展开了浦东新旧码头翻天覆地的变化，歌颂如今“全世界都在聚焦的上海港”。

第六章“东海大桥与5323根桥桩的对话”：通过一根根屹立海中的大桥桥桩的对话，巧妙地传达了参加浦东建设的数十万农民工的豪情，歌赞了他们的贡献。

第七章“张江之夜”：则专门歌颂了开辟张江高科技园区的决策和它所取得的成就。

第八章“世博会倒计时钟前”：通过老妈妈旗袍队，礼赞“80年前的上海滩，一步步走到了2010的眼前”，迎接世博会；最后一首，则从中国馆着色的“中国红”写起，精彩地吟唱“中国渐渐红了！亮相在严冬里的世界经济走势图！”诗人以火红的激情颂扬了逆势上扬的中国，把全诗引向“只有开始，没有结束”的高潮。

在如此多方面多侧面的宏大结构中，作者驾驭自如，或雄视古今，放眼全球；或聚焦一角一点一人，均能以奔放的诗情和诗意，以丰富的想象和文字，把自己歌唱新时代的中心题旨突出地表现出来。

桂兴华政治抒情诗的特点是大气磅礴，生活感强，意象新鲜，诗句平白流畅，充满了对党、对人民、对社会主义事业的热爱。因而他的诗读来朗朗上口，节奏感强，呈现一种豪壮的美，具有很强的情感冲击力和理性感染力，能够引起读者强烈的共鸣！

我祝贺他的又一首长篇政治抒情诗的问世，并衷心希望他未来能够不断为读者写出更多好的作品。

是为序。

2009年12月8日于首都北京

时代强音

——读《前进！ 2010》

■ 文／骆寒超

桂兴华是一位热情洋溢的诗人，他以十部政治抒情长诗向世人展示了自己对主旋律创作的投入，也为多声部合唱的当今诗坛提供了一曲曲时代强音，是值得称道的。

此刻，置于我案头的这部《前进！ 2010——写在浦东开发开放20周年、上海世博会即将举行之际》，是桂兴华政治抒情诗创作的最新收获。他在创作手记中说："长诗将诗意地、个性化地反映创新浦东、和谐浦东、国际化浦东"，因为"浦东作为东方之冠，吸引着全世界的目光"。我国古典诗学理论家提倡"诗以立意为先"，诗人手记中的这些话大概就是立意，这可是具有战略高度的创作意图。

邓小平早就说过："开发浦东这个影响就大了，不只是浦东的问题，是关系上海发展的问题"，而"上海是我们的王牌，把上海搞起来是一条捷径"。这"捷径"是通向哪里的呢？这位中国的总设计师没有明说，桂兴华心领神会到了：是通向民族振兴。这部长诗的整体构思就是从这个战略高度出发的，这也就决定了它属于一场宏大的抒情。宏大的抒情是一种精神呈示，从这个意义上说，桂兴华这部政治抒情长诗就立意的终极而言，是想通过讴歌大浦东的开发，来象征地体现我们民族的振兴，并进一步在全球格局中呈示一场东方新崛起的动人风姿。就目前完成的文本面，这些目标在一定程度上是达到了的。有鉴于这些，使我不禁要说：这样的政治抒情，应该大力提倡。

在创作手记中，桂兴华还认为"生活永远是第一位的"，因为"在建设宏大的框架时，必须挖掘生活中藏有诗意的细节"，"让诗句散发出泥土的气息和汗水的味道"，因此他一再要求自己："我得继续不断地在浦东、世博工地深入生活"。这可是颠扑不破的创作硬道理。诗人就按照这个战术原则把自己融入大浦东建设的日日夜夜里，去了解每一幅蓝图的设计，去追踪每一项工程的进

2009年，骆寒超（左三）、赵静（左一）、陈少泽（左二）等在塘桥参加《前进！ 2010》定稿会

展，去观察、去感受、去体验——从浦东外在现实面貌的变异到浦东人内在精神世界的重组。唯其如此，才使这部以政治抒情为标志的诗，豪言壮语间“散发出泥土的气息”，也渗透着“汗水的味道”。或者就说这部政治抒情长诗必不可少的豪言壮语是从泥土气、汗水味中升华出来的。

如第五章《不老的码头号子》中抒唱“喊破乌云”的上海港码头号子，是从号子声的变化中体现出时代的变化的，这样的诗节不仅声情并茂，且大有声势夺人的气概，看得出这是诗人心灵强烈感受之所得。之所以能这样，在于桂兴华曾在那里住了8年，心灵潜在地把握到了塘桥及其“码头号子”的演变：“你们不再诉说当年的困苦难当 / 而是作为一种国家级的遗传 / 来抒发一江歌喉的豪放 / 抒发1843年开埠以来 / 不断变幻的上海新风向！ / 你们搬运过盛唐 / 你们搬运过晚宋 / 一肩搬过来吴淞入海口 / 才形成如此汹涌的黄浦江！”今天“只是为了传承啊 / 我们在叫醒大海的魂魄 / 我们在架起民族的脊梁 / 托起又一轮金灿灿的太阳 / 吊起另一个明晃晃的月亮！”桂兴华是通过海港号子“多少次让草鞋下的‘老虎口’一步步退让”到“风已扬起祝福的手掌，潮水也哼起和平的乐章”，把握到这种从往昔困顿凄苦转为今日和谐向上的时代演进轨迹的，而这是他在塘桥8年生活中真切体验之所得。

因此，正是在此类散发泥土气，渗透汗水味的体验的基础上，他终于激活起更深远广阔的想象，进一步感悟到大浦东、上海港、中华民族走向世界和世界走向它们的时代进程。于是，诗人发出了这样高亢的歌唱：“全世界都聚焦

在这上海港 / 没有一处眼神 / 不在注视这里特殊的卸装 / 中国在猛卸—— / 卸下所有的包袱! / 中国在组装—— / 组装更加强大的理想!”

我们听到了时代的最强音!

桂兴华这样的政治抒情,也就更值得提倡!

令人遗憾的是:当今诗坛对政治抒情诗存在着一种偏见,似乎浅斟低唱、谈玄话死才是高雅正宗的诗。其实自古以来被定评为经典的中外诗作,大多是可以归之于政治抒情范畴的。历来多数学者把《离骚》看成是屈原自己政治生涯的抒情,如果可以认定,那么这首经典性长诗该是我国最早的政治抒情长诗;杜甫的“三吏三别”该是最早的政治抒情组诗;法国大诗人雨果的多数抒情诗是政治抒情的;诺贝尔文学奖得主巴勃罗·聂鲁达最重要的作品《伐木者,醒来》,也是政治抒情长诗。问题不在于政治抒情好不好,而在于抒发的是怎么一种政治激情。

桂兴华抒发的是今天改革开放时代的激情,创造这个改革开放局面的政治是开明的,它关系到中国的振兴、民族的前程和每一个炎黄子孙的命运,由此激发起来的政治激情,和对生命悠远的遐想、顿悟而得的生存体验,是同样值得以诗来抒唱、也同样值得珍视的。

桂兴华政治抒情诗的艺术格局我没有深入研究,仅就这部《前进! 2010》而言,我想从组织结构的角度对其框架构筑到抒情展开的特点,与新诗中一些代表性政治抒情诗作点比较,从中提出我对它粗略的价值定位。

新诗在90多年的历史中,以政治抒情而成为经典文本的不少。它们中的政治抒情长诗有一个共同的特点:十分注重框架宏大的构筑。它是一种属于概括的构思技巧。大致说宏大的框架有三类:如实的、虚拟的和虚实结合的,而虚实结合的框架又可分以实为主和以虚为主。

值得指出:在框架里展开的抒情有两种方式:实抒式与象征式。我们不妨称前者为实的抒情,后者为虚的抒情。而不同类型的框架选择抒情方式要根据不同的审美要求。富于情绪刺激性审美要求的,往往是实对实(如实的框架里作实的抒情)或虚对虚(虚拟的框架里作虚的抒情),这种抒情方式是有亢奋的召唤效果。如郭小川的《甘蔗林—青纱帐》,是实的框架里作实的抒情,即实对实;绿原的《复仇的哲学》,是虚的框架里作虚的抒情,即虚对实,前者召唤重振革命斗志,后者召唤民族抗争。富于情感体察性审美要求的,往往是实对虚或虚对实,这种抒情方式具有一种悠远的启悟效果,如艾青的《向太阳》,是实对虚;殷夫的《意识的旋律》是虚对实。前者让抒情主人公投入民族抗争的大时代而作自我生命的精神洗礼，后者让抒情主人公投入阶级搏斗的大时代而作革命进程的光明预示。

我想更值得提一提富于亢奋之情而又能体察深沉那一类性质的审美要求的，往往是一种以虚为主、虚实结合的框架里作虚的抒情，如贺敬之那首极显才情的《雷锋之歌》，有一种宣谕式的召唤效果。在这里，雷锋是无产阶级及其先锋队中国共产党精神品格的具象表现，给人以沉思中的激昂感。而另一种是以实为主、虚实结合的框架里作实的抒情，桂兴华这首《前进！ 2010》就很典型。他从东海大桥的5323根钢桩想到了默默无闻的打工者，从中国馆想到了逆势上扬的强势股。

《前进！ 2010》有一种召唤式的宣谕效果。在这里，大浦东是中国及其“一张王牌”——上海作为东方崛起形象的缩影，给人以激昂中的沉思，这沉思因此而体现为中国选择世界与世界选择中国的一场双向交流。

由此看来，桂兴华在《前进！ 2010》中出色地完成了他宏大的政治抒情。它给我们以上海浦东现代文明日新月异的真实感受，更给我们以一个古老民族在东方新崛起的真实感受。这也正是我称《前进！ 2010》为当今诗坛一曲时代强音的理由。

2009年11月13日下午写于杭州西子湖畔浙江大学

杭州夜话

■ 文/傅　亮

11月12日。初冬。寒雨。夜幕中。我驾车在沪杭高速公路上疾驰。

目的地：杭州。

同行者：桂兴华，中国著名的政治抒情诗人，怀揣印有长诗《前进！2010》的天蓝色台历。

车窗前的雨点真猛。气温骤降。但兴致正酣。

晚上8点多，在杭州灵隐寺附近的白乐桥"中国作协创作之家"，桂兴华与我见到了新中国政治抒情诗的开拓者与代表人物——贺敬之。

85岁的贺老，慈眉善目，言语温和。他携夫人柯岩来杭休养多日，已准备回北京了。望着窗外阴冷连绵的夜雨，他说："北京屋里有暖气啊。"

客厅就座，他与我们俩谈了近2个小时，还不时起身烧水，给我们俩的茶杯里加水。

他谈诗与政治："要求诗人远离政治，这也不是什么新观点。作为一种见解，在多元社会，完全可以存在。我的意见，政治也是生活，政治不是什么空洞的、游离每个人生活的东西。政治是摆脱不了的。我一生关注政治，认为一个人是不可能不关注政治的。一个诗人更是不可能没有政治意识的。这是一种人生责任，我一直鲜明地坚持这种观点。"

他纵观当前舞台、影视、文学创作情况："文学稍差些。因为现在文化繁荣了、科技发达了、手段多样了、选择多元了，文化也与商业靠得更近了，这是社会的进步，文学不应该觉得不公正，关键还是要坚持科学发展观，要跟上时代。否则人家完全可以不选择你，甚至遗忘你。"

他分析有些评论家观点形成的原因："有些专家评论你、评价你，三成出自他自己的判断，七成看他与你的关系。所谓'三分观点，七分关系'嘛。我的意思是说，不是叫一个诗人去搞不正当关系，但你要想法让别人了解你的所思、所想、所行，人家对你熟了，当然会给出更生动、更全面、更深刻、更中肯的评价。"

桂兴华送给贺老一本中央党校出版社刚刚出版的《抹不去的记忆》，此书收有他回忆30年成长过程的文章，贺老高兴地说："对，你是老三届"。我请他俩一起打开这部书，我按下了数码相机的快门。

我掏出自己的诗集《逝者如斯》送给贺老。他听说我曾是复旦大学的学生，马上回忆起1963年，他与郭小川去复旦大学与同学们见面、朗诵的场景："那时的学生很热情，我朗诵了《雷锋之歌》……"

说起《雷锋之歌》，贺老兴奋了："现在有些选本不选《雷锋之歌》，喜欢选《桂林山水歌》。有一个诗人竟然说，1963年克隆出来一个人，这是什么话！"

秘书进来示意他好休息了。他挥挥手，还不肯中止。他谈兴正浓啊！

他问起上海近况，我打开了话匣——谈到了"小圈子"一类不正常的现象；谈到了"投暗器"、"使绊子"，贺老略有些惊奇，好像他不觉得这些是大上海应该有的气度。

桂兴华请贺老阅读《黄河诗报》总第9期新的目录，上面有我写的《诗人桂兴华和他的时代》。贺老问："有多少字？出来后，我一定好好读。"又说："《黄河诗报》上的字是不是小了些，我读起来吃力。"

桂兴华说："写政治抒情诗甘苦自知。"

贺老说："反感你这种政治抒情诗的人，他们的心中另外有一种政治"，然后，他谆谆道来："你的事业心很强。你的政治抒情诗是很有影响的。那是你努力的结果。你的《朗诵诗》要继续下去、坚持下去。"然而，他又善意地提醒道："你要留心，有的人已经把我当成一种符号了。"

我提出："如今的诗人光靠一支笔、一张纸是不够的。他要有能力，公关、策划、运作、创业等综合能力，像桂兴华，诗要写，大型朗诵会也要开，书更要一本一本出，《朗诵诗》还要一期一期地维持，这不是每个诗人能办到的。"

贺老赞许地点了点头，并与桂兴华商量：怎样为他的第十部长诗《前进！2010》题字。他很高兴高占祥先生已经为这部长诗作了序。

快10点了，我们三人，也是三代诗人在沙发上合影，贺老请秘书也拍了一张。

我们俩向贺老告辞。秘书拉开了大门。

门外：西湖畔的雨，下得更猛了。

2009年11月23日追记于上海

抒时代豪情　筑诗艺高台

——论桂兴华政治抒情诗的艺术特色

■文／潘颂德*

1993年以来，著名诗人桂兴华满怀激情，精心创作并先后出版了一系列政治抒情诗，它们以豪情四射的政治抒情、精巧的构思、生动丰富的意象、含蕴深厚的诗境、富于音韵美、节奏美、旋律美的诗句，赢得了广大读者、听众的喜爱。这些政治抒情诗的创作、出版，是我国当代诗坛的大事，构成了一道又一道的诗坛风景线。

2009年，潘颂德（右二）、薛沛建（左一）在《共和国颂》朗诵会上

新时期以前，在“左”的政治路线统治下，要求诗歌为极“左”路线服务，相当多的政治抒情诗图解政治，空洞、抽象、概念化，艺术性荡然无存，陷入“假、大、空”的泥潭。新时期以来，文艺创作在拨乱反正的同时，某些偏激的新潮诗评家把革命的、进步的政治抒情诗一概当作“假、大、空”来否定，新诗审美的天平发生严重的不公平的倾斜。因此，一段时间里，诗坛少见政治抒情诗。桂兴华在10多年前，在政治抒情诗被某些新潮诗评家动辄斥为“假、大、空”的情况下，就满腔热情地创作政治抒情诗，这是非常难能可贵的。

关注政治生活中的大事，关心国家、民族乃至人类的前途与命运，这是诗人创作政治抒情诗的基础和前提。只有热切关注时代、社会、国家乃至世界大

---

* 潘颂德：上海社会科学院文学所研究员。

事，关心国家、民族乃至人类的前途与命运，才能创作出反映时代诗情、揭示时代本质和走向的政治抒情诗。桂兴华之所以能取得成功，最根本的原因在于他高亢的激情，也与他通过长期的创作实践，把握了政治抒情诗的创作规律密不可分的。同时，也与诗人严肃、认真的创作态度密切相关。

诗人曾重访韶山，二上延安。1995年，他又曾经重访因红军“四渡赤水”而闻名的赤水市，既加深了感性印象，又加深了长征的理性认识。为了创作《邓小平之歌》，1996年隆冬，诗人冒着严寒，到邓小平家乡采访，亲身感受小平故里的风俗人情、旧貌新颜。在创作时，他又不厌其烦地反复修改、加工提高，从而使这两首长篇政治抒情诗攀上了思想与艺术的高台。

抒发磅礴的豪情，展现强烈的时代特色，是这两部政治抒情诗的突出特点。长诗讴歌毛泽东“挑着简单的行李和装不下的壮志，才离开韶山”；土地革命时期，“他提醒／建立连队的支部以及党的代表大会须时刻指挥枪／喊出最响亮的誓词”。长诗也赞美了老一辈无产阶级革命家的贡献。长诗写道：“登上来了！／并肩的战友，登上来了，威风凛凛的统帅／少奇的矿灯／穿透了层层煤海／朱德的扁担挑来了千箩万袋／恩来的右臂／又在周密地沉思／陈毅的诗句／又有‘挺且直’的记载”，这些凝聚着作者激情的诗句生动地抒写了老一辈革命家的风貌。诗人也生动地反映广大人民建设祖国的巨大力量：“被他称赞的雷锋的方向盘操纵起盘山公路上的车队，被他鼓动的王铁人的豪情／搅翻起严冬覆盖下的油海”。《邓小平之歌》则讴歌了邓小平的伟大功绩。

构思精巧是这两部长诗的共同特色。从生活感受到诗，其中有一系列的艺术创造过程，构思是其中重要一环。桂兴华在构思这两部长诗的过程中，由于有着十分清晰的创作意图，在素材取舍、意象营造、感情抒发乃至语言的选择、提炼，技巧的运用，都以纵情讴歌伟人为准绳。作为政治抒情诗，如果平铺直叙地叙写他们的一生，难以产生感人的艺术魅力。这就要求诗人在诗篇总体组织、结构安排上，也就是在剪裁和布局两方面下功夫。

就政治抒情诗来说，剪裁，指的是诗情安排的主次详略；布局，指的是如何安排思绪和感情的波澜起伏。桂兴华匠心独运，在剪裁和布局上下了很大的功夫。他力戒人们在有些政治抒情诗中所见到的追求全面所导致的繁琐冗长的弊病，因而对两位伟人一生的历程并不平均用力。

《跨世纪的毛泽东》全诗八章，诗人将重点放在第三章“井冈山之路”、第四章“延安岁月”与第五章“开国大典”三章。对毛泽东晚年发动“文革”的失误，诗人也不避讳，在第六章“风雨”中，以诗的语言表现了这场悲剧。

《邓小平之歌》全诗七章，重点在“总设计师颂”、“探索之路”、“拓荒岁月”、“青春之城”、“香港啊香港”。由于作者注重对素材的剪裁和结构上布局的精心考虑，因此这两部长诗尽管篇幅并不很长，但相当厚重。

精心创造鲜明、生动的意象，营造含蕴深厚的意境，从而产生艺术魅力，是桂兴华又一个显著特点。政治抒情诗切忌抽象、空泛、概念化。然而政治抒情诗创作又最易犯这一弊病。桂兴华既有丰富的生活和创作经验，又切实掌握了政治抒情诗的特点和创作规律，因此他善于化抽象为具象，善于创造鲜明、生动、丰富多彩的意象，从而收到激情与意象融汇的艺术效果。如抒写毛泽东创建井冈山根据地的情景：虽然菜锅里没有半点油星／一碗碗红米饭还是有特别的香味／用笑声作佐料的一锅锅南瓜汤／煮熟了一天又一天沸腾的记忆／大槲树下／使后代肃然起敬的／那根下山挑粮的扁担／顿时起伏着永远翠绿的名字／博物馆里／留作标本的／那种经得起冰霜的野菜／顿时培育了一支支坚强的连队／火一般的井冈杜鹃啊／在中国第一个红色根据地／笑得多么甜蜜……这些诗句中，诗人从生活中提炼的“油星”、“香味”、“南瓜汤”、“记忆”、“大槲树”、“扁担”、“名字”、“博物馆”、“野菜”、“连队”、“杜鹃”、“根据地”等一连串意象，其中有视觉、听觉意象，也有触觉、味觉意象，这些生动、丰富的意象，情景交融，形成了含蕴深厚的意境。

《邓小平之歌》同样注重创造鲜明、生动的意象，营造诗味隽永的诗境。如抒写邓小平复出时给人民带来的巨大鼓舞：于是／当母亲的街道工厂／正想裁剪浓云里的红霞／是他／重新托起了／一轮洗掉风尘的朝阳！／于是／当父亲的百货商场／正想寻找长夜中的灯火／是他／毅然唤出了／一弯光彩照人的月亮！／于是／在我们这一代／插队的偏僻小村／当黑幕成为知识的层层屏障／也是他／猛然劈开了一道门／给我们送来了／一束束燃不尽的烛光！“红霞”与“朝阳”、“灯火”与“月亮”、“屏障”与“烛光”，这三组意象或构成正面衬托，或构成反面衬托。《香港啊香港》一开头写邓小平1992年南方巡视：1992年／刚刚在新的挂历上／露出温和的笑脸／巡视南方的一路风尘／已经披在他稳重的双肩／春的手指／梳理着他倔强的头发／殷勤的晨光／把他的皮鞋刷得雪亮／他身边的柳芽啊／绽放出绵绵新意／他飘起的衣角／牵动起江鸟翩翩。“温和的笑脸”、“稳重的双肩”、“倔强的头发”、“雪亮的皮鞋”、“飘起的衣角”等意象，不但描写了邓小平的外表，更重要的是表现了他的性格特点、精神风貌;"一路风尘"、"春的手指"、"殷勤的晨光"、"柳芽"、"江鸟"等意象,点明邓小平南巡的时间、自然景象,这样就更生动地展现了小平温和、稳重的形象。

当前有不少新诗,或单纯写景,或纯粹抒写自我心境,产生了意大境弱、境大意小、境多意小、意多境少,甚至意弱境弱、意与境乖离等种种弊病。桂兴华以情统景、情由景显、情景交融、意境深邃的表现手法和艺术特色,无疑会给当代广大新诗作者以有益的启示。

此外,桂兴华在意象创造上,注意借用凝聚着中华民族共同的情感体验,积淀着民族共同心理的原型意象,如"烟雨"、"烽火"、"霜晨"、"征帆"、"杜鹃"等意象,《邓小平之歌》中的"乱雨"、"寒雪"、"严霜"、"华灯"、"春光"等原型意象,增强了诗作的民族色彩,为我国广大读者喜闻乐见。

除了借用我国古典诗词的原型意象外,桂兴华政治抒情诗中的意象,大多采撷自社会现实生活和自然景物,因而他的政治抒情诗具有浓郁的时代气息、生活气息。

具有强烈的音韵美、节奏美、旋律美也是桂兴华政治抒情诗的显著特点。押韵是我国古典诗歌格律的三大要素(韵、节奏、体式)之一,是我国古典诗歌形式美学的突出特征。诗歌有韵能唤起读者、听众的心里的预期,有规律的押韵,能使诗形成鲜明的节奏。

但是,现当代有些诗人与理论工作者对诗的押韵似乎有误解,认为新诗押韵会束缚感情的抒发。实际上,根据感情抒发的需要,在注重内在韵律的同时,适当注意外在韵律,不但不会束缚诗情,反而有助于将感情表达得充分、集中。就整体上来看,他不讲究押韵,但就局部来说,如《邓小平之歌》第一章,100多行诗句,或间隔两三句,四五句,或间隔八九句,不少诗句句末的"周"、"受"、"擞"、"久"、"后"、"头"、"袖"、"候"、"愁"、"叩"、"休"、"沟"、"秀"、"手"、"丘"、"留"、"斗"、"透"、"口"、"求"等字韵脚相同,收到音韵和谐、朗朗上口、悦耳动听的艺术效果,一般来说,现代诗不讲究押韵,追求诗与"歌"的分离,它注重的是旋律,也就是音调的抑扬、诗句的节拍与情绪的消长形成的节律。桂兴华追求的是诗的节奏美、旋律美。

为了收到节奏美、旋律美的美学效果,桂兴华作了认真的探索,其主要途径有四:一是同一诗句的叠用。抒写新时期建造通往韶山的铁路,"启动在当代再也不能误点的时刻表中间",诗人连用三个"启动了",强烈地抒发了诗人对历史揭开新的一页的激动情怀。"探索之路"在抒写近百年来多少志士仁人追求祖国的富强之后写道:“毛泽东/在南湖小船上/盖过千秋的宣誓厦是激扬着这个词——富强!/富强!/富强!”有力地表现革命家和广大人民的共同心声。二是相同句式诗句的叠用。如:“他引来的光明/已经在围歼了敌军的锦州激战中/已经直逼总统府的渡江征帆上/已经在解放大平原的辽阔战场啊一路疾驰!”这里二、三、四三句,叠用相同句式的诗句,不但形式整饬、气势充沛,而且富有节奏感、旋律美。三是跨行叠用字数、句式相同的诗句。如:“故巷新陌都涌向这里啊/因为这里是一代巨大的摇篮/大漠荒滩都涌向这里啊/因为这里深藏着不朽的寓言”。这四行诗,一二行与三四行字数与句式都相同,诗人用反复手法叠用在一起,强烈抒写了广大人民对韶山的热爱之情。四是在相同数量的诗节中插入叠用同一句式的诗节。如“延安岁月”开头用四个诗节抒发毛泽东在延安窑洞领导中国革命之后,用由三句句式相同的诗句构成的诗节反复咏唱:“被窗纸收藏起盖世豪情的土窑洞啊/被纺车牵绕着万缕思念的土窑洞啊/被雄风鼓荡起千重向往的土窑洞啊”,尽情讴歌窑洞所凝聚着的豪情。接着,在又用四个诗节赞颂毛泽东规划蓝图之后,又叠用句式相同的三句诗构成一节:“被唢呐声吹得更黄的土窑洞啊/被新对联映得更红的土窑洞啊/被大雪花衬得更暖的土窑洞啊”。这里回环往复,诗情得到了强化与深化。

以上四种不同形式的重章叠句,反映了桂兴华对自《诗经》以来两三千年民间歌谣优良的艺术手法的自觉继承与借鉴,在这一继承与借鉴中又有所创新。不同形式的重章叠句形式的运用,既使他的诗作感情抒发得淋漓尽致,又使他的诗具有音韵美、节奏美、旋律美的诗美特色。

桂兴华的政治抒情诗贴近时代,紧扣时代脉搏,格调高昂,主题鲜明,感情充沛,语言清新,艺术上相当精湛。他通过长期的创作实践,积累了丰富的经验。他在创作中,注重在艺术感染中传达思想,在形象塑造中抒发政治激情,并注意通过自己的心灵感受抒写时代画卷,因此既具有高尚的精神品格,又具有比较完美的艺术形式和相当鲜明的个人风格,真正达到了革命的思想内容与比较完美的艺术形式的统一。

当下部分新诗价值观念混乱,人文精神丧失,内容苍白、平庸、怪诞。在艺术表现上,当下不少新诗语言散漫、欧化、晦涩,难以为广大人民群众所喜闻乐见。

今天我们研讨桂兴华的政治抒情诗,总结他的成功经验,一定会给广大诗人以有益的启示和提供借鉴之处,从而推动和促进当代诗歌的创作。

浦东，父亲魂牵梦绕的地方

■ 文/桂　岭

如果魂牵梦绕真有其事，我相信父亲梦里最多的是浦东那一方土地。

在那里，他度过了自己六里桥畔的青葱岁月，这段我只能在相片和他文字中触及的浦东中学往事，也许是浦东在他心头烙下的第一个印？当今天浦东中学的学生们簇拥在他身边，听他讲诗与创造性思维，听他分析他们稚嫩诗作的可提高之处，他的脸上是和学生们一般孩子气的笑容。我手中的相机把这一屋子的笑定格，我想父亲始终把自己当作浦东的儿子，一回到属于这方土地的任何角落，都能听到他那颗赤子之心在扑扑跳动。

有一年，父亲执意带着回国探亲的我重返当年塘桥的居住地。走下立交桥，从由由饭店拐一个弯，每走一步都充满回忆。父亲急匆匆在前，不停地指着这里指着那里频频回首问我："还记得吗？还记得吗？"

是啊，当年父亲总爱光顾的小草书屋不就在那里吗，只是如今早已不见了踪影；路口的大饼摊没有了，我曾经多少次在那里买早点；82路下车后不是有一条漫漫长路吗，夏天，黑漆漆的水稻田里处处蛙鸣声，冬天，寒风刺骨中只希望可以尽快捱过这一路，怎么这一趟沿着两旁的商铺不一会儿就到了呢；工读学校还在那里，当年的邻居也没有搬走，但环顾四周如今唯有高高低低的楼房。抬头望着62号二楼的走道窗台，曾经那是我的"饭桌"，在那里边吃饭边听拖拉机"突突突"的吼声、看落日、小河、农田、丝瓜藤……所有这一切都是我眼中的美景。还有从楼下小径路过的五年的同学们，张宛平、姚冰、刘颖，每一个名字都在嘴边。

曾经我在这片田野中撒过欢，只待严厉的父亲从《文学报》归来检查作业；曾经我在楼下的土地上为心爱的蚕宝宝举行"葬礼"，滴下两行热泪；也曾经，转学后的我在天未蒙蒙亮时就离开温暖的被窝，一个人走过死气沉沉的工读学校，走过农田边的长途汽车站，和上早班的人们一起挤简直透不过气来的公交车，坚持到摆渡口，再随人潮过江……一年365天，直至搬家的那一天，在渡轮上望着被马达翻腾起的滚滚江水，我才和浦东慎重道别。

父亲当年在心里是用什么样的方式和浦东说再见的呢？日后经过了这许多次搬家，他依然怀念的是自己带着那床让母亲落泪的插队破被褥，在浦东安下的第一个家。

后来我明白，父亲从未和浦东说再见，他在用自己的方式回归老家。《祝福浦东》、《智慧的种子——张江抒怀》、《城市的心跳》和这部《前进！2010》，在父亲出版的10部长诗中，有4部是在浦东这片热土上写就。字里行间，他用自己的诗情系浦东的成长和浦东更灿烂的明天。

在父亲采访白莲泾居民的那段日子里，有一次我带着摄像机跟着他和傅亮叔叔去浦东"三林世博家园"，那一天是家园第一次民主选举居委会干部。一路风尘，一路颠簸，我想象着父亲为了反映白莲泾因为世博会而产生的巨变，多少次在这条路上来回，一条条生活的细节铺满了他不离身的日记本。当年申博成功那一刻在大屏幕上拥抱而泣的白莲泾居民们，围在父亲身边唠家常，面对我的摄影机，他们脱口而出父亲关于白莲泾的诗句："心，已不用裹大衣，冬天里这个热气腾腾的春天啊，成了我们每个人手中的鼓槌！中国，开始擂出狂欢的又一夜……"

我相信，这些最纯真的、因世博而拥有翻天覆地美好生活的人们，同样感动着父亲。

外人总说父亲爱高歌咏诵领袖人物，其实他的笔触更多的是紧紧围绕普通老百姓。我想父亲描写浦东的每一行诗，都是对这种说法最好的回应。

已经当了四届浦东政协委员的父亲，依然在积极提案给浦东新区。他把自己的诗歌朗诵会放在建平中学，放在陆家嘴中心绿地，放在东方艺术中心。凡是在浦东举行的活动他最乐意参加。他乐呵呵地整装从家里出发前，总爱说："今天我又要去浦东了！"我知道，父亲，浦东永远是你魂牵梦绕的地方。

2009年12月21日于香港

淋漓酣畅的新赋体

■ 文/孙光萱*

兴华：

你干的事很有意义，祝你成功。顺便提些意见，供你参考：

成功的政治抒情诗作，必须具有真诚浓郁的感情，切忌大话连篇，随意铺排。在题材、写法上则应拓宽、多样化，举例来说：

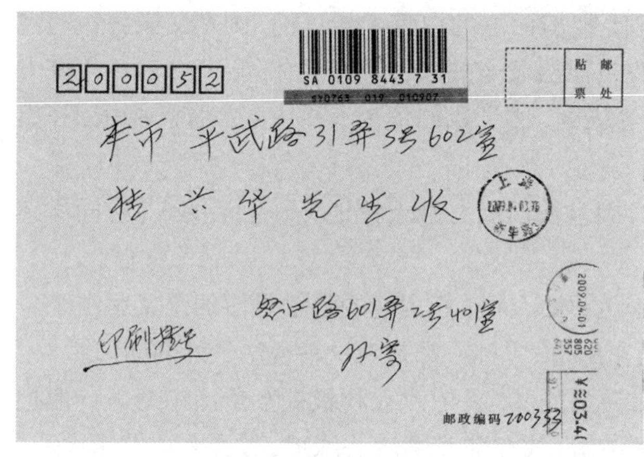

孙光萱2009年寄给桂兴华的信

公木的《据说，开会就是工作，工作就是开会》（诗刊社编《诗选》第一册，人民文学出版社80.3版）一般归入讽刺诗，我认为也可看作好的政治抒情诗。张志民《祖国，我对你说》固然是政治抒情诗佳作，他的《边区的山》具有民歌风味，一气呵成，在表现边区军民关系方面有特殊价值。公刘的《星》很好，他的短诗《铁的自白》、《哎，大森林》不局限于一时一地之景物和一己之悲欢，虽然篇幅很短，也是政治抒情诗佳作。未央的《假如我重活一次》通俗易懂，到现在还颇具借鉴价值。总之，你在选择时要勇于开拓，发现一些过去不大为人们注意的佳作，做一个出色的"选家"。

我的评论，虽然浅近，但总算是自己的研究心得，它节选自《诗歌修辞学》（1995年版）（我与古远清合著，但所选部分由我独自执笔）。

光萱于2009年4月1日

---

* 孙光萱：华东师范大学教授。

郭小川在诗歌创作中作过多种尝试，曾被人称为新诗体式革新的多面手。20世纪60年代他相继创作了《甘蔗林—青纱帐》、《厦门风姿》、《刻在北大荒的土地上》等一批成功的作品，在体式上具有明显的特点，人们把它称为“新赋体”。此后继起运用这种诗体创作的又严阵等诗人，也都取得了一定的成就。

在我国古典文学史中，汉赋的艺术价值远远不及唐诗、宋词、元曲。既然这样，郭小川等人又怎么能够从古代的赋体诗文中得到启发？从这件事又可以引出哪些经验和教训？

从根本上来说，新赋体的产生和诗的抒情职能密切相关。我们知道，诗中所抒之“情”因人因事而异，在表现形式上不可能一模一样。有时所抒之“情”蕴藉隽永，出之以简约精练的语言可谓恰到好处；有时所抒之“情”犹如炽烈的火焰，浩荡的江水，这时恐怕就不能机械地要求诗人惜墨如金，恰恰相反，诗人其实提起笔来，很可能出现非长歌不能抒情，非丽词不能达其意的情况，郭小川的《甘蔗林—青纱帐》等“新赋体”作品正是由此而生。

《甘蔗林—青纱帐》共11节，篇幅很长，这里仅看它的首尾几节：

南方的甘蔗林哪，南方的甘蔗林！
你为什么这样香甜，又为什么那样严峻？
北方的青纱帐啊，北方的青纱帐！
你为什么那样遥远，又为什么这样亲近？
我们的青纱帐哟，跟甘蔗林一样地布满浓荫，
那随风摆动的长叶啊，也是一样地鸣奏嘹亮的琴音；
我们的青纱帐哟，跟甘蔗林一样地脉脉情深，
那载着阳光的露珠啊，也一样地照亮大地的清晨。
肃杀的秋天毕竟过去了，繁华的夏日已经来临，
这香甜的甘蔗林哟，哪还有青纱帐里的艰辛！
时光像泉水一般涌啊，生活像海浪一般推进，
那遥远的青纱帐哟，哪曾有甘蔗林里的芬芳！……
南方的甘蔗林哪，南方的甘蔗林！
你为什么这样香甜，又为什么那样严峻？
北方的青纱帐呵，北方的青纱帐！
你为什么那样遥远，又为什么这样亲近？

这首诗别具一格地把南方的甘蔗林和北方的青纱帐这样原本毫无关系的农作物连在一起，共同奏出了一首艰苦奋斗的乐曲。可贵的还不在于诗人对素材的捕捉，而在于诗人表达这一鲜明主题时采用了“一波三折”的表现手法，诗的第一节以设问开头，突出了主体，制造了悬念，其中的“南方”、“北方”，显示了空间的辽阔，“这样”、“那样”，沟通了今昔的联系，一上来就具有浓郁的抒情意味。底下，诗人就开放笔墨，用回环往复——由此及彼、亦此亦彼的艺术手法，对青纱帐和甘蔗林的多方面联系作出了淋漓尽致的表现，诗的第二节用四个“一样”写两者的相似：无论是“青纱帐”那“随风摆动的长叶”，还是长叶上“载着阳光的露珠”，都很像“甘蔗林”，正当读者欣然同意点头，为这番“形似”的描写所吸引时，第三节偏又宕开一笔，特意点出两者的不同：“繁华的夏日”不同于“肃杀的秋天”，“香甜的甘蔗林”不同于“艰辛的青纱帐”。写过这一番相似的相异之后，诗人特意存而不答，置而不论，笔墨一转，开阖自如地重现了昔日的风云和战友的豪情。直到第九、十两节才又拉回到现实，含蓄而深沉地点明了诗作的主题：今天的生活虽已全新，但仍需要保持当年那种坚定的信仰和充沛的干劲，这正是甘蔗林和青纱帐的“神似”之处。全诗就是这样一波三折地描写了甘蔗林和青纱帐的形似——不同——神似，给了读者深刻的感染和启发。

《甘蔗林—青纱帐》在驱遣语言时还有如下几个明显的特点：(一) 汉赋的重要特征是运用偶句骈语，《甘蔗林—青纱帐》正是在对偶艺术上作了有效的借鉴和创造，诗的第一、三行和第二、四行大体对称（即所谓“隔句对”），这样的诗行由于中间隔了一句，读起来显得亦俪亦散，兼具回环往复和参差错综之美。(二) 诗作采用集短为长的手法，把两个短句（郭小川有的诗作在两句以上）连成一行，中间用“啊”、“哪”、“哟”等语气词略作停顿，起到一种“半逗律”的作用，使得诗行脉络贯通而又顿挫分明，活泼流转而又开阖有序，增强了诗作的音乐性。(三) 全篇有意识地交错使用了陈述句、疑问句、祈使句、感叹句等句式，使得感情的表达更为摇曳多姿。

应该指出，《甘蔗林—青纱帐》是一首典型的“新赋体”作品，不能以此为唯一的模式去规范其他诗作。公刘的《铁的独白》有了更多的变化：

领我去吧，领我去吧，领我去到车间，
把我捣碎，把我砸烂，烈火烧我三遍；
去做齿轮，去做垫圈，继承您的贞坚，
既当大锤，又当铁砧，听从您的召唤！

镰刀生风，锄板冒烟，编制金毡一片；
落入敌阵，便是炮弹，收割首级万千！
如果命定，要做笔尖，日夜蘸血粘汗，
那就写吧，那就写吧，写好铁的诗篇！

公刘被错划为“右派”，此诗有一个副标题：“探矿日记之四”，是他身处逆境时的“明志”之作。对诗作的分类界定也许并不要紧，我们也很难一定说它是新赋体作品，但它采用集短为长的句法，有效地运用对仗艺术（有时是上下句对仗，如“继承您的贞坚”，“听从您的召唤”；“编制金毡一片”，“收割首级万千”；有时是一行之中的对仗，如“镰刀生风”，“锄板冒烟”），仍然可以看出与郭小川“新赋体”作品有某些相似相通之处。由此可见诗人们善于面对各种体式进行嫁接、融化、发展，是十分重要的。说到这里有一点必须强调，诗人要先在胸中蓄积充沛的感情，然后，才能有效地运用“新赋体”，否则会容易陷入“为文造情”的文字游戏。“四人帮”时期某些“假大空”的诗作喜欢采用这种体式，便是从反面证明了这一点。

2009年7月

桂兴华与红诗

■ 文/茅中元

上海图书馆二楼，刚布置完的一个展览吸引了不少人的目光。12个玻璃展柜中，既有写得工工整整的手稿，也有写在香烟壳上的草书。这些是诗人桂兴华创作红色政治抒情诗的手稿。从1976年到2011年，问起他怎么用细节捕捉长诗的宏大，又怎么坚持35年写出不同的红诗？桂兴华指着这些手稿说："它们就是答案。"

踏遍红色根据地寻红诗

此次桂兴华政治抒情诗手稿展上，展出了桂兴华从1976年至今35年间创作的11部政治抒情长诗集，以及他在1970年创作的第一部红色小说《生命水》和1976年发表的处女诗《大寨梨》。回忆起最早的创作经历，桂兴华感慨

2012年，茅中元（左一）在塘桥采访居民

万千:“当时在农村,没有电灯,我是点着煤油灯写诗,鼻子都被熏黑了。”问起为什么要写红诗,他说:“那时的工作都是分配,但我因为哮喘在家,担心自己不知何时被分配到,怕在家浪费了自己的青春,于是我主动要求下乡,在那儿可以接触生活和写诗。”

记者注意到,桂兴华的红色诗歌总是踩着时代节奏:1993年,毛泽东诞辰100周年前,他写了《跨世纪的毛泽东》;1999年,为迎接新中国成立50周年写了《中国豪情》;《祝福浦东》是写在浦东开发10周年之际的2000年,也有共青团建团80周年时写的《青春宣言》。

对红色题材,桂兴华认为最主要的就是细节。他说,诗歌最打动人心的是细节,这就要求诗人要深入一线。他打比方说,诗人写诗要有一个仓库,里面摆满了自己诗歌需要的细节,如果这个仓库里东西很少,诗人就好比没了家底。为此,党的所有革命历史根据地,几乎都留下了他的足迹,延安、韶山、井冈山、广安等地都去了三次,其中一次在延安一待就是一个月。在写《青春宣言》时,他在上海师范大学的寝室一住就是半年;写《张江抒怀》时,他又到张江高科技园区去生活了半年。他说,只有这样,才能捕捉到很多细节。

有意思的是,在这个过程中,桂兴华也找到了很多红色的纪念品。收集了这些物品的他还办了一个“迎接建党90周年红色实物展”。这个展览已经在静安、黄浦、长宁等地进行了巡回展览。这次的手稿展其实是他红色实物展中的一个分展览。

几易其名的“城市心跳”

在所有手稿中,桂兴华对2009年创作的《城市的心跳》记忆最深刻。在这个展柜里,陈列了很多汶川地震时的剪报:小郎铮敬礼的报道边,喂奶警察妈妈的照片旁,都能看见桂兴华随手记下的诗句。桂兴华说自己这首长诗本来是写给上海世博会的,但看到汶川地震,一幕幕让自己感慨不已,很多救灾故事都让他情不自禁地落笔。

他更透露,自己这部长诗的书名也因此三易其名:“最早起名叫《上海表情》;后来想到世博会不仅仅是上海的骄傲,所以就改成《为城市干杯》;但没想到后来发生了汶川地震,我一想不对,震灾当前,怎能干杯?于是紧急通知印刷厂停下来,最后把名字定为《城市的心跳》”。三易其名还牵扯到书封面的题词，桂兴华透露，这本书的书名是著名书法家韩天衡所题，“改了几次，我都不好意思了。最后一次，我知道他在日本，怕他赶不回来，已做好应变措施就是用他题的‘城市’两字，另外三字用印刷体，但他正好回来了。当时我去他家找他，实在不好意思，就买了几个西瓜。就几个西瓜，但韩天衡还是欣然为我题词。”

香烟壳上记灵感

有意思的是，记者注意到，《城市的心跳》这个展柜里，还陈列着桂兴华记录在出租车票背面的草稿。他笑着告诉记者，这就是他抓住灵感的小办法。“我当时写《中国豪情》这组长诗时有过教训，我写里面一篇《世纪之夜》前曾想到过很好的句子，但没记下来，后来就想不起来了”，桂兴华说：“自己有时凌晨躺在床上也在想诗，有时会突然想到一些妙句，但这些句子如果不记下来，第二天早上就想不起来了。于是自己索性在床头备一支笔，哪怕是凌晨四五点，只要突然想到好句子，就会赶紧记下来。”

在《前进！ 2010》的展柜中，记者就看到写得密密麻麻的餐巾纸。这些“随手记”在写《金号角》时则更多，有信封背面、烟盒、杯垫，甚至飞机上的垃圾袋都挤满了桂兴华的灵感。“这出租车票是我当时正好打车经过我小时候住的小北门地区，那里动迁后现在成了一片绿地。我当时正在构思写一篇关于白莲泾动迁的诗，联想到自己小时候的经历，我突然来了灵感，就赶紧写下来”，桂兴华告诉记者。

医院病床上写红诗

因为一直有哮喘，桂兴华的一些红诗是在病床上完成的。桂兴华太太告诉记者，创作《跨世纪的毛泽东》中《开国大典》一篇时，因为哮喘发作而住院两周多，“当时要吊盐水，但他每次都要护士给他打左手，说这样可以留出右手来写草稿。打到后来，左手上针眼太多，医生说手都肿起来了没法打，他还说不行，就打左手”。

他太太透露，“桂兴华生病期间恰逢春节，当时我要照顾公婆，不能天天陪。除夕夜是女儿陪的。记得他出院那天，特别买了一束鲜花送给女儿，还朝女儿一鞠躬，然后又说：‘走，去饭店，我要为你们补上年夜饭。’当时父女俩都哭了。”

问起桂兴华这么热衷红诗，家里是不是反对，桂太太连连摇头：“当时会看上他，就是因为他喜欢写这些诗。”她给记者讲述了和桂兴华结缘的故事：“有一次，我们一起坐晚上的23路电车回家。当时车上就我俩还有驾驶员、售票员四个人。桂兴华给我朗诵了他刚发表不久的《大寨梨》，还说：“我是一颗刚刚露出土的小苗。如果你支持我，我会茁壮成长为参天大树；如果你踏一脚，我就死了。”他念得真不错，因为下车时卖票员也说了句“写得蛮好”。因为喜欢他的才华，我才答应了他。她说，“现在很多女孩子成天要老公陪，实际上是不够体贴，支持老公工作不是嘴上说说，而是需要行动的”。

东方卫视新闻《桂兴华红诗朗诵会：细节打动几代观众》

浅论桂兴华政治抒情诗《前进！ 2010》

■ 文／章闻哲*

章闻哲(左一)、桂兴华在浦东中学《前进！2010》首发式上

《前进！ 2010》是桂兴华先生继《跨世纪的毛泽东》、《邓小平之歌》等诗篇之后的第十部政治抒情长诗，以上海浦东开发开放为大背景，从现实主义出发，以大浪淘沙式的豪迈与雄伟的笔势，宏观与微观交呈，具象而生动地记录了大上海浦东巨大的变迁和发展，描绘了一幅上海历史人文和新时代风貌交叠辉映的恢弘而壮阔的画卷，在历史感与时代感之外，复注入了浓郁的海上文化气息。

诗集最大程度上展现了大上海政治、经济、文化等多层次、多维度空间的交汇与交融，作为一种诗意的重构，它不仅还原了浦东以质的明亮，而且抓住了浦东精神上的飞翔之态。堪为一部呈给“上海2010年世博会”与“浦东开发开放20周年”的珍贵而具有历史意义的献礼。

桂兴华先生本人认为政治抒情诗应避免陷于概念化、公式化和口号化等弊病，诗刊社常务副主编李小雨认为桂兴华的诗在切入点和细节上“是花了功夫的”，而浙大骆寒超教授则认为他的《前进！ 2010》“散发着泥土气息和渗透着汗水味的体验”，原文化部常务副部长高占祥先生则说它是“细腻的大手笔”，浦东新区区委副书记戴海波先生则说他的诗是“有细节，有感染力的诗句”。当然，除此之外，他们对桂兴华的长诗有着更多的赞

* 章闻哲：作家、诗人、评论家。

美，这里主要摘录二三，是为了结合诗人自身的观点，对《前进！ 2010》作艺术特色上的甄别。

显然，《前进！ 2010》正是因为对建设和发展中的浦东作深入的现场体验和观察之后，才有了丰富的细节，而正是这些细节，造就了桂兴华政治抒情诗鲜活的个性与特色。透过他的笔下，时尚前卫的巴黎模特、东方的威尼斯水城、环球金融中国心、492米高的东方明珠塔、芝加哥的希尔斯大厦、孙桥农民别墅、洋山国际枢纽港、景观工程、主题公园、高科技园区、东海大桥，等等，洋洋大观，在诗人笔下如数家珍，而每一种景物的出场则充分显示出诗人的别具匠心。或从我出发，作万花筒式的扫描；或从物出发，辐射历史和当下；或对历史和当下作面与面的对比，或作物我式的对照。并在“我说”与“物说”两种叙述中历史而辩证地展开了对浦东全景式的扫描。

在“我说”时，就“我”是观察者的身份来说则“我”是静的，而“物”是“动”的，“物”的“动”象征着浦东的变化。反之亦然。然而，在《前进！ 2010》中的“我”却大多表现动态的，如在《春风一步过江，万花攒动》中，“我是下西洋时就在高桥寻找方向的郑和／我是同母亲一起梦牵魂绕的宋庆龄／我是从竹篱笆里的邓三村走出来的张闻天／我是曾经在海塘踏勘治水的林则徐／我是曾经在东野草堂攻读了十年的少年黄炎培……我是121层上海中心大厦开挖基坑的工人啊／我是接受指令就炒出时令蔬菜的机器人保姆”。诗人从“我”的万变镜像中巧妙衍化出上海的历史人文，但诗人在这里动用这么多“我”的目的却并非为了演绎历史，而是为了衬托国庆盛典上万民同庆的欢乐氛围。具象而多变的“我”不仅成功地营造了这一氛围，获得了“超现实的真实”（尤奈库斯语），而且在审美视域上获得了纵深而立体的开拓。“我这张城市地图／真正在世界的问候中展开了！／我站起来／国际饭店即使再高出多少层还不能并肩！／我躺下去／就是南浦、杨浦、卢浦、徐浦、闵浦、长江隧桥”。这里的“我”的叙述又转成了浦东的口吻。

不难发现，在《前进！ 2010》中，“我”的自如转换，很大程度上使本来可能是单调的看山观水式的静咏默叹变得神奇而富有动感，浦东画卷在诗人的笔下也由此而呈现出生命张力与波澜壮阔的气势，从中也体现了桂兴华先生于政治抒情诗领域在“反概念化、公式化与口号化”上的自我实践与探索。

在艺术手法上，诗人力求丰富而多变，而正如上文所述，《前进！ 2010》的一个显著的艺术特色不仅表现在细节的深入和展开，也表现在诗意切入点的寻求上。如在写东海大桥时，诗人以诗剧的形式，在桥与桥桩的对话中展开了关于桥的功能叙述，道出了桥所肩负的时代任务、已作出的贡献及未来目标，诗人借桥和桥桩之“口”，不仅赞美了劳动人民在建设浦东过程中所表现出的不畏艰苦、踏实奋进的“大我”精神，也成功地刻画了浦东人民在为创造更高更好的生活时所表露的自豪、信心、憧憬以及整体蓬勃向上的大时代气息。在《“陆家嘴的开发陈列室”遐想》中，诗人把陈列室所在的旧民宅看成一块新旧历史的碑界，如一面镜子照出了陆家嘴的历史和当下，在新旧的现实对比中，恰如其分地表现了“宁要浦西一张床，不要浦东一套房”的历史在改革与开放的大潮中被彻底刷新之后的欣喜与骄傲。

在《不老的码头号子》中，则从历史上的码头景观出发，以旧时码头搬运工的号子象征劳动人民在重压下依然不失生活的希望与信心的精神，一种坚韧不拔、顽强拼搏，可以代代传承下去的优良精神元素，“不老”即代表了这一精神的永生，暗示着它必将在新时代中起到至关重要的作用。诗以“60多岁的原生态，就是今天的血气方刚”这种悖论式的对比陈述，使“不老的号子”从旧时空的背景中脱胎出来，化为时代的嘹亮之音。

而在《传达室的一把椅子》中，诗人从“椅子”出发，放眼历史未来，他在诗中写道：“艰辛的昨天来坐过 / 漂亮的今天还会来坐……它象征着诚实 / 不怕做错事 / 只怕摆出一副虚假的姿势……此刻，它还坐在这里 / 仅仅为了传达一种坐势……向以光荣命名的开发区传达 / 向证券交易所的大屏幕传达 / 向制造各种椅子的公司传达……不知道哪一天 / 它搬到陈列馆里去了 / 坐惯了各种皮椅、配上了自动按摩仪的人们 / 还会再来坐一坐吗？”在这首诗中，“椅子”是一个带有强烈政治符号色彩的对象，诗人一反热情洋溢的抒写姿态，而以一种哲人的眼光审视着它，椅子的诗意在哪里？不在它象征的权力上，不在对它曾经发挥的作用和功绩的纪念意义上，而在它的姿势上。

诗人为我们明确指出：它是诚实的姿势，不怕做错事只怕摆出虚假的姿势（态），它的继续存在是为了向更多的人传达这种姿势。从诗人的暗示中，读者将发现椅子的真意：只有这种姿势才可能创造出今日的浦东，而浦东的明天也必将与这种姿势息息相关。在众多的参观者中，唯有真正的诗人才能从一把陈旧的椅子身上找到这种深刻而隽永的诗意，并且由此介入了对整个社会主义建设之上层建筑的思考，诗人的另一层用意无疑在于指出：没有健全的制度，没有马克思主义历史唯物观指导下的中国共产党的领导，没有领导者的廉正和自我道德约束，也便没有今日之浦东。而诗人以如此朴实自然的语言而道出个中深意,实堪为政治抒情诗中新的典范。

当前中国诗坛,从作品文化继承的源头和主题来分,我以为主要可分为以下几大阵营:

(一)西方化阵线,其中虽然不乏对针砭社会、召唤"诗意的栖息"这一人类最终归宿等文学永恒与积极命题上的书写,以及对自身形式在变革与创新上的积极探求,但作品过度倾向于向内叙述,使得基调普遍灰暗、低沉、冷峻、颓废,大量的此类基调使得社会光明几乎要沦陷于此,正是由于此类对内心和社会伤痕的无限复制、加工、渲染,使得另一种小我的温和情调、偶然的桃源式的书写成为阅读史和现实的及时的安抚剂。但无论是前者还是后者,都带有一种病态的自怜症候,无益于灵魂的净化和认识的促进。

(二)传统文化继承阵营,一部分以民族遗产保护者的身份出现,企图在保持旧形式体系不变的前提下注入新时代的精神与内容,但在社会科学和经济高速发展的今天,时代与百科领域的新符号的诞生、各种外来名词及时代发展对语言革命的推动等诸因素对汉语的冲击,使得汉语文学的表达诉求已远非20世纪初以"白话"对"文言"的革命可以一言以蔽之。

因此,旧形式显然已不符合新内容的需求,它不仅难以满足在社会主义商品经济大潮冲击下越来越复杂的社会现象和心理的表达之需,在表现日新月异的时代精神与风貌上同样捉襟见肘。要言之,一种静态的形式只能适用于静态的或者缓慢发展的年代。传统文化的另一部分继承者在形式上走向了新诗,但是语言的模式、神态、氛围、气质以及修辞的运用停留在新诗发展的前期,缺乏当代性。在内容上体现为传统的道德伦理审美和民族文化审美体系,不乏大气、沉郁、醇厚、质朴、典雅等且直且善且美之作,但也过多地表现了感伤而颓废的怀乡病,桃源式的避世心态等消极的一面。

(三)主旋律阵营,讴歌时代不乏真情、大气而磅礴之作,但其中也存在着大量空泛的抒情,语言守旧,内容空虚,缺乏说服力和感染力的文本。

上述阵营,是我在读完桂兴华先生的长诗《前进! 2010》才有的思考。《前进! 2010》所具备的清新、明朗、激情、健康等气质委实让我眼前一亮,其阳光、刚健、朝气与欢畅的旋律,似乎一下就使当下诗坛的萎靡与困顿现了形,也涤净了我多年来因为阅读而积累下来的阴郁之气。当然这么说有失偏颇,有对新诗近30年来的发展和所取得的成绩作全面否定之虞。我并不想做这样的"罪人",但那确实是我读《前进! 2010》时的瞬间而真实的感受。

2010年，桂兴华（左十）与周家渡旗袍队在中国馆前合影。

当前的文坛，一提到“政治抒情”，就有某种抵触情绪，一概扣之以“应景、功利、无审美价值”等帽子，一副艺术卫士正直而凛然的架势，名义上为反意识形态压迫和暴力，实际上就其自身的武断和蛮横姿态来说，也同样正在上演一场名副其实的暴力。正如贺敬之所说的“反感你这种政治抒情诗的人，他们的心中另外有一种政治”，可谓一语中的。个人认为，一个时代如果没有这种刚健、阳光的正面抒情，那么留给后人的势必将是对这个时代片面的误解和错误的历史观。政治抒情正是对非政治抒情的适当的纠偏，对评价一个时代在达到公正性和客观性上的补充，以及对社会意识形态中阻碍发展的部分起到必要的纠正和引导作用。

正如普列汉列夫认为：“要了解一个国家的科学思想史和艺术史，只知道它的经济是不够的。”我们同样可以如此说：一个国家的科学思想史和艺术史，光从社会心理来研究而撇开政治和经济文化意识形态的影响不谈，必然也是一种不科学的态度。政治抒情的意义正在于此，《前进！ 2010》的最终意义亦正在于此。

2010年2月11日

写给桂兴华的诗

■ 文／王竞成*

王竞成（右一）与桂兴华夫妇在北京

八月桂花香
你生命的八月还没有开始
你诗歌的桂花馨香
已经飘满了整个中国
从《激情大时代》
到《城市的心跳》
是你立在黄浦江畔高呼
中国红了
你这个艄公的诗歌号子
也红了
从长江喊到黄河
从南湖喊到中南海
喊来了《前进！ 2010》的世博
你是中国的最强音
你一声声忘情的呼喊
分不清
哪个是你
哪个是我
你是时代的一个符号
注册的商标
是红色中国

---

* 王竞成：《黄河诗报》总编。

雄风舒展

——从中国文学史看桂兴华政治抒情诗

■文/孙琴安*

2013年，孙琴安（右一）在塘桥讲课

究竟应该如何看待政治抒情诗？或者说，当今的诗坛该如何给这些抒情诗定位？我想从文学的角度来加以观照。

中国曾经涌现出许多著名的大诗人，屈原、李白、杜甫、白居易、李商隐、苏轼、陆游、辛弃疾等。这些中国古代最伟大的诗人，几乎都写有许多政治抒情诗。

屈原、杜甫、可以说是中国历史上政治性最强的诗人，他们的诗早已成为政治诗的典范。后来白居易、元缜也大写政治抒情诗。而杜甫的诗也因此赢得了“诗史”的称号。由此可见，政治诗，在中国历史或文学史上，本身就居有非常崇高和重要的地位。

或许有人说，当今是经济时代，写作是多元的，政治诗也没有过去重要了。

---

* 孙琴安：上海社会科学院文学所研究员。

其实,在唐宋时代,写作也是多元的,诗人们写诗也是比较自由的,朝廷也没有强调文学要政治挂帅,但为什么那些浅薄轻浮的诗篇并没有得到广泛流传,印编,而李白、杜甫、白居易、苏轼、陆游的爱国爱民的诗歌却代代相传呢?这就是文学史的选择。从这个意义上来说,桂兴华的政治抒情诗,在文学史上将会有他的一席之地。

或者有人会说,我们的文学史往往从题材内容出发,而我们国家又是重政治、讲政治的,才对政治抒情诗有如此高的评价。如果从文学的艺术审美角度出发,这些政治抒情诗未必重要。果真如此吗?就让我们再以艺术审美的角度来加以考察。

司空图著有《二十四诗品》一书,对中国古代的诗歌从艺术角度分为24种风格,他把"雄浑"放在第一位。而成功的政治诗,大多都有气势雄浑壮阔的特点。如评唐人七绝第一,就把王昌龄的《出塞》列为压卷之作,清人王士祯又把王之涣的《黄河远上白云间》,李白的《朝辞白帝彩云间》等列为压卷。清人沈德潜则把李益的《初上受降城闻笛》,刘禹锡的《石头城》等列为压卷,这些诗都是悲壮雄浑之作,而且都有极强的政治内容。再如评唐人七律第一,也首先考虑雄浑风格,如杜甫的《登高》、《秋兴》。评唐人五律第一,便会推杜甫的《春望》。评柳宗元七律第一,便会推他的"城上高楼接大荒"。这些诗的政治性都非常强。而那些只写个人琐事的诗根本就排不上号。在清代诗坛,曾流行过轻、巧、小,《蕙风词话》提出了"重、拙、大"的艺术审美理论。自古以来,有许多政治诗都有极高的艺术审美价值。

1949年以后的中国长篇政治抒情诗,以郭小川和贺敬之最有代表。他们当时所写的《向困难进军》、《雷锋之歌》等长篇政治抒情诗,曾影响了整整一个时代。我以为,在他们之后,桂兴华是极具代表性的、当之无愧的后继者。

先谈谈桂兴华政治抒情诗的语言。写政治抒情诗要具备各种条件,别的不说,就拿语言来说,也要具备相当的驾驭能力。一般来说,写长诗比写短诗容易露出破绽,而写长篇政治抒情诗比一般的长诗更容易露出破绽。而桂兴华在驾驭全局上,包括对语言的驾驭,都能舒卷自如,十分老到。如他在《邓小平之歌》的开篇写道:

"满目是他/新开辟的地平线/整个世界/云一般聚在了我的四周/顿时/眺望有了从未有过的高度/俯瞰也有了从未有过的感受/我,跟着他一路攀登/获得了从未有过的抖擞"。

他在《中国豪情》的开篇写道：

“所有的钟都盼望着同一个时辰／每一朵花都呼吸得仿佛刚刚诞生／在这样一个春夜／世纪风／正赴约于每一扇敞开的大门……”

这些诗句都绝对漂亮，前者有力，后者充满诗意，令人赞赏。写小说，写散文，写诗都各有自己的常用语汇，同样，写政治抒情诗也有自己的常用语汇。而桂兴华在充分掌握和运用郭小川、贺敬之那一时代的政治抒情诗的常用语汇基础上，又能紧跟时代步伐，创造出一系列属于当今时代政治抒情诗所需要的精彩语汇。也就是说，他既继承了郭小川、贺敬之那个时代政治权抒情诗的语言特色和常见语汇，又融入了他根据当今社会状况所自创的一系列政治抒情诗的语言特色和精彩语汇，把中国的长篇政治抒情诗推向了一个新的高度。

再谈桂兴华政治抒情诗的构思。写政治抒情诗容易流于空洞，长篇更甚。然而，桂兴华为了避免这种弊端，却有他自身的构思和布局。就拿《城市的心跳》来说，其中就有不少巧妙的构思。如我手上的精选本，从“序诗”开始就用具体形象的载体，写了世博会给白莲泾所带来的变化和历史机遇。如一位意大利女孩的选择，一曲《卖红菱》，一块旧瓦片，一片苦水（写水患之苦），一条弄堂（写当时的艰难），一个居委干部的脚印（写动迁工作），又以“51号兵站”这个电影名称来写动迁办公室的日日夜夜。这样从小处写来，就避免了那些空洞的叙述和议论。《轮渡站的最后一夜》，虽然只有短短的十二行诗句，却意味深长，令人难忘。诗人之所以记下这一刻，因为他知道这一夜将被载入历史。然后，诗人又以区长的鲜花、一道防汛墙、年夜饭的酒令等这些具体的物件与场景，来表现和渲染了人们在动迁后的庆贺气氛，以及悲喜交集的复杂心情。正是这样的构思与布局，使长诗中的每一个部分，每一个章节，都与《城市的心跳》的题目紧紧相连，丝丝入扣，丰富了“上海表情”，避免了可能产生的空泛与苍白。

由此可见，桂兴华所写的政治抒情诗，虽然有着强烈的政治意识和明确的政治内容，但他仍时时处处地考虑到诗的因素，并尽可能地以一种诗的方式来加以表达，艺术地再现了其中的政治内涵，因而这些诗仍都具有一定的艺术审美价值。

然而，当今的许多诗人却都远离政治，不少新秀则热衷于日常琐事或私下隐情，甚至是身体写作，像桂兴华这种仍充满政治激情的诗人反而是少数。其中的原因是多方面的。过去诗歌曾一度成为政治宣传的工具，此固然不当；如今诗歌远离政治，亦不妥当。因为政治毕竟是诗的一个重要对象和重大题材，而诗人也总是在一种政治环境中进行写作的。这是一个无法回避的问题。包括诗在内的文学创作首先应该是自由的，它对政治应该是一种自由的选择；而政治也应该给诗人以创作上的自由权力和空间。

一个十分耐人寻思的现象是：诗人反映政治有主动与被动之分。凡主动反映，其艺术成就与价值相对较高；凡被动反映，其艺术成就与价值相对较低。像当年贺敬之写《雷锋之歌》，李瑛写《一月的哀思》，同样的，桂兴华写《邓小平之歌》、《中国，冲向新的高度》等，也都是由衷而发，自发而写，并不是哪一部门指派的政治任务，因而都获得了成功。为了写好《中国，冲向新的高度》，真实反映神舟六号飞天的背景，他独自一人冒着零下20多度的严寒来到酒泉发射基地深入生活；为了写好《城市的心跳》，他又冒着30多度的酷暑来到上海白莲泾，走家串户。正因为这些诗都是诗人自己要写，有激情，有生活，完全是主动状态，所以其艺术成就与审美价值也相对较高。与过去那些标语口号式的假大空的政治诗，完全是两码事。

在经济大潮的一次次冲击下，政治抒情诗似乎面临着更多的挑战。这种挑战有来自外部的，也有来自内部的。在目前的社会转型期中，中国的政治抒情诗又应该如何发展？诗人们又该如何把握时代的脉搏？而桂兴华创作的一系列长篇政治抒情诗，实际上已经为我们提供了很好的文本。

桂兴华：105分钟看浦东巨变

■ 文／茅中元

这两天走进塘桥社区文化活动中心，不由令人眼一亮。楼道两边是革命战士的雕塑；从五楼回到一楼，一角是红色诗人主题实物展。坐在四楼桂兴华工作室里，感慨万千，他说自己过去住塘桥，从家到单位150分钟，如今坐地铁只需45分钟，“这就是浦东巨变”。他说要扎根这里，用“码头号子”唱出新时代的红色经典。

红色工作室：105分钟，折射浦东巨变

塘桥社区文化中心405室，一个普通的办公室，一张简单的办公桌。这就是红色诗人桂兴华在塘桥的红色主题工作室，也是上海第一个红色主题个人诗歌工作室，但这并不是桂兴华的第一个工作室。

在上周六举行的挂牌仪式上，桂兴华举着寓意“第一”的工作室LOGO回忆道：“我的第一个工作室是在1999年成立的。当时我是以个人工作室的名义，从新华社转到东方广播电台。当时也是以个人名义加入电台的第一人。”

至于为什么会把如今的工作室搬到塘桥社区，桂兴华说这是因为自己解不开的浦东情结，“从1981年到1988年，我住在浦东塘桥8年。这里有我不能忘却的记忆”。因为自己的浦东情结，桂兴华的11部红色抒情长诗中，4部半都是写的浦东题材，只是他的浦东记忆却未必完全都是甘甜，“我至今记得当年还是个文化记者的我，每天却不敢看戏到太晚，一旦过了末班船，夜宵摆渡船要2个小时才有一班。”

“过去我住这里，在浦西上班。公交换摆渡换公交，路上2个半小时，足足150分钟，但现在我从浦西家里过来，2号线直接换6号线，全程只要45分钟，不会迟到又更方便。这缩减的105分钟，就折射了浦东的巨变”，他说自己当年离开浦东，实在无奈，“因为交通太不便，当时对浦东开发就有种急迫感。”

如今回到浦东又无比自豪,“真没想到,一个社区文化中心,可以如此宽敞,如此现代化。这里的小区又都这么干净整洁,交通又如此方便……”

先锋廊+实物展:边学党史,边低碳生活

去桂兴华的红色主题工作室,不坐电梯,爬楼梯竟也是个不错的选择。在塘桥社区文化活动中心的一楼楼梯入口处,写着一行大字“先锋廊”。这不就是一条走廊吗?记者走进去才发现原来别有洞天。小小的走廊两边,是红色革命战士的浮雕,而每层楼梯的拐角处和一层楼的入口,则是中国共产党党史的一个阶段性简介。爬楼梯变成有趣的红色学习之旅。

说起这条红色先锋廊,桂兴华谦虚地说并不是自己的主意,“我和塘桥社区商量成立工作室时,这栋现在的社区文化活动中心大楼正在装修,当时他们就和我说了这条先锋廊的创意。我一听就说太好了。他们也觉得,这个先锋廊和我的红色主题工作室,真是珠联璧合”。

“这是把装修和红色经典教育结合的典型”,桂兴华说,“一楼到五楼,不算太高,但一般人不愿意爬楼梯,一看是先锋廊,有的人可能就感兴趣走一圈,这样既是接受了革命教育,也符合我们现在对于低碳生活的追求,真是一举两得”。

桂兴华的红色主题实物展也在上周六在塘桥社区文化活动中心一楼揭幕,精选了当年很多红色照片,并配以红色诗歌。此展从2010年9月9日开始,已在上海毛泽东旧居、周家渡、塘桥社区、浦东图书馆、长宁图书馆、上海图书馆等多地巡展超10个月,此番是永久落户塘桥。

展品中不仅有桂兴华写11部红色抒情长诗时,多次赴红色根据地收集的实物,还有他1981年给红色电影做的电影广告诗。“我会不断给展里增加新的展品”,桂兴华说,“这个展和先锋廊正好互补。先锋廊从宏观上介绍党史,而读者走到五楼后,下电梯正好参观我的红色实物展,从细节看中国共产党带领人民的变化”。

红色工作:从生活中看变化

桂兴华透露,自己的工作室选在社区文化活动中心,就是要立足社区,贴近百姓,写出体现老百姓生活的主旋律。而这个主旋律,桂兴华找到了一个最

好的载体——码头号子。

码头号子，曾是当年聚集在塘桥地区的码头搬运工人哼的调子，也分有不同的帮派。过去的码头号子，是社会最底层的贫苦人家苦中作乐的无奈之曲，但如今的码头号子，已经是国家级的非物质文化遗产。

如今还有不少码头号子传承者住在塘桥社区，塘桥社区专门有个码头号子歌舞团，每周必有2次表演或者排练，前不久还去德国参加了一个音乐节，可谓走出国门。于是，桂兴华顺理成章地把眼光锁定在码头号子上。

他已开始采访，“这个工作其实我从去年已开始陆续做起来。当时我就采访了码头号子歌舞团团长，名叫张孚玉。他就住在塘桥这里。那天正好还下暴雨……”桂兴华说：“我觉得如今唱码头号子，不仅仅是种忆苦思甜，更要唱出一种积极向上的文化内涵，歌颂浦东开发的伟大成果。”

同时，桂兴华说，自己的第二个项目是筹备“浦东题材朗诵演唱会”，他说：“我有很多写浦东题材的诗歌，除了塘桥，还有周家渡街道，还有白莲泾地区的搬迁。”

桂兴华希望用诗歌朗诵的形式，让更多的人铭记浦东巨变。

（刊于2011年7月25日《天天新报》）

桂兴华：不一样的“红诗”

■ 文／许　颜

大型红色诗歌讲座领票开始了，朗诵最能使诗歌接近群众。

90多年前：没有一点骚动的分水塘村能翻译：“一个幽灵，共产主义幽灵，在欧洲徘徊”？一位年仅29岁的中国农民之子能翻译：卡尔·马克思和弗里德里希·恩格斯为一个同盟起草的纲领?

这是新时期政治抒情诗的代表人物、红色诗人桂兴华的手笔：一杯欧洲咖啡，搅动了江南夜。诗里写的是陈望道1920年在家乡义乌翻译《共产党宣言》的场景。

桂兴华曾先后创作了《跨世纪的毛泽东》、《邓小平之歌》、《中国豪情》、《祝福浦东》等多部政治抒情长诗。他的红色诗歌和那些“红旗飘飘”的红色诗歌似乎有些不一样，桂兴华曾给出三个关键词：不能空洞、不绕开重大历史事件、写伟人也写老百姓。他本人还是国家一级编剧、中国散文诗研究会副主席。

你携着无数条江河，走向黄浦江、南湖边的黎明。

一群不曾合眼的红色幽灵，就这样在最漆黑的长夜，睁开中国的眼睛。（《相约1921》）

5月6日，上海来的红色诗人桂兴华在南湖边给我们上了一堂红色诗歌讲座；5月7日，在南湖的一艘画舫上，诗人又引发一场红诗朗诵会。

诗人说：“朗诵最能使诗歌接近群众。”

朗诵会的诗都选自桂兴华献礼建党90周年的散文诗集《金号角》，这本新书上个月刚在上海的中共一大会址纪念馆举行了首发仪式，随后他沿着中国共产党第一次代表大会的路线来到南湖。

往人群中间那么一站，桂兴华其实并不引人注目。但一讲话，端的是神采飞扬，讲到兴奋处，有点说书人的样式；说到党史中的黯淡处，又是一个语气低沉心有戚戚焉的文人模样。

在上海诗人群，桂兴华是独特的一位，他伴着自己的散文诗《南京路在走》，已经走了近30年。1992年深秋，他创作了自己第一部政治抒情长诗《跨世纪的毛泽东》。这么多年他一直坚定地写大主题，在十几年里连续创作了十部政治抒情长诗，被称为新时期政治抒情诗的代表人物。对于诗把重大主题排斥的一些观点，他并不认同。他说：散文诗在赏心悦目的花花草草之外，能不能翻卷更加辽阔的风云？

《诗刊》常务副主编李小雨说他的诗“用词很大胆，不雕琢，直接进入了大量的生活场景”。

桂兴华早年当过多年记者，他这个“记者型诗人”在《金号角》90篇新作里，开文都先介绍诗歌创作背景，他还充分运用了多年来在嘉兴、韶山、井冈山、古田、延安、遵义等地的采访经历，宏大的框架背景下处处散发出泥土的气息和汗水的咸味。这个诗坛“射手”，惯于长枪、短枪一起射向自己有把握的那个题材。“角度，决定了作品的成败。有了角度，就不怕别人已经涉足。”

他的散文诗更是在大视野中捕捉小细节，穿着布长衫的毛泽东、朱德最后的党费、摇着芭蕉扇的陈毅市长、县政府旁的供水站……写瞿秋白，他就盯住他在福建长汀的就义处……

中国政治抒情诗由来已久，最早的长篇政治抒情诗是屈原的《离骚》。而在当代背景下写红诗，写国家的重大变革，并不容易。“缺乏新鲜的审美发现和当代特征，怎么能激荡读者的心灵？”红诗写伟人也不容易，对伟人的功过评说是历史学家的擅长，感性见长的诗人容易显拙。而在这两点上，事实上桂兴华是成功的。在他诗作的听众里，有中央领导和他们的亲属，也有已退休的老教师和刚进初中的学生。中国作家协会原党组书记金炳华评说他的诗是“紧扣时代脉搏的政治抒情长诗”。

“其实红诗，也含有内心深处的健康向上的情感交流，并不排斥个体情思。红诗呼唤着所有与时代共命运、有独特创意、有鲜明个性的诗人。”这是一代红色诗人的心声。

诗歌的市场不是等来的，要自己去争取。

记者（下简称为记）：您说诗人的时代责任感过去被过分地夸张，但现在又羞于唱响“主旋律”。诗人朋友常说诗不为稻粱谋，一些诗人以远离政治为荣，这里有现实原因，也有历史原因吧。

桂兴华（下简称为桂）：中国的政治抒情诗自古就有，屈原、杜甫等就写过很多。有长篇的，也有短篇的，但都表现了重大主题，鼓舞人心，像《向困难进军》、《雷锋之歌》。

近20年来，我切入了毛泽东诞辰100周年、小平同志逝世、香港回归、新中国建国50周年、澳门回归、新世纪来临、建党90周年等重大“节点”，是出于对好日子的热爱，充满激情地为时代歌唱。而同代的诗人对国家的关注，却正在减少。20世纪90年代以来的诗歌面貌与猛进的中国不相称。因此，我的诗就显得很突出，也很孤独。

“文化大革命”期间，政治抒情诗走向了极端，但这不是政治抒情诗这个形式的过错。而当前诗坛，特别私人化的东西太多，缺乏对重大事件的关怀。

诗人是民族的一员，很难超越具体的政治。以为“诗与政治是没有关系的”，是一个误区。不能说诗人写了政治，质量就是差的。也不能认为：写了革命的内容，就是好诗。好诗有唯一的标准。要从构思、意象、语言上来考核。抒情性、音乐性是诗的生命。

作为极“左”思潮的叛逆者，我从事红诗有自己的内因，即生活历程和人生态度。我以积极的眼光看待现实。在消费至上的市民意识中，唯有这些红色主题大踏步进入大众话题。与那个特殊年代特殊作品的根本区别是：我不是机械地配合，而是充满创造的欲望。我是自己要写的，不是领导布置我写的。我要写，不是“要我写”，我有真情实感。

记：对于普通读者而言，特别是年轻读者，往往对红诗停留在假大空陈词滥调的印象，你说红诗也要给人以陌生感，比如写伟人的诗，怎么做到这一点，红诗又如何吸引年轻一代的读者？

桂：我最反感概念化、公式化和苍白的口号。而在极“左”思潮泛滥的年代，假大空的陈词滥调比比皆是。

政治抒情诗得具备诗的特点啊，我得牢牢抓住这一点。切入点要巧。找到这个切入点，我是花了功夫的。

怎么找？要深入生活，在生活中体验、联想、激发想象力。无论在延安、在酒泉、在西柏坡，还是在嘉兴，“直接进入了大量的生活场景，质朴，而且有所提炼。这样，就扩展了政治抒情诗的表现手法，诗句才会激动人心”（李小雨评论）。

要运用形象思维，可感，让人摸得到，细节也非常多。同时把历史事件也交代得十分清楚。我以细节取胜。不讲空洞的道理。在设计宏大的框架时加强了纪实性和形象化,处处散发出泥土的气息和汗水的咸味。使人感到亲切,没有距离感。同时,我又综合了许多现代诗潮的优点,以吸引年轻一代。

记:您十几年一直致力于红诗创作,一些大型诗歌朗诵会上,还身兼作者、组织者、公关人员、剧务人员多职,为什么如此喜欢红诗,喜欢诗歌朗诵会这种形式?

桂:在喧嚣的市场里,我坚持做有良心、有创意的真正的诗人!在大时代中,诗人的一腔热血不能冷却!大江东去的气势与春雨淅沥的细腻,是我在红诗中的追求。题材上,也干预光明中的阴暗面。

我常觉得时间不够!就像参加一场人生球赛,已经到了下半场,我总觉得死神正在逼近我,可我还有那么多诗歌要创作,不抓紧,行吗?马雅可夫斯基曾在诗中喊道:"是时候了!"对,是时候了,诗人不能光写诗,还要行动。有几位老诗友,见面后总是发牢骚:诗歌阵地太少了,一年也发表不了几首诗……改变诗歌的窘境,大家要行动呀,不能光是等呀!

当今社会,诗人如果不是"多面手",不身兼多职,怎么去占领市场?我是"记者型诗人",这是我的优势!诗歌的市场不是等来的,要自己去争取。诗歌朗诵会是作品走向群众的最好途径。我已经策划组织了30多场朗诵会。

从前沿阵地走进历史的桂兴华

■ 文／孙 思

政治抒情诗是中国社会主义文学最具时代色彩和意义的重要组成部分，在新中国的文学发展史上具有特殊的地位和影响，改革开放为政治抒情诗的发展突破带来了新的契机，涌现出了一批在政治抒情诗创作上有所突破和发展的诗人。桂兴华便是其中突出的一位。

中国最早的长篇政治抒情诗，是屈原的《离骚》。政治抒情诗有两种：一种是忧国忧民的，一种是歌颂国家重大变革或是重大人物的。桂兴华属于后者。

2011年，孙思在《金号角》首发式上

在西方也有一批写政治抒情诗的诗人，如美国惠特曼和他的《草叶集》，一直到今天依然能够让我们感受到诗人对新大陆的歌唱。还有苏联的马雅可夫斯基的《穿裤子的云》与《列宁》的交响，也能够让我们感受到革命对诗人的巨大影响，以及诗人对新政权的热情与对未来的忧虑和不安。因此，无论这个世界会发生什么变化，惠特曼与马雅可夫斯基，都各自成为他们民族与国家乃至世界最优秀的代言人和“预言家”。

再如“五四”新文化中诞生的新诗，具有里程碑意义的诗人都写过大量的政治抒情诗，如郭沫若的《女神》、艾青的《向太阳》、臧克家的《罪恶的黑手》，以及胡风、田间、光未然等都写过优秀的作品。新中国成立后，政治抒情诗有了空前的发展。贺敬之的《十年放歌》、《雷锋之歌》，郭小川的《向困难进军》都影响极大，邵燕祥、张志民、徐迟、公刘、方纪也写了许多优秀的政治抒情诗。

而柯岩的《周总理,你在哪里》,更是家喻户晓,让多少人眼含热泪。

在天安门诗歌运动和改革开放以来的诗歌热潮中,雷抒雁创作了《小草在歌唱》、叶文福创作了《将军不能这样做》,绿原、牛汉、孙静轩等复出的诗人也写出了大量优秀的政治抒情诗。百花齐放的诗坛有了许多新面孔,而像桂兴华这样,十几年里连续创作十部长诗的,在政治抒情诗的历史上可以说是第一人。桂兴华的政治抒情诗,主要有三大特点:

一是饱含激情,气势磅礴。

如他的长诗《跨世纪的毛泽东》中《开国大典》的一段:“登上来了/我最崇拜的领袖的风采/登上来了/我最敬仰的共产党人的神态/他那操着湖南口音的宣言/雷一般震醒了1949的脑海/他那独特的呢制服/第一个穿出了新中国的气派/十月的日历/从此被五十六个民族的二十八门礼炮/欣然轰开/那五颗金星随着他胸膛的起伏/上升/上升/顿时拂热了九霄云外/”读了真叫人震撼!诗歌组外出活动,桂兴华常常朗诵这一段,他每次朗诵时都是激情澎湃。

二是语言洗练、有弹性。

如他的长诗《邓小平之歌》中的《青春之城》的一段:“新一轮全方位的开放/在总设计师殷切的关怀中/迅跑、迅跑、再迅跑/小村庄与不夜城神话的距离/在他坚定的四川口音里/缩小、缩小、再缩小/”这里他用“迅跑”和“缩小”来形容改革开放的速度和小村庄与不夜城的距离,语言的弹性在这里有力地增加了对比度。

三是善于运用意象和比喻。

如《总设计师颂》结尾的一段:“他不是从小爱翻辞典吗/今天,他就是我们新世纪的辞典/每一页都是无限扩展的晴空/在他设计的满天曙色中/字里行间/都是飘动的彩云/”这里,他采用民歌比兴的手法,用了“辞典”、“晴空”、“曙色”、“彩云”等词语,来比喻总设计师的伟大成果。

而感情与细节是贯穿桂兴华政治抒情诗的内核。我们知道主观发泄感情并不难,难就难在使它具有能感染别人的客观有效性。你发怒并不能使别人跟你一样愤怒,你激动也并不能使别人也激动。要让你的愤怒、激动具有可传达的感染性,即具有普遍的有效客观性。只有这样才能感染别人,让别人与你同悲同喜。

请看他第七章《怀念》中的一段:“中国的书法常常在想/那一天凌晨/肃立的永定路口/‘小平走好’的横幅/一定与那年国庆/欢呼雀跃的天安

门广场／‘小平您好’的喊声／渗透着同一种崇敬／”简约几句，作者抓住两个不同场景的细节，就把读者的心紧紧揪住了。再如《为一位工地建设者题照》中有一段这样写道：“刚才在新开张的小吃店／大瓷碗是粗犷的／面条是粗犷的／你的几句话也那么粗犷／扒一口，再扒一口／六两一碗的炒面／香得你的帽子一直吭着／”这里用了“刚开张的小吃店”、“大瓷碗”、“扒一口”、“六两一碗”的一系列饱含情感的细节，把一位工地建设者的形象栩栩如生地推到了我们眼前。

那么感情和细节从何而来？寻访、深入韶山、井冈山、古田、延安、遵义、赤水、西柏坡、广安、深圳，这些地方无不布满了桂兴华的脚步，一个个细节如一根根藤蔓，铺满着桂兴华从不离身的日记本，缠绕着他那颗不平静的心。诸如毛泽东的一盏马灯、孔繁森的遗物、任长霞的手机等，有多少次当他与被风干的历史对话时，常常颤栗不已，对英雄的追忆，对生命的叹惋，抚摸着那些先烈们留下的伤痕，他的心里常常汇聚成一种冷冽的忧患的历史使命感。

就这样，他从前沿阵地走进历史，再从历史走进前沿阵地。

曾经有人说：“桂兴华应该生活在北京，怎么偏偏生活在上海？”从这句话里，说明了另一个道理，北京政治氛围比较浓，写政治诗的诗人大部分在北京，如果桂兴华在北京可能会有很多写政治诗的朋友，而上海毕竟是以海派文化为主，像桂兴华这样有着高度的政治敏感，满腔热忱地全身心投入政治抒情诗创作的诗人很少。这种情况下，桂兴华会觉得很孤独，但他却甘愿孤独，对政治抒情诗的热情丝毫不减。从1992年开始，一个人默默地坚守着这块阵地。

不可否认的，有些诗人不愿写政治诗，因为政治诗是在某种特定的条件下产生，从这一点来说，它比普通诗要有讲究。它反映的现实，通常不是一般性的现实，而是重大的政治性现实，关乎国家、民族或人民的生活和命运的现实。这是它的内容，也是它的内涵。政治抒情诗实际上就是用形象化的语言来表达重大政治现实，使诗歌与时代、社会、读者有着更为密切的血肉联系，所以一般来说，政治诗人较之普通诗人有更强的社会责任感和社会良知。

马克思说：人是一切社会关系的总和。诗人生活在社会中不是生活在真空中，关注社会、关注民生、关注时代，这是中国诗人几千年来传承的社会担当，因此诗人才成为社会的良心。只讲前者不讲社会担当，肯定不能成为一个优秀的诗人。

桂兴华患有哮喘，发作时晚上常常要垫两个枕头还不能入睡。《金号角》

这本书里的很多散文诗都是伴着他的咳嗽声完成的，他是用常人难以想象的意志和毅力，完成《金号角》这本书里90篇新作的。

桂兴华说，他喜欢散文诗优美的文字，也欣赏幽雅的意境，但他更向往着豪迈与壮美。

是的，桂兴华向往的壮美其实是一种崇高。它具有一种压倒一切的强大力量，是一种不可阻遏的强劲的气势。特别是那些可歌可泣的英雄和英雄事迹，是一种以力量和气势取胜的美，是一种显示主体实践和动人心魄的美，具有强烈的伦理道德作用的伟大的美。因此在诗歌的表现形式上往往为粗犷、激荡、刚健、雄伟，非不能如此便不能给人以惊心动魄的审美感受。

美非一类，有秀丽之美，有壮伟之美。前者即所谓美，后者即所谓崇高。谁说政治抒情诗没有审美，鲁迅先生就说过："艺术可以宣传，但宣传不是艺术。"而政治抒情诗便是艺术的宣传，既然是艺术的宣传，它就有某种特定的审美价值。

桂兴华的政治抒情诗和他的《金号角》，便包含了上面的审美特征。

2011年春于上海

桂兴华的诗走进党史

■ 文/陈　标

桂兴华以一个诗人独特的视角诠释党史的课题，用其饱满的情感撩起红色的主题，用深厚的阶级情感奔赴红色圣地。上井冈、赴延安、走韶山、到古田、去遵义，为中国红色革命根据地谱写一系列紧扣时代主体的抒情诗，鼓舞和激励了整整一代人。

尤其令人难忘的是，桂兴华在中国共产党建党90周年前夕，为了积累素材，他不顾路途遥远，去了上杭革命纪念馆，追寻毛泽东主席走过的足迹。“没有调查就没有发言权”为了这句语录和这句话的出处，桂兴华来到了上杭，来到了古田，用他擅长的抒情手段又一次展示了他长诗的魅力。诗歌是语言的精华，他用精华去讴歌我们的党史，用党史来教育人们，充分体现了一位红色诗人的社会责任心和他高屋建瓴的艺术手法。他大胆巧妙的智慧和睿智的笔触渗透到党史素材，在他的诗中能看出！

党史的素材有千万，而鼓励人们奋发向上的只有一个，那就是我们信念。桂兴华用他朴素的语言、宏大的素材为我们创作了一首又一首经久不衰的经得起历史推敲的诗歌。

桂兴华创作的道路是诗人情感思想生活的积累。桂兴华的诗走进社会、走进人民、走进党史、走进红色主题，这正是他生活的一面。他用他的热情，又一次吹响了红色主题的金号角，这就是桂兴华。

首届“中国当代政治抒情诗高峰论坛”简报及摘要

2012年2月17日，“高峰论坛”参加人员在塘桥合影

为纪念小平南巡20周年，首届“中国当代政治抒情诗高峰论坛”于2012年2月17日在浦东塘桥举行。出席论坛的专家们认真研讨了政治抒情诗的定位、现状及今后发展的方向，一致认为：这个论坛举行得非常及时，议题也很有针对性。

论坛由上海社会科学院文学研究所所长陈圣来主持，龚心瀚、陈东等领导，中国作家协会名誉副主席、中国社科院荣誉学部委员张炯、《诗刊》编委李小雨、朱先树、黄亚洲，评论家毛时安、孙琴安，朗诵艺术家秦怡、丁建华，诗人桂兴华、梁晓明、傅亮等以及“春风一步过江朗诵团”代表出席并发言。秦怡还在会上为朗诵团揭牌。本刊摘要发表其中部分发言。

（一）政治抒情诗也要发展

龚心瀚（中共中央宣传部原副部长）：

桂兴华的诗我专门看了，登在报纸上的、朗诵家朗诵的、电视台朗诵的、晚会演出的,这些平台我都看了,知道他是著名诗人。外面什么都叫作高峰论坛,但这次我相信了,因为是桂兴华他亲自操办的。

我是来学习的,至少让我体验到诗歌界的氛围。另外我来是表示我的支持,你看有好多人都在支持桂兴华,有贺敬之、赵启正、龚学平、李瑛等都对他表示赞赏,我想我至少也要到场,表示我对他的支持。

我觉得桂兴华的诗,包括其他诗人一些好的诗都有这些特点:第一,充满激情。我们平时讲的愤怒出诗、激情出诗。没有愤怒、没有激情怎么出诗?有的诗人很激动,激动到愤怒,往往他的诗歌比较有分量;没有激情就没有诗歌。桂兴华是充满激情的,他是真情实感的自然流露到自觉流露。而自觉流露则是动过脑筋的。第二,充满了诗情画意。没有诗意就不是诗歌。第三,他的诗歌充满哲理。第四,就是充满想象力,充满联想的。

我的看法是,改革开放到今天,现在要继续发展,政治抒情诗也要发展。

桂兴华始终在坚持,他能持之以恒,不容易。我的看法,他在上海市,乃至全国,写的政治抒情诗数量是最多的,质量也是一流的。我相信这个会议以后,他的政治抒情诗创作会更好。今天是上海政治抒情诗高峰论坛,什么时候能够有全国政治抒情诗高峰论坛,希望到时我能够再来参加。

(二)自然流露的红色理智非常重要

陈东(中共上海市委宣传部副部长):

非常欢迎来自全国各地的同仁们共同来关心政治抒情诗。刚刚我和非常著名的、有相当政治敏锐性的诗人黄亚洲在聊,为什么大家会这么关心政治抒情诗?实际上我们的文学家们和我们的国家与民族的命运、时代的走向是息息相关的。政治抒情诗就是诗人发自内心的对于时代的感悟,对于人民的关注,对于祖国命运的极大热情,才会有感而发的迸发诗情。

在《金号角》首发的时候,我就说过桂兴华是一个敏感的、热情的、多产的作家,他现在63岁,生在旧社会,长在红旗下,从少先队员、共青团员、共产党员一路走来。63个春秋里面贡献24部作品,其中,他的很多诗歌都是长诗,比如《邓小平之歌》。今天,是小平同志的讲话的重要纪念年份,小平同志讲话以后,对于浦东的开发,对于整个中国的改革开放,起了一个非常重要的作用。在这样一个讲话的呼应下,浦东追上来了,春天的脚步非常非常近,而且很强劲,在这种情况下,桂兴华有感而发地写下了歌颂小平的诗歌——

《邓小平之歌》，而且由此，他的一部部作品越来越奔放。最早的时候，我看桂兴华的东西，满硬的，但从现在看，他的艺术性和思想性的结合，越来越好了。所以我很喜欢他在《金号角》中的很多比喻，比如讲到《共产党宣言》的翻译，比如讲到很多政治先贤的诗篇，他把思想性和艺术性结合得越来越好，这也是实事求是地说。

原来，不知道大家看了没有，他早期的作品是有点概念的痕迹，而后来思想性和艺术性相统一了，随着他自身的艺术积累，随着他在诗歌方面的磨炼，他越来越在思想性和艺术性的结合方面有了一定的高度，而且，他的诗也越来越有感悟了，我也觉得他在成长，跟着这个时代还在成长，并不落伍。

政治抒情诗，会很容易有一个概念，“因为他是政治的”。但是在任何一个国度，政治和文学完全剥离，也是很难的，因为他总是一个时代的产物。所以他很难说自己不在这个时代里。兴华有一个好的地方：他所有的诗歌的核心价值观是非常鲜明的，他始终和这个时代同呼吸、共命运的写作，这就很重要，不是躲进小楼的、象牙塔里的，或者说和这个时代间隔的，没有，这是他最好的地方，始终关心着时代的进步，人民生活的改善，和我们号召的核心价值观的确立，这是兴华诗自然流露的他的红色理智，这非常重要。虽然说，他早期的作品有概念化，但他没有游离主流，他没有刻意的背离主流，而是更好的用艺术化的诗歌来讴歌。他深入生活，去了解这些人物的走向，所以他的诗歌人物的解构，越来越有血有肉地把人物的灵魂形象刻画出来。通过这次的研讨，这么多来自祖国各地的，来自诗界、文学界的方方面面的同行们，同志们，来帮兴华一起总结，共同提高。

感谢塘桥对兴华工作室的支持，满怀热情的投入政治抒情诗。塘桥街道一直关注兴华，今天又参与帮助这样一个有意义的活动。要谢谢塘桥，谢谢大家对上海的关心，对上海文学的关心。欢迎大家继续关注兴华，关心上海文学界，关心党的诞生地现在、今天和未来更加具有中国特色社会主义文学力量的积聚、帮助和发展。谢谢兴华，谢谢支持兴华的同志们，也谢谢广大读兴华诗歌的读者们，谢谢！

（三）在浦东研讨中国当代政治抒情诗，特别有意义

陈圣来（上海社科院文学研究所所长）：

刚才陈部长热情洋溢的一番讲话，对桂兴华的诗歌，包括对政治抒情诗有

了一个很好的评价。在门口陈部长就问我:“你到文学所只有半年,为什么文学所会作为主办单位?”这其中有个故事。

首先作为当代中国政治抒情诗的研究,应该成为我们社会科学院文学所应有的课题之一。所以我们在酝酿,这次文学所的几个研究员、副研究员都来了,把中国政治抒情诗作为一个概念提出来,研究她的发生、成长、趋势很有意义。

另外,今天的标题有“纪念小平同志南巡20周年”,小平同志的南巡讲话,实际上是从1992年的1月18日到2月21日,这一段路程,如果在20年以前,那么现在邓小平同志还在南巡的路上,我觉得很有意思。我们设想一下,他在南巡的路上,发表振聋发聩的讲话,对整个中国的改革具有相当大的推动和指导意义。今天我们在浦东改革开放这块热土上,纪念邓小平的南巡讲话,同时举办政治抒情诗的政治抒情诗的高峰论坛,特别有意义,对我来讲也感到特别激动。

当时我任东方广播电台(以下简称“东广台”)的第一任台长,因为有了南巡讲话,才有了我们东广台的成立。所以今天在这里举办高峰论坛,同时纪念小平同志的讲话,当时的情景又好像重现在眼前,在南巡讲话的春风里,怎么成立东广台,由此掀起全国广播改革新一轮的热潮。我记得当时《人民日报》专门发表通讯《上海人为东方电台打开收音机》,广电部的领导当时专门讲东广台的改革是中国广播改革的第二个里程碑。

桂兴华在“东广”成立后,在“东广”成立了桂兴华工作室,满怀深情创作了《邓小平之歌》,首先是全文在“东广”播出,播出之后专门组织了《邓小平诗歌》朗诵会,到北京演出,有非常豪华的阵容,演出效果非常好,后来又在上海演出。桂兴华同志退休后,把他的工作室放在了浦东,塘桥,所以我觉得有这么一段渊源和故事。

从政治抒情诗来说,是因时代需要产生的。我记得我们年轻时候很喜欢的诗,比如说《雷锋之歌》、《有的人》,都可以归纳到政治抒情诗的范畴,不是简单的口号或者贴标签,她是一种真情的流露,正因为从这样一个角度,我们大家聚集在这里,这也是我们研讨政治抒情诗的初衷和目的。我们上海社会科学院文学研究所愿意做这样理论探讨的主办单位,今天我也没有想到,像这样一个政治抒情诗的研讨会来了这么多各方面人士,特别是北京来了许多的专家和《诗刊》的编委,所以我代表主办单位、协办单位,向所有为今天这样一个论坛出过力的同志,向所有参加今天论坛的专家,表示衷心的感谢和热烈的欢迎!

（四）对政治抒情诗总是有所期待

毛时安（上海市政协常委，文学评论家）：

我对桂兴华充满钦佩之情，桂兴华是我们的同代人，我们有差不多的文化背景、社会阅历、人生道路。我有一个总的感觉，在今天这个时代，像他这样的人物越来越稀缺，就像国宝大熊猫一样，越来越稀缺，越来越罕见。因为我也在文艺界工作，也在文学界工作，觉得要做桂兴华，是要有点唐吉诃德的固执，甚至是偏执，而且还很孤独，因为他也要忍受很多人对他的不理解，很多人讲桂兴华老写这些诗干什么。他不管外面风吹浪打，他始终能坚持下来，现在兴华终成正果，经过他十几年，二十来年坚持和努力，现在桂兴华已经成为当代政治抒情诗的代表性人物和一个品牌。只要写中国当代诗歌史，写到政治抒情诗这一章，桂兴华这三个字就无法绕开，无法回避。所以我觉得桂兴华的坚持很了不起。

为什么了不起？桂兴华他有诗人高昂的激情，更是靠一种毅力在坚持。他的诗歌创作在这样一个过程中，慢慢攀上高峰。我看《邓小平之歌》，有几句确实写得很感人："一个93岁的老人几度走出漫漫冰雪／他一身的力量就是温暖中国所有的寒冬。"我想桂兴华是找到了政治抒情诗的诗意，所以桂兴华的诗也经过一些变化，一个从大到小，因为他原来的诗，总的来说很大，包罗万象，现在他开始慢慢从大的当中向小的方面归拢。最近，他的一本诗集到我们文化基金会来申请的时候，大家就觉得要关注他的写法和构思上是否有新的变化。第二，从空到实，慢慢将比较空的和号召性的东西落到了生活的结实的地方，而且，也因为他的执着，他持续的激情创作。我们就像刚才傅亮说的，我们对他很有期待。过一阵子就会想到，桂兴华最近在写什么，他怎么还没有动静，重大的节日少了桂兴华好像就不太热闹。

我们对政治抒情诗其实总是有所期待，中国人其实很关心政治，任何政治上的风吹草动，中国人都很敏感。但是，各个时代对政治抒情诗的感受都是不一样的。比如我们今天看《放下你的鞭子》，一点不感人，我就觉得当时怎么这么激动，其实就是当时抗日战争，有这种需求。今天我们对政治抒情诗，凭良心说，有的经典佳句，读了不激动。所以，它的激动是那个时代的激动，今天有今天这个时代的激动。我在2009年的时候参加音乐舞蹈史诗复兴之路的创作，当时要写一首关于"文化大革命"的诗，在座的艺术家都很忐忑。要不要写决定了这些艺术家，对人民，对历史的态度，能不能演出这是政治家的事情，最后给中央领导过堂，没有想到，领导很开明，要求我们不回避，第二，要有政治和艺术的智慧,就是不渲染。所以那首诗既有政治智慧也有艺术智慧,写得比较巧妙。我觉得,政治抒情诗在今天还是要进一步提高它的艺术性,提高它的艺术智慧,真正深入老百姓的心坎里去。

(五)政治抒情诗是一种有难度的写作

李小雨(《诗刊》编委、中国诗歌协会副秘书长):

上午我们去参观了最高的建筑,下午又来参加高峰论坛,两个最高都诞生在浦东这片土地上。我觉得浦东这片土地是富有诗意的。这个研讨会非常好。我感到政治抒情诗应该是先进文化的一部分,因为近些年来全国涌现出很多部长篇政治抒情诗,结合我们国家的历史,迎合了民族集体的记忆。像辛亥革命100周年,遵义会议、长征60周年,建国、建党等,大事很多,特别是近30多年中国发生了翻天覆地的变化,像香港回归、奥运会、抗冰雪、汶川地震等。这些诗都饱含着中华民族的精神基因,就是坚韧、勇敢、顽强、奋斗。这也说明我们这个民族在经济发展之后的精神上的复兴,它体现了诗人自觉的担当意识,体现了我们民族的创造力和活力,体现了诗人代表人民发出的声音。当前多元化的社会中催生了多元化的诗歌。这些政治抒情诗首先丰富了诗歌的内容,另外继承了我们中国诗歌的传统,诗言志,展开了跨越时空的对话和想象。另外,进行了形式上的探索,不再是单纯的描绘历史,把历史打碎,再重新拼接,而是用诗人的观点,诗人的反思、思索,来重新评价历史、现实和今天,个人和时代等关系都处理得非常好。所以我觉得,对当前政治抒情诗的评价,应该提到一个很高的位置上。

首先,政治抒情诗要在内容上站起来,立意就要有深度。有政治不等于有思想。思想要深刻,要引人回味,一般政治抒情诗都有大的历史背景,表现历史的进程和发展规律,又展现人的命运,但是怎么写得更深刻?可以说我们大多数诗都有政治的因素,时代的因素,比如说陶渊明写得“方宅十余亩,草屋八九间”实际这里面也体现了他的政治理想和他的抱负,任何一首诗都不可能脱离政治,都不可能脱离写作的时代。比如像雷抒雁的《小草在歌唱》,当时感动了很多人,就是因为他把自己融进去了,他写到了反思,写到了对自己的一种批判,同时,他这个人又代表了相当多的一部分人在当时历史环境中的状态。像高尔基的《海燕》、惠特曼的《草叶集》,都是对一个时代的预言,所以,我觉得政治抒情诗写得深刻的话,就要在思想上留有一个空间，能够对一个时代做出最根本的描绘，也就是说你表现病痛，这是平面的。关键你要表现伤痕对心灵的打击，才是深刻的。其次，在美学和审美的空间，诗歌发展的空间如何站起来。像郭沫若的《立在地球边上放号》，艾青的《向太阳》写一轮太阳向我滚过来，这些诗歌都留给人深刻的印象，在于它的形象感，它的大气、磅礴。郭沫若写《立在地球边上放号》，在他之前没有人这样写过新诗，所以我觉得他在美学上，在审美上，在诗歌的发展上给我们留下启示，后来的人就跟着用白话来表现，这种直抒胸臆、浩浩荡荡、充满激情的。所以说，真正好的政治抒情诗应该是有审美力量的，另外，在表现方式上、在言说方式上、语言上留有空间。个人和时代的这种对话，要写得耐人回味，不直白，克服表面化的描写。政治抒情诗现在有很多是命题制作，容易写得肤浅造作，或者写成好人好事的表扬稿。可能诗人有真情实感，但在这里面写得比较浅，达不到一定深度。

一个诗人要想写好诗，其实挺难的，因为他在大背景之下能够精雕细刻。现在的政治抒情诗有很多是对同一题材的重复，比如说，一到什么节假日，一到什么纪念日，都是同一题材的重复，缺少细节和独创性。只有真实地形象和细节才能表现出诗人的独创性，才能不空洞，才能吸引人。所以政治抒情诗是一种有难度的写作。当前的诗歌可以说是一种无难度的写作，因为语言上的直白，还有对客观事物的诗歌描写散文化，特别是网络诗歌的兴起之后，造成诗歌很好读，但是确实是无难度，它没有种让你思考的东西在里面，所以我觉得无限制的重复也是一个问题。还有一点，如何处理好大众感情和诗人感情关系的问题，因为政治抒情诗很多是朗诵的。看的诗歌和读的诗是不一样的，视觉艺术和听觉艺术是不一样的。像汶川地震的时候，特别流行一首《孩子，快抓住妈妈的手》，很直白，很感人，这首诗不是诗人写的。与此同时，诗人朵渔也写过一首诗《今夜写诗是轻浮的……》，“一切都是轻浮的，我写下语言，却写不出深深的沉默，天下写诗的人是轻浮的，轻浮如刽子手，轻浮如刀笔吏”。这是一个诗人来写的，她观察事物从反向描写，但是这样的诗朗诵效果可能不如《孩子，快抓住妈妈的手》，所以说，这里有一个大众感情和诗人感情的矛盾，我们如何处理好这两种关系。真正的好诗，应该是既能够抒发感情，带动大家的思维、情感，同时又很深刻，这是最好的境界。我们延续多年新诗创作的简单化，到现在有一种写作的惯性在里面，还包括当前新诗的评判标准十分混乱，当下诗人谈到诗可以写得非常美，但是表现出思想的贫乏，思想的弱化，表达的随意，恐怕加上网络诗歌的无限扩大，现在的诗歌都呈现出一种后工业时代、后现代消费文化的特点，就是快速、应景，追求数量和速度。诗歌在我们当前写什么和怎么写，又一次显得十分重要。这首诗读了以后，只有留下的是思想，是美，是艺术，是感动，才能在文学史上留得下来。

诗歌如何在形式上动起来，桂兴华已经做了很多努力，已经很到位了，北京也有朗诵艺术团，但是我感觉不如他做得细致和到位。因为桂兴华是一个诗人在做，哪些朗诵艺术团是艺术家在做？诗人做，他就对诗歌有更深的理解，有一种实践和新的传播方式的引进，同时结合他自己的创作感受，这样就更能感同身受。比如说，诗歌到学校，学生学习历史名篇，还要自己练自己写；比如说诗歌到图书馆，朗诵进社区，老百姓会后讨论发表意见，诗人和群众直接互动。他本身又是一个非常好的朗诵家，有那种真实的激情。他还注意了多媒体的支持，包括声光电、广播电视、网络等，这些媒体可以让诗歌插上翅膀。诗里面有很多他概括出来的语言，既通俗易懂，又精彩、形象。以小见大，高度提炼，“一个身材不高的巨人／使一大批高耸入云的巨人猛然屹立”，像这样都是很有典型意义的，很有真实力量的诗句。而且他自己是平民诗人，他能够紧紧地结合现实，紧密围绕身边发生的事，比如说他写旗袍队，写拆迁。旗袍队在北京是没有的，很有意思。他遵循了一个诗人的严肃认真，当作一番事业来做，所以他都要去采访，去体验生活，尽管他在一个地方生活了几十年，仍然要去实地采访，应该对这个诗人表示敬意，因为他是怀揣着理想，把自己对社会的担当，以自己的微薄之力展现出来，而且搞得这么轰轰烈烈，形成了一种品牌，确实让我们内心充满感动，延续了上海的革命史。桂兴华所做的这一切，都是让诗歌如何在形式上动起来，他做了很好的尝试。

(六)政治仍然是指挥一切的旗帜

黄亚洲(《诗刊》编委，电影《开天辟地》、《邓小平1928》编剧):

政治抒情诗，政治是要害。在政治、抒情、诗歌这三个关键词中，众人说诗歌史基础，是承载平台，有其不可泯灭的艺术诉求。但政治仍然是指挥一切的旗帜。它有时候甚至很不顾及诗歌的其他特征，喊叫得很厉害。但是我们写诗的人，读诗的人，也把这样喊叫的诗看作是标准的政治抒情诗。人们对政治抒情诗是比较宽容的，只要它在场面上响亮就可以了，所以很多人写过政治抒情诗，因为好写。甚至有不是诗人的人也有过这样的回忆，他如何开夜车，洋洋洒洒得写过一首，第二天，如何在公众场合下，成为慷慨激昂的东西，他不知道他的东西基本上就是口号，只是他自己以为是诗，我们大家也以为是诗。你看人家叙述语言都能谱上曲子成为歌，有艺人进行演唱，还很动听。那么一些铿锵有力的话为什么不能是诗，所以我们说，政治抒情诗，政治是要害。但是，我们多注意政治抒情诗的艺术性，为其练艺，练句，练字，那就可能传世。政治抒情诗其实是不好写的，我是说能够留下来的诗。当今越来越不敢写政治抒情诗，我们为什么样的政治抒情，这是最直接的问题，但是这个问题实在太庞大。

（七）提高政治抒情诗的艺术感染力

桂兴华（国家一级编剧）：

我发起这次高峰论坛，原因可以用一句话来解释：怎样将主旋律唱得鲜龙活跳？不要那么死板，不要那么苍白，不要那么概念！要生动的、活泼的，能够要走进百姓心灵的政治抒情诗。而目前败坏读者对政治抒情诗口味的，恰恰是我们队伍内部的作者，把这个品牌搞坏了，乃至很多报纸刊登的这类诗歌，质量也不高。所以希望在座的各位高手、老师、大家来为我们开药方，怎样提高政治抒情诗的艺术质量、艺术感染力。

我前几天到贺敬之老师那里去，我把想法和他讲了，他觉得很好。贺老说“政治抒情诗首先要是诗”，同时表示这个高峰论坛非常及时，之前还没有专门有一场论坛是研讨政治抒情诗的，这十分有意义。江苏的顾浩书记也认为这个论坛开得正是时候。

（八）红诗的根在百姓当中

奚虹（塘桥“春风一步过江朗诵团”副团长）：

我是塘桥社区的一个居民，也是“春风一步过江朗诵团”的成员。我来讲一讲桂兴华老师的红诗在塘桥的现象。从2011年8月开始，我参加了桂老师的一系列红诗活动，在参加过程中，我有三个想不到。

第一，我没想到桂兴华老师的红诗有这么大的魅力。老百姓喜欢一个字：红。读了桂老师的红诗，我马上有种感觉，回到了年轻的时候，就像读贺敬之，读臧克家，读郭小川等诗人的诗，它能给你带来一种热情、激情和豪情。“我们搬运过盛唐，我们搬运过晚宋，一肩搬过来吴淞入海口，才形成如此汹涌的黄浦江”！这样的诗句多带劲！对一首诗的评价，也要听听老百姓的看法。桂兴华的红诗能够在居民当中引起强烈的反响，老百姓这么喜欢看，喜欢读，喜欢朗诵，这是很不容易的，我想强调一点，桂兴华红诗在塘桥被认可了。任何时候，老百姓不认可的，就不能称为好诗。

第二，没想到塘桥街道的领导有这么大的魄力。我在塘桥已经居住了20多年，我很喜欢这个社区。原因就是塘桥文化氛围很好，民风非常淳朴，民心向善，住在塘桥，心情非常舒畅。塘桥的领导一直把文化建设放在一个很重要的位置，10年前就提出了“文化立社区”这个口号。随着老百姓的生活越来越好，过去是“红米饭南瓜汤”，现在是“白米饭甲鱼汤”。当然，可能还想改善一下住房，但是房价太高买不起，还想退休之后搞个车来个自驾游，费用太高养不起，想炒炒股票，风险太高玩不起，想搓搓麻将，有害健康没兴趣。在这种情况下，居民想怎么样把生活质量提高，更多的有文化，精神方面需求。这是各级政府应该看到的一个民心和民生工程。我觉得应该把一定的精力放在怎么样满足社区居民在文化上新的需求，这也是构建和谐社会的一个基石。

第三，我就是没想到桂兴华的红诗能够在短短半年的时间在塘桥可以搞得这么红火，有声有色。2011年7月22日，桂兴华红色主题工作室在塘桥挂牌，桂老师的实物展在全市巡展，随后落户在塘桥社区。8-11月，塘桥搞了一个“桂兴华红诗朗诵邀请赛”，200多个市民报名参赛，年龄大的有80岁，小的刚刚开始读初中，还有大量退休的机关、企事业单位员工，以及一部分在职的干部。各个层面的都有。我刚才讲到的没想到桂老师的诗歌有这么大的魅力，《殷夫：雪亮的尖刺》、《江姐：映红时代的脸》、《彭湃》、《任长霞的手机还在响》、《孔繁森：你仅剩8元6角钱》感动了全场。一个街道级的诗歌邀请赛，说不好听就是一帮老头老太太，拿个话筒就行了，没想到吸引了这么多人。三个月，聘请了很多的老艺术家，专业的电视台主播，主持人来辅导，教大家怎么朗诵，怎么去理解作者的意图等。最后通过初赛，复赛，决出来30多个不错的选手，组成一台节目，和许多专业的艺术家同台朗诵桂兴华的红诗，而且在上海广播电台播出。这个活动给我一个强烈的冲击，没想到桂老师的红诗在居民当中有这么大的吸引力，有这么大的魅力。咱们塘桥街道有魄力，有眼光，能够把老居民桂老师请回到塘桥来。塘桥社区，在上海浦东是个小社区，面积不足6平方公里，居民人口不到8万，但就是在这样一个小社区里，今天，却召开了“首届中国当代政治抒情诗高峰论坛”这样一个全国性的高规格会议。参加今天会议的，有全国作协的领导，有上海市委宣传部的领导，有社科院文学所的领导，有当今中国诗坛的领军人物，还有秦怡、丁建华等表演艺术家和媒体记者。文化部原副部长贺敬之为会议发来贺信。这是塘桥社区历史上少见的全国性盛会。

为什么在这么短的时间里，一下子出现这么多的“没想到”？

就是因为，上海浦东新区的塘桥，有一个诗人桂兴华，以及由他组建的“桂兴华诗歌工作室”。正是由于诗人桂兴华和他的诗歌工作室，策划、组织、举办了一系列活动，才会有这么多的“没想到”。

首先，要感谢浦东和塘桥。正是有了新区和街道的大力支持，才使得桂兴华诗歌工作室“扎根基层，面向实际，培育知音，弘扬主旋律”的想法，有了施展的舞台。

还要感谢我们这个时代，是时代造就了我们的诗人。桂兴华亲身经历了共和国的艰辛与辉煌，他始终关注国家和民族的命运。长期以来，他从事政治抒情诗的创作，是新时期政治抒情诗创作最多的诗人。他的政治抒情诗是对时代的感悟，是对人民的关注，是对祖国的讴歌。

通过桂老师的策划、操作，活动一步步在推进。今天，秦怡老师专门给春风一步过江朗诵团提了团名，揭了牌。朗诵团带着桂老师的诗走了不少地方，无论是到中学去，还是到街道，到社区，到毛泽东旧居去巡演，纯粹都是草根级的，尽管这样，朗诵结束以后掌声最热烈，回头了解，观众评价很高。红诗的根，不单产生过程中是从生活中来，最后生产出来之后也应该回到老百姓当中去。

衷心希望桂兴华和他的诗歌工作室，创造出更多的“没想到”。也希望参加高峰论坛的领导、专家，能够关注塘桥的红诗现象，从中得出有利于中国当代政治抒情诗健康发展的新路。

（九）从文学史看当代的中国政治抒情诗

孙琴安（上海社科院文学研究所研究员）：

改革开放以来，桂兴华写了11部重要题材的政治抒情诗，引起各方的关注。我想先从古今中外的文学史角度加以考察和启示。

先从中国古代的文学史看。诗经是中国诗歌的源头，不仅有爱情诗，也有政治诗，例如《生民》、《公刘》、《麦秀》、《黍离》。屈原是中国历史上第一个有名可考的著名诗人，但是他的政治性非常强。他的《离骚》、《九章》都反映了他的政治理想。到了汉魏六朝时期，曹植、王粲、阮籍都堪称一流诗人，但他们又都是当时最有代表性的政治诗人。唐代是中国诗歌的高峰。唐代的诗人一直没有和政治脱离过关系，像杜甫传诵的诗篇，最著名、最重要、最有分量的都是政治诗，可以说是中国政治诗的典范。到了中唐，元稹、白居易、刘禹锡、柳宗元、韩愈等著名诗人，都写过大量反映政治和民生疾苦的诗篇，如白居易的《卖炭翁》至今流传。至于刘禹锡、柳宗元、韩愈的诗，自始至终都与政治有着千丝万缕的联系。晚唐几乎最出色的诗人，也都是政治性最强的诗人。杜牧、李商隐等都是最杰出的诗人，和政治密切相关。到了宋代，文天祥、岳飞、陆游、范仲淹等，诗词很多的代表作也和政治相关。词本艳科，但自苏轼以诗入词，特别是南渡以后，辛弃疾、陆游、岳飞等多写豪放诗词，一改姿态，居然也与政治挂起钩来，成为词的传统之一。

再看外国文学史，很多著名的诗人也和政治密切相关。比如像英国的拜伦、雪莱，像德国的歌德、席勒，俄罗斯的普希金，意大利的但丁，匈牙利的裴多菲等。

再看20世纪以来，中国也有很多和政治相关的诗人。譬如说徐志摩、闻一多、郭沫若、戴望舒、艾青等都是政治性很强的诗人。艾青除了《大堰河》出名以外，很多都和政治相关，比如《手推车》、《复活的土地》、《北方》。戴望舒本来在个人的圈子里低吟浅唱，但是在抗日战争爆发后，他写下《题壁》、《元旦祝福》、《我用残损的手掌》等，完全与民族利益息息相关。徐志摩是写爱情诗，作为爱国诗人是无可争议的，闻一多不用说，可以说是第一个最有代表性的爱国诗人。

不过，在共和国前期的政治抒情诗中，虽曾产生过一些广泛的社会影响，但也存在着一些明显的弊端，归纳起来，主要有以下几点：一是多为歌功颂德之作；二是多涂上革命的色彩；三是多为配合政治宣传而写。尽管当时有不少诗人真心抒发了革命理想与豪情壮志，但也夹杂着为配合政治宣传需要而产生的诗篇；四、出现了许多标语口号式的诗。

直到“文化大革命”结束，北岛、舒婷、多多、芒克、顾城、梁小斌等一批诗人崛起，政治抒情诗的现象才发生了根本性的变化。从歌功颂德变为反思现实。前期只许歌功颂德，不许反思现实，否则便扣以“对现实不满”的政治帽子。而到改革开放之后，能够反思了。革命色彩淡化。人文色彩明显增加。

从为政治服务而变为相对的独立性。以往诗人要发表，必须屈从政治形势的需要，没有独立性，而如今，诗人他不能对抗政治，却可以远离政治，在他个人的情怀里低吟浅唱，在他自印的小报或自建的网页上发声音。

然而，不管是前期或是后期，中国的政治抒情诗还是有所传承、发展和变化的。由于时代背景和诗歌环境不同，桂兴华的政治抒情诗不可避免地要遇上许多新的问题与挑战。但不管怎么说，以下三个元素却是无法否定的：

因为桂兴华处在一个新时代，他的政治抒情诗必然会挟裹着改革开放的气息；因为桂兴华处在一个可以沉思的时代，所以他的诗作也必然有其独立思考的地方，而这些思考与贺敬之、郭小川那个时代的思考内容很不一样；因为桂兴华处在一个新的诗歌环境中，语言、意识、技巧又发生了许多新的变化，他必须要融入这些新的语言、意识与技艺当中。如果他不融入，也不可能产生这么大的影响。十几年来没有大起大落，一直保持着良好的创作状态，是很不容易的，可以这么说，也正是由于桂兴华的政治抒情诗拥有了以上这些元素，才使他在全国诗坛产生了相当的影响；如果没有这些元素，他就不会产生这么大的影响。而这些，也正是我们对当今中国的政治抒情诗进行研究与探讨的组成部分。

（十）坚持以诗歌作为有效的话语方式

傅亮（原复旦诗社社长）：

中国政治抒情诗人们，在共和国60年起伏跌宕的历史上，令人惊叹地成为最难以用统一标准进行评价的作家群体。20世纪80年代起，毫不夸张地说，政治抒情诗走下了“神坛”，步入误区，人们的错误在于认为中国已经不再需要“峰谷浪尖的精灵磁场”。 就是这样一种情况下，我们连续10余年，惊异地读到了一位政治抒情诗人执着不懈的系列作品。他就是上海诗人桂兴华，强调一下他是上海诗人。1993年，桂兴华打响了挑战的第一枪。长诗《跨世纪的毛泽东》，还不是上海出版的，是江苏出版的。

客观地说，桂兴华连续10部长诗的奉献及由此策动的多次大型诗歌朗诵公众活动，为中国诗歌界平添了一道响亮的华彩，无论从何种角度看，桂兴华在这18年间的一系列政治抒情诗创作活动，不仅发展式地续写了中国新诗史上具有重要地位的政治抒情诗的新篇章，而且开拓性地继承、发扬了政治抒情诗通过公众朗诵形式诞生效应的优秀传统，功不可没，堪称中国诗坛“跨世纪的重要事件”。

直到现在，圈里圈外流行这样一句话："桂兴华的下一首长诗是什么？"形成这个现象，简直就是新诗的荣幸。可以毫不夸张地说，像桂兴华这样一个浑身透明的诗人，在文化、精神结构发生重大变异的现代社会，以他固执、传统的行为方式不断制造悬念，不断引发主体人群的关注，不断向社会有效地奉献出个性鲜明的文化产品，这不但对中国诗歌界，而且对中国文化界来说，都是一个难得的好消息，都是一个值得研究与推广的成功个案。一个国际化大都市的文化，政治抒情诗和它作者的时代行为应该是其中不可或缺的亮点。桂兴华就是一个彻底的上海人、一个优秀的上海市民、一个海派文化的代表人物之一。

为什么能给他以这样的评价？我想从三个方面谈谈他对中国政治抒情诗发展的贡献。

第一点的标题是平民与英雄。试想，在这10多年间，如果中国诗坛有10个桂兴华，政治抒情诗的文化阵地就不会沦陷。我要特别强调一下桂兴华的"平民"身份。一个老记者、老编辑，一个拥有自己的"工作室"，但从来没有过任何官衔的普通人。追忆一下历史上的中国政治抒情诗人们，被推崇的、被认可的乃至被传诵的，绝大部分都是"官"。时代不一样了。谁还期待写政治抒情诗而当官，他会被怀疑智商有问题。一个相信自己价值和责任判断的时代来到，人们不会再盲目传诵只发一种声音的诗篇。这时，一个来自生活现实中的平民桂兴华应运而生。虽然只是平民，但他可以分析现实、评价伟人、批判社会、倡导理念，这才是今日中国在文明进程中应该发生的事，这才是一个政治抒情诗人应该要做的事。正如桂兴华所言："诗人改变自己地位的行动，要自觉地从我做起、从小事做起。"我认为，桂兴华在这个意义上，极具代表性。

更有价值的是，他为我们开启了通往未来中国政治抒情诗发展道路的门扉。他不具备官员的优势和渠道，他的生活与创作均付出了一个平民百姓都在付出的辛酸代价，他的创作实践才是真正源于生活的，因为他，我们得以了解了社会、了解了自我、完成着精神与灵魂的历练与荡涤。这样的人，应该最反感虚伪、反对趋同、崇尚真实与个性。政治抒情诗不是根据官方的既定政策重复概念，而应该是发自每个具有独立权利和意识的内心的见解与情感。

桂兴华曾说："别人的夜晚是我的黄昏。"时代变了，诗人必须做得更多、更实在、更全方位。这就是所谓"功夫在诗外"。现代社会的多元化发展，使诗歌的传统载体也面临着更新，你不得不跟上这个节奏。

客观地说，目前，上海诗人中，只有桂兴华在近年保持了如此旺盛的政治抒情诗创作热情、取得了如此丰硕的成绩。桂兴华是一个在商品经济社会中

依然坚持以诗歌作为有效话语方式的勇敢者和成功者。他为丰富历史作出了足够的贡献。我想提出如下几点建议:

上海在创建自己的编年史的时候,是否应该考虑把作为上海普通公民的诗人桂兴华的诗歌作品,作为一部分独特的“抒情格调”,用来个性化陈述上海的沧桑巨变和心路历程。试想,如果上海的史册中拥有一种激情、个性的诗歌体描述,这难道不足以体现一个东方大都市的创造精神和独特气质?桂兴华应该以诗人的身份,成为上海档案馆中历史编写者的一员。

桂兴华的诗关注重大政治、历史事件,他的作品在问世的时候,应该要释放出更大的能量。不仅仅是由出版社出一本书、开一次定稿会,可以考虑拍摄相关的艺术片、举办主题公众朗诵会,一部好作品,如果能够“立体化”、“多层次”问世,将会起到更大的鼓舞、激励作用,这在中国文化史上,也能成为一种创举,更符合上海精神。上海崛起的历史,光有一个桂兴华为之添彩远远不够,还有很多好题材,还有很多好诗人,如果上海能形成一个有效的机制,聚合他们,发挥他们,那么完全可以期待,上海未来的历史,会写得更生动、更多彩、更新意迭出、更独一无二。

(十一)政治抒情诗是一种特别的诗体

朱先树(《诗刊》编委,文学评论家):

物质标志性的东西,大家容易看得见,但精神文化的东西更容易传世,精神的东西永远不倒。正像我们小时候课本里学的“白日依山尽,黄河入海流。”鹳雀楼就存在了700多年。桂老师带我去看了他的工作室,我说你好了不得啊,北京、深圳有些大人物,他们也没有工作室。说明这里对精神文化的东西十分重视,我希望从桂兴华这开始,建立精神文化的标志性的建筑,而且雏形初具,将来会形成的。

现在的一般人,特别是年轻人,更喜欢听多元、丰富。有些人可能听到政治抒情诗不能特别理解。我们这一代人,都是从贫困走过来,过去穷,也过得特别愉快。现在富了,很多人不愁吃,不愁穿,但过得很难受。什么问题?精神情感的缺失。这方面,诗歌可以满足。诗歌不光是娱乐,不光是哈哈一笑。政治抒情诗应该说是一个很好的很重要的一个方面,哪怕是描述个人内心世界极为隐秘的一面也可以。我们更主张在精神文化这方面提升,要大家在有吃有喝的情况下,在精神上充实、愉快。政治抒情诗,如果说她作为一种诗体提出来,事

2012年，出席“中国当代政治抒情诗高峰论坛”的嘉宾参观陆家嘴

实上是20世纪50年代末60年代初，郭小川《致青年公民》之后。当然，那个时候我们歌颂，“政治是第一”，那么对其他的创作的确有压制。我的想法是，不是写政治的都叫政治抒情诗。另外就是政治抒情诗的提法。70年代末80年代初，很多人反对，认为不要再提政治抒情诗了。抒情诗就是抒情诗。所以说，对事物的定义要有个过程。正像当年朦胧诗的命名，其实本身就是很朦胧的，你说不清楚什么是朦胧诗，但是她存在。政治抒情诗也应该从这个角度来理解，为什么大家都不愿意放弃，而且的确有她可以发掘的东西。当然，太宽泛也挺麻烦的，不能把和政治有关系的都叫政治抒情诗。我觉得应该限制在范围内，超过这个范围就可以不归入。例如讽刺诗，有一些很强的政治内容，但不能叫政治抒情诗。真正的诗人要通过自己的思想、情感、投入，然后变成诗。政治和现行的政策要区分开。不要把政治完全等同于现行的政策。政策和政治有关系，但是不一定完全等同于政治，政治是一种精神，是一种时代。

（十二）让更多的人感受到诗韵

丁建华（朗诵艺术家）：

诗人是引领者，那我们朗诵者是追随者。在我的艺术道路中，我从16岁投入艺术，到现在60岁，正好是这样一种感觉。诗歌伴随我们成长，伴着我们成熟，诗歌伴着我们对自己所走过的道路。如果没有诗歌的话，就没有这样到60

岁仍然回味的感觉。从学习朗诵诗歌到现在这么多年，我是从毛主席诗词开始的，那个时候正好是在农村劳动，觉得特别神圣，毛主席的诗词通过我们的朗诵能够让贫下中农还有知识青年在一起，非常乐观的度过每一天。不懂事的时候，觉得诗遥不可及，到懂事以后，觉得诗伴我成长，诗每时每刻都融化在我们的生活中。不管你能不能写，不管你会不会看，但是你想看，想学了，那她在你的生活道理上就是一个亮点，照亮前方的每一步路。特别感谢诗人，感谢诗歌。

诗歌让我认识了桂兴华老师，当初接到《邓小平之歌》的时候，听说桂兴华老师的诗一个字都不能改，刚才小雨老师就说了，其实有的诗看着特别有味道，但是要到嘴里朗诵出来，她肯定要有表达者的朗诵方式在里面。比如说“忽然”，我觉得用“突然”是最合适的，比如说“然而”，我觉得在这个地方比较生硬，如果说“可是”，就觉得柔下来了。当时我就想，一个字不能改怎么朗诵呢？结果接到诗以后，确实可以一个字也不用改。政治抒情诗虽然和特别大的历史背景、重要人物联系在一起，讲的又是时代的东西，但我觉得从我们的声音说出来，就好像每一句话都是我们愿意说的，都是我们发自内心的。只不过是桂兴华老师写的，朗诵起来非常过瘾。我在长城打长途电话给桂兴华，问其中的一句诗“不是冬季的冬季”怎么理解？他说：因为三中全会召开的时候是冬天，但三中全会召开了就不是冬天了。这一句我印象特别深刻。那几天，我们在天安门广场、长城录《邓小平之歌》。特别冷的季节。让更多的人感受到了诗韵，让更多人感受到诗歌中的营养。

（十三）政治抒情诗非但没有过时，而且非常需要

杨展业（上海市政协常委，《新民晚报》文化生活部主任）：

桂兴华在目前的社会环境下，孜孜不倦的写政治抒情诗，在上海他是孤军作战，当然有许多人，包括我们在座的丁建华老师，包括已经过世的孙道临老师，包括今天来过的秦怡老师都支持他。他不仅写伟人，也写普通人，普通人在改革开放当中的情感的激荡，他都写。他善于发现平民生活中的诗意，使我很佩服。

今天，政治抒情诗在我们时代的价值何在？我们这个社会整个文化、社会道德、人文文化的倾向，缺少一种高昂的东西，缺少一种代表进步价值观的东西。我们的道德滑坡，更有专家用了崩溃这样的字眼，我们的文学有一些很低俗的东西，但是读者大有人在，甚至这种小说成为一家出版社主要盈利的产品。但我们民族需要激昂，高瞻远瞩的东西，需要英雄主义，需要对主流价值观予以充分的

肯定。政治抒情诗提倡大的视野，大的激情。我们这个时代，政治抒情诗非但没有过时，而且非常需要。汶川地震，有许多感人的事迹，网上涌现出很多诗歌，这说明人民需要高昂的、温馨的诗。这不是现在一些庸俗的、莫名其妙的文学作品所能够起到的作用。而且我们生活中，确实有许多诗意的东西可以挖掘。就像桂兴华，他可以从书架上的一片旧瓦片，写出一位老父亲的沧桑一生。

政治抒情诗也是随着时代进步。因为政治抒情诗人对政治是最敏感的。改革开放以来，新的意识形态形成了，许多老百姓呼唤的是公平、正义、透明、平等，政治抒情诗应该作出反应。政治抒情诗的题材不仅仅是歌颂革命先烈，她可以走向现实，多听听今天的人民对我们社会的期待是什么，我想，如果紧随时代的话，政治抒情诗的生命是永远蓬勃的。

（十四）把诗性和理性更好地结合起来

陈歆耕（《文学报》总编，文学评论家）：

为什么在当下，政治抒情诗非常微弱呢？一方面，我想和时代背景有很大的关系，人们更现实、更物质、更生活化，参与政治的热情非常淡，用政治抒情诗来重新燃烧他们的热情非常困难。另外一方面，改革开放以来，人的教育、文化、知识层次在不断提高，更理性了，又不大容易的产生激情，政治抒情诗真正写到他们心里去，重新燃烧激情是很困难的。“文革”期间，很多政治抒情诗过分的概念化，很多标语设的太多，也败坏了这种诗体的形象。政治抒情诗要重现辉煌，我提出一个问题：在诗歌中，特别是政治抒情诗中，怎样融入理性的思考，把诗性和理性更好地结合起来。诗性要求形象、激情，理性更多地要思考、探索、判断。如果诗性的背后没有更多的理性做支撑，很难让人回味。

（十五）诗可以与市场经济融合

何成钢（交通银行企业文化工作者）：

我是在企业搞企业文化工作的，与桂老师的合作是从20世纪90年代开始。我的视野和大家不一样，我更多的是从企业的角度来考虑。

随着市场经济运作，企业文化的重要性越发突显。在企业中举办的大型活动，传播主体文化，都是跳舞、唱歌等，往往领导会要求：要突出晚会的主题。此时我就想起了桂老师，这种诗歌的形式在传播组织文化当中有独特的作用。桂老师在整个改革开放30年的过程当中，为上海的各行各业、地方政府写了大量的作品，比如为交行写的《交行与上海的对话》，都是有形象的，非常打动人。我将之归结成“桂兴华现象”。

很多诗人的诗没办法发表，因为太小我。但是，桂老师经常忙得事情都来不及做。我想这正是我们市场经济发展以后，文化传播的组织者本身需要“诗”这个形式。我有幸参加了好几次桂老师的重要政治抒情诗的朗诵会，有一次在长宁区，有很多著名艺术家到会，下面群众反应热烈，场上气氛非常好，所以我觉得我们从组织文化的传播来看，非常看重这个形式。通过这个现象给了我们这个启示。

另外，有的人说在世界上流传的大作，都是批判式的。这是题材问题，不是诗歌的本质，既然假丑恶的东西能用诗歌这个形式来鞭笞，那真善美的东西也能利用这样的形式。所以对政治抒情诗界定的范围不能狭隘，既能赞颂真善美，也能鞭笞假丑恶，只要围绕对民生、对社会发展的重要课题。我觉得这是我们进一步发展政治抒情诗需要考虑的重点。

（十六）政治抒情诗可以强调个人感受

梁晓明（浙江电视台制片人，《诗江南》副主编）：

我提出一个角度，政治抒情诗中是否可以有“自己”，是否可以强调个人的感受。比如陆游的诗“死去原知万事空，但悲不见九州同。王师北定中原日，家祭无忘告乃翁。”这里面有两句，“但悲不见九州同、王师北定中原日”这两句可以论定为政治，因为牵涉到国家，但是最重要的恰恰不是这两句，最后的落点还是落在个人身上。从“死去原知万事空”到“家祭无忘告乃翁”。什么叫政治抒情诗？即她的规范，她的论定，大家可以讨论。

（十七）给政治抒情诗提一下精气神

张炯（中国作家协会名誉副主席）：

专门开设论坛为政治抒情诗还是第一次，我想和大家一起来为政治抒情诗造一点舆论，提一点精气神！

这次会议确实是高峰论坛。我觉得对政治抒情诗要进一步提倡，也要进一步提高。为什么进一步提倡呢？会上有的同志提到政治抒情诗在中外文学史上许多诗人都写了，是很重要的题材。新中国建立后，郭小川、贺敬之他们所写的政治抒情诗，我们都看过，非常受鼓舞。但是20世纪80年代以后，政治抒情诗不被看好。文坛上出现一种文学归位说：“文学要脱离政治，认为有政治的文学就不是文学了，就是低水平的文学。”要重写文学史，认为学者参加革命之后写出的作品就不如以前所写的唯美。有一段时间就造成在学院派的批评下，对政治抒情诗冷淡了，这是客观存在的事实，连写作的人也觉得不太理直气壮，人也不多了。在这种情况下，我们确实应该给政治抒情诗提一下精气神。

文学在五六十年代是必须为政治服务的。80年代后，由于理论上拨乱反正，邓小平说将不再从属于政治，过多的从属政治是利少害多。但是小平还有一句话，经常被人忽略：“但是文学艺术是不能脱离政治的。”我再三琢磨，在什么意义上文学是不能脱离政治的？孙中山先生讲政治是管理众人之事；列宁说政治是经济利益的集中表现；毛主席说政治是阶级斗争。政治确实关系到每一个人。社会和谐不和谐是牵涉到每一个人的。政治是公共的情感，过去我们讲政治抒情诗是大我和小我的结合，80年代之后文坛上有一批人认为不能讲大我，只能讲小我，我觉得不能这样看。因为从屈原开始，《离骚》就是政治抒情诗，李白说词赋悬日月。不是说写政治的文学作品就不好，这种说法是站不住脚的。

欧洲的一些伟大作家都是有政治倾向的诗人，但是他们都是伟大的。我觉得诗歌应该从深度和广度上反映人们的心声，深度和广度成正比。政治抒情诗应该继续提倡，虽然不能用政治抒情诗代替文坛上多种多样的形式。题材、主题、形式要多样化，但政治抒情诗应该要提倡。

这个会议的主题很好，怎么进一步让政治抒情诗在内容上站起来，在形式上动起来。这个题目是指明了政治抒情诗进一步提高的方向。政治抒情诗啊之所以能够拨动群众的心弦，让他们感动、让他们受到鼓舞，根本上是诗人和人民群众的心想到一起去了。今天我们有中国特色的社会主义建设，就是政治抒情诗应该抓的重要题材。

对桂兴华同志我表示很敬佩，在会上我要向他致敬！一直以来他都坚持不息，也可以说不屈不挠地耕耘在政治抒情诗这片土地上，取得了丰硕的成果。虽然会上有的同志讲，他前期的诗不是那么成熟，但是他在不断地进步，不断在提高。

我觉得政治抒情诗在内容和形式上都要重视起来。首先我们要避免标语口号式，要注意融入诗意。在形式上，在语言的使用上，能够更好地发挥我们民族的大众审美。我记得像50年代的郭小川、贺敬之那些诗人，他们在形式上是很有创造性的。把汉语的排比、韵律、对仗都结合起来，所以读起来铿锵有力，大气磅礴。但是我们的汉语在不断发展，怎样探索新的形式，今天要重视。

春风一步过江朗诵团在社区使诗歌走向群众，这个经验我觉得非常宝贵，很值得学习。今天，文化要进一步的大发展、大繁荣。上海浦东是中国改革开放的最前沿，小平南巡20周年，20年来浦东屹立在这片土地上，而且浦东还培养出了桂兴华这个诗人，所以我在这里开会感到非常有幸。上午桂兴华领我们参观了国际金融中心，上午登高塔、下午开峰会。我们预祝桂兴华同志再创佳作！再攀高峰！

（十八）给塘桥留下又一笔精神财富

徐平（塘桥街道办事处主任）：

在小平同志南巡20周年之际，我们汇聚在改革开放的前沿阵地浦东新区，汇聚在美丽的塘桥，隆重举行“纪念小平南巡20周年中国当代政治抒情诗高峰论坛”，这是我国当代政治抒情诗发展的一件大事，也是上海诗歌事业的光荣！

在此，我谨代表塘桥社区（街道）党工委、办事处，对论坛的举办表示热烈的祝贺，对中国作协、市委宣传部的领导和来自各地的著名诗人、作家和学者表示诚挚的欢迎！

小平同志南巡具有划时代的重大意义。今天，众多文学大师、诗歌名家在此进行激情的朗诵、思想的碰撞、智慧的交流，这将会给浦东，给塘桥留下又一笔精神财富，成为我们政治抒情诗事业发展中又一个新的起点。希望各位领导、专家、学者多走走、多看看，积累创造素材、寻找创作灵感，也为浦东新区的城市发展多提宝贵意见。

（秦瑜、张璐、王靓、晓晨等根据现场录音整理）

（刊于《采风》月刊2012年第4期）

诗要有大智慧

■ 文/李小雨

中国政治抒情诗由来已久，有长篇的，也有短篇的，但都表现了重大主题，鼓舞人心。最早的长篇政治抒情诗，是屈原的《离骚》。而在当代背景下写红诗，写国家的重大变革，并不容易。缺乏新鲜的发现，怎么能激荡读者心灵？

红诗写伟人不容易，对伟人的功过评说是历史学家的擅长，感性见长的诗人容易显拙。而在这两点上，事实上桂兴华是成功的。桂兴华早年当过多年记者，他这个"记者型诗人"善于在大视野中捕捉小细节：穿着布长衫的毛泽东、朱德最后的党费、摇着芭蕉扇的陈毅市长……

在他诗作的听众里，有中央领导和他们的亲属，也有已退休的老教师和刚进初中的学生。中国作家协会原党组书记金炳华评说他的诗是"紧扣时代脉搏的政治抒情长诗"。

桂兴华很会写政治抒情诗。政治抒情诗得具备诗的特点，桂兴华牢牢抓住了这一点。他对概念化、公式化和苍白的口号很反感。他写诗的切入点往往很巧。找到这个切入点，桂兴华是花了功夫的。他运用了形象思维，可感，让人摸得到。细节也非常多。同时，把历史事件也交代得十分清楚。

桂兴华的政治抒情诗个性鲜明，押韵、明朗，容易朗诵，使人感到很亲切，没有距离感。我们新中国的历史十分丰富，但桂兴华反映得很成功。我发现，桂兴华这些年来的10部长诗之所以成功，很重要的原因是他十分重视深入生活，在生活中体验、联想、激发想象力。无论在延安、在酒泉、在西柏坡、在深圳，还是在浦东，他的诗句都这么激动人心。既有时代感，也有历史感。

有人问诗歌文学是不是边缘化了，边缘化是相对而谈的，诗只要是人类感情的抒发和交流，她就永远不可能磨灭，尤其是对我们中国有3 000年诗歌传统的大国来说，更是如此。目前，诗歌形式呈现出多元化、蓬勃发展的趋势，写新诗的人很多，旧体诗也比较繁荣，很多年轻人开始写旧体诗。现在诗人出书也很多，一年大概出版诗集5 000多册，另外还有各种各样的诗歌节。另外现在的各行业的领导都重视打造文化软实力，提升职工的文学素养，组织各种诗歌活动，如互动的采风、讲座。中国作协曾组织“西部诗人东部行”活动，《诗刊》也组织一些活动，如让城市里的诗人到农村去，参观新农村建设，参观各地重点工程。目前，我国有数以万计的诗歌团体，他们有自己的刊物，并且刊物办的非常漂亮，印刷特别精美，超过了诗刊。网上的诗歌博客更是成千上万，这些都促使了诗歌的繁荣发展。现在，我们有更多的诗人关注生活、关注民生，有悲悯的情怀，此外，诗歌还参与对祖国建设的歌颂，四川汶川地震是对诗人的一次检阅，它让诗歌、让诗人和人民的命脉联系在一起。

中国新诗从1917年发展到现在，形式基本上是从外国横向移植过来的，它究竟是不是定性了，是不是中国新诗的发展方向呢？前不久季羡林去世前曾提出两个问题，其中一个就是中国新诗形式还没有定型。诗歌是靠朗诵、音节、词组组成的，不像旧体诗。词组的概念就是时间的停顿，和歌曲有很大的联系，是靠时间而不靠分行来把握它的停顿。所以说中国新诗为什么走成这样的形式，在此处停顿断句，究竟意义何在，始终没有一个明确的答复。新诗从诞生到现在，有很多的问题，很多的困惑，也取得了很大的成绩。新时期以来，很多青年人开始写诗，起点都很高，写得都很好，虽然是自觉地写作，但能自觉地沉入到生活中去，自觉观察自己所在生活的位置，知道怎么去把握诗歌，怎么出新。但也有一个问题，现在诗歌的多元化，使诗歌没有底线了。诗歌的标准究竟是什么，尤其是新诗的标准是什么一直是一个困惑。从20世纪80年代后期开始，诗人尝试了多种诗歌方式，比如现代派、后现代派的，包括黑色幽默、反讽等各种手段的运用。但诗歌究竟该怎么走，该是什么形式，一直没有定论。前几年比较流行叙事化的写法，像写散文一样，在讲述、铺叙、叙述中不动声色的表现诗人的意图，这就是后现代的叙事手法，诗人更多的是沉到自己内心深处，甚至开始走到生活的背面，注重更零碎的细节，即零度写作。不少人认为，诗歌是对生活的重新命名。过去的一个杯子，用现代派的眼光，会想到杯子会不断干渴，不断需要注水。而用后现代后工业的眼光来看，就会不加任何修饰，用叙事的方式，冷静的把事物的真相呈现出来，不再隐藏，让读者自己去思考。他们认为“语言是偏离，是对生活的修正，今天的语言说出来就不再是本真，无法再现当时的情景，诗人的任务是呈现”。他们写作时甚至不用形容词，认为形容词是限定词，如蓝色的大海中的“蓝色”就限制了读者的思考，大海一词，会使人想到“辽阔”“波涛汹涌”等，而加上“蓝色的”只能让人想到颜色。

诗歌是对现实生活的一种纠正、超越和抵达，一首诗歌要有精神的高度，人性的深度。诗必须透过一些小抒情（小哲理），表达深邃辽阔的一种有分量的美。诗要有一种宽容、大度、善良。诗要有大的智慧（不是机智）。如台湾诗人杜十三的《绿》："在一片枯黄的世界里／如何才能绿呢！锄头说／必先除去心田的杂草／才能在胸中长出一片绿野／站出几棵青草松／种子说，必须深入土壤看破黑暗才能绿／必须喜欢风雨才能绿／草说必须感激才能绿／必须挣扎才能绿／必须沉默才能绿，人说，必须爱过才能绿啊／必先死掉一次才能绿／地球于是在轨道上顿悟了一下／整个世界就绿了"

诗歌是智慧的闪光，诗歌要有思想的深度，闪光的东西。不管是追忆，还是发现新东西。其实，诗歌不在于你写了什么，而在于你发现了什么。如《一滴汗珠的苍茫》这首诗歌，诗人写了一个民工（或者写劳动者），不是正面写，而是从一个角度写：太阳明晃晃的照着／一个工人／站在高高的脚手架上／连影子也掉在半空／不知道他在忙活什么／一滴硕大的汗珠悬在他黑瘦的下巴上面／一滴汗珠与太阳争夺着光芒／一滴汗珠咬紧牙关／坚持着／就那么悬着／一滴汗珠／丝毫没有觉察／一缕微风就会将它吹落／暮色将临／一滴汗珠在一个人的仰望中／像天空一样苍茫辽阔／而又无助。诗人没有正面写民工在做什么，而是着重描写一滴汗珠，没有直接写民工劳动多么艰苦，他多么弱小、孤独，如何在大城市里为生存而奋斗，只把笔法放到一滴汗珠上，他写汗珠是苍茫的、辽阔的。"苍茫、辽阔"一般形容田野、土地，很少有人用它们写微小的东西。而作者就用它们写汗珠，于是，新意就是这么产生的——把两个错位的东西组合到在一起，他写到"无助"，表现了人的弱小的生命和生活的抗争。诗歌最后的结尾点题。这首诗写得很巧妙，写生活，他深入到生活中，发觉了不被人注意的细节，所以说诗歌是生活中重新的命题，很多人写过的东西你也可以写，只要善于观察、思考，你也可以写出新意。

我们写诗歌，就要深入到生活中，发现生活中的细节，生活中发现的新命题，你自己眼中的命题。诗歌早已经千秋万代的存在，重要的是看你如何发现，用什么样的观点把它表现出来，所以诗歌也是再创造的过程。

湖北的哨兵写《大洪湖》，写了100多种鱼鸟、草、虫、人，很有生活气息。诗歌也有自己的地域性。历史的、人文的、哲理的，也就是好的诗歌要有一个大背景，诗歌的背景很重要，很多诗歌不是孤立存在的，把诗歌放到一个大背景里，诗歌才有分量。如雷舒雁的《小草在歌唱》、艾青的《海水》都是有历史或者哲理的背景。

诗歌更多的是潜意识，艺术表现生活，不像报告文学、小说等纪录很多的事情，诗歌更多的是一种感觉的、潜意识的东西，既像生活，又不是生活，要高于生活，艺术的表现生活，这就是文学理论中的“源于生活，高于生活”。“太似而媚俗，不似为欺世”。妙在似与不似之间，这就是诗歌的“模糊性”，如国画艺术，诗则亦然，即神谕；继承传统，最主要是继承诗的神谕，从整体上把握世界（古诗）。中国古代哲学是中庸的。距离感可透过一个词表现，可拉大时空，如“千万年的时光在你美丽的脸上流淌”。写诗不能写得太像诗了，诗人是盲人，是凭着感觉走。中国当代诗人不是传达具体的精细的逻辑，诗只要求传达一种感觉、感受、想象。

诗是抽象与具象，虚与实的结合，可以是错觉或想象。如《牧羊人》：“我的生命　羊的生命／是大地飘忽的一部分／羊的颜色是最寒冷的”。又如《火车站》，就既表现了火车站的烦乱、喧闹、嘈杂，又表现了个人的怀念、疼痛，虚实结合的好，虚的东西如忧伤、怀念、疼痛；实在的东西如铁锈、火车的汽笛、车轮，都凝结在告别的一瞬间，这就使诗歌产生了飞跃，这种飞跃应该是新鲜的，给人以疼痛感的，所以诗歌并不一定要明确的说明什么，而是传达一种感觉，传达一种意象，意境表达充分就可以了。这种模糊性，复杂性，表达充分了，诗歌也就完成了。

诗人要深入到生活，但进入生活之后还要能走出来，“只在此山中，云深不知处。”只有离开这座山，才能看清生活的这片土地，在全国处于什么范围。就是我们的写作既要深入又要提升，这种提升是一个飞跃。诗歌的想象力是翅膀，可以让我们飞翔，这种想象应该是新鲜的、个性化的，甚至是错位的。更多表现的是诗意的阐述，如果仅仅是如实的描写，就会使我们的诗歌很沉重，飞不起来。

洛夫的《子夜读信》：子夜的灯是一条未穿衣裳的小河。整首诗建立在一种想象飞翔的基础上。诗歌的想象要有新鲜的意向，要包含更多的东西和张力的想象力。诗歌还要体现一种温情、一种真情，这样你才能打动读者。鲁迅文学奖获得者李雪的一首诗歌《大风中追赶汽车的妈妈》写得就很能打动人，“她远远的在高楼上，看到起风了，尘土飞扬，看到一个60多岁的老人在追赶汽车”，她把细节描写的非常感人，表现了人的生存状态，充满了人性的悲悯。

短诗非常难写，是在哲学的、历史的大背景的挤压之下产生的，它应该是高度强烈的、浓缩的，诗歌的分量不在于长短，如雷抒雁写的：“一只猫，不是猫，而是一个棋子，也是一个母亲。”用非常精练的语言写出来，出乎我们意料之外，又在意料当中。这是真正意义上的诗歌。短诗需要构思巧妙，需要分量、速度和直截了当的角度，需要击中你心灵的力量。写诗需要我们三番五次的修改、推翻甚至重写，和生活拉开距离后，融进诗人的哲学的思考和诗人的思想深度，对问题的认识和看法。当今很多诗歌没有自己的思考，读了以后觉得特别浅，有的只是内心的一点涌动，瞬间的感觉。特别是网络诗歌，很多人很匆忙的，不加修改地就写出来了。但网络诗歌的好处是语言鲜活、个性化，这对以往的诗歌是一种冲击。但它同时造成诗歌的狂欢性、随意性，夹杂了大量的水分，非常精辟的、耐人寻味的、凝练的、生活化的诗歌比较少。

另外，诗歌的语言很重要。现在很多铺叙化的写法，所谓零度写作，无难度写作，只是单一的呈现，丝毫不提炼。完全是散文化的写法，比如一个排比句出来，后面可接十个排比句出来，但这种排比是没有意义的，因为没有向纵深发展。好的诗歌语言应该是什么样的？好的诗歌语言应该具有抒情性、跳跃性、高度凝练性。如一首诗歌《琴》："静止的琴，挂在墙上，落满了尘土，她像一个魔鬼一样安静，就连风走过她身边都要窒息，她就这么静静等待，等待最后的断裂或奏响"。短短几句诗，让人想到了我们的人生，其中包容了诗人很多的含义。

你们要注意：桂兴华的诗不雕琢，直接进入了大量的生活场景。桂兴华的长诗里不断有好句子出现。读者要理解作者的苦心，即诗的含义。他的诗句跳跃性很强，语言显得有张力。他有时候用词很生活化，相当质朴，而且都有所提炼。这样，他就扩展了政治抒情诗的表现手法，明显与以往的政治抒情诗不同了。

公刘的《运杨柳的骆驼》："大路上走来一队骆驼，骆驼骆驼背上拖得什么？青绿青绿的，是杨柳条吗？千枝万枝，要把春天插遍沙漠"。这首诗歌读一遍你就能记住，为什么？因为内在的回环往复的气韵在里面，我们在写诗歌的时候，应该先有一种气韵，这种气韵入诗以后，你才能确定它的悲、欢，是快、是慢。这种气韵通过诗歌的节奏显现出来，这首诗歌四个字的节奏，回环往复像骆驼走路的声音。

诗歌本身都有一种诵读的性质，现在的很多诗人不太注重语言的这种诵读功能，不注重对诗歌语言的把握，写出来的诗句拖沓，水分比较多。也不太注重入诗的角度。入诗的角度是很重要的，它能够使诗歌精炼，让诗歌产生力量。如这一首诗歌——《火柴》，角度很好，大部分人写火柴，都会写火柴微小，却愿意点燃自己，照亮别人。这位作者却是这样写的："火柴与我们不同，他们躺在灵柩里来到这个世界，这些携带炸药的英雄，他们跟草不一样，他们只有一次生的机会，火柴，这位精通死亡的先生。却教给我们怎样去活。”短短的几句话，却包容了诗人要讲述给我们的哲理。

另外，我要讲一讲一个诗人如何不断更新，不重复自己。首先，要耐得住寂寞，静下心来多读书，不跟潮流。写诗是用语言刻画自己的心灵，完成一个艺术品。如何使这个艺术品新鲜生动，具有个性地展示出来，这就要求我们广博阅读，哲学、民间文学、历史、宗教、美学、小说、散文、政论文等，对诗歌写作都是一个提升。

我认为一首好的诗歌应该有以下几个特质：

经得起回味，有思想沉淀；新鲜、个性化的语言。具有抒情性的、干净凝练的、可以跳跃的、有形象的碰撞、互换的，甚至是反常规的、错位的，使我们得到新鲜的诗意的联想；细节描写好；想象力独特，能使人飞升起来；入诗的角度巧妙。结尾能让人产生联想，给人回味无尽的诗意的感受。

桂兴华政治抒情诗的发展之路

■ 文／傅　亮

中国各阶层，始终对政治抒情诗这个新诗板块最为敏感、最为现实，充满特殊的关注和期待。这是世界文学发展史中一个尤为奇特的现象：在中华人民共和国六十年起伏跌宕的历史上，政治抒情诗人们成为最难以用统一标准进行评价的作家群体。读者对他们提出了诸如怎样把握歌颂与揭露、轻浮与深沉、雷同与独到、严肃与活泼的艰难课题，而桂兴华这样的成绩优异者，似乎凤毛麟角。

上海新家园
社区工作室
E-mail: xhpapers@yahoo.com.cn
一纸家书 满目温馨
走进新华
2011年3月 五版

桂兴华的十一部长诗：
《跨世纪的毛泽东》《邓小平之歌》《中国豪情》
《祝福浦东》《青春宣言》《智慧的种子·张江抒怀》
《又一次起航》《城市的心跳》《前进！2010》
《永远的阳光》《金号角》

新华街道举办红色主题实物展

中国渐渐红了

市长摇着芭蕉扇

第一面五星红旗

2011年3月《走近新华》版面

20世纪80年代起，新诗潮改写了中国当代诗歌的历史，在“非官方”受到莫名青睐时，过于“官方”的政治抒情诗在一夜之间哑了。时至21世纪，“诗人消亡说”、“诗歌小众说”、“参政无诗歌”等一系列思潮与悖论蜂拥而至，中国诗坛以政治抒情诗为风向标，陷入混乱思维与各执一词的状态，而政治抒情诗人们更疑似困兽犹斗。人们的错误在于认为中国已经不再需要“峰谷浪尖的精灵磁场”。

1993年，桂兴华的长诗《跨世纪的毛泽东》横空出世，我们读到了这样描写伟人的诗句：“他留下的梦／每天都在被／不同肤色的手／开垦／他休息在纪念堂里的／心脏／已经不再／跳跃／但地球的每一个方位／都能听到他／海涛般的／呼吸声／他指挥过各路大兵团和游击队的／双臂／已经不再／挥舞／但依然护送着我们／冲过／有声和无声的搏杀／前进。”

客观地说，在诗歌界的同仁们对中国诗坛的文化地位日益下滑、逐渐远离文化精神中心区几乎束手无策的普遍窘境中，桂兴华的大型朗诵公众活动，为中国诗歌界平添了一道道响亮的华彩。在文化、精神结构发生重大变异的现代社会，桂兴华以自己的行为方式不断引发主体人群的关注，不断向社会有效地奉献出个性鲜明、亲近百姓的文化产品，这对中国诗歌界来说是一个难得的好消息。一个国际化的大都市的文化，政治抒情诗的时代行为应该是其中不可或缺的亮点。

极端观点“让诗歌远离政治”的提出，是有渊源的。人们对颂歌式的假大空口号极度厌倦和仇恨，所以希望诗歌多一点艺术、多一点人性、多一点真实。但那时的中国诗人并没有理解“现代派”的精髓，只是学了一些皮毛，所以诗歌又从过去的假大空一下子发展到五花八门，达到不知所云的地步。

诗人一旦远离了政治，其使命感即随之消失，其“精灵磁场”的魅力与价值也就无从体现。从这一点来看，90年代诗坛出了那么多流派，看似“百花齐放”，而诗歌的地位却日益下降、远离社会中心，就并不令人奇怪了。

所以，一个诗人必须树立正确、健康的世界观、社会观、生活观，这个话题绝对不是老生常谈。我的观点是：诗人首先好好去生活，认真走好人生的道路，然后才去写作，你的作品才有真货，才能打动人，才会有“市场”。政治抒情诗人，更要“东山再起”，走回时代的峰谷浪尖。

著名语言表演艺术家丁建华说：“桂兴华及时地喊出时代的声音、敏感、果断、充满激情的诗人真是太少了！”

追忆一下历史上的中国政治抒情诗人们，被推崇的绝大部分都是“官”。桂兴华虽然只是平民，但他可以分析现实、评价伟人、批判社会、倡导理念，这才是一个政治抒情诗人应该要做的事。过去的文人骚客，都是给人两袖清风、手无缚鸡之力的印象，这样的诗人如今怎么能跟得上趟？桂兴华的形象，是精神健康、能力非凡、活跃全面的形象，他能从容面对社会，纵情驾驭。

诗人改变自己地位的行动，就要自觉地从我做起、从小事做起。诗人的生活与创作均付出了一个平民百姓都在付出的辛酸代价，他的创作实践才是真正源于生活的，因为他因此了解了社会、了解了自我、完成着精神与灵魂的历练与荡涤。这样的人，应该最反感虚伪、反对趋同、崇尚真实与个性。这样的人，才具备当代政治抒情诗人的要件。那就是：从自我的生活出发，关注、思考现实，发现、创造未来。

不要一听政治就“头大”。政治，就是百姓的营生，政治，就是每一个个体为了未来而对时代的冀望和批判。桂兴华的诗，81岁的老奶奶和14岁的中学生为什么都喜欢读？因为反映了他们的心声。

政治抒情诗不是根据官方的既定政策重复概念，而应该是发自每个具有独立权利和意识的人内心的真实见解与情感。这就需要摈弃曾经使政治抒情诗饱受诟病的“假大空”。

政治抒情诗人桂兴华的“自我”特征，最明显就体现在对一般事物的独特敏感与发现，这甚至是当代政治抒情诗人的一种基本能力，一种“看家本领”。

在此，我还想对这个“自我”进行一下必要的区分。一种“自我”是盲目的，只是为了显示“自我”与众不同而刻意标新立异，结果往往是不知所云；真正的“自我”是建立在鲜明的主题、厚实的内容上的，目标是为了将主题和内容表达得更个性化。桂兴华这样的“自我”才具有创造性的价值。

2009年5月-2011年10月于上海

2014年，普陀区群众在露天舞台上激情朗诵、表演桂兴华的诗作《顾正红的那一声呐喊》

红色诗人桂兴华垫江行

■ 文/梁 欢

2013年,桂兴华在“梅老坎茶馆”采访

2013年4月6日,首届“牡丹诗歌奖”全国诗歌大赛颁奖典礼及首届牡丹诗会在千年古县、牡丹故里垫江如期举行。

著名红色诗人桂兴华老师同著名诗人、诗评家韩作荣、吕进、舒婷、傅天琳等全国共17个省市50余位诗人莅临垫江,为诗会增色不少。

诗会上,我虽然没能和桂兴华老师正面交流过,但是桂老师“将个人经历与时代背景结合得越巧妙越打动人 ”的发言却给我留下了很深的印象,我县的一个农民老诗人还为老师的演讲触动心弦,流下了激动的泪水。

4月6日下午当颁奖典礼落下帷幕后,绝大多数诗人都相继在4月7日早上离开了垫江,唯独红色诗人桂兴华老师留了下来,他说他与这座“因沿河遍植桂树而名桂溪的县城”有缘,他要多住一天,采采风,为垫江写点什么。

4月7日上午,桂兴华老师在县长梅时雨的陪同下先后游览了双桂堂、普顺迎风湖,还与梅县长成为挚友。下午,受邀同梅县长、作协黄嘉修副主席一起陪桂兴华老师逛垫江老城。每到一处,桂兴华老师都感觉格外的新鲜。同老人拉家常、给古树拍照、坐老茶馆、寻访红色文化有关的“文革”遗物。每到一处,桂兴华老师都会拍照留影,记录他所感觉新鲜的东西。修缝纫机的、背小孩的、买菜的以及茶馆里打牌的老人、聊天的恋人都是桂兴华老师捕捉的对象。这也许就是桂兴华老师说的“创作反映现实生活题材的诗歌，需要死死地盯住现代生活”吧！

晚饭席间，桂兴华老师把他的一本集子《靓剑》送给了我。这本集子，也许日后若干年还会留下一段文学佳话。这本集子，最初是桂兴华老师题写好字，准备送给吕进先生的，因为吕进先生临时有事，提前离开垫江，桂老师的书没有送出，他就把这本题写有“吕进先生雅正”字样的集子转送给了我，并且还在扉页上把我的名字和这个故事写了上去。能拥有与两位两位文坛大师有关的集子岂不是一段佳话？美哉！快哉！

4月8日早上，黄嘉修、彭旭霞和我在垫江酒店送桂老师上了去重庆机场的汽车。当晚11时过，我的博客上显示有好友相加，一看是“桂兴华”三个字，这个因桂与垫江结缘的诗人，又因桂让我结缘的诗人，让我不得不记下这段他在垫江的足迹！

附：写在垫江“梅老坎茶馆”

文／桂兴华

那些花虽然已经错过
花之姓，在这里却不分季节地盛开着
撒开来的摊位
多像一亩亩毫无顾忌的怒放的国色天香！
阳光下，小凳上留满花的私语
椅子上全是花的预约
方桌上的茶壶，林立在诗会的请柬里
花季还没有聊完的话题萦绕着、萦绕着
县长的姓，与你一样
可他经营的是另一个更大的茶馆
那野趣正旺的茶杯里
是一条条老街正待整修的方案
是一级级石阶上苦苦的等待

是一小时经济圈无穷的谋略
作为重点开发基地
储量不仅仅是2 000多年的牡丹
热气腾腾的
是争先为观赏纷纷掏出的准备
更是对漫山遍野那种丰满、那种端庄的渴望
那天下午，我陪县长来此喝茶
千年古县的招待员，还有四月暖洋洋的风
在随意的一个也带着花名的路口
所有放下姿态的高贵，才有开不败的芬芳

写于2013年4月15日

附：对诗歌融入垫江区域文化的思考

文／桂兴华

牡丹，不仅是专用的名词，还有了更加复杂的隐喻。

真希望大家站在新的起点上，每人都拥有一片真正属于自己的牡丹！

个性最美！

没有一朵牡丹是一样的。也没有一个看牡丹的人是一样的。

更何况垫江牡丹生态旅游区，在重庆市乃至整个西南部地区，都具有唯一性。

读反映牡丹的诗，首先是看作者有没有清新的风格、丰富的含意？

而你生硬的语言，会成了新的三座大山。

触发你的抒情点，究竟在哪里？这个“我”，有何新意？

牡丹文化是一个切入口。从牡丹入手，可以写出历史，甚至重大事件。成败在于角度。

要有区别。区别越大，成功的可能也就越大。

个性要鲜明。狭义上的深，才会有广义上的新。

个体，即这一朵牡丹最要花功夫。

三月底，四月初，连绵2万亩的牡丹开得分外灿烂。是生态，是气势，在夺人眼球。

垫江旅游局曾把洛阳、菏泽和垫江牡丹融为一体共同展示，让游客在垫江，也能观赏洛阳、菏泽牡丹之美。这种开放的思路尤其令人喝彩。开阔的胸襟，引来诗意缤纷啊。

垫江通过人工增温的方式培育的千盆盆花，同时还从山东、河南引进多品种优质盆花。洛阳、菏泽等地的牡丹属于园艺牡丹，而垫江的2万亩的牡丹突出的是山野情趣，更显生态之美。垫江把洛阳、菏泽和垫江牡丹融为一体，共同展示。

垫江牡丹的山野之美，和洛阳、菏泽牡丹的华贵之美，同室争奇，很有意思。

这时候，个性越强，越能胜出。要敢于出挑，善于出挑！我，是不可替代的垫江！

关键，反映垫江牡丹的诗作得有文化自觉，有自己的正能量，饱蕴民族之魂。

让区域有所得，有所思，有所促进。

诗的国家队，集体小分队，个人，也要一起上。

让诗与区域文化获得双赢。

第二届“中国当代政治抒情诗高峰论坛”简报

为纪念浦东开发开放23周年，第二届中国当代政治抒情诗高峰论坛暨“春风里的草根”全国无名作者散文诗征文朗诵、揭晓活动于2013年4月18日－4月20日在浦东新区塘桥街道隆重举行。

《文艺报》副总编王山、《文学报》副总编陆梅、《星星》诗刊副总编龚学敏、《散文诗世界》主编宓月、河南人民出版社社长王幅明等12位评委、文学评论家出席。

新华社、《解放日报》、《新闻晚报》等主流媒体跟踪报道。

上海社会科学院文学研究所指导、参与的“构筑中国当代诗歌的精神高地”课题组在塘桥挂牌。浦东新区老领导李佳能主席与塘桥街道领导孙云书记揭牌。

在当晚的“春风里的草根”朗诵会暨全国无名作者散文诗征文揭晓仪式上，著名朗诵家乔榛、梁波罗、张欢、淳子、洁蕙、艺峰、叶波、雪飞等出席，为作者颁奖，并与春风一步过江朗诵团一起表演了节目。塘桥文化中心的五楼剧场里，坐满了观众。

会议当天上午，桂兴华诗歌工作室带领外地来的所有嘉宾参观并乘坐了磁悬浮列车，第二天上午又冒雨参观了陆家嘴中心绿地，国际会议中心等处，让来宾体会浦东的巨大变化。

新华社、《解放日报》、《新闻晚报》、《文学报》等各大主要媒体争相报道。《星星》诗刊、《散文诗世界》刊登了论坛的详细情况及发言记录。

“中国散文诗无名作者征文”，历时8个多月完成。最早是在2012年7月22日，桂兴华诗歌工作室落户塘桥一周年的春风一步过江朗诵团与金旋律艺术团联欢会上，桂兴华宣布发起这个征文，不收应征者一分钱，以进一步推动关注民生的群众创作与朗诵活动。

每月一次公布初选作品，2013年4月在塘桥的高峰论坛上揭晓。评奖时隐去了作者的姓名及单位，全体评委按质量评定获奖名单，核定获奖证书。然后印制征文的优秀作品选，分发给与会代表、朗诵会的观众和参加文学讲座的一批批社区居民。

在论坛上，有关的11名专家分别对这次征文的质量、倾向、意义、草根作者努力的方向等，作了深刻的阐述。著名语言艺术家乔榛老师也即席作了发言和表演。

出席论坛的部分嘉宾：邹岳汉、王山、宓月、干海兵、王幅明、王珂、朱锁成等

嘉宾：晓弦、丁白

桂兴华政治抒情诗的现实意义

■ 文/王　珂*

“我想问你：象牙筷子和香皂，怎么和领袖的一生无缘？我想问你啊门板和旧衣服，怎么跟导师夜夜相伴？”“你那根写着‘不准乱拿’的竹扁担，还一声声将你这位山里人呼唤！”“你依然用巡逻兵特有的眼神，刷亮了每一群路牌。你没有一刻，倒在那些闪着另一种色彩的门口！”“我不清楚那两辆逃走的车，埋伏了多少颗生锈的螺丝钉？也不明白那些匆匆的脚步，为何没有停？”这是上海诗人桂兴华长诗《跨世纪的毛泽东》中的一些充满细节的佳句，在10月8日的风雨之夜，深深打动了上海音乐厅的几代观众。

它不是神来之笔，不只是源于诗人桂兴华有写政治抒情诗的高超功力，也不只是源于诗人对毛泽东的朴素、朱德最后的党费、孔繁森的遗物、任长霞的手机等细节的深入了解，最重要的是诗人一直对积极向上的正能量十分推崇。

几乎与共和国同岁的桂兴华当过知青。这一代诗人对峥嵘岁月的追忆和对现实生活的介入，是其他两代诗人无法理解的。于是，桂兴华从1993年开始，已经连续创作了11部始终紧追改革开放大潮的政治抒情诗。

政治抒情诗在20世纪80年代初中期辉煌一时，极大地促进了中国的思想解放及改革开放。那时政治抒情诗确实如雪莱所言：“一个伟大的民族觉醒起来，要对思想和制度进行一番有益的改革，而诗便是最为可靠的先驱、伙伴和追随者。”政治抒情诗人甚至有“追星族”，1983年在成都的一次诗歌朗诵会上，热情的听众居然喊出了某某诗人“万岁”的口号。

新时期30年新诗取得了三大成绩：(一)参与了中国的改革，促进了思想解放，加快了民主进程；(二)发展和丰富了汉语诗歌，特别是丰富了现代汉语诗歌；(三)新诗优美了现代汉语，使现代汉语更富有文采和诗意。政治抒情诗如革命军中的马前卒，获得首功。在那个全民渴望改革的思想大解放时代，政

* 王珂：1966—　，男，重庆人，文学博士，东南大学人文学院中文系教授、福建师范大学文学院博士生导师，主要从事现代汉诗研究。

治抒情诗如黄钟大吕，是各种朗诵会乃至新诗界的“主旋律”。诗人真的成了“社会的良心”甚至人民的代言人，不仅尽情抒发着公民的政治情感，还引导着社会文化思潮。

但是在20世纪90年代，新诗坛开始流行微风细雨式“个人化”写作，出现抒情题材与抒情体裁都极端“轻化”现象。那时社会生活中流行这样的口号:“在一个没有英雄的时代，我只想做一个凡人。”甚至在文化圈出现了一次“人文精神大讨论”，论争的结果却是关心社会生活，主张人文精神的爱国青年受到“嘲讽”。当时很多诗人把雪莱的另一段话作为座右铭:“诗人是一只夜莺，栖息在黑暗中，用美妙的声音唱歌，以安慰自己的寂寞。”诗人们都沉湎于个人情感，诗歌的“言志”功能，特别是“启蒙”功能被“抒情”功能取代，诗的严肃性受到轻视，政治抒情诗和政治讽刺诗几乎销声匿迹。因此，1993年12月27日，当桂兴华的朗诵会首次在上海商城剧院演出时，就被《光明日报》称为“沉寂诗坛的第一声春雷”。

桂兴华以新的观念来抒时代之情，具有特殊的意义。可以不夸张地说，诗人成了沟通民间与官方的桥梁。如“韶山，一个小站，一个被歌谣中的湘江水重新打湿的小站／没有标榜的火车头，在这里拐了个弯／不再发烫的轨迹，已经在这里安安静静地蜿蜒”。今天，诗人又将好八连的旧自行车，将小朗铮在担架上举起的手，将佛山的小悦悦事件作为抒情的切入点，一下子抓住了音乐厅听众的心灵。与其是说诗人在叩问历史，不如说是有良知的中国人都在反省:“不是所有的快，都有价值。有时候恰恰需要慢，需要停!”

正是因为它不仅有怀念，更有反思；不是故作天真的“歌德”诗，也不是“玩深沉”的“缺德”诗；较好地处理了“歌颂”与“暴露”的关系。这些诗才得到了“官方”与“民间”的双重“认可”。在上海商城剧院，在上海音乐厅，很多听众事先都以为是“歌功颂德”的应景之作，欣赏后才感叹是他们久违了的真正的“政治抒情诗”。桂兴华的特点是在内容上将“政治”与“抒情”，“歌颂”与“反思”有机的结合，在手法上以小见大，将抒情、叙述、议论三者合理、精彩的交织。《韶山，一个小站》、《开国大典》、《幸存的小手向红星致敬》，在上海音乐厅朗诵后激起了一阵阵掌声，反响强烈。83岁的著名书法家当场献上“特别的秀”四个大字向桂兴华致意。

中国当代政治抒情诗是现代汉诗的一种，重视诗歌精神，关注政治生活，是呈现当代诗人的使命意识和当代诗歌的济世功能的语言艺术。共和国成立后长期存在“颂歌”式，甚至是“粉饰太平”式诗作，内容上的“假、大、空”和形式上的“浅、直、露”严重影响了政治抒情诗的“诗歌”声誉，甚至近年来的一些名作也存在着诗意平淡、艺术粗糙、手法陈旧等问题。

政治抒情诗写作应该注意以下八点：(一)以政治家的身份思考，以诗人的名义写作；(二)处理好歌颂与暴露的关系，不当极端的“歌德派”或“缺德派”；(三)多采用尽精微，致远大的方式，小处敏感、大处茫然，重视个人体验；(四)反对极端推崇“立意高远，境界自出”，反对“玩深沉”；(五)重视想象，与日常生活保持适当距离，艺术真实大于生活真实；(六)重视技法，通过意象来提高语言的诗性和诗作的艺术性；(七)坚持抒情是诗的第一要素，同时借鉴叙事、议论、戏剧化等手段；(八)重视诗体建设，诗体要适合朗诵，要与普通民众的诗体观念及欣赏观念相似，适当讲究音乐性的准定型诗体比极端的格律诗或自由诗更合适。桂兴华是中国当代极少数几位专门长期致力于政治抒情诗创作的诗人，他对以上八点有深刻的理解，所以写出了《峥嵘岁月》朗诵会上跨越了20年的9首佳作。

10月8日晚上，由于诗作精悍，名家云集，虽然风雨未停，上海音乐厅内还是座无虚席。这些深深留下时代脚印的诗篇，一大成功之处是诗人洋溢着的激情与真情。刘勰说：“缀文者情动而辞发，观文者披文以入情。”著名诗歌评论家谢冕曾说：“桂兴华的精神非常可贵。他充满激情地为时代歌唱，我向桂兴华表示敬意。他在上海诗人群里是很独特的一位，他在政治抒情诗方面成绩是巨大的。他始终很坚定地写大主题的诗，非常可贵。中国有一段时间，政治抒情诗走向了极端，但这不是政治抒情诗这个形式的过错。诗人是民族的一员，很难超越具体的政治。以为‘诗与政治是没有关系的’，那是一个误区。不能说诗人写了政治就是差的。在构思、意象、语言上，桂兴华也是一个成熟的诗人。诗的抒情性、音乐性，是诗的生命。桂兴华很注意这一点。”中国作家协会原党组书记金炳华也说：“桂兴华有深厚的情感积累、思想积累和生活积累。”这些评价是公正到位的。

在中外诗歌史上，政治抒情诗由于内容(政治性)、形式(大众性)和功能(宣传性)的特殊性，具有非常强的“时效性”，即使是优秀作品的命运也是“名噪一时”后就成了“过眼烟云”。2013年的这场朗诵会，桂兴华20年前的作品仍然受到听众的欢迎，说明它不仅在当时具有历史价值，在今天还具有现实意义。当然，90年代初的中国远远没有现在开放；那时受众的欣赏水平也没有现在高，诗的意象语言及“诗家语”会造成接受障碍，他们很难接受诗人的想象。桂兴华也受到了当时环境的限制。

1993年以后，桂兴华尤其是在“想象”与“意象”的使用上，越来越展示出他的诗歌才华。如他的近作政治抒情诗《继续赶考——写在西柏坡电报墙》就显示了丰富的想象力:“此刻,发往前线的一封封电报啊,哒哒哒,哒哒哒,好像谁的心跳? / 那几部老式手摇电话机和军用电台啊,又将十月紧紧拥抱! / 军用地图上那几束红色箭头,已经延伸到了太空的神经末梢! / 看! 你身后这支永远在出发的队伍啊,还刚刚离开西柏坡, / 还在谨慎地一步步赶考,赶考,赶考!”

从《邓小平之歌》以后,桂兴华的政治抒情诗创作格外重视“想象”和“意象”。他认为诗人天马行空的想象力及创造力,不应该在政治抒情诗创作中受到束缚;还认为尽管朗诵诗通常是“直接的语言表现”,“想象”和“意象”也不会影响听众的“在场”接受。如他的近作《任长霞:你的手机还在响》就采用了意象语言:“这天下已经变得越来越小、越来越薄、越来越繁杂了。/ 但毕竟越来越美了。就像这手机。/ 这手机——偏偏在侦破案件的途中遭受了车祸啊! / 握住这手机—— / 就是在这个时代,攥紧了你40岁全部的痛。”

在改革的号角更加嘹亮的新时代,政治抒情诗应该重回诗坛,应该受到高度重视。相信思想越来越深刻,诗艺越来越纯熟的桂兴华,他创作的政治抒情诗也会有更多的“特别的秀”!

2013年10月20日再改于南京

朴实的故事，美丽的语言

■ 文／茅中元

2014年12月，易峰、罗志坚在上海贺绿汀音乐厅朗诵《打桩！打桩》

前天下午，一场别开生面的红诗朗诵会在上海茂名北路120弄甲秀里的毛泽东旧居举行，陈醇、张名煜、方舟等播音艺术家现场朗诵了桂兴华创作的多首政治抒情诗，激情洋溢的朗诵吸引了不少粉丝前来捧场。谈起桂兴华红诗20多年依然有市场的秘诀，几位艺术家都一致认为，这是因为桂兴华的红诗“大题小作”，通过小细节却折射出宏大的题材，接地气而不枯燥。同时，几位专家都认为如今的诗歌朗诵节目太少，应该有更多这样的朗诵节目。

用小场景体现伟人精神

记者昨天获悉，桂兴华红诗专场朗诵会将于2013年10月8日在上海音乐厅举行。昨天的专场朗诵会也是此番专场朗诵会的预演，多位艺术家先朗诵了正式演出中的三首长诗，让听众“尝鲜”的同时也是为之后的正式演出做准备。著名朗诵艺术家丁建华朗诵了桂兴华的《韶山，一个小站》，情绪饱满赢得台下一片掌声。

现年85岁的著名播音老艺术家陈醇，20年前就曾朗诵了桂兴华的多首红诗。问起桂兴华红诗20多年长盛不衰的原因，他认为最重要的是抓住了很多细节，而且适应时代的变化有不同的形式，“他的红诗都比较朴实，更深入生活，比如很多都是通过细节来呈现，比如通过办公室的一把椅子，看出伟人的一个方面。”

上海著名广播人方舟也非常认同陈老师的观点。她也是十多年前就读了桂兴华的红诗，她认为桂兴华红诗的角度很特别："他很善于讲故事，体现伟人的精神，会从一个很小的场景、一个很小的故事衍生开来，让别人听得进去，不是宏观喊口号。从小处着眼，凝练了一种大的精神。这也是他和一些政治抒情诗的最大区别，所以读者很容易进入情境去体会他的诗。"在很多读者看来，桂兴华诗中还有许多这样的细节，比如从一盏马灯联想到当年毛主席参加遵义会议的心情，从任长霞的手机想到人民对她的信任，从孔繁森去世后口袋里只有8元6角钱折射出他的清廉。

专家呼吁多一些朗诵节目

除了有细节，几位艺术家都认为，桂兴华红诗的另一个魅力在于，不仅有朴实的故事，更有美丽的语言。方舟就直言："我们能从他的诗作和语言的节奏中体现出诗的感染力，这是他的诗之所以有生命力的原因所在，也是我们很多朗诵者愿意和喜欢诵读他的作品的原因所在。"

在陈醇看来，能够朗朗上口的朗诵，也是一首诗可以称之为好诗的重要标准："文学作品要能流行，关键在于朗诵。诗歌关键在于一种语言的魅力。通过朗诵，可以让这种语言魅力宣扬得更充分，可以吸引更多人关注。我举一个很常见的例子，为什么有些古诗词人们很熟悉，有些却熟悉的不多。这些人们熟悉的古诗，你会发现一个很重要的原因就是读起来朗朗上口，这也是诗歌的一种语言魅力。"但陈醇认为，如今诗歌朗诵的节目太少，"我记得过去每周有一天上午，在上海音乐厅都会有一场诗歌朗诵会。现在有星期广播音乐会，星期广播戏曲会，但是没有了诗歌朗诵会。"陈醇认为，这种节目的收视率、收听率或许不会太高，但电视台不能只顾收视率和收听率，这类节目也有存在的必要。

方舟也认为："大众其实还是需要这种节目，需要这种精神滋养。我们应该是培养观众，现在是迎合的多，培养的少，显得听众变得小众。其实听众还是有这些需求，只是这类节目传播的空间太少了。作为大众媒体，不应仅仅是迎合受众，也更多一些引导。现在新媒体运用也越来越多，我们希望未来也能为这些节目找到空间。"

2013年9月11日

喜吟昂扬正气歌

■ 文/陈　东*

陈东在《金号角》首发式上

桂兴华同志是我国新时期崛起的著名政治抒情诗人。他继承了前人的政治抒情传统，又有新的发展和创造。他潜心创作的许多红色题材诗歌，气势很饱满，读来令人激情洋溢，又朗朗上口，十分可贵，所以得到了广大读者的欢迎。今年，为迎接国庆65周年，他又推出了这本《中国在赶考》。

中国政治抒情诗的长期存在，是诗歌发展的一个重要现象。为什么大家会这么关心政治抒情诗？实际上我们的文学家同国家和民族的命运、时代的走向是息息相关的。所谓的政治抒情诗，就是诗人发自内心的对于时代的感悟、对于人民的关注，对于祖国命运的极大的热情，才会有感而发地迸发诗情。

在《金号角》举行首发式的时候，我就说过桂兴华是一个敏感、热情、多产的作家。他生在旧社会，长在红旗下，从少先队员、共青团员、共产党员一路走过来，60多个春秋里面贡献了25本著作。其中，他的很多诗歌都是长诗，比如《跨世纪的毛泽东》、《邓小平之歌》、《祝福浦东》、《永远的阳光》等。

桂兴华的作品都是有感而发。他关注浦东的开发开放、整个中国的改革开放。他长期生活在浦东，深刻了解浦东是怎么追上来的。长江的龙头扬起来了，春天的脚步越来越近，而且很强劲。在这种情况下，他的一部部作品越来越释放出自己的正能量。他诗中的艺术性和思想性的结合，也越来越好。

---

* 陈东：中共上海市委宣传部副部长。

兴华患有哮喘，但在他孱弱的身躯里，燃烧着一颗滚烫的心。在《峥嵘岁月》朗诵会现场，我们都能感受到他诗句的冲击力。我也曾经很喜欢他在《金号角》中的很多比喻，比如讲到共产党宣言的翻译，比如讲到很多政治先贤、英雄人物的诗篇，如杨开慧、朱德、陈毅、孔繁森、任长霞等，他都能把思想性和艺术性结合得很巧妙，这是实事求是的评价。当下的读者摒弃“口号音乐”、“标语诗歌”，兴华却能融观赏、思想、艺术为一炉，令读者在咀嚼中回味。

东方卫视的新闻报道：陈东（左一）、宋妍（左二）

随着兴华自身的艺术积累，和他在创作上的磨练，他的诗越来越有感悟了，达到了一定的高度。我觉得他在不断成长，跟着这个时代在继续成长。兴华并不落伍，不断有新作，跟着这个时代在进步。这本很适合朗诵的《中国在赶考》，又给了我们一个惊喜。

有些读者对政治抒情诗的理解上有一个固有的印象，认为这个品种“太强调政治”。但是，在任何一个国度，政治和文学完全剥离，也是很难的。因为文学总是一个时代的产物。所以作家很难说自己不生活在这个时代里。古今中外，概莫能外。

兴华有一个很好的地方：他所有诗歌的核心价值观是非常、非常鲜明的，他始终和这个时代同呼吸、共命运。这点很重要。兴华的作品不是躲进小楼、象牙塔里的，或者说和这个时代有间隔。他没有，这是他最好的地方。他始终关心着时代的进步、人民生活的改善，和我们号召的核心价值观的确立。兴华诗作自然流露出他的红色智慧，在多元化的今天实属难得。

他始终没有游离主流，他没有刻意地背离主流，而是更好地用艺术化的诗歌来讴歌时代的主旋律。他深入生活，去了解这些人物的走向，所以他诗歌中人物的解构，越来越有血有肉，把他们的灵魂刻画出来了。感谢浦东新区长期以来对兴华的支持，使他能满怀热情地投入政治抒情诗的创作。塘桥街道更是从各方面参与、帮助了兴华工作室多次很有意义的活动。我要谢谢浦东这方热土，谢谢塘桥。

谢谢兴华，谢谢支持兴华的同志们，也谢谢喜欢兴华诗歌的广大读者们。

2014年7月，春风一步过江朗诵团团员王融融在朗诵《山沟里的上海老师》

希望大家继续关注兴华，关心上海文学界，关心党的诞生地、我们生于斯、长于斯的这座城市的现在、今天和未来。

任重而道远。我们具有自己特色的社会主义文学力量，将在实现中华民族伟大复兴的中国梦里积聚和发展，朝气蓬勃地“继续赶考”。

2014年春于上海

（此文为《中国在赶考》序一）

执着捶击黄钟大吕

■ 文／陈圣来*

2013年10月，陈圣来（左一）、陈东（左二）、桂兴华在上海音乐厅合影

我与桂兴华很早就认识。20世纪90年代初叶，我应澳大利亚外交部邀请，去澳洲访问，那时桂兴华在新华社《开放》杂志当总编室主任，访问回来后他约我写稿。我以《澳洲金龙》为题，写了几位澳大利亚杰出华人代表的长篇通讯。这以后就一直有了来往。

我很关注他，发觉他越来越以一位政治抒情诗人的形象，出现在媒体上和大众视野中。

一天，他突然到我办公室找我，提出想投奔到东方广播电台麾下，当时我在东方台当台长。他说他想辞去《开放》杂志的职位，在我这里专注于主旋律诗歌的创作，同时也可帮助东方台策划一些大型活动，并撰写大型活动的文学脚本。

东方台当时办得很火也很活，隔三岔五地会办一些社会活动与文艺活动。这是我办台的一个理念，我认为广播不是强势媒体，东方台要在社会上树立品牌效应并扩展影响力，就一定要将广播节目与社会活动结合起来，产生立体辐射和全方位影响，这样才能与报纸和电视抗衡，甚至超越它们。当时网络媒体等尚未崛起，报纸和电视还雄踞传媒市场。桂兴华可能摸着我这思路，所以才

---

* 陈圣来：国家对外文化交流研究基地主任，上海社会科学院文学研究所所长。

提出这样要求。

东方电台经营得很好，不缺钱但缺编制，于是我向桂兴华大胆提出在东方台下设立一个桂兴华工作室的想法，就这样桂兴华归属到了我的门下。他的这一走向，得到了时任上海市委宣传部部长金炳华的赞许。

这以后，我觉得桂兴华进入了一个创作爆发期，他几乎以一年一本的超常规速度，出版他的长诗。而且他几乎接触的都是时代重大题材，我真担心他不堪重负。他并不魁梧的身材由于长期伏案写作，已经有些微驼，如此接二连三的对时代重荷的自觉承载，他能担当？他的背不会压得更驼？

然而，每次看到诗歌朗诵会上，他那意气风发、挥斥方遒的神态，我有所释然。他的一首一首诗，就这样从他那孱弱的躯体里奔涌而出。

我和他策划了一场场大型诗歌朗诵会，朗诵他写的《邓小平之歌》、《中国豪情》、《祝福浦东》、《永远的阳光》等。参加朗诵的有孙道临、秦怡、李仁堂、奚美娟、乔榛、丁建华、王洪生、张名煜、野芒、赵屹鸥、张培、方舟等，阵容超强。

其中影响最大的是《邓小平之歌》。我们这代人沐浴太多邓小平的恩泽。是他恢复高考的决定，使我们有了重新上大学的机会；是他南巡的讲话，使我们加入开发浦东的行列，并有了创办东方台的机遇……所以桂兴华从自己的生活感受出发，写歌颂邓小平的诗篇，我一点也没感到有任何做作和趋炎附势的嫌疑。我们感恩邓小平，中国感恩邓小平，时代感恩邓小平。

《邓小平之歌》十分成功，因为桂兴华发自内心的诗篇抒发了我们共同的心声。不久，朗诵会移师北京，我亲自带队，在北京音乐厅演出。浦东的老领导，刚就任国务院新闻办公室主任的赵启正参加了我们朗诵会。那些朗诵会的留影现在成了弥足珍贵的历史记忆。

这以后，我奉命去筹备中国上海国际艺术节中心，不再是他的领导和同事，但他每出一本诗集照样还会寄送给我。浏览之余，颇有感慨。

这些诗集一如既往地继续他的政治抒情风格，保持着诗人对时代澎湃的激情和灼热的胸襟，在当下价值多元、思潮多元、利益多元的冲击和诱惑下，桂兴华没有彷徨，没有犹疑，没有畏葸，还是执着而寂寞地捶击着他的黄钟大吕，给我们的社会和文坛留下荡气回肠的警醒和声韵。

桂兴华紧跟时代，一步也不拉下，某种程度几乎成为时代的回音壁，就像当年我们读马雅可夫斯基，读贺敬之、艾青、郭小川，那是需要英雄并产生英雄的年代，也是召唤英雄诗篇并孕育英雄诗篇的年代。

现在这样的年代似乎离我们远去了，那些诗人似乎也渐渐被记忆淡忘了。

但是我们不可忘记当初那份感动,那份捧着散发出醉人墨香诗篇阅读时的欣喜和激情。时事沧桑,岁月磨砺,但愿我们的心灵和情感永远年轻。

桂兴华的可贵之处,就在于他那颗不老的心和不老的情。

自从我调任上海社会科学院文学研究所所长后,我们的接触又多了起来。他已退休,然壮心不已,在浦东塘桥社区建立起桂兴华工作室。

工作室成立那天,他让我去为工作室揭牌。从设立在东方台的工作室到设立在塘桥社区的工作室,这一晃就是十几年。

这十几年桂兴华的诗作颇丰,然而我觉得更可贵的,是他的社会活动能力。

他在塘桥社区不仅成立了工作室,还组建了"春风一步过江"朗诵团。我聆听过这个居民朗诵团的朗诵和发言,他们对诗的阐释、理解和表达令人不敢小觑。社区里的居民唱歌跳舞哪怕是绘画书法司空见惯,但诗歌朗诵我敢断定绝对是凤毛麟角。

所以我们要感谢桂兴华,感谢他的努力。他让诗歌走出书斋,走出深苑,走进社区,走进平民大众。

现在,上海人民出版社出版了《中国在赶考:桂兴华朗诵诗精选》,让朗诵为诗歌插上飞翔的翅膀。传诵的诗与纸面的诗不一样,它更能扩展诗的传播力和影响力,同时也反过来,更考验诗的本身的艺术性和社会性。好的诗会不胫而走、传诵不衰,这是我对桂兴华的期望,也是对这部诗集的期待。

2014年2月

(此文为《中国在赶考》序二)

社区文化：没有特色就没有生命

■ 文/尤　存*

2011年，尤存（左二）、奚德强（左一）参观桂兴华诗歌工作室

我一直有个观点，目前我们各街镇的文化工作有时候取决于一把手对文化工作的重视程度，一把手关心了文化，这个地方的文化就发展繁荣了，就有亮点有起色了，所以那次在提到浦东几个关心文化的书记红名单里就有奚书记。

加强文化建设已经到了刻不容缓的地步。所以，我们现在文化这个问题实际上需要把它还原，一定要把它还原成基于老百姓的需求，客户需求什么我们就做什么样的产品，具体要落实到文化项目。

老百姓的需求是第一个层面，这个需求可能有多样性，有差异性，有多选性。第二个层面就是产品，产品绝对是跟需求联系在一起的。不考虑需求的产品是没有价值的，是没有生命力的。我们要研究文化发展重点打造的产品，文化产品也是需要运营的。文化产品不单是出一本书，而是要走入民间，文化产品一定要还原于有多少人来参与、来消费，没人消费的文化产品是没有意义的。如果是一场展览，要统计有多少人来看，这是要绩效评估的，不能假设，不能孤芳自赏那是没有意义的。我们政府重点打造的文化产品，第一要看需求，第二要看产品，第三要看生产这个文化产品的体制、机制。要有一

---

* 尤存：中共浦东新区常委、宣传部部长。

个发展纲要，要有一个团队，要有一个支撑维护这个团队正常运作的体制、机制，这样才能生产出优质产品。所以，我觉得重点是要在体制方面打造。塘桥现在要在体制、机制上，有个大胆的尝试。

塘桥社区文化发展还应该有个特色的问题，有了特色才能有竞争力，特色既是影响力也是话语权，有了特色就有了生命，有了一切。所以，我觉得塘桥在文化特色这方面也要重力打造，特色打出来以后优势就出来了。桂兴华老师的红色主题，就是一个特色。特色是一种个性，也可以在普遍性上提升特色。

文化是在基层，中央叫政治思想，到了地方省市一级的叫思想文化，再到基层街道一层的叫文化娱乐。越到基层，很多东西是通过文化的因素来体现政治。一到基层我们的引领性就表现为文化的娱乐性、百姓的参与性、产品的到达率以及基层群众的满意率。将来衡量社区文化无非是两个标准：参与性和引领性。只要把握这两点就基本没什么问题了。围绕满足老百姓的需求出产品，在体制上保证出产品，团队上保证出精品，最后再评估验货，有的可能还要加大投入。

当前，我们老百姓其实有些茫然，就是缺少一个文化的灵魂，所以，做文化是功德无量的。大家一起努力，做好社区文化工作。

（根据2011年7月26日下午尤存在塘桥的讲话整理）

桂兴华工作室成立三周年座谈会摘要

（2014年7月22日，塘桥）

当天，桂兴华策划的“塘桥居民老照片展”开幕，老照片中的主人向奚德强（右一）、桂兴华介绍当年情景

这座城市，因为有了桂兴华的诗歌……

吴孝明（上海演艺集团总裁）

今天很高兴来参加桂兴华老师3周年的庆祝活动。首先我想感谢塘桥党工委和领导很有眼光，用兴华同志的诗和我们这座桥作为连接点，培养了一大批的读者和听众，使他一路走来。特别是3年来，通过这座桥梁，把更多的人吸引在诗歌这个文学体裁中间，特别是桂老师是政治抒情诗人，其实他的生活也很抒情。因为他热爱生活才能有这些感悟,因为这些感悟,所以他热爱这座桥,这种诗歌与我们架起来的桥。

我们是听着桂兴华的诗歌一路走来,其实大家都在赶考,那么也为我们能更好地赶考,做了一次很好的赶考的宣言。

今天是工作室三周年,我送三句话。这座城市,因为有桂兴华的诗歌而有劲,而灵动,而更加精彩!

体会到一种力量

赵瑞春(中共浦东新区宣传部副部长)

我代表宣传部对桂老师诗歌工作室成立3周年表示祝贺。我感觉桂老师是一个非常有魅力的诗人,首先,他的诗非常贴近民生、贴近民心,所以容易被大家所接受。大家通过朗诵桂老师的诗,体会到一种文化底蕴、一种力量。

塘桥能把桂老师请来确实是塘桥之荣幸,也是浦东之荣幸。其次,桂老师的魅力体现在他的激情。桂老师为了写好一首诗,经常深入现场进行采风,吸取基层的营养,同时桂老师的工作联系中间、推广中间、经营中间的激情,也感染着大家,所以,我预祝我们的工作室越办越红火,成为浦东一个很好的文化品牌。

桂兴华:时代烙印,公益先锋

奚德强(中共浦东新区塘桥街道党工委书记)

我们塘桥应该从机制、体制上做深入的研究,做到社区的文化应该成为真正的社区老百姓的文化。我们要研究制定一个社区文化发展纲要。纲要的制定过程,应该成为我们动员老百姓关注、参与塘桥社区文化发展的过程。至少要知道我们塘桥的文化品牌是做什么的。如“码头号子”这个品牌,应该说我们一直在做,但要做得深一点。这次我们去德国参加国际艺术节宣传码头号子,这是市区领导给我们的一个机会。但如何确立码头号子的社会化效应,这是我们要寻找的一个路子。刚才尤局讲的要努力把优秀文化产品化的问题,我们就要研究怎样把

2011年11月，奚德强（左一）、张兆田（左二）、桂兴华（左三）在塘桥“桂兴华红色实物展”开幕式上

码头号子作为一个文化品牌产品，真正地在社会运作过程当中去体现。这次我们引进“桂兴华红色主题工作室”，是想走社会化运作的这条路，我们组建“码头号子歌舞团”，是想让码头号子歌舞团成为我们塘桥的一个文化品牌。有了纲要还要有抓手、有载体，要把这个工作做好。

要把文化活动中心努力搞好。我们文化活动中心是政府的一项实事工程，就是要让老百姓来参与，做主人。办好文化活动中心是关注民生的事情，我们要把文化活动中心真正打造成老百姓的乐园，让老百姓都参与了，参与了就会认同了，认同了就会说共产党好了呀，我们要退在后面，让老百姓当主角。现在文化活动中心所有的街道都在做，我们塘桥的文化活动中心要办好。这是个方向，是真正的和老百姓联系在一起的，这个做不好就是民生工作做不好。我向尤局表个态，许个承诺，我们要做得跟人家不一样，做得比人家好。应该永远有做不完的事情，觉得自己很有危机感、很有压力才好。

我觉得我们可以围绕塘桥的文化发展，举行一个专题的讨论会或者座谈会，做文化试验田。今天，上海文广集团、上海国际艺术节、浦东新区政协、浦东新区文广局的各位领导与嘉宾专程来到塘桥，我们感到特别亲切，我代表塘桥街道党工委、办事处，对各位领导、嘉宾的到来，表示热烈的欢迎。

“红色诗人”桂兴华，曾在20世纪80年代，在我们塘桥陆家宅居住过8年。1993年后因创作了11部红诗而蜚声文坛，被称为我国新时期政治抒情诗的代表人物，受到社会各方面的广泛关注。

诗人桂兴华将自己40多年来在韶山、井冈山、古田、遵义、赤水、延安、西柏坡、北京、广安、深圳、浦东等地的收藏品，落户我们塘桥社区，让我们仿佛又看到塘桥社区的老居民。诗人桂兴华在党旗下万里长征，风尘仆仆、红诗喷涌的满腔激情以及通过它收集的精品展示，让我们共享追溯红色的记忆。我们祝愿桂兴华先生日后有更多的红色大作问世,我们也要学习桂兴华先生对党、对人民的无限忠诚,对塘桥社区的一片深情。

我们塘桥街道党工委、办事处很荣幸,“桂兴华红色主题工作室”在我们这里挂牌。桂老师长期热心与社区居民打成一片,和“草根”有着深厚的感情,前些时间还深入社区采访码头工人,为传承和保护我们国家级非物质文化遗产上海港码头号子积极奔波和呼吁。再次,我代表党工委办事处对桂老师给予码头号子这么大的支持和投入的工作表示由衷感谢!

同时,我们将从各方面保障上积极支持桂老师在塘桥的项目开展,街道有关职能部门特别是文化中心和党员服务中心要协助桂老师办好和运作好红色主题工作室。特别是他的项目,我们都将全力支持。

应该说:诗歌是最古老、最基本、最活跃的文学样式。春风是思想性、艺术性、社会性的一步过江。

桂兴华,红色诗人的标志,政治抒情,时代烙印;

桂兴华,社会组织的标杆,文化传播,公益先锋;

桂兴华,民众百姓的良师益友,血肉联系蓬勃活力。

感谢您在塘桥的奉献,感谢您在赶考中讴歌,更要祝贺您在阳光路上青春飞扬的正能量。

其人其诗其室

——关于和桂老师工作室合作的感想

■ 文/罗建川[*]

桂兴华诗歌工作室一角

桂兴华老师是我们塘桥的文化名人，家喻户晓，也是我们群众文化的一个标杆式人物。塘桥第一次举行的全国性的文化活动——全国政治抒情诗高峰论坛，就是在桂老师的倡议下牵头搞起来的。

现在，在桂老师的带动下，诗歌这一小众高雅艺术成为塘桥的文化名片，诗歌也成为塘桥居民所喜爱的大众化的通俗文艺形式，皆因为桂老师个人魅力和桂老师的诗歌接地气。作为桂老师的好朋友、工作伙伴，我想从他的为人、诗歌和工作室三方面，谈谈我的感想。

其人——充满激情

他创作激情澎湃，演讲中热泪盈眶，接待讲解也是认真投入，像是在舞台上演讲，总是把现场的人感动，仿佛进入了他所营造的那个青春燃烧的岁月，带你进入我们国家积极向上的大时代。

---

* 罗建川：塘桥社区文化活动中心主任。

他就是这样，对待社区平头百姓，一点都没有大人物的架子，只有真挚的微笑和热情的语言，总是不厌其烦的和群众演员研究诗歌朗诵的技巧和感情。对待工作总是那么一丝不苟，甚至较真，时常会在凌晨给我发邮件，时常双休日还跟我电话商议活动赛事安排，时常行走在外乡、外国寻找创作的灵感，小纸条上，药盒上，烟盒上，纸巾上，旧报纸上等都留下了桂老师的灵感痕迹。

他的勤奋让我们年轻人都佩服得很，当然还有那一大群他的粉丝阿姨、大伯们。他对人生的态度总是那么积极向上，对美好事物总是那么乐观，总是努力把事情往好的方面引导发展。这样的人生态度造就了他这种永远年轻的心态，也造就了他的诗歌，洋溢着满满的青春和正能量。

其诗——满满的正能量

他的诗，总是和大时代紧密联系起来，总是和人民生活息息相关，总是和国家的命运和社会的发展同呼吸共命运。

《跨世纪的毛泽东》、《邓小平之歌》、《中国在赶考》等，他的作品没有忸怩作态、无病呻吟的市侩气。只有气势恢弘的时代之歌，只有无与伦比的英雄赞歌，只有积极向上的生命交响乐。

在他的诗里，你能获得新生，获得动力，获得满满的正能量。

其室——红色之家

小小的诗歌工作室里，我们看着桂老师的诗歌从一个成功走向另一个成功。在这里，工作室是他的创作室，无数脍炙人口的作品在这里诞生；在这里，工作室是他的排练厅，歌声、笑声、朗诵声声声入耳；在这里，工作室是他的会客厅，接待过无数的参观者，从北京首长，地方领导，到无数的诗歌爱好者；在这里，工作室是他的陈列馆，活动赛事以及秦怡、丁建华、乔榛等名家在塘桥留影的照片错落有致的布置在墙壁上，琳琅满目的奖状见证着桂兴华诗歌的蓬勃发展，还有的就是他从各处收集来的红色纪念品。

这个陋室从无到有，从有到满，在叙说着桂老师青春激情的红色故事。在建立工作室3周年之际，我们共同拍摄了《架桥：桂兴华诗歌工作室追踪》的纪录片，这是对过去3年桂老师在塘桥工作的一个很好的总结。他为社区文化建设做了大量实实在在的好事，为塘桥的发展谱写了许多朗朗上口的好诗。

我最后想真诚地送上一句：感谢桂老师，感谢工作室，感谢那么多喜欢诗歌、喜欢桂老师的社区居民。正是你们的积极参与，让桂老师的诗歌在塘桥、在浦东生根发芽、开花结果，让社会主义核心价值观在基层得到了绚丽绽放！

2014年12月8日

罗建川、桂兴华2014年春节去秦怡家拜年，请她为“桂兴华诗歌艺术中心”题字

桂兴华将红诗搬进了地铁“世纪大道”站

■ 文／茅中元

在每个人都行色匆匆的地铁站，人们会有心思停下脚步来听两首诗歌吗？红色诗人桂兴华偏要做这个让所有人意外的尝试。记者获悉，桂兴华又一部政治抒情长诗《中国在赶考》的首发式将于5月初将在地铁世纪大道站举行。现场还将有民间诗歌朗诵团朗诵他的两首代表作。

“微信里没有夜，都把明天的阳光当车灯，甜蜜的计划纷纷上车，并且盘算着各自的路程”，那天走进上海地铁2号线、4号线、6号线和9号线交汇的世纪大道地铁站，在转换区，人们看到的，既不是韩国偶像大声给某电商吆喝，也不是美女明星怀揣化妆品的微笑，却是一句句读起来让人振奋的诗歌。

这些诗歌，来自桂兴华的最新诗集《中国在赶考：桂兴华朗诵诗插图本》。据悉，这部诗集由35首接地气、充满正能量的诗歌组成，其中既有《写在自贸区服务大厅》、《写在浦东迪士尼工地》、《庆丰包子铺月坛店》等新篇，也有《写在赶赴1977年高考的路途中》、《知青回城日记》、《致邓丽君》、《上海股票》、《陆家嘴的一把旧椅》、《有感于小悦悦事件》、《“神舟七号”的报告》、《新书架里的旧瓦片》等桂兴华早先创作的紧密结合现代时事的叙事诗。据悉，首发式上，著名朗诵艺术家和地铁员工及乘客代表一起朗诵桂兴华的诗，花样年华旗袍中心也将参与首发仪式。

缘何想到在地铁站中办诗歌朗诵会？作为此次首发式承办方的上海地铁运营二公司的工会主席李君俊接受本报记者独家采访直言，其实看重了桂兴华红诗背后的正能量。他微笑着给出两个理由：“一方面，桂老师的红诗基调昂扬，振奋人心，充满了正能量；另一方面，我觉得桂老师的诗有非常多很好的细节，比如他写我们上海地铁，用一面挥舞的小绿旗，让我们每个地铁人都感同身受。这些都是他深入基层才挖出来的，当时他甚至去了我们盾构推进隧道的工地，他的诗我相信不怕没有读者。”

2014年5月8日，上海地铁世纪大道站，桂兴华向中国文化名人手稿馆捐赠贺敬之的题字

说完这两个原因，李君俊也透露一个细节，他说自己请桂兴华来其实也是为了那些常年在地铁中为每位乘客服务的同事们考虑，“我们现在很多工作者都是80后和90后。他们本来该是很阳光的年纪，但在地铁里工作，有很多人们不知道的压力。比如一个驾驶员，每天在狭小的车厢里，每个动作都得非常标准，而且每做任何一个规定动作，比如刹车、开门，启动，我们都有严格的规定，必须口报一遍。常年下来，很多员工家属跟我们提到一个问题，我们的这些地铁工作者回到家都几乎不讲话，回家就是蒙头打电脑。这让我们很焦心，但桂老师后来就带他们一起读诗，他们的性格都开朗了很多。这让我看到了诗歌的作用和魅力，所以，我相信他的诗也一定能打动更多的乘客。”

在寸土寸金的地铁站，桂兴华的红诗此番还占到了四个非常好的“广告位”，从2号线到4、6号线的转换B区，一坐上自动扶梯就可以看到4根巨型立柱上包裹着《中国在赶考》的经典诗句。据悉，这些广告位可都价格不菲，地铁里几乎所有的广告位都是被广告公司买断，所以地铁运营要做这个诗歌朗诵的海报，其实是赔钱在做。问起是否后悔赔钱干这事，李君俊坦言并不后悔，“地铁是城市生活的标志，地铁里每个人的脚步都太匆匆，我们希望用诗歌唤醒人们对诗歌的热情，更希望每个人停下匆忙的脚步，好好想想，自己的下一站，究竟要去向哪里。有时候，放慢脚步来思考，对走好未来的路，其实更有帮助。”

嘹亮的桂兴华

■ 文/柯　平

当一个诗人打算出版全集或者总结性的文集，除了证明他的成功，还预示着某种未来的雄心。桂兴华的长诗创作是诗坛的一块品牌，他的每一行诗句都和这个国家的呼吸结合在一起，这种情感的源头从远处找可以找到公元前300年的屈原，从近处找可以找到20世纪五六十年代的贺敬之。

柯平(左一)、非马(左二)、桂兴华在首届“青海湖国际诗歌节”上

兴华是那样充满激情地爱着文学，爱着自己的国家，更爱着自己的城市。这一点，自我多年前拖着一个笨重的旅行包出现在他浦东20多平方米的小屋里时就知道了。这也是我们的第一次相识。那时他的年龄30岁出头，我20岁多一点，在某期《诗刊》上我们的诗刚巧发在一起，如同两列火车在某个特定时间停靠在同一站台，尽管从现实角度看只是偶然事件，但我宁愿相信背后或许有着某种神秘力量的作用。

长达32年的友情就这样开始了，通信、电话、相互惠寄新作，征求意见，当然也少不了聚会和当面交流，把自己的身体搬到对方家里喝酒畅谈，或结伴而行去省外参加文学活动。对诗歌现实性的关注和重视是我们的共同话题，几乎每次见面都会谈起，但又像永远也谈不完。当然，这里说的现实性，不是对生活和事件的诗意概括，更不是像以往那样在写现实的名义下，以意识形态为主导的夸张性拔高，而应该是个人灵魂在此生活和事件中的际遇和内省。

1983年，柯平、桂兴华、黄晓华（自左向右）在塘桥陆家宅合影，桂岭的背景正好闪过

是的，诗人要直面现实，直面惨淡的人生，但它终极意义上的成功，只能是通过对生活的加工和提炼，并努力在这过程中找到自己真实的声音和位置，从而成为一名现实丰富、矿藏合格的名副其实的炼金士。“文章合是时而作，歌诗合为事而作”，我们以白居易的名言相互勉励，但我承认他比我做得更好。

10年前，为修订自己的一部长诗选集，他又一次来到湖州。当他征求我对书名的意见时，我几乎不加思索就说出了“嘹亮”这个词。是的，嘹亮，这是我对他诗歌艺术的理解。语言的先锋性和传统的叙事方式，构成他诗歌特有的风采。作为一个有自己语调和音色的诗人，他对词语的张力和通感有着特殊兴趣，习惯对出现在自己笔下的每个词都进行反复敲打，不断地发掘它们，锤炼它们，将它们翻新，直到符合自己诗行的内在需求。这一点可以说，自20世纪80年代初起，在他诗歌里就已微露端倪，后来越来越趋于饱满与丰富。他是一个善于积蓄能量、在艺术探索上不大满足的人，这让人有理由对他今后的创作深怀期望。

又过了几年，我接到他的电话，说有关单位要为他举办一个大型诗歌朗诵会，邀请我前去参加。我因刚巧有事没法分身，于是就写了一封信表示歉意和对他的祝贺。在信中我说：

今天是上海诗人乃至全国诗人的节日，诗人桂兴华在这里召开他的新作《前进，2010》大型诗歌朗诵会，如果我没记错，这已是他的第十部诗集了，也是他献给自己城市的第四部诗集。30年前,也是在浦东,也是因为诗歌,我和兴华有幸相识,成为好友,并通过他结识了今天在场的许多上海诗友。多年来一直看着他踏踏实实,独辟蹊径地走出了一条自己的路。昔日的上海浦东小镇,今天已成为闻名全球的中国的曼哈顿,昔日的上海诗歌青年桂兴华,今天也已经成为闻名全国的诗人。他出色的政治抒情诗系列诗集,如同沪剧、新天地、文化大散文、海派清口一样,已成为上海的一块文化品牌。今天,因为世博会,因为诗歌,因为现实和梦想,大家一起在这里聚集。我有幸受到邀请,但因有事在外,无法赶来躬逢盛会,甚觉遗憾和惭愧。多年前在一首诗中我曾写下过这样一个句子:“我爱的一切都在开始之中!”值此机会,我愿将它献给兴华,以及出席今天这次盛会的所有朋友。

时间真快啊,从写这封贺信到现在,又是将近5年过去了,但时间对桂兴华来说几乎没有任何意义,因为他生活在一个自己的世界里,这个世界就是他的诗歌。他躲在那里,或者说生活在自己的世界里,读书、写作、思考,不断地对现实生活和事件发出自己的声音。这种声音是嘹亮的,同时也是孤独的,或许也就显得更为珍贵。元好问《论诗绝名》其十五有云:“笔底银河落九天,何曾憔悴饭山前。世间东抹西涂手,枉著书生待鲁连。”大概就是这么个意思。

当今诗坛写得好的人虽多,但大多千人一面,桂兴华的诗能有自己的风格,自己的面貌,自己的音色,光凭这一点来说就是很了不起的事。我想,他已经写得很好了,他一定还会写得更好。

2014年12月12日

二、
桂兴华的有关文章

早春，诗的南京路

——回忆上海黄浦区文化馆诗歌组

我至今难以忘记：

南京路时装公司楼上的黄浦区文化馆诗歌组的一次次活动。

1979年底，我刚从安徽回到上海。

文学的曙光，终于露出了笑脸。

1980年，桂兴华在北京与复旦诗社的孙晓刚合影

《安徽文学》已经将我列入由公刘、刘祖慈先生策划的“全国新人30家”，发表了我一组诗作《第一个早晨》，同期亮相的还有梁小斌、陈所巨、周志友等的作品。

一直扶植我的《安徽文学》诗歌组长刘祖慈先生，给我写了一封信，将我推荐给了曾在安徽工作过的孙小兰。

《上海文学》的诗歌编辑孙小兰，剪着短发，也像个知青，在办公室里热情接待了我。

并特意告诉我：黄浦区文化馆正在把十几个业余诗歌作者组织起来，负责人叫王玉意。诗友们都来自基层。我听后十分高兴，有一种找到伙伴的感觉。

一个星期天的下午。下乡十年的知青经历，拖在我疲惫不堪的身后。一个公司职校的语文教师，穿过南京路一排排熟悉的橱窗，与陌生的上海诗友们交流。

第一次开会，围坐在一起的有赵丽宏、缪国庆、陈放、刘国萍、史益华、高元兴等。年纪最小的是来自东海农场的沈晓 。

那时候我们多么年轻啊。

窗前，密匝匝的树叶绿得发青。

赵丽宏还在华东师范大学读书。缪国庆在港监工作。在工商银行信贷科上班的陈放，刚参加了北京的“青春诗会”令人羡慕。刘国萍的诗集已经闻世。

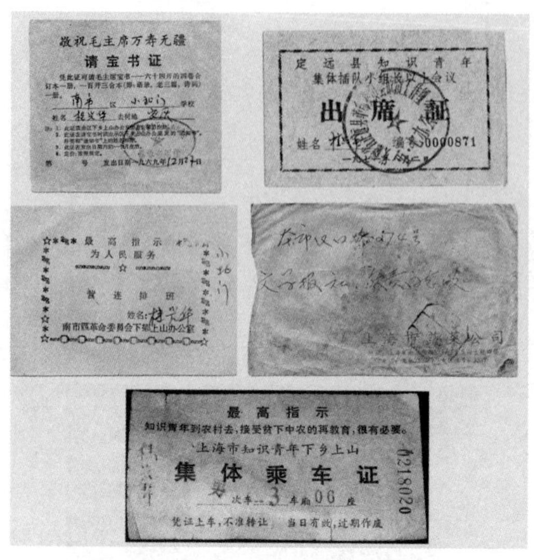

桂兴华上山下乡的有关证件及返城后上海市蔬菜公司对《文学报》社商调的回复

书名叫《我站在国际饭店门口》，主编是周良沛先生。忠厚的史益华当时在国际电影院搞宣传，后来当了警官。

在静安寺对面，陈放拥挤的家里，我们一次次聚。

聚的时候，匆匆下班的手提包里，都装着《诗刊》、《星星》和自己的诗稿。在那里零存整取了许多笑声。

夜深了，我不得不渡江赶回浦东塘桥。一路上，我写下了这样的句子："我们从茫茫风雪中涉来的诗，并没有沉在喝不完的咖啡壶里。"

我们编过油印的《黄浦文艺》诗专辑，出过《黄浦诗册》、《城市诗人报》，开过朗诵会和作品研讨会，组织过郊游。与青年宫的王小龙、复旦诗社的许德民、傅亮等也经常接触。

辛笛先生的家，就在南京西路靠近平安电影院的一条弄堂里，我们几个去过他家约朗诵诗稿。

我们经常见面磋商诗艺，为了修改一句诗或者争哪种比喻妙，我们会站在马路边讨论，然后在云南路小摊上吃碗馄饨充充饥。

《萌芽》编辑部的宁宇先生常来文化馆辅导。缪国庆的成名作《蓝皮日记》就是他编发的。

成名的作者中，还有同济大学董景黎，梁志伟、赵国平、王成荣、陈柏森等。

那年，我们献给第二届黄浦艺术节的诗集是《花的长街》。

早已在《文学报》工作的我，在这部诗集的序文里写道："我们，始终依偎在诗的诱惑里"。

写于1984年5月

补记：惊悉：陈柏森于大前天5月24日晚猝死于心脏病，在此哀悼。（赵国平已于1995年因哮喘去世）

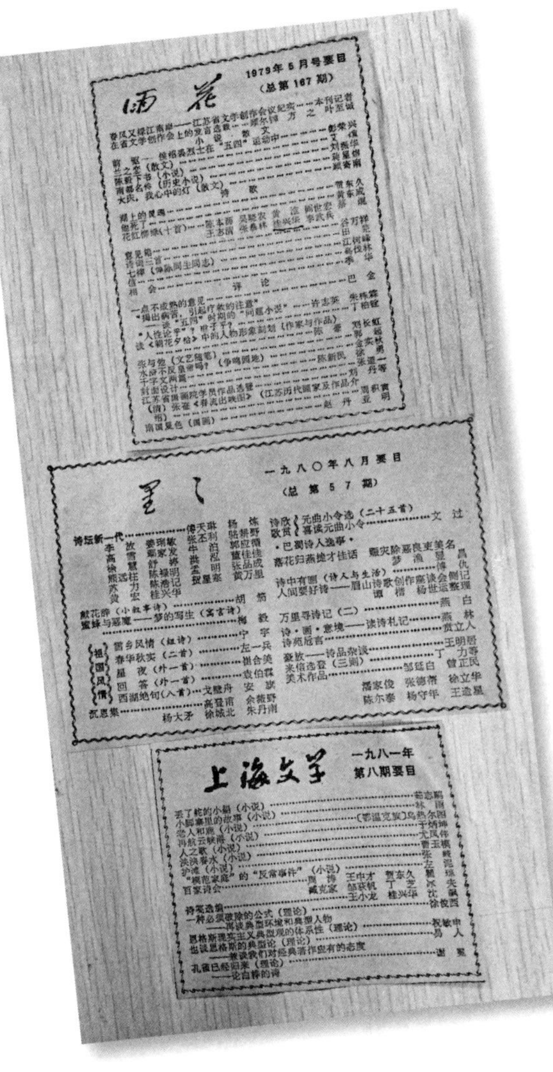

雨花 1979年5月号要目 (总第167期)

星星 一九八〇年八月要目 (总第57期)

上海文学 一九八一年 第八期要目

小说

生命水

桂兴华的第一篇小说初稿

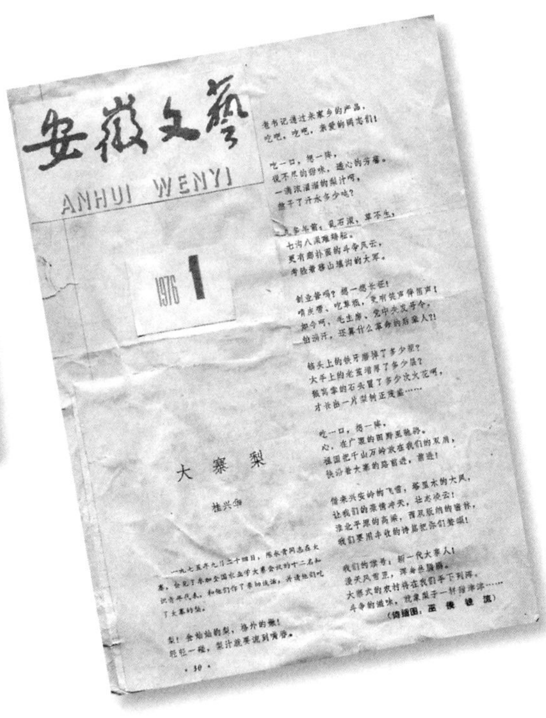

安徽文艺

ANHUI WENYI

1976 1

大寨梨

桂兴华

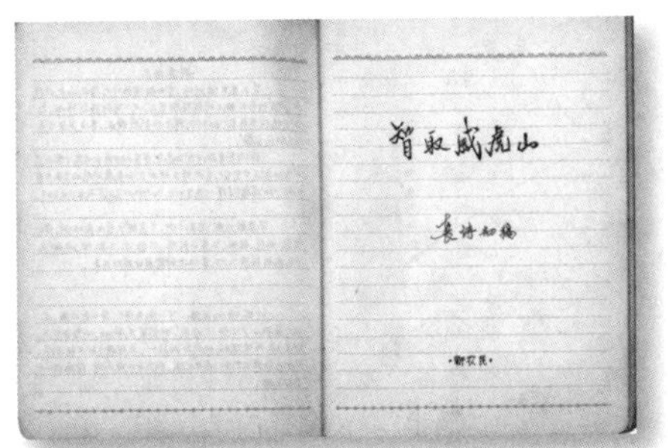

智取威虎山

长诗初稿

桂兴华最早的长诗初稿；发表在1976年第一期《安徽文学》上的处女作《大寨梨》及《雨花》、《星星》、《上海文学》杂志刊有他早期诗作的目录

1981：艰难的前奏
——关于《中国诗人》创刊的回忆

我至今难忘：与《中国诗人》的一段难以割舍的情缘。

1980年夏，雁翼、黎焕颐负责筹备《中国诗人》创刊的整体工作。艾青的题字已经来了。他们手下需要编辑人员。

东挑西挑，最终物色了我。这期间，正在宝钢深入生活的公刘起了关键作用。

那是 1980年春，公刘来专门撰写反映劳动模范王铁梦事迹的报告文学《裂缝》。陪同他采访的有黎焕颐、肖岗、孙小兰、赵丽宏、我，还有好几位上海诗人。

第一天的座谈会上，我就坐在他的旁边。我感谢他在1979年第10期《安徽文学》上创意的"全国新人30家"中，把我的那组诗编进去了。他问我最近在写什么？他和黎焕颐都听了我那首反思"文革"的《1966年8月18日的那张日历》："那个红得发紫的日子，原来浸透了苦水……"他当场就非常肯定，说："好，应该拿出去发表"（此诗后来发表在《星星》诗刊，由白航编发）。并向

1981年，顾城（中）来《文学报》交稿，与黎焕颐（右一）、桂兴华合影

1980年3月，桂兴华（后排右二）等陪公刘（前排左四）在宝钢采访

身边的老黎详细介绍了我。老黎听了后也很欣赏我，开始与我长谈。我知道了他曾经在青海被冤枉地监禁了22年。

回上海后，这位耿直、坚强的老诗人，向我透露了《中国诗人》需要编辑。问我："想不想来？"作为刚从安徽返沪的下乡知青，我当然很珍惜这次机会。

1981年，我一边在原单位当语文教师，给青年工人们上高中语文课，一边到《文学报》社上班。每隔一天，就沿着左侧弯曲的楼梯小心翼翼地拐上去，坐在老黎对面看稿。全国诗人的许多来信、来稿，均由我根据他的处理意见回复。后来，丰晓梅（老作家丰村之女）也借调进来，帮助登记稿件和分类。诗人们争先恐后地来稿。约了孙友田，黄东成也来问了。约了宁宇，王也也不能忘。

田间老师的来信我收藏着，他是用铅笔写的，尾句是："五四传统不朽"。

吕剑1981年12月11日的来信，写道："得知盼望已久的《中国诗人》将以专栏形式在《文学报》问世，十分高兴。"接着，具体谈了关于贺敬之资料的整理事宜。因为贺老正担任文化部的领导，他建议先发表一些有关他的诗评。

那时候，新华路329弄36号一幢二层楼的名人旧居借给了报社，我在宽宽的大弄堂一转弯，就能找到这个圆盘形的办公楼。西班牙风格的小小院落，绿草茵茵。雁翼就睡在楼下，面向着大门口及厨房。锃亮的钢窗内，他的台灯常常闪着不夜的光。据说他那时每夜要写几千字。

不久，我就正式调入从属于市文联的《文学报》社了。

当时，报社还主办了《国庆诗会》，由峻青主持，艾青也出席了。这是高潮。1982年年底，很意外，低潮马上就袭来了。雁翼从《文学报》撤退，心情郁闷地回到了四川。

他在我的笔记本上，曾写了一段话作为临别赠言，这一段散文诗般优美的文字，我还请书法家抄写后挂在书房的墙上："诗人唯一的财富，是人生的感受。自己的心灵与他人的心灵接触中的感受。只有敢把自己心灵中的美与善交给他人的人，才能发现人类心灵的美与善——诗。祝愿你在美的探索中，是一个勇者。"

老黎还在坚持着。衣服也一丝不苟。我对他那口乡音很重的遵义话，那双容易激动的眼神记忆深刻。在《文学报》副刊，他顶住压力，以《诗苑》名义，刊出了许多著名诗人的资料及新作。还配发诗人的照片。其中有：艾青、昌耀、公刘、辛笛、林子、顾城等，在中国诗歌界很有影响。对昌耀的那首《慈航》，我当时读着这些苍劲的钢笔字，就被他的"大诗歌"打动了。他惯于"抓小放大"。看！"在不朽的荒原。在荒原那个黎明的前夕，有一头难产的母牛独卧在冻土。冷风萧萧，只有一个路经这里的流浪汉看到那求助的双眼，饱含了两颗痛楚的泪珠。只有他理解这泪珠特定的象征。——是时候了：该出生的一定要出生！该速朽的必定得速朽！他在绳结上读着这个日子。那里，有一双佩戴玉镯的手臂将指掌抠进黑夜模拟的厚壁，绞紧的辫发，搓探出蕴积的电火。在那不见青灯的旷野，一个婴儿降落了。笑了的流浪汉，读着这个日子，潜行在不朽的荒原。"

真正精彩！那时候，经常有诗人来报社作客。湖州的柯平到北京参加青春诗会前，特意到报社来看我。我拉他到塘桥住下。住在上海的顾城，他爱人是位上海姑娘。他是顾工之子，那天是因老黎之邀前来交稿的。我们还合了影。老黎与青年诗人没有距离。我和他经常去复旦诗社、夏雨诗社参加活动。

但《文学报》要在市场经济中生存，《诗苑》很难再每月出整整一版了，1987年在报社的争议中停止。

我也离开《文学报》，去了上海市文化局的机关报《上海文化报》，主持每周一版的社会大特写《视野》。

老黎，仍坚持着《中国诗人》的梦，曾经与贵州合作过，记得复旦诗社的社长傅亮，也帮过他的忙，也约过我的组诗。但终因发行问题，困难重重。1988年开始，老黎与沈阳《诗潮》的罗继仁主编合作。庆幸的是，《中国诗人》一直在沈阳落户了，而且发展、壮大起来，越来越红火。

天堂里的雁翼、黎焕颐两老，闻之一定会高兴的。

（刊于《中国诗人》双月刊2014年第1期）

序校园诗人钟岩松诗集《爱情季节》

近年来诗的窘困，是有目共睹的事实。

经济手腕铁一般地敲碎了许多诗人粉色的梦。

但依然钟情于缪斯的作者还是有的。不是吗？——“只有我的心常青／苦守在相思树下／擎着飞不动的相思／等待着你的归来”。

天真而又倔强的梦，才能延续到阳光下，而且，有切切实实的脚步。

这阵脚步声，今天沿着一片初恋的草坪轻柔地传给了我。

钟岩松是我最近才认识的。他找到了我——那是当我候在寒风中的走廊上，准备走向复旦研究生艺术节热气腾腾的大教室。我演讲的题目是“诗歌不该陷入的低谷”。

年龄比我小19岁，纯情却比我多得多的钟岩松，在这本诗集的扉页上开诚布公地写道：“就让我把所有的隐私告诉你／何必要对世界／进行虚伪的遮蔽。”读后，感到他是在真实地记录着自己生命的历程，自己青春的喘息和孤独感。

这种诗的记录是爽快的。那个“媛媛”，那种“人生最难忘的莫过于初恋”的感叹，很有感染力。读着这些诗作，我眼前的日子，仿佛真的成了“溢着绿的草坪”，而且确信：“自从你给了我第一个吻／一草一木便结满了诗句”。

但作者“希望的绿野上”也“生长出两棵伤心树”，甚至，“高山失去了往日的形象”。可见，纯情人“定会有纷纷扬扬的沮丧”，因为漫长的现实之路，毕竟不是全铺在青绿的草坪上。诗也一样，不能全是直截了当的，还得提炼，还得与肤浅过不去。钟岩松的某些诗章，似乎直白了些。

他在催我写这篇序的笺条上写道：“我一直固执地认为，诗的本质是感情，诗的生命是感情，而技巧只是附着物——则如胭脂饰品于人之美。没有感情，我从不写诗；只有当感情将我折磨得死去活来的时候，我才会铺纸捉笔，将这种感情真实地记录下来。我一直追求，追求我的诗能最大限度容纳我的感情，并使之与读者的感情产生共鸣。……诗的王国异常圣洁，我渴望自己能早日步入这个圣洁王国。”“我坚信：充满挚情的语言更容易赢得读者”。

说得多好啊！是的，真情比金钱更贵重！唯有诗人，才把真情放在生命的首位，才“永远走不出童话”。

写于20世纪90年代第一个早晨，上海

真挚是我的全部情感

——《跨世纪的毛泽东》初版后记

满屋子的毛泽东。从形象到声音，这些天来主席时时陪伴着我，从不知名的山村小径，到大会堂的接见大厅，主席时而迂回、时而猛进的智慧紧紧牵着我的手。

我从来没有这样写作过——即使躺在病床上，垫在枕下的也就是这首长诗的草稿。尽管右手的静脉里注射着缓缓的药水，左手的指间还依然由圆珠笔传达着我并不苍白的斟酌。我想继承马雅可夫斯基火一般的呐喊，又尝试着变革贺敬之放声歌唱时的形式……

我是一个享受着主席在开国大典中撒出的阳光的少先队员，又是一个在主席晚年的失误中度过整个青春年华的红卫兵。真挚是我对主席的全部情感。我重大的欢乐与痛苦，都与主席有关。我就像是他的儿子，如今一看到他在荧屏上重现，思念就会伴着泪水直涌……

我从小爱诗，从小爱主席。主席和诗，本身就是无法分离的，而在我献身的事业中，把这两者联系得最紧的就是这首诗。

很多年前，这样的格式、这样的气势就盘旋在我的脑中了，我写诗的体裁，擅长的一大方面是政治抒情诗。在主席100周年诞辰即将来临之际，我怎能不筹划这篇我的一生中最重要的作品？全国有这么多蜂拥的有关主席的纪实文学，以致弄得有些情节真假难分了。可就是没有一本歌颂主席的抒情长诗。也许有人会说："别人都没写，为啥你要写？"这里不妨袭用一句大家熟悉的话："此事，我们不干谁干？"

于是，重访韶山，二上延安，总觉得最好的导游是当年的主席。尤其在延安初冬的一个月，我在早雪的寒气中常常伏案到天明。我挨主席的那片窑洞太近了！我有一种神圣的冲动。当然，我也忘不了上海市委宣传部部长金炳华在延安得知我的创作意图时对我的鼓励。

在我八易其稿的困守中，还得到了罗洛、王富荣、郦国义、肖岗等同志的支持。这回，又蒙我散文诗界的老知己王慧骐的器重，使此诗能在“虎踞龙盘”的南京问世。我敬重的臧克家先生还特地题写了书名，在此深表感谢。

今天，当这首接纳着我一生最大心愿的长诗付印时，我总感到：自己还没写好，对不起主席。这里，就让我轻声说一句：主席，请你比1968年城楼上的那次更近、更清楚地检阅吧……

1993年6月28日于上海

2010年12月，桂兴华在福建才溪乡采访

长征之魂
——《跨世纪的毛泽东》采访笔记

回头看，毛泽东率领的长征距我们已经这么多年了。

改革开放的时代大潮，使我们把更多的目光投向更加广阔的前方。黄浦江的波浪，一浪比一浪轰动。未到达的风景线，始终在飞溅的浪花中吸引着今天少得不能再少的时间。

于是，流行追着流行。笑颜常新。步伐，越来越被疾驰的车轮代替。长征的线路图，已经成了旅游图。遵义那座有名的城楼外，蜡染时装表演队风光无限。依旧冲天的乌江涛声，惊诧着两岸突起的大厦。只有旅游者好奇的提问，才使赤水河边的车队拐入了山路上的一阵阵沉思。

是啊！历史，总忍不住常常回眸，回眸那至今还深刻在每一片绿叶中的纹路。

该怀念的，总得怀念。

我重访的这块土地，实在太温厚。

因红军“四渡赤水”而闻名的赤水市，距贵阳迢迢数百公里。入夜，被纳凉人群覆盖的码头上，往重庆方向的客货轮船正待起航。载客的三轮摩托车到处呼啸，卡拉OK厅、镭射电影厅在新城、旧城都有的霓虹中争相闪烁。

我采访歌唱着的小伙、姑娘。他们来自达到国际先进水平的天然气化肥厂、大大小小的变电站，和远销海外的扇庄。他们知道长征，也没忘记自己是在长征路上……

即使在特区的秋天，毛泽东“天高云淡”的诗抄也没有飘零。

在跋涉中最能吃苦耐劳的红军战士，至今还牵着我们的手。

在梦中牵着我们的手。在歌中牵着我们的手。

时至今日，红色铁流今天还在行进着，行进在世纪的大脑中。

而珍贵的历史照片，则不用表演。它们最真实地记录了这段难忘的历程。

这是毛泽东在被夺走兵权以后，在瑞金担任临时中央政府主席时的照片。

这是毛泽东1936年到达陕北后由斯诺拍下的照片。

这两张照片之间，就是长征的岁月。

伟人的眼神里，饱含了多少沧桑巨变。

白求恩大夫在日记中写道："我回想到长征，想到毛泽东同志和朱德同志在那伟大的行军中，怎样领导着红军经过两万五千里的长途跋涉，从南方到了西北丛山里的黄土地带。"

1937年，美国记者埃德加·斯诺所著的《西行漫记》在伦敦出版后，一个月就印了五版，1938年1月，又在美国纽约出版，立即轰动了全世界，被译成了多种文字。斯诺认为：长征是"现代无与伦比的《奥德赛》史诗"。

1980年，美国总统顾问布热津斯基曾带领全家(妻子和儿女)一行五人，沿着红军长征的路线一路访问。他认为："要是对于长征有了更多的了解，我们对这个民族及其领导人的内心世界也就会有更多的了解。"

曾任《纽约时报》副总编辑的美国著名作家哈里森·索尔兹伯里，他76岁那年来中国重走长征路，然后在《长征》一部书中感慨万分地说："长征是一篇史诗。这不仅是因为淳朴的战士及其指挥员们所体现的英雄主义精神，还因为长征实际上成了中国革命的熔炉。""在本世纪，没有哪一件事如此触发世界的沉思和遐想，如此深远地影响世界的未来。"

美国学者迪克·威尔逊说："长征已经在各大洲成为一种象征。心和毅力，就能达到自己的目的。"

长征这支铁流的长度，是长江的两倍。这支铁流也就成了中国乃至世界上最长的河流。

河，总使我们想到一种动态的美。

倘若说60年前的那次长征，已经凝固在纪念碑的浮雕群里了；那么，"长征"一词，却插上了雄健的翅膀。"长征"一词的含量实在太大，已经远远超过了它事件的本身。

难怪，重走长征路，体会其中味的中外人士越来越多。在云南，每年有一批又一批的大学生踏上这条路，走进一个个纪念馆。

据遵义会议纪念馆费侃如副馆长介绍：这个会址是邓小平、杨尚昆等同志1958年11月3日来遵义后，经过他们的回忆才确认下来的。这里原是黔军第二师长柏辉章的公馆，是座四周有着圆柱、抱厦、券拱和长廊的二层小楼。红军首领们晚饭后来此开会时，由于白天战事繁忙，坐的位置往往都不是固定的。目前，涌进这座举世闻名的红楼的人流已遍及五大洲。

贵阳街头的"刘氏大排档"的老板说："我们要感谢长征。"

当前的改革开放，可以说是当年“长征”一首更加响亮的续曲。

1988年3月28日，邓小平在与来访的日本客人会晤时说：“改革是中国的第二次革命。”

60年前的那次长征，是一次战略大转移。

我国从1978年党的十一届三中全会以后，以经济建设为中心的路线的确定，是又一次战略大转移。这次大转移的顺利推进，完全得力于我党第二代领导核心——邓小平等同志的力挽狂澜。

这与1935年1月长征途中的遵义会议，结束了王明“左”倾机会主义在党内的统治，确定了毛泽东在我党的领导地位，从而使红军走出困境，成为我党历史上“一个生死攸关的转折点”(摘自《党中央关于建国以来党的若干历史问题的决议》)，是何等相似啊！

在革命的紧急关头，领袖历来是决定历史进程的关键，因为他集中体现了党心、军心和民心。

这一页掀开时，贫穷落后的安徽凤阳县小岗村18户农民也正悄悄地在土地承包的合同书上盖上手印。最基层的农民与人民大会堂里的领袖心心相印——老百姓与党中央想到一块了！这又与当年遵义会议前夕，红军战士“抬头望见北斗星，心中想念毛泽东”的情形如出一辙。

当年，毛泽东沿着泥巴路步行十几分钟前往“柏天顺”酱园出席遵义会议途中手提的马灯，是红军战士仰望着的梦。这梦，终于在层层乌云中闪闪发亮了，照亮了中国的前程。正如刘伯承所说：“遵义会议的精神传达到部队中，全军振奋，好像拨开重雾，看见了阳光，一切疑虑不满的情绪一扫而光！”

如今，这盏马灯存入了中国革命纪念馆的陈列大厅里。

指引当代中国的，已是一盏融入了马灯的光芒、又更加灿烂的明灯。

任何行动，都来源于思想。

60年前的那次长征，是一次大突围。

首先是精神上的大突围。“山沟里的马列主义”终于战胜了不符合国情的瞎指挥！那条错误的军事路线，终于被抛弃了！

1978年开始的改革开放，首先也是从“左”的禁锢中实行的一次精神大突围。一场关于“实践是检验真理的标准”的大讨论，触发了全国的思想大解放。全国上下的生命力顿时异常勃发，这与60年前的红军战斗力的超常发挥，又是出于同一种原因。

毛泽东当年提着小马灯去参加遵义会议的旧居前，水果摊和饭铺挤得很紧。股票交易所里的屏幕上闪着上海、深圳股市的即时行情。沿街一逛，发现人们的腰间多别有BP机。一打听，2.2万门程控电话和900兆赫移动电话正在频频与山外面对话。北京路、上海路、香港路等十几条道路是近十年来新建和改造的。苟家井日用小商品市场更是全国闻名，江浙一带来了许多商人，温州发廊尤为突出。

今天，长征的重大意义已经十分明确，明智人绝不会对它吐半口唾沫。

可以这么说：没有60年前的那次长征，就没有1949年10月1日成立的新中国！

长征，锻造了拖不烂、打不垮的一代人！这代人，始终是推动新中国前进的核心力量。

长征，还将影响中华民族的子孙万代。

无论是高级将领、“老红军”战士，还是小学生、正在进行入党宣誓的新党员，谁不感叹：遇到困难，就必然想到长征。

在社会主义市场经济中，也需要克服千难万险的勇猛。

最难忘娄山关的暮色。娄山关南距遵义市50公里，重崖叠嶂，峭壁绝立。江泽民总书记1991年12月来遵义视察时，曾在当年红军痛歼敌军的古战场娄山关前留影，并敬录了毛泽东的词句：“雄关漫道真如铁，而今迈步从头越。”

曾任苏鲁支队政治部副主任的王根培同志，是在过草地、打下腊子口后当上红军排长、副连长的。他那26岁的孙子是个装潢个体户，近来却整天抱着书本自学。原来他是初中毕业生，现准备参加成人高考。一采访才知是爷爷教他进行文化上的长征。

21世纪，是智能革命的世纪、科学的世纪、教育的世纪、信息科学的世纪、和平与发展的世纪、自然科学与社会科学统一的世纪。

21世纪的竞争，实质上就是社会制度、人才的竞争。

我们凭什么赢得这场世界大赛的总决赛呢？

就凭边摸索边往前走、坚定不移往前走的精神。

为了追求崇高的幸福，坚韧不拔地走向胜利，这就是长征之魂——当代中国之魂。

长征之魂不灭！

长征万岁！

1995年，写于从贵州到上海的路途中

午夜零点
——《邓小平之歌》初版后记

1996年3月的中下旬，在上海思南路的一家小旅馆里。

独自一个人，只有粘在201室四壁的诗稿伴着我。有时候，春风会伸来好奇的手，掀动起诗稿的一角。异常的静。春雨很细、很柔，雨滴在屋檐上的声音加深了夜的感觉。电视机被我关掉了，没有人知道这里的电话号码，我可以沿着自己的线路，涉过历史的大海……

又是一个午夜零点。半个月来，我的心境全部被包围在这座“诗城”里，难得啊真是难得！小旅馆的门外，是霓虹灯的妖艳、快餐厅的拥挤、书报摊上的封面林立、候打电话的人急成一团……

自我的第一部长诗《跨世纪的毛泽点》出版以来，社会各界都报以热情的支持。继长诗的首发式、专场朗诵会以后，激光唱片、朗诵盒带引起了很大反响。数不清的读者、听众在打听：“你的第二部长诗是不是《邓小平之歌》？”圈内外的朋友更是直截了当：“你好写小平了！”尤其是一次联欢会上，当我上台朗诵《跨世纪的毛泽东》片段以后，在台下一片掌声中，群众高呼：“写小平！写小平！”对我的触动特别大。

小平同志是我国改革开放和社会主义现代化建设的总设计师，他的丰功伟绩不但创造了现实，更影响着未来。像对毛泽东一样，我对小平同志一直怀着深厚的感情。因为没有小平，就没有我和我们这一代的今天。当代生活的一切领域，无不映照出小平理论的光辉。

对小平同志的感情，我是逐步加深的。触发点在我曾经在那里读书、拥有18户手印、爆发了新时期农村革命的凤阳；在令我几回回惊呆、涌动着这么多新潮的深圳；在搬进去是荒凉一片，搬出来还毫无动静，但近年来使我迷路，使我连连昂起头来环视的浦东；更在看到他飞快加速了整个中国远离“文化大革命”的进程。

其实，了解了我是怎样的一个人，就不会感到我写这两部长诗“突然”了。

我，曾在打水需深深弯下腰的井台旁，急匆匆撕开妻子寄来的刚复刊的《上海文学》；

我，1976年结婚的日子定在毛主席发表《在延安文艺座谈会上的讲话》的纪念日；

我，1977年发表的第一首政治抒情诗是《安徽文学》上的《在毛泽东的旗帜下前进》；

我，曾在学大寨工作队只有一盏煤油灯的茅屋里，深夜独守着一台小收音机，收听北京首演芭蕾舞《红色娘子军》的实况；

我，看了20多遍电影才完成的第一部长诗初稿是《智取威虎山》……

那么今天，我在经济信息的密网中捕捉出来的诗意，也许就是这几十年综合素质的沉淀，是时代打在我身上的烙印，不顽强表现出来不行。

我是70年代的农民，我是移植来的粗犷。别人在追求细巧，我却习惯"大江东去"；别人在尽量远离政治，我却紧紧围绕着时代。别以为这种围绕就是"左"。这怎么是"左"？！想着广大群众盼的是什么诗歌，也是政治啊。看得懂的诗，我这里有；思想不糊涂的诗人，我是一个。

我是海派文化中不和谐的一点。海派文化又不得不容纳了我。可能是我太敏感了，但不能否认的是：诗人永远是现实的儿子、情感的儿子。

当然，诗人也许就是怪人，尤其在这个时候。大思路和大动作，势必会惹来各式议论，这个我早有准备。

我常常反问自己：我关注时代的最佳手段是什么？是写政治抒情诗啊！这是这几年我才找到的一种喷爆自己积蓄的方法。在诗里，我才有了最大的能量，才抒发了我再也改变不了的对当代生活的极大热情。

这种热情，使人不相信我的真实年龄。但我自己明白：如果能有其他的途径发泄，也许我不会找到诗。现实告诉我的是：我别无他路。于是，即使在诗沉入最低谷的时候，我还是没有放弃——放弃了，就没有了我生存的价值。

机遇没使我从政，更不会让我经商，我面前能施展自己的舞台只有这么一个：写诗。

说穿了，人的一生还是由自身决定的。父辈没传给我什么财富，只留给我苦斗的本分。"老三届"特有的身世，又决定了我回上海后继续在社会底层滚打的艰巨性。老天爷不会降给我什么意外，厄运掠不走的也只有我的诗才。我最恰当的身份，年复一年后还是归于这两个字：诗人。

既是诗人，穷的就是资金，富的则是激情。而最能让我激情奔涌的河床，必然是长诗无疑。因为长诗是另一种“大特写”，是我前些年大量写社会大特写的继续。而领袖，在每个人心目中的直接印象是不同的，这与自己的成长经历、背景及阅历有关。领袖题材在自己笔下越有个性，就越有生命力。就像列宁在马雅可夫斯基的诗里是那样，毛泽志、邓小平在我的诗里是这样。

此刻，我考虑的是：怎样不重复旧的意象？怎样写出“这个”伟人的人性？怎样把“我”摆进去？怎样把小平的理论体系诗化？

这个考虑的过程，比我写第一部长诗时漫长。

我总觉得：终于被历史选择的毛泽东，是中国的午夜零点。因为他专门与漆黑的昨天交战，领着云雾中的曙光一路向前。

邓小平，又是中国的午夜零点。他是新和旧的分手站。他那不断前进的脚步，领着冲出十年动乱后的梦幻，不再是梦幻了。

上海市委宣传部、上海作家协会的负责同志以及广播、电视系统的许多同志，曾对这部长诗的创作十分关心，我都一一牢记着。

在这里，我要感谢上海社科院“邓小平理论研究中心”副主任程伟礼先生。他第一个通读了全部诗稿，并提出了中肯的意见。

我还要感谢“儒商”吴梅森先生。他听说我已经动笔写《邓小平之歌》以后，立即为我租下了思南路的一间小房间。这种不容我推脱的“仗义 ”，令我想到：歌颂小平，实际上也是为人民办实事。老百姓盼着这部长诗早日问世。海内外新闻媒介对这部长诗的反复关注，就是明显的例证。

而“敢为人先”，也使我遇到了许多难题。有些难题还是人为的。一个诗人的精力，被诗以外的实际操作过程消耗得实在太多、太多。也许，写政治抒情诗的诗人，必须有政治家的眼光和社会活动家的能力。好在我是个“干就干好，决不罢休”的人，激情是我最大的优势。身边的人们一次次被我的激情感染。同时，我也被一种种支持托住。

那么现在，我能不能说自己已经“筋疲力尽”了呢？实际上，我已经很累、很累了，但还有好多人在等着我的下一部。

我的下一部，应该是我对无限风光的新世纪的百倍关注。当然，首要条件是——我创作上的午夜零点，还得再次降临。

1996年10月1日于上海

《邓小平之歌》进京演出的前前后后

1997年2月19日凌晨，小平同志离开了我们。

五洲四海，沉浸在深切的怀念之中。

上海，东方电视台即时反复播放着根据我创作的《邓小平之歌》拍摄的MTV。

北京，文化部、艺术局、中央人民广播电台加紧筹备一场献给小平同志的题为“在大海中永生”的音乐朗诵会。

在各地进京演出的节目中，上海只有一个原创节目通过了送审，这就是我创作的《邓小平之歌》。

那么，《邓小平之歌》是怎么被主办者选中，然后进京的呢？

3月初，“两会”召开期间，《经济日报》记者采访了全国政协委员、著名电影演员秦怡。秦怡满怀深情地对记者说：“小平同志逝世以后，这些天自己的脑海里总是萦绕着参与朗诵的《邓小平之歌》中的一些诗句。诗句充分表达了我对小平同志的无比怀念——从今天的每一座路标，到新世纪的每一条跑道，哪一刻不在心底轻轻呼叫：小平，您好！小平，您好！小平，您好！”

主办者看了报道后，立即找到了秦怡，以及其他朗诵者孙道临、曹可凡、袁鸣、乔榛、丁建华和我。

其间，《工人日报》正好发表了对我的专访，我随即把《邓小平之歌》传真给了主办者。文学统筹、新华社总编辑助理何平立即拍板：这个节目定了！因为他对《开放月刊》连载的这部长诗，早已有所了解。

于是，《邓小平之歌》作为选定的7个节目中的唯一的一首诗进京了。

在北京音乐厅举行的新闻发布会上，上海的艺术家们纷纷表达了自己对小平同志的无尽缅怀。曹可凡还特意介绍了东方电视台是怎么组织这些演员拍摄这部电视诗的。

新闻发布会送给记者的礼品是：一张节目单、两张入场券和一本我带去的《邓小平之歌》。

排练过程中，由于演出的时间有限，孙道临老师又和我一起，对长诗的部分章节进行了浓缩。他还对朗诵的语气、语调的处理，提出了许多建议。这也为这次演出返沪后在中国唱片公司灌制配乐朗诵诗盒带打好了基础。连排时，配的音乐原来是《在希望的天野上》，但审查的同志感到与长诗的力度不太协调。彩排时临时换上了雄浑的《长江之歌》，立即使领导与演员们都满意了。

北京的4月8日，气候比上海还要温暖。那天的夜风中，多少北京人在北京音乐厅外面等候着退票，中央电视台的赵忠祥主持了这场座无虚席的演出。他对《邓小平之歌》也比较熟悉，曾经朗诵过其中的一个片断。整场演出，高潮迭出。当上海的演员朗诵到小平在南昌拖拉机厂那段艰难的生活时，我看到邓琳不断地擦着眼泪。演出结束后，胡锦涛等中央领导在贵宾室会见了音乐朗诵会的编创演职人员。

胡锦涛同志说："看了同志们的演出，很受感动，也很受教育。大家用音乐朗诵这种最朴素的艺术形式，表达了亿万人民的共同心声，歌颂了人民领袖和一代伟人邓小平的丰功伟绩和高尚品格，表达了全党、全军和全国人民对邓小平同志的衷心爱戴和深切怀念之情。小平同志虽然离开了我们，但他的光辉业绩、科学理论、崇高品格和宏伟事业永远和我们在一起。"

中央领导同志和上海的七位同志一一握手，我随即把《邓小平之歌》送到了他们的手上。胡锦涛同志接过书后就问身边的毛毛（即邓榕）等："你们有了吗？"毛毛答："我们已有了。"中央电视台新闻节目的摄制组拍下了这些镜头，随后就向全国播放了。

由于毛毛的谦让，邓楠代表小平同志的家属，对大家表示感谢。我请邓楠、邓琳、邓榕在演出说明书上签名，他们对我十分亲热，连声说"谢谢"，并分别与我合影。

上海市委宣传部在金炳华部长的安排下，派了三位同志进京观看了这场演出，并精心组织了6月18日"永久的怀念"专场演出，献给对上海的改革开放百般关注、一片苦心的敬爱的小平同志。

1984年的那条横幅

——北京大学采访记

1999年，北京大学校园内，桂兴华（左三）采访当年自制横幅“小平您好”的几位参与者

15年前，1984年国庆游行的时候，北京大学生物系的学生在天安门前，曾经打出一条举世瞩目的自制横幅“小平您好！”

9月2日上午，我和东视编导事先阅读了大量资料，然后一起专程赶往北京大学，采访了其中三位当事人：一位是当年的细胞遗传专业班班长张志，天津人，现在一家民营企业当老板，从事体外诊断试剂；一位是当年的班主任李宝屏，今年调进北大出版社当编辑；一位是当年制作横幅的那个宿舍里的同学王新力，内蒙古包头人，现在还在读博士，准备再攻博士后。

据了解，全班当时有20个同学，现在有8个同学在美国进修。那个执笔写“小平您好”的同学叫常生，目前不知在何处。

据他们回忆：中华人民共和国建国35周年国庆游行训练时，领导指示，群众队伍的方阵气氛可以活泼一起。10月1日前的那个下午，同学们在宿舍里议论：能不能更好地写出一句口号？大学生们大多出身于极其普通的家庭，如果没有小平决策的高考制度的改革，都进不了北大。大家要表达对小平同志深深的谢意。

讨论来讨论去，大家认为：不能用“万岁”这个词了；用“邓主席”、“邓主任”的称呼，感觉上也不对；用“小平”的称呼，特别顺口，亲切。于是，一致决定：打出“小平您好”的横幅。“小平您好”这个口号，预示着一个改革开放的新时代开始了。

15年后的今天，我们再重温这句曾经贴在床单上的口号，怎能不心潮起伏？因为它体现了群众与领袖之间的亲情。

我感到采访的内容很有价值，当天晚上，就向东广新闻部主任徐威作了汇报。3日凌晨近5点，住房里的电话响了起来，那是东广早新闻的值班编辑打来的长途电话，他录下了我的全部报道。不一会又打来电话说：“听众最关心的是他们现在的情况。”果然，我回上海以后，发现听众们的注意力真是盯在“现在进行式”上。

广安巨变

——小平故里采访记

我国改革开放的总设计师邓小平，1904年8月22日诞生于四川省广安县协兴乡牌坊村。

1996年隆冬，为创作长诗《邓小平之歌》，我曾来到小平的家乡广安采访过。

从重庆到广安有一百多公里。

广安如今已成为地级行政区了。广安地区是1993年7月经国务院批准设立的，包括广安、岳池、武胜、邻水县和华蓥市。

“广安”一名，源出于北宋开宝二年西川转运使刘仁燧奏表中的“广土安辑”。刘仁燧的用意是“使辽远险僻纷扰的地方安定下来”。

8年以后，为修改《邓小平之歌》，我又来到了这里。

我发现：广安市委已经着力把政治优势转化为了发展优势，把资源优势转化为了经济优势。由于树立了“小平故里是立市之魂”的理念，切实把小平同志的影响力转化为对广安发展的注意力，把人们对小平同志的崇敬爱戴之情转化为支持广安建设的强大力量，广安的经济上了快车道。

市委书记谭力早就指出：对广安未来发展，关键是发挥好三个方面的作用：一是小平故里；二是建设有中国特色社会主义教育基地；三是华蓥山革命老区。

如今，城市绿化、亮化、美化档次明显地提升了，广南、广渝高速公路、广前一级公路即将竣工，县乡村公路建设掀起了热潮，广安的区位劣势正逐步转化为区位优势。

这几年，有两个活动十分有影响：一个是“致福思源，共建广安”；另一个是“我为小平故里植棵树”，今年固定资产投资将达到100亿元以上。

傍晚，我在协兴镇牌坊新村对面的8路公交车站前候车。旁边的一位农村妇女背着一只空竹篓，我好奇地问她：“进城啊？”她笑着说：“进城买餐具。”“你是开饭店的？”想不到她利索地从竹篓底部翻出一张淡黄色的名片——“淡氏农家”，递给我时还爽朗地邀请：“欢迎你来作客！”名片上一行红色的小字：“邓小平舅父之家”，引起了我的注意。她认真地说：“是真的，家里还有小平与家人的图片展览供游客观看。”车来了，我发现，一个新时代的背影就在她的身后。

牌坊村已经崛起了一大片很气派的农民住宅，其中有许多向游人开放的“农家乐”，即小旅馆。那天，我采访了一家“刘四客栈”。我问刘四，这“四”字还有啥含义？答曰：“欢迎四海朋友！”四川电视台《纪念》摄制组在那里吃住，一天30元。在二楼的栏杆边远望，细雨中有几多红灯笼在屋檐下飘荡。

老街上的“北山小学堂”是小平当年读书的地方，这些天正在加紧维修，4月底前要完工。沿街一片铁锤的叮当声。整修中的一家家小店里，虽然满是灰尘，但小平的笑容还是那么清晰。一张张画像旁边的对联是：“翻身不忘共产党，致富更思邓小平。”每家每户都贴着这样的画像和对联，形成一条独特的风景线。小学堂的斜对面，原是一家杂货店，一打听，即将改建成茶馆。我对店主说：“你是近水楼台啊！”

新城里见得最多的名称是“思源”，有思源广场、思源大道、思源宾馆、思源茶坊等。周末之夜，广场上的音乐喷泉和水幕电影流光溢彩，使我像置身在都市之中。那座当今世上最大的宝鼎下，有一行字特别醒目：“发展才是硬道理。”曾几何时，广安还是贫困县，现在的发展速度却雄踞全省第一位了。

沿着小平走过的路，越走越宽广

牌坊村的小平旧居，有浓郁的蜀乡风情。

这座呈凹字形的农家三合院，坐东朝西，始建于清代，迄今已有200余年。房屋全系穿斗结构青瓦屋面。小院有大小房屋16间，泥土地板。院坝用条石铺成，平坦、简洁。房屋四周翠竹掩映，林木繁茂。

在旧居内，陈列着小平同志童年和少年时用过的床、桌和生平事迹展览，后院有小平帮父母亲做家务劳动的猪圈、磨坊等。前几年，每年有6万多游客来此参观。我在书房里仿佛听到了小平当年的读书声，在走廊上好像看见了小平当年留下的脚印……

小平旧居早些年没做什么修整，管理所的同志只是在通直旧居的大道两侧，种上了两排翠绿的柏树。这两排绿油油的仪仗队，使这片典型的农家庄院增添了庄严的气氛。

以前从旧居购买的纪念品，除了几枚刻有小平头像的纪念章是上海制作出品的以外，还有几张年年开花的铁树的照片。这四棵铁树就在三五公里外的县委大院里。据说小平同志在1977年复出以后，它们年年开出金灿灿的花朵，那花朵嵌在墨绿色的树叶中间煞是好看。这个传说，反映出广安人对小平同志的敬爱之心。

当年，旧居管理所的老所长陈贤松曾对我说："1995年，有40多万人来此参观。以后人越来越多，国内外的游客都有。小平同志从来不喜欢宣传自己，我们对旧居也没什么动。"

今天，在小平同志出生的大床前，我又停住了。

这是小平父母亲的木雕床，床架很宽，有围栏和顶棚，上面雕着花。

我指着床边墙上挂着的照片，问："为什么小平一生中最初的照片，就是这一张他在16岁时于1921年3月在留法勤工俭学拍下的？他小时候就没拍过照片"？

解说员这样回答："那时候，这里太落后了。"

是的，毛毛在书中不是写过，"广安交通不便，闭塞了生存的环境。一患为兵，一患为灾，三患饥饿，四患疫病"。小平在1919年走出广安，就有为了寻找解放包括广安在内的广大劳苦大众的真理之路。

上次来，我看到一副对联是四川著名的老作家马识途在1983年创作的："扶大厦之将倾，此处地灵生人杰。解危济困，安邦柱国，万民额手寿巨擘。挽狂澜于既倒，斯郡天宝蕴物华。冶水秀山，兴工扶农，千载接踵颂广安。"

我记得旧居曾有一副长联洋洋五百个字，极有气势。上联写有：小事宏观，大事微观，成事纵横观，败事主客观，牢树英雄宇宙观……下联写有：平时剑气，战时勇气，穷时傲骨气，达时豪迈气，素标俊彦凌霄气……

上联侧重于历史性的政治风云和武装斗争，下联侧重于现实性的经济建设和远景构想。同时采用"双钩格"，在上下联起收处，嵌有"小平"两字，真是独具匠心。

此刻正在施工的邓小平故居陈列室，是由上海现代设计集团邢同和大师领衔设计的，占地约8亩，建筑面积3800平方米。陈列室的三个斜坡屋面，寓意小平同志"三落三起"的不平凡历程。高耸的"丰碑"，表示小平同志的历史功绩及小平理论的伟大旗帜。

听说屋顶上的14万片瓦，都是从外省运来的，造价10元一片，背面都有特定的记号。运用高科技手段的三个展厅，将再现小平波澜壮阔的一生。其中有一辆他在天安门广场检阅三军时用过的红旗牌轿车，让人想起他当年的勃勃英姿。

我来到郁郁葱葱的邓小平铜像广场。这里，三面环山，绿树翠竹围绕，给人以回家的感觉。走着，走着，从北京邓家大院里移植过来的石榴、丁香、紫藤、白玉兰、紫衫、连翘等六棵树十分醒目。从邓家老井里舀一勺水喝，马上会想到"饮水思源"。

全国邓小平思想理论研讨会已经几度在这里召开了。不远的果山村里，有小平同志先辈的墓地。游客一般在参观小平旧居以后，都要到这里来瞻仰。小平父亲邓绍昌的坟墓在一处，于1973年立的。他生母淡氏（名字不详）的坟墓在一处。墓碑旁石刻的一行字——"后人须学好人"，给我的印象特别深。

小平同志的两所母校，我都去参观了。

县立高等学堂前些年在镇政府内，灰砖砌着满墙风霜，青瓦木窗。这两层小楼终于保存下来了。小平曾经每天赶3里小路，在此读完了高小，而且常常中午不吃饭。我在此留影的时候，想起了路上正在兴建的"翰林小学"，那是北京有关企业资助的新型学校，竣工后无数农家将跨入这扇希望之门。小平在中学读了一年书，即初一年级，就去了重庆，去了法国勤工俭学。

广安中学创建于1912年，现有5 000多名学生。我在那里举办文学讲座时，同学们提出的问题都很大胆，有的直接向我索要手机号码。和他们在一起，让我想起青年邓小平在"五四"时期昂然的身影。

小平作为一个革命领袖，他同毛泽东一样，也是从山沟里走出来的，当年也受到《新青年》的影响，以"内图个性之发展，外图贡献于其群"的目标，立志做一个身体好，有本领，能发展，有贡献的人。"小平从小就喜欢与同学一起游球"，一中的老校长姜宝森是个上海人，他指着滔滔的江水对我说："小平晚年不是也在江水中潇洒地搏击风浪吗？小平和毛泽东一样，从小就是游泳好手"。

遵照伟人的嘱托：一定要把广安建设好

1919年后从未回过老家的小平同志，1993年指示家乡人民："一定要把广安建设好"！

1995年11月28日上午，乔石委员长在人民大会堂亲切接见了当时的广安地委书记敬忠春等。敬书记向他呈上一封关于请求国家批准广安发电厂在1996年开工的信，他欣然接受并表示同意批转。

我两次采访，都去了宏伟的广安发电厂。调控室里只有几个硕士在操作。今年，这项大工程的第三期即将开工，广安人掌握“第一生产力”的能力在快速增强。而广安县十年前还是贫困县，听到这个信息，我当时震动很大。我也明白了当地干部们肩头的压力。人口在迅速增长，耕地却同时挑起“生存之本和生财之源”的两副重任，怎能不逐年老化？只能在改造中低产田的同时，从农业、畜牧业、多种经营、建筑建材，机械加工、商业贸易、旅游服务、城镇建设等方面寻找项目。有的干部，为了等一纸批文，在机关的走廊上、巷道里一站就是半天，站得两脚发麻。终于，全县农村人均纯收入由15年前的156元，增加到800元左右。全区在1995年，结束了“摇把子”电话的历史，乡镇企业总产值两年翻了两番。

这回来，我听说对干部的任用很严，“不换思想就换人，办不成事就走人，破坏环境追究人”。

我想起了在致富的典型——果山村采访的情景。

果山村在山崖下。农家庄院散落在山坡的各处。山路很陡，但背着竹篓的农妇们走得很快。果山村的熊书记和王村长接待了我，并且在广播喇叭里唤来了几个农民与我交谈。

1982年包产到户之前，这里是8分钱一天，一年人均粮食只有200多斤。有民谣唱：“有女莫嫁腊梅沟，一年四季为粮愁。”妇女主任举家外出逃荒了。那时候，扒火车逃荒的人说：摔死比饿死好。现在全村有5万多株果树，果农最少10元一天，一年人均两三千元。四季水果不断，“卖掉水果来换粮食”，穿着西装的农民争着对我说。家家捧出了柑橘，而且十分甜，在集上卖是2元一斤。我走访了几家，腊肉的香味很浓，碾过的米是从对面的机房里背过来的，很方便。

我想起地区行政公署副专员蒋登伦以前对我讲的话：“‘左’的路线对广安坑害很深。广安一直是阶级斗争的点。那时，全县只有两个半好人。1969年，这里还有不少人在啃树皮。1980年开始，才有人偷偷把麦田分给农民。因此，广安人恨透了‘左’的路线，对小平同志感情很深，发誓要把家乡建设好，让他老人家放心……”

我两次来都住在新区，地委机关设在这里。新盖的楼房有上百幢，设计很新颖，屋顶都是尖尖的，五颜六色。长行足有7公里，早晨的洒水车乐声悠悠，宽敞的人道非常清爽。

当地最有名的企业，首推渠江水泥厂。该厂的产品参与了北京“亚运村”和“亚洲一号”卫星发射站的兴建。

我去采访时，厂办公室的同志忙得不可开交，连说：“我们不要做广告，不要做广告！电视台来，我们也不要做！”可想而知，他们厂的产品销路是多么好！

老城的小摊密布，一摊紧挨着一摊。卖春联的当场挥毫，2元、5元一幅。卖小吃的锅里煮着热腾腾、火辣辣的川味灌肠。老城离面积1.8平方公里的城南新区有一段路，驾驶“夏利”的出租车司机留给我一张彩色名片，说：“再坐车，请打我的拷机”。但流通的纸币皱巴巴到如此地步，是我从没遇到过的——一连好几张旧得几乎要破碎了。为什么没见到1元或5角、1角的硬币？小贩对我说：“一是少，二是收到藏起来了，为了作筹码，为了让孩子们玩那种投掷的游戏”。

盆地的闭塞可想而知。这里的农民很少去过沿海城市，对上海也只有电视里的印象。但是，深居内陆的他们，一旦面向广阔的天地，就会大胆开拓。“蜀中才子蜀外扬”，成群结队的川妹子打工闯天下，是广安人勇于进取、奔放不羁的个性的一种展示。

当地政府举办的演出，我是在老城的川剧团剧场里观看的。从各个乡镇代表队的节目单上，能感受到强烈的时代气息。其中有歌舞《山里妹子也玩方向盘》、小品《拆迁》、女孩子们的器乐合奏《多瑙河之波、卡门序曲》，以及歌颂小平的《春天的故事》等。

“小平家乡美，伟人故里好”，是《广安日报》的一个标题。这次我在广安期间，双休日的市区宾馆、旅店、农家客栈全部爆满，估计今年的旅游高峰还在后面。街上那块“把对小平同志的怀念化作一片绿阴”的宣传牌，深深地留在每个人的记忆里。

2004年4月11日

激情为时代熊熊燃烧

——《中国豪情》后记

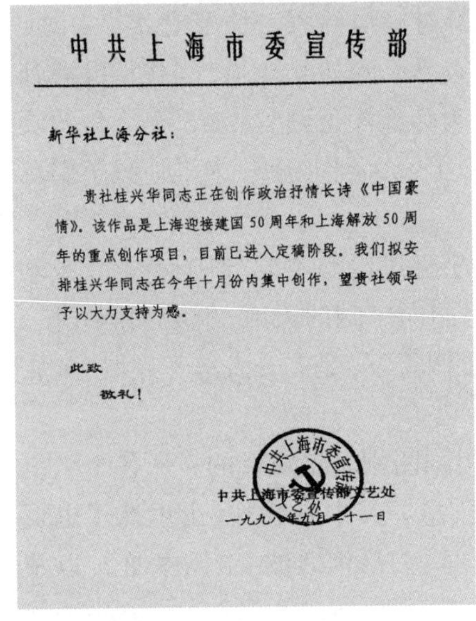

中共上海市委宣传部

新华社上海分社：

贵社桂兴华同志正在创作政治抒情长诗《中国豪情》。该作品是上海迎接建国50周年和上海解放50周年的重点创作项目，目前已进入定稿阶段。我们拟安排桂兴华同志在今年十月份内集中创作，望贵社领导予以大力支持为感。

此致

敬礼！

中共上海市委宣传部文艺处

一九九八年九月二十一日

1998年，中共上海市委宣传部文艺处来函

性格即命运吗？对我来说，诗即命运。

我对政治抒情诗的热爱和投入，应该回溯到20年前的党的十一届三中全会。

1978年，我作为安徽省定远县文化局的创作干部，还在“学大寨工作队”蹲点，这个大队离凤阳很近。凤阳小岗村爆发农村第二场革命的种种因素，我能在四面漏风的小茅草屋里深切体会到。报酬只有8分钱的插队知青，在凤阳师范学校进修过的67届高中毕业生，饱受了贫困线上的种种挣扎与磨炼。这期间，与最低层农民的日夜相处，洗掉了我那些寂寞之作的贵族气。

就在“承包责任制”闹起来的时候，我梦一般回到了大上海的怀抱。

我贫穷，我最大的财富是十年农村生活送给我的精神矿藏。我在低垂的星空下哭得太久，多云转晴的眼睛怎能不争作朝阳的窗口。

我那时发表的诗作，明显回响着“实践是检验真理的唯一标准”的大讨论的滚滚涛声。那时的诗坛，真是波澜壮。

发表在四川《星星》上的《一个红卫兵的忏悔》，是我对“文化大革命”的沉痛反思。我写道：“有人用我们的手绑架了将军。我们像一根麻绳，把历史捆紧！”发表在江西《星火》上的《第一声啼哭》，是我在女儿诞生时，对流毒甚广的“血统论”进行的强烈控诉。我写道：“难道我的第一声啼哭，就是罪恶的叫嚷？难道我全身的血液，都是莫大的祸殃？”今天，重新翻开这些已经发黄

的一张张剪报,依然能触摸到当年怦怦直跳的时代脉搏。回想起前年去南京大学深入采访《光明日报》特约评论员那篇文章的产生背景时,我为何久久不能平静? 我们这一代,是与拨乱反正休戚相关的啊!

对逝去的岁月的诅咒,对活泼的未来的讴歌,组成了我这个记者型诗人的主旋律。我之所以把政治抒情长诗比作诗的大特写,就是想把广阔的社会视野与新鲜的当代气息,通篇洋溢在我的长诗里。

记者这个职业,给了我全面、及时拥抱现实生活的可能。近百篇大特写是"跑"出来的。我从《文学报》、《上海文化报》到新华社的《开放月刊》,好多次去深圳、厦门、珠海及浦东采访,一次次感受到巨变的深度和广度。而诗人可能比记者更特别。新闻的素材要用诗的构思,诗的语言来概括,这就得对生活进行一番筛选。筛选的过程就是再思考的过程。但有一条是肯定的:生活的素材越丰富,想象的空间就越广阔。

这些年,我还写了非常多及时反映时代的诗与散文诗。影响最大的当数长诗《跨世纪的毛泽东》与《邓小平之歌》。

这几个月,我常常在上下班坐地铁的路途中,默默修改我迎接国庆50周年的第三部长诗。我又一次感到:"党的殷殷目光,正在向我深夜的笔杆送来一声声母亲的问候。"贺敬之、郭小川、李瑛这些党员诗人的成长道路,告诉我应该怎样在一面伟大的旗帜下努力写作。党是我的信仰,我是在"时刻听从党招唤"的旋律中长大的。这20年,党让我在梦的大海里尽情畅游,从而使我这个甩掉了种种包袱的"老三届"不可抑制地向彼岸并发出与风浪同行的激情!

用长诗来正确塑造领袖的形象,我没有直接的借鉴。我只能从马雅可夫斯基的《列宁》、郭小川的《向困难进军》、贺敬之的《放声歌唱》、《雷峰之歌》中,吸取不可多得的营养。而力图克服简单化、表面化以及片面化的缺点,就得从提高自己的政治素养,理论水平,审美水准上着手。一次修改,就是一次提高。我不厌其烦。不足才催促我进取。"寻找尽可能完美的艺术形式"不是一蹴而就的,这比我深入生活更不容易。

怎样使不可抑制的激情奔涌在一条富有个性,并有创造性的河床上,我要花极大的精力。也可以说,这是占领长诗这个制高点的关键,我发起了一次次冲锋。可喜的就是我从不气 ,一次比一次有信心。我的世界观已定,我的美学原则已定。

主旋律作品,不能粗糙啊! 如果让主旋律与缺乏艺术感染力画等号,则是我最大的失败。大题材的制作手法,是从小处着眼。细腻往往比雄壮更有感染力。有感染力，才有震撼力。要干大事，就必须扎扎实实地从小事做起，我就努力地自己吹响嘹亮的号角！

这些年，诗被赶到了很小、很小的角落。诗成了孤独的代名词。可我不知怎的，还十分顽固地与诗挤在一起，不断用诗大声发言。发言的主题是：激情为时代熊熊燃烧。激情是情感中的高层次，献给时代还需要很多，很多的储蓄。我想用孤军深入的诗，切入人们关心的话题。父母亲留给我的一双手，我用歇不下来的右手写诗，喷涌自己；我用有点特别的左手强化某些功能。

初写《跨世纪的毛泽东》，我的主要笔墨放在叙述毛泽东的革命生涯上。忘记了，纪实，从来不是诗的长处。没有跳跃就不是诗。当然，首先得把握分寸感。因为我在写一位影响中国和世界历史的人物，怎能不依仗史料的真实？因此，第一步是寻着无数能引出诗的史实。这种寻找，比报告文学作家似乎有别一样的苦。苦就苦在好比在挖掘一口口能打到清水的井。一旦我的哲理思考把史实调动起来，我的眼前就一亮、一亮的。例如，“开国大典”这一节我写主席检阅游行队伍是这样构思的：“广场，被当成了一张搞笺浦开，每一个标点，都来自欢腾的人海，整个中国，不就是一首宏大的诗吗？格律，是雾的沉沉一线，韵辙，是水的茫茫九派。”

接下来，是找几个富有典型意义的横断面：韶山，井冈，延安，开国大典，1976年风云，改革新潮。各章的写法不同，或娓娓道情，或整章扣住一个形象：山，或豪放激越，或悲壮如泣，或欢快，在视觉和听觉上都不使人疲倦。在每个历史时期，我都充分抒发我的激情，以形成一个又一个小高潮。

还有一点得告诉大家：我把“文化大革命”出版的这类颂歌集始终放在案头，以提醒我：那不是诗！千万不能这样写！如果这样写，我就对不起读者，对不起历史！既远离“现代迷信”，又忠诚于自己对毛泽东的再认识，这就是我这个“老三届”诗人，想以此诗鼓舞人们在新的巨人的指导下继续奋斗的全部心里话。

写《邓小平之歌》时，我又遇到了新的难题。

我先努力学习了《邓小平文选》及有关材料，又在小平的履历、性格、爱好中捕捉诗的因素，这样就产生了“他那扭转时代的巨掌，变幻出亿万双强硬的手。一面将钢铁架起的长虹连连贯通，一面把精神浇注的大厦装点得更加青春”的诗句及“当代的大趋势，就像‘世界杯’足球赛，又一次在他的荧屏前发出警告”的比喻。

《邓小平之歌》是我把灵魂自觉地投入熔炉的又一次燃烧。

《邓小平之歌》引起的轰动，主要来源于群众对领袖的热爱以及抒发情感的迫切需要。这说明：朗诵诗最能传达时代的鼓声，人民的呼吸。

此刻，我又开始反复琢磨这部《中国豪情》。一个豪字，就把许许多多的琐碎遮盖了。

五千行的《中国豪情》写了整整一年半，记得在前年初冬的寒风里，我开始从“序”的一句、一句写起。有点像画油画，今天涂一点，明天加一笔，诗稿始终装在我匆匆的手提包里。我常常以勤补拙。有时候为改一个词，我会想得发呆，以至误了家人认为应该急办的事。白天又要上班，偶然想到的一句诗，只能交给笔记本，整理就待夜深人静时了。

责任感与灵感有必然的联系。有所责任，才有可能有所灵感。我的灵感会由于我不可动摇的专注而时不时喷涌。可以这么说，原动力是我这个诗人对新时代的眷恋。

我花时间最长的是《领路人的风采》，改了13稿。这期间，已有杂志开始连载，市作协专门为我召开了“桂兴华政治叙情诗研讨会”，赵启正、贺敬之专门给我写来了信。

我在搬迁的书箱上摊开了诗稿，我在还散发着油漆味的新书房里独自苦吟……

去年11月，初稿全部拉出以后，在市委宣传部文艺处召开的论证会上，评论家吴欢章、任仲伦、王富荣、江曾培、郏宗培、胡运筹等提出了修改意见，使我对每一章的强弱及章与章之间的衔接，有了豁然开朗的感觉。尤其对江总书记这一章，我反复斟酌着。我并没避开亚洲金融风暴和改革遇到的阻力。我想，只有把风险艺术地表现出来，才能把第三代领导核心的作用展示得更加充分。我写道：“中国的改革决不会像‘泰坦尼克’那样浮躁，决不会被隐患撞沉，也不会被历史打捞……

上海市委宣传部金炳华部长给了我很大的支持。这种支持是十分及时与贴心的。他与我长谈了三次，从人生到诗作，从宏观到微观，无拘无束，乃至诗的整体结构。诗遇知音更澎湃，我便潜心于自己的世界中去了。

朗诵诗不能为分行而分行，而要为了情感的横泻，使朗诵起来更加铿锵有力，跌宕起伏，并突出汉语的语音重点。责任编辑方立平在出版过程中，更强化了我的这个特色。

诗的语言上，鲁迅先生说得好：“诗歌虽有眼看的和嘴唱的两种，研究后一种为好；可惜中国的新诗大概是前一种。因此，我尽量从朗朗上口、一听便晓上努力。”上海市委龚学平副书记在听了我深入生活的汇报后，兴奋地说：“诗歌应该最能直接地反映时代，希望这部长诗能早日登上大剧院的舞台。”

我一想到在献给祖国50岁生日的礼物中，也有我这叠厚厚的诗稿，心里就十分高兴。这种高兴有些孩子气。诗人永远是天真的。天真使我忘记自己的年龄。在新世纪已经悄然走近我身边的时候，我将幸运地跟她说：我没有忘记自己的使命，已经在每张日历上写下了自己最诚挚的心意……

1999年4月18日深夜于上海

当迎春鞭炮炸响的时候
——《祝福浦东》后记

此刻，新千年第一个春节的鞭炮满天响了起来，一阵阵震耳欲聋。在这此起彼伏的交响中，我并没有炸开自己手中的鞭炮。我刚从浦东采访回来，我还得有所准备，还得选定品种，再拉长引线，放准位置，才能发出一次迟到的宣告。当然，虽然是迟了，但我想可以炸的更猛烈些！最值得庆幸的是，鞭炮已经掌握在我的手中了。

我出生于1948年8月，以后的好多好多幸运都是迟迟降临的。其中的原因，历史最明白。“老三届”真是迟到的一代。

但是，我写政治抒情长诗却不迟。我1993年出版《跨世纪的毛泽东》时，环顾全国，新时期后，似乎还没有一部政治抒情长诗。

我常常一个人独处。诗人要的就是独处。但外界对我的报道依然不少。我从不沾沾自喜。我对诗歌目前所处的地位一清二楚。“快餐文化”盛行，诗非金钱何人求？诗人再自高自大，岂非怪事？

诗歌，实在是当今社会上极不被人重视的一样东西（套用市场上最流行的一种说法）。我却苦苦地没有放弃，痴痴地不琐碎地写了一部又一部。任凭头发一片一片地白，时间被一段一段地剥。

应该说，从1993年后，我才真正在诗歌创作中找到了感觉——哦，我情感的最佳喷爆口，原来是政治抒情长诗啊！

而政治抒情长诗，目前有两片阴影挡在读者面前，影响了他们欣赏的欲望。一是极左思想泛滥的那些年，被绑在“战车”上的那些诗行全然是空喊狂叫，一派空洞、概念的豪言壮语，的确败坏了大家的胃口；二是这几年的有些新作在语言上还拖着旧的尾巴。

我为政治抒情诗痛心啊！我想说：我有别于他们！不但有志气有别于他们，而且有能力有别于他们。

于是，我就有了存在的价值。因为我有了自己的声音。

1997年11月9日上午，“浦东走向新世纪”摄影展开幕。迟到的我，一进入上海图书馆新馆底楼大厅，新区宣传部华信祥副部长就对我说：“刚才赵副市长还找你呢！”原来，这个摄影展的《序言》是我写的，全部用诗的语言。新区宣传部想用我的诗，有气势地把浦东、把这个影展介绍给参观者。

《序言》的第一部分，我是这样写的——

浦东，肩负着小平同志重托的一片宝地。
浦东，了解当代中国的一把金钥匙。
浦东，万里长江高昂的一个“龙头”。
浦东，世界版图中一块不可替代的无比璀璨的黄金……

第一批参观者中的赵启正副市长马上问：“作者桂兴华，他是谁？”“是诗人，写《邓小平之歌》的。”“噢，他来了没有？”华部长及新闻办公室的吴平当时没找到我，此刻见我挤进来，立刻向赵副市长引荐。我发现你们的想象力不够，尤其对照片的标题不太重视，太直，没诗意。“看完了全部作品，赵启正在展览大厅向全体观众发表观后感的时候，又把我拉到他的跟前，再次说：“你的序言写的好，但很多照片的标题还不理想，摄影家应该和你们诗人多多合作！”分手时，他嘱咐有关人员把我写的“序言”送去。

隔了一个月，作协举办我的作品研讨会，会议召开前，我托华部长给赵启正副市长送去了我的两部长诗，想不到没几天，他就发来一封信。信的全文如下：

桂兴华同志：

大作《邓小平之歌》等两册诗集已收到，都很喜欢。年轻时，喜欢马雅可夫斯基的阶梯式——因为它给读者以想象力的节奏，而不是一览无余。

年轻的时代是诗的时代，中年人则进入散文时代，我则不知是属于什么时代，自觉喜欢好的杂文，但诗仍能激起激情，还希望能得到你为浦东摄影展写的诗。

即颂文绥。

赵启正

1997年12月20日

2000年，桂兴华、张名煜、王建新（从左至右）在《祝福浦东》朗诵会上为读者签名

今天，我想赵主任如果知道我的第四部长诗是有关浦东十年的发展之路，他一定会很高兴。

此刻，鞭炮又响了起来，楼的峰峦间，尽是火一般的殷红。红雨纷纷啊！飘落着一瓣瓣，一瓣瓣新曲。这部献给浦东开发开放10周年的作品，将在2000年4月这个特别的春天里，与广大读者见面了，终于圆了我这个浦东中学67届高中毕业生，塘桥地区80年代的一个梦。我想：在祝福浦东之后，我是不是也该祝福一下自己：能不断地、持久地进入诗的境界。这真是我最祈盼的啊！但愿如此。

2000年2月15日于上海

一生只有两个字：坚持
——《永远的阳光》后记

（一）

桂兴华参观反映审判“四人帮”的画家陈斌画展

在诗歌界讲政治，在政界谈诗歌，这种跨越造成了我的艰辛，尤其在当前诗歌十分疲软的时刻。强硬的我这些年来就这么不甘心，就这么甘于不被人理解，用作品在我们党、我们国家发展的一些重要“节口”，自觉地献上了作为一个共产党员应该有的热诚。

我不想玩世不恭，也不能孤芳自赏，我的心一直处于等待井喷的态势之中，而且一直是自己在发现自己，自己在开发自己。就在这个极需加油的时刻，党的怀抱给了我最及时的温暖和关怀，想到此，我怎能不把由衷的感谢化为在东方广播电台默默的耕耘。

是的，我是敏感的。从事政治抒情诗创作的我，没有政治敏感就无从下笔。但与那个特殊年代那种特殊作品的分水岭是：我不是被动的，而是主动的；我不是机械地配合，而是充满创造欲望地在兴奋中放歌。

为迎接中国共产党建党80周年，我的又一部长诗《永远的阳光》开始启动后就一路采风。旅途中，我十分留意身边的细节。

住在井冈山上的茨坪，从书店买回的和宣传部赠送的有关书籍有厚厚一叠。深夜，《井岗山革命故事集》中的一页令我凝思。《一根灯芯》讲的是“红军上山以后规定：团、党部晚上办公时可用三根灯芯，连部只准用一根灯芯。毛泽东作为特委书记、军委书记、红四军党代表本可点三根灯芯，但他只点一根。就是在这昏黄的灯光下，他写下了一篇篇雄文。”第二天我去纪念馆参观时，特别对那根灯芯仔细观察。

在南昌参观八一起义纪念馆，门口仅剩的一本纪念册给我买下来了。封三上一张“朱德创办的军官教育团旧址”的照片引起我的注意，便专程前往。那里还陈列着朱德的一些生平介绍。我已从书中得知朱老总临终曾立下遗嘱：把仅存的2万元钱捐作党费。这里展出的他1976年的一张存款清单便是明证：“20 306.16元，中共中央办公厅特别会计室制。”一生高尚、两袖清风的朱老总，令我久久伫立。

去嘉兴南湖，小餐厅里有一本崭新的时尚刊物。其中的《20世纪大事记》很有意思。我立即翻到1921年那里，内有：“法国时装设计师向全世界推销香水，最早的国际定期客运航班伦敦—巴黎开始启运，专治糖尿病的胰岛素在加拿大被发现，英国诗人艾略特的《荒原》筹备出版……一系列信息，提醒我从新的视角，了解我们建党初期世界经济、文化发展的概况。

这些都是细节，但都闪着金子般的光芒。长诗创作要避免空泛，拒绝一般化，挖掘有诗意的细节须付出很大的努力。联想到当年我写《邓小平之歌》时，当我在报刊上得知小平平时爱看足球赛，逝世后，香港市民纷纷在他的遗像前供上一支香烟、一只足球、一张香港地图时，怎不令我眼眶湿润？……

我一直把长诗当作另一种“大特写”。这也许与我长期以来当记者，写了许多社会大特写有关。而作为记者，是不会放过眼前的任何一个细节的。诗人，则更注重有诗意的细节。难度，就在于诗意的提炼。

有不少诗人以“另类”为荣，这也不是不可以。小河小溪照样流，但你不要排斥我们大江大海般的主旋律作品呀！你的排斥，又挡不住我们的“放声歌唱”。怪就怪在一些“年鉴”就是不收一首主旋律作品。

我在井冈山深入生活时，井冈山市宣传部副部长胡刚毅递给我一封公开信，他的慷慨激昂使我很感动。

他在信中写道：

“诗歌现在离群众、离读者、离现实生活越来越远了！诗人陷入空前的孤立之中！在创作诗歌时仿佛穿着厚重的泳装在水中划游，很吃力，又特卖弄。大多数诗像一批痴人说梦，像精神病患者说的呓语，颠三倒四、晦涩、语法错误、指东说西。它们在思想上空洞无物，在内容上苍白无力，在感情上矫揉造作、无病呻吟，在形式上故弄玄虚，它没有一种使命感、时代感和起码的责任感，不是用感情写诗，而是从一种思想概念出发，用理性写诗，情感显得苍白、干枯，表面上却用艰涩的意象、象征加以修饰，专搞些文字迷宫的花样，这些'梦呓诗'转弯抹角要表达的思想、主题是什么呢？打开层层包裹的主题，是一条丑陋、干瘪、变形、苍白的老太婆的小脚。当我们的诗歌越来越变得琐屑化；当苍白的面孔被苍白掩盖；当空洞得到空洞的支持；当远离尘世、远离众生、远离人间烟火和生命痛痒成为时尚；当无知、浅薄、奴性和乖张被'先锋'、'前卫'的绚丽旗幡乱花刺眼，当如此等等的病态自赏，我们的诗坛怕要真正的到达'最后'的时候了！这个时候，多么需要严肃诗人啊！……"

他的信，使我想起《诗刊》2000年第5期上的一段话：

在《中国风》大型朗诵演唱会上，当乔榛、丁建华深情地朗诵起桂兴华的政治抒情长诗《中国豪情》时，会场内响起了如雷般的掌声！政治抒情诗能够在当代大中专学生中引起强烈反响，出乎人们的意料。是啊，正处在转型期的中国社会，"号角诗人"不是多了，而是还太少、太少！

当严肃诗人，我毫不推辞；当号角诗人，则是我努力的方向。

而诗坛却有一怪：斥写嘹亮政治抒情诗的是"应时之作"。而发这种议论的人，又偏偏写一些质量很低、过眼烟云般的概念化的作品。这些作品，又一次倒了读者的胃口。

区别在哪里呢？首要条件必须是"热血之作"。从血管里涌出来的是血，从喷泉里喷出来的是水。我总认为："应时之作"不一定缺乏生命力，尤其是诗。因为，呐喊与爆发激情必须是及时的。《一月的哀思》是如此，《小草在歌唱》也是如此。而新时期以来的诗坛巨变，就是诗作无不打上了自我的印记。因此，这种呐喊与爆发还得非"传声筒"，非"公式化"，不是在想象的旧弄堂里一路到底。须切记：政治抒情长诗的主渠道得发出"我"这个诗人的声音。

"我"的声音的新意，主要是来自个人色彩很浓的思考角度。

譬如，1978年的十一届三中全会的意义如同1935年的遵义会议；譬如，当前世界经济的格局与世界杯足球赛的实况；再譬如，写1921年建党时期的历史，从当时国外的经济背景切入，这些联想都是我写作时对历史细节的反复筛选，并进行理论思考后再整合起来的。怪不得大型纪录片《邓小平》播放时不少读者发现有些解说与我的诗句有惊人的相似之处。我和这部纪录片的编导没有任何沟通，但我们构思的切入点都引起了群众的共鸣。

我不是说自己有超人之处，而是说一个写政治抒情诗的诗人，必须站在一个崭新的高度，这个高度的实现不是一天两天就能实现的，也不是一个两个领域能概括的。也就是说，形象思维发达的人也不能弱化理性思维。不停顿地研究社会现实，本身就是理性思维，因此，我的创作规定我不能放松学习。

这个时候，我想起了俄国的诗人马雅可夫斯基，他多难的遭遇令人深思。但他的那些诗句，至今翻来仍然过目难忘："风雪的泪从旗帜的发红的眼睑上落下"，是多么富有创造性的诗意。

这个时候，我想起了郭小川。郭小川担任过《人民日报》的记者，他充满激情的创作风格，前期诞生过许多迸发火花的作品，《甘蔗林——青纱帐》，《厦门风姿》，《祝酒歌》等艺术上都是不朽的，后期可惜的是个性色彩越来越淡，而被社会思潮所牵引，太抽象就不像诗了。

同样，太具体也成不了诗。我这几部长诗为何都改了好几遍？主要是前几稿都免不了纠缠在具体事件的具体内容上，忽视了诗重在跳跃，重在联想。可以这么说，没有思想的高度，就无法全面瞭望历史与现实。

"我"的声音的新意，也离不开意象的出奇。

一落在旧巢里，就断然飞不出缤纷的诗句。问题是你匍匐在别人已陷过多次的沼泽地了。平庸，往往是由于对自己笔下的意象挑选得不严格。思考浅的人，一不会在意象上出兵，二是在别人用熟的意象上趴倒了。停滞于表面，必然歌吟得苍白。

经历了一段逃避平庸与陷入平庸的痛苦的挣扎，我已经越过了"值不值得开放自己"的犹豫。要在文学的表达方式上亮出青春派的特色，势必会牵动自己多年来早已形成的深层文化心理结构。

模式是一种规律，有志气的作家才敢反规律。敢了，写起来就不累了，在别人已经涉及的题材和形象上，就能闪烁出属于自己的火花了。这些火花，来自主体意识和个性化的觉醒。创作真是没有捷径。一步步走来，才懂得了：诗人强烈的现实感与使命感，与充分地表现自我，是没有矛盾的。严肃而又聪明的人，会时时甩开那根束缚自己作为创作主体的发现与思考、敏锐和智慧的绳索。

个人想象的翅膀翱翔的空间有多大？有多新？还影响着诗的深刻性，影响着能否摆脱旧的模式和风格。极"左"思潮的那一种套路，很容易使守旧的人回到多年来形成的轨迹上。因此，观念的蜕变与想象的创新，双管齐下，才能一枝独秀。

我写下了“井岗山一动手，不就从根本上扭断了铁链的格局？”、“天安门广场就像一张稿笺铺开，每个标点都来自沸腾的人海”等。我想以此说明：深沉一些，不等于就要晦涩。我历来主张明朗的诗风，并努力实践之。杜牧说得好：“意全胜者，辞愈朴而文愈高；意不胜者，辞愈华而文愈鄙。”康德也早就说过：“想象力是一个创造性的认识功能，它有本领，能从真正的自然界所呈供的素材里创造出另一个想象的自然界。”

对某些有重大意义的历史场面，我爱泼重墨铺开写。如对1949年的开国大典，国庆五十周年的阅兵式，我都像设计戏剧里面的重点唱段一样，从从容容，一气呵成，想让读者有个满足感。这是不是与我在安徽创作过的一些黄梅戏剧本有关？

所有这些，都是为了要与大批量的平庸之作分庭抗礼啊！下这个决心，在时下是不太容易的。因为鞭挞总比赞美难，探索总比循规难，正直总比客套难！

当然，由于从事的题材重大，因此我更得小心翼翼。主要是一不能偏，二不能浅。政治素质决定我不会偏颇，那怎么力克服浮浅呢？只有沉淀，再沉淀。一般一部长诗初稿出来后得冷却半年，改十几遍是常事。

鲁迅先生说得好：“我以为感情最烈的时候，不宜做诗，否则锋芒太露，能将‘诗美’杀掉。”直露而少“诗美”，仅仅停留在人云亦云的层面，对政治抒情诗来说是常见病，多发病，我下笔时不得不小心感染。

（二）

好些读者问我：“从1992年写《跨世纪的毛泽东》开始，你为何对政治抒情长诗乐此不疲？”其实，从我喜爱收藏的历史中就能回答这个问题。写政治抒情长诗，也是收藏时代脚印的一种方法。

记得装修新居时，我在客厅沿墙设计了一个“顶天立地”的藏品柜。橱内一格格均展示着新中国各个历史时期有纪念意义的物品。每每默立在这些有着鲜明时代特征的收藏品前，自己与之有关的经历便随之涌上心头。

我从小就喜欢收藏。一张俄罗斯音乐会的票根，一份黑白电影《羊城暗哨》的说明书，一张图案简单的“大白兔”包糖纸，至今还勾起我少年的回忆，20世纪50年代就是那么纯真和充满诗意。

这些年来，我曾经搬家四次，记得我整理旧物时，父亲对我不肯扔掉十年动乱中的那些流行品，总有些不理解。而现在，这些稀有的东西就更显出了历史的沉重。新北大校刊编辑部的大批判文选，油印的《红卫兵快报》，猩红色的红卫兵袖章等，均把那个“造反有理”的年代揭示得非常生动。而一大摊毛主席像章，更是无言地表达出一种特殊的情感。作为一个“老三届”，对许多来访者介绍改革开放前的时代背景，这些收藏品就成了极有说服力的道具。20世纪六七十年代，谁不饱受了贫困线上的种种挣扎和磨炼？对下乡知识青年特殊供应日用品的优惠券，离开上海时的火车票，仿佛都印有一层层乌云。

一个人的注意力总得有所侧重。且不说注意力能引发生产力，对个个来说，注意力肯定能浓厚兴趣，增加活力。我是一个专注于政治抒情诗的诗人，紧扣时代脉搏，势必会收集到许多印有火热生活气息的纪念品。

从1992年写作《跨世纪的毛泽东》开始，我沿途不断采风，当地的风俗习惯与纪念品就依托在一起了。延安的腰鼓，韶山的茶罐，井冈的笔筒，遵义的会址纪念章，赤水河畔的酒瓶，都会令我想起当年采访时的细节。而且，同样的地点同样的东西，由于专注了，就会产生新的印象。我三上韶山，两去延安，带回来的纪念品是不一样的。越深入，越到基层，收藏品就越有收藏者的个性。1998年抗洪救灾时，我去武汉采风，到达宜昌时，我对三峡工地上一块硕大的三峡石情有独钟。上了飞机，旅行包显得特别沉，空中小姐一见是一块石头，忍不住笑了。今年在陆家嘴举行的白玉兰婚典，我作为特邀客人收到了一把“钥匙”。这把“钥匙”我一直把它横在我的视线里，因为它会提醒我：还有许多门没有打开。

收藏得有一个主题。能让许多值得再三回味的东西不与自己擦肩而过。1997年2月19日，全国各省市发布小平同志去世消息的报纸，我收集了不少。发现同样一个重大消息，版面的安排、字号的选择、情感的抒发是不尽相同的。从中，我能学到很多东西。这对我修改《邓小平之歌》起到了潜移默化的作用。

国庆50周年前夕，我曾经策划了一个《和新中国一起成长》的图片展，就是通过征集出生于1949年10月的中国人的旧照片，从他们的理想追求、生活质量、事业发展等方面反映出时代前进的足迹。消息一公布，数不清的50岁的中年人翻出了沉睡多年的老照片。这1 300多张老照寄到我这里以后，我从中挑出了50张，一一放大并配上了诗，在浦东上海国际会议中心展出了3天。

面对一张1949年拍下的摇篮照，我配诗道：“枕着解放大军的脚步声，笑成了父辈们美丽的梦。新中国是你离不开的摇篮，时时关注着你的成长。”并且选了毛主席在开国大典的形象当背景，衬出了祖国的命运与我们休戚相关。

1970年在山乡务农的照片挺多，我选了一张女知青在拖拉机上的留影，背景挑了周总理那一年在延安的照片。我配诗道：“周总理的这杯酒，也给艰苦奋斗的儿女。山沟里的日日夜夜使生活品出了真正的滋味。”周总理那忧郁的眼神，真是叫人过目难忘。

把普通百姓的老照片与时代留下的档案配在一起展出，就把个人的命运与新中国的发展连在一起了。这样，就把老照片的意义升华了。那些老照片有不少是“老三届”的子女帮助寄来的。他们在信中写道：“眼看着父母在一年年衰老，今天天翻地覆的变化又使他们感触良多，我们寄照片来，也代表了父母的一份心意。”

是的，想留住岁月的脚步是不可能的。但收藏，往往能把时代的烙印深深地留给今天和明天。当新世纪的晨光来临的时候，我还会用各种方法继续收藏，包括用诗收藏一段段别有韵味的风雨历程。

（三）

朗诵，能使诗的道路豁然开朗。

许多著名的影视、话剧演员和节目主持人，如孙道临、秦怡、李默然、李仁堂、焦晃、乔榛、丁建华、奚美娟、赵静、赵屹鸥、娄际成、王洪生、张名煜、冯淳超、曹可凡、袁鸣、张培、方舟等，都多次朗诵过我的诗。

孙道临和秦怡在参加拍摄电视诗《邓小平之歌》期间，与我一同推敲诗稿的一词一句。孙道临无疑是朗诵艺术的大师，他对朗诵的语气、语调的处理，提出了许多建议。袁鸣一边被他纠正着，一边向他致谢。

乔榛、丁建华在去长城拍摄《邓小平之歌》的途中，为了统一对一句诗的理解，连续两次给我打了长途电话。诗是这样写的：“1978年那不是冬季的冬季”，意在描述十一届三中全会带来的春意，他们在北京听清了解释以后，又把语气的停顿传给作者听。那时，长城上的风非常大，他俩在长城风口上一丝不苟地朗诵，可想而知要战胜多少困难……

小平同志去世以后，群众纷纷自发朗诵起《邓小平之歌》，以寄托自己的哀思。

1997年4月8日，小平同志的三个女儿和我一起在北京音乐厅听了《邓小平之歌》的朗诵。那段历史那段情，使我与他们一起含着泪交流。

《中国豪情》出版以后，潍坊街道举行过一次朗诵会。全是不同年龄的书迷。面孔上虽然布满皱纹，嘴角上却写着年轻，残疾的手诉说着坚忍。一位气质高雅的老教师一开口就说：“什么是诗？诗，就是凝练！诗是一颗火种，被诗人点燃后，放在我们每个人心中燃烧！我看了《中国豪情》，心中就燃烧着桂老师点燃的火种！”刹那间，她抑扬顿挫的声调和因为激动而发了光的眸子，吸引了所有的人。她又一次举起手中的书，说：“这是一本有着火红封面的诗集，也是一颗炽热的心啊！我在朗诵时，眼前有一副副画面。”她忽而拿起放下的老花眼镜，忽而背诵起诗句，眼中闪动着泪光……

我确确实实被她打动了。身子直往桌前靠。眼前全是她的眼神。我被一个素不相识的老人兼读者打动了。她那么专注，还有什么比自己的作品能得到读者的发自内心的认可还高兴呢？我兴奋起来，一再感叹：群众多么需要朗诵诗啊！

上海市西、向明等中学在早晨的升旗仪式中朗诵《中国豪情》，上海师范大学学生会、上海地铁总公司团委自己举办了《中国豪情》朗诵会，伴奏的音乐各有所备，有的甚至没有伴奏，但由于朗诵者理解了诗，发出了诗的涛声，于是就出现了群情激昂的场面。

我喜欢用排比句，排山倒海般的句子会令人喘不过气来，情绪会受到冲击，而且，往往你以为，这种句式已经差不多的时候，我还在发自内心地继续澎湃，继续冲浪，这样，效果就产生了。

其实，马雅可夫斯基的《列宁》、郭小川的《向困难进军》、贺敬之的《雷锋之歌》，朗诵以后早就有那种传达时代鼓声的先例。

在纪念浦东开发开放十周年的日子里，建平中学校园内举行了两场《祝福浦东》朗诵会。杨浦大桥下面的学校大操场上，朝气蓬勃的建平学子与著名演员们一起登台表演。

建平中学校长冯恩洪认为：“诗歌的市场不是等来的，而是争来的。中学生是最富于激情、最富于想象力的一个群体，如果诗歌不能使他们感动，那就不是真正意义上的诗歌。诗歌是集德育、智育、美育于一体的文学样式，举办朗诵会，能提高学生的整体素质。衡量一个学校素质教育搞得怎样，只要看下午3点钟以后校园的各个角落还有多少人，就一目了然了。”

在两个多月一次次的排练中，我和导演赵屹鸥对同学们的讲解和指导，在平时课堂上是学不到的。比如《钢桩宣言》一章，就是用“钢桩”来比喻来自全国各地的普通劳动者。由于同学们加深了对诗歌的理解，就懂得了怎样艺术地再现诗人笔下的内容。

80多人的朗诵队伍，每周两次，过程中学校对每位同学都要记分、考核。有的同学说：“什么时候我能写出这样诗歌就好了。今天我们朗诵的是桂兴华老师的诗,明天我们希望朗诵自己写的诗。”朗诵会既为他们开辟了一个新的课堂,又为他们提供了一次施展才华的机会。

2000年5月29日,塘桥街道举行了一次“时代强音”诗歌朗诵比赛,选用的全部是我长诗中的内容。9个代表队中,既有退休干部,又有正处于复习迎考的中学教师、学生和残疾人读书小组的代表。有的代表队还伴有舞蹈。

在一系列群众朗诵活动中,我的诗走出了“象牙塔”,成了大家抒发情感的一个生动的载体。

朗诵,本身就是由诗篇、朗诵者、听众三个方面组成的。诗人是第一次创造,而朗诵者是第二次再创造,听众则是参与者与欣赏者。三者共同融于特定的气氛中,才能产生艺术效果和震撼力。

为什么现实题材的作品容易引起反响呢?因为这些诗作所反映的人物、事件与时代背景,参与者均十分熟悉,容易理解,大家都感到很亲切,感染作用也就更加直接。

朗诵主要是依靠语言,只有朗诵得清楚、真情、动人,才能在场内引起真正的交流。在这里,“想得深、说得巧”的作品显得十分重要。

时代依然需要号角,投身改革开放的亿万人民期待着情感激荡。群众以对于明朗诗风的特殊钟爱热烈地接纳了我的诗,并且随着一阵阵令人荡气回肠的朗诵而激情荡漾。

回想起1976年发表的第一首抒情诗,这么多年已经过去了。诗的道路上我能走到今日,是不是该这么说:一生只有两个字——坚持!

我坚信:一切,得由历史来鉴定。人民,自会辨别作品的优劣。

(四)

2001年2月9日下午,东方广播电台在中国作协大楼五楼会议室召开了《永远的阳光》专家论证会,会议气氛热烈。

由于一个月前专家们已经分别仔细阅稿,因此在会上提的意见十分中肯、到位,对我的触动可以用“一针见血”形容。金炳华书记则像老朋友一样,已经对我的诗稿看了两遍,他提出的修改意见,又是那么高屋建瓴。因此,我把他们的真知灼见放在长诗的前面,作为“前言”,在此一并感谢。

2001年2月15日于上海

永远与十八岁同行
——《青春宣言》后记

“你还有没有青春?”一声发问,对年龄已过50岁的我,万分沉重。无奈也没有什么药方,只有冲破旧的已有的社交圈,甩掉自己身披的外衣,与年轻的朋友经常在一起,已过中年的思维才会时时放出光彩来。

我不埋怨错过了人生最佳年龄段的青春期,一股劲力争保持软件好于硬件的优势。软件靠自己,硬件还可以设法请人帮忙。我只有抓紧武装自己,而且不能靠以往的经验。比起《跨世纪的毛泽东》、《邓小平之歌》、《中国豪情》、《祝福浦东》、《永远的阳光》那五部长诗,这部《青春宣言》写作时的心态最好,压力也最大。千万不能重复自己,否则就是浪费,浪费自己,也浪费别人。

我是把长诗当作短诗来写的,一个字,一个字地“抠”,以免工艺粗糙。长诗最怕的就是长而无味,长而无气。气是长诗的一个要害,而“气可鼓,而不可泄”。我写作《青春宣言》是一个已经奏效的事例。我庆幸自己,能经常地想:能不能用明天的标准来做今天的事情?

也许有人要问:你不是想歇笔不写长诗了吗?怎么又想讴歌青春了?

早在2001年中国共产党建党80周年的一系列活动中,上海团市委书记陈靖就想约我写一部有关骨髓捐献的诗歌MTV。然后,在全市性的青年朗诵比赛决赛中,选手们朗诵的内容大部分选的是我那几部长诗。在台下担任评委的我,首先是为自己的作品赢得了青年读者而感到欣慰,接下来是担忧,那就是当代政治抒情诗的作品还太少,因而造成目前选择的范围没法宽。

那天,在晨光灿烂的东方明珠塔前的广场上,团市委组织的大型文艺活动气势磅礴。我担任总撰稿,其中一个节目选自我的长诗《永远的阳光》中的一节,市三女中、上海戏剧学院的同学们的集体朗诵,洋溢着很有节奏的激情。

演出结束后,上海市委副书记龚学平听了陈靖书记、宗明副书记关于我参与活动的介绍后,与我紧紧地握手。我与他已很熟,随即折回观众席上。但我还没有坐下，陈书记就过来说：“龚书记要跟你说话。”

我重新回到领导们中间。龚书记很认真、并充满期待地说：“桂兴华，你能不能多为青年写些诗，为上海写些诗。”我笑着回答：“一定尽力。”

2001年10月，陈靖书记与我保持着热线联系。那天在宝钢参加骨髓捐献活动，他豁然开朗地说：“不能光写骨髓捐献，你干脆能不能写部反映上海青年的长诗？”“好啊！”我当时真感谢他对我的充分信任。

到底怎么写？难题却很大。我同时又提出：“应该立足上海，但不能局限在上海。”在与陈靖书记、马春雷副书记、康年部长的几次长谈中，大家一步步达成了共识。

从2001年11月1日至12月15日的一个半月中，我在东方广播电台的支持下，在上海师大度过了一个十分愉快的创作高峰期。时间仿佛被重新组合了，以前在各条战线采访、深入生活的积累在半夜里会蜂拥而上，凌晨三四点睡觉成了常事。上午在校园的小报亭里买一份《新闻早报》，在香樟苑“麦家乐”选一杯雀巢咖啡，成了我最佳的生活方式。

追求前列，就得经常与站在时代前列的人群在一起。试想一下，经常被不图上进、埋怨声声的人们所包围，一个人的智慧火花还能频频闪烁吗？没有撞击，就不可能诞生卓越。

从社交能看出一个人的品位，从社交能测出一个人的未来。对我这样的一位诗人来说，更应与青春同行。首先自己别害怕。只怕想不到，不怕做不到。这个青春是广义的，既包括花季里的鲜亮，也含有锐气十足的风流。

不管别人怎么说，不管别人在干什么，我专注地做一件自己最倾心的事。一个人的理想境界不就是能集中自己的精力？对于自己已剩下不多的生命，我面对着2220房间的镜子里那不断增出的白发说：“珍惜啊，珍惜！”

上海师范大学的党委、团委对我的创作给予各方面的帮助。他们为我筹备了两次座谈会。我在东部礼堂看了好几场演出，并为同学们举办了“当代抒情诗的喷爆”的讲座。研究生第一届“学思节”捷足先登，首先把长诗的序有声有色地排练出来了，演出时好几次被全场的掌声打断。团市委宣传部的同志们边看边商量：怎样把《青春宣言》的MTV拍得更好，专场演出办得更有特色。

在这部长诗的酝酿期间，我去澳大利亚参加了“2001年世界诗人大会”，去湖州参加了“首届中国现代诗研讨会”。在这两个会议中，我紧扣政治抒情诗都作了发言。在悉尼，我几次与冰夫、雪阳、天外等漫步在海边，对他们渗透了生活感受的佳句倍加赞赏："在这一切几乎都买卖的时代，能背得起十字架的人越来越少了，但每一个诗人都背着他的十字架，那就是他生命的坐标与尊严。"他们还认为，"诗歌作为一种韵文，需要朗诵来发挥它的优势"。对此，我很有同感。在湖州，由于我的参与，有关政治抒情诗的话题在主办者没有预料的情况下，顿时引起了全场关注。怎样看待当前的长诗"热"？怎样评价政治抒情诗的"即时性与永恒性"，各方意见不一。

西部有位教授认为，"面对政治，美刺两端应该侧重于刺"。我却主张该歌则歌，该刺则刺。对当前千载难逢的好时代无动于衷，甚至冷漠，根本不是一个有头脑、有责任感、有激情的中国诗人所为。别林斯基早就说过："诗人比任何人都更应该是自己时代的产儿。"

最近这些年，整个诗坛处在整容阶段。显赫的不会是诗人。我早就明明白白地甘心默默工作。我看到：与颓伤对抗、与崇高同行的新诗传统连年来受到严重挑战，致使我们这个行当中的作者不敢大声呐喊！新诗的号角声、战鼓声哪里去了？哪里去了？有人说："当代诗歌注定要走上淡化、疏离政治的道路，以便彻底告别昔日的奴隶和附庸地位。"他们认为，"这是一种带根本性的战略转移"。而公刘先生的论点是："明明生活在政治氛围中，却偏偏要去创造真空，那只能是徒劳无功的白费劲而已。"我赞成他的观点。

不能忽视的是，有些政治抒情诗确实经不起美学的检验，这正好给冷眼相看政治抒情诗的人们提供了病态的证据。我怨这些作者不争气，手法陈旧而又哗众取宠，形象苍白而又装腔作势，"闭门造车"而又洋洋几千行，成了凑热闹的"口号诗"。他们忘了：贺敬之是怎样写出"党，正挥汗如雨！工作着——在共和国大厦的建筑架上！"

要张扬政治抒情诗的个性，就像无论什么节日，对每个具体的人来说最深刻的记忆往往是与自己有关的细节。譬如：昨天的讲座中有同学问我："这两天的气温突然从12℃下降到5℃，你怎么写首诗来反映？"我马上指着身上的黑色风衣回答："这件风衣我昨天刚从淮海路买来，我庆幸我这个过路人并没有被骤降的气温吓倒，披着一件单薄的风衣就飘然过街了。如果写诗，我肯定从这个角度入手。"

12月28日下午，在团市委的第一会议室，这部长诗的专题论证会的气氛非常热烈。先诵后议，议的重点还是我前几部长诗初稿中遇到的问题：怎样以诗人的目光去选择历史，怎样用抒情的而不是以纪实的方式去展示历史。否则，想象的翅膀就无法丰满，也不能高翔。散会后，我感到异常的快乐。我对朱今晨说：我的创造力获得了一次更高层次的解放。我又住进了上海师范大学，度过了一个个我倾心的被诗意统帅的不眠之夜。

2002年2月4日，团市委又召开了定稿会。诗人郭在精、吴纪椿、潘伯荣和责任编辑曹利群一起和我推敲了诗句。

北京的著名诗人雷抒雁应邀为我写序，电话里我喊了他一声"老雷"，他出口就是"小"，但马上停顿了，我知道，他觉得喊我"小桂"不妥，我就是处在"小"与"老"之间的这一辈。也许，我既"小"又"老"，才能写出这一本《青春宣言》。

最后，我十分感谢上海师范大学团委王蕾同志为打印这部诗稿而付出的辛勤劳动。有些诗句，我是在她叩击键盘的过程中修改出来的。

2001年12月14日下午，冬阳温煦，于上海师范大学团委办公室
2002年1月14日上午，春光灿烂，又于上海师范大学团委办公室
2002年2月5日下午，再于上海许昌路伊东苑

寂寞就是坚守者

——《智慧的种子》后记

（一）

时间真快，从1993年的《跨世纪的毛泽东》算起，已写了整整10年。这10年，是我一生中的创作高峰期，从热血中献出了7部长诗。而诗坛还是很冷寂，有评论家甚至用了“全面沉落”这四个字。作为圈内人，我深知内中的错综复杂。“功夫在诗外”，如今有了许多新的注释。要保持格调，独自闯荡，考验的风浪一阵又一阵劈头袭来。我就这么忍着，写着。

新年前夕，与中国诗歌学会张同吾秘书长通了电话，他一听说我这部长诗反映的题材是“高科技”，一连说了三个“好”字。中国作协党组金炳华书记也在电话里勉励我：“你在政治抒情诗方面已很有影响，要坚持写下去。”

《海上文坛》去年第一期的打头文章是《上海界面人物》，作者叫王海，我也不知他是谁，文中列了许多界别，从余秋雨、范志毅，到廖昌永、黄豆豆等，诗歌界他则把我“奚落”了一通，但情感流露得倒很真，不妨在此引入，供大家鉴赏：

世界上有两个诗人是我最喜欢的，一个叫马雅可夫斯基，另一个叫桂兴华，碰巧他俩都是政治诗人，哦不对，是政治诗诗人。马兄的作品排列齐整，看上去就很美，桂兄描写的内容全国人民耳熟能详，一点儿不晦涩，没有看一般诗人作品容易产生的自卑感，什么“布拉格湿漉漉的”，不懂。

桂兴华先生的成功至少有这样的启迪：那些老是抱怨“诗人饿肚子”的家伙是缺乏充分理论依据的。

高校中文系通用的《中国当代文学发展史》中写道：“桂兴华、纪宇、王怀让、罗高林、林春荣、张庞、卜宝玉、顾偕等形成了一个新政治抒情诗群，并进而以他们的创作掀起了一股展示历史画卷式的新政治抒情诗潮。”

这部《你早，张江》，曾用名《张江日记》和《智慧畅想曲》。“日记”的外套与内容不吻合，畅想得找个落脚点，一个“早”字，倒把许多含义道破了。

句式的排列，好像信手拈来，但不用阶梯式了，省得有人说我“为了多赚稿费”。实践也得出：如今这样的长短句同样能表达朗诵的节奏，又节省了版面。眼下发表诗歌的园地这么紧缩，谁也不敢铺张。骨架要结实了，再结实。这部诗比我前面六部都短，长诗求短，也许是悟出来的。有水平的读者不是奔你“写什么”而来，只是想看你究竟“如何写”。

诗，最忌实、露、粗糙。概念总是苍白而无感染力的。政治抒情诗要避免这个毛病，好像更困难些。初稿出来后需一改再改，主要就是在这方面下功夫。

不直说，有的用于整篇的构思。动笔写这部长诗时，正值韩日世界杯足球赛轰轰烈烈展开，中国队的命运揪着亿万人的心。有几场电视转播我是在张江观看的。由此，我生发出：“全世界的视线都聚焦在这个严峻的门口，加油啊，高科技大战中的中华选手！”不直说，有的用于整段的情绪安排，譬如对“科技界大龄未婚青年现象”，我用了“默认你们优秀的，唯有那些最能安慰你们的数据”等。不直说，更多的用于遣词造句的斟酌。譬如把科学比喻成“无数双比天使更加轻盈的手”。

总之，不能用诗来写论文，否则就将上下自由的飞机等同于系着辫子的电车了。

（二）

有读者问我：“你的浦东情结从何而来？”其实，六里桥——塘桥——陆家嘴——张江，这就是我在浦东的人生轨迹。

我是浦东中学的67届高中毕业生，简朴的60年代曾一次次从南码头步行到小径那头的六里小镇，老街上灰暗的屋檐、腰围蓝兜、脚穿蒲鞋的叫卖声，都夹进了我在动荡中苦读的课本。

在没有桥的塘桥，我住了整整7年。长途汽车站的对面，我肩披着昏暗的灯光，多少次从最后一班渡船上匆匆走回被油菜花的馨香熏黄的低矮的楼沿。谁能想到：由由饭店附近的这块地段现已加倍升值，生活已像那片路灯被重新安装，人饼摊的原址变幻出了从未有过的甜蜜。

这就是浦东开发开放无法估量的威力！这就是从1990年4月18日开始的思潮如此浩浩荡荡，一往无前。从此，黄浦江不再成为贫富的阻隔，相反构成了特有的美感。

我多少次流连在陆家嘴百看不厌的风景线。我看到一家家银行前错落有致的灯柱在空中相邀着月光，我听到滨江公园与越来越近的外滩对话，共斟着始终品不够的一江春水。于是，对映着中央绿地上一片又一片的碧草茵茵，我有了一行又一行的长诗《祝福浦东》。

而张江，是新世纪浦东开发的新亮点。2002年，在一条条以科学家命名的马路上，在伟人塑像林立的智慧广场上，我触摸着中国高科技产业强健的心跳。我在张义华主任的陪同下，两进超级计算机中心，三入软件园，“复旦金仕达”、“大道公司”、“微创器械”、“中芯国际”等处都留下了我无穷的好奇。

尤其得感谢张江开发园区党委的精心安排。我的多次采访，党委办公室张主任都陪同着。记得有一天傍晚，我与张主任久久停留在夕晖普照的智慧广场上。我轻轻抚摸着一座座雕像，并抄下了他们的简介。回家后，即找到达尔文、爱因斯坦的传记仔细读来。爱因斯坦好像在提醒我：“当你最富于创造性的年华过去以后，你会感到沮丧。出路只有一条：把你的大部分时间用于干些实事……”

我想起了几年来在张江深入生活的一幕幕：

当年，接待我的是一位年轻的硕士生。她告诉我：“两弹一星”的连续升空，曾经怒放出我们难忘的光荣；正负粒子对撞机的成功，又全凭着改革开放巨手的启动。而当辐射光源开始切割的时间，微电子芯片又成了当前神秘的核心……

我睁大着眼睛，在笔记本里飞快地记着这些新鲜的名词。诗人的形象思维在这里老老实实地听从科学严格的指派。清洁的办公室，一丝不苟的计划，没有乱哄哄的人群，除了安静，还是安静。这位硕士生说得好：“科学并不追求轰轰烈烈，而习惯于静悄悄。”那一道道电脑屏幕后面的眼睛，才是原件里的原件，组成了勇于开发的一个群体，使多元化的浦东，像美国的硅谷、日本的筑波显示出纵深突破的影踪！

张江，没有用彩旗飘飘来壮威，也不靠滚滚鼓声来吸引。知识产业，不在乎参与者卷起的隆隆雷阵，为时代瞩目的工程，如今图的是细雨无声的安静。在张江，我懂得了：最吃香的恰恰是不见峥嵘但暗暗像群山般突起的智慧！

每当我在地铁二号线的最后一站“张江高科”下车时总感到特别地敞亮，豁然开朗。想到前几年到张江的几次采访，只觉得远。现在，方便多了，说什么时候到就什么时候到，张江能预测我到达这块土地的准确时刻。

在张江的采访中，“十六大”代表、浦东软件园胡总经理与我一个下午的长谈最难忘。他也是前年引进“永远的阳光”朗诵会的决策人，他说他们这代知识分子欣赏交响乐和诗朗诵，感觉是最高雅的。那天下午，这个忙得天天深夜才离开公司、在轿车上会睡着的实业家，分出这么多时间与我谈诗、谈人生。一句“我为能在张江度过自己一生中最宝贵的时间，感到莫大的荣幸”，导出了他昂扬的主题。他50多岁的激情，与我是相通的。

张江集团公司总经理戴海波与我细谈时，强调“起点要高”，同意我把主题定在“科学技术是第一生产力”，“写得虚一点”。诗歌不能具体。一具体，就是报告文学了。诗人总是在与未知的世界对话。有距离，才有诗意。

从张江采访回来，我准备了更多的孤独、更多的寂寞，就像张江所有的科学工作者那样。这种收获真是无形的。这对文学创作又是至关紧要的。《张江报》对我是写完一章即登一章，并上了网。张培、赵屹鸥、宋忆宁、娄际成、冯淳超等著名演员和主持人已经朗诵过其中的两章。上海市作协党组任仲伦书记、褚水敖副书记、浦东新区宣传部杨德林副部长均对我在张江的创作十分关注。

而我在这部长诗中，并没有出现“张江”这个词。张江，只是梦中的一个信箱。但我诗中所有的情绪，都是发给张江人以及中国所有献身于高科技事业的人们的。这个“张江”，已是意象而不是十分具体的25平方公里的张江园区。波德莱尔说过：“真实与诗无干系。想像力不用思辨的方法而首先觉察出事物之间内在的隐秘的关系、应知的关系、相似的关系。”

张江园区的领导对我的信任，基于中国共产党建党80周年期间，我的长诗《永远的阳光》在浦东软件园的成功演出。我很理解：如今对一部长诗的支持，谁都是谨慎的。一台晚会上，最不起效果的往往是朗诵。诗这个品种，在眼下喧嚣的市场中、物质的社会里会被人捡起，旁人会白眼的：“你头脑是不是有毛病？”导演动用我的朗诵诗，事先也是忐忑不安的。

我也不着急。演出后反映皆好，才使大家觉得：这个节目是不可替代的，而且最能揭示主题。这回纪念浦东开发开放13周年的电视晚会上，不是又响起了《你早，张江》的声音吗？市政协的中秋联欢会和市委办公厅的老干部春节联欢会之后，黄豆豆和吕凉都信服地与我紧紧握手。"子夜星河"的主持人陆澄说得更加自信："桂兴华，我是用你的那段写小平改革开放的长诗压台的，整台演出用朗诵推向高潮，别人不信我信，结果成功了！"

新年前夜，上海国际会议中心的国际厅里，伴着轻轻荡漾的音乐，灯光如烟，全场没有一点噪声。戴海波总经理在听了演员朗诵的《今夜，月光似海》后，席间就紧紧握着我的手说："写得好，写得好。"原浦东新区区长胡炜在张江见到我，别人还没介绍，他就说："我知道，桂兴华是专门写长诗的。"新区长姜斯宪在新区两届一次政协的大组讨论会上，一听我发言，就与我对话起来："你为浦东写了这么长的诗，我早就熟悉你。"我的知音就是这么多，令人欣慰。感谢原新区政协主席李佳能专程到广播大厦看望我，并帮我出了"金点子"——下一部长诗写"高科技"。

作为文学艺术界的代表，我被推选为浦东新区第一、第二届政协委员。一个参政议政的新舞台在我眼前展开。在政协一届二次会议一次关于"精神文明建设"的大组讨论中，代表们争先恐后地发言，气氛热烈。我瞅准时机，一把抢过话筒直抒胸臆，说我的发言时间很短，结果仅用了不到3分钟，就快言快语地道出了自己的提案：《建议征集民间资料，筹建"浦东开发开放纪念馆"》。我力求语言精练，但我发言的创意、实用性及操作性，立即吸引了大家，更引起了在场的周禹鹏副市长等领导的重视。

我说：我在深圳南岭村深入生活时，发现不大的村子竟有一个不小的村史展览馆，展品图文并茂，反映了"致富思源"的主题。这也启发了我，作为全国开发开放的前沿，偌大的浦东更应该有个系统的纪念馆来保存历史，启示后人。我们党的第二代、第三代领导集体对浦东开发开放的英明决策和热情关怀，以及海内外建设者的无私奉献，将给我们留下多少宝贵的财富啊！

我的提案很快被采纳了。紧接着，"浦东新区开发开放史料征集工作领导小组"成立。在政协一届三次会议上，我的这个提案，被评为"优秀提案"，受到新区政协的表彰。

我常常想：浦东不就是一个活生生的开发开放的纪念馆么？历史，怎能不珍藏邓小平同志留在杨浦大桥上的脚印？怎能不珍藏江泽民同志在陆家嘴"面向国际"的目光？当年庄家桥矮矮的消防塔成为浦东制高点的旧影，交易市场在这里开张的第一锣，外资银行在这里驻扎的第一步，“一江三桥”高新技术的成果，机场镇与搬迁农民签下的最后一张协议，APEC会议期间各国嘉宾的笑容，乃至那顶工地上的安全帽、那张微电子芯片，都应该收集在我们庄严的陈列中。而我自己，也将把两部反映浦东的长诗的手稿捐给史料征集小组。

我，由衷地感谢浦东。浦东不仅仅给了我无穷的创作素材。浦东有我无数的知音。建平中学曾举办了两场我的长诗朗诵会。4 000多名中学生聚集在杨浦大桥下的大操场上，阳光明媚，春风为朗诵伴奏，那种蓝天下的抒情多么富有诗意。中央电视台在“十六大”召开期间，播放了这台朗诵会的实况。浦东第一、第二图书馆、潍坊、上钢、塘桥街道曾分别举行过我长诗的朗诵会和朗诵比赛。小区居民们朗诵的内容，均选自我的作品，并用“时代强言”四个字概括了诗的内容。我在台下被群众的激情打动，作为作者，更懂得了：怎么让诗歌走出窄小的书房而奔向辽阔的广场。

我总忘不了为浦东祝福。其实，为浦东祝福也是为自己祝福。在这片最接近太阳的地方，霞光是不会褪去的。我在张江的一次朗诵会结束时，曾上台深情地对全场说：此刻，我想起一位伟人的话：“科学技术是第一生产力。”这个生产力，决定了每项工程的进度。其实，也决定了我们每个人在理想跑道上的速度。而在浦东，就有这么一条坦荡荡的大路，落伍者是没有资格参与竞赛的。

让我为浦东，献出更多的畅想吧——我的身边是一片特别的有利于生长的沃土，无论在什么季节……

（三）

我经常在上海大剧院看戏。

无论是作为观众，还是作为节目的策划者、作者，总希望所有的注意力都能投向舞台，而不是投向别处。四周要保持安静，尽量别发出声响，哪怕是塑料袋的声，更不想听到任何一台手机的呼喊声。

让我们沉浸在舞台精心营造出的特有的艺术氛围中，不管是谁的节目，对自己总是有帮助的。要想知道演的到底怎么样，首先得静下心来观看，不带着成见看，坚持到底看，才会看出点门道来。我是绝对不会躁动不安坐不下去的。懂得欣赏别人的人，别人才会欣赏自己。“负人即负己”。

拥有一份平静的心态,比什么都重要。

诗的读者群窄。追求轰动效应的诗人肯定要败下阵来。不是特殊时期,诗不可能“轰动”。

这些天来,我的眼前总有一个身影在十分有劲地跃动。那是我女儿前进的步伐。她一个人在清晨的特丽尔大学校园里扬着脸,怀揣着一张在昨夜就拟定的必须办完的一件件事务的小纸条,匆匆地背着书包,与身边不同肤色的青年们擦肩而过。马克思故乡的晨风,拂动着她来不及细梳的乌黑的长发……正在努力向前的女儿,是我事业的动力。

我还没到就此滞步的时候。有许多读者问我:“你下一步准备写什么?”我郑重地告诉大家:“在我离开这个世界之前,我一定要做完两件事。”我相信,公正的诗神一定会帮助我完成这两项光荣任务的:修改、再版《邓小平之歌》和《跨世纪的毛泽东》。

改于2003年4月1日下午,灿烂春光中

再改于2003年4月13日深夜,潇潇春雨里

沿着陡峭的音阶

——《又一次起航》后记

(一)

今夜,是如此的宁静。书房里的鲜花,已经默默地与窗外的霓虹一起进入了梦境。但他战鼓般的诗句,却咚咚咚,咚咚咚地把我的耳膜和心灵再一次震惊!谁说他已经死去?独到的他啊再一次把我征服!摊在我手心的,不就是他几千行的《好!》,他的《放开喉咙歌唱》和他那不死的《列宁》?!

是的,他只活了短短的三十七年。他相伴着风风雨雨中的苏维埃,迎着变化无常的气温,一路用诗厮杀冲锋。七十年后,他那滚烫的热情还能溅起我激动的火星!……

因为他站得高,曾经被人骂为“高傲”;由于他浪漫不羁,几度被人指责“狂妄”。由此可见,每一个人的成长历程,都跳不过“挫折”——这一个最为触目的站名。更何况他这位乘客,是这样一个标新立异的人,一个大喊大叫的人!

于是,他遇到了那么多的不公正。但他依然如此自信。因为他携带着一片片“穿裤子的云”,呼啸着在彼得堡上演着把自己作为主人公的话剧!他嘲笑那些“为了一个卢布又互相残杀”的商人。他憎恨那些在烟雾中空谈的“开会迷”。他只钟情于:三倍地赞美祖国下一个更加壮丽的黎明!

妒忌者改变不了他——独一无二的马雅可夫斯基!

文学史告诉过我:任何成长都是有序的。有这种成长,便没有那种成长。小村的守林员不就是他的父亲?最多的财产不就是贫困?

老师着重指出过:一切,由历史评说。在美术雕刻建筑学校毕业以后,他壮实的腿何止活跃于舞台之中。他所有的欢乐啊因诗而萌发,他所有的苦恼也因诗而产生。就像他复杂的情感,无不与爱捆绑得最紧。他发疯似地狂泻并不值钱的诗句。他并不是指望:未来的河流,会押着他的韵脚奔腾。

偏偏这么多年后，我的笔尖会沿着他陡峭的音阶前进，前进，前进！

（二）

记得我少年生活的弄堂后面，通向一处石库门里的大院——绿荫中的上海南市区图书馆。读小学时，我曾经在每星期四下午到那里的“外借处”劳动过，也拥有第21中学一个班级才有的两张借书证，我的证号是：2113。多少个晚上，我成了最迟离开的一名读者，门口传达室的老伯伯都认得我了。

我在阅览室里津津有味地翻阅各省的文艺杂志和报纸副刊，粗糙的一沓沓笔记本上抄下了许多动人的诗句，其中就有马雅可夫斯基那些深入人心的杰作。

哥哥也很喜欢他的诗，买了不少诗集，但最终成了医生。哥哥的这个爱好倒强化了我的追求，我的作文里常常会有诗句，操着乡下口音的语文老师还一次次夸我。

此刻，我翻开那些积满灰尘的漆布封面的日记本，发现有好几首反映乒坛的诗。我写道：“祖国的猛将，拼杀在乒乓台旁”。那时，我也爱打乒乓球，摆几个小凳子就在弄堂里干起来了，有时候甚至架上洗衣板作网架，左手抽上几板也算过了瘾。

寡言的父亲患上肺炎后长期病假了，我有一些钱买买文具，已经很满足了。再要添什么，往往很困难——母亲的钱袋捂得很紧，为购一本新笔记本讨得眼泪汪汪也无用。有一次，图画课的作业是图案设计，我只有一管残剩无几的深蓝颜料，口袋里又无钱去添，只得百般无奈地用水在盘子里把蓝色化成各个层次，十分单调，但老师竟然批了个4分，使我尝到了“穷则思变”的苦中之乐。

没想到：初二的时候，我突然被那个很和蔼的班主任、教政治的张老师挑中了，我才“冒”了出来。直接的原因，是我在一次时事测验中得了全年级的第一名，我的名字第一次被写在光荣榜上。我入了团，团委干部每周一次的政治学习吸收我参加了，我开始主编学生会黑板报。操场的一侧是一长排黑板报，一周换一次内容，我常常是边用粉笔写，边在心里想着补上缺口的好句子。围看的同学不少。渐渐地，我的粉笔字也出了名，各个班级开主题班会，课间10分钟，也会叫我先用抹布蘸着水在黑板上流下笔迹，然后用粉笔画下轮廓，很遒劲。后来，我夺得全校小特写比赛中的第一名，又使我参加了学校写作组，并且主持了班级古典文学兴趣小组，还在《青年报》上发表了我的第一篇作品——一副春联："人人争当学习雷锋好标兵，家家争做勤俭建国急先锋。"

1962年的小年夜，我在老西门那家比亲戚还亲的报刊门市部里买到这张《青年报》以后，几乎天天跑到学校的大门口去，看看编辑部有没有给我寄东西来。可那时正值放寒假，传达室不开门，我只得踮起脚跟，反复地瞅那玻璃框里一排排的信封中，有没有我的名字出现。过了好些天，我才收到了几本新书和一叠书签，弄得班级里没有谁不羡慕的。

老西门地区和我读的小学、中学一样，那时都是非重点，属于"第三世界"。在这个世界里，爱戴校徽的并不多，老师要随时带着"打气筒"，用力将学生们往上推，克服下滑力。

1969年冬夜，已经高中毕业的我翻来覆去睡不着了。进工矿的同学，已经用工资添了有玻璃板的新写字台和订了令人羡慕的《阿尔巴尼亚画报》，二楼、三楼小阁楼上不时又有同龄的伙伴们，披着风尘从黑龙江、云南回家探亲，而我却因病"待分配"虚度了一年时光，毫无收获。我得卖掉家里越来越少的旧报纸去换一本新的杂志，想想自己多么可怜！

于是，我在父亲的沉默中，加紧整理那只很大米箱里装有的马雅可夫斯基所写的文学书籍，然后到小东门母亲的手表厂门口，缠着她要她把锁在五斗橱里的户口簿交给我，让我迁到安徽定远县去。街道知道后高兴得不得了，敲锣打鼓地上门来贴大红纸，还宣布我为插队知青连的连长。

1970年1月16日下午，我头戴着"军帽"、胸佩着大红花、坐上大卡车告别这条弄堂时，眼神是呆呆的，不知前方是什么。阳光淡淡，人民路满街是欢送的人群，我糊里糊涂地被送往自己不再是送客的北站……

安徽那让我弯下腰的10年，对我的磨炼刻骨铭心。好多"插兄插妹"一直挂在我那条记忆的长廊里。

他住在老城隍庙附近，是个大老板的大儿子，会裁缝手艺。我结婚的1976年，是他把我父亲20世纪30年代的银灰色长袍改成了我和妻子的新裤，一块一块贴起来缝啊。他插队的红岗大队是个样板，几次过年他都坚守在一圈用泥块堵着窗的矮墙里。知青把吃鸡看作好不容易的开荤，因为都等着鸡蛋换煤油。有时候他会坐着拖拉机拎着自己养的老母鸡来给我补身体，我只能以请他到县影院看场复映的老片《暴风骤雨》、《大浪淘沙》作为回报。想不到他还会掏出老电影插曲的工工整整的手抄本，令我刮目相看。回上海以后，他转了好几家公司。有一次，他听说我刚搬新房，就来推销他经营的玻璃拉门，价格优惠到了底线，我说："你搞不定的"。果然，他的经理不同意。但他千方百计为我省钱的心意使我感动。后来，他的妻子不幸病逝，他没想到我会出现在她的追悼会上，我摸着他儿子的头，难过地说："你要学你爸的吃苦精神啊！"

她绝对是个人物，从知青提拔为公社党委书记，现在在机关里任科长，丈夫是个技术工人。她曾围着一条紫色的铁姑娘式的土布方巾，套着一件越洗越白的旧军装，在"学大寨，赶郭庄"运动中挑过过沉的稻把。但萧瑟的县委大院里，那件貌似老成的旧棉袄，紧紧裹住了她那颗19岁的工人女儿的心。在食堂里同餐，没有一次和她同过桌。干部考文凭时，我还是替她找了堆成山的中学课本。后来匆匆告别，"上海"两个字突然在她的唇间加快了频率。听说她不再任职了。清晨的长途车已开得很远很远，我还见她的手高高地扬在满面尘土的寒风里。回城以后在天潼路上遇到她，才发现她的脸颊会火一般绯红。但是，1975年朝夕万变的"左"的旋涡，使同在他乡为异客的知青，强压住了内心深处可能激起浪花的情感。

另一个她，我只见过一面。当年她就有好几缕触目的白发了，穿一条藏起曲线的盖过双膝的直统裙，一双式样和颜色只配作处理品的灰凉鞋。一身都极其普通，普通到等于没有看到。那一天，她从久久不通车的公社赶来，托了人找到我，我便陪她走向县医院的放射科。路上的大喇叭正喊着"大干快上多贡献"的口号，大批判专栏上的纸被风卷了起来，集市上卖猪的农民用草绳系紧了破衣。"食道有异物！"X光机前的医生肯定地说。她呆呆地没有吭声。"你吞进去的到底是什么？""医生，你就证明我是恶性肿瘤吧！我，要作为知青病退……"她递过病历卡，抖动着枯槁的头发："我吞下了友谊牌油脂的盒盖！"她苦笑了一下，缓缓启开嘴，用一根细细的尼龙绳把薄铝片拉了出来。医生给她出具了有关证明。通过关系，她终于蒙混回城了。前几年，听说她去海南炒房地产了。如今，不知道她在哪里。

他写过无数篇小说，但前些年成了局级干部以后，就没有续写的念头了。我与他的第一次见面，是那天我在县招待所的过道上晒米箱里发了霉的旧书，他被五七办公室临时抽上来写材料，听说我以后就贸然来找我了。两人的衣着一样的单薄，见面后的话题就没离开过手中的俄国小说。1974年的中秋夜，月色很冷。在吴圩他住的四面漏风的小茅草屋里，灶膛前的稻草已经不多，泥桌上的花生还在添。患过的心脏，病使他很清瘦。他听我苦诵了祝酒词以后，便在口琴断断续续的伴奏下，唱起了凄凉的《三套车》，歌曲内外同样是一片白茫茫的荒野。后来他被推荐进了复旦大学。落叶纷纷的宝通路，曾一次次录下我和他晚风中的文学构思。如今我俩的子女都已“洋插队”多年。当远隔重洋的下一代在网上畅谈打工体会的时候，他和我是不是都在估量资助他们留学的倾巢而出的心血可以刹车了……

是的，插队岁月的垫肩早已在飘着香味的小夜曲中卸去，但重新拾起当年挣扎在贫困线上的故事，有助于赶走我们以及孩子们身上的“贵族气”。也使我的诗歌，总离不开普通小人物的情结。

（三）

党的十一届三中全会以来，我的心一直处于等待井喷的态势之中。我想为改变了我们生活的伟人和亲人们放歌啊，因为他们为我们倾注了毕生的心血！我想为终于盼来的好时代放歌啊，因为我们有过太多的伤口！

怎样用诗人的眼光来瞭望时代？这是贺敬之诗歌对我们最大的影响和启发。1976年问世的《中国的十月》、1977年高唱的《八一之歌》都是范本。这种喷爆不是“公式化”，就不能被斥之为“为政治服务”。

于是，对逝去的岁月的诅咒，对活泼泼未来的讴歌，组成了我们这些诗人的主旋律。在小平逝世、香港澳门回归、迎接新世纪、建党80周年等重要节口涌现的大量诗作，不就像展开了一幅幅壮丽的历史画卷？

“旗应该永远是风的战友／风，就是人民的呼吸”（公刘）；“你走上天安门城楼／是为了高呼人民万岁／人民才用自己的血汗／把天安门染得这样如描如绘”（王怀让）；“放下你的鞭子／因为春天的手里／只需要花束”（柯平）；“我恍然看见会场里举起的手／每只手都是参天大树／合起来就是一片森林／这森林的覆盖面很大／后来绿化了整个中国”（石英）；“我不愿再是工具和仅仅会使用工具的人／我用成熟刷亮国徽上黄金麦穗”（陈所巨）；“他站在南海边／面对世界从一个词说起”（谢克强）……

多么精彩，多么鲜活，多么富有哲理！是的，市场已经遍布了今天所有的角落。经济，已经成了不可动摇的主战场。朋友不一定再是朋友，敌人也不一定再是敌人。我还有许多许多新的功课，需要认真完成。市场是没有良心的，但我们有！星期六的义务劳动，难道就不再神圣？那些湿漉漉的工作服，不还紧贴着浑身大汗的人们？郭小川和贺敬之的学生们，难道不应该继续放声歌唱？即使是一个普通的电视大学毕业生，也应该亮出自己的爱和憎！

我下了决心，要像中国的马雅可夫斯基——贺敬之那样写政治抒情诗。《雷锋之歌》里这样的佳句："你只有154厘米的身高，22岁的年龄，但是，在你军衣的五个纽扣后面，却有七大洲的风雨、亿万人的斗争，在胸中包容。"当时，激动过多少颗包括我在内的年轻的心啊！《八一之歌》里又有这样的细节："啊，黄河渡口，雪里雨里——司令员啊，我身背米袋，在送你追你、追你赶你啊——千里南下那飞奔的马蹄……平津战场，烟里火里——老团长啊，在前沿阵地，你将我扶起，你胸口的鲜血啊洒满我全身军衣……"这些诗行，都在引导我：怎样做一个有政治头脑、有高度责任感、有充沛激情、有敏锐创意的中国诗人。

有人说："要像马雅可夫斯基那样富有战斗性"。当然要有战斗性。关键在于：跟谁战斗？爱歌唱的我们，不是没有忧患意识。我们恨腐败现象，决意与那些企图阻挡祖国前进的灰暗意识战斗。但是，从心底里深爱我们这个来之不易的和谐社会的诗人，懂得该怎么战斗。"斗"与"和"是对立的统一。我只可惜啊，某些诗篇里的今天，却委琐在私自的恩怨里，一把泪浸泡着个人的浮沉……

我偏不那样！即使"写得少的比写得多的吵，写得差的比写得好的闹"，我也偏不那样！

虽然，马雅可夫斯基已被许许多多浮躁的心挡在了门外。谈马雅可夫斯基，好像就不是生活在当今喧嚣的市声里。但是，从很小的时候起，我就铭记了：阶梯式政治抒情诗的源头来自他。他不是分行的散文，他始终有自由飞翔着的思想，而且不标价。

（四）

这首诗从策划、酝酿、启动、论证、修改、回炉、再创作，历时近3年了。

2002年初夏，上海远程教育集团的张德明台长看到张江高科技园区党委在约我写长诗，马上就跟我联系，希望我能去他们那里深入生活，再与他们合作一次。主题在一步步深化，现在定位在反映创建学习型城市的背景上。我努力以最快的速度、最短的时间学习新知识，因为学习速度<变化速度＝死亡。

这是我的第8部长诗啊！10多年了，总得有所突破，我怎能不更加认真地、小心地对待？而且，这一部的题材又是新的课题，我在其中自然而然地触及了自己下乡插队的一段经历。于是，当原稿在《上海电大》报上发表以后，我还是改了一次又一次。从骄阳下，直到寒雪中。怎样有条有理更有情，这是我的创作追求。我总是把长诗当作无数首短诗的总和。因为唯有短得精悍，才会长得结实。出版前，上海市人大常委会主任龚学平先生在百忙中欣然为我题写了书名。

我是上海电视大学1986年的毕业生。在迎接一门门单科考试前，哲学、政治经济学、中国历史、世界历史、古典文学等相继涌来，我豁出了多少硬挤出来的时间啊。立式电风扇不断地摇着头，汗还是大把大把地甩，西瓜还是大口大口地啃，我还是不肯合上书本。我太需要补充营养了！白天，我行进在自行车的潮流中，路灯又不知不觉地亮了。每天就这样完全靠着自己的把握，自己的脚力。别无他法。走出停车棚的时候，我捏车把的手已经累得合不拢了。但想到马上将扑到书本上，就噔噔噔地直冲七楼。伴奏我复习的音乐，是现代京剧《打虎上山》的旋律。我无数次想起指导老师说的话：你们老三届现在也在“打虎上山”！多么精彩的比喻啊！夺取目标，得冲破多少阻拦！

于是，我又一次起航了！

（五）

记得2004年春在集体排练、准备演出这首诗的日子里，我曾经跟电大的同学们讲：“马雅可夫斯基朗诵和平时的说话是不一样的。首先，要提起神来，激动起来。自己不激动，观众怎么会激动起来？朗诵就是要渲染。每一句话里都有一个词组是重点，需要强调。但不是所有词组都要强调，都强调就不强调了。要学会停顿，停顿就会出节奏。”

在修改的过程里，我和马雅可夫斯基一样明白啊：谁才具有“一只长着百万个指头的手”？谁才能巩固十月的成绩，发展十月的花海，使十月之夜怒放出新的光明？

只有关心情人般地关心时代，时代才会向他敞开胸怀。

当然，生活和爱情也不必像他那样紧张。他没有逃避现实，但他却迷失在一个美丽的泥坑。他为了一个错误，竟付出了不可能有第二次的牺牲！他抛弃了母亲为你亲手缝制的那件淡黄色的罩衫，倒下了那片喜欢在广场朗诵的高大身影。

他毁于单纯，还是毁于自尊？还是毁于看得见、但摸不着的凶手面目过于狰狞？……

面对着矛盾的他，遗憾又袭上了我的心。

天天上学的我不会像他那样暴躁啊，也不会像他那样天天离不开酒精。

再遭遇厄运，我也不能像他那样脆弱——向自己举起了勃朗宁的枪柄！再敏感的人，也不能这样绷紧自己的神经！

而对照昂然的他，一页页打开他走在世界前列的诗，我依然是他的读者和同路人。

我的眼前：他的每根头发还在燃烧，容不得有丝毫虚情。从事的是那么大的题材，他却非常勇敢地处处亮出“我”的声音。

但我有时候会陷入矛盾之中——诗中的“我”是不是太多了？身边的人也都有这样的顾虑。我不如他，真真实实不如他。这也折射出要像他那样写大题材的不易。因此，我又十分钦佩他。他像一座高峰矗立在我的面前。在创作上，他永远是我的导师。

此刻，披着风言风语，他正在向我走来！我真想请他来主编教材啊，邀他来这里主讲。激情往往是短暂的，他怎么这样长久？他的血液里灌注了什么？是黄河一样的大江吗？

要知道：不是每个诗人都有蓬蓬勃勃的想象力的，同一个诗人也不是每个时期都一样的。

因此，在这个每一阵风都在倾听的深夜，当听马雅可夫斯基朗诵到“列宁在我们脑中”的时候，我不由得像当年那名年轻的红军战士一样，在又一个教室里用生命高喊：

“还有您的诗在我们心中，马雅可夫斯基同志！”……

2004年10月6日下午于上海“诗之屋”，12月13日再改定稿于2005年4月10日从武汉参加“贺敬之文学创作国际学术研讨会”归来

红军足印赋

为纪念红军长征胜利70周年，2006年5—10月，共青团上海市委和上海文广新闻传媒集团等单位开展了一项名为“薪火长征路”的青年主题教育活动。途中收集的70多位健在的老红军在长征沿线各个地段的脚印，在此展出。

再走长征路，重温烽火情。寻不朽遗址，品红军精神；访滚烫热土，尝万般艰辛。遥想当年鏖战急，如今留传世足印。一双脚印一本书，永驻歌声永葆春！

难忘寒风中，破晓军号声；难忘长夜里，指路北斗星。一路红旗洒豪情，任凭身后追敌军。民族重任肩上负，哪怕铁索江中横！爬雪山，啃皮带，闯草地，嚼草根，万里征途脚下收，越是泥泞越坚定。擎一盏灼灼马灯，照前程！

热血写史诗，丹心播火种。今又闻召唤，雄师添新兵。踏着脚印又出发，铁流滚滚唱新韵。再跋涉，更青春！长征之旅回眸笑，举旗自有后来人！

2006年10月

诗人的报告文学

20世纪50年代,谁能忘记魏巍的名篇《谁是最可爱的人》:

"亲爱的朋友们,当你坐上早晨第一列电车驰向工厂的时候,当你扛上犁耙走向田野的时候,当你喝完一杯豆浆、提着书包走向学校的时候,当你坐到办公桌前开始这一天工作的时候,当你往孩子口里塞苹果的时候,当你和爱人一起散步的时候……朋友,你是否意识到你是在幸福之中呢?你也许很惊讶地说:这是很平常的呀!可是,从朝鲜归来的人,会知道你正生活在幸福中。"

很明显,魏巍将诗的概括力和感染力,注入到了日常的描写之中。

贺敬之1956年的名诗《回延安》,谁都记得。其实,他同时在《中国青年报》还发表了一篇《重回延安》。一开头,他就用诗的语言写道:

"在人民大厦面前,我沐浴着关中平原的早春的阳光。我登上进门的台阶。仿佛在跨进门槛的这一步之间,世界就发生了如此巨大的变化。招待员的眼睛闪亮起来:啊,这次你是回家了!是的,延安——革命的家……"

诗人一股情感的热浪向你扑面而来!

郭小川在20世纪60年代初,曾以《人民日报》记者的身份写了不少长篇文章。其中以反映中国乒乓球队的《小将们在挑战》最为著名。因为他突破了一人一事的局限,塑造了健儿们的整体形象,新颖而深刻地表现了时代精神。

新时期以来,徐迟的《哥德巴赫猜想》、柯岩的《船长》、张锲的《热流》等纪实作品,笔下的生活面十分广阔,表现的手法又多样,并且富有诗意。

《哥德巴赫猜想》中有这么一段:

陈景润说:“谢谢你,李书记,很久很久没有人来看望我了。”霎时间李书记感到他被这声音震撼起来。太不像话了!六平方米的小屋,一捆捆的稿纸从屋角两只麻袋中探头探脑地露出脸来。只有四叶暖气片的暖气上放着一只饭盒。一堆药瓶,两只暖瓶。连一只矮凳子也没有。怎么还有一只煤油灯?……那些身上长刺头上长角的人把科学院搅得这样!李书记找来了电工。灯亮了。陈景润已经俯伏在一张桌子之上,写起来了……

诗人特有的激情洋溢在字里行间。更重要的是,徐迟真正搜集了确实无疑的素材:一句一句撼人心魄。作者不仅对时间、地点、人物、事件、意义等几个新闻要素做出了明确的交代,还利用诗人特有的方式剪取了几个与新闻事件相关的片段。

魏巍写战士为何如此生动?因为他没有把英雄写成了纸人纸马。诗人写道:“他们是历史上、世界上第一流的战士,第一流的人!他们是世界上一切伟大人民的优秀之花!”

读者最喜欢看的是活灵活现的东西。在生动、直观的报道中,在力避抽象的陈述、干涩的语言、无益的铺排和空洞的抒情上,诗人有着明显的优势。早年,诗人瞿秋白写访俄通讯,从拟标题、取角度,到选事例、定主题、用文辞,就贯穿了一种审美追求。他在《赤都心史》的《序》中早就说过:“我愿突出个性,印取自己的思潮。”

(刊于2006年12月20日《新民晚报》)

重读《枣林村集》

最近因家里重换书架，一大批藏在后排的旧书终于站到了前排。这本跳到手上的薄薄的《枣林村集》(北京人民出版社1972年版)真让我喜出望外。因为它勾起了当年一天只有8分钱报酬的我，在县城的小书店花4角钱购得后连夜在四面透风的茅草屋里捧读的回忆，也印证了我在诗歌创作中的确深受李瑛老师着笔细腻的影响。

李瑛的细腻，来源于他观察生活的角度。开塘真是不如挖井啊，切入点越小就越趋向深刻。你看，《试水》中"解开衣扣任风吹，一双胶鞋一把锹，春水都顺他指缝朝前跑"，水泵员的形象多么鲜明。《新邻居》中"心急顾不得饶大门，篱笆缝伸过来手一只"，这只比从前更加健壮的手引起了师傅满脸笑。"留下一屋子旱烟味、留下声声笑"的小村会场，"震得全村窗纸抖"的深夜锤声，"千家屋檐滴雪水，一纸春联更耀眼"的备耕时节，无不令人佩服他着眼点的精、刁。在同一个场景下，高手与庸者的发现就是不一样。

李瑛的细腻，表现在他对语言的锤炼上。描写旱情，他用的词是："蛙鼓敲不响，知了紧绷弦，高粱叶打卷，玉米叶蔫，豆叶子要起火，棉枝子要燎干。"他对动词的选用十分大胆、新鲜。如"阳雀催，布谷叫，吵醒了阳关道"、"百叶箱锁着霜和雪，温度计系着阴和晴"、"三月春风高，一句话染绿大地又多少"、"小小的锄板滚汗珠"、"雨丝穿起一串笑"等。一个活灵活现的动词能打倒十个死板的形容词。对解放前苦难的农村生活，他流畅、深情的展示，句句有画面："家家马勺敲空缸，野草的芽芽都挖遍，锅不敢揭，碗不敢看，孩子们饿得舔碾盘"。内容就像压缩饼干那样结实、有味。"语不惊人誓不休"往往是大诗人的特征。对照当前某些粗糙、松松垮垮太随便的诗作，我们真的应该脸红。

今天，市声如潮，诱惑纷至。我还能不能像30多年前那样，在生产队那盏夜夜把灯芯捻得最细的煤油灯下，在《枣林村集》上圈圈点点、勾勾画画、反复咀嚼？对我真是个考验。

2007年4月1日

嘹亮的早晨

——《城市的心跳》后记

（一）

2008年，桂兴华在老城厢里觅儿时记忆

2006年10月，我开始在白莲泾发现新的题材。

这里，勾起了我一串串在南市小北门的童年和少年的记忆，细节频频再现。

一年多来，我风尘仆仆地奔波在周家渡、南码头、上钢街道、白莲泾工地、董家渡、六里桥、三林世博家园、上海世博局，采访了许多居委干部和动迁户，与他们结下了深厚的情谊。

我的诗稿出来后，好几天晚上在白莲泾居民的新居里征求意见，并辅导她们一句句朗诵。在申博成功五周年的座谈会上，我发现好几个敲扁鼓的老妈妈都一边读，一边噙着热泪。也许，《新书架里的旧瓦片》触动了她们的心灵。

历史的交替、空间的转换，在世博大动迁前后得到了集中体现。

白莲泾是现实，我还得有梦幻；白莲泾是眼前，我还得有遥远。

这里的故事还在世界上许许多多地方发生着。

工地上，谁的手臂在频频摇动？是掘土机，更是历史！

我喜爱工地，因为我渴望有拓展的工程。

我是白莲泾畔的浦东中学的67届高中毕业生。今天，我又听到了：一群群身穿洁白校衣的新同学，朗诵起我献给母校的新作。

（二）

朗诵诗能传达时代的鼓声，人民的呼吸。以观众的情感为主线，用交响音乐贯穿整诗，用组合式画面构成亮点。以一种面向广阔空间和滚滚人潮的抒情姿态，借助多媒体，由专业和业余人员在艺术殿堂和街头广场广泛诵咏，能为诗歌寻找到一种符合时代需求的表达方式。

群众很欢迎诗风明快的朗诵诗。

朗诵会既为群众开辟了一个新的课堂，又为他们提供了一次施展才华的机会。在一系列群众朗诵活动中，我的诗走出了“象牙塔”，成了大家抒发情感的一个载体。

朗诵，本身就是由诗篇、朗诵者、听众三方面组成。诗人是第一次创造，而朗诵者是第二次再创造，听众则是参与者与欣赏者。三者共同融于特定的气氛中，才能产生震撼力。

为什么现实题材的作品容易引起反响？因为诗作所反映的人物、事件与时代背景，参与者十分熟悉，容易理解，大家都感到很亲切，感染作用也就更加直接。

时代依然需要号角，投身改革开放的各地群众热烈地接纳了我的诗，并且随着一阵阵令人荡气回肠的朗诵而激情荡漾。

2000年初，我在建平中学策划了两场朗诵会，发动了许多学生来参加诗歌讲座，并与艺术家们一起排练。我和导演赵屹鸥的讲解和指导，使同学们加深了对诗歌的理解，懂得了怎样艺术地再现诗人笔下的内容。然后，我把舞台选择在杨浦大桥下面的大操场上，蓝天白云，车队不断，这个背景成了朗诵诗最好的注释。

2004年酷暑，《邓小平之歌》的排练现场上，我成了总导演，短袖衬衫总是湿漉漉的。先是与乐团商量，后是和观众交流，自己还上台朗诵，忙得既累又乐。

为了使音乐符合朗诵的内容，我边听边纠正着梁波罗、狄菲菲后面的伴奏。当排练到小平复出这一节时，演员和指挥静听着我的慷慨陈词：“这是历史的大转折啊！必须起音乐！”见我这么激动，上海歌剧院乐团的乐手们还鼓起了掌，然后伴奏起欢快的《在希望的田野上》。

为了体现几代人对小平的怀念，我特意安排了一个10岁的女孩子朗诵关键的几句话，她那稚嫩的童声效果很好。我自己的独诵中，追忆了1997年2月小平去世的情景。我眼含热泪的呼喊：“他去哪里了？他去哪里了？”立即在全场激起了回声。孙道临、秦怡7年前就朗诵过这首诗，我再次邀请了他们。

2004年中央电视台的全国朗诵比赛的第一场决赛时，有选手朗诵了《邓小平之歌》，但加上了一些政治术语，诗味就淡多了。我听了后真是暗暗叫苦。因为他删去了不该删去的，硬添了不该硬添的。

（三）

首先自己要，激动起来。

不激动，观众怎么会提起神来？朗诵就是要渲染。每一句话里都有一个词组是重点，需要强调。但不是所有词组都要强调，都强调就不强调了。要学会停顿，停顿就会出节奏。词组间要有小停顿。如：“你／怎么在／五星红旗的／关照下”一句，“你”及“五星红旗”须重音读出。

朗诵主要是依靠语言，只有朗诵得清楚、动人，才能引起真正的交流。第一个人在读，其他人都要听，语气要依次接着，而不是一次次从头开始，否则，就断气了。读到绿叶满天时，眼前要有大道的画面，这样，眼睛就会发亮。

情绪要有变化，队列也要有变化，观众的视觉才不会感到疲劳。

反复，能加强感染力。有一首歌《这一次我真的留下来陪你》，三次反复唱这句歌词后，又一次低沉地吐露了这一句，打动人啊！

朗诵诗中瞭望式的内容可以有，但不能多。

真正能打动人的还是那些有细节、有具体画面的诗行。印象最深的是流沙河的一首诗《不怕》，生动，短促，集中，易记。

在这里，气脉是要害，得“想得深、说得巧”。

情绪要有变化，队列也要有变化，观众的视觉才不会感到疲劳。

为了与观众全方位地交流，要敢于丢稿，逼迫自己背词。

（四）

2006年6月13日，北京现代文学馆。82岁的贺敬之老师来参加我的作品研讨会了。我在发言中手举着这本密布着我学习心得的《雷锋之歌》，提到了它对我的深刻影响。

这是一本已经破烂的贺敬之的诗集。我中学时代抄写得最多的一本诗集。1963年4月11日《中国青年报》第三版整版刊出了《雷锋之歌》,5月就由中国青年出版社出版了。顿时,全国无数青年被其中激情澎湃的阶梯式的诗句所打动。

这本《雷锋之歌》,是如今在上海市政协工作的费金林在插队时送给我的。这本仅仅67页、印数却达到166 000本的《雷锋之歌》常常被我翻出来"温故知新",然后藏在了随我一起下乡插队的父亲解放前用过的米箱里……

我简短的发言话音刚落,坐在我身边的中国作协书记处书记吉狄马加就对我说:"你请贺老在这上面签个名啊。"贺老笑嘻嘻地接过他的笔,在这本《雷锋之歌》的扉页上签了名。

《雷锋之歌》虽然历时40多年,但它一直是我从事抒情诗创作的榜样。

(五)

我写了四本散文诗,城市的细节让我兴奋不已。

后来我又写了一部、一部长诗,思绪总是在宽阔的河床里奔涌。

贺敬之、李瑛、雷抒雁、张同吾、野曼、罗洛、李小雨等老师常年给予我指导。

在"东方艺术中心"后台,桂兴华将《城市的心跳》赠送给台湾歌手黄舒骏(左一)

不要羞于谈唱响“主旋律”。

我写老百姓，给老百姓看。以前我歌颂伟人，也是从平民的角度出发。如今我写身边的居民，写城市，同样以这样的抒情方式。

因为我来自底层。我始终是个负有使命感的文学“打工者”。

我喜欢在城市的人流中行走。

这人流总是那么汹涌、那么热情，它总是在考察我：脸色红润吗？步伐坚定吗？

落伍是随时可能的。

好在我依然爱拔上鞋就走，爱风尘仆仆，爱对比所有的新潮和旧俗。

这一首首嘹亮的朗诵诗，也许就代表着摸索着的我，前进着的我。

在本书出版之际，我深深感谢薛沛建、季路德、毛竹晨、章佩茹、黄建章等同志。

2008年4月22日

韩天衡三题书名

2007年12月3日，我的《上海表情》在三林世博家园开过研讨会后，上海人民出版社就准备出版这部诗集。

那么，请谁题写书名呢？程十发先生为我题过《邓小平之歌》，这回我想到了韩天衡先生。

我与比我年长8岁的韩先生早有交往。我藏有他的几幅题字和画鸟的国画。

那天，我给他家里打了电话，他爽气地说："五天后来拿吧！"我去拿的时候，在附近买了只大西瓜。他请我到他泰兴路家后面的小茶馆里喝茶。他穿着一件显然过时的滑雪衫，谈的话题却十分尖锐、时尚："上海的艺术家不能满足于自娱自乐"。他去过日本的儿子也在座。他还在中国艺术研究院兼职，第二天就将去北京的几所大学讲课。他的作品曾经是作为"国礼"送给各国首脑的。此刻，他细心地为我这个普通的诗人准备了横写、竖写的两款书法：《上海表情——为桂兴华诗集而题》。

可惜的是，《上海表情》这个书名去征求朋友们意见时，都说："题目小了"。改成《城市表情》吧，又有同名小说了。怎么既扣住世博会的主题，又洋溢诗的激情？我想了一连串题目，后来大家一致同意：改为《与城市干杯》。我随即给韩先生打招呼，他调侃地说了句："不会再改了吧！"

谁能想到：今年5·12汶川爆发了大地震！这个时候，谁还有心思干杯！我即去电出版社："停止封面套色设计，我要改书名！"

还是改成我春节前为"上海之春"闭幕式写的交响合唱的原名《城市的心跳》吧。我欣赏鲜明的当代节奏。

接着，我每天早、中、晚三次给韩先生家中打电话，总是失望。一天天过去了，还是无人接。我就去打听韩先生的手机号码。朋友的回音是："韩先生去日本了"。无奈，封面中只得截取了韩体中的"城市"两个字。

那么，换别的书法家题书名呢？周慧珺正值出访日本，我就请刘小晴先生也写了一条。

责任编辑说:“6月20日是最后截稿期。”我还是不死心。6月19日,韩家的电话终于有人接了！韩先生听我解释以后,马上亲热地叫我第二天就去拿！他真不厌其烦啊！

当快递公司将他漂亮的题字放到我眼前时,我仿佛已经触摸到了他雄健、青春、又富有韵律的心跳！我十分感动。

2008年8月2日

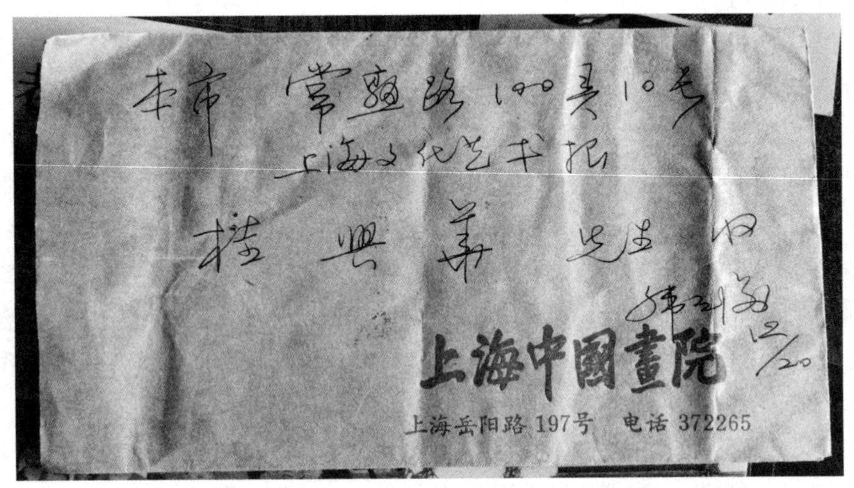

桂兴华与韩天衡的交往,从1984年开始

为上海地铁撰写碑文

1995年4月10日，地铁1号线全线通车运营，实现了上海地铁零的突破。从此，上海地铁不断延伸。在纪念中国改革开放30周年之际，为见证历史，特立此碑，以献给为上海轨道交通建设做出贡献的人们。

披万道霞光，迎扑面春风；通五洲怀抱，扬上海精神。一站站连滚烫热土，一条条藏千般艰辛。

轨迹常忆当年号角，盾构永留史诗脚印。穿隧道，猛推进，默默提速为百姓。一列长车一面旗，牵彩虹，满城抒衷情！迢迢征途脚下收，雄心领铁军。网络中擎一盏灼灼明灯，照前程！

喜看今日运暖意，载温馨，换乘顺各站民心。拉近都市繁华路，快捷又延伸。几多风景线，遍地欢笑声。畅通之旅回眸笑，地下尽是追梦人！向未来，再出发，车流滚滚唱新韵。

2008年11月

手机里的地铁时间（桂兴华摄）

重回白莲泾

那天，老妈妈们跨出了新居从十八层下来的电梯。顾媚卿、白全凤、游全妹、蔡丽珍、张金柳、姜菊芳等一个个在我特意请来的一辆中巴上嚷开了："世博公园不知现在造得怎么样了？也不知从前的家被挖得怎么样了？"车轮东拐西拐，只剩下一条连着钢铁公司的雪野路，还能通向昨天的老虎灶……

2010年上海世博会的中心区域，选址于白莲泾。不在风光如画的现有景区举办世博会，而偏偏把改造旧城区的重担很沉重地压在自己肩上，表明了上海的一种态度。上海有勇气把世博会场馆选址在困难群体多、房屋权属和家庭矛盾复杂的地方。

我一次次按动快门为2008年的老妈妈们拍照。我准备在这里写下长诗《城市的心跳》，多次采访了许多居委干部和动迁户，他们奇迹般完成了建国以来浦东最大的动迁。我的初稿出来后，好几天晚上到她们的新居征求意见，并辅导她们一句句朗诵。我发现好几个老妈妈一边读，一边噙着热泪。也许《新书架里的旧瓦片》、《听沪剧"卖红菱"》触动了她们的心灵。这些老妈妈都在一个扁鼓队里活动，有25个伙伴，基本上在54岁以上，都搬进了118万平方米的三林世博家园。中国申博成功之夜，她们的笑脸上了中央电视台。

白莲泾从20世纪30年代开始，流浪到上海的灾民挤成了全是歪斜房子的棚户区。周家渡街道世博动迁第二批启动首日，出现千人空巷排队签约的场景，单日签约850多户。白莲泾有64条大小弄堂，有的弄堂非常狭窄，两个人面贴面才能通过，拎马桶的手也只能横过来，连一把旧雨伞也撑不开，"路不平、灯不亮、水不畅、风难挡"，过道上晾着不知何时能干的衣裤。有一天，病人突发心脏病。打"120"，救护车东拐西拐开不进来……

今天，那间动迁办公室，被我们找到了。老妈妈们都戏称它为"51号兵站"。张榜方案的那一夜，一只只手电筒盯着墙上的房贴。第一个带头签约的王老伯在最后弥留的一刻，留下了这位癌症患者的遗言："到那一天，你们一定要让我到世博家园睁开我的双眼！"脚下老去的碎砖块，纷纷对老妈妈的一双双新皮鞋说："你们还会来！"让老妈妈们与这块标着"白莲泾"的路碑对视……

一位“双枪射手”的训练心得
——《前进！ 2010》后记

我最害怕看见时间的脸。

每当新年闹钟又一次拉响进场铃声的时候，我都要写一篇随笔：感谢过去的训练，展望新的比赛。

2010年，我庆幸自己，有了第10部长诗。

其实，我这个诗坛“射手”，惯于长枪、短枪一起射向自己有把握的那个题材。

桂兴华在上海地铁2号线车厢里

这对我很有好处：写长诗时运用短诗的精悍，不讲废话；写短诗时很注意在大视野中捕捉小细节。大处着眼，小处着笔，以实为主、虚实结合，本来就是我的套路。从体裁来说，同时操作诗与散文诗，散文诗对我锤炼文字极有好处。

进入斟词酌句阶段，这本书在我的十部长诗中花的时间最长。足足3个月。对没有诗意的，删；对重复的字眼，改。有时候为了一个字，要想好几天。

而在塘桥、周家渡街道排练现场，我又发现：一首朗诵诗，篇幅不宜太长，六七分钟比较合适。否则，听众会走神。

于是，我在长诗初稿完成以后，分别对每一章作了精心的切割。就像一个个零部件，组成了一个主机，九个主机合成一个大机器。

这样做，就是为了方便朗诵者自由选择其中的一首。而这，并不影响我的整体结构，何乐而不为？

这部长诗中，有个别段落的构思前些年就有，这次我输入了新的含义，并对有些素材进行了重组,以当代元素为统领。

走进诗歌的靶场,必定圈入艰辛与寂寞。

但我坚信自己的能力。

我感谢这些年来,一直推着我前进、记着我轨迹的所有可敬可亲的老师、专家、艺术家、编辑、记者、妻子、女儿和无数的读者。

尤其要感谢10多年来一直支持我长诗创作的上海人民出版社。十本中有八本是他们初版或再版的,并另外汇编了一本《激情大时代》。

浦东,是块福地。宝藏无穷。

不仅仅因为我曾是浦东中学的学生,塘桥街道的居民,连续当了四届的浦东新区政协委员。

这里,总在诞生新的诗意。

但我不满足于将浦东作为地域资源,而时常将浦东作为“参照”,即或而是主角,或而是配角,背景则是大时代。

我已经62岁了。我还有下一部吗?

耳边响起了中学时代记过的列宁的一句话:“前进! 多么好的生活啊……”

2009年12月30日于上海,寒夜

没有创造性思维，就没有诗

（一）

引领当代人思路的，应该是创造性思维这支熊熊燃烧的火炬。

创造性思维是一种特别的思考过程，往往能擦出有异样光彩的火花。

树是什么？是新生者，是枯萎者，是承受者，是压迫者，是高大者，是低贱者，是坚韧者，是易断者。最残忍的是两棵树相互倚靠又相互倾轧。叶子在击落，谁在想多享阳光？

树的一生多么像人的一生。

作者对树的“竞争”感叹令人叫绝！

将甲与乙奇妙地、多角度地、令人耳目一新地联系起来，就是创造性思维！

越奇妙越好。

不奇妙，就不会独特。

不独特，就不是创造性思维！

只有高手，才会一步步越想越深刻。

舒婷的《致橡树》“我必须是你近旁的一株木棉，作为树的形象和你站在一起”，成了新女性的独立宣言。形象地说：即使在爱情中，“我”也必须是独立的。它表现了人文情态，也很有张力！

而如今讲“美女像鲜花”，“眼睛是心灵的门窗”，品牌是城市的名片”，其创造力是零。

从前的一枝橡皮铅笔，现在的一件带衬衫领口的T恤、手机电视，口头语“高压线”（比喻党纪国法）、“捣糨糊”（比喻敷衍或协调），一句“默默无蚊”的电蚊香广告语、一句《涛声依旧》的唱词“这张旧船票能否登上你的客船”，对比“万里征途战歌嘹亮”的旧词“哥哥你五块钱买车票，五块钱买烟吃”那样的山歌，妻子对丈夫说“我俩是一双筷子，共同品尝人间的甜酸苦辣”那样精彩的电影对白，都来源于创造性思维。

同样面对一双筷子，诗人桑恒昌新近写道：“哪个是我娘，哪个是我爹？等我百年以后，在灵前摆一双筷子，那是我和父母最后的诀别。”又推进了一步。

因此，有了创造性思维，才有可能出现各种创新。

（二）

应该把“往哪儿想？”，摆在最重要的位置。

出奇的思维方向，要求人们大踏步前进，使局面来个焕然一新。

我举个例子：重庆的“一锅两汤”，解决了不同口味的需求。而提出“一国两制”的伟大设想，则要靠同样是四川出生的小平同志的大胆创造，使香港在1997顺利回归。

思维方向比想象、灵感这些思维形式更加重要。崭新的方向，取决于独特的视角。

具体图例：苹果、樱桃。除掉对它的“第一印象”，你还有什么联想？像炸弹、黄鳝爬出脸盘、一根头发、吊灯、提着溜溜球、树与落叶、地球与流星、龙卷风、受精、痰盂盖、猪尾巴、打井水、木桩上的铁钉、老人帽、辣椒……都像！

第一印象往往是习惯性的，最需要打破！要追求思维的广阔性，大跨度地进行联想，全面张扬想象力！怎么绕过熟门熟路？

大型歌舞《复兴之路》的编导首先提醒自己：必须绕开《东方红》。原先的场面都不能再用，全靠与众不同的视角。新剧本从老百姓的家园写起，拉开大幕不是旧中国夜沉沉的昏天黑地。

军旅歌曲《你的秀发掠过我的钢枪》，也是成功的例子。站岗的战士与女友见面时的内心活动揭示出来了，切入点细腻，感人。

“我”的声音的新意，首先来自个人色彩很浓的视角，随之而来的才是出奇的意象。个人想象的空间有多大？有多新？影响着思考的深刻性。

“重庆是一支长柄／延安是一支长柄／一把民族的钢钳，曾经咬死了／日本军国主义最后的野心”，黄亚洲新近反映抗日战争的诗句多么精彩！

走出僵化的状态，告别循规蹈矩的方式，创意才会悄然降落心中——如白云怎么在“流浪”？沙漠也会有“热情”？从混血儿到混血“城”（中西汇合，杂交出优势）。

电影譬如“一管口红”，廉价，但能给经济危机中的人们带来一些安慰和愉悦。这个想象很妙。

学生讲自己成绩不及格，是“探底”，要零用钱，是“补仓”，这些比喻来自股市，说明思路是活跃的。

有位领导说自己：从“下飞行棋、下跳棋到下围棋”，也很形象，比喻自己：开始由外力决定，慢慢冲向既定目标，现在则每动一步都考虑全局，这样说很像创造性思维发达的诗人了。

诗人最需要的就是创造性思维。

有一首诗写春天的大山，山怎么会像产院？风按照花的口形，分别配上了发音，满耳全是婴儿啼哭的声音。想得多别致！

可见，创造性思维产生的关键，是要打破通常的思路。尤其要培育发散式思维、横向思维和逆向思维。

发散式思维，是创造性思维的起跑线，是突破的开始。离开它，一切都是空谈。而目前的束缚还太严，它的空间常常被浓雾罩住了。

发散式思维不能拘泥于一点或一条线索，要尽量扩散了再扩散、辐射了再辐射。

要敢于大胆地冲出包围圈，不理睬那些惯例，如：“人生像舞台，去世就谢幕了”那样的比喻。另起炉灶，撼动模式，违反常规，将熟悉的东西变得陌生起来，才会有新的成果。

装满西北风的仓库开门营业，向路人免费推销寒风。

市政工程就像城市在动“外科手术”。

用球赛的上半场、下半场来比喻人生。学生时代拼命读书，但是把其他都丢掉了：人际关系、领导能力、兴趣爱好等，这样的学生无后续力。

新概念作文命题：“杯子与茶”，有同学想到比喻生存环境与人的关系，巧妙！

“男人是一辆车”，火车：象征心胸宽广者，什么都装；客车：象征虚心者，总是笑脸相迎。

悼念蔡其矫的散文：“深秋的落叶是追悼会的通知”，深沉。

艾青的《古罗马的大斗技场》：比喻中国的极“左”思潮，“用无辜的手杀无辜的人，有的还捞取利润！”

牛汉的“笼中的华南虎：对来自笼外的砸、骂、引诱一概不理，只思念山林，一声吼叫……”一个倔强的知识分子形象跃然纸上。

莎士比亚的台词:“你的伤口不像井一样深,不像教堂大门一样宽”,多有情感色彩。

俄国诗人马雅可夫斯基的想象:“穿裤子的云、失眠的风、涂了漆的黄太阳、泪像打翻了茶杯、黑色的雪花透过报纸的筛子撒遍了天下”,令人过目难忘。

“十月革命如一场大雪,一夜之间便覆没了整个的沙皇制度。高尔基这只海燕……”

诗人林贤治在叙述中的比喻、象征,多么富有张力。

一本新的历史书这样写:“英国议员的一根手指推倒了大清王朝”,用形象说话就不一般。

(三)

直露而少“诗美”,仅仅停留在人云亦云的层面,是当前诗歌的常见病、多发病。

差的想象:“落叶投入大地的怀抱”等。描写瀑布的外表如面纱、屏风,声音如雷鸣,如万马奔腾。还不如表现壮士形象的一句:“敢于纵身一跃,跳入深渊!”

陈旧的那一种套路,很容易使人回到以前的轨迹上。乏味的诸如:“明天的花草被你的教师培育/顶尖的智慧被你的才子运用/拼搏的神气被你的健儿崛起。”

面对10月1日的日历,今天还在唱:“它像一串爆竹,它像一根旗杆”,那也太陈旧了。还有:“你是大树,我是树叶/你是土壤,我是青禾/你是长江,我是小河/你是太阳,我是云朵”,缺少新鲜的审美发现。

堆集概念的诗句如:“八年的枪林弹雨,八年的烽火硝烟,八年的夏雨秋风,八年的冬雪春霜”,“我们的建设于艰难发轫如奔马奋蹄”,“您给当今社会展现出前所未有的辉煌成就”等,缺乏感染力。有的形象别扭,如“绵里藏针的脸”……

因此,得让想象的异峰突起,而不是在那条早已习惯的旧弄堂里一路到底。

放得开,才能收得拢。首先是要放得开,尽量张开敏感的神经。

发散式思维向四面八方进军,收拢式思维则向一个方向聚集。

在解决问题的早期，发散式思维跃跃欲试；后期，收拢式思维则是导演，对角色进行选拔与归纳。如："一生只有三天：昨天、今天、明天"。聪明！

高考的作文题目《必须跨过这道坎》，省掉了主语。其实，空间大得不得了。常规是写：我怎么高考。

其实，你写的对象可以放开：人（古人，伟人）；文学（不能华而不实）；新中国建设（不能以阶级斗争为纲）；人类（环境不能污染）。"坎"又有很多、很多：消沉、困惑都是。从中找出最感人、最有细节的一节来写——这就是收拢式思维了。

一个女考生写得很有特色：写自己母亲是贪官之妻，家庭怎么渡过危机。

再如：中考作文题目《记住这一天》，不是许多天！那写哪一天呢？生日？香港回归日？父母"吵架"日？自己偷写情书日？……关键是有没有细节？有没有真情？别人抄不来！

（四）

在细节上挖掘，才能出新意。

林忆莲的歌："我知道你掌心的痣在哪里"。情人的记忆啊！

一首民歌《电话机怎么沾上泥》，原因是"书记插秧在田里"。

怎么表现香港的节奏？床边放四个闹钟，大钱袋里还有装硬币的小口袋，满街送外卖的自行车，牙医钻牙时还打电话问股市行情。

香港市民对小平同志的怀念：遗像前放上一张地图、一只足球、一支香烟。——小场面中有大含义！

电影《生命之约》中：小保姆拉着老警察的衣角过横道线，错关押别人八个小时的警察，对"犯人"八个躬鞠得令人流泪。煤气灶前，来自天水的农妇会无奈，患了肝癌的警察也会为自杀苦思。——观众记住的就是细节。

"星光大道"节目中一位选手第一关都没法通过——即使说"母亲患心脏病"，当场也没获得观众的同情，观众只认才华。他没有把握过关的节奏，他首先唱了一首平庸的通俗歌曲，后面准备的许多节目都落空了。忽视细节，使他在其他富有特色的对手面前失败了！

容易的是纵向、顺向思维：如忆苦思甜，如回顾母校历史。如回想浦东：搬进去是荒凉一片、搬出来还毫无动静、近年来使人迷路、使人连连昂起头来环视，看到了整个中国远离"文化大革命"的进程。

同样是纵向、顺向思维，有个舞蹈《天边的红云》就出奇了：长征草地上女兵不幸陷落以后，编导想象她是颗种子，拥抱了一片金黄色的稻穗，她丰收的梦多么灿烂，用此反映红军战士的牺牲，很有感染力。

打工者：从进城拎蛇皮袋到回乡夹公文包的过程，观众就有可看性。

作家“钢笔里的汗水”：从墨水到汗水的过程，提炼了创作的艰辛。

“泪飞顿作倾盆雨”从泪到雨的联想，毛主席感情多么浓烈。

可贵的是横向思维和逆向思维。

横向思维：深圳与浦东的比较。一个个同学现况的比较。与大都市快节奏对立的那些排队现象，展开遐想：此刻，医院、银行、股市开门也在排队……

逆向思维：黑白参照，久旱逢雨。

豪放的电视连续剧《三国演义》，偏偏请温柔的女作曲家谷建芬写插曲。

热的题材冷静写，冷的题材超前写。

记者的非常报道：足球队队员大赛前夜集体在美容厅洗头。极有反差。

什么最痛苦？

最有视觉渗透力的人成了瞎子画家。最倡导酒神的人滴酒不沾。最不该卿卿我我的人最温柔。

什么最反常？

教室里的稻把是教鞭？乌鸦会飞过城市？侯耀文写歌颂改革开放的相声，从小人忌妒别人生活好转这个角度出发，“他专门翻别人的垃圾箱——吃什么？哇，基围虾！哇，大闸蟹！”刁！

英国诗人拜伦用何形象来说明某些评论的不可信，他说：“不如在六月里去找冰雪，秕糠里去拣谷粒”，不可能的事情啊！

“不可行性报告”与“可行性报告”同时写，能使决策者警醒。

再如：王朔语言的反常搭配——“严重正常”，“女儿严重的比我好”。

多端思维：从事物的色、香、味以及实质性上全方位考虑。

例如：连根拔起的野草比喻脚气药的功效，遵义衬衫“关怀在逆境中崛起的领袖”，光明乳业“点燃未来的太阳”。

钢桩的实质，是深深“埋”在地下的打工者形象。

世博会展馆的一个创意：用什么形象来周游世界呢？用塑料鸭、蒲公英、还是浪花……

有的想象一环又一环。

例如：“雪花连在一起，像丝一样，那是李白三千丈的白发。雪，被街边的灯照着，映出不同的颜色。雪之神换上了不同的舞裙，跳了一曲又一曲。风之神为她的舞蹈奏起了柔和的音乐，奏了一曲又一曲。”

当然，想象也得控制节奏，不能让人有混乱的感觉。

（五）

创造性思维有典型的画面感：

如杜牧描写清明时节的“牧童遥指杏花村”。

我的创造性思维有敏感区：

反抗”血统论”——我女儿在产院里的第一声啼哭不是“罪恶的叫嚷”。

杭州名为“二我也”的摄影部里，我想到：照片内外的“我”是否一样？

路遇哑巴卖刀，从他不靠炒作靠实力的现实，我联想到：人们该怎么立足？

庐山脚下的第一层台阶专门送游人攀登，多么像当年我这个普通编辑的工作。

无名岛上的风景，我想：这不就像小人物的作为，不一定差。

创造性思维需要忧患意识：

杜甫“朱门酒肉臭，路有冻死骨”的警句。

罗中立将大年夜的大巴山掏粪的山农，作为他1980年初油画《父亲》的原型。

创造性思维需要积极的生活态度：不断战胜自满，经历要多，阅历要广。

我怎么寻找“特别”的意象——

终于被历史选择的毛泽东，是中国的午夜零点。

邓小平，又是中国的午夜零点。

他们都是新和旧的分手站。

他们专门与漆黑的昨天交战，领着云雾中的曙光一路向前。

鲁迅先生说得好：“必须如蜜蜂一样，采过许多花，才能酿出蜜来。”

不是每个诗人都有蓬蓬勃勃的想象力的，同一个诗人也不是每个时期都一样的。

考试和测验都是一种强迫。

在遇到新的障碍时，惯性的思考往往无能为力。

有思维定势，就会阻碍人的多视角和多途径。

要敢于说:“不!”

元宵节的一条短讯让我一惊,有创意啊:

这两天有个漂亮女人老是打听你,我只好把你的手机号码告诉她了。今天,她将打电话给你,她说:她会带给你快乐。她叫袁晓洁。

另一条也不错:

你是汤团,我就是滔滔的水将你拥抱;你是水,我就是汤团被你沸腾。

总之,我们要牢牢把握创造性思维这把金钥匙。

让自己脑中产生大量高质量的新素材,为好中选优准备充足的条件。

这一点,对每一个人、每一个行当都是有益的。

对于诗人,则要求更高。

(本文系作者根据自己在上海电视台、上海图书馆等处的演讲稿整理。)

(发表于《诗刊》2011年第8期)

不止影响30年
——中国当代诗坛印象

1978年以来的诗坛风浪,我始终参与其中。

有时随之冲到浪尖,有时随之陷入谷底。但没有停止过前进。

我感觉自己总是处于“夹缝”之中。

因为:我属于主流,但我又不甘于与大喊大叫的空洞为伍;我被“非主流”视为“另类”,但我却真心喜欢那些发自情感深处的缠绵悱恻。

纵观这些年来的诗潮,可以发现:每一朵浪花都是有其历史旧迹的。

——题记

(一)老诗人的复出和朦胧诗的崛起

1966—1976年的“文化大革命”是一个动乱的年代。在那期间,“假大空”的诗歌泛滥,例如:

社会主义大院好,
理论学习掀高潮,
思想觉悟大提高,
革命路上朝前跑。
社会主义大院好,
批判战歌冲云霄,
资产阶级挨重炮,
无产阶级专政牢。

(一九七五年六月十八日)

郭沫若的文革诗选《献给在座的江青同志》

你奋不顾身地在文化战线上陷阵冲锋
使中国舞台充满了工农兵的英雄形象

在那片阴影里，它成了概念化的典范!

何其芳对于郭沫若所说的“我高兴做个‘标语人’，‘口号人’，而不必一定要做‘诗人’”等名言并不认可，他认为“诗究竟还是不能走标语口号化的道路的。”

但在1976年四月，民间流传的手抄本《天安门诗抄》很有胆量，如：

欲悲闻鬼叫，
我哭豺狼笑。
撒泪祭雄杰，
扬眉剑出鞘。

又如：

山精出洞变人妖，
装腔作势调门高。

清明节期间，首都人民冲破“四人帮”的重重禁令，写了成千上万的革命诗词，在天安门广场沉痛悼念周总理。这是矗立在我国当代诗歌发展史上的一座丰碑。

那时候，一代人的思想被禁锢，心灵被压抑，人性被摧残。但一些精英开始追问和思考，出现了一片“红海洋”中的地下诗歌。

1976年10月6日，“四人帮”被粉碎以后，诗坛还是很沉闷。举一例：1977年出版的诗集：

万山红遍，
繁花似锦，
流水潺潺，
燕舞莺歌。
战旗飞卷，
鼓角震天，
反霸的斗争波澜壮阔。

这时候，一些老诗人复出了。艾青平反后的复出，是绿原、公刘、邵燕祥等这批归来者中最具象征意义的一个事件。

1978年4月30日上海《文汇报》发表了艾青的《红旗》。原文是：

火是红的，血是红的，山丹丹是红的，初升的太阳是红的；最美的是在前进中迎风飘扬的红旗！

这首诗体现了艾青一贯清新明朗的风格。而它出现的意义，超过了诗的本身。诗人依旧，诗也依旧.对于中国则是一声响亮的宣告，中国终于又有了诗！ 而且很有锋芒。

艾青后来又发表了《古罗马的大斗技场》：

都要用无辜的手
去杀死无辜的人；
参加角斗的互相看不见
双方都乱挥着短剑寻找敌人
无论进攻和防御都是盲目的——
盲目的死亡，盲目的胜利。
最可恨的是那些
用别人的灾难进行投机
从血泊中捞取利润的人，
他们的财富和罪恶一同增长；
斗技场的奴隶越紧张
看台上的人群越兴奋。

（一九七九年七月　北京）

诗的实质，我想是反思“文革”。

长期以来受到忽视的一张张富有个性的脸，噙着泪，突然凸现在读者面前。

不正常终于恢复成了正常，这是这批老中青诗人对于中国新诗史的重大贡献。

中国的诗人,终于能够掏出自己的心声了。

良心在诗行中摸索到了历史的重负,底层的无助和社会的复杂。

粉碎“四人帮”以后,白洋淀回城的北京知青创办了一份诗歌民刊,叫《今天》。到1980年,全国公开发行的刊物逐渐接纳了这些诗歌,引起极大的轰动。

一个新的诗群正式崛起。

食指、北岛他们的呐喊,意义是划时代的。但有人由此把以前的“十七年”诗歌全盘否定,又显得绝对了。他们的确是一道分水岭,但以前的水也有秀美的。

食指:真名郭路生。1968年,就写下了堪称新诗潮开篇之作的《相信未来》。

由于《今天》那些诗歌在表现手法上的隐蔽性和多义性,在当时造成阅读障碍,被称为“朦胧诗”。

“自我”从这些诗歌中开始突围。手中的笔开始深入心灵,越挖越深。新的意象之旗、青春之旗醒目地张扬。

尤其是北岛。原名赵振开,1949年生,北京人,白洋淀知青群落的主要成员。现在香港大学任教。1978年创办《今天》。1993年旅居美国。北岛那些有力的警句流传很广。

北岛的《结局或开始》。是写给遇罗克的。遇罗克是北岛的同代人,因为写了《论出身》,反对血统论和阶级论而被捕,后来被杀害。这首诗是这样开头的:

我,站在这里,
代替另一个被杀害的人,
为了每当太阳升起,
让沉重的影子象道路,
穿过整个国土。

这首诗中“我是人”三个字,包含着一种怎样的悲愤!那时候,“在没有英雄的年代里,我只想做一个人”的名句,实际上是一种控诉。

舒婷:女,曾用名龚舒婷,龚佩瑜。1952年生,福建人,长期生活在厦门。初中毕业后,做过下放知青,建筑公司临时工,织布厂工人。后拜福建著名诗人蔡其矫为师,开始诗歌创作。

劳作在底层的他们,创造出了情绪如此高昂的诗歌。他们的作品不仅进入教材，而且被译成多国文字。

大家都在中学课本里读到过舒婷的《致橡树》。那不是一首单纯意义上的情诗，而是一首宣扬自我意识和独立人格的理性诗：即使在爱情中，我也必须是独立的。

我必须是你近旁的一株木棉，
作为树的形象和你站在一起。

舒婷的诗温婉，忧郁而感伤，有着浓浓的人文情怀，提高着诗歌的美学品格。她的成长也离不开倔强、多情的福建老诗人蔡其矫（其传记名为《少女万岁》）向艾青的大力推荐！

顾城1987年后，先后访问欧美和新西兰，1992年在德国文学基金会资助下住德国写作。1993年，他与妻子谢烨合作完成一部自传体小说《英儿》。后精神崩溃，10月8日，用斧子砍死谢烨后，上吊自杀。

黑夜给了我黑色的眼睛
我却用它寻找光明

——《一代人》

朦胧诗有着尖锐的批判性和强烈的政治意识，朦胧诗并不朦胧。可惜人们往往只停留在对它关注人性的大胆和诸如隐喻、象征、通感等艺术革新的肯定。其实，北岛和舒婷们的价值，更在于他们出色的政治抒情，如“卑鄙是卑鄙者的通行证，高尚是高尚者的墓志铭”。

那个时期，朦胧诗的思辨，为整个思想界当起了开路先锋。

同时，朦胧诗把诗歌带回到了“自我”，杜绝了“假大空”的豪言壮语，以“自我表现”的方式“展示以往受到轻蔑的个体生命的体验或者是仅仅属于小我的感受”。

于是，他们被批评者视为“目空一切”的“惹不起的一代”。

一场激烈的论战不可避免。

最早使用“朦胧诗”概念的是章明。他在《令人气闷的“朦胧”》中说：“有少数作者大概是受了‘矫枉必须过正’和某些外国诗歌的影响，有意无意地把诗写得十分晦涩、怪僻，叫人读了几遍也得不到一个明确的印象，似懂非懂，半懂不懂，甚至完全不懂，百思不得一解。我对上述一类诗不用别的形容词只用‘朦胧’二字；这种诗体，也就姑且名之为‘朦胧体’吧。”（《诗刊》1980年第8期。）

之后，谢冕发表《在新的崛起面前》。这是最早公开支持“朦胧诗”的一篇文章。文章回顾了新诗走过的道路。

《在新的崛起面前》肯定了“朦胧诗”最初的实践，主张对新的探索“适当地容忍和宽宏”：“我们有太多的粗暴干涉的教训（而每次的粗暴干涉都有堂而皇之的口实），我们又有太多的把不同风格、不同流派、不同创作方法的诗歌视为异端、判为毒草而把它们赶尽杀绝的教训。而那样做的结果，则是中国诗歌自‘五四’以来再也没有出现过‘五四’那种自由的、充满创造精神的繁荣。”

继《在新的崛起面前》之后，又连续出现了孙绍振的《新的美学原则的崛起》（载《诗刊》1981年第3期）和徐敬亚的《崛起的诗群》（载《当代文艺思潮》1983年第1期）。

（二）新现实主义的坚持

现实主义传统，在我国新诗史中血脉明晰。

谈到新时期诗歌的复苏，我必须先提：豪放的诗人郭小川。

1976年深秋的一个晚上，郭小川意外地死于旅途。

此时，“四人帮”被逮捕刚刚12天，郭小川57岁的生日刚过去一个半月。他死于临睡前服用安眠药后又吸烟，导致烟头掉落在床上，引燃被褥产生大量有毒气体。正是由于文革对郭小川在精神和身体上的反复折磨，致使他的健康持续恶化，比病魔更加凶狠的恐怖，夺去了他的健康，更剥夺了他写出更优秀作品的机会。

太可惜了！曙光已露现，他将豪情万丈啊！已故诗人公刘曾著文沉痛地悼念郭小川，他引用了杜甫的诗句：“江湖多风雨，舟楫恐失利。”在那风雨飘摇的岁月，谁不是生活在恐惧之中！

以后的新现实主义代表人物有：叶延滨、刘祖慈、李小雨、梅绍静、韩作荣、吉狄马加、张学梦等。最近有专家称他们为“新来者”。雷抒雁是其中最主要的人物。

新现实主义诗群在当时的政治斗争中很突出。雷抒雁的诗作最有名的是

《小草在歌唱》。

《小草在歌唱》发表于1979年8月号的《诗刊》。这首近200行的长诗在读者中产生了强烈的共鸣，人们感动于作者反思历史的深刻和自我解剖的真诚。

我恨我自己，
竟睡得那样死，
象喝过魔鬼的迷魂汤，
让辚辚囚车，
碾过我僵死的心脏！
我是军人，
却不能挺身而出，
象黄继光，
用胸脯筑起一道铜墙！
而让这颗罪恶的子弹，
射穿祖国的希望，
打进人民的胸膛！
我惭愧我自己，
我是共产党员，
却不如小草，
让她的血流进脉管，
日里夜里，不停歌唱……
我们有八亿人民，
我们有三千万党员，
可是，当风暴袭来的时候，
却是她，冲在前边，
挺起柔嫩的肩膀，
肩起民族大厦的栋梁！

同属于这一类，有这样两支队伍：

其一是坚持操守的是那些从不放弃的主旋律诗人。有一位评论家这么评价："他们更愿意以积极的眼光来看待现实生活及其变迁，一系列新政治抒情诗就是这方面的典型代表。李瑛在《我的中国》中所表现的沧桑之感和深挚之爱，桂兴华在一系列长诗中所抒写的世纪豪情，纪宇在《'97诗韵》中所展示的新时代的风流，从不同侧面概括出中国人民走向富强之路的精神情怀。不言而喻，新政治抒情诗在90年代所唱响的盛世之音，其所寓含的政治意识和道德情感，属于整个主流意识形态宏大叙事的一部分。”

在消费至上的市民意识中，唯有这些诗歌才有可能进入被涉及的话题，而另外一些小圈子里的自娱自乐者，则受到了重重阻挡，他们的心态有所失衡。

《跨世纪的毛泽东》写于1992年。那时候正值商潮汹涌。

《邓小平之歌》写于1996年。不少人小题大做，作者却大题小作，歌颂小平“顶着漫天的暴风雪，挖出了种子里的种子”。

怎样用诗人的眼光来瞭望时代？他们与那个特殊年代特殊作品的根本区别是：不是被动的，而是主动的；不是机械地配合，而是充满创造欲望地处在兴奋之中。作为一个极左思潮的叛逆者，作为一个真正有责任感的诗人，应该向千载难逢的新时代献出真诚的赞歌。

当然，这种激情的喷爆最好是及时的。这种喷爆只要不是“公式化”，就不能简单地被斥之为“为政治服务”。

李瑛《一月的哀思》、雷抒雁《小草在歌唱》、韩翰《重量》、白桦《阳光，谁也不能垄断》、张学梦《现代化和我们自己》、叶延滨《干妈》、刘祖慈《为高举和不举的手臂歌唱》、赵恺《第57个黎明》、熊召政《举起森林般的手，阻止》之后，在小平逝世、香港澳门回归、迎接新世纪、建党80周年等重要节口涌现了大量诗作。

我奇怪：现在，诗歌界好多人为什么这些年以远离政治为光荣？对那种旧模式的厌倦，可以理解。但更可贵的，是要志在创新。

有些人总是把政治抒情诗等同于“假、大、空”。他们听不到时代前进的步伐，也不看具体的人在具体怎么写。

其实，一个诗人的主体结构不是突然形成的。从事政治抒情诗，肯定有其自己的内因，即生活历程、人生态度。赶时髦的短暂风光，不会坚守在“边缘中的边缘”。战壕已经撤得不能再撤。

我们恰恰是在追求——真，大，实！——这个大，是大时代，大胸怀，大声音！这才表达了当前社会的主流情绪。

江苏赵恺的《第五十七个黎明》，是表现当代人心理特征和价值观念的一篇佳作，曾产生了广泛的社会影响。他紧紧抓住一个纺织女工产假后的生活环境，既表现了生活的温馨，又表现了生活的严峻，而诗的结尾，是崭新的价值观念与历史观念的艺术凝聚和升华：

他看到了“在一支国际规模的仪仗队前，/我们的婴儿车庄严行进”。于是，诗人产生了同传统思维方式和价值取向相悖逆的审美判断：历史博物馆肃立致敬，/英雄纪念碑肃立致敬，/人民大会堂肃立致敬：/旋转的婴儿车轮，/就是中华民族的魂灵！

那么，视野广阔的诗就肯定一片阳光吗？不。反映大众生活的诗，也有空洞的情况。长期以来，政治抒情诗的“概念化”倾向严重，灵魂被共性化了，成了“押韵的传声筒”。那些乏味的诗句毫无陌生感，令人讨厌：“顶尖的智慧被你的才子运用/拼搏的神气被你的健儿崛起。”“叱咤在世界国际舞台，舌战群儒，力挽狂澜”等，缺少新鲜的审美发现和当代特征，堆集概念。政治术语频频入诗，味同嚼蜡，满篇理念，手法陈旧。细节掌握得少，个人想象的空间窄。光有积极的眼光还不行，得有诗的手段。空洞的陈词滥调，怎么能激荡起读者的心灵？我们在建设宏大的框架时，必须加强纪实性，不能把豪言壮语当作材料，而要让诗句散发出泥土的气息和汗水的味道。生活永远是第一位的。

但那种空洞非常顽固，甚至在如今还广受好评。这种现象令人深思。有些诗句，可以这么说：20年前，30年前就是这么写的。

得让诗中融入生活细节，具体而富于可感性，才能避免空泛之病。

出众的新意，离不开来自生活的意象。勤于跑，善于跑，细节掌握得多些，个人想象的空间就大些，新些，诗就深刻些。

诗作想散发出浓郁的时代气息，就得挖掘出生活中藏有诗意的细节。挖这口井很辛苦。为了强调诗的感染力，必须努力再努力地深入到生活的底层，体验并发现真善、真美、真爱，然后放飞想象，去感染读者。诗歌最大的特点是抒情。

其二是写作的姿态向着更低处的诗人。他们在无形的“夹攻”中将视线进行了调整，对弱势群体更加关注。

真可谓各抒其情，都有“雄心”：当一名时代和人民的代言者。

（三）后现代诗的扩散

20世纪70年代末80年代初，随着国门逐步打开，西方文化涌进中国，尼采、叔本华、海德格尔、萨特、柏格森、德里达等，影响了一大批青年。

实际上，早在朦胧诗鼎盛时期，后现代的诗人们一是不能忍受朦胧诗人辉煌的笼罩，二是他们也确实长着不同的面孔。

这时候，地下诗刊民刊纷纷出现，最著名的是南京的《他们》和四川的《非非》诗刊。到1986年，安徽的《诗歌报》和《深圳青年报》联合举办了“现代主义诗歌流派大展”，推出了25个诗派的宣言和作品。它们有《非非》、《他们》、《莽汉主义》、《整体主义》、《极端主义》、《大学生诗派》、《黄昏主义》等引起了强烈震动。

后现代诗歌的艺术从总体上看：主张诗歌表达回归真正意义上的生命本体和本我，主张运用口语写作，提出“诗到语言为止”。他们主张“反文化，反崇高，反价值，反意义，把诗歌带回到纯粹本原的前文化世界”，热衷于个人情怀。

后现代诗歌的代表人物是韩东、翟永明、周伦佑、于坚等。

代表作品有：韩东的《你见过大海》、《有关大雁塔》、《温柔的部分》；翟永明的《黑眼睛》、《安静庄》、《女人》；周伦佑的《想象大鸟》、《在刀锋上完成的句法转换》；于坚的《对一只乌鸦的命名》；李亚伟的《中文系》：“浅滩上，一个教授和一群讲师正在撒网，上岸就当助教，当屈原的秘书，当李白的随从。”

韩东的“大雁塔”，切断了与历史的联系，成为一个单纯的物体。

“我们爬上去，就如爬上一个有一定高度的其他任何地方一样，只不过为了看看四周的风景”，这里特别指出我不想当英雄。而是“然后下来”，走进这条无数平民的大街，淹没在平凡的庸俗的生活中，“转眼不见了”。

韩东追求的就是这样一种精神境界。

翟永明：女，1980年毕业于成都电讯工程学院。著有诗集《女人》、《一切在玫瑰之上》等。现居成都，开起了咖啡店，兼写诗歌。我们看她的《黑房间》：

我感到胆怯，我们姐妹三人
我们是黑色房间里的圈套
我却有意使坏，内心刻薄

她体现了诗的复杂性。

她在《预感》中写道：“穿黑裙的女人夤夜而来 / 她秘密的一瞥使我精疲

力竭”。

《预感》是翟永明的代表作《女人》组诗中的一首，当她写作这组诗时，坦白：“看惯世事炎凉，目睹了生死无常。”

文学创作从来就是个体劳动。在创造具有个性的、更贴近诗的抒情本质的作品中，影响较大的有：海子的《九月》。

从明天起，做一个幸福的人
喂马，劈柴，周游世界
从明天起，关心粮食和蔬菜
我有一所房子，面朝大海，春暖花开

海子：原名查海生，1946年生，安徽安庆人，北京大学法律系毕业，后在人民大学任教。1982年开始诗歌创作。1989年3月26日，在河北省山海关卧轨自杀。死后出版的诗集有长诗《土地》、《海子的诗》、《海子诗全编》。

海子有意识地远离社会热点，关注生命存在本身，反映生命、爱情、生殖、死亡等主题，善于捕捉自然意象。

1989年春天，海子的自杀令人悲伤。海子自杀以后，还有骆一禾、戈麦、顾城、方向等多位诗人或自杀，或病故。

90年代以来，诗人在数量上大大减少，有人经商了。坚持写作的诗人丧失了优越感，同时又无法将诗歌写作当作一种可以谋生的“职业”。“诗人已死”是一种夸张。但确实，诗人很快被商业社会排斥了。被嘲讽的、最无用的往往就是诗人。

在商品经济大潮的冲击下，精神需求对“娱乐化”、“泡沫化”已经习以为常，诗歌从社会舞台的中心退出了。几乎在同时，国家战略和大众生活，也被不少诗人漠视了。

诗歌的审美标准开始紊乱。害怕冷落的诗人们抱成了团。体制内、体制外以及各个群落之间多有争论。

到了90年代后期，在先锋诗歌阵营内部爆发了“知识分子写作”与“民间写作”的舌战。

随着民间诗刊的再度涌现和网络诗歌的兴起，“江湖气”在各个群落之间进一步扩散。诗有些焦躁不安。

诗坛上谁也不服谁，读者对许多“诗歌事件”发出了阵阵冷笑。

90年代以来的诗歌生态与巨变中的中国现实并不相称。在被称作“知识分子写作”的诗人那里，评论家耿占春说：“市场偶像已取代了别的一切。开始我们以为自己是一个悲剧角色，后来我们缓慢地发现了自身存在的喜剧性。意识形态的反抗者开始变成一个经济上的穷人，他的愤世嫉俗与忧国忧民开始变得可笑”。

而在被称为“民间写作”的群落里，于坚的长诗《0档案》则是代表。全诗罗列了大量私密，是宏大叙事无法“归档”的。

诗歌的宏大叙事遭到了挫折。许多题材边缘化了。小情调、小思想、小境界走俏。

如西渡的《在硬卧车厢里》，开篇即交代了“事件”的全部要点：“在开往南昌的硬卧车厢里／他用大哥大操纵着北京的生意／他运筹帷幄的男人气概发动起邻座／一位异性的图书推销员的谈兴”。“接下来描述了这对男女从陌生、试探、交流到牵手的过程。”

诗有了前所未有的宽度，这不是坏现象。

需要指出的是：诗坛从以前只倡议写国家大事，转到自我意识的觉醒，后来又以放眼天下为不屑。真正要做到：大中有小，小中有大，非常不容易。但这又是好诗产生的基础。

眼花缭乱中，女诗人赵丽华的梨花体，也流行过一阵。

如：

《一个人来到田纳西》

毫无疑问
我做的馅饼
是全天下
最好吃的

如：

《我终于在一棵树下发现》

一只蚂蚁，另一只蚂蚁，一群蚂蚁
可能还有更多的蚂蚁

对这些诗，有人说：“蛮有童趣的”，有人说：太随便了。

报纸上评论：“这些类似于‘口水诗’很快风靡于天涯、猫扑、网易等论坛，很多网友开始模仿写作‘梨花体’的诗歌，一个以赵丽华的名字注册的网站成立。”

这些都是属于个人叙事。

2000年夏天，一个取名为“下半身”诗派宣称，传统诗歌的上半身因素必须清除，应当将身体的“下半部分”确认为一项新的写作资源。弄得仅仅为了逗乐、取笑的低级趣味在诗坛漫延起来，粗、恶、杂、丑纷纷涂脂抹粉。

看似“百花齐放”，本质上诗歌的地位在日益下降。

（四）感动人，才是诗的硬道理

有一种议论：“现在还写诗，你有病吧！”

不能这么说。

不是所有的诗人都有病。

有些诗人被当今社会抛弃，除了外部原因，还有自己的问题。

首先，那些爱躲在狭窄的小圈子里、自命清高的诗人要自省。这是一种很顽固的空洞。谁也没有反对你抒发个人的情感，我们都是芸芸众生，但反映家长里短却有高低之分。

高伐林写“高考分数线”，赵恺写“产假后的女工上班”，近年反映抗雪灾的诗都没有丢失时代之魂，“歌诗合为时而著”。

好诗有《一辆汽车在风雪中爬》、《抬电杆进山的人》、《听父亲在电话里说雪》、《致照片上啃雪团的士兵》等。

当然，“非主流”诗歌中也有好作品。他们体现的复杂性与宽度，正是许多主流诗歌缺乏的。

诗歌被淡忘，是由于诗人被淡忘了。诗人的时代责任感过去曾经被过分地夸张，但现在又羞于谈唱响“主旋律”，这也不对。

温情脉脉的诗，需要吗？需要。小摆设的诗、沙龙里的诗，需要吗？需要。但嘹亮的诗，也需要。

艺术不论是哪个时代，都反映着现实，影响着现实。问题是：艺术与政治的联系方式，有的隐蔽，有的公开。

竭力把写诗当作遛狗，回避时代背景，装得十分高雅，其实俗得不能再俗！更可笑的是心术不正，想通过写政治达到某些目的，但政治给了他冷面孔,他就反过来咬政治题材!

清醒的诗人要明白:专门为革命创作的作品不一定是好作品。革命的内容也要有感染力。

即使你的观点与立场都是正确的,但跨进诗的门槛还需要许多艺术的准备,不能缺乏新鲜的审美发现。做报告与写诗是两回事。诗不能用陈词滥调。作品要给人以陌生感,才能激荡读者的心灵?

政治抒情诗不是重复概念,而应该发自内心。缺乏了个性鲜明的表达,自然会减色不少。

"自我"特征最明显就体现在对一般事物的独特敏感与发现,这是一种"看家本领"。目的是为了将主题和内容表达得更个性化,这样的"自我"才具有创造性的价值。

读者那边,也不能还没有读,就站到了政治题材的对立面。

感不感动你,才是硬道理!

"5·12大地震"中的诗潮,是1976年《天安门诗抄》以后的一次新浪。敏感、关心民生、感人的诗作不少。

发自内心,才会有好诗。《孩子,快,抓紧妈妈的手》。这首诗从汹涌的网络诗歌中冒出来后,立即被广播、电视反复播送,被全国一百多家报刊登载,国外的一张报纸也用整版篇幅把它发表出来。它彰显了生命的尊严,表现了对生命的珍惜和爱护。

尊重人,热爱人,尊重生者,也尊重死者,构成了这次诗潮的主体。优秀的"抗震诗",充分体现了人道主义思想,《没有一个倒下的人》里写道:"地震的现场没有一个倒下的人/我心中装着的死者,都是站着的/他们以生前的模样活在亲人的回忆里",没有一个倒下的人,写的多么庄严和悲壮!

"5·12"的民间诗歌浪潮,说明诗歌之树常青。好诗往往产生于情感的自然流露。非功利性,能释放诗人的内力。

最有意思的是这一次诗潮的主要传播方式,恰恰是前两年对诗歌进行恶搞的网络。那些前不久还在嘲弄诗歌的网民一夜之间成了诗的"粉丝"。

但另外有一些诗词:空洞,虚假。有没有察觉到隐藏在这些诗歌背后的那一种企图?那些诗歌为何令人讨厌,得挖一挖内因。

20世纪50年代的全民诗歌运动,最后收获的,不就是吹牛说大话吗?别重蹈覆辙。诗不能靠高喊。

千古奇句"纵做鬼,也幸福",宣告了"滥情"诗的终结。此后,这个全民创作的诗歌运动降温了。

北岛认为:“在我看来,诗歌功能在80年代被过度放大了,这与一个特定的历史转折期有关。由于解放了长期处于压抑状态的语言,诗歌曾一度君临天下,其社会与政治功能被凸显。也正因为此,当社会与政治功能消失后,诗歌迅速萎缩。其实,诗歌是语言与文化的密码,其功能多半是隐性的而非显性的。诗歌是潜流,不能因为它曾经浮出过地表就非得被当成灌溉的资源。”

最近,文艺界一位老领导说:“纵观当前舞台、影视、文学创作情况,文学稍差些。因为现在文化繁荣了、科技发达了、手段多样了、选择多元了,文化也与商业靠得更近了,这是社会的进步,文学不应该觉得不公正,关键还是要坚持科学发展观,要跟上时代。”

要让公众选择诗歌,不是小圈子能做到的。“不要价值、不要政治、不要责任感”的观点是可怕的。我们怎么在喧嚣的市声里,坚持做个有良心、有创意的真正的诗人?

让我们一起努力!

汤更加浓些，料更加猛些
——写给90年代出生的青年诗人们

（一）

你们的青春，多么令人羡慕。

你们的语言、意象、情调、意境，往往都很有特点。我喜欢接触你们。

从发来的这一组诗稿中，我首先记住了这一首：《硬币的三面》。

“与她猜硬币 / 十年如一日我都选择侧面向上 / 只有一次赢了 / 那一次正好落在她的指缝之间 / 那是一双温柔向上的手 / 教给我抚摸了硬币的三个面”。

就这么一个场面，单纯、集中，但极有味道，令我一读再读。这“三个面”，有独创性。

有无独创性，是命系成败的根。要“做大做强”，离开独创性，就没有什么成就了。更谈不上进入中国诗坛的主阵地。

诗的质的飞跃，在于有前人尚未有过的意象。

其他作品，如“木桶、头发、沙子”等，都在意象这个核心上，下了功夫。同时又自然，细腻，使我很喜欢。

我从不担心你们有陈词滥调。

你们的想象的空间肯定比我们广阔。知识结构不同啊。

我是怕：你们一直守在“世外桃源”中。

（二）

我想问你们：触及现实的题材为何这么难？

当然，光追求题材宏大，势必好高骛远。场面太宏观，读者往往会走神。

泛泛的歌颂，肯定失败。

我推崇的是：在大视野中捕捉小细节。从细节入手，才是重视现场的表现。

一年又一年，你们都在迅速成长。

能不能多想想：怎么把握重要的关注点？怎么先从大处着眼，然后再在小处着笔。

“请你告诉我，外面的世界是不是喧嚣的／昨夜地震了，我没听见妈妈最轻微的哭泣／我最想要的答案／我想做一个能听见声音的聋子”，这首《聋子》，是佳作，有尖锐的触及。

我主张从前沿阵地走进社会的各个角落。思想不领先，就做不到这一点。

试试看。相信你们能够想到，并且做到你们这一代心目中的“宏大”。

看，这几句写得多精彩：“我们年轻的一代人／或许有人正咬着母乳酣睡／其中不止你我／抓不稳母亲的乳房。”

（三）

琐碎的感触，经不起时间的考验。人们会忘记它们。

像这一首《夜曲》进不了我的记忆。缺乏整体感。涩了。首先得让读者进入你的意境啊。

“睡梦里一声惊雷／落叶纷飞，沉默的石头开花／颤抖的骨骼推开一扇破门／阴冷，恐惧。蝙蝠夺路而逃／敲响白色丧钟／满脸苦痛，墓前跪拜三次／一条鱼儿在经文里冬眠”。作者的文字很精练，有些可惜。

（四）

尽量少一些议论。口水化的倾向，一定要警惕。能一句说清的，绝对不说第二句。

肤浅者，肯定啰嗦。

高手，为什么无论写什么，都暗藏着张力？因为他们是用形象说话。

激情绽放，前提是找到了喷薄口。

“时间是伟大的屠户／砍断了务工阿狗的手指”是生猛的作料，“新郎是当年隔壁桌的王二／今天未到，说是在赌场忙碌……／我和阿升几个，名为大学生／听着不同的故事，同样的感受／我们不断碰杯喝酒，显得十分愉快”，却像白开水,把一锅浓汤冲淡了。

(五)

诗是语言的艺术。要反复锤炼。

“浮躁浮躁了浮躁的眼\麻木麻木了麻木的神经”,不行啊,怎么这样拗口?意思一看就明白,作者是故意在这样用词,不舒服。

要注意动词。一个动词能战胜一百个形容词。

《舞者》中,“磨损的曲调摇晃清晨”,这个动词妙!

(六)

有些青年作者,是否牢骚多了些?生活中,谁都有不如意的事。牢骚无济于事。

人要懂得感恩啊。我们都要感谢这个时代!

时代给了“90后”如此鲜亮、如此广阔的思维空间!你们真幸福!

五六十岁左右的人,可能感性更多些:

没有改革开放,哪有我们今天驰骋万里的笔尖,哪有我们今天任意放歌的喉咙?!

哪有我们今天“充足的粮食”?

大家都喜欢妩媚,也欣赏幽雅。但我们可能更注意立足于现实,向往壮美。

不要以为短诗难以负载宏阔、重大的主题。

从感人的细节出发,再发射到宏观,也许更能发人深思,使人昂奋。

让大家共勉吧。意见仅供参考。

谢谢你们又使我年轻了。诗,只能是属于青春的。

2012年8月12日于上海高温中

柯岩的坚持

前天晚上，与贺老通过电话，他说："柯岩已四个月不省人事了……"

这是一种坚持。对生命向往的一种坚持。令我深深感动。

但更可贵的，她还有对崇高精神的坚持。当"诗歌是政治的工具"的观点被彻底抛弃以后，有些诗人以"告别革命，躲避崇高"为荣。在这样一个历史时期，柯岩老师的坚持，非常有意义。

她敢于守：为了人民利益

时代还需要号角与呐喊吗？在把握歌颂与揭露、轻浮与深沉、雷同与独到的课题上，柯岩老师是成绩优异者。

20世纪80年代起，集体大抒情之外出现了"自我"的爆发。但同时，"诗歌小众说"、"诗歌贵族化"、"政治无诗歌"也蜂拥而至，诗坛陷入"各执一词"。人们希望多一点艺术、多一点人性、多一点真实。但诗歌又从过去的假

2009年8月，柯岩（左一）到现代文学馆看望来京开会的桂兴华

大空一下子发展到“不知所云”。在诗坛的文化地位日益下滑、逐渐远离精神中心区的时候，柯岩老师策划、主编的两卷《与史同在》(四本)，为当代诗歌、散文界平添了两道响亮的华彩。不仅忠实地记录了新中国冲破阻碍、迈向辉煌的脚步，还总结了中国新诗、散文史上具有重要地位的篇章，包括工农兵业余作者王老九、黄声孝等，以及郭小川撰写的《小将们在挑战》、《南京路上好八连纪事》等。

她以坚守的行为方式引发了主体社会对诗歌的关注，有效地奉献出充满革命理想的文化产品，这对中国文化界来说，是一个难得的好消息。四本书是实实在在的、经得起历史考验的“红色”。作家必须树立正确、健康的世界观。柯岩说:“文学是灵魂的事业，热爱文学，首先要热爱生活，热爱人民。”

诗人必须关注现实。诗人一旦远离了政治，其使命感即随之消失。政治，就是百姓生活，就是个体对于时代的思考。现在诗坛出了那么多流派，但诗歌越来越琐碎了。像柯岩这样敏感、果断、充满激情的诗人、作家真是太少了!

她的作品《周总理，你在哪里》、《寻找回来的世界》、《癌症 / 死亡》，都及时代表了主流意识。她的作品，成为低俗、猥琐的对立面，富有饱满的激情与昂扬的活力，扩大着社会功能，强化着激励作用。

现在有种言论:诗歌不要“及时”。其实，错了!诗歌就是要“及时”反映现实。诗歌是时代的神经末梢。诗歌比起其他文学样式更敏感，更直接，《周总理，你在哪里》就是在那个时代气氛中及时喊出来的。如果迟几天，群众就不满足了。诗人要走回时代的峰谷浪尖，才具备当代真正诗人的要件。那就是:从生活出发，思考现实。

她善于守:抒发个人感受

长期以来，政治抒情诗的“概念化”倾向严重，灵魂被共性化了，成了“押韵的传声筒”。

柯岩老师却完成了精神与灵魂的历练，最反感虚伪、崇尚真实与个性。清醒的柯岩老师明白:专门为革命创作的作品不一定是好作品。革命的内容也要有感染力!《周总理，你在哪里》中先写“我们对着大地喊，对着森林喊，对着大海喊:周总理——”，然后三段“他刚离去，他刚离去……”深情，别致。诗歌不能机械地配合，而要充满创造欲望。 这种喷薄不能“公式

2010年，柯岩（左四）在香港出席国际诗人笔会，与盼耕（左二）、李秀珊（左三）、桂兴华（左五）等合影

化”，也不仅仅是表态。谁如果再像以前那样写：“战旗飞卷，鼓角震天”，怎么对得起历史！

而那首家喻户晓的《周总理，你在哪里》，30年过后，艺术上还是能站住脚，令人深思。说明：没有“我”独特的思考与想象，哪来好诗！诗得立足于个人的情感体验，有对于生命的真实体悟。诗人必须是个体的，而不是类型化的。

柯岩老师的“自我”特征最明显，体现在对一般事物的独特敏感与发现。目的是为了将主题和内容表达得更个性化，这样的“自我”才具有创造性的价值。

她不但有勇气、有魄力及时提出重大的时代主题，而且有能力通过艺术形式和充实的内容予以及时回答。嘹亮的充满形象思维的政治抒情诗，时代十分需要。但是，当它不再以精美的构思打动人，诗还存在吗？而空话连篇的作品，又给那些把政治抒情诗等同于“假、大、空”的人群提供了“病据”。

2009年春,我在电话里与她谈起网上的一篇文章。她的坚定与坦然,让我十分钦佩。网上有人说“80年代,北京的一个大型诗歌活动。贺老与一位老诗人发生过针锋相对的争执。”其实呢,贺老发了言早就离开会场了,根本没有对话的可能。她说:“瞎编的人是无知者无耻,无据者无稽。我们不怕!他说他的,事实总会澄清的!”

这种不争一时一事的具体场面,而是着重冷静地分析整个文坛的趋势,才称得上一位大家。她曾经担任过《诗刊》的副主编。她懂得该怎样把握整体与个体。

2011年12月12日惊悉柯岩去世后,匆匆

遗像总在微笑

最害怕来到龙华殡仪馆，偏偏会一次次走近这里。先后与罗洛、辛笛、杜宣、陆星儿、张培告别，其间错过了肖岗。揪心的哀乐一起，除了苦叹人生，就是念着不老的老师对自己的关怀，和早逝的同辈对自己的启示。

总觉得灵堂中间，那些遗像里的面容都在微笑，笑看着追悼会上那些匆匆而过的灰白色的脸。

那天下午，躺着的陆星儿让我不敢看，而遗像里的她正被外套映出红红的笑脸。她是“爱并痛着”的老三届知青作家的一个代表。我和她近距离的接触，多在浦东“两会”期间。她来吃自助餐时总是很迟，时间表排得满满的，说话间总掂着什么。她写得很多，走得太早，她比我还小两岁……

默哀的时候，一个个鲜活的形象便从记忆的黑框里走了出来……

罗洛老师留下的最后一句话，据说是：“我没完成任务”。作为上海市作协党组书记，他的责任感多强！他哪里停下过人生的脚步啊！一直在赶。其中还几度赶着来参加我的首发式，主持我的研讨会，欣赏我的朗诵会。记得那天晚上，他默默地来，默默地想中途离场，他紧握着我激动的手说：“对不起，我还有事”。在兰馨剧院的海报前合影时，晚风飘动起他的几缕白发，我重温他的眼神是那么慈祥，含着许多话，仿佛我们不是才相识几年，而是他早在青海的暴风雪里就盼望着我们这些新芽破土而出……

辛笛老师和我最后一次通电话，是在1997年12月我的研讨会召开前夕。他说：“很想读你的长诗，各人有各人的风格嘛，”充分显示了这位“九叶派”代表诗人宽阔的胸怀。我不由想起了他南京西路上，靠近平安电影院的那条弄堂里的那间干干净净的大书房……

杜宣老师的家，在泰安路上一个绿意盎然的院子里。我最后一次去，是去取那幅“诗之屋”的题字。一条大黄狗趴在他的脚边，他还是叼着那个大烟斗，笑呵呵地说：“又看到你作品了”。我说：“外面有人说我是你的儿子”，“哦？都姓桂嘛”，“你是九江桂，我是宁波桂”。记得1996年12月，他拄着拐杖赶到广播大厦来参加我的首发式，讲话时像军人一般慷慨："诗人就是要靠作品说话！……"

肖岗老师的追悼会我没能参加，参加他的追思会时，我翻出了他1985年写给我的一封信。作为《上海文学》的诗歌组长，当时，他对我的一组诗稿提出了非常详细的修改意见，如今重读，谁不感叹："现在这样的编辑太少了！"他还是我的一字师。我的第一部长诗中，有一句"落英纷纷的雨花台"，"英"的原字是"叶"，是他在南昌路的家里，听了我的朗诵后，当场建议我修改的。

这时候，我想起了没能见到最后一面的公刘老师。他在合肥病逝的消息，是湖州的柯平2003年1月7日来电告诉我的。那一晚，电话的两头尽是他的诗句在回响。1980年他来宝钢深入生活时，听了我一首反思"文革"的《1966年8月18日的那张日历》后，当场肯定我的诗风，并亲笔题下了他的希望："永葆诗的青春"。陪同他的那几天，我好像又成了频频投稿的安徽知青，向他请教。后来听说，被脑血栓缠住的他早嘱咐亲人："不要挽联，不要花圈，平平常常地来，安安静静地去。"当年，这位中国诗坛"真善美"的领军人物，就这么悄然离去了。据说他临终时"很瘦，很瘦"，但他在遗像里还是露着特有的微笑。

悼念张培那天，我去得很早。我手举的镜框里，装有我给她拍的她在青松城朗诵前的片刻时间，躺在长沙发上闭了一阵眼睛的彩照与急就的几行短诗。

逝去的他们啊，履历表里谁不填进过一层层波涛？而抬头凝望他们的遗像，为何都含着微笑？

我一直在想这个问题。

政治抒情诗怎么“红”？

政治抒情诗，决不能排斥个人情思。

做“思想觉悟大提高”的“押韵传声筒”不行，“文学工具论”早已废弃。

歌唱在阳光下生活的每一个人吧！歌唱积极向上的自己，就是歌唱这个充满朝气的时代！

太阳，这个被千万次重复的意象，猛然被刷新了。

太阳，不再是专用的名词，它有了更加复杂的隐喻。

《我的太阳》是一首世界名曲。

真希望政治抒情诗的作者们，站在新的起点上，每人都拥有一轮真正属于自己的太阳！

——题记

（一）

在商品经济大潮的冲击下，20世纪90年代以来的诗歌与猛进的中国不相称。诗坛从以前只围绕国家大事，转到自我的觉醒，目前又以放眼天下为不屑，红诗的宏大叙事遭到挫折。小情调、小思想、小境界走俏。诗坛上排斥重大题材的观点流行。

诗人的时代责任感过去被过分夸张，现在又为何羞于唱响“主旋律”？

温情脉脉的诗，需要。但嘹亮的诗，更需要。提倡政治抒情诗正是时候。属于主流意识形态的红诗得唱响盛世之音。当然，革命的内容也要有感染力。好的红诗远离空泛，在设计宏大的框架时加强了纪实性和形象化，处处散发出泥土的气息和汗水的咸味。细节多，角度巧，使红诗有了新面貌。感不感动人，是硬道理！

一批优秀的老中青诗人，创作了一系列有文学审美视角的“红诗”。他们切入重大“节点”，大中有小，小中有大，大踏步进入大众话题，形成热气腾腾的现象。

1984年，桂兴华在上海朗诵

他们的笔深入心灵，越挖越深。“我歌唱那些把阳光带到这土地上的人们／我歌唱让这片土地更多阳光的人们／我歌唱为每天生活创造阳光的人们／我歌唱在阳光下生活的每一个人！”（叶延滨）对“阳光”的联想有了新意。

“我”的声音的新意，来自个人色彩很浓的视角和意象。用形象说话就不一般。关键是怎么唱响鲜龙活跳的“主旋律”？

用诗写史，翻山越岭者众多。史得缘于诗，缘于情。精心布局是第一步。汤松波的《东方星座》细写56个民族，刘俊科的《红歌情怀》从一首首红歌入手，角度都很刁。这是十分聪明的。同一个题材一定要绕过熟门熟路，不能让人感觉雷同。我们呼唤着马雅可夫斯基那样新锐的想象：“红旗早已不再哭肿眼睛，因为党，有一只长着百万个指头的手”！

（二）

诗越长，感染力这个对手就将你的毛病挑得越多。缺乏思想、生活、艺术的准备，千万别图长！诗歌不是越长越有震撼力的。诗行靠什么支撑？文字不能苍白。再重大的题材也得是诗啊！别给“政治抒情诗不耐看”的旧论点提供新的病据。你在那里高喊：“我是你脑海的思想，我要解冻／我是你心中的梦想，我要飞腾。”读者兴奋不起来。在你“中国是一条大河／永远不会干涸／中国是一座森林／阅尽人间春色”的思路上，50年前就出现这样的诗句了：“祖国啊，你是大树，我是树叶／你是土壤，我是青禾／你是长江，我是小河”。面对10月1日的日历，今天还在唱：“它像一串爆竹，它像一根旗杆”，太陈旧了。那些乏味的诗句令人讨厌缺少新鲜的审美发现和当代特征。

很遗憾：有些作者在意象、语言等诸方面还停留在昨天，缺少新鲜的审美发现和当代特征。有些评论家赞赏的“慷慨激越、直抒胸臆的诗风，”，恰恰是当前政治抒情诗最常见、多发的毛病。何其芳早就认为“诗究竟还是不能走标语口号化的道路”。历史有过沉痛的教训：政治术语频频入诗，直露而少“诗美”，成了“押韵的传声筒”。“思想觉悟大提高，革命路上朝前跑”，语言完全虚脱。

光抓住重要节点、中心事件、关键人物还不行，得用诗的手段。写长诗时运用短诗的精悍，注意在大视野中捕捉小细节。融入细节，才能避免陈词滥调。不能把豪言壮语当作材料。作者得跑到第一线去，而不是在报纸上、网络上抄抄摘摘。大意境对实景的要求更加严格。细节永远是第一位的，蕴含诗意的细节掌握得越多，想象的空间就越大。

不能乏力在整体构思的细化上。正面攻，可以。但疲于奔命，往往浮光掠影，形象思维弱。在设计宏大的框架以后，内装修没花大力气，成了半成品。水分多，语言的建筑易塌。而警句、妙语是思想性、艺术性的量化。“湖泊学会了思考和宁静／炊烟也有了高蹈的哲思，”是新的火花。

50年前，蓝曼就在题为《毛泽东》的诗中写道：“千千万万中普通的一个，心中却又把千千万万人包容。伟大的名字划出了一个时代，一句话道破了世界的风向。”有震撼力。

而修饰词太多，动词不太灵，会导致语态拖沓。塘面挖得这么大，井眼却缺少，在概念上兜圈。

（三）

艾青早就说过：“‘政治敏感性’当然需要——越敏感越好。但是这种‘敏感性’又必须和人民的愿望相一致。”现在，诗人为何以远离政治为荣？对那种旧模式的厌倦，可以理解。

红诗呼唤着所有与时代共命运、有独特创意、有鲜明个性的诗人。从事红诗的作者有其自己的内因，即生活历程和人生态度。作为极“左”思潮的叛逆者，才会以积极的眼光看待现实。与那个特殊年代特殊作品的根本区别是：不是机械地配合，而是充满创造的欲望。我很盼望：红诗有个体深思。

读者，不能把红诗等同于“假大空”。其实红诗，也含有内心深处的健康向上的情感交流。

（四）

直露而少“诗美”，是政治抒情诗的常见病、多发病。

近阅一些长诗，我激动不起来。

难道写重大题材，就能发表？

可笑的还有一些“评论家”，为那些从理念出发、思维呆板的作品大抬轿子。

读者迷惑了：“你们的政治抒情诗怎么这样写！”

政治术语频频人诗，概念堆集，味同嚼蜡，满篇理念。仅仅停留在人云亦云的层面。

做报告与写诗是两回事。想象的异峰在哪里突起？

没有“我”独特的思考与想象，哪来好诗！

当政治抒情诗不再以精美的构思打动人，诗还存在吗？

不能把豪言壮语当作材料。

没有鲜龙活跳的形象，请慢动笔。

光有积极的眼光还不行，得有诗的手段。

诗总得用鲜活、动人的形象说话。总不能用分行的社论！

诗歌最大的特点是抒情。主流意识形态的宏大叙事也得遵循这个规律。

诗歌的边缘化已经明显，有些政治抒情诗又远离了艺术，内在审美标准紊乱，加剧了公众的漠视。

那些较差的作品空话连篇，就给那些把政治抒情诗等同于“假、大、空”的人群提供了“病据”。因此，“官员诗人”要自律。

（五）

专门为革命创作的作品不一定是好作品。

革命的内容不是靠强调，靠高喊，而是要有感染力。

红色主题并不是一片阳光。

许多地方它与大喊大叫的空洞为伍。

那种空洞非常顽固，甚至会受到好评，令人奇怪。

红诗有“概念化”的倾向，成了“押韵的传声筒”。那些乏味的诗句令人讨厌。

（六）

在商品经济大潮的冲击下，诗歌已经从社会舞台的中心退出。

几乎在同时，国家战略被不少诗人漠视。

90年代以来的大量诗歌与猛进的中国不相称。

诗坛从以前只倡议写国家大事，转到自我的觉醒，目前又以放眼天下为不屑，红诗的宏大叙事遭到挫折。小情调、小思想、小境界走俏。

好多人凡见政治抒情诗，均斥之为“口号诗”。还没读具体作品，就大叫：你们又来“假大空”了。对这些冷言冷语，我们已经习惯。

诗人的时代责任感过去被过分地夸张，但现在为何又羞于唱响“主旋律”？

温情脉脉的诗，需要。但嘹亮的诗，更需要。

提倡“红色主题”，当前正是时候。

在消费至上的市民意识中，唯有红色主题大踏步进入了大众话题。

能形成热气腾腾的现象，是新诗的荣幸。

有文学审美视角的红诗，是大中有小，小中有大。

“我”的声音的新意，来自个人色彩很浓的视角和意象。

远离空泛，就得在设计宏大的框架时加强纪实性和形象化。

大意境对实景的要求更加严格。

作者得跑到第一线去，而不是在报纸上、网络上抄抄摘摘。

生活永远是第一位的，细节掌握得多，想象的空间就大。写长诗，运用短诗的精悍，就会注意在大视野中捕捉小细节。

目标是：让读者与听众有新鲜的感觉。

感不感动人，是硬道理！

（七）

读者，也不能把红诗等同于“假、大、空”。

其实红诗，也含有内心深处的健康向上的情感交流，并不排斥个体情思。

红诗呼唤着所有与时代共命运、有独特创意、有鲜明个性的诗人。

缺乏新鲜的审美发现和当代特征，红诗怎么激荡读者的心灵？

“他的至高至尊 / 如阳光灿烂 / 永远蔼蔼抚四方 / 如明月姣姣 / 永远赫赫出尘冥”，这样的诗句有多少新意？

我读到陕北的一首不知名诗人的《卖红薯的老人》，“滚烫的炉膛 / 一肚子火 / 每天，都有作品 / 新鲜出炉”，“不为民做主的官 / 卖不出他这样的 / 好红薯”，作者的联想倒十分有情趣。

（八）

从事红诗的作者有其自己的内因，即生活历程和人生态度。作为极“左”思潮的叛逆者，才会以积极的眼光看待现实。

与那个特殊年代特殊作品的根本区别是：不是机械地配合，而是充满创造的欲望。

艾青早就说过：“‘政治敏感性’当然需要——越敏感越好。但是这种‘敏感性’又必须和人民的愿望相一致。”

现在，诗人为何以远离政治为荣？也许是对文革时期的那种旧模式太讨厌了。

（九）

空洞：中国当代政治抒情诗的重病。

红色主题并不是一片阳光。许多地方它与大喊大叫的空洞为伍。

专门为革命创作的作品不一定是好作品。

红诗有“概念化”的倾向，成了“押韵的传声筒”。面对10月1日的日历，今天还在唱：“它像一串爆竹，它像一根旗杆”，太陈旧了，淹入模式。红诗得摆脱历史的旧迹。因为有过沉痛的教训：“文革”期间“假大空”的诗歌泛滥，例如：“思想觉悟大提高，革命路上朝前跑”，语言完全虚脱。

那些乏味的诗句令人讨厌：“叱咤在世界国际舞台，舌战群儒，力挽狂澜”等等，缺少新鲜的审美发现和当代特征。

政治术语频频入诗，味同嚼蜡。空洞，直露而少“诗美”，仅仅停留在人云亦云的层面，是红诗的常见病、多发病。

空洞之一：用概念说话。

空洞之二：有形象了，但没有新的创意。

最近报刊、网络一览：塘面大，井眼少，还在概念上兜圈：

九十年来，党旗您飞扬在我心里，您用火红的热忱创造科技发达的奇迹您张开改革开放的双臂在世界经济大潮中破浪搏击。

意象陈旧：

南湖的一叶红船啊，引来沪上兴业里的灯火，划过嘉兴的熏风，

划过井冈山的翠竹、划过延安的宝塔、划过古老的长城、划过耀眼的东方明珠，

呵，如今迎来了共和国的旭日东升、灿烂夺目！

有的就像一般化的歌词，有共性，乏个性，感染力。如：

走过了风雨走过了沧桑
迎来了新世纪灿烂的曙光
五十六个民族齐声把歌唱

（十）

长诗，靠这么支撑？请记住：再大的题材也得是诗啊！

我是不敢写这么长的。是否能让读者读下去，是硬道理。

诗越长，感染力这个对手就将你的毛病挑得越多。

缺乏思想、生活、艺术三方面准备，千万别图长！

诗歌不是越长越有震撼力的。

（十一）

艾青发表了《古罗马的大斗技场》：

……都要用无辜的手
去杀死无辜的人；
参加角斗的互相看不见
双方都乱挥着短剑寻找敌人
无论进攻和防御都是盲目的——
盲目的死亡，盲目的胜利。
最可恨的是那些
用别人的灾难进行投机
从血泊中捞取利润的人，
他们的财富和罪恶一同增长；
斗技场的奴隶越紧张
看台上的人群越兴奋……

一九七九年七月　北京

诗的实质，我想是反思“文革”。

长期以来受到忽视的一张张富有个性的脸，噙着泪，突然凸现在读者面前。

不正常终于恢复成了正常，这是这批老中青诗人对于中国新诗史的重大贡献。

中国的诗人，终于能够掏出自己的心声了。

良心在诗行中摸索到了重负，底层的无助和社会的复杂。

（十二）

贺敬之认为：“要求诗人远离政治，这也不是什么新观点。作为一种见解，在多元社会，完全可以存在。我的意见，政治也是生活，政治不是什么空洞的、游离每个人生活的东西。政治是摆脱不了的。我一生关注政治，认为一个人是不可能不关注政治的。一个诗人更是不可能没有政治意识的。这是一种人生责任，我一直鲜明地坚持这种观点。”

一个诗人的主体结构不是突然形成的。从事政治抒情诗，肯定有其自己的内因，即生活历程、人生态度。赶时髦的短暂风光，不会坚守在“边缘中的边缘”。战壕已经撤得不能再撤。

我们恰恰是在追求——真，大，实！——这个大，是大时代，大胸怀，大声音！这才表达了当前社会的主流情绪。

（十三）

90年代以来，诗人在数量上大大减少，有人经商了。坚持写作的诗人丧失了优越感，同时又无法将诗歌写作当作一种可以谋生的“职业”。“诗人已死”是一种夸张。但确实，诗人很快被商业社会排斥了。被嘲讽的、最无用的往往就是诗人。

在商品经济大潮的冲击下，精神需求对“娱乐化”、“泡沫化”已经习以为常。

诗歌的审美标准开始紊乱。害怕冷落的诗人们抱成了团。体制内、体制外以及各个群落之间多有争论。诗坛上谁也不服谁，读者对许多“诗歌事件”发出了阵阵冷笑。

90年代以来的诗歌生态与巨变中的中国现实并不相称。许多题材边缘化了。

如《在硬卧车厢里》，开篇即交代了“事件”的全部要点：“在开往南昌的硬卧车厢里／他用大哥大操纵着北京的生意／他运筹帷幄的男人气概发动起邻座／一位异性的图书推销员的谈兴”。“接下来描述了这对男女从陌生、试探、交流到牵手的过程”。

需要指出的是：诗坛从以前只倡议写国家大事，转到自我意识的觉醒，后来又以放眼天下为不屑。真正要做到：大中有小，小中有大，非常不容易。但这又是好诗产生的基础。

（十四）

看似“百花齐放”，本质上诗歌的地位在下降。

有一种议论：“现在还写诗，你有病吧！”

不能这么说。不是所有的诗人都有病。

有些诗人被当今社会抛弃,除了外部原因,还有自己的问题。

首先,那些爱躲在狭窄的小圈子里、自命清高的诗人要自省。这是一种很顽固的空洞。谁也没有反对你抒发个人的情感,我们都是芸芸众生,但反映家长里短却有高低之分。

"歌诗合为时而著"。

当然,"非主流"诗歌中也有好作品。他们体现的复杂性与宽度,正是许多主流诗歌缺乏的。

诗歌被淡忘,是由于诗人被淡忘了。诗人的时代责任感过去曾经被过分地夸张,但现在又羞于谈唱响"主旋律",这也不对。

艺术与政治的联系方式,有的隐蔽,有的公开。

竭力把写诗当作遛狗,回避时代背景,装得十分高雅,其实俗得不能再俗! 更可笑的是心术不正,想通过写政治达到某些目的,但政治给了他冷面孔,他就反过来咬政治题材!

清醒的诗人要明白:即使你的观点与立场都是正确的,但跨进诗的门槛还需许多艺术的准备,不能缺乏新鲜的审美发现。

政治抒情诗不是重复概念,而应该发自内心。缺乏了个性鲜明的表达,自然会减色不少。

"自我"特征最明显就体现在对一般事物的独特敏感与发现,这是一种"看家本领"。目的是为了将主题和内容表达得更个性化,这样的"自我"才具有创造性的价值。

读者,也不能还没有读,就站到了政治题材的对立面。感不感动你,才是硬道理!

(十五)

"5·12大地震"中的诗潮,是1976年《天安门诗抄》以后的一次新浪。感人的诗作不少。

发自内心,才会有好诗。《孩子,快,抓紧妈妈的手》。这首诗从汹涌的网络诗歌中冒出来后,立即被广播、电视反复播送,被全国一百多家报刊登载,国外的一张报纸也用整版篇幅把它发表出来。它彰显了生命的尊严,表现了对生命的珍惜和爱护。

尊重人，热爱人，尊重生者，也尊重死者，构成了这次诗潮的主体。优秀的“抗震诗”，充分体现了人道主义思想，《没有一个倒下的人》里写道：“地震的现场没有一个倒下的人／我心中装着的死者，都是站着的／他们以生前的模样活在亲人的回忆里”，没有一个倒下的人，写的多么庄严和悲壮！

“5·12”的民间诗歌浪潮，说明诗歌之树常青。好诗往往产生于情感的自然流露。非功利性，能释放诗人的内力。

但另外有一些诗词：空洞，虚假。

《江城子·废墟下的自述》作者的意思是：地震是不可避免的；成千上万孩子死了，有什么好悲伤的呢！在坟墓里还可以看奥运嘛！

什么话！遭骂！不能肉麻到这种地步。

有没有人察觉到隐藏在这些诗歌背后的那一种企图？那些诗歌为何令人讨厌，得挖一挖内因。

20世纪50年代的全民诗歌运动，最后收获的，不就是吹牛说大话吗？别重蹈覆辙。诗不能靠高喊。

千古奇句“纵做鬼，也幸福”，宣告了“滥情”诗的终结。

北岛认为：“在我看来，诗歌功能在80年代被过度放大了，这与一个特定的历史转折期有关。由于解放了长期处于压抑状态的语言，诗歌曾一度君临天下，其社会与政治功能被凸显。也正因为此，当社会与政治功能消失后，诗歌迅速萎缩。其实，诗歌是语言与文化的密码，其功能多半是隐性的而非显性的。诗歌是潜流，不能因为它曾经浮出过地表就非得被当成灌溉的资源。”

最近，文艺界一位老领导说：“纵观当前舞台、影视、文学创作情况，文学稍差些。因为现在文化繁荣了、科技发达了、手段多样了、选择多元了，文化也与商业靠得更近了，这是社会的进步，文学不应该觉得不公正，关键还是要坚持科学发展观，要跟上时代”。

要让公众选择诗歌，不是小圈子能做到的。

“不要价值、不要政治、不要责任感”的观点是可怕的。

要知道：写什么，其实并不重要。

真正亮自己底气的，是看你到底怎么写？

作者都有其自己的内因。请扪心自问：为什么写？为何不能与读者多一些内心深处的情感交流？读者，可不管你这位作者担任过什么官，就来买你这本诗集。

一说教,脸色就苍白了。

“官员诗人”要自律。

以为“诗与政治没有关系”,是一个误区。

(十六)

艾青说:“‘政治敏感性’当然需要——越敏感越好。但是这种‘敏感性’又必须和人民的愿望相一致。

不能说诗人写了政治,水平就差。

真正优秀的诗人,深入心灵,越挖越深。在赞歌、颂歌以外,还拔出了批判的剑!

朦胧诗的作者们,一开始就有明显的政治倾向,而且非常倔强,所以成了思想解放的先锋。

高洪波写道:“商人的旗帜是金钱/乞丐的旗帜是可怜”,形象多么鲜明!

雷抒雁写道:“一位红军老兵/永远难忘他陷进草地泥潭的战友/那最后举起的拳头握着最后的党费”,让人心动。

白桦更是振聋发聩:“失明不是最大的缺失么?谢天谢地!自己的眼珠还在,而且熠熠生辉,甚至咄咄逼人。”

(十七)

慷慨激越、直抒胸臆的诗风,的确是久违了。

但必须指出的是:被评论家赞赏的这种“诗歌品质”,恰恰是当前政治抒情诗最常见、多发的毛病。

豪放,易。细腻,难。

读者对作者的那种激动,并不买账。虚张声势,不行。

想一想:该如何唱响鲜龙活跳的“主旋律”?政治抒情诗首先得是诗。得动情。

如果在意象、语言等诸方面,还拖着从前“假、大、空”长长的尾巴,豪情万丈就将白白流去。

不能以精美的构思打动人,政治抒情诗怎么生存?

要给人以陌生感。“自我”特征就体现在对事物的独特敏感与发现,这是

2014年，桂兴华与上海爱乐乐团合作《又一个春天》的朗诵音乐会

一种“看家本领”。

目的是为了表达得更有个性差别。千篇一律，就不能满足艺术的需求。

读多了粗糙的“宏大叙事”，我们就更加欣赏《你是我的眼》：“是不是上帝在我眼前遮住了帘忘了掀开。如果我能看得见，就能惊喜的从背后给你一个拥抱”。

有了那片在悲愤中歌唱的小草，有了那只冷对各种诱惑的华南虎，有了政治与抒情统一于审美的正能量：太阳，可以是你的，也应该是你的！

2013年10月27日—12月19日于上海

附：60年中国政治抒情诗的关键人物（社会主义建设时期、十年文革、改革开放时期）

胡风、何其芳、朱子奇、石方禹、郭沫若、艾青、郭小川、贺敬之、李瑛、公刘、严阵、闻捷、芦芒、白桦、徐刚、时永福、王恩宇、张永枚、食指、雷抒雁、叶永福、熊召政、赵凯、纪宇、石英、杨牧、王怀让、张学梦、黄亚洲、梁平、王久辛、柯平、商泽军、桂兴华等。

过眼诗坛

雷抒雁:"我想帮助每对躲过寒冷的燕子,屋檐下组织起一个新的家庭"

他原名叫雷书彦,比我大6岁。但他竟然于2013年2月14日1时31分去世了!我十分震惊!年初一,我曾打他的手机,但已经关了!这网上的消息,太突然了!他的直肠癌这么厉害?!我知道张承信和他关系十分密切,便马上打去电话,手机终于被接通了:消息确实。

我与他交往甚多。他留我在他北京的家中吃过几次饭。他的爱人马利,曾与我一起参加过安徽滁县地区戏剧创作学习班,那时她在文工团,我在定远文化局。

2005年10月,在马鞍山第一届中国诗歌节上,他说:"和谐社会离不开诗歌,心灵的宁静是构建和谐社会的基础,而诗歌是净化人的心灵、体现人的美好情感的最好形式"。我俩曾在会议间隙私下与诗友们闲聊,朋友向他索字,一般他都答应。(照片)

他的诗风,很早就对我有影响。2001年1月,北京,中国作协会议室《永远的阳光》讨论会上,他作为鲁迅文学院常务副院长发言了:"桂兴华的这部长诗一气呵成,很有气势,能一浪一浪地把人的激情煽起来,他完全有驾驭重大事件的能力。在把握情感上很不错,已经很熟练,语言押韵,有节奏,有魅力,也没有什么硬伤。中国共产党建党80周年这样重大的题材,对作者的思想水平和艺术水平都有很高的要求。我希望整篇的结构要一致,细节要再多些,画面也要再多些,要有些华彩乐章。好的政治抒情诗,不仅是给耳朵的,而且也是给眼睛的。要渗透到人的感情里去。抒情诗的切入点要尖锐,就像足球的点射,要出奇制胜。这样的话,就会有很好的艺术效果。文学应该比生活更快一些,哪怕是一小时。"

2002年,他又为我的《青春宣言》作序 。

常想起：纪念改革开放30周年，2008年12月，应中国文联之邀，《邓小平之歌》二度进京。那天晚上，我递给他门票，他递给我一份在山西长治举行的他的作品朗诵会节目手册。他坐在民族文化宫的剧场里不断为秦怡等著名艺术家鼓掌。散场时，由于李长春同志的接见，等我出门去找他时，他已悄悄离开了。事后，听说他对朋友们说："这场朗诵会很成功"他很看重将诗作及时转化为声音，中国诗歌学会还成立了以瞿弦和为主任的朗诵委员会。

2010年的国际诗人笔会上，他荣获了"中国当代诗魂金奖"。在安庆的天柱山山腰，下午三点钟左右的树荫下，他和季振邦、李小雨、张诗剑等谈得多么欢。显然，他是主角，他好像与振邦聊着对上海的印象。(照片)我想起自己在2007年第一届青海湖国际诗歌节时曾对他说："《上海诗人》创刊了。"他马上翻开我带去的创刊号，立即就答应给一组新作。回上海不久，他就打电话来，问怎么寄给季振邦作品？振邦正好和我在同一辆下乡采风的中巴上，我将手机递给了振邦，他直爽的声音，我隔着手机也能听到。

2011年12月，我请他对我的新作《继续赶考》提些意见，他已经在邮箱里看了我的初稿，便在电话里讲了近10分钟，对我很有启发。说："不必在一首诗里，将许多重大问题都涉及。"这首诗经过我反复修改后，2012年12月发在《诗潮》上。

可以这么说：1979年他发表的代表作《小草在歌唱》，至今撼动人心！试问：至今，有哪首诗的影响能与这首叩击大地，叩击自我的力作相比？！老雷的去世，也是我国思想界、文艺界的一大损失！

李小雨："我要戴那条红色的纱巾，那轻柔的、冰冷的纱巾"

她在《诗刊》的办公室，可以这样说，留有空隙的地方才不是书刊。在一堆又一堆的书中，有一个精致的镶金边的镜框很醒目，里面装着她母亲已经消逝的微笑。这张照片，我在她家里的书房，我也见到过。

我女儿十三年前，曾经在新客站接过小雨。她喜欢坐火车来上海。她的爱人是上海籍的专家。

李瑛是她父亲，如今耳朵有些背，她常常在他耳边重复着客人的话。2012年2月塘桥高峰论坛的当晚，她在台上解说了父亲《一月的哀思》创作情况：那几天，父亲表情很严肃，稿子有好几次放进抽屉里的……

桂兴华、李小雨在云南参加“国际诗人笔会”

前些年，她对我的约稿，譬如雪灾、上海世博会等，都是在长途电话里，对我报出的题目，很肯定。

作为主编，她敏锐。记得我在广州的“国际诗人笔会”发言：“没有创造性思维，就没有诗”，一走下场，她便拉住我：“全文发往邮箱”。参加南湖的“七一”朗诵会，会上，就要我那首《开国大典》。

难忘：2000年4月，在一起为建平中学全校师生讲课以后，参加陆家嘴的庆典朗诵会，我和她散步在春夜的世纪大道上。2009年9月，她自己坐着出租车，来到长宁区图书馆的国庆朗诵会。会上，她一次次被主持人请上台点评我的诗歌，不厌其烦，说：“桂兴华的政治抒情诗为什么有感染力？因为他以小见大”。弄得我很不好意思。

我觉得她不像一个大诗人的女儿，而像一个参过军的同学。晚上，我们几个在衡山路唐韵茶坊喝茶时，在嘉兴月河客栈入座后，她都仔细询问了我女儿回沪创业的进展。

我想起了她写于29岁的那首代表作《红纱巾》，淡淡的哀怨，挚诚的心：“今天，大雪纷纷。我仍然要向世界扬起一面小小的旗帜，一片柔弱的翅膀，一轮真正的太阳。我相信，全世界都能看到它，感觉到它，因为它和那插在最高建筑物上的旗帜，是同样的，同样的热烈而动人！”

傅天琳：“在母亲博大的清芬里，我只有一粒绿豆的呼吸和愿望”

2012年深秋，重庆垫江诗会。她总说从来不会打扮自己。不见那些项链、耳环，但那套服饰、那条围巾，让人看了舒服。我与她一起当评委，为一大批写牡丹的诗打分。她兴奋地对那些非常年轻的参赛者说：“革命不分先后。刚写诗的，不一定比写诗很多年的老同志差。往往，一出手，就超过了老师。”偶尔，她也会用柔柔的手指轻轻刮一下青年诗人的脸，说:“真像我的儿子!”

她认为：诗歌不是摄影，而要洞察人生。就像对沿江的灯，你不是去写那些灯火，而是去写灯在河中的影子。因此，她对反复拍照，有些不耐烦。

2013年7月，安徽凤台诗会。船上，我和她都是第一次剥开莲子，品尝那的作品朗诵，很有感染力国际诗人笔会秘书长张诗剑分别荣获“中国当代诗魂金奖”“和谐社会离不开诗歌，心灵的宁静是构建和谐社会的基础，而诗歌是净化人的心灵、体现人的美好情感的最好形式可以这么说：莲芯的甜。她的讲课时间虽然短，但说得很有道理。她说:“真正好的诗歌，你会觉得每个字都让人陶醉”。(照片)晚饭后，她跟到我的房间，一边谢了我的赠书，一边说：“以后开诗会，能不能通知诗人们都带些书来，三五十本的，签名售书嘛。”

我想起1996年春，我去小平家乡采访，路过重庆，她和李钢、杨山一起请我喝茶。她从60年代就开始写诗，那时她在北碚果园农场。19年的果园生活“给了她雨水、空气、文字、语言”，被称为“果园诗人”。

真看不出她比我大两岁。我当了外公，她也早当外婆了。2000年，傅天琳退休后在北京带外孙女，整整3年，几乎没有读过一首诗、写过一首诗。被邻居当作保姆，她也自嘲是“外地来京务工人员。”傅天琳说，这3年她就是一个纯粹的外婆，再次重温了母爱带来的快乐。母爱，是她诗歌的另一主题。她早就写过:“我们家永远葱绿，来自母亲的灵魂永远地开放。”2003年，她再次拿起笔，用诗记录下外孙女的一颦一笑，还把这些诗念给外孙女听。

我问她:“现在还住北京吗?”“不住了。住重庆。与北京有些距离，对诗坛反而看得更加清楚。”这位诗歌学会副会长自信地说。

2013年7月12日

献给爱神

——序《中国情诗大典》

不平静是爱神。诱惑也是爱神。

谁的心,没有被她那双看不见的手拿捏?

甜蜜是她。折腾也是她。

一旦被她激活,身边的风也好像微微张开了少女有些羞涩的唇。

东风"恶"吗?路径"错"吗?

爱神有时候也不明白:自己给世界带来了欢乐,还是带来了灾祸?

对于爱神,每个人都有太多的隐藏,太多的倾吐。

下笔了,便风姿不一。

可以这么说:逝水无情,但情诗万古。

在所有的诗歌门类中,从《诗经》,情诗的流传就最广、最深。

当然:情诗的质素与高度,都将被时间考验。

入这道门槛,易;上高峰,难。

出类拔萃者,或白居易,或陆游,或刘半农,或徐志摩,或鲁迅,或李季,或闻捷,或公刘,或舒婷,或林子……

猛战士也有私情。真豪杰均怀柔意。

新时期以来,解放之势在这个领域也是成绩显赫。

此集,着眼于当代以爱情、亲情和友情为主的新作,也是一种独创的编法。

这是大爱的体现。

爱是爱情、亲情、友情的出发点。

情是爱情、亲情、友情的唯一纽带。

能否给人温暖,是检验爱情、亲情、友情的试金石。

目前高品位、真性情的情诗,很多、很多。英才辈出。

爱情、亲情、友情最能显出一个诗人的品格。

每一首情诗,都放映着刻骨铭心的记忆。

看看大典中有哪些作品真正能流传,读者可拭目以待。

爱神,领着我们上路。

路上的风景,由爱情、亲情、友情组成……

2010年11月11日

贺敬之：风寒更忆春日暖

北京。零下四摄氏度。西城区三里河一带，天低风寒。月坛北街，楼宇间华灯一片。熟悉的大院，头排的3门3号。傍晚，我从飞机场出来，围巾裹裹紧就直奔离这里最近的花店，挑了一大把洁白的玉兰和火红的康乃馨。用淡紫色包装纸扎花的大姐一听说是送给柯岩的，就说："怪不得那几天，来这买花的特多。"

我像缓缓沿着他"放声歌唱"的一行行阶梯诗，还没进门，保姆就说："贺老早在等你了。"我昨晚与他通话时，知道他最担心的是自己的肺部，刚做了一次体检，结果很好。我也放心了。

对着柜上摆着的许多张柯岩的大小照片，我献上花束。回想起12月19日追悼会前，我曾托特快专递送上我、郭在精、冰夫、田永昌联名写给贺老的信："您失去了一位坚强的伴侣，我们失去了一位老大姐，孩子们失去了一位好阿姨，中国的文学事业失去了一位引领者"，以及我为他们夫妇一同参加2010年国际诗人笔会，在香港旋转餐厅用餐时拍的合影。

2014年春，桂兴华在贺敬之（右二）家中

而今在这书房里，挂着的"迷糊大智慧，明月小他乡"的书法依旧，简单的陈设依旧，电话依然频频，书刊依然在增，人却缺了一个。贺老喃喃地说："你看，只剩我一个人了……"

此刻，我坐在沙发上，同他身边新添的氧气瓶一起，细细看着1924年出生的贺老。觉得这位枣庄的贫苦农家之子，曾任中宣部副部长、文化部代部长的他，"平生总为山河醉，非酒醉我万千回”的他，今天明显憔悴了，眼皮有些塌。只有在卡起老花眼镜，看到粉红色的印有小平头像的“政治抒情诗高峰论坛”请柬上，有自己“时代永远需要黄钟大吕之音”的题字时，听到老奶奶以及14岁的中学生在浦东朗诵我的诗篇时，露出了笑容。

记得第一次与贺老见面，是在2003年9月15日晚上，珠海第八届国际诗人笔会上。席间，贺老兴致勃勃地跟我谈了很多：“诗歌从《诗经》、《离骚》开始，就关注时代了……”他还回忆起1963年与郭小川去复旦大学与同学们见面、朗诵的场景：“那时的学生很热情，我朗诵了《雷锋之歌》。”

而他那本仅仅67页、印数却达到166 000本的《雷锋之歌》曾被我带到安徽，藏在随我一起下乡插队的米箱里。后来，我又带到了2006年6月我在北京的作品研讨会上，吉狄马加建议我请贺老在那本书上再签个名，贺老非常高兴地签了。

今天，说起《雷锋之歌》，贺老提高了嗓门：“现在有些选本不选《雷锋之歌》。有一个诗人还竟然说，雷锋是1963年克隆出来的一个人，这是什么话！”

那年，我在北京的作品研讨会，是在现代文学馆召开的。我清楚地记得：贺老轻轻地从讲义夹里抽出一张发言稿，纸上写满了字，他从容地读着：“……我从来是这样认为的：在跟我同辈的诗人中，许多同志远比我的成绩大。新时期以来，桂兴华同志以及其他同志在政治抒情诗创作上取得的新开拓、新成就和新经验，一直是我倍觉珍贵并努力学习的。今后在诗歌多样化的进一步发展中，我祝愿并同时相信：与人民同心、和时代同步的社会主义诗学观和有民族特色的社会主义政治抒情诗，必定会、也理应会得到各有关方面的重视和支持。在老中青几代诗人特别是走在前列的桂兴华等中、青年诗人的努力下，在总结经验的基础上继续前进，它的更加辉煌的前景是完全可以预期的。”

贺老太谦虚了。“江山多娇人多情，让我白发永不生”。实，继出色的《西去列车的窗口》、《桂林山水歌》、《雷锋之歌》、《中国的十月》之后，新时期以来，“谁更顶天写真诗”！他主要写了非常多的“有诗思、诗情、诗意和诗味”的“新古体诗”：“壮哉此行偕入海，钱江怒涛抒我怀。一滴敢报江海信，百折再看高潮来。”

我想起：2009年11月12日晚上，在杭州灵隐寺附近的白乐桥“中国作协创作之家”，虽然对不装暖气的南方住宿还不太适应，但他对着我和傅亮，谈兴依然很浓：“要求诗人远离政治，这也不是什么新观点。作为一种见解，在多元社会，完全可以存在。我的意见，政治也是生活，政治不是什么空洞的、游离生活的东西。政治是摆脱不了的。我一生关注政治，认为一个人是不可能不关注政治的。一个诗人更是不可能没有政治意识。他们反感这种政治抒情诗，心中必定有另外一种样式。”

今年5月，将迎来《在延安文艺座谈会上的讲话》发表70周年。我请贺老回忆一下当年的情况。“我那时还不到18岁，哪有资格参加”。贺老娓娓道来：1940年4月，他到延安投考“鲁迅艺术学院”。后来被文学系主任何其芳录取。1942年，在鲁艺未参加座谈会的同志的请求下，院长周扬出面请毛主席来给他们吃点“偏饭”。一个礼拜后，主席在演讲中提出大鲁艺小鲁艺的问题，意思就是说在小鲁艺这个艺术学校固然重要，但不要忘记广阔的社会生活、广大的人民群众。知识分子要放下架子。那天，贺敬之的位置离主席很近，很近。看到主席在引用“黔之驴”的故事时，笑得很欢，印象很深。

贺老20多岁就执笔写了《白毛女》剧本，《南泥湾》、《翻身道情》歌词等，1945年抗战胜利后才离开延安。1956年3月，贺敬之陪同胡耀邦一起，回延安参加西北5省青年工人造林大会。还到了当年鲁艺开会的地方。联欢晚会要他出个节目，于是就诞生了《回延安》：“心口呀莫要这么厉害的跳，灰尘呀莫把我眼睛挡住了。手抓黄土我不放，紧紧儿贴在心窝上。千声万声呼唤你，母亲延安就在这里！……”

我谈起2月即将在浦东举行的论坛主要是围绕政治抒情诗的艺术性。他说：“好啊。政治抒情诗得是诗。”

他早就明确表示过：进一步提高政治抒情诗的艺术质量，涉及的问题固然非止一端，但解决好抒情、说理与形象化的关系却是避免概念化、空泛化、公式化的重要课题之一。为此，把握抒情诗中形象化手段的特点，运用富有生活实感又富有艺术张力的不同形态的细节，构成形象或意象的系列载体，以使情有所托，理有所倚；做到对政治抒情诗来说同样必需的、也是人们常说的“情景交融”、“入情入理”、“形神兼备”，恐怕这就是作者们要孜孜以求的了。

贺老还在说着，保姆来催他吃晚饭了。我赶紧告辞。贺老笑着看着我胸前的党徽。我回过头去，觉得与往年告别时有些两样：可不是，少了柯岩老师的相送。但看到贺老回忆延安岁月时滔滔不绝的“无限青春向未来”，我这时候下楼，脚步就不再沉重。

写于2012年春节，上海
（刊于2012年2月9日《文学报》）

爱情诗的大气象和小细节

一般来说：爱情诗总是笼罩着小情调、小思想、小境界。小得精致，十分逗人喜爱。如："我们俩是一双筷子，共同品尝甜酸苦辣"。小的往往可爱。元宵节的一条短信让我一惊，有创意啊："你是汤团，我就是滔滔的水将你拥抱；你是水，我就是汤团被你沸腾。"

那爱情诗怎么写得有大气象呢？军旅歌曲《当你的秀发拂过我的钢枪》对我们有启发。"当你的秀发拂过我的钢枪，别怪我保持着冷峻的脸庞。其实我有铁骨也有柔肠，只是那青春之火需要暂时冷藏。当你的纤手离开我的肩膀，我不会低下头泪流两行。如果有一天我脱下这身军装，不怨你没多等我些时光"。作者抓住了一瞬间，文章却做大了。有画面，有十分开阔的背景，更有人情味。

可以这么说：逝水无情，情诗万古。在所有的诗歌门类中，从《诗经》开始，情诗的流传最广。因为爱情诗最能体现诗人的独特敏感与发现，这是诗人的"看家本领"。风姿不一。这里有一张张极其富有个性的脸。标语口号与爱情诗无缘。

放眼当代爱情诗，是否有时代气息非常重要。《老婆》一词："咱俩的感情像条鞋带儿，把你和我俩人绑在一块儿。你要答应我不许找小三儿，新认识的女孩新存的电话号码，你都要准备我每天检查阿。"一听，就会笑出声了，太有当今的气息了。又如《这条街》："对你我有太多的亏欠，只是没有机会说抱歉。不曾想到就在这一天，你我重逢还在这条街。如今你已不是当初的少年，我永远怀念你陪我走过的每一天。"

比起前些年的《走过咖啡屋》，又前进了一大步。而有些作品为何缺少新鲜的审美发现和当代特征？原因在于没有摆脱旧的痕迹。

想想十年动乱，爱神被迫睡在地下。甜蜜是她。折腾也是她。谁的心，没有被她那双看不见的手拿捏？一旦被她激活，身边的风也好像张开了少女有些羞涩的唇。东风"恶"吗？路径"错"吗？对于爱神，每个人都有太多的隐藏，太多的倾吐。我们离不开爱情诗。

新时期以来，爱情诗这个领域成绩显赫。如《致橡树》，“我必须是你近旁的一株木棉，作为树的形象和你站在一起”，成了新女性的独立宣言。这不仅是一首情诗，而且是一首张扬自我意识和独立人格的理性诗，即使在爱情中，我也必须是独立的。复旦大学校长上任读这首诗，橡树又成了复旦大学。精彩！这就形成了大气象。这不是一般的爱情诗能做到的。

生活永远是第一位的，细节掌握得多，想象的空间就大。关键在于细节，林忆莲那首《至少还有你》：“也许全世界我也可以忘记，就是不愿意失去你的消息。你掌心的痣我总记得在那里。”想一想，你掌心的痣，谁记得最牢：被李宗盛抓住了。

想象的异峰在哪里突起？没有“我”独特的思考与想象，哪来好诗！新的意象之旗、青春之旗要醒目地张扬。当爱情诗不再以精美的构思打动人，诗还存在吗？《你是我的眼》：“是不是上帝在我眼前遮住了帘忘了掀开。如果我能看得见，就能惊喜地从背后给你一个拥抱。”单单是一个盲人在唱吗？不。我们都有这样的境遇。又如《荷塘月色》：“我像只鱼儿在你的荷塘，只为和你守候那皎白月光。游过了四季，荷花依然香，等你宛在水中央。”作者直接介入，翻出新意，“我像只鱼儿”一句绝对出自高手了。所以，能否给人冲动，给人温暖，是检验爱情诗的试金石。爱情诗最能显出一个诗人的品格。

要向苏东坡学习。猛战士也藏有私情，真豪杰均怀柔意。他改变了绮靡的词风。即使低回长叹，也极富感染力。写男女恋情，具有广阔的社会内容，所以在中国词史上占有特殊的地位。《水调歌头·明月几时有》传诵甚广。

十七八岁女郎当歌“杨柳岸晓风残月”。一群关西大汉却唱“大江东去”。各唱各的。每一首情诗，都放映着刻骨铭心的记忆。

2012年8月4日为嘉兴“爱情诗论坛”而写

（刊于2012年9月4日《今晚报》）

让“主流文化”站起来，动起来！

桂兴华在工作室里接待中共武汉市委的领导

《春风一步过江：桂兴华“红诗”朗诵邀请赛》在2011年8月初开始启动。朗诵内容从我《祝福浦东》、《智慧的种子》、《城市的心跳》、《前进！2010》和《金号角》中精选。其中两部是上海市重大文艺创作项目。

已聘请了王洪生、陈少泽、梁波罗、刘凝、雪飞、梁辉、杨展业等众多资深艺术家和主持人、媒体人担任评委与授课老师。让出舞台，挖掘基层人才，打造浦东本色的朗诵阵营，让“红诗”真正走进普通市民家庭。

赛前，举办了三次免费的培训活动，选出朗朗上口的、简短适合朗诵的作品，激起参赛人员的兴趣。要把红诗的文化和朗诵相结合，而不是大而化之。考虑到青少年开学以后可能与课程有冲突，专门把青少年的比赛时间放在了周末。

200多名参赛选手来自浦江两岸，包括长宁、虹口、黄浦已经退休的老工人和将进初中的小学生，国庆后决出名次。不少朗诵爱好者说：“现在社会人心浮躁，我们从过去走过来，社会的变迁历历在目，红诗代表了我们时代的激情，来参加活动也是一个精神寄托。”81岁的岑老奶奶还主动请缨，说：“红诗”让自己年轻了很多。

（一）对朗诵的内容，听众都身在其中

2000年4月，建平中学的学生们曾经在操场上朗诵《祝福浦东》，观众多达4000人。学生们这样说：“我们永远不会忘记那个阳光明媚的下午，即使过了若干年以后，我们也会牢牢记住那激动人心的时刻！”其中《春风一步过江》一节，今天，由塘桥社区党员服务中心的员工朗诵了：

“我骄傲地走在外滩的另一边，我走在从键盘上弹出的全新的诗句里面。我是下西洋时就在高桥寻找方向的郑和，我是在嘉庆年间海塘踏勘治水的林则徐，我是梦和现实最及时的集合，接到了阳光寄来的第一张请柬，让诗再一次起飞在美景之间。中国的第一方阵拎着小巧的包，夹着已经被激活的笔记本密码。心潮起伏的黄浦江啊早已不是阻拦，相反，构成了前所未有的美感。”

2003年，为写《智慧的种子》，我在高科技园区深入了整整一年。中间一章《今夜，月光似海》，多次在张江的新年晚会上演出，新区的领导回忆起来至今还心潮起伏。事隔8年，2011年的中秋夜又重读此诗，朗诵者全是草根选手：

“今夜的月光啊唐诗中分外高洁的月光，使我们每朵浪花都变成了意气风发的李白……”

（二）有的草根选手，已是“久经沙场”

2008年，《城市的心跳》书稿出来以后，好几天晚上我在世博家园里征求意见，并辅导居民们一句句朗诵。由于我用词不雕琢，而是直接进入了大量的生活场景，我发现好几个白莲泾老妈妈都一边读，一边噙着热泪。也许，《新书架里的旧瓦片》触动了姜菊芳的心。因为那片习惯了雨点敲打的瓦，就放在

她的家。

这次比赛中，她又和曾经下岗的纺织女工黄燕萍一起念道："这片瓦是老父亲弓下的脊背，是危棚最后的贫困，是岁月留下的另一种记录。此刻，早已逝去的一夜夜风声雨声，竟然与一本本身披盛装的新书并列。许多记忆的翅膀就在这上面起飞，又在这上面降临……"白莲泾形成于17世纪中叶，由逃荒的移民集聚而成。2002年，这一带有3 445位居民，其中失业、无业的522人。居民们急切地期盼上海申博成功。值得高兴的是，居民们从这些典型的棚户区巨变中，留下了历史的回声。

比赛中，普通妇女们朗诵的那首《旗袍队走在大路上》欲罢不能，全场轰动。去年，在由周家渡街道主办的《城市的心跳》专场朗诵会上，她们曾与秦怡、叶惠贤、张培等艺术家一起演出，由上海电视台、电台播出，后又在上海书展、毛泽东旧居中精彩亮相："饱满的更加出众，苗条的愈发多姿，当苍老脱下了一身华丽，她们都恢复成了——纺织女工、电焊工、路边的清洁工、售票员……谁都像一壶不烫的酒，连惆怅也是温和的。人人都可以享受清闲，大家闺秀可以一天天培养。她们与青春的距离就隔了那么一层，为了让世界忘记年龄，为了让心中的图案胜出，她们对挑取的外衣总是斤斤计较，于是，组成了中国某一条街道的自画像！"

在塘桥去年主办的《前进！ 2010》长诗定稿会上，上海港码头号子的传承人们的朗诵，曾经获得一致好评："我们搬运过盛唐，我们搬运过晚宋，一肩搬过来吴淞入海口，才形成如此汹涌的黄浦江！搭肩号子、挑担号子、杠棒号子、堆装号子、起重号子里的上海港啊更延伸着向往！ 中国在猛卸——卸下所有的包袱！ 中国在组装——组装更加强大的理想！"这次，他们中的两位代表又来昂然参赛了。

这次比赛中，反映我们党历史的诗篇很受欢迎。我充分运用形象思维，可感，让大家摸得到。同时把历史事件交代得十分清楚。以细节取胜。不讲空洞的道理。在设计宏大的框架时加强了纪实性和形象化，散发出泥土的气息和汗水的咸味。使群众感到亲切，没有距离感。同时，又综合了许多现代诗的优点，以吸引大中学生和"两新"组织的年轻人。《殷夫：雪亮的尖刺》、《江姐：映红时代的脸》《任长霞：你的手机还在响》等都是这样。即使是13岁的小王融，也很喜欢念，并且十分投入："作为早春的雕塑，那么红，那么艳，江姐并没有与我们壮别。铁镣狰狞，你依然秀发飘飘，有一双纤细的手。你一针一线绣着红旗，来了。"

75岁的朱素珍老太太，全文背出，在比赛中含泪朗诵了《孔繁森：你仅剩

8元6角钱》，感动了全场："正是你，偏偏选择了默默的吃苦，选择了专门解除别人的病痛，选择了从来没有怨言的忍耐。忍耐，反而挺直了你宽大的肩膀。你永远地留下了——用自己不高的工资，长期收养的3个藏族孤儿。你永远地留下了……"

这些朗诵"达人"，通过比赛，得到了锻炼，上了一个台阶。红诗接了地气。有了地气就有灵气，有了灵气才会大气，红诗的生命力在基层。

（三）"主流文化"首先要在内容上站起来，扎根民间，明白群众的需求，根基才能牢靠

第一，创作思想上先解决：为谁写？诗人一旦远离了使命感，其价值也就很难体现。

虽然在商品经济大潮的冲击下，诗歌已经从社会舞台的中心退出。但在新浦东靓丽的风景线中，我注力的主流文化传播，这些年来却成了一个新闻眼。提倡主流文化，当前正是时候。在消费至上的市民意识中，唯有主流文化大踏步进入了大众话题，才能形成热气腾腾的现象，这是新诗的荣幸。

国家战略中的新浦东是个大题材。它就像汩汩的源泉不断滋润我的笔触。一个接一个的金色时辰，赐予了我灵感。我不能辜负这一片丰厚的馈赠，浦东民风淳朴，百姓感恩，对改革开放带来的巨变深有体会。

浦东的面貌天天在变。同时，浦东的红色历史悠久。中国共产党领导的最早的工人运动——浦东英美烟厂工人大罢工，就发生在陆家嘴地区，还有宋庆龄诞生地，黄炎培、张闻天故居等。

新时代，使新浦东在精神与物资上都真正崛起了。作为中国改革开放的一大亮点和重点，小平同志指示的："抓紧浦东开发，不要动摇，一直到建成"，我理解应该包含精神领域里的不懈追求。我回报给浦东的，也应该是心灵的不断升华。

"主流文化"即代表国家主流意识、民族精神的影视、舞台、音乐、美术、动漫、文学作品等。红歌、红诗属于其中。

从事红诗的作者都有其自己的内因，即生活历程和人生态度。作为极"左"思潮的叛逆者，才会以积极的眼光看待现实。艾青早就说过："'政治敏感性'当然需要——越敏感越好。但是这种'敏感性'又必须和人民的愿望相一致。"现在，战壕已经撤得不能再撤。我们恰恰是在追求——真，大，实！——

这个大，是大时代，大胸怀，大声音！这才表达了当前社会的主流情绪。

第二，怎么写？坚决与“假大空”决裂。有文学审美视角的红诗，是大中有小，小中有大。大意境对实景的要求更加严格。

我得跑到浦东第一线去，而不是在报纸上、网络上抄抄摘摘。生活永远是第一位的，细节掌握得多，想象的空间就大。主旋律作品的常见病是空洞。我最反感概念化、公式化和苍白的口号。而在极“左”思潮泛滥的年代，假大空的陈词滥调比比皆是，语言完全虚脱。

当政治抒情诗不再以精美的构思打动人，诗还存在吗？红诗也要给人以陌生感。不能把豪言壮语当作材料。乏味的诗句令人讨厌，味同嚼蜡。

主流文化不是重复概念，而应该发自内心。“自我”特征是一种“看家本领”。感不感动人，是硬道理！

何其芳早就认为“诗还是不能走标语口号化的道路”。诗总得用鲜活、动人的形象说话。总不能用分行的社论！诗歌最大的特点是抒情。主流意识形态的宏大叙事也得遵循这个规律。有些政治抒情诗远离了艺术，内在审美标准紊乱，加剧了公众的漠视。那些较差的作品空话连篇，就给那些把政治抒情诗等同于“假、大、空”的人群提供了“病据”。

专门为革命创作的作品不一定是好作品。革命的内容不是靠强调，靠高喊，而是要有感染力。红色主题在一些地方与大喊大叫的空洞为伍。那种空洞很顽固。读者，也不能把红诗等同于“假、大、空”。其实红诗，也含有内心深处的健康向上的情感交流，并不排斥个体情思。红诗呼唤着所有与时代共命运、有独特创意、有鲜明个性的诗人。

在喧嚣的市场里，我坚持做有良心、有创意的真正的诗人！在大时代中，诗人的一腔热血不能冷却！大江东去的气势与春雨淅沥的细腻，是我在红诗中的追求。细节是第一要素。首先得有诗的内核，这个内核就是由细节萌发、生长的。激情得从细节入手，在多方面多侧面的结构中，聚焦一角一点一人，并以丰富的想象和文字突出地表现。

（四）“主流文化”还要在形式上动起来：面向基层，受众的天地才会广阔。改变诗歌的窘境要靠行动，而不能光是等，诗歌的知音及其市场，要靠自己到基层去争取

配合我的红诗内容，从2010年9月9日开始，《中国渐渐红了——红色诗

2005年，桂兴华在零下30摄氏度的酒泉发射基地深入生活

人桂兴华主题实物展》经历塘桥、周家渡等8个社区以及浦东图书馆、上海图书馆后，最终落户塘桥。展期超过10个月，居民纷纷前往，周家渡101岁张瑞珍老人在儿子陪同下观看。塘桥社区各居委还组织了党、团支部、学生来现场活动。

我40多年来的收藏，无不带着深深的时代烙印。

通过这些反复修改的《金号角》手稿，以及速写在革命根据地的餐巾纸、茶垫、烟盒、参观券、汶川地震照片上、信封背后、机舱垃圾袋口的灵感，市民可以看出我从大处着眼、小处着笔反映火热时代的写作方法。

（五）“主流文化”有效的推广要有一个团队：“桂兴华红色主题工作室”让我放开手脚

2011年7月22日，在塘桥街道党工委、办事处的支持下，“桂兴华红色主题工作室”挂牌运作。上海社会科学院文学研究所所长陈圣来、上海文广影视集团副总裁何建华为“桂兴华工作室”揭牌。浦东新区政协副主席张兆田在揭牌仪式上说：桂兴华艺术事业的根基和源泉在浦东。塘桥街道党工委、办事处是有战略眼光和文化自觉的，善于借力文化名人资源，善于利用和放大红色文化资源的教育功能和凝聚效应，注重宣传教育载体和方式的创新。新的机制，带来了同心协力的团队。

2011年7月26日，浦东新区宣传部副部长、文广局局长尤存在参观了《精品展》与“桂兴华工作室”后指出：塘桥这次把“桂兴华工作室”引进，是在借文化名人之力，走社会化运作的这条路，具体要落实到文化项目。要有一个团队，要有一个支撑维护这个团队正常运作的体制、机制。

现在，工作室的资金有了保障，社区文化活动中心与党员活动中心的同志们争先帮忙。我不再身兼作者、组织者、公关人员、剧务人员多职。所有这一切，就是为了让红诗通过朗诵走向群众。立足社区，形式活泼、多样、生动，提高普通百姓对艺术的鉴赏能力，提高“草根”的文化素质。

浦东新区第一任领导赵启正5年前就说过：“记录新浦东的迅猛发展，可以用政府工作报告、新闻报道、报告文学和影视，但想听到历史的澎湃声，非诗不可！读桂兴华富有激情、美感和新浦东符号的诗，人们会随着时代的脉搏跳动，并变得年轻！”

此刻，我想起1997年春天，一次名为“时代强音”的桂兴华作品朗诵会上，一位老教师说：“诗就是一颗火种，被桂兴华点燃后，放在我们每个人心中燃烧！”而我的熊熊激情，是为大时代燃烧的。

雪中赶考
——新春专访贺敬之

我按响了北京地铁一号线木樨地站附近贺敬之先生家的门铃。客厅里挂满了书法作品，桌上摆着毛泽东的雕塑、“双手搂定宝塔山”的诗句。柯岩的大彩照十分醒目。听说此套毛坯房是她策划装修，后来却因住院直至去世未能入住。

我拿出朗诵会的剧照，贺老乐开了怀：“我发现你身边有许多朗诵艺术家和朗诵爱好者。时代需要正能量，群众喜爱明朗的诗风。因此要多朗诵。善于写领袖是你的一大特色。但你也写了许多老百姓的题材。”“这些年来，你一直提醒我，要多写老百姓。”“我注意到，塘桥成了你的创作基地。这很好。春风一步过江朗诵团既请朗诵家指导，又有群众参与，这种形式你要坚持下去。我发现，一些写‘小我’的作者，近来也频频朗诵了。诗歌呈现多样化，是好事。”

他又打趣地说：“有些人是将你和我都纳入‘假大空’之列的。”我一笑了之：“我，恰恰是‘假大空’的死对头！”他说：“现在有一种观点，反映真善美的就是‘歌德派’、‘假大空’。发泄仇恨的、描写阴暗的、失望的作品，才算真实。积极向上的诗就是假的。这太片面了！我们社会主义文学有旗帜鲜明的主张，有核心价值观。大，不一定空。黑暗，不一定实。而现在诗歌界有些观点不健康。我不是不坚持艺术标准。政治观点正确、艺术上比较差的作品群众也不欢迎。政治要求与艺术要求应该融为一体。”

“你这本1973年人民文学出版社再版的《放歌集》，在我当知青时，给了我很多营养。”我说。贺老说，“这本书1961年是第一版。1973年再版以后，立即被张春桥、姚文元批判为‘文艺黑线回潮’，所以本来还想再版一些作者的书，就不行了”。我问，“书中收有《桂林山水歌》，有的批评家颇有微词，认为自然灾害期间，你怎么还大唱‘桂林山水满天下’”？贺老说，“对这种批评，我早就知道。其实，中外古今的诗人作品已经替我回答了。同一个时代，即使同一个诗人都会有不同的艺术表现。这很正常”。

2013年12月，第二届中华艺文奖颁奖典礼在人民大会堂举行。贺老获得“中华艺文奖终身成就奖”。问起今年的打算，贺老回答：“医生嘱咐我当心感冒，不要离京，我主要是配合做好‘口述历史’”。说着，他将为浦东《又一个春天》展览题好的字递给了我。91岁了，写起字来还那么雄健。临别，他笑着说：“过年，我是不请别人吃饭，也不去吃别人的饭。”我们祝愿他长寿，他低着头回答：“很惭愧，白吃人民的小米了。”

2014年2月20日

（刊于《文学报》）

垫江细雨中：不约而“红”

舒婷，我与她已相逢好多次。与众多在中学课本里读过她作品的粉丝一样，佩服其昨晚联欢时被反复朗诵的那首红遍全国的《致橡树》。此刻，我对她说：“你的另一首《祖国啊，我亲爱的祖国》，诗歌朗诵会上的入选率也非常高！”我马上还背了几句：“我是你河边上破旧的老水车，数百年来纺着疲惫的歌。”她笑笑。显然，她早已知道。上午我在大会发言时提到了她那句“我是新刷出的雪白的起跑线”，这个意象用得早，鲜明！舒婷的诗在一片苍白中突围。舒婷比我小四岁，也当过知青。底层的她，诗温婉而高昂。就像她刚才给读者签名的诗集《一种演奏风格》。她发言的主题是：诗歌不要离开生活太远。

现在喝着茶，商震在烟圈后面问：“桂兴华你心目中的红诗该怎么写？”我回答：“今天有人还在写：你是大树，我是树叶／你是土壤，我是青禾／你是长江，我是小河／你是太阳，我是云朵。意象太陈旧。舒婷早了他们30多年。无论什么诗必须走出僵化的状态。红诗也得撼动模式。将熟悉的东西变得陌生，诗才会红。”

舒婷把一个陌生的话题甩了过来：“人的脸型，大致可分为猫与鼠两类，桂兴华你这个红色诗人真的不知道？”我立即横扫身边的一张张脸，发现果真属于这两类。而且属鼠的，还免不了有圆敦敦的猫型脸。1948年出生的我就是其中一个。生活中，“猫脸”有“鼠”的特征，“鼠脸”有“猫”的脾性，是常事。

我兴致勃勃地问：“我们这一桌，有几个属鼠的？”数下来，共五个：商震、陈仲义、金玲子、垫江副县长苏灿、我。我当场提议，以茶当酒，五“鼠”碰杯！这五个属鼠的，长相确实也有像鼠的。瞧那叼着长长烟斗的商震，眼睛不大，脸型瘦长，下巴尖尖啊。舒婷虽然没站起来，但调侃了一句：“我是鼠婆！”当地的诗人拿着陈仲义早年的著作《诗的哗变——第三代诗歌面面观》、《中国朦胧诗人论》请他签名，身边的舒婷很感动，马上对那位诗人说：“他另外的书你有吗？留下地址，我们给你寄来”。多好的“鼠婆”啊！

下午，我们一行打伞看了澄溪镇山野上一层层怒放的牡丹。在雨中归来的车上，我对舒婷说：刚才我禁不住唱了“青春啊青春！”“你应该唱邓丽君的歌。”“唱哪一首？”“《玫瑰啊玫瑰》！”“好啊，我写过一首《致邓丽君》”。“喔？”看来，她还没来得及翻昨夜我送给她的收有这首散文诗的新书《靓剑》。或者，她对“惯写大题材”的我写邓丽君有些惊奇。

今晚，品尝垫江的“石磨豆腐”时，与会的诗人们同时发现：邻座的傅天琳黑外套上露出了内衣红的领口与袖口，我系着红围巾，舒婷依然是红背心，都说：“你们三个约好的，搭起来颜色这么配！”纷纷要给我们拍照。我哑然失笑：她们俩远远比我“红”。但我们都有喜欢红色的一面。舒婷，我女儿早就去过你在鼓浪屿的家了。我还没有去过呢，什么时候，我们再在那里“红”一次？

2014年4月2日追记于上海

傅天琳（左一）、舒婷（右一）、桂兴华（中间）在四川垫江参加笔会（不约而“红”）

诗人没有死

目前的诗歌生态,与前进中的中国不相称。

"诗人已死"是一种夸张。现实是:诗人已被商品经济大潮排斥。

被嘲讽的、最无用的往往是诗人。

诗歌看似花样繁多,实际上地位在下降。

诗坛早已觉醒了自我意识,但现在为何又以放眼天下为不屑?

小情调、小玩意、小境界走俏。

有诗为证:《挂牌女郎》、《我们那儿的男女关系》、《关于乳房的一首歌》《上厕所忘记带手纸》等。

《和女友玩拼图游戏》写道:"把一个没有身份证件的胖子大卸八块"。

还有诗写道:"每天晚上,我都要 / 搂着我的女朋友睡觉 / 我女朋友长得酷似她的父亲 / 搂着她,就像搂着……"

格局之暧昧,反映了作者狭隘的眼界。

诗人被当今社会抛弃,除了外部原因,得怪自己。

首先,那些爱躲在狭窄的小圈子里自命清高的诗人要自省。

这是一种很顽固的空洞。

谁也没有反对你抒发个人的情感,我们都是芸芸众生,但反映家长里短却有高低之分。

诗歌被淡忘,是由于处于边缘的诗人被淡忘了。诗人的时代责任感过去曾经被过分夸张,但现在又羞于唱响"主旋律",这也不行。

艺术与政治的关系,有时隐蔽,有时公开。竭力回避火热而严峻的社会生活,外表高雅,其实很俗!清醒的诗人要明白:即使你的观点与立场都是正确的,但跨进诗的门槛还需要许多艺术的准备,不能缺乏新鲜的审美发现,不能重复概念,而应该发自内心。做报告与写诗是两回事。没有独特的思考与想象,哪来好诗!更可笑的是有些人因为政治给了他冷面孔,他就反过来咬政治。

诗歌最大的特点是抒情。主流意识形态的宏大叙事也得遵循这个规律。但有些违反规律的作品还会受到好评，令人奇怪。其实，那些乏味的诗句令人讨厌："叱咤在世界国际舞台，舌战群儒"等。"文革"期间的诗歌，语言更是极其苍白。

别重蹈覆辙。诗不能靠高喊。有"自我"特征，才具有创造性。当然，读者也不能还没有读，就站到了诗的对立面。

要让公众选择诗歌，不是小圈子能做到的。"不要价值、不要政治、不要责任感"的观点是错的。战壕已经撤得不能再撤。诗的正能量，在于表达当前社会健康的主流情绪。《小草在歌唱》的作者雷抒雁去世以后，网络内外为何都心潮久久不能平息？因为他当年及时吼出了正义之声！老雷生前曾留言："现在我们的诗人，能写情歌的很多，能写国歌的找不到，我们现在就缺少大胸怀的大诗人。"

诗人要以积极的眼光看待现实。"商人的旗帜是金钱，乞丐的旗帜是可怜"，形象多么鲜明。舒婷的《致橡树》，宣扬了自我意识和独立人格。她的《祖国啊，亲爱的祖国》，温婉，深情而又奋发向上。她的诗在许多场合被反复朗诵，证明了：温情脉脉的诗，嘹亮的诗，群众都需要。只有战胜"假大空"的豪言壮语，诗歌才能昂然走出"边缘"。

时代呼唤着所有与群众共命运、有独特创意、立足于个人情感体验，而不是机械地配合的诗人。不知名诗人的《卖红薯的老人》，"滚烫的炉膛／一肚子火／每天，都有作品／新鲜出炉"，"不为民做主的官／卖不出他这样的／好

桂兴华设计的《峥嵘岁月》朗诵会演职人员的有关证件

红薯”，作者的联想多么有情趣。好诗往往大中有小，小中有大。内心深处“我”的声音，来自个人色彩很浓的视角和意象。作者得跑到第一线去，而不是在报纸上、网络上抄抄摘摘。否则，哪来汗水味和泥土气？

千百万人民的生活，应该是诗人的第一关注点。马雅可夫斯基活在“红旗，哭肿了眼睛”那样的诗句里。雷抒雁活在“昏睡的生活比死更可悲，愚昧的日子比猪更肮脏”的诗句里。没有了鲜龙活跳的当代背景，没有了扣人心弦的逼真细节，没有了热气腾腾的想象空间，诗人就真的死了。

2013年盛夏于上海

塘桥又三年

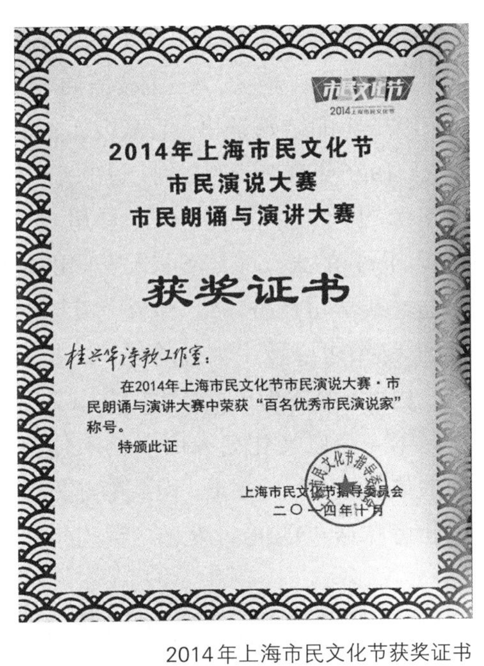

市民文化节
2014上海市民文化节

2014年上海市民文化节
市民演说大赛
市民朗诵与演讲大赛

获奖证书

桂兴华诗歌工作室：

在2014年上海市民文化节市民演说大赛·市民朗诵与演讲大赛中荣获“百名优秀市民演说家”称号。

特颁此证

上海市民文化节指导委员会
二〇一四年十月

2014年上海市民文化节获奖证书

“桂兴华诗歌工作室”这几个字，出现在上海地铁世纪大道站的横幅上。《中国在赶考》的首发式，在这个换乘点特别多的地铁大厅里举行。地铁热情的员工和工作室旗下的演员们，将浓浓的中国红氛围，献给了2014年的这个红五月。

“桂兴华诗歌工作室”的招牌与执照，其实是挂在蓝村路86号塘桥社区文化中心的四楼。揭牌的日子，是在2011年7月22日。从那天开始，经常有人来参观。最近，塘桥街道的领导向中组部老干部局的同志一行介绍了工作室。我很激动地说：“祝大家都成功！”

我曾经是塘桥的居民，从1981年春天开始，在陆家宅62号202室住了8年多。

回忆起那些“过江难”的摆渡岁月，这些破损的记者证、旧车票、电视大学毕业证、当时发表的散文诗，留下了那时每天颠簸的印记。那时候，没有种田人终于出头的“由由大酒店”，只有路边烟雾腾腾的大饼摊，没有时尚的“巴黎春天”，只有严桥乡忧郁的脸色，没有气宇轩昂的南浦大桥，只有灰尘满面的长途汽车站。这8年，多少次大雾锁江，多少次搭乘摇摇晃晃的86路、82路。这些感受，我都写在长诗《祝福浦东》里了：“难道黄浦江真的成了贫富的分界线？浦东人说出自己的居住点时不知有多累！我就不信：黄浦江的解释权只能交给渡船。我就不信：空中或地下的喜不能代替拥挤的悲！”

早在2009年11月，在《前进！ 2010》长诗塘桥定稿会上，列入国家非物质文化遗产的上海港码头号子传承人朗诵了我创作的《不老的码头号子》。

塘桥街道将我重新引进来，缘由是罗科长等看了我2010年在毛泽东甲秀里故居、浦江两岸社区、浦东图书馆、上海图书馆巡展了10个月的“红色主题实物展”后，经街道领导研究，在尤局长等的支持下，决定将这些展品永远落户塘桥，让人们到塘桥来感受红色氛围。

这些展品，是我50多年来的收藏，无不带着深深的时代烙印。在文化中心底楼、四楼的实物有：四上韶山、三赴延安、两顾井冈山、遵义采访后获得的“红军乐”酒壶、安塞腰鼓、信插、赤水大扇子、井冈山宣传画，上山下乡乘车证、1976年的结婚证书、毛家饭店创始人汤瑞仁的彩色名片、1959年的红领巾日记、1966年在浦东中学抄写的《江姐》歌谱，1967年的韶山导游图、印上毛泽东像的T恤、香港出产的“星星之火”火柴盒、股票认购证、第一代大哥大、拷机、深圳的火车票、登上天安门的证明、上海地铁试运行票、世博会门票等。而通过我草写在餐巾纸、茶垫、烟盒、参观券、地震照片、信封背后、机舱垃圾袋上的灵感，可以看出大处着眼、小处着笔的写作方法。

由此，塘桥街道党工委、办事处开始酝酿成立我的工作室。2011年，浦东新区第一个以文化名人命名的工作室挂牌运作，我虽然身兼作者、组织者、公关人员、剧务人员多职，但我有了一支朝气蓬勃的团队。所有这一切，就是为了让诗歌通过朗诵活泼、多样、生动地走向普通百姓，响亮地打造“诗歌·塘桥”的品牌。

“桂兴华‘红诗’朗诵邀请赛”，是工作室成立以后的第一个动作。赛前，举办了三次免费的培训活动，还专门把青少年的比赛时间放在了周末。200多名参赛选手来自浦江两岸，包括已经退休的老工人和将进初中的女学生，国庆后决出了名次，使百姓能与明星一起演出，并请电台播出了实况。比赛挖掘出了草根人才，组成“春风一步过江朗诵团”，我是团长。92岁的著名表演艺术家秦怡为朗诵团题了字，当了顾问。3年来，街道干部总与我一起，春节去秦怡家拜年。王建新担任副团长，丁建华、乔榛、方舟、王洪生、梁波罗、陈少泽、张欢、淳子、梁辉、雪飞、洁蕙等多次与朗诵团合作。来塘桥的40位各地文化名人形象被制作成了彩色照片，悬挂在底楼。工作室在2012年，每月举办一次“经典诗歌赏析及朗诵的系列讲座”。曾经参加过培训班的岑老奶奶，一进门就高兴地说：“今天，我升两年级了”。宝山大华新村、长宁、嘉定、虹口等社区的居民也纷纷闻讯赶来，连附近饭店的服务员也挤进来参加。第一讲：

我联系当今社会现实，包括佛山的小悦悦事件等，从新的视角解读了臧克家、郭小川和贺敬之的《有的人》、《向困难进军》和《雷锋之歌》。期间，还邀请了电台著名节目主持人作了示范朗诵。学员们纷纷掏出笔记本，认真记录。以后几讲，邀请许多诗人、评论家、党史专家分别主讲了《致橡树》、《小草在歌唱》、《我骄傲，我是中国人》、《邓小平之歌》等，到年底还将评选“优秀学员”。不少居民说：“现在社会人心浮躁，我们从过去走过来，社会的变迁历历在目，朗诵表达了我们的激情，来参加活动是一个精神寄托。”两位81岁、77岁的老奶奶主动请缨，说：“朗诵让自己开心”。这些朗诵“达人”上了一个台阶。

我在忙工作室的这几年，外孙开开越长越可爱了

凡是草根丛生的地方，就会出现耀眼的奇葩。草根文化属于俗文化，但俗中有雅，雅中有俗，雅俗共赏，才是大众最欢迎的。《旗袍队走在大路上》、《旗袍汹涌》在电台播出后，又赴“迪士尼”工地、上海书展、毛泽东旧居、上海音乐厅精彩亮相：“为了让世界忘记年龄，我们组成了中国某一条街道的自画像！”

“春风一步过江朗诵团”提高了“草根”的文化素质，活跃了社区文化，也为诗歌找到了知音和市场。工作室一成立就被评为“浦东新区精神文明建设优秀创新项目”。我采访戴老师议事厅及贵龙园居委会后撰写的演讲稿《我们的厅长》在浦东新区一炮打响，表演的《塘桥故事》也受到好评。为提高党员的鉴赏能力和文化素质，诗歌活动进入组织生活，是一个创新的举措。这在浦东新区尚属首次。我又组织了纪念毛泽东诞辰、小平南巡的朗诵活动。2012年6月18日，桂兴华诗歌工作室理事会第一次会议召开，浦东新区首家以个人名义注册的民办非企业工作室正式成立。我担任理事长，著名配音演员王建新和塘桥居民奚虹担任理事，监事为交通银行政工干部何成钢。2012年11月，桂兴华诗歌工作室被浦东新区民政局正式批准，领到了执照。两届“中国当代政治抒情诗高峰论坛”，先后在塘桥举行。市委宣传部副部长陈东、秦怡、张炯、龚心瀚、朱先树、毛时安、王山、邹岳汉、孙琴安，李小雨、黄亚洲、王幅明、宓月、晓弦、傅亮等参加了论坛，就“如何让诗歌更受欢迎”出谋划策。与上海社会科学院文学研究所一起成立了“中国当代诗歌与时代精神高地的构筑”课题组，发起的“中国散文诗无名作者征文”已被列入“2013年中国散文诗十件大事”。许多外地的专家看了演出后，十分惊讶：“想不到一个社区的朗诵团会有这么高的水平”！我在新时期以来的政治抒情诗作品这么多，其实是因为我在浦东中学读高中时，对红色诗人殷夫十分敬仰。他的名作《别了，哥哥》，我能背出来。2014年2月8日，北京。我专门去当代最著名的红色诗人贺敬之家中，取《中国在赶考》的题字。离开贺老家，天安门广场上白雪飘飘，穿过长安街，我去月坛庆丰包子铺内排队卖包子，坐下来吃。新作《写在庆丰包子铺》构思油然而生，朗诵团演员后来在多处朗诵：“你，还在排队中静静选择。不再饥饿的百姓，也在悄悄选择你。你，能不能让大家吃到更美、更传统的包子？你推出的一笼笼措施，是不是既有纯正的皮、又有精细的馅？”回到天安门前，我凝视着英雄纪念碑，想起自己的诗句：看！你身后这支永远在出发的队伍啊，正在永无止境的中国梦里赶考！

我常常望着工作室里观众们赠送的锦旗，上面纷纷写着：“在红旗下前进”、“为劳动者歌唱”、“激情为大时代怒放”，93岁著名书法家高式熊先生书写的《特别的秀》，情谊浓厚。我想：特别的秀，是秀大家，不是为了秀自己。不是为了索取，而是为了献出。

我是幸运的。我的晚年增添了塘桥的工作室岁月，色彩和分量马上不一样了。塘桥成了我事业新的支撑点。我又在塘桥得到了不可多得、十分珍贵的营养。我是携着春风来到塘桥的。春风真的一步过江了。春风，就是我们千载难逢的好时代！

2012年，桂兴华（左三）率“春风一步过江朗诵团”到浦东迪士尼建设工地采访

附：
新中国政治抒情诗集初览（部分）

《中国的十月》、《八一之歌》　　贺敬之著
《难忘的一九七六》、《站起来的人民》、
《我骄傲，我是一棵树》、《我的中国》　　李　瑛著
《相信未来》　　食　指著
《回答》　　北　岛著
《祖国啊，我亲爱的祖国》　　舒　婷著
《一代人》　　顾　城著
《纪念碑》　　江　河著
《大雁塔》　　杨　炼著
《雪白的墙》　　梁小斌著
《归来的歌》、《光的赞歌》　　艾　青著
《阳光，谁也不能垄断》、《长歌和短歌》、
《从秋瑾到林昭》　　白　桦著
《故园九咏》　　流沙河著
《曾经有过那个时候》　　黄永玉著
《华南虎》　　牛　汉著
《悬崖边的树》　　曾　卓著
《时间》　　罗　洛著
《命运之书》　　昌　耀著
《将军，你不能这样做》　　叶永福著
《十月的宣言》、《1997备忘录》、《诗为杨皂而作》　　王怀让著
《小草在歌唱》　　雷抒雁著
《重量》　　韩　翰著
《呼声》　　李发模著

《关于入党动机》 曲有源著
《为高举和不举的手臂歌唱》 刘祖慈著
《举起森林般的手,阻止》 熊召政著
《白花·红花》、《仙人掌》、《大上海》 公 刘著
《不满》 骆耕野著
《邓小平之歌》 桂兴华著
《百年小平》 庄永春著
《总设计师之歌》 庄永春著
《邓小平》 罗高林著
《三峡交响曲》 谢克强著
《雷锋,我们与你同行》、《无倦沧桑》、
《拒绝末日》、《黄之河》 李松涛著
《广州步伐》、《国家交响曲》 顾 偕著
《天上的海》 兆 艮著
《惊天动地》 杨 冰著
《马背上的歌》 王 磊著
《铁匠抒情曲》 晓 凡著
《告诉我,来自祖国的风》 蔡庆生著
《年轻的布尔什维克》 刘 波著
《中国,站在高高的脚手架上》 曹汉俊著
《土地》 海 子著
《银座》 华 舒著
《法官之歌》 王雨田著
《跨世纪的毛泽东》桂兴华著
《毛泽东颂》 韩 笑著
《前夜》、《地球是一只泪眼》 朱增泉著
《阳关在前》 华 舒著
《老墙》 马合省著
《文化浙江》 柯 平著
《诗人毛泽东》 柯 平著
《毛泽东之歌》 徐 刚著
《大汗歌》 章德益著

《无尽的思念》 瞿 琮著
《金色的花环》 李心田著
《第57个黎明》、《周恩来》 赵 凯著
《战震曲》 申 身著
《星群》 巴·布林贝赫著
《现代化和我们自己》 张学梦著
《筑梦北京》 耿国彪著
《悲歌》 大 解著
《祖国,我对你许诺》、《和谐赞歌》 陈景文著
《含苞的太阳》 严 阵著
《生命进行曲》 张 锲著
《不朽的岁月》 陈景文著
《黄皮肤的旗帜》 王宝大著
《最美好的歌》 郭仲吾著
《中国的季节》 林春荣著
《科学精神颂》 郭曰方著
《狂雪》、《致大海》 王久辛著
《行吟长征路》 黄亚洲著
《中国地名手记》 马萧萧著
《遵义诗笔记》 峭 岩著
《智慧的种子——张江抒怀》、《永远的阳光》《祝福浦东》、
《青春宣言》、《又一次起航》、《激情大时代》、
《城市的心跳》、《前进! 2010》 桂兴华著
《风流歌》、《97诗韵》 纪 宇著
《和谐颂》 张国梁著
《那古老大海的浪花啊》 徐兆寿著
《幻河》、《黄河抒情诗》 马新朝著
《以生命的名义》、《珠海,珠海》、《共和国之恋》、
《中山路》、《30年:变革大交响》 丘树宏著
《孙中山》 吴 野著
《致敬》 西 川著
《史记:1950—1976》 柏 桦著

《我的西域》、《屈原》、《李白》 洪 烛著
《长征》 龚学敏著
《奥运中国》 商泽军著
《重庆书》、《三星堆之门》、《三十年河东》 梁 平著
《东方星座》 汤松波著
《走向天安门》 石 英著
《诗意毛泽东》 刘福君著
《浪漫的风》、《风流的云》 野 曼著
《拂试岁月》 胡丘陵著
《东方的太阳》 谭仲池著
《火箭碑》、《杨业功之歌》 辛 茹著

附：更早一些

《时间开始了》 胡 风著
《和平的最强音》 石方禹著
《向困难进军》、《乡村大道》 郭小川著
《雷锋之歌》、《西去列车的窗口》 贺敬之著
《上海，奔腾的马蹄》 卢 芒著
《我思念北京》 闻 捷著
《献给火的年代》 李 瑛著
《大江歌》 沙 白著
《北京的声音》 王恩宇著
《有的人》 臧克家著
《向远方》 邵燕祥著
《毛泽东之歌》、《鲁迅》 徐 刚著
《周恩来颂》、《志气歌》 时永福著
《战旗颂》 王耀东著
《西沙之战》 张永枚著
《理想之歌》 北京大学中文系七二级创作班工农兵学员集体创作
《太行山》 李学鳌著

下篇 散文诗

从1981年开始，桂兴华就“志在散文诗”

爱和恨，是桂兴华睁大的一双眼睛

1984年，中国散文诗学会集会。柯蓝（后排左七）、李耕（后排左三）、蔡旭（后排左二）、桂兴华（前排右三）等

2014年，中国散文诗研究会集会。严炎（前排左五）、桂兴华（前排左四）、亚楠（前排左六）等合影

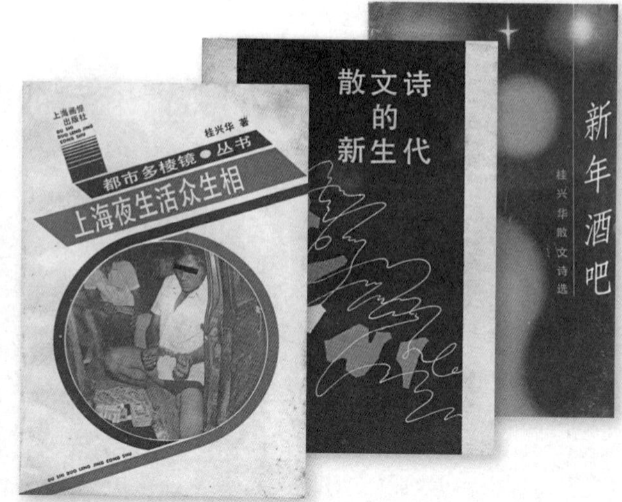

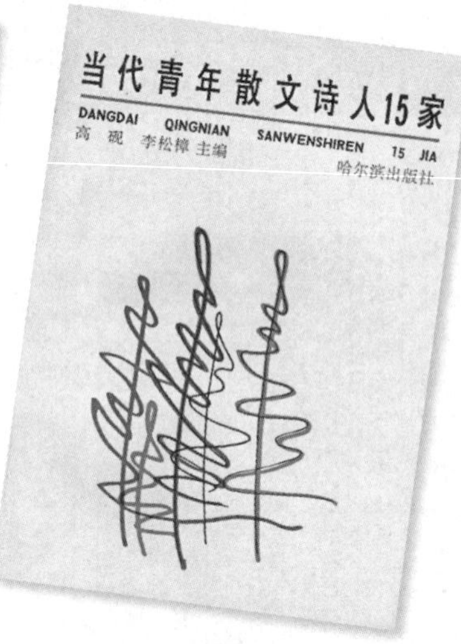

桂兴华主编的《散文诗的新生代》和桂兴华的散文诗集、纪实文学作品

1984年，李耕（左二）、纪鹏（左三）、桂兴华在大草原合影

2011年，谢冕（左四）、许淇（左二）、桂兴华（左三）等在莫干山合影

1984年，陈少泽、桂兴华合影在呼仑贝尔

干海兵、邹岳汉夫妇、王山、桂兴华、工作人员、王幅明（后排从右至左）及王珂（前排右一）、宓月（前排右三）、垫江县干部等在上海磁悬浮列车前合影

一、研究桂兴华的有关评论（1984—2015）

城市散文诗的探索者

——评桂兴华的早期散文诗

■ 文／王慧骐

作者王慧骐

1981年刚开始写散文诗的桂兴华

散文诗创作日见其斑斓，是近年来出现的一个引人注目的文学现象。然而，人们也注意到，在这块“春风吹又生”的园地里，寻觅直至占有自己的“立足之地”并不是件容易的事。至今，这里的“安居乐业”者甚少，便是凭证，所以每当有人试图涉足其间的时候，严格的读者总会向他（她）投以打量的目光：你能够获得自己的“立足之地”吗？

如今，青年诗人桂兴华就正面临着这种目光的检阅。他用两年多的辛勤耕耘和三百多章烙着个性印记的诗篇，向人们表明：在葱茏翁郁的散文诗园地里，他终于有了自己的“立足之地”！

（一）

“写都市特色，这是我在日益繁荣的散文诗创作中的立足之地，因为，这是我熟悉的地方，也是我写出个性的基础。”诗人的这番夫子自道，十分明确地道出了自己的艺术追求，也由此决定了他的散文诗创作的音色情采。对桂兴华的作品匆匆一瞥，留给我最深的印象，正是他的鲜明而富有个性的都市特色。

如果要为兴华的散文诗作一个比较严密的题材分类，似乎还比较难，因为他的笔触涉及的面比较广泛，都市生活的五光十色，都被他诗的三棱镜所聚吸而后又从多侧面折射了出来——从“走向甜蜜”的婚姻介绍所（《代拟婚姻介绍所的广告》）到使“我们的心将向亲近搬迁”的住房交换所（《写在住房交换所》）；从公共汽车上的老弱病残怀抱婴儿专座到五层楼上“难入睡的灯光”下“小小的一张方桌”（《在小桌上的播种》）；从酒店门口“忧郁的新娘”（《一个新娘，在酒店门口》）到身居七平方米阁楼的诗人；从“在路口伫立着，在喧闹声中伫立”的交通警察（《给一位交通警察》）到“挺进”“在人生这盘棋上”的退休工人（《给一位退休工人》）；从《车过上山下乡办公室》到《写在标准钟商店》；从《我的小巷》到《外滩人行天桥》；从大街上两个装饰不同的少女到一个赶车者的脚步……这一切，似乎显得庞杂。然而，我认为正是这种使人眼花缭乱的杂色，从某种意义上说来，恰恰就表现了都市生活的特征，是所谓“都市特色”的“本色”。

追求文学的都市特色，兴华并非第一位。据了解，不久前上海的几位小说作者就曾经在理论上提出要写出“真正的都市特色”、“上海风味”，而且用自己的作品做出了实践。的确，近年来，文学发展的势头令人振奋：“乡土文学”方兴未艾，“城市文学”异军突起，兴华的追求所在，庶几可以划入城市文学的范畴。但把散文诗这一独特的文学样式与都市特色紧密地挂上钩，兴许桂兴华便是“前无古人”的首席代表了。

诚然，兴华之所以能如此娴熟地驾驭都市生活，这与他自幼生活在以繁华而著称的上海，不无一定的关系。但如果仅仅乎让自己的笔墨停留在一般化地描绘都市的高楼大厦、车水马龙，如同摄影师一样地照实拍录，那可以这么说，今天的读者谁也不会知道有一个桂兴华。而这样的作品，毫无疑问：诞生之日便是夭折之时，谁也不会花闲工夫去拜读它。

兴华的作品之所以引起读者的注目，我认为，正是由于他的观察力、写作能力不同凡响,他能够和善于从司空见惯的市民日常生活中,发现并采掘出诗的内核,并将其酿造和提炼成美的艺术品。他作为一个血气方刚的青年诗人,一个吮着黄浦江水长大的城市的儿子,对自己生活的都市有着特殊的感情。如今,当他觉得他有能力用自己的笔去反映他所熟悉的城市和日夜劳作在这块土地上的人民的时候,他便如潜水者一般深深地沉进了生活的底层,用自己聪慧的瞳孔去审视、去捕捉,而且努力要求自己独辟蹊径,用不同常人的表现角度,去描写都市生活的风景画、风俗画,使之透溢出自己特有的对生活、人生和艺术的审美观念。兴华注重的都市特色,不是那种外貌的繁花似锦,也不是类似装饰品的都市的表面层,而是准确地把握住了生活的主体,大胆地启动了思想的掘进机,从更深的层次去探采都市生活中所蕴藏的闪光的矿藏,他虽然也写都市的马路、商店、大楼、霓虹灯,但更多的笔墨是写都市的人——形形色色的人,写人的心理、情趣、意念、行动。而透过这些人物的身影,你分明感到这是一批活生生的烙着都市印记的人,使你不得不佩服诗人对城市生活的熟谙和具有深刻表现这种生活的本领。

倘若浏览一下我国散文诗创作的"百草园",便会发现:无论是前辈或同辈的作者(这里指的是获得成功的作者),都曾以自己富有个性的劳动开拓着散文诗的领域,我们听过从玫瑰红的"朝霞"里飘出的"短笛",听过龙眼林中、木兰溪畔悠悠扬扬的"叶笛";欣赏过刘再复"倚着天安门城墙的思考",神游过陈慧瑛笔下乡情浓郁的"迷人的古城"……在得到难以尽述的美感享受的同时,我们惊奇地感到:诗人与题材之间好像有那么一种神奇的契合,他们仿佛就是为着这些题材才跻身于散文诗坛的:多么富有诗意,多么令人神往!有意无意之间,我们陷入了审美情趣的偏执,这种偏执使我们难免漠然于兴华的艺术追求。

很长时间以来,不少人总以为现代化的都市生活枯燥乏味,缺少诗意,他们醉心于牧歌般的生活节奏,乐于欣赏明媚安谧的田园诗,认为用散文诗这种精致的艺术形式去表现喧闹、繁华的都市,似乎有点不伦不类,这种僵化的审美眼光曾经束缚我们审美能力的发展,扼杀正在萌芽的艺术追求。兴华的难能可贵之处,恐怕正是在于他具有一种艺术家的胆识,面对着那些左右着人们多时的陈旧观念,他凭着自己的深思熟虑,一步一个脚印地把追求化为现实,他高高地张扬"写都市特色"的旗帜,为之争得在散文诗园地中理所当然的位置。他以勤奋的耕耘向人们宣示:都市生活同样充满了诗意,摇曳着令人迷恋的诗美。在这里用得上罗丹的那句名言:"不是生活缺少美,而是我们缺少发现美丽的眼睛。”耕耘在自己的这块“立足之地”上，兴华仿佛接通了诗情的源头活水，他写得很勤，产量可观，诗思在都市生活的潮流中勃发，大有挹之不竭之势。

（二）

兴华在给我的一封信中写道：“我的散文诗很注重时代气息，努力想及时地反映现实生活中的新面貌。”粗略地展读他散发于各地报刊的散文诗，始觉此言并非夸大其辞，他的确是一位颇具胆略的时代的“弄潮儿”，其锐利的笔触总是迅即地追摄着时代奔腾向前的声浪，从而使作品洋溢着浓郁的新生活的气息。

十一届三中全会以后，党的农村经济政策在各地普遍推行，给广大农民带来了物质生活和精神面貌的巨大变化。对此，诗人喜不可抑，放声高歌：“责任制啊，你是一个播种者。你正带着泥土的气息，带着特有的繁忙，走向每一扇心扉！……跟在你身后的，不再是歉收的一串串老泪，而是庄稼汉力的充沛，是收不完的丰收的麦穗……”（《你是一个播种者》）将受到农民群众欢迎的责任制，巧妙地比作“一个播种者”，立意新奇，更是这种呼告句式，带有强烈的感情色彩，极其真切而传神地表达了作者按捺不住的喜悦雀跃之情，深刻而有力度地反映了新时期的农民扬起生活风帆前行的自豪与自信，浓墨重彩地渲染了中华大地上正在发生着的奇迹。

再看《给一位旅行结婚的新娘》，诗中写道：“田埂与月台之间的距离，在你的蜜月里消失了。/车轮，轻轻地驰动着，怕惊动你一路的向往。你的妈妈，你的奶奶，做梦也没想到：陕北的青春会在江南精彩地亮相！/姑娘，与你结伴的眼睛，是一站又一站的祝福；/你的前方，将是包括你的小村在内的越来越浓的春光……”

论构思剪裁，桂兴华称得上一位高手。你瞧，这章散文诗的角度，选得多么精巧，简直叫人服了。一位土生土长的陕北姑娘，的确是“做梦也没想到”——能将“上海的别致”“穿在身上”，能将“苏州的俏丽”“挽在发辫上”。新婚之时，驱车千里，来到美丽的江南欢度蜜月。试想，这种如同仙境一般美妙的现实，在“四害”横行之时能够出现吗？诗人别具匠心地推出这幅染着喜庆色彩的画面，从新娘的衣着打扮写到她的内心世界，从眼前写到遥远，从现时写到将来，时空上高度地浓缩，深刻表现了党的路线给农村带来的伟大变革和城乡关系的飞跃。这样的作品,使我们真切地感受到时代清晰的脉跳,从而激发起振兴中华的豪情壮志,因此也就收到了理想的艺术效果。

(三)

若论兴华散文诗在艺术上的独特之处,我以为最显著的是富有理趣。他常常将精深的哲理熔铸于形象的画面之中,从而使作品具有力度,耐人咀嚼,促人沉思,或催人感奋。其阐发哲理的手法,有两条可供玩味。

一是以形说理,叙议"互藏其宅"。关于哲理能否入诗,历来众说不一。古代便有人提出,哲理入诗乃诗家大忌,持此说者的理由是"理过其辞,淡乎寡味",担心"理"会破坏诗的形象和意境,但翻开前人著作,发现以理入辞之诗文并不乏名篇:朱熹的《观书有感》,文笔清新活泼,哲理深蕴其中;苏轼的《石钟山记》,以叙为目,以论为纲,论叙统一,使人在领略胜地险境之时,获得颇深的启迪;鲁迅《野草》里的若干篇札,在描绘一花一木、一石一鸟之时,常出其不意地略施一笔,点出理趣的火花。大概是自幼喜读古典诗文的缘故,兴华在写作散文诗时,似乎很注意在作品中恰到好处地注入一些见地独到的深刻哲理,使得诗的形象和意境因为哲理的巧妙道出,而获得进一步升华。请看《到达彼岸之前》:"快到了,/渡船上所有的目光,已抢先泊在了彼岸。/我却缓缓地转过脸,注视着起航的码头。/我在思考:在这段航程里,我的向往,是不是像船尾的浪花,不曾凋谢过?我的歌唱是不是像常鸣的汽笛,不曾沙哑过?尤其是在江雾弥漫的时候,我的心是不是像轮舵一样,不曾彷徨过?/……航程即将终止了。我的思考,却没有靠岸。/因为彼岸的后面,还有新的彼岸……"一只过河的渡船,这在我们的生活中是司空见惯的;渡河时渴望到达彼岸,这种心情感受也几乎是人所共有的。但诗人通过这章散文诗试图表现的东西,远远不止这些,他只不过是借大家所熟悉的这一场景作为楔子,来引出他对生活独到的体味和思索。自始至终,他没有忘记自己是站在船头,因而他充满灵感的思绪和诗意的每一层次的递进,无一不围绕着彼时彼地的特定场景,展开和腾挪。他把自己思索所获得的饱蕴哲理的感受,通过浪花、汽笛、轮舵这些具有画面感和动态感的物象,巧妙地传递给读者,"形"与"理"在这里得到了有机的契合,"形"因"理"的渗透而显得更美,"理"因"形"的展示而显得更明。正如别林斯基所指出的:"思想渗透形象,如同亮光渗透多面体的水晶一样。"

二是卒章显志。诗人常常喜欢在诗的结尾处机智地抛出一个哲理性很强的警句，使之产生出异峰突起、余音绕梁的艺术效果。而这种哲理句式的设置，读上去并无牵强附会、硬作“画蛇添足”之感，而是显得自然妥帖，恰到好处。比如前面所举《到达彼岸之前》一诗，其尾句便是最好的佐证。诗人的“思考”并没有因为航程的结束、船只的靠岸而终止，因为“彼岸的后面，还有新的彼岸”。普普通通的一句话，却包含着深远的哲理，给人一种沉甸甸的感觉，而且还拓出了一个开阔的想象空间，让读者自己去体会、去补充、去丰富。再看《他疏忽于闭幕前的最后一瞬》。这篇散文诗首先描绘了杂技演员的精彩表演——“他的鼻梁上顶着玻璃板，顶着盛满水的茶杯，顶着燃着火焰的蜡烛……”继之而起的是全场观众的掌声和惊叹——他获得了最高荣誉。行文至此，诗人一个转笔，猛地推出了一幅令人预想不到的画面——就在帷幕即将闭合之际，他“鼻梁上的一切”“全部倾倒了”。这种突变式的转换画面，顿时产生了一种对比度很强的艺术效果，掀起了一场震撼心灵的“轩然大波”，使诗意形成一次大幅度的跌宕。紧接着诗人意味深长地掷出一句尾笔：“最后一瞬，也要像上台时一样谨慎呀！”这一笔可谓力重千钧，一下子挑开了全篇的诗魂，使得作者所力图表现的主题思想得到了升华。这里，不仅在为精彩的表演毁于一旦而惋惜和痛心，更是借助于这位杂技演员的失败，诉诸读者一个朴素而深刻的道理：谁若在成功面前自我陶醉，谁若被瞬间取得的胜利冲昏了头脑，那么迎接他的只能是功亏一篑的惨败结局。兴华所采用的这种“卒章显志”的手法，颇似当年画坛圣手张僧繇，画好了龙，最后一个令人惊叹不已的“点睛”之笔，其高妙之处不得不为人所折服。

兴华的下一步将走向何方，这是我和读者所关心系念的。认准了自己的“立足之地”，站稳步子，尔后扎扎实实地走下去，毫无疑问，将来的收获会更加丰硕、更加辉煌。但从目前兴华所发表的作品来看，恐怕有两点需要引起注意，一是已经显现的都市特色，仍需强化，使之更加鲜明和富于个性光彩（因为目前作品中缺乏都市特色或特色显示不够的篇札还有不少。需知，倘若失去了特色，则已经占有的“立足之地”很可能因此而失掉）；同时，反映都市的生活面还可以进一步加以开拓，让飞速发展着的现代化的大都市在其笔端充分幻化出赤橙黄绿青蓝紫的七色光环，二是在追求散文诗的时代气息和与生活的近距离的同时，不可忽略艺术上的精思慎研。目前有些作品给人以粗疏、浮泛之感，这也许是急就的缘故所致。希望今后能对急就而成的作品作一下“冷处理”，在炼字炼意上更多地下功夫，使诗味更浓、诗情更美。

兴华几乎与我们伟大的祖国同龄，也就是说他正值创作的旺盛时期。他已经有了一个很好的开端，可以预见：只要他不懈地努力，一定会有更大的成功。我们期待的是：在全国散文诗人的行列中，兴华该是操着电子琴或单簧管（而不必是唢呐和古筝），用自己独特的音响唱着都市之歌走向读者的诗人。

1984年10月于江都

（原载于1984年12月23日《安徽文化报》）

《美人泉》序一

■ 文/柯 蓝

桂兴华的又一本散文诗集《美人泉》出版,是一个好消息。

近年来,散文诗受到读者欢迎,这是因为散文诗开拓了它的题材领域,呈现出一片喧哗和欣欣向荣的景象

我的观点:本来属于高层次的散文诗,现在开始扎根在读者之中,并且进入群众的日常生活,如许多书签、纪念卡印上了散文诗,成了馈赠的礼物,这是散文诗发展的重要成绩之一。此外,散文诗从空灵感情的倾诉,发展到能结合社会生活的纪实,使散文诗除了表现阴柔之美外,还表现了阳刚之美,丰富了散文诗的美学欣赏。这是散文诗发展的重要成绩之二。

上述两点成果,我们必须继续巩固、发展,并要四处宣传。理由是:(一)中国散文诗还处于一个开拓期。许多人还不知道什么是散文诗。(二)中国散文诗刚刚发展为一种独立的文体,要求有志者研究它本身的独特规律。(三)伟大作品是一定时期的产物,要有较长的过程。散文诗连路也走不稳,就想跑,

1984年,柯蓝(右一)与桂兴华合影在草原之行中

恐怕操之过急。我们不反对创新,决不满足现状,而且在肯定现有基础的前提下努力提高。我们主张有些同志,在他坚厚的基础上,去创造散文诗的流派和各种新的探索。四、散文诗的单一和薄弱,没有深刻反映时代的、历史的、民族的精神内涵,这是我们的危机。有人称这种危机为散文诗的“平静”。我们认为称之为“平静”,是否认了当年散文诗很大的发展与成长(尽管它的发展与成长还有缺点和不足)、正确的解决上述危机,只有让散文诗更贴近生活,然后通过作家、诗人的心灵折射出来。于是,让散文诗带一点纪实性、情节性,是散文诗走向多层次深刻反映时代、反映民族的第一步。

由于以上所述,近年来桂兴华同志在散文诗方面的建树,就比较突出了。他的城市题材散文诗,他的报告体散文诗,成为他创作的独树一帜的特色,他把抒情和纪实、情节巧妙地熔为一炉。他长期从事新闻工作,除了具有作家、诗人的敏感、良知外,他更具有新闻工作者敏锐的洞察力。因此表现在他的散文诗创作上,不仅题材多样,形式多样,而且具有浓厚的时代特色——20世纪80年代开放、改革的特色。从而带来了一定的多层次和深度。

桂兴华努力从事的散文诗的探索和创新,是有成效的。方向是对的。受到广大读者的欢迎。现在有人看不起广大群众的欢迎,也看不起广大读者的欢迎。总觉得散文诗不被高层次的专家承认,遭到冷遇,因而十分不安。我主张要甘于这种寂寞。群众与专家最后会统一的。群众的承认会促使专家的承认。桂兴华也遇到了这种情况。但最终评定一个作家和诗人的,是作品在历史上的价值。让作品说话,是具有力量的,为此,我热烈地祝贺他在散文诗勤奋的创作中获得新成就。

1988年7月23日于北京

《美人泉》序二

■ 文/郭　风

1992年，桂兴华在福州郭风（右一）家中

盛夏。

溽暑。

——收到桂兴华同志自沪来信，他的又一本散文诗集《美人泉》即将出版。

令人高兴的事。

他要我马上写一篇序。

我的面前立刻出现桂兴华形象。

——记不得是两年前，或三年前？我过沪时住申江饭店。我和黎焕颐同志正在畅谈；

—— 一阵年青的旋风来了，

桂兴华同志来了。那天下午，有一个他的作品讨论会。 给我请柬，请我参加……

可是，我来不及看清他的

年轻的面目，他带着我对于他之最初的印象，走了。

那天下午，我乘民航机自沪飞往成都。我不无歉意。我在空中想：

——明快以及现代节奏和内涵，

这是他独特的风格（他的散文诗和他的性格都已形成风格？我坐在机舱中想……）

似乎,那天我飞越江汉平原的上空时,

已在酿造一本散文诗集的序言?

——于是,我时或读他的作品,他的散文诗,我的认识的树枝上,不是生出新叶……

在我所拜读过的有关他的散文诗作品中,

《夜归》,

可能是桂兴华出现于这一时期内同类作品的代表之作,

——它,使我看见了作家的才华。

它,表达一种现代生活的节奏,表达一种现代都市在商品经济的照明灯投射下一个家庭生活的色彩和声响,

都市的风景以及知识的价值,又似乎隐隐地出现在有象征意义的江水哗哗声响和对于早晨的热切期待中……

它,具有以流畅的线条绘成的木炭速写画的性格,取得了诗的明快的风度……

还有《青春,将是永远的》、《"醉欲仙"酒家》、《冠军之跤》以及《在球场上》……

它们,

都使我感到中国当代的散文诗被引向以诗的现代意识所关注的新领域,

——那里,在过去,我们的诗人未曾问津,

而那里,正出现当代生活的节奏;当代思想的苦恼和快乐,

一起开放着鲜花……

桂兴华,作为年青的

有抱负的诗人,

——他不能不同时思考历史。

他写了诸如《他不会走向黑框》的散文诗作品,

提出一个历史的哲理:

"他不会走向黑框的。

诅咒他的那帮阴谋,才属于死亡。
他正换着雨伞,赶向安源的坑道……"

他悄悄地思念桑德堡?
他似乎也怀念凡尔喻伦以及一些诗人?……
但他决意不去"追随"他们;他要用自己的语言说话;
他在自己的道路上行走。他有自己的抱负和所欲追求和所欲开拓的。

1988年8月4日于福建酷暑中

追求力度的散文诗——《长长的街》序

■ 文/谢　冕

散文诗的个性曾被长期地误解，人们认定它的归宿只能是优美的风景或温柔的情思。久而久之，散文诗真的成为一种特殊的文体。以至于人们要寻找某种甜丝丝或轻飘飘的东西时，便去找散文诗。人们似乎要给散文诗以永久的居住地。那便是那些浅淡的田园山水所给予的诗意的表现。散文诗的现状令人失望。这主要是这个领域缺乏有力的和有效的理论冲击。幸好有不少关心散文诗命运的人不满于这种现状和这种观念。人们开始用创作的实绩来反抗这种“作茧自缚”的命运。

2006年，谢冕（左一）出席北京的“桂兴华政治抒情诗研讨会”

理论的缺乏并不意味着实践的缺乏。不少作者正在努力改变此种不理想的状况。桂兴华的散文诗之所以值得注意，是由于他给自己确立了一个目标。他立志于写城市，并以此传达出他的散文诗观。他的创作实践表明：在他的观念中，散文诗绝不是一种点缀或摆设，它是有用的，倔强的。

桂兴华相当重视散文诗对于实际的社会生活的关切。他用这一文体，体现了都市生活的热烈和丰富：外滩的情侣、一条温暖的标语、比火势更急的“急驰的救火车”、舞蹈中落落大方的“蓝裙子”，乃至于极其平凡的为一位过路儿童而急刹车的早班车，他的散文诗都报以热爱和感激。他不光看到美好，而且也看到丑恶。他的关切的目光没有放过生活中的阴云和黑暗：拘留所门口亲属的叹息，罪犯作案的“带着笔套的刮刀”、城市阴暗角落里腐蚀灵魂的一切……桂兴华的散文诗创作体现了他的散文诗观的核心，即它对现实生活的使命。他的创作实践，对他的散文诗观是有力的推进。

桂兴华针对目前散文诗坛偏重于写自然，反映社会风貌较少的状况，为自己确立了突破的目标。他说过：他要以自己的努力，为男子汉的硬派散文诗冲开一条路。的确，散文诗不能都是，也不能总是温柔缱绻的柔弱女子，散文诗应当不排斥男子汉的闯入。事实上，桂兴华以“死死地盯住严峻的现实生活”的不懈努力，以期有助于对散文诗单一构成的改变。他的工作无疑是有成效的。他的专注的努力，让我们从散文诗中看到了沸腾而繁复的都市景观。对他的工作价值的估量，应从他延伸和拓展了散文诗的领域而充分得到肯定。

桂兴华努力通过都市生活散文诗的创作，改变散文诗的软性化。他试图从此加强散文诗的硬度。他此种祈愿产生于对散文诗总体趋势的忧虑，这是一种敏锐的先觉。但桂兴华把这种努力专注于题材的转换和更新，有时候对散文诗内在力度的锤炼注意不够。散文诗硬度的加强，与题材有关，但不仅于此，意象的创造，语言的选择，内涵的精深，情绪的升华……都有助于目标的接近。

1988年5月，谢冕寄来了这篇手写的文稿

桂兴华的散文诗，不仅在展现都市生活各个层面作出了贡献，而且在以自我参与的意识显示城市居民的多种心态方面，有引人注目的成就。当他触及都市生活的各种材料时，他一般不作纯粹旁观的描述，他使自己置身其中，溶个人的情感经历于他人的情节。处处是在写他，而处处竟似在写我。《泪，不仅仅为了裴晓芸》，这一篇糅合着今天和过去、现实的屏幕与历史的回忆的散文诗中，泪水的确不仅为剧中人，而且是为自己和自己熟知的友人而流的。

《观书法大赛》，从纷扬的书法展品幻觉般引出“大字报”的联想，喜剧气氛中让人感到痛苦，而联想却是来自自身的体验。

写于1988年5月3日，赴上海开会前夕，北京大学

（发表于1988年8月安徽《诗歌报》头版头条）

城市：男人的诗

——《美人泉》编后

■ 文／徐明松

造访桂兴华，判断他在不在家，只要在楼梯口能听到鼓噪的收音机声，即可确定这个诗人正蛰身家中纸上宣泄诗情。音量开到最大一档的收音机声，他非但充耳不闻，而且似乎是一种兴奋剂，据他自己说："他喜欢在喧闹中沉思。"可是他这嗜好也给妻子平添了一份烦忧，且每月的电费准是整幢楼最多的。踏进房门，在这间只有6平方米的工作间里，满橱满箱的是书，满桌满地是稿纸，一字以辟之："乱"。还由不得妻子整理一下，生怕搅乱他的诗情意绪，由是观之，他实在是一个疏于调理的感情型人物。

我饶有兴趣地发现，他这里的摆饰和日用品都好用大号的，大号的烟缸、大号的台灯、大号的台历，盛方糖的器皿是用的饼干听，大概能想见兴华兄不思琐屑、小气的意味和豁达舒朗的生活风度。他揶揄自己是一个"沾满泥土味野性未收的人"，追求迅捷、敏感、刺激的惬意，看来这兴许是能为他的创作冲动和风格寻找到褒意的注脚了。他，从朴实中走来，踏入了超逸与庸俗交杂的城市空间，他未陶醉于城市街市和人群的傲岸，而沉着地逡巡在城市空间。——这双以草绳作鞋带的胶鞋，戴着踩过牛粪的印记，挤进了高更皮鞋的行列。／我这付被过沉的稻压弯的背脊，卸下了洗的发白的垫肩，张望着皮夹克和滑雪衫的艳丽。／迪斯科最叫人忘记过去，可我，象踏着双条鼓伴奏的乡音……／我，永远是大上海的小村人……（《回城》）

我感到了桂兴华城市散文诗创作轨迹的起点：他怀着新奇、唐突、亦不无隔膜和失落的怅惘之感；挟着狞厉、执拗，亦时有偏执冲动的阳刚之气，闯入了折射出陌生之光的城市，去回忆青春世界的骚动，去体验城市空间的意蕴。如今他是《上海文化艺术报〈视野〉社会特写版》的编辑、记者，更有众采编访的机会。于是，他会花重金去深圳、广州，会去桑拿浴室，会以冷峻的目光逮住"拘留所门口亲属的叹息"，也会为"外滩的情侣"而欣羡，为比火势更急的

“急驰的救火车”而急切……他热诚地体现城市生活的美丑、丰富和热烈。他不忘记创作的现实使命感。

历经数年的创作，他将自己对城市生活的独特而冷峻的见解，融入了百余章充满男性气质的散文诗中，并且结集《长长的街》（北岳文艺版）出版，冲淡了散文诗温柔遣绻的宁和之分，注之了“刚健、挺拔的男性力度”，谢冕先生在为此书所作的题为《追求力度的散文诗》序中，称桂兴华“改变了散文诗的软性化”，应充分“肯定他延伸和拓展了散文诗的领域”的创作价值。

如此厚誉，们自然是对兴华“志在散文诗”的自信力的肯定。然而，我们的诗人也有他的痛苦、困惑。更有超越我的内在冲突。他关注社会与人生，也反省自我，批示自我的情感历程——他用梦与记忆的残片、感受并织成了《第一次诱惑》（学林出版社版）；现在他的这一本散文诗集《美人泉》也面世。谈及于此，他告诉我，“《美人泉》就是我心路历程的坦荡荡的‘曝光’”……

一直是这样不知疲倦地冲浪，他不会在潮落之后漫步时拾取现成的彩贝。他有弄潮儿的脾性；到潮头上去，即使被巨浪刷下来，“也有一种带着海腥味的特殊的骄傲”。

序《命运的眼神》

■ 文/罗　洛

我住在房间：窗口下面是大街。由于靠近市郊，所以并不很繁华，但也并不冷清。早晨不到五点钟，对面小吃店的灯光就亮了。天刚微明，隔壁的食品杂货店也开了门。整个早上，上班的，赶路的，上学的，往托儿所送孩子的，往菜场买菜的，也算得上熙来攘往，络绎不绝了。

有时我也会从窗口看看这些普通的上海人，他们都在为各自每天的日常生活而奔波而忙碌。不过我所能看得到的仅仅是大上海一个很小的角落。而且是一些显露在外表粗浅的现象。其实，每一个在大街上匆匆而过的行人，都有各自的或较为单纯或颇为复杂的内心世界，都有各自的欢乐、苦恼、渴望和追求。家庭、社会和国家，正就是由这些普通的个人构成的。他们的生活和命运，和我们息息相关。如果能有这样一扇能从更深的层次上观察和了解他们的窗口，我想人们是乐意把它打开的。

近年来兴起的纪实文学，就为我们提供了这样一种窗口，它从各种不同的视角，展现出丰富多彩的社会众生相。它先从报刊上，然后又以各种形式的图书走向读者。它比纪实的新闻报道更具有文学性和可读性，又比其他文学作品更接近现实生活原貌，更直接更迅速地反映现实生活，因而它一出现就受到读者的青睐，并不是偶然的。

在众多的纪实文学作品中，桂兴华是我比较熟悉的一位。因为他本是一位诗人，十多年来，在诗歌创作、特别是散文诗创作方面，已经显露过才华。近年来，当他的一些纪实文学作品陆续在报纸上发表时，我大都颇有兴味地读过了。这次，他把这些作品汇为一集，交付出版，并希望我写几句话作为序言，我又花了两个晚上全部读了一遍，仍然感到颇有兴味。因为这些作品，的确像是一扇通向时代和社会的窗口，向我展现一些我不大熟悉而又很难有机会的时间去观察和了解的现实生活层面。

随着商品经济的发展和市场的繁荣，城市的确发生了许多变化，出现了一些新的职业取向，新的景观和新的观象。当然，新的并不都是好的。然而，它们的美丑妍媸，却常常成为人们街谈巷议的热门话题和纪实文学的题材。例如桂兴华写到的时装模特儿、新潮女、第三者、通宵场电影、彩扩个体户等，都可以归入此类。

不过，作家的本领和特色不在于写什么，更在于怎么写。让我们从这一角度，来对桂兴华作品略加考察。

在文学圈子内，桂兴华是以写作勤奋出名的。不过，作家的勤奋、并不是从拿起笔杆来才开始，而是应该包括观察，了解生活的勤奋。只有深入现场，抓住那些转瞬即逝的细节和场景，才有可能获得鲜蹦活跳的材料，写出真实生动的人物和场面。桂兴华的《夜擒“拉客女”》和其他文学有关上海夜生活的特写，都是以此取胜的。

纪实文学不仅仅写事，还需要写人，而人并不是一个简单的平面体，而是一个个有思想有灵魂的活的个体。在电视荧屏上出现的模特儿是一个样子，而在日常生活中、在家庭中、在幽居独处时，她们还有另外一些样子。桂兴华善于从各种层面来描绘人物，有时还深入到她们的内心世界，从中写出她们的成长或奋斗历程，这是他的有一个特色。

纪实文学不仅需要形象，还需要思想，需要对纷纭复杂的各种社会生活现象进行选择和剖析，以便能透过现象看到本质。读桂兴华的作品，特别是他的那些涉及社会上一些消极现象和丑恶现象的特写，常常会感到作者那种充满思辨色彩的锐利严峻的目光。

桂兴华擅长写散文诗的，他说他力求像写散文诗那样来写纪实文学，以便使文学更精致一些，更美一些。他对素材像写诗那样进行提炼和加工，想把作品塑造成美人，尽管这位美人的面孔常常是冷峻的。我相信，读者会在阅读过程中感受到作者这种自觉的努力的。

在本书的第二辑中，收入了另一组文章，写的是作者以往的生活片段、他的文学见解和写作纪实文学作品的体会。这不仅仅有助于读者了解这一本书，也有助于作者本人。重复显得多余，我就无须再唠叨下去。

是为序。

1992年4月

桂兴华散文诗读后

■ 文／耿林莽*

耿林莽近影

桂兴华的散文诗有鲜明的现代都市气息。

高速度、快节奏，仿佛一个匆忙赶路的男子汉在呼吸急促地喘气，这便是他散文诗从内容到形式，到语言节律上的显著特点。文如其人，诗如其人，且如其所在地域：上海。

《南京路在走》堪称他的代表作。桂兴华用镜头扫描的技巧，用散文诗特有的跳跃，十分经济简约地展开了它五光十色的风采。而其精髓，是"在走"。

其他如《我是一盏重放光明的路灯》等，从选材、构思的新颖到处理的机智，也都值得称赞。

如要提一点要求，便是："同志，你慢些走！"过分的匆忙，急促，有时使人目不暇接，艺术上难免于粗。从容些，含蓄些，诗情可能得到更充分的舒展："今日得宽余"。

1990年11月于青岛

---

* 耿林莽：中国散文诗学会副会长。

一位沉思、激昂的老知青

——我握桂兴华

■ 文／朱锁成*

上海著名诗人桂兴华，他的今天我无须多说，但他的昨天鲜为人知。

——题记

新华社上海分社铺着绿地毯的一角，坐着沉思的桂兴华。这使我想起20多年前他住过的草屋；使我想起他后来搞专业创作时在定远县军人招待所住过的简陋。眼前的他，已不是当年在生产队同插兄合影时穿着黄军装时的一半稚气、一半土气的桂兴华；也不是激动时拉过小板凳、坐在草屋前，兴奋地扯着插兄的故事，大声朗诵起小本子上刚刚写得“扁担声声喊大干……”的桂兴华。

他，就这样不甘心地一步一步走出了泥泞，走向泥泞后的坦荡。

多思和敏感是他镜片后一双充满向往的眼神。

第一次见到桂兴华，是1973年秋天。刚从上海到定远县插队不久的我，到县里参加积代会，而此时桂兴华已从他极穷的定远县界牌公社推荐到凤阳师范学习毕业，分配到县文化局搞专业创作。定远县军人招待所一进门，第一间像锅炉间一样的平房就是他长期包住的清贫。戴着眼镜，穿一件半旧的白衬衫，使我想到，他的清贫就像他住的小屋一样寒碜：除了一张靠窗的小方木桌，就是靠墙堆放的杂乱的书报，他的最初的诗也许就是从这些凌乱中提炼的吧？但当别人告诉我他已在《文汇报》发表过作品时，我有了对他的第一次仰视。

我的那首插队不久就在《工农兵演唱》发表的朗诵诗经，别人的手递到他的手中，他放下报纸，推了推镜片，仔细看了看我的作品，说道：“像你这样的年龄，能写到这样就不错了。”这以后，我就记住了他。但他一定不会知道，有次我到地区文化局开会，别人请定远来的同志带的口信就是，“代向小桂问好。”兴许，小城的清石板小路，不止一次地留过他最初的脚印，可他却忘了、忘了，

---

* 朱锁成：安徽省作家协会会员，上海知青。

我的这双眼睛。

大约是1974年吧，复旦大学中文系知青函授班赴安徽定远组到县里，我们这些知青函授生集中到县委党校学习，其中一项课程就是邀请桂兴华到定远二中给我们讲创作体会。有点土的讲台，成了他最初展示才华的台阶。他讲创作元素，讲创作经历，滔滔不绝、有声有色，不时还在黑板上用粉笔写上几行要点。印象中，他的粉笔字就像他的话、他的性格激昂有力。

我想这就是桂兴华。穿着旧的带棕色毛领的风雪衣，从一开始就别于温柔缱绻，浑身充满阳刚之气的桂兴华。因为有过第一次接触，我倍感亲切地坐在第一排的位置，不时在小本字上记着什么，我多想他的眼睛还能认出我。

擦肩而过，往往是一种遗憾。接二连三地擦肩而过就是一种错误了。这以后的两年，每年我都有许多机会到县里开会，我原可以迎上前去同他握手，但我终究还是胆怯了。再以后我招工到设在县城的安徽石膏矿工作，有好几次我见到桂兴华穿着旧毛领风雪衣，拿着塘瓷碗在到县委食堂的十字路口伫望。

我想，那伫望是一种向往，抑或是一种迷茫，是一种无奈？这种不被人觉察的伫望，显然是不会被穿梭着扁担和麻袋片的小城所理解的，甚至是嫉妒的。因为直到后来我才知道他也有爱过、恨过的第一双眼睛……也听到别人在背后说：“看他的样子，多么自命不凡！”怎么能想象他，会在这贫穷和落后的地方永久地呆下去呢！

桂兴华当然不会。因为他属于海。

桂兴华回沪了。他是掸着满身的泥迹，回到浪花簇拥的大上海。

桂兴华果然是不凡的。

这以后，我只能从他发表在《安徽文学》的《大寨梨》，从他发表在《长春》的《当回忆聚在一起》，从他发表在《上海文学》的《小巷》，从他发表在《青年报》的《别了，青春的旧址》，从他发表在《诗刊》的《夜归》，从作家王彗琪发表在《文化周报》上有关他的评论，从1978年《安徽文学》推出新人新作30家，从安徽诗人刘祖慈那里，从他最初的师长郭瑞年那里，从他一起走过小桥流水的诗友那里……知道他一步一步走来的足迹。

为了告别，他付出了常人难以做到的艰辛。“这三十二格楼梯呵，不就像我三十二年走过的时光，几经曲折，逐格上升的，是我对光亮的向往。”“我既无社会背景，又无上层关系，怎么会在一大片回沪的知青中冒出来呢？我就凭着一股近似于疯狂的执著劲。”他有他的优势：一个属于自己的头脑，鲜明的个性和不一般的敏感。他也瞅准了当代散文诗创作是个薄弱环节，当代人解决了哪些，还有哪些亟待解决。“别人的深夜是我的黄昏”，这时刻亮在台灯下的提醒是他成功的最好注释。

就因为他的经历、他的渗着城市力度的散文诗那么和我相似、合我的胃口，我从70年代起就开始收集他所发表的作品。以至我会在新年贺卡上写道：“我能写到现在，多亏了你的作品诱发了我的生活。”以至当他1985年到滁州参加第一次醉翁亭散文节时，辗转难眠的南谯宾馆使他情不自禁地写出了“滁州夜”。座谈在环境优雅的琅琊书斋，总觉得他和我贴得那么近、那么近，因为我已不止一次地同他的作品重逢过了。

直到1987年，他主编了全国第一本青年散文诗集《散文诗的新生代》，我踌躇已久的握才有了契机，我给他正儿八经地寄去了五块钱和一封热情洋溢的信，他是那么快就给我寄来了诗集，扉页上的题词迄今还刚劲有力：“锁成同志，苦斗总有成果。”1988年夏，没想到他那么快又一次来到滁州，一个电话打到我单位：“我是桂兴华……朱锁成，侬好、侬好！我们碰碰头。”叩开琅琊书斋402房间，第一句就是：“我们第一次见面。”呵，他真的忘了，他怎么会想起我早已默默地注视过他呢？由他签名的《第一次诱惑》是我的第二本收藏。由诗人郭瑞年陪同，他作客我家：“一个目的，就是想看看留下来的知青是怎样生活的。”我的淡泊、我的对他作品的热爱，都在那零距离的一碰中显得意味情长。他连着半年每期都给我寄来他编辑的《上海文化艺术报》，为的是给我鼓劲，直到我自己订了一份为止。

临行前，他在地区文联的讲话，“直冲我耳膜的铿锵”讲座，使他赢得了比别人更多的掌声：“还是桂兴华讲得好。”他呵，从海上来，海的开阔使他拥有比别人更远的眼界。

我握桂兴华。这么多年来，我读得最多的是他的作品。学得最多的是他的风格。难怪他的妻子小燕会说：“桂兴华，朱锁成写格么事，老像侬格。”

我握桂兴华。作为无数跋涉者的一对，一个著名作家和一个普通女工的结合，并互相《搀扶》的爱情故事，可见他的人品不错。

桂兴华是无数知青群中冲出来的杰出一位。

他属于昨天的时代，却把更多的激情献给了今天的时代。

他的作品代表了知青的奉献。

桂兴华，代表一个时代。

写于1996年3月1日

《红豆咖啡厅》及有关回忆

■ 文/《南京日报》一位读者

《红豆咖啡厅》

文/桂兴华

我在别人认为的成功里喝着失败。
满以为无误的路竟会出错!
满以为会来的竟会没来!
这一杯咖啡就显得特别苦了。
苦得连胸中的积压也不敢品了……

而你,却比小说更小说地出现在我的眼前,
使我终于认清了你的面容。
满盘的筹划顿时只化作一两句问话了,
距离定格。阳光穿透了梦,
你倚着门的奇迹,是不会知道我昨晚里是喊着你的姓名入睡的!

没等你,偏偏突然出现了,
久等你,此刻反而隐蔽了。
你这美丽的凶手!在我的左顾右盼中,谋杀了我这么多的时间!

再强大的我也是会企求温柔的,
你用你留下的迷困住了我。
你的惧怕,使原本很容易的契机消失了。
相思的这一颗毕竟不是那一颗,
没有一颗的内容是相同的,
偶然的颜色要像这杯咖啡一样莫测。

我，独独喝下了这不该噎入的初冬的夜。
夜二点！
我被如潮的非你彻底淘汰的二点嘲笑了我，
被自己耽误的饥饿……

南京有位不知名的读者在网上留言：

这首诗，写的是20多年前的南京。新街口，广场西南角一隅，一个门脸狭窄的甬道很长的咖啡厅，名字就叫“红豆咖啡厅”。

在我的记忆中，这首诗最早应该是发表在《南京日报》之《雨花石》文艺副刊上的。诗人好像是到南京公干，那时的南京的夜晚远不像现在，有什么夜市夜场可以用来打发异乡旅人无聊寂寞的时光的，诗人应是孤寂难挨，信步度过了这咖啡厅。是什么勾起了诗人的创作灵感，我这里就不好妄加猜测了。

记得诗发表的那天晚上，我的弟弟——他当时在一个属于非常非常偏远的地方——现在又非常热闹有名的仙林大学城做乡村小民警工作，下班回来，带给了我登着这首诗的报纸。看了一眼，我就被它完全地征服了！这首诗可以说是我第二首没有用心记却又比任何诗作都记得清的诗。第一首是戴望舒的《雨巷》。如今，弟弟也于3年多前因一场车祸永远离开了这个世界。那咖啡厅也更比我亲爱的弟弟早了许多离开了这喧嚣的尘世。只留下这首诗让我们回味，留下些记忆让我们惆怅，留下粒红豆，让我们久藏……

2006年

在《金号角》首发式上的讲话

■ 文/陈　东*

我是上海市重大文艺创作项目领导小组的组长，看到我们资助的项目今天与大家见面，我特别高兴。

桂兴华生于1948年，是生在旧社会，长在红旗下，少先队员、共青团员、共产党员，他都是。63个春秋里，他一共奉献了24部作品。

可以这么说：在他略显孱弱的身体内，蕴藏着一团火。

在他佝偻的脊梁上，挺起了城市的诗。

他是个敏感的、热情的、很有文学追求的诗人，所以他才会在兴业里看到了火的迸发，在义乌看到了一杯欧洲咖啡搅动了江南夜。

在他的笔下，有无数的细节，并从中塑造了人物的灵魂，这是很不容易的。

在今天，还有人像桂兴华那样在政治抒情诗的道路上不断前行吗？已经比较少了。

而且，他的主流价值观，非常、非常鲜明。

他可以理直气壮地说：共产党是带领全国人民向前走的。党的领袖、先锋队里的英雄人物，是值得歌颂的。

在我们这座英雄的城市里，英雄主义、英雄诗篇从未缺席。

今天，桂兴华不仅仅奉献了一本《金号角》，他奉献的是一团火热的激情。

我们谢谢他。也谢谢读桂兴华诗歌的同志们。

2011年4月15日

---

* 陈东：中共上海市委宣传部副部长。

小品种也能负载大主题

——读《金号角》

■ 文/李　瑛

不能以为散文诗这种篇制短小的微型文体，难以负载内容宏阔、主题重大之作。桂兴华的《金号角》对表现中国共产党的建立和发展这一重大主题，花了很大功夫，做了十分有益的尝试。在这里，他以其充沛的激情和崇高的风格，从大量感人的细节开始，从微观到宏观，多侧面、多角度地表现了许多可歌可泣的领袖人物、先贤英烈和广大群众，发人深思，使人昂奋，具有宏大的气魄。

2011年1月

2010年，桂兴华在彭湃故居采风

桂兴华的“阳光大道”

——读《金号角》散文诗90章

■ 文/海　梦*

桂兴华在散文诗创作上，选择了一条阳光大道，走出了自己的艺术风格，走出了特色。他的作品，大多数是属于朗诵体政治散文诗，颇有阳刚之气，粗犷豪放，气贯长虹，很有鼓动性，征服力。

如同战场上的号角，给人以勇气和力量！

2011年1月于成都

海梦（左一）、桂兴华在散文诗笔会上

* 海梦：中外散文诗学会会长。

最打动人心的是细节
——桂兴华奏响“金号角”

■ 文／茅中元

从生活细处透出红色诗篇

“一杯欧洲咖啡，搅动了江南夜”，如果只看文字，你不会相信这竟是一首主旋律的诗歌。在日前举行的桂兴华“《金号角》首发式暨朗诵欣赏会”上，他的这些红色抒情诗篇赢得台下一阵又一阵掌声。

接受记者专访的桂兴华直言：红色文学的时代感，绝不是空洞的代名词，而应该有汗水味和泥土气，这就需要作家更深入生活。

像流行歌词的红色诗篇·散文诗不排斥重大题材

“简陋木屋里的一杯绿茶，能翻译布鲁塞尔暮色沉重的天鹅咖啡馆？”“他长发下的忧愁，随着纸烟一缕缕飘动”……如果不告诉你，你会相信这些貌似流行歌词的诗句，第一句写的是陈望道如何在家乡义乌翻译《共产党宣言》，第二句写的是遵义会议期间，提着一盏马灯去赴会的毛泽东？这些就是红色诗人桂兴华的诗。

上周五在中共一大会址，人们听着这些配乐诗朗诵，似乎重回那激情燃烧的岁月。这些诗作来自他的90章专题散文诗集《金号角》，于本月中旬由上海人民出版社出版。

桂兴华的红色诗歌和那些“红旗飘飘”的红色诗歌似乎有些不一样，对此桂兴华给出三个关键词：不能空洞、不绕开重大历史事件、写伟人也写老百姓。他尤其强调“不能空洞”这一点，“主旋律作品的常见病是空洞，什么‘红旗飘扬，风雷激荡’，太空了。其实主旋律文学也要重现场、重抒情，把握到重要的地标和关注点，从细节入手，大处着眼，小处着笔”。

桂兴华解释小处着笔的重要性，“主旋律一般都是大题材。而大题材，你的思路又不细，这就很容易空，这样人们就不会喜欢看，所以我坚决站在空洞的对立面”。对如今一些影视作品都开始用明星演伟人，并开始写伟人的情感，桂兴华认为，这说明时代越来越宽容，但遗憾的是作家们不争气，没有感受到时代的气息。

他更谈到了散文诗，“对于散文诗排斥重大题材的一些观点，我一直都不认同。散文诗能不能更加深邃些？在赏心悦目的花花草草之外，有更加辽阔的风云翻滚？有的作家喜欢写主旋律，但很空；有的将小事挖得很深，但却忽视时代大背景。如今这个年代可以精巧地写出时代背景的人，似乎太少了。”

桂兴华说，现在一些诗友见面后发牢骚，说诗歌阵地太少了，一年也发表不了几首诗，但他觉得改变诗歌的窘境要靠行动，而不能光是等，“就像建平中学校长跟我说的，诗歌的市场不是等来的，而是争来的”。

实地考察避免空洞·去韶山三顾“毛家饭店”

究竟怎样才能让红色题材不空洞，桂兴华开出的第一个“药方”是“深入生活”。

他提到了自己创作《金号角》过程中的一串数字：“四上韶山、三赴延安、两顾井冈山和遵义……”党史上曾发生过重大事件的地点，桂兴华几乎都去了。

他说：“要避免空洞，就一定要去实地体验。现在很多作家找创作素材就是到网上看看，这很不好，这样的作品没汗水感也没泥土气息。这样的红色，怎么会有人喜欢看？”

桂兴华说，散文诗需要更加细腻，语言需要更加讲究，所以自己初稿完成后，会分别对每一段进行精心切割。“零部件要小，不要轻易组成大机器。”

他举了自己为创作《韶山“毛家饭店”》的例子：“怎么反映改革开放后，韶山人民跟上时代的步伐？我看到毛泽东1959年回韶山探亲时和一位老乡聊家常的照片，照片里的老乡就是‘毛家饭店’的创始人汤瑞仁。为了更多了解当时的状况，我到韶山光找这位老太太就找了三次。因为在红色伟人故乡的她能冲出来，这不容易，说明改革的春风真正刮起来了。”

桂兴华提到自己写出身大地主家庭、但树起农民运动第一杆旗的革命烈士彭湃时，就曾特地赶到其出生地海丰县海城镇，在那里他完成创作。

“当年，他被一位白氏叛徒出卖了。1929年8月28日上午，在通往淞沪警备司令部的枫林桥一带，押送他的囚车马上就要到了，战友们从皮箱里抽出了一批崭新的德国造20响驳壳枪。但偏偏这些枪身上的黄油，竟没有来得及擦去！要命啊：子弹无法上膛！只能眼睁睁看着那辆囚车驶过去了。叛徒的阴谋得逞了。今天，我看到了他在狱中用左手写下的那份遗书。我的笔杆里涌出来的，是一滴滴泪。但泪的分量，毕竟太轻。”桂兴华说。

花更多精力寻找细节·《一盏马灯》写出伟人心迹

桂兴华开的另一个“药方”就是“寻找细节”。

他说：“细节是散文诗的第一要素。散文诗首先得有诗的内核，这个内核就是由细节萌发、生长的。激情得从细节入手，在多方面、多侧面的结构中，聚焦一角一点一人，以丰富的想象和文字突出地表现。”

在描绘遵义会议的诗篇中，桂兴华的《一盏马灯》吸引了很多人的注意。回顾这样一个重要的会议，为何想到从一盏马灯入手？桂兴华讲述了寻找到这个细节的经过，“当时我参观完遵义会址，在拐弯处有一块牌子：‘此处候车’。我很奇怪怎么还要候车，后来才搞明白，原来毛主席当时的住处在10公里外。而在毛主席的住处那里的一个橱窗里，我看到一盏马灯，介绍说毛主席是提着这盏马灯去参加遵义会议”。

这盏马灯就让桂兴华浮想联翩，“我可以想象毛主席当时的压抑感，他的主张是正确的，但他却被排斥在当时的党中央核心外，甚至都不能住在遵义会议的附近。当年的他要提着一盏马灯走过泥泞的10公里路，还要思考自己正确的主张怎么才能够被采纳。”

桂兴华说：“这盏马灯把主席的压抑感体现了出来，所以写出这盏马灯，就写出了遵义会议的重要性，因为这盏马灯就是如今灯火辉煌的起点！”

记者疑惑，细节是具体的，诗歌是抽象的，这两者如何结合？

对此，桂兴华笑了：“的确，主旋律诗歌要抓细节有很多难处。比如有的细节不能写成诗，这就需要诗人寻找更多的细节，花更多精力，从中加以甄别。”

（刊于2011年6月8日《天天新报》）

文到精处是散文诗

■ 文／宓　月

在座的许多都是散文诗界的前辈，对于散文诗，我不敢妄谈什么，我只想从我多年的编辑工作和创作情况来谈一些自己的看法。

什么是散文诗？首先是从文本角度来说的，文本即形式，它区别于分行诗、杂文、小说、散文、随笔等其他形式。至于诗意、思想性、创新等，是从创作角度来说。散文诗这种文本已经存在，无须多争论。

我想，在我们这一代，不会再去为散文诗是什么、什么是散文诗而纠结。当我们选择了散文诗，就已经认定了这种文体，并且只为如何写出优秀的散文诗作而努力。

在近十年的散文诗编辑和创作过程中，我越来越觉得散文诗不好写，要写出好作品更不容易。

在我阅读的大量来稿中，充斥着许多类同的、平庸的作品。归纳出来，大致可分为两类：一是作品毫无新意，人云亦云，通篇只是说了些废话；二是堆砌词藻，不知所云，既无真情，更无思想，读了等于没有读。

记得艾伯特·史怀哲曾说过这么一句话："有时候，我们心中的火焰熄灭了。但是，当我们遇到某个人时，它又会再次燃烧起来。我们每个人都应当对这

桂兴华、宓月（左二）、语伞（左三）参加散文诗笔会

个重燃我们内心火焰的人心怀最深的感激。”

一篇好的散文诗，在我们阅读之后，至少会有一两句让我们过目不忘的句子，仿佛一簇小小的火焰丢进了我们内心，让我们激动，产生共鸣。

在我出发之前，刚编完了12期刊物。其中“名家新作”栏目中，王剑冰老师那篇只有几百字的《乡间的花》中，其中两句我现在仍能背出来：“乡间的花，一年年地开，一年年地逝，年年蓬勃着辽阔和生机。让人想起一些女子，默默地美丽，默默地嫁人，默默地再生出美丽的女子。”平静的语言中，平凡生命那种不平凡的意义已跃然而出。散文诗无须花哨的语言，在平静的叙述中显现的力量更能深入心灵。几年前，读到虞锦贵先生的《秋歌》，至今，我仍记得其中的句子：

“村街的尽头，一簇簇野菊放眼地开着，你可以有足够的时间大把地采摘。而现在，钢琴架的那一簇正迅速凋去，散落成残败的音符。”

“秋天是一个孤独的孩子，它深深地坐在我内心的高地，菊呵，你新鲜的伤口溢出阳光，让我感受光明的全部重量，凝结在一朵上。”

还有周庆荣先生的许多精彩的散文诗句，我亦能背出来。在一个不长的篇幅里，如何彰显出文字强大的魅力，是许多散文诗写作者都在不断努力的方向。

一篇好的散文诗，至少同时具备了这样三个品质：一是具有内在的韵律，即诗意；二是有深邃的思想；三是独特的视角。三者紧密相联，相辅相成。诗意往往是通过意象、场景和饱满的情感来完成的。但诗意不是押韵，不是毫无目的地去写，更不是无节制地抒情。诗意就像是一支曲子的旋律，思想便是旋律的高潮部分，而独特的视角则反映了诗人对事物的敏锐度。

文到精处便是散文诗，散文诗是语言的巅峰。

最优秀的作家都不敢说他的每一篇作品都是精品。但只要我们对待写作的态度是真诚的，那么他的作品总会有动人之处。我们不是为写散文诗而写散文诗，之所以要写，是因为我们有话要说。

刚才王剑冰老师说得很好，散文诗的轮廓可以模糊一些，当我们在写作时，没必要被体裁所束缚，找到属于自己的独特视角，写出自己独特的感悟，这是最主要的。曾经有很长一段时间，我不知道该怎么去写散文诗。因为当我写下时，我会发现我在不断重复自己，仿佛是给同一个旋律填了不同的词而已。当我试图突破时，我又觉得我写的不是散文诗。在《散文诗世界》11期上，我的《用花朵钓鱼（外三章）》，可以说是介于散文诗与散文之间。海梦老师也这样评介："按散文的标准，可以打90分；如果散文诗标准，只能打50分。"海梦老师的意见很中肯，我也知道自己作品的不足，可当我无法很好用散文诗的语言来表述时，我想，不妨突破这个界限，写出自己最想说的话语。

我常把自己编刊的工作当作是厨师在做菜。一本刊物，就像是端给读者的一桌菜肴。不可能每一个菜人人都喜欢，但应该每个人都能找到自己喜爱的。每一期刊物，海梦老师常常会给我50%甚至更多的选稿权，我可以从自由来稿中选用。

如果说，一篇平庸的散文诗作和一篇有新意的不太像散文诗的作品（它或许有些像杂文，或者像寓言或散文），只要作品具有诗的内核，那么，我宁可选用后者。因为那些读了也等于没有阅读的作品，只是浪费版面，也浪费纸张而已。散文诗要前进，有发展，必须要有探索，有创新。探索可能会失败，但没有探索，就等于止步不前。

关于邹岳汉老师和其他几位老师提到"鲁迅文学奖"中至今没有散文诗席位的问题，呼吁当然也是必要的。但对于写作者来说，奖项并不是最重要的，如果我们的作品为读者所喜欢，获不获奖有什么关系呢？在获奖与作品的生命力之间，并没有等号。

今天，我们聚在一起，我们有一个共同的名字：散文诗人。而明天，当我们回到各自的生活轨道中，写作便是我们各自的事了。相信自己是唯一的，作家从来都不是去跟别人比较，对手只能是自己。我需要的，是在自我蜕变中，不断创造自己的高峰。如桂兴华老师，他在把握大题材、反映主旋律方面，可以说，已经创造了自己的高峰。2011年，他即将为党的90年献上大型专题散文诗《金号角》。谁能说散文诗只是小花小草小感触，把重大题材排斥在外？散文诗不仅关注灵魂，关注人类命运，对于社会现实生活一样可以紧密相联！

我相信，在我们共同努力下，散文诗正不断彰显出它巨大的魅力。

（2010年11月30日晚即兴发言，12月3日整理）

写邓丽君也能折射时代

——读桂兴华

■ 文/茅中元

“你是那年酷暑中的一场雪，不慌不忙地下着”，“不知哪一天能成为你额上的汗”……这是桂兴华即将出版的散文诗集《靓剑》中的两句诗词，两首诗分别写的是邓丽君和黄豆豆。以写伟人红诗著称的桂兴华也开始写明星了？对此，接受本报记者采访的桂兴华直言，主旋律并不是光喊口号，其实通过写邓丽君的诗就更从细微处反映出时代的变迁。

写邓丽君是因“同病相怜”

从《跨世纪的毛泽东》、《邓小平之歌》，到《祝福浦东》、《中国豪情》、《金号角》，桂兴华创作的多部政治抒情诗获得不少好评，更举办了多场专场朗诵会。但如今，这位红色诗人似乎酝酿转型。记者日前获悉，桂兴华的下一部散文诗集《靓剑》已经完成，将于下月面世。

在记者拿到的诗稿中，一上来却发现了邓丽君的名字。在一首《致邓丽君》中，桂兴华用诗的语言表达了对邓丽君的崇拜。诗中甚至还暗藏了很多邓丽君的歌，比如“君是那轮代表心的月亮，君是那缕炊烟，君是那座不知被谁真正潜入的小城”。分别暗合邓丽君的《月亮代表我的心》、《炊烟》和《小城故事》。

桂兴华说，自己想写邓丽君并不是一时兴起，因为邓丽君和自己有很多相通之处，“比如我们都是苦出身，而且我们都有相同的病——哮喘。邓丽君是因哮喘意外逝世，其实我也随身带着治哮喘的喷雾器。”桂兴华向记者直言，“不久前我去台湾地区，车上一路放的都是邓丽君的歌。她的歌是我们这个年代的人的回忆，我一时兴起，就创作了这首诗。”他还笑称，为了写这首诗还专门买了邓丽君的传记研究。

相比此前的政治抒情诗,桂兴华坦言的《靓剑》更多是写自己。整个诗集的篇章脉络就是自己下乡、回乡的过程,而且很多是首次发表,“比如《回城第一夜》,就是写我回城的故事。我记得当时,真是穷得连解放牌的鞋子的鞋带也没有,只有用草绳替代。”

谁说明星不是主旋律?

除了邓丽君,记者在这本新诗集里还看到了很多明星的名字,比如黄豆豆、刘翔。桂兴华此前一直写的都是主旋律诗歌,这次突然写起这么多明星,引起了不少人的好奇。对此,桂兴华首先称:自己虽然写伟人,但也从不排斥写普通百姓。他直言,“主旋律诗歌就是体现主流价值观,但主流价值观不是说让我们去光玩概念喊口号,而是需要具象的。”他还举了自己写黄豆豆的例子,“比如黄豆豆,我记得当时是看他在一个古老的鼓上表演书法的一种舞蹈。鼓和书法都是非常古老和传统的东西,但黄豆豆的舞又透出一丝时尚。这给了我很大的冲击。我觉得时代就是这样:我们既要保留传统的东西,但也不能一成不变,要学会与时俱进,所以我写黄豆豆,‘不知哪一天能成为你袖中的那段绸,舞出满场古老的时尚’。”

磨出一把锋芒毕露的《靓剑》

■ 文／章闻哲

可以这么说，大部分读者对诗人桂兴华的认识首先来自《跨世纪的毛泽东》、《邓小平之歌》等长诗，我们从这些诗中认识了一位新时期的政治抒情诗人。之后，我们又从《前进！ 2010》、《金号角》等诗中听到了大上海这座社会主义现代化大都市前进的足音——城市的足音不仅是城市的，也是诗人的。

从桂兴华的诗中，我们不仅闻到了新时代蓬勃的人文气息，也感受到大都市热烈而不失独特的文化氛围，健康、向上、多元的色彩。这也是一个诗人生存与思想的折射。在这里，我们看到诗人在营造他的城市，而城市又在塑造着它的诗人。

你无法在一种普遍的颓废调子下去理解一个政治抒情诗人的现实主义和浪漫主义，理解他的热情和阳光、他的豪迈与刚健、他入世的积极与坚持。《靓剑》给出了注释：没有历史的回馈，没有时代的对比，就无法从政治抒情的内部抽象出一个诗人情感的真实性与信仰的温度。

正如我们在《靓剑》中看到的那样，这一次，诗人转头向记忆的更深处望去，从父亲的历史到自身，再到下一代。诗人从三代人的切身经历中淬炼出了一把亮铮铮而不失精巧的剑——这不是一把寻常剑，它真实、立体，且锋芒毕露，一个老知青对时代的剖析既是对历史的批判，也是一位政治抒情诗人的自我辩护。

诗中这样写道："这不卷不缺的剑口，就是我全部的发言。我有一双会说话的手，终于在围攻的噪声中站住了脚！"——一生为诗或以诗为生命的诗人太在意某种声音了，以致他需要磨出这样一把《靓剑》来证明自己。

证明的是否必要，或许见仁见智，但某种程度上，证明的举动也印证了诗者对诗这一艺术的自觉。从诗的质地出发，读者在看过《靓剑》之后，也许会感受到一种理解和真诚的静穆。这种可贵的静穆，可能来自一个被装入麻袋后又被抛入荒郊的父亲，可能来自一口漆黑的煤井，来自遗失在往昔的恋人，来自女儿的第一声敞亮的啼哭，来自一位老诗人在静安寺前沧桑的感悟，也可能来自语言艺术上的精心磨砺。

在《靓剑》中，修辞的出色之处在于它把现实还给了现实。关于修辞，一种不算普遍但也颇具影响力的观念认为：诗就是修辞。修辞至上。由于这一理念受到一些羽翼已丰的诗人的认可，追逐修辞便成为一种便捷的颇受欢迎的技巧。而实际上，这种本末倒置的做法给诗歌带来的仅是一些虚假的风光，基于修辞的形式主义不仅导致词藻浮于事实之上，也使诗歌常常被人诟病于晦涩乃至通篇闪烁其词不知所云。因此，一种明晰的表达与诗歌久违矣。

正如我们常常提问：诗人何为？如果要有所为，那么必然要有一种清楚的陈述才能够使这一“有所为”最终走向自己实在的目标。笔者认为，明晰乃是诗歌的品德。它与诗歌的另一要求——含蓄——并不矛盾。或者，我们可以简单地加以说明：即使是含蓄，也是基于一种能让人明白的含蓄。

本着这样的“明晰之道”，笔者认为，《靓剑》在处理修辞对于现实的及与不及上，真正体现了一位老诗人慎重的衡量与斟酌的周全，他使修辞从轻浮的舞台上走下来，赋予其尊重事实和理解事实的德性。我们看到了他试图在这方面作出典范的努力。

单独地看《靓剑》，也许不外乎乃至不失为一次新颖的阅读，但笔者在这里坚持这样一种观点：只有从纵向尺度上去审视《靓剑》，才能找到《靓剑》本在的意义。

所谓“本在”，窃以为“靓剑”的重点不在其靓与剑，而在“为什么要出剑”，为什么要“靓”上。这两个“为什么”中包含了我们所需要的回答，即对当下某种历史观的纠正，对以往作品的诠释和艺术上的修正，对诗艺人生的一次必要的回顾、梳理和交待。

对于《靓剑》，尽管笔者比较桂兴华之前的诸作品后，把《靓剑》归为诗人的个体抒情，但实际上，这里亮出的依然是一把社会性的剑。毋庸讳言，人们总是有着这样一种错觉，即认为一部艺术性较强的作品是可以忽略其意识形态的干涉的——这不仅是对一般意义上的政治抒情的误解，也是对除此之外的所有作品的误解。

因为只要有人权的存在，政治或者任何一种意识形态对于作品而言，都有其必然性。因此，正视政治，无疑也是正视艺术。我们将不惮于这样的正视，并且认为不正视才是一种谬误和偏颇的态度。

威廉·葛德文曾说过“人类最理想的生活状态乃是一种社会生活的状态”，又说“研究道德与政治乃是为了人类的快乐和幸福”。我们从葛德文的话中或许可以为“诗人何为”找到其适当的答案，为政治抒情找到足以存在和坚持的理由。

一个诗人应当在他的抒写中包含着对社会的评判与愿望。一以贯之地坚持这样的责任，将有助于诗人塑就对于社会乃至艺术的独特情怀。在这情怀之上，我们将看到一种伴随着社会与艺术理想的诗格与人格的光芒。

（刊于2013年3月27日《文艺报》）

独特的“三度空间”

■ 文/徐　策

桂兴华作为新时期的政治抒情诗人，有目共睹，“桂冠诗人”舍其有谁？不过，窃以为他那些阶梯式排列的诗行，大多是在特定日子由名家名主持朗诵，电波荧屏上出现。

不料这一回，读到了他的新作《靓剑》，距离竟非常近，马上有不能释卷之感。细细品鉴，觉得有以下三个“度”，能勾勒出这本散文诗集使我有些陌生的特色。

（一）力　度

中国诗词传统源远流长，其中豪放派、婉约派洋洋大观、各领风骚。桂兴华散文诗的品格无疑为豪放派，刚健、挺拔、壮美、锐气，崭露锋芒。强调对现实生活的关切，字里行间跳动着新时代的脉搏；强调思想含量、独特眼光和批判精神，徜徉在历史与现实之间，沉思着，拷问着，探寻着，负重前行。《靓剑》通过自传式在场或不在场的抒情主人公的视角，将过往的苦难年代与当下的都市生活百态，都一一收摄进来，显示出大视野、大气象。其中，我们看到对“文革”的心灵拷问和忏悔：“最可悲：他们（许多老帅）的功勋是通过我们的手被打倒的。我，也写过大字报”；“没有了自己的思想，其实是最可悲的穷”；“心，不能再被埋在深深的荒野了”。我们看到作者的梦魇来自当年的出身，以至爱女降临时首先想到“不会再哭倒在‘家庭成分’的表格上……除了恐惧，还是恐惧”。我们发现，作者可能是在为一个死去的年代写墓志铭。噩梦醒来迷雾散去，然而，眼前却又有一种新的迷雾：拜金主义、道德沦丧、爱心和人文精神缺失……对此，作者亮出一把社会性的利剑，抒写中负载了重大的主题，包含着对社会的评判与愿望。

（二）温　度

在《靓剑》的许多篇章中，个体抒情与社会抒情达到了交融与统一，除了语言、意象、情调、意境很有特点外，将其熔铸为一体的首先是真情。唯有把真情放在生命的首位，诗才能与读者的感情产生共鸣。诗的本质是情感，诗的生命也是情感。作者亲历"文革"动乱，上山下乡的酸甜苦辣，初恋的羞涩，社会的变革，乃至家庭生活，咏物、行旅，甚至是音乐、舞蹈、体育……使其散文诗中的抒情呈现出罕有的多样性与丰富性：《给〈南京知青之歌〉作者》是含泪的叹惋；《泪，不仅仅为了裴晓云》哀恸中饱含酸楚；《老郭》、《遗像总在微笑》感恩之心让人动容；《杨妈妈，请你睁开眼睛》传递的不啻是悲怆的复杂情绪；《为一位打工者题照》、《钥匙：终于生猛》等数篇，均将深邃目光投向农民工兄弟；《罪犯之妻》　悲悯、恳切；《骗子来电》充满警示；而在《天渐渐黑了，我和你勘探那口不敢出井的矿》、《被小号吹响的某公园》，仿佛是未了情缠绵凄切的回响和煎熬……

（三）纯　度

散文诗难在叙事，弄得不好很容易散文化。也缘于此，由于对事件进行一番打碎、重构、浓缩，诗人的创造力就在抒情中获得了解放，想象的翅膀才能高翔。因此，用诗人的眼光来选择事件，化整为零，用形象说话，从细节入手，切入点巧妙，大处着眼，小处着笔，当素材经过这样的剪裁重组后，就会变得像水晶一般纯净，会引爆出新的火花。《拟丰子恺先生的〈星期日纪事〉》、《一条甜蜜而又苦涩的弄堂》、《一分钟：声音之灯》等，就是这样的佳构。除了剪裁工夫，对语言反复锤炼，使之凝练、灵动、传神，也是很关键的一环。《靓剑》中，将邓丽君的歌比作"酷暑中的一场雪"；想"成为舞蹈家黄豆豆额上的汗"；将动乱年代人人参与的写大字报比作"纸做的手铐"；把生活的枯寂艰苦称作"踩着拔不出鞋的雨路去挑水"……像这样的妙句隽语随处可见，为散文诗平添了一抹亮色。

也许，正因为有了这"三度空间"，才使桂兴华的散文诗获得了直入人心的力量，也使我对他的印象立体了，多侧面了。

（发表于2013年5月10日《文汇读书周报》、《中国作家网》）

草根深处蕴黄金

■ 文／王幅明

（一）

“草根”是外来词，引入并活跃在中国媒体，时间并不太长，大概只有二三十年。进入新世纪以来，使用率更加频繁。“草根”通常指民间的，基层的，不为公众所知的。作为一种文化现象的“草根文化”，显然属于非专业非精英非主流形态的大众文化。它具有广泛性和顽强性的特点。说到顽强性，人们会想起白居易的名句：“野火烧不尽，春风吹又生。”为何烧不尽？因有草根在。草根深扎泥土，饱含地气，春风吹过，绿芽丛生。

很有意味的是，“草根”一词的流行，与十九世纪初美国西部的淘金热有关。盛传在有些山脉表层草根生长的地方，蕴藏着黄金。草根生处蕴黄金！这是大自然现象，更是大自然赐予我们的哲理。

草根文化属于俗文化，属于下里巴人，有别于雅文化和阳春白雪，但二者并不对立。雅中有俗，俗中有雅，雅俗共赏，才是大众最欢迎的文化。

深蕴黄金的俗，一转身便成为雅。

（二）

新世纪中国文化的特色之一，是草根文化的风起云涌。在出现了众多的草根网络写手（包括各种文体），草根歌手，草根演唱团、朗诵团，草根剧组等等之后，又出现了草根散文诗。草根散文诗，大多发表在个人博客、民间散文诗网站和民间诗报诗刊上，是散文诗旺盛生命力的一个见证。2012年下半年，由上海塘桥桂兴华诗歌工作室发起，开展了一个名为“感觉2012”的全国散文诗无名作者征文和评奖活动。活动引起广泛关注。因为它与通常征文一个明显区别是：强调参赛者“无名”。如何界定“无名”？一是作者自认为“不著名”，无名作者，或曰草根写手。二是在投稿时，不仅不留作者姓名，连作者身份、单位地址也不留。为草根写手评奖、开颁奖会和朗诵会、出书，实为推举。经过推举，“草根”登上大雅之堂，无名则变为有名。

因忝列评委，有幸先睹参评作品。这些作品具有强烈的时代感，生活气息浓郁，且不乏人生哲理。很难说篇篇优秀，但的确出现了十分感人和令人惊喜的作品。比如《底层的光芒》(向天笑)、《我有包公的黑脸和火焰的心情》(晓弦)等。前者写了人性的柔软与美。作者有一双慧眼，在常常被人们忽视和躲避的地方，在生者与死者的中间地带，发现了人性的美，用独诗的角度捕捉，并用细腻的手法表现。一个个短章犹如一部部微型电影，画面均为难忘的人生片断。没有对话。然而，此处无声胜有声。这些底层小人物的生存况味，无奈与孤独，心灵深处的亮光和美丽，都会带给人长久的回味和思索。后者让我们见证，大俗的事物，如何在作者的笔下变为大雅。其中蕴含着关于丑与美、俗与雅的深刻哲理。也有缅怀历史人物的佳作，如《远逝的背影》。作者穿越历史隧道，与屈原、陶渊明等十一位照亮历史的文化先贤对话，作心灵的交流。写远逝的背影，观念却是现代的。在深情缅怀和反思中，我们感受到民族文化血脉的传承。《城市已经没有绿皮火车》，写出了一座城市和一代人的不朽记忆。作者在巨大的变迁面前，却难掩历史被遗忘的怅惘：“看看老了的绿皮火车，看看年轻的我，看看我们那代人曾经搭乘过的热血搭乘过的青春肤色……”读到这里，即使是年轻人，也会受到感染，会对父辈滋生出久违的理解和敬重。《在生产A拉》，写了一位来自农村的打工仔，在现代化企业的打工生活和感受。作品的故事、情调和用语，是缺乏此类生活体验的人无法写出的。这样的作品极具个性，亦很难被克隆。

无疑，征文和评奖活动是成功的。我为活动的成功举办叫好！

（三）

“草根散文诗”与主旋律，一个很有意义的议题。主旋律，是指体现和弘扬国家价值观的带有官方性质的主流文化。主旋律离不开政治，但又绝非图解政治。主旋律强调集体主义，爱国主义；强调以人为本，弘扬真善美；强调贴近实际，贴近生活，贴近群众。在一部交响乐中，主旋律是主题，是最激动人心、最华彩的乐章。主旋律应属于高雅文化，能够提升公民文明程度和审美能力的文化。草根，则是体现大众审美情趣的通俗文化。草根有两重性。既有蕴藏黄金的一面，又有低俗的一面。但主旋律与草根两者并不矛盾。最好的主旋律作品，不能只是文化贵族的，应该是雅俗共赏的，大众都能欣赏的作品。“草根”里蕴含主旋律的因素，“草根”可以走进主旋律。如何让“草根”走进主旋律？桂兴华力推的这次评奖活动，给了我们有益的启示。

征文是这样表述的：别林斯基早就说过“诗人比任何人都更应该是自己时代的产儿。”中国的散文诗，要有大视野，也得有当今的小细节。中国的散文诗，得有新生的力量来推动！中国的散文诗，盼望涌现大量反映百姓生活的无名新作！对这些无名作者，我们将大力宣传！征稿内容：要求切合时代主题，并充分张扬个性。稿件全部隐去作者姓名，以作品质量评定奖项。

征文突出了两层意思：一是鲜明的导向，二是重在推出新人。关注现实、反映百姓生活、张扬个性是导向，挖掘新生力量是手段。导向十分重要。有导向才能去伪存真。评奖的结果印证了导向的力量。推出新人的手段同样重要。评委的专业性，评奖过程的公开公正透明性，保证了评奖的质量。

这是一个“草根”走进主旋律的成功案例。

祝愿有更多的同类活动举办。祝愿有更多的丑小鸭变成天鹅！

拔剑起舞亮新姿

——读桂兴华散文诗集《靓剑》

■ 文／孙琴安

桂兴华素以长篇政治抒情诗驰骋诗坛,《邓小平之歌》等尤负盛名。近两年来,他另辟蹊径,在散文诗领域内又大显身手。自2011年出版了《金号角》以后,最近又推出散文诗精选集《靓剑》。

陌生的读者为之一愣,而熟悉的读者则会心一笑。因为早在20多年前,桂兴华便已开始散文诗的创作,主编过《散文诗的新生代》。所以,此次《靓剑》的再次登场,只是他在散文诗领域内重操旧业,重显身手而已。

一个作家在文学创作的构思过程中,也有一个题材的选择和处理问题。除了柯蓝、郭风等个别作家,不少作家往往把自己的一些感情余绪或思想碎片,或一些无法构成小说的生活片段,才投放到散文诗领域。不必讳言,屠格涅夫、高尔基、鲁迅等文豪在创作体裁的处理上,都存在这种可能和倾向。由此造成的结果是:散文诗中感情余绪或思想碎片多,轻吟浅唱、轻盈柔美、轻步慢拍者多,而真正的重大主题、宏伟场面和黄钟大吕则相对少见。1949年以来的中国散文诗,多有此弊端与通病。

作为诗人的桂兴华,也深知其中陋习,并想以自己的创作来改变这种积习,把阳刚之气与黄钟大吕引入散文诗的领域。我们从它的一系列散文诗新作中,可以看出他的这种努力。约而言之,至少有以下三点式值得引起我们关注的。

首先,多侧面的切入。

无论是小说、散文与诗,都有一个切入问题,散文诗也不例外。由于散文诗多为激情之后的余波,不成体系的思想碎片,难成小说的生活散片,因此,多为侧面切入,很少有正面切入的。当桂兴华把重大政治题材引入散文诗的领域,拟以散文诗的形式加以表现时,曾面临一个如何切入的问题。我知道桂兴华是一个有锐气的诗人,不喜欢墨守成规,循规蹈矩,而喜欢锐意进取，有所创新。他敢于把重大政治题材引入散文诗，这本身就有一种突破性的胆识，如《杨子荣妈妈》一章，他将英雄那段冤案的纠正，描写得多么震惊心魄。而在其具体构思与布局时，又进行了多方位的思考，多侧面的切入。或人，或事，或侧面，或反面，或以小见大，或以点见面，绝不雷同。在不断变换角度与切入点的同时，处处注意到细节的描写，如女儿的第一声啼哭、骗子来电等。

其次，抒情的丰富性。

由于桂兴华不守成规，敢于突破，把各种题材都引入散文诗，如重大的政治题材，亲身经历的文革动乱，上山下乡的酸甜苦辣，初恋的羞涩，社会的变革，乃至家庭生活，咏物、行旅，甚至是音乐、舞蹈、体育……这就决定了其散文诗中抒情的多样性与丰富性。不像有些散文诗作家一味咏物，或者一味行旅，主题固然集中，然抒情过于单调，略显乏味。而桂兴华则无所不施，从社会到个人，从大到小，无不涉猎。他将邓丽君的歌比作“酷暑中的一场雪”，又像是“成为舞蹈家黄豆豆额上的汗”，其抒情方式多变，抒情节奏与风格也随之抑扬起落，跌宕起伏，错落有致。

再次，对语言的诗意追求。

散文诗介于诗与散文之间，有些作家自以为找到了一种抒情的语言，或语言的节奏以后，便以为有了诗意，不再注意语言的推敲与字词的遴选。以写诗为主的桂兴华则不同，因为他已习惯于言语的诗意追求，所以当写散文诗时，同样注意到这一点，并注意到一些词汇甚至字的选用。如《被抄家的那一夜》写其父年轻时独自逃脱来沪的贫寒，作者写道：“单薄的长衫上，前前后后披着怎样恶狠狠的鄙视。”这里的“披”字就充满着诗意，“恶狠狠”也是非同寻常的形容；刺猬，他笔下的抄家所用的大卡车是“虎着脸”的，红卫兵是“那些年轻的手，在乱翻、乱拆、乱揍那些沾满灰尘的古老”，“年轻的手”不仅真实而令人想象，更有着他们的无知与涉世未深，又与“古老”相对应，而三个“乱”字，不仅点出这些纯属乱搞胡闹，同时也暗示了文革之乱。总之，这里的词汇如细细寻味，都寓有诗意，颇耐把玩。又如《夜归：我抖晃在干瘪的皮夹子里》，其中也有许多充满诗意的言语：他笔下的外滩是“夕阳镀红”的，床上的棉絮是“僵死”的，仿佛本来是有生命的。明明是他看到了公园里的夜灯，他偏说：“夜的公园，我已收留了一片灯光”；明明是他在霓虹闪烁的夜上海中行走，他偏说：“沿街变幻的霓虹灯，向我兜售不再对称的色彩”。写法一换，而意境全出。特别是“兜售”这种词汇用在此处，极为罕见。用“不再对称的色彩”来形容霓虹灯，也极为少见。凡此，都使其散文诗平添了几分“靓”色，愈发活泼、生动，富有诗意而愈显精彩漂亮，真所谓“靓剑”者也。

时代在变，诗与小说也在变，散文诗也应与时俱进，随时而变。对散文诗的观念也应有所变化。桂兴华的《靓剑》，正是本着这些意愿而磨砺铸成的。但愿剑一出鞘，便能闪闪发亮，夺人眼球。

写于上海社科院文学所

有名与无名

■ 文／宓　月

2013年4月19日，我参加由桂兴华老师组织的“中国散文诗无名作者征文活动”。在会上，我作了简短的发言，与大家共勉。

宓月（前排左四）、汪国真（前排左三）、桂兴华（前排左二）、柯平（前排右一）、晓弦（后排右一）等在嘉兴参加散文诗活动

尊敬的桂兴华老师、各位文朋诗友：

下午好！刚才，王珂、孙琴安两位教授从学术角度谈了散文诗，何成钢先生详细介绍了这次散文诗无名作者征文、评选的过程，奚虹先生又谈了“春风一步过江”诗歌朗诵的情况，借此机会，我也谈点个人感受。

我从事散文诗编辑工作已逾十年，参与组织了不少的散文诗活动，我本人一直坚持散文诗创作。对中国散文诗的发展状况，我也略知一二。这几年，散文诗越来越受到学术界和社会的广泛关注和重视，喜爱和创作散文诗的人、专门的散文诗报纸杂志也越来越多，《诗刊》《诗潮》等著名文学刊物和许多报纸都开辟了散文诗栏目。关于散文诗作家作品，老一辈的郭风老师、耿林莽老师等，就不用说了。以周庆荣先生为代表的散文诗人，以《有理想的人》为代表的作品，就备受瞩目。而桂兴华老师的作品，许多都是紧密关注现实，写出了一代人的心声。

因此，我不太认同孙琴安老师说的“当前散文诗的三个缺乏”：缺乏深邃的思想，缺乏博大的情怀，缺乏对社会现实的直接介入。我认为，当前散文诗最大的“缺乏”：一是散文诗的研究。许多研究者，一谈到散文诗，只说鲁迅、波德莱尔等。研究的对象，似乎也一直停留在解放前和国外。散文诗的理论研究，其实已经远远滞后于散文诗创作的发展。其次，是对散文诗真正的包容和关爱。

在文学品类中，散文诗不是一个引人注目的文体，因而，它更需要被关注和呵护。我想向王珂、孙琴安教授，还有张瑞燕研究员提个建议，请你们多关注当下的散文诗创作，我相信，你们一定会有全新的发现。许多六七十年代出生的中青年散文诗作家，甚至许多八零后、九零后的作品，都值得关注和研究。同时，我也要说，散文诗是幸运的，因为今天在座的许多老师、朋友，如邹岳汉老师、王幅明老师、桂兴华老师、箫风老师等，都在不遗余力地为散文诗的发展默默奉献。

我是本次“中国散文诗无名作者征文”的评委之一。之所以担任这次评委，一是桂兴华老师的盛情邀请和对我的充分信任；二是我觉得这次征文活动很特别，很有意义。我曾经组织、参与过很多次散文诗的评选活动，但有针对性的，而且只针对“无名作者”的征文，我还是第一次参加。当初，我就感到疑惑，现在的各种活动，几乎所有的主办方都巴不得有名家参加，往往还千方百计地邀请名家参与，可他们却把这次征文限定为“无名作者”。从某种角度而言，他们拒绝“名家”，有些“冒天下之大不韪”。后来，我才感到了主办方的良苦用心，和他们对散文诗、散文诗作者的关注和呵护。

几乎每次参与组织散文诗征文评选活动，我都会遇到这样的难题：如何取舍、平衡名家的作品。虽然给评委的评审稿上，都会隐去作者姓名，采用无记名打分的方式，但是，最终还是要面对所有参加的作者和作品。“枪毙”无名作者的不好的作品，我毫不手软，也心安理得。可对有名的作家的不太优秀的作品，我就感到纠结。如果照实评选，不顾名家颜面，淘汰名家，或者名家排在后面，名家心里不乐意，主办方也会觉得不妥；如果硬把名家提前，不仅保证不了评选质量，影响主办方信誉，而且自己心里也不好受。

这次活动，就避免了这样的难题。当桂兴华老师将82篇初选出来的作品发到我邮箱，要我选出其中最优秀的10篇作品时，我就无所顾忌地按质量分。也许，这就是主办方举办这次无名作者征文评奖的宗旨和用心。他们是要评出真正优秀的作品,是要从无名作者那里评出有名的作品。

通过这次评选,我也感到,所谓有名无名,对一个作家而言,无关紧要。在当今社会,“名人”很多,有名无实、徒有虚名的就更多。组办方将目光转向“无名作者”,我觉得这是一个了不起的举措。

“无名”不等于无真才实学,“无名”并不是说写不出优秀的作品,“无名”也可以解释为淡泊名利。对于参加这个征文活动的作者来说,即使你是个名人,也是甘愿取下“名人”光环,与真正无名的作者一起竞技。对于评委来说,也完全可以抛开一切顾虑,挑选出自己认为好的作品。只要没有“名人”思想的羁绊,无论是对作者还是评委,都是一件非常愉快而美好的事。因此,我认为,举行“《感觉2012》中国散文诗无名作者”征文评选活动,意义非凡。

大家都知道,评委是个苦差事,特别是文学评委,几乎是费力不讨好的事情。硬要给差不多的作品评出个第一名,第二名,第三名,确实难做。每年的诺贝尔文学奖一公布,也会引来轩然大波,褒贬不一,何况其他文学奖了。但是,我觉得,只要撇开“名”的思想观念,只看作品,不管有名无名,问题也不难解决。我始终认为,作家是以作品来说话的。只有有了有名的作品,才会有有名的作家。

有人说,当今社会,是一个浮躁的社会。我觉得,很多人为“名”所累就是原因之一。如果从事文学创作的人,也汲汲于名,耐不住寂寞,不仅很难写出优秀的作品,而且,要成为名副其实的名家,就更难了。现在,虽然散文诗名家不少,但是,散文诗名作却不多。在编《散文诗世界》杂志的时候,我经常发现,许多名家的作品很一般,而一些无名作者的作品却非常不错。这次评选出来的10篇作品,如果放在名家栏目里,也毫不逊色。

成为名家,首先要有名作;有了名作,自然就是名家了。有名家,又有名作,散文诗事业才会繁荣发展!

桂兴华的诗情，在都市中挺进

■ 文／叶庆瑞

叶庆瑞（左一）、桂兴华在南京

20世纪80年代，随着“文革”的终结，中国文学终于走出“死亡”之谷，出现了文艺复兴的炳蔚之势，而文学园地里散文诗这一“稀有品种”，也在悄然复苏。这一时期，有一些年轻诗人带着拓荒者的兴奋，开始笔耕文学的不毛之地。在这一批新生代散文诗人中，上海诗人桂兴华无疑是位成就斐然的佼佼者。

我与他结识也是散文诗搭的桥。当年我在南京日报主持文学副刊《雨花石》，因为我在创作现代诗之余也涉笔散文诗的写作，所以我为同道们在副刊上开辟了散文诗作品专栏。此举在当时报刊上还属少见。开办不久，我就收到桂兴华的来稿，他的作品让我眼前一亮，满纸散发出着都市的气息，充盈着生命的活力。而且笔力老道，手法新颖，无处不张扬着现代意识。他创作的《红豆咖啡厅》是书写他当年只身一人来南京，在新街口一家名为“红豆咖啡厅”里喝咖啡的孤寂心情。他用散文诗的独特语言，将现代文明中心的都市人那种孤寂和失落，从冷峻的城市生活底色中拓展出来，从而逼近最原初的情感区域。让我没有料到是，居然20多年后，有一位读者在网上给诗人留言道：“记得诗发表的那天晚上，我的弟弟——他当时在一个属于非常非常偏远的地方——现在又非常热闹有名的仙林大学城做乡村小民警工作，下班回来，带给了我登着这首诗的报纸。看了一眼，我就被它完全地征服了！弟弟早已离开了这喧嚣的尘世。只留下这首诗让我们回味，留下些记忆让我们惆怅，留下粒红豆，让我们久藏……”

由此可见桂兴华作品的超然魅力。像这样反映都市人生存状态的散文诗作还有不少，如《不会凋谢的下午三点四十八分》、《麻将：埋伏的战争》、《老人舞会》等。

当年从事都市题材的散文诗创作的人很少，就其缘由，一是不少作者在惯性思维的作用下尚没有走出田园模式；二是都市题材难度大，没有现成的经验借鉴。然而桂兴华却是一位不畏艰险的探求者，他将角角延伸到城市的各个角落，为奔波在都市里的底层民众生活写照。如《路口，雪越下越大》描绘写的是一位站在雪天街头向行人散发医药广告的姑娘，那种生活的窘迫，那种在大都市生存的无奈与无助，让读者为之心凉。“在这预报天气都成为广告的季节里，我恨不能收下你所有的承诺。/就是不知道你纸上的那种药效，会不会像雪花一样顷刻间消失？……”我们可以从这一首散文诗感受到诗人那颗异常敏感的诗心受到钢筋水泥的挤压，在高楼大厦的缝隙间的碰撞，在现代人崇拜的物质裹挟里挣扎。感受到在城市忧奋情状中诗人的情感的超重与失重。同时也让我们透视到诗人的内心和城市的冷面的对照下充溢着的禀赋和思辨力。

再如《夜归：我抖晃在干瘪的皮夹子里》直接书写自己生活的艰难和窘迫，“国际饭店顶上出现了第一块有价格的告示。/沿街变幻的霓虹灯，向我兜售不再对称的色彩。/为了开阔女儿的世界，我买；为了舒展母亲的愁眉，我选。/至于我和爱人，还不配装备任何的华丽。”诗人将美质揉进了淡淡的哀伤中，在沉闷压抑的城市环境里反而流溢出柔美的心绪，从而隐去那一层忧郁的阴影。诗人为我们提供了一条反思城市社会与文化的情感路径。

最为可贵的是，诗人并没有像西方现代派那样以荒谬的感觉揭示具有普遍意义的城市命题。而是在城市生态环境所导致的不平衡的心态上发掘出他的审美价值。

城市被普遍认为是诗情难以挥洒的狭窄空间，正因如此才有桂兴华艰难而深入的挺进。我们衷心祝贺他的成功。

2014年11月18日于南京

心灵世界的珍贵密码

■ 文／严　炎[*]

本应写一篇综述性的评论，但我对这类大框架文章一向心存畏惧，尽管我发过几篇长文。钱钟书先生有言："我有兴趣的是具体的文艺鉴赏和评判"。虽然与钱先生远不是一个层次的人，但每读到这一句，总是感同身受。所以，我也拟将本文写成一篇短小的读后记。从印象最深、最具代表性的作品谈起，以小见大，在把握思想与审美轨迹的同时，力图看清桂兴华的创作倾向及题材变化。

公正地说，桂兴华的诗歌创作成绩超过散文诗，他在中国文坛的影响力主要也是来自诗歌和文学评论。他出版的诗集《跨世纪的毛泽东》、《邓小平之歌》、《中国豪情》、《前进！ 2010》等10部专著在读者中引起极大的反响，有的评论说，他是红色诗人。他出版的每本书，报刊都进行了及时报道和评论。

话说回来，他的散文诗创作虽然不及诗歌但也取得了令人瞩目的成绩，没有人会认为这一结论和评价是"放大解读"。20世纪80年代散文诗刚刚复苏的时候，他就创作了大量的散文诗，出版了散文诗集《长长的街》，后来又陆续出版了《美人泉》、《新年酒吧》、《金号角》等。借助这种漫步式的散章来尽情展示生命空间动人的景观和心灵世界里珍贵的密码。从这样的层面去阅读他新出版的《靓剑》，会在新的时代语境中对桂兴华及其精神向度有新的发现。

翻开《靓剑》，首先映入眼帘的是《老虎，潜伏着》，这是一章配图散文诗。图上是斑斓的深秋，九寨沟紧紧拥抱着一潭碧水。我并没有见到老虎的影子，文中却道出了真意："属虎的海，开始威震四方。"应该说，这章作品的题材十分容易解读，但视角却很独特："你多傲，傲得将万千肆意的火把全部踩在足下；你多柔，柔得将每一朵浪花都换成异常平静的记忆。一片靓丽的蓝，就这么自吟着如此威武的名字，一湖碧水，纹丝不动，始终很静很静。老虎，潜伏着。"

切入点是火把和浪花。这个"老虎"很神秘，一直没有和读者见面，颠覆了

---

* 严炎：中国散文诗研究会常务副会长兼秘书长。

我以前对老虎的认知，却能将火把全部踩在脚下，把浪花换成异常平静的记忆。

这就是桂兴华，这就是桂兴华的作品。他写的散文诗就是不一样，把他的作品贴上别人的标签根本不好使，只要你进入深度阅读后就会感到我的观点是正确的。

记得在吉林省梅河口市召开的2014年中国散文诗研究会年会上，他做了主旨发言，题目是《当前散文诗悠闲多，敏锐少》，此发言稿已刊登在2014年4月号的《校园生活》上。他的发言很吸引受众群体的耳鼓和眼球，其中有一句话令大家十分难忘："抹去名字也知道是谁的作品"，这种创作方法才有"汰旧换新"之势。

我想，任何竞技场要战胜的不是对手，往往战胜了自己就容易战胜别人。我们看新闻联播和体育节目，记者在采访运动员时经常听到这样一句话。运动员如果在心里没有定力就会失去获奖牌的机会，搞创作也是此理，老是重复别人走过的路，你就难以写出精品。

我们翻阅一下《靓剑》这本书，大多数作品都是视角新颖，构思独特，如《杨妈妈，请你睁开眼睛》，题记是"杨子荣的妈妈已在20世纪70年代去世"：

……那几页林海雪原，已经被我翻烂。西皮流水里的几场北国风光，已经被我唱热。连看了八场，我还是珍藏起一张张票根。

其实，猩红的幕布后面，情节还迷藏着一道道。连你也不知道：你天天看到的那个打虎上山的，就是自己的亲生儿子杨宗贵。

杨妈妈，你的儿子从唱遍千家万户的京戏里昂然走了出来，回到了生他养他的嵎岬河村，从当年偷偷报名去参军的调皮里回到了你的身边……

在大学读书时，我和另外两位同学曾被两次应邀去海林杨子荣纪念馆做辅助工作，这个纪念馆的文字材料就是出自我手。我们去的时间是1975—1976年，每年一次。馆长关会元曾三次去嵎岬河村调查，核实杨子荣亲人情况，每次回来他从未提及杨子荣的母亲还活着。细想一下，杨子荣的母亲是什么时候去世的并不重要，何况在文章的开篇桂兴华已做了提示，是七十年代去世的，这就足矣！

需要说的是，桂兴华在今后的散文诗创作中应注意格式上的书写方式。散文诗毕竟是披着散文的外衣，言外之意就是每一段的开头都要空两字，而不是像诗一样一行一行的排列。《靓剑》中的有些散文诗存在这个小问题，此意见当否仅供参考。

2014年11月25日于牡丹江

二、桂兴华的有关文章

创作谈：睁大我热情而多思的眼睛

（一）

发现生活细节中的哲理，需要一双热情而多思的眼睛。

我的这双眼睛，多少年来蕴满了这把火。

年轻的、扑不灭的火！

我并不忽视散文诗领域里的微风冷雨。

散文诗，是一类多品种的体裁。

写作习惯上，围绕风雨花草的偏多。

你确定是一阵清新的风，确是一场别有滋味的雨，确是一朵别致的花，确是一棵风度翩翩的草，理应受到欢迎。

但怎样使散文诗披上时代熔炉的熊熊火焰，却是我一直思考的大课题。

日前，发表在报刊上的某些散文诗以及大量来稿，为什么给人以“重复”之感？重复，是创作的死胡同。至今还在唱“落叶离开大地，是为了明年的新绿”、“雪原——一个亮晶晶的世界”、“小溪像磁带，录下了我的歌”，怎么不倒人胃口？

作为一个热爱生活的选手，新时代的赛马场该有多大的吸引力！艺术的缰绳，就操在自己的手里，身边的气象万千，始终令人目不暇接！我恨不能长有千万双眼睛！

大都市每天的生活节奏，上下班路上的所见所闻。以及家庭内外的悲欢离合，无时不强烈地冲击着我！

凡是有时代特色的冲击波，我就立刻抓紧不放。

想当年：一条写着“为了你的家庭幸福，请注意交通安全”的街头标语，一块“事故多发地段”的路牌，一张“住房交换所”的广告，一位站在酒店门口忧郁的新娘，一名只穿一只皮鞋的装卸工，正在谢幕的扮演魔鬼的女演员，以及“车过上山下乡办公室”、“标准钟表店”、“北站出口处”都会引起我的思考。

只要稍稍不留意，许多宝贵的东西就会擦肩而过。

于是，我千方百计地捕捉有新意、有特点的当代城市细节，并努力在这些细节里溶进自己的思考。

第一步，要有具体的、可感的形象和画面。

第二步，则要有比形象和画面丰富得多的含意。

发表于1983年9月23日《厦门日报》的《他署呼吁闭幕前的最后一瞬》，是我通过写一个杂技演员的精彩表演和功亏一篑的惨败结局。暗示：革命的老干部应该怎样保持晚节。结尾句我是这样写的：“最后一瞬，也要像上台一样谨慎啊！”

发表于1983年第8期《青海湖》的《这一段距离》，是我通过写长跑运动员之间的差距，以及怎样超过对手的过程，说明我在事业上的竞赛状态：“没有追赶，也就没有目标，没有了紧张。”

发表于1985年2月11日《羊城晚报》的《掌声》，感受来自观看东方歌舞团的一次演出：朱明瑛退不了场，青年歌手牟玄甫已经走到了话筒边，但“掌声和起哄声，还是想淹没他歌唱的愿望”，“猛然，他沉着地侧过身，向乐队指挥点了点头……渐渐地，上一场的掌声被他征服了，静静地听着他噙着泪花的歌声”。是的，我是在描写一次演出实况，但我有更深刻的用意：请生活中的牟玄甫们，在起哄声中毅然指挥乐队起奏吧！让自己有实力的歌声赢得满堂掌声。当然，朱明瑛们也要给新歌手让台，语言恳切地向观众介绍下一位。

这是我在写新、老干部的交替啊！交接班之间面临的现实，我通过歌舞团的演员来揭示。

当然，这种寓于形象、画面之间的含意或象征，应该让读者自己去体会、想象，用不着作者任何解释。

发表于1985年1月11日《人民日报》的《我，我最低的一级石阶》。是我写自己当初审编辑的体会：“为了那么多旅游鞋的攀登，我甘愿在这里默默坚守一生。”我自豪：“那些到达顶峰的欢笑。在他们山路般的记忆里，我是最初的一层铺垫。”而不少读者认为我写了一年级的老师，幼儿园的阿姨。我想：这些都符合我登庐山得到的感受啊！

不管读者怎么联想，我的写作意图“往往是把笔下的场景当作楔子，从而引起出对现实生活的体味和思索。

（二）

写诗这么多年，我始终没有找到一种适合于自己的形式。为什么我总是慢了一拍，甚至几拍。于是，我不满足，我不安宁！散文诗，才呈现了我偏重于哲理思考的特长。

从1982年初创作散文诗开始，我从前那种对表现生活力不从心的感觉，逐渐消失了。我对生活的满腔热情与思考，被高效率地发挥了，400首散文诗，并不很难的涌现了出来。

有时，我自己也惊奇起来：怎么写的那么快？这么多？

我喜欢走，喜欢接触人，接触正在发生的事情，一汇入都市的生活洪流，我的笔就来也匆匆，去也匆匆了。我沿着一条宽阔、亲切的思路，一反过去的那种缓慢。

我始终认为：凡事想的不自然，势必就写的不自然。

也就是说：在创作的准备阶段与酝酿阶段，不太想写或硬逼着自己写，东来西扯地按照某种格式写，产生的作品肯定是畸形儿，起码是发育不良。

我充满自信地，不停顿地写着。

我爱上了散文诗，而且想把它打扮得华丽些！让她走得挺拔，舞得矫健，笑得动人！而且含情脉脉。

我不怕作者队伍里的拥挤。因为我在拥挤中找到了自己的位置。找不到位置的散文诗作者，必定免不了悲剧。

因为位置，就是个性，就是风格。

（三）

个性、风格形成的一个过程，就像我的眼神，不是一下子就变得敏锐的。

鲁迅的《野草》，是我学习的楷模，当代的散文诗大家柯蓝、刘再复、刘湛秋、许淇、刘虔等，对我有深刻的影响。

为什么重游一地，会有不同的感受，简直像换了一双眼睛。

为什么在旁人忽视的地方，我找到了入诗的突破口？

我爱我这个大潮磅礴的时代啊！我爱在汹涌的巨浪里无止境的思索，我不把笔力，消耗在表象的描绘上；而且随着经历、阅历的增长，积极地进一步挖掘事物的内在美,以及这种美与丑的强烈对比。

重听京剧《红灯记》: 我感谢这一段过去的唱腔,提醒我们心中的舞台,不要再被单调垄断!

我《代拟婚姻介绍所的广告》:“欢迎不该有的悲剧,挪进这道门槛,但迈开门槛时,主角将和观众一起走向甜蜜……”

“一条粉红的领带,使我铅灰色的旧衣有所愧意。新颖与陈旧间的距离,何止在长桌内外? 我,要向她这位美学研究会会员咨询。”

“车厢里的上海,有一幅浓缩的画面”。我听着旅客们对上海的观感,坚信“上海在明天的车次上,将会越来越漂亮”。

《郑州: 21点以后》,已经没有几分钟一班的公共汽车和电车。“我愿郑州也有上海街头的零点,有比上海街头的零点更迟的班车! 争分夺秒的生活,正在日夜加速! 我愿夜车,没有最后一班……”

即将靠岸的渡船上,我“注视着起航的码头,思考却没有靠岸,因为彼岸的后面,还有新的彼岸”……

诸如如此的挖掘,有的还属肤浅,如果以前是表面层较多的,那自己就要挖到第二层,乃至第三层、第四层,这样才算真正的“有所发现”。

要“有所发现”,不实不行。这实来源于生活。

但生活中的细节,要为我所用。用于具有创造性的艺术情景。这就需要我反复提炼了。

提炼的过程,是思索的纵深发展。

当代人的经历、情感都趋于复杂化,这就要求散文诗的内容,也要多层次的。一首散文诗里,两重奏、三重奏,乃至多重奏,都是可以的。这个重奏,就是作者思维的复线。

临到结尾,我则喜欢抛出警句,试图给人以新的启迪与震动。

如:“拒绝,也是一种爱。”

“唯人工制造的,才付出了血汗!”

“热闹中的清醒,疏冷时的温馨,才是真正的知音!”

“安慰郁闷,比庆贺欢乐,更需要花束。”

“不是依恋生活的一瞬间,而是永远,永远。”

“为了让山河更加丰满,我们即使劳作得再瘦,也瘦得其所。”……

这样的结尾,往往能体现力度。

这种力度,是自然产生,融于全篇的。

有力度,是对无病呻吟的一种反抗。

而力度,并不在于语言的装腔作势,也不在于人为的“拔高”。

作者声音的强弱,在于他是否熟视无睹,专找熟门熟路,或者在新的领域里浮光掠影?

数量多,速度快,不一定能让读者记住他。

我不相信:散文诗只产生于纤细的手笔。

为了提高散文诗反映现实生活的能力,我的眼神要更加锐利,更加深沉!

爱和恨,是我的一双眼睛。

写于1985年3月

(应邀为中国散文诗学会1985年年会而作)

“新生代”不可能永远新生

——《散文诗的新生代》主编的话

敢于当“第一个”——这是极其可贵的创造性精神的具体表现。

我庆幸自己：至今还没有失去这种冲动。

全国第一本青年散文诗选，就是由我主编的。

这本《散文诗的新生代》的诞生，真是历经艰难。

但我并没有后退。

那时简直有点“非我莫编”的念头。

新时代以来，散文诗比较薄弱，需要有所建树的领域。而我又有这方面的优势：自己的作品开始“独树一帜”，联系的作者面覆盖了全国各个省、市。

更重要的是：面对那些苍白的理论，我反抗了！

我要用编着的实绩来反抗那些面目可憎的理论。不能再不注意年轻的、燃烧着创造欲望的眼神了。因为最有希望的，恰恰是被当时的散文诗理论所忽视的默默无闻的小人物们。

——即“新生代”！

文学是需要机会的。

《散文诗的新生代》的诞生，是靠1987年那个特定时期助产的。

我缠住了宁夏人民出版社的几个熟人。

他们被我的热情深深打动。

“待我们回去以后商量商量看吧。”终于有了这样一个答案。

没想到接下来的一次会晤，竟会在尴尬的脸色间进行：

“……我们担心这本书的发行，但是印数……”

“没问题的！”我回答着，感到了“武侠小说”热的冲击力。

“可……是不是以后再说。或者你找找其他出版社。”

我的心，忽然像从高高的楼上重重地跌到了地上。但我还是抱着一丝希望，滔滔不绝地重申着编这本书的宗旨和对促进全国散文诗发展的作用。

宁夏人民出版社的老陈拍了拍我的肩膀，神色里有着歉意。而我呢，也觉出了他被一种压力牵制着。“好！我回去以后一定给你答复！尽量叫你满意！”

在我急切的翘望中，返回银川的老陈终于来信了！

我扫了一眼，发现信中这样写着：“我社对这全国第一本青年散文诗选十分重视。你开始征稿吧！”

来稿如潮。诗友们还相互推荐。我被一篇篇尚未发表、但很有质量的探索之作感动了！

我利用休假躲在江苏如东县编选。冬日里，共编了57位青年诗人的141章佳作。而且基本上按作者发表散文诗的先后次序编排。这就成了对新时期以来青年散文诗的一次检阅，从中能使读者了解到我国散文诗创作的发展与变化。

编完后我立即复印两份，一份寄给老陈，一份寄给柯蓝写序。并请郭风为书题了字。

这时，老陈又来信说，此书已上升为重点书，叫我即可组织封面设计。

全国50多家报刊、电台先后发表了这本书的出版消息。我比自己出一本新散文诗集而高兴。

但我没想到：推销此书的工作量会大大超过编选。

《散文诗的新生代》在全国的征订数只有8800册。出版社托火车运来了3000本，叫我帮忙发行。我当然义不容辞。但我没想到会如此难！

难就难在“买一本书不如喝一杯咖啡”的观点风行社会，“读书无用”论重新抬头，庸俗低级的书刊充斥街头。我这本书当然抵不过那些“性”字高招的封面女郎。中国人的传统文化心理，就是注重眼前利益，缺乏朝前意识的。

年底的邮局里，我久久地等候在黑压压的人群中，三本一个大信封、一角钱手续费地寄给远方的索书者。一会儿寄给全城没有一本“新生代”的郑州，一会儿寄给贵州山沟沟里的小学教师……

寒风飕飕，我又踩着自行车去同济、复旦、交通大学讲课。自行车架上，总是驮着被我结的扎扎实实的“新生代”。在同济大学的那次讲课，待我结束后赶回父亲病危的急诊室时，父亲那张床已经撤空了。我没有见到父亲临终的面容。他去世的时候，我正在讲坛上大大方方跟同学摊底：“请原识我，我不得不来推销自己了——推销自己也是‘新生代’的一大特色吧！”全场哄然大笑。同学们纷纷上台来买。我激动地在每本书的扉页上，题下了对他们深深的祝福……

即使在去安亭、南汇、南京讲课的途中，我大大的旅行包里也塞满了这本书。

柯蓝在这本书的序言中说：“散文诗的新生代，目前还是艰难、挣扎、探索和困惑中成长。”我的推销，不也印证了这句话？不是生活的强者，就不能干文学这个行当。否则，必定在一道道难关前败下阵来。苦，是文学的最终滋味。摆在全国新书展销厅、军事书店、自立书店、南京东路新华书店、老西门省版门市部、上海法律图书公司、杭州作家协会书店等处的书架上的这一本本湛蓝湛蓝的封面里，有着我多少推销中的苦衷啊！

推销自己是“新生代”的任务之一。但更重要的是，要敢于与大批量的平庸之作分庭抗礼。这个战斗性，在时下是不容易的。因为鞭挞总比赞美难，探索总比循规难，正直总比客套难！

我去年10月发表在《诗歌报》上的《编本〈劣质散文诗选〉并不难》一文，针对有一批被诗与散文淘汰的落伍者，到散文诗这块刚刚复苏的土地上以次充好，败坏散文诗声誉的现象，大声疾呼：“散文诗邻域中，有异于众人的创新意识，乏！真正关注散文诗整个进程的理论家，也乏！我真担心：散文诗的鱼目混珠的现象，还将维持多久？”

于是，我注意收集各种报刊上有代表性的劣质散文诗，并认真做了笔记。到适当时候，编选、出版一本《劣质散文诗选》，并配以评析。

遗憾的是：模仿的、单薄的、僵化的、工具一般的毫无生气的散文诗歌，至今还在生产着。这是当前文风粗糙的必然反映。我在这里再拣一首刚收到的已发表的大作给读者们看看。这首题为《瀑布》的散文诗，开头是这样写的：“它的外表若面纱，像屏风。它的声响，如雷声轰鸣，似万马奔腾。它那奇特形态，独成风格，蔚为壮观，使人向往、遐思。它的代号个个异：维多利亚、尼亚加拉、安赫尔、黄果树。它的家宅处处有：非洲、南美、亚洲。它不是角斗英雄，不是打虎好汉，却是个勇往直前的勇士……”

我不想再抄下去了，其劣质的程度是可想而知了。这类从形式到内容全面乏味，没有思考或故作思考的散文诗，其作者有缺乏进取心的知名中年作家，也有在“新生代”队伍中崭露头角的青年作者。

因此，被读者咒骂的对象，是不分年龄的。

“新生代”随时都在被更新的一代取代。

再恐惧也不行。

聪明的人，时时都在甩开那根束缚自己作为创作主体的发现与思考，敏锐和智慧的绳索。

“创新生”这个词仅仅是指某时某刻的。真的。

愿这个酒吧天天开张

——《新年酒吧》自序

为答谢上次在上海商城剧院举办的我那首长诗的朗诵会，我曾经上台讲了一连串的“感谢”。其中有一句是：“感谢——给了我压力、又给了我奋斗感、给了我再多豪情也觉得不够的大上海！”

我这个大上海的小村人，对这座曾经装在10年信封里的城市有太多的向往。因为有过满是破洞、旧的不能太旧的“海魂衫”和烂成几截也舍不得丢的破棉絮，因此对花的长街上不断展示的新潮特别敏感。哪怕是伫立在寒风中的一抹艳丽的口红、云一般汹涌的时装里一只高高扬起的手臂、公园里一支悠悠地吹着不期而遇的黄昏的小号……都会使我返程后的思绪之步盘旋再三。我拼命地追赶新奇。把“赶”当作我这个“老三届”特有的使命。

我总想在旧的圈子里突围。我总不想与青春擦肩而过。曾经犹豫过，徘徊过，悄悄地撞击带来了史无前例的裂变。裂变中，我逃脱了死水，而且不再处于边缘。尽管我爱的暴风雨一会迎接我，一会抛弃我，最难过的倒是能战胜迟钝的法宝有时会躲得无影无踪。

于是，我很孤独，孤独的人去酒吧是可以理解的。酒吧是开放的产物。上海滩林林总总的小酒吧，宁静、平和。BAR的霓虹灯后面最能引成诗的氛围。幽幽的爵士乐和含有不同内容的媚眼会构成一道朦朦胧胧的风景。我作为90年代风景线上的一个点，自有暗暗的既定的方向。

我不喜欢第二次踏进同一家酒吧，第二次坐上同一张席位。我曾经有过逛遍上海酒吧的狂想，但最终因为钱袋的干瘪和时间的紧张，只能以丰富的想象来完成这个对有些人来讲并不困难的梦。

好在我抓住了每进去一次的感触。进去一次就是一次在软绵绵的灯影里的品味。味道每每不同是我写作的具体动因。

这种动因十分可贵。我甚至怀疑：哪一天我的这种动因会不会全然熄灭？正因为如此，我怎能不怀念当初一次次的跃跃欲试？

是的，我喜欢散文诗的精致。就像我挑选花瓶时间，首先条件是制作要精良。那么，我在这只花瓶里插进什么呢？我有自己的品种，自己的颜色。习惯上不容粗犷的闯入，我偏要！习惯不欢迎严峻的思考，我偏要！反正对涌上来的情感我决不加工，也决不扭曲。男性气质的亮相自有别一样的风光。

你说我“狂妄”也好，“豪放”也好，反正我与这温柔谴绻的城市之夜有些不太合拍。我显示强有力的个性，是几千首散文诗早已形成的定势，但不等于我排斥细风般的阴柔。相反，我是极其多情的。我依然在躁动中，在一种不陈旧的气氛中，快速沉淀着我的参与。

这本集子，集中地反映了我与这座城市的关系。好像是我回城十几年的生活总结。那些年，我的作品中之所以纪实的成分比较多，就是因为常常是即时采景记事，然后用散文诗的笔触加以提炼的。这也是我的城市散文诗的特色。

怪就怪在我是把自己整个的生活环境比作“酒吧”了。“酒吧”成了我的一个特定的意象。这个意象太富有当代感了，我太不想把它丢弃。而笔下的倩影，往往已跳跃出特定的指向：不明确里有我自知的明确，身边那些匆匆而过的笑，并不知道我埋在心底的苦中之甜，或者甜中之苦。

在这个“酒吧”里，我是一个彻底的桂兴华——有锋芒而不用迂回，有忧愁就尽情发泄。夺眶而出的泪一下子来了，犀利的语锋一下子来了，眼前一闪一闪的发现也一下子就来了。细节蜂拥而上。高潮迭起。紧伴着激情而来，是觅求多年而久久不见的希望。

这个“酒吧”，每逢新年更是令我袒露胸襟。

过年时，心最感到空寂，就是一片热闹里的反衬。越热闹越是空寂。午夜零点，当那最使我害怕、也最震撼我记忆的新年钟声一旦响起，我就会反问我自己：知音究竟在哪？催人衰老的岁月啊，请告诉我：令我如痴如醉投入的幸福，是不是就在这里？

我，愿这个“酒吧”天天开张。

1996年元旦
（桂兴华散文诗集《新年酒吧》获得“纪念
中国散文诗90年优秀作品集奖”）

麻袋里的父亲

对罗中立油画《父亲》中那双忧郁的眼神，那只积满老茧的手，其实我熟悉得就像自己家中因长期患肺炎而格外清癯的父亲。

尤其是那只触目惊心的碗！

我父亲桂庆余，慈溪人，1913年4月10日丑时生于慈城，出身苦，是个孤儿，放过牛。有一天因为放丢了牛，他竟被狠心的地主塞入麻袋，扎紧后丢在荒野里，幸亏有人路过，他大喊大叫后才得以逃脱。不能想象年轻的他独自乘船到上海滩来闯荡时，单薄的长衫上披着别人怎样的目光。临近解放时全家搬到了南市巡道街193弄6号。我就出生在那里。

我为油画配诗道：

“一道道牛车的辙印，化成了你额上的皱纹。那是你拖着小村的贫困，绕过了弯弯曲曲的田埂——既犁下了对早春的爱，又犁下了对寒冬的恨。这碗清亮亮的井水，是你赤裸着古铜色的背脊，一次又一次，从荒岗深深的岩层下吊起……”

桂兴华父母亲，摄于1960年

那时，早已退休在家的父亲，就是从老西门报刊门市部买来的《青年报》上得知我获得比赛第一名的消息的。他喜欢用很少的工资去买些报刊，从不买零食。

我34岁的时候，曾经陪着从衡器厂退休的父亲回过慈城一次，他想在神钟山公墓选个“寿穴”。我给他拍了好几卷黑白照片。他面对照相机的机会很少。他微驼的背投影在一条条苍老的街面上。在陈旧但扫得很清爽的“三块桥板”、台棋弄和串梭巷，他用正宗的宁波口音跟我讲了很多、很多。说罗贯中、周信芳、三国孙权的谋士阚泽都是这里的人。有个东庙是纪念阚泽的，有副上联写得好：“东庙阚公，西庙房公、二公门户相对，方敢并坐”，可惜至今无人能对出下联。到了慈城的北门外，过了“师古亭”，就是父亲念念不忘的“桂氏祖祠”，上有红底金字的“帝者师”长匾，据说是明朝洪武四年树的，父亲为此感到很自豪。桂姓在慈城是大姓，足足有五百多家，有“侍龙伴凤”的美称。

我与父亲只闹翻过一次。那是在1966年8月“破四旧”的高潮中。我从浦东中学回到家中，才知自家也被抄家了！

我一下瘫倒在椅子上，耳边满是弄堂里传来的“造反有理”的铿锵歌声。惨白的日光灯下，父亲低着头、慢吞吞地端来一碗冰冻绿豆汤，我却气愤地把碗打翻在地！那碗的碎片很大。灯光好像也被击碎了。因为我听母亲说，我家被抄完全是自己引火烧身——父亲1951年失业后曾做过化工生意，有几小瓶原料样品一直放在阁楼上，他会自己把它们翻出来，一起倒到同庆街的垃圾箱里。没想到那几瓶原料起了化学作用，燃烧并且爆炸开来。这还了得！一向胆小的父亲，这回反被胆小误了，自己栽入了被横扫的“牛鬼蛇神”之中。四周都在日夜不停地疯狂地搜索，他害怕暴露。但清贫的家庭能暴露什么“变天账”之类的东西呢？他终于想到了这几个装着彩色粉末的小瓶。红卫兵马上开着大卡车，到我家翻了个

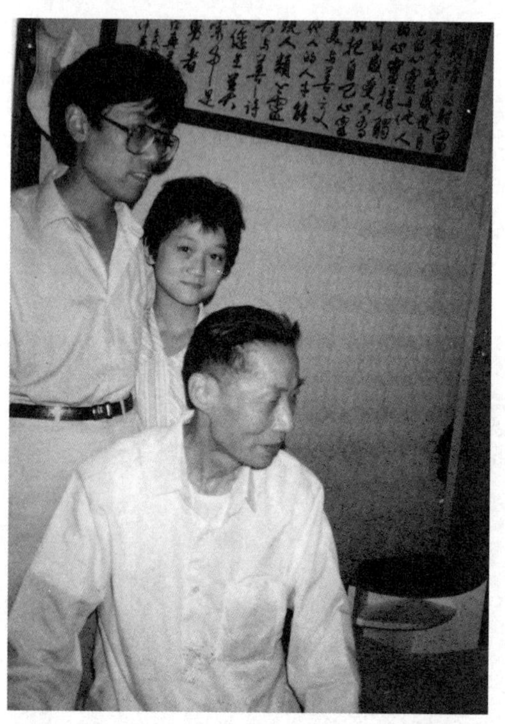

桂兴华父亲于1988年7月来瞿溪路的家中探望

桂兴华父亲的中、老年肖像

底朝天！

想想那一晚，父亲见我发怒而一声不响、满腹委屈的样子，我想他一定是惊魂未定又添了恐惧。我真对不起父亲啊！那年月，亲情也被撕裂了。我至今很懊悔。

我下乡10年，父亲的每封来信都很长。这里摘下一段：“早晚两头很冷，灯芯绒与绒线衫加棉马甲不够热，可穿小棉袄，比别人多穿一件无妨。仰头荡喉漱口每日三次不可忘，能清喉火清黏痰。桃子李子最最坏，不可吃。木箱底下的书报潮湿吗？有太阳时晒一晒。上海最近在学《党委要抓大事》活页文选，已售完，下次再寄。”

回沪后，我第二次搬家是到瞿溪路，住在七楼。父亲来看我，攀到七楼后掏出的是送给我的一只咖啡色菱形壁钟和一根长长的细麻绳，还吊了个钩子，说：“你们爬七楼，很吃力，有些东西好吊上来”。后来，我们还果真用它吊过菜、牛奶瓶和书。

很长一段时间，我必定每星期一傍晚去人民路看他。他还抓紧时间教我练太极拳。我知道他每天下午总是静静地坐在窗下，一个人写啊抄啊。他肺气肿严重以后，头靠在高高的枕头上，看见我就有气无力地说：“我跑了好多地方，都没买到1989年日历芯，你给我去买一本吧。”那天凌晨四点，我连续在父亲病床边守了两夜以后，骑车在空无一人的淮海路上为他寻找可口的饮料。直到八仙桥，才在一家通宵的食品店里买了两盒“蜂蜜果子汁”。父亲接过去后，马上狠狠地吸着麦秆，纸盒角角落落里的汁水都被他吸完了。这种饮料，他平时从不舍得买啊！

1988年12月12日，父亲去世在南洋医院。那一晚我正好去举办诗歌讲座。下午5点10分，就是我在四平路上的小吃店里充饥的时候，父亲的遗体已经运往太平间了！可那时，我还为父亲买了两瓶“维力多”。讲完课，我慌忙推开急诊间的门。一见父亲那张床已经撤空，我的头脑一下被重锤击中！父亲匆匆地走了！父亲，你能原谅我吗？你闭上眼睛的时候，我竟不在你的身边！我只庆幸：父亲在世时尝到的最后一丝甜味，是我带给他的。而这本带给他的日历芯，他已看不到了。他没能看到1989年。追悼会上他的那张照片是我挑了去放大的。他的那副老花眼镜已经随他一起火化了。

几天以后，当我从龙华殡仪馆出来，把他的骨灰盒放在自行车前面的小筐里，小心翼翼地骑回家时，总想着他留给我的最后一个动作：深情并且目不转睛地看着我，然后无奈地摇了两下头。也许他是在说：“我还有许多事要办，但现在办不成了。”父亲，那么就让我来给你办吧，包括把你送到你和我一起仔细选址的“祈盼松柏照顾”的离慈城附近的骆驼桥不远的神钟山公墓。

整理父亲遗物时，我发现他的小笔记本是那么多。有几段黑钢笔记下的密密麻麻的内容令我激动不已：“1969年12月，因新针疗法打成气胸，父将你全身上下四肢展开，拧、拔、搓，推拿各法齐用上。13日到卢湾区中心医院（即南洋医院）急救，谢丽娟女医师极力抢救，打电话向结防所借人借工具，抽吸出胸部空气4 000 CC，脱险”。1976年5月23日，你结婚时送礼的有：朱福荣10元，张家外婆6元2角，葛幼卿、杨小珍、杨竹君台灯，顾兰英、沈爱琴塑料糖缸一对，沈建民父玻璃杯连水壶及塑料茶盘，陈建忠照相簿一本，周文英枕巾两条……”

父亲那时就对我的“五行”留言：“水多可顺而不可逆”。他自己“缺木”，一生劳碌。此刻，我又想起了自己那首《父亲》中的几句诗。2007年4月，我在上海电视台录像棚里回忆我和你的许多往事。

编导在开场的导语中这样写：“桂兴华能脱颖而出，除了文学功底和激情，还在于他也有一个极普通的父亲，同样也有父亲手中一只碗的故事。桂兴华成名了，但是他从没有用自己的笔，自己的才说说自己的父亲。他愧疚，他难忘自己的父亲。”主持人刘凝与我娓娓而谈，节目在那年6月1日的上海电视台纪实频道播出。大家都对我说：“你的父亲上电视了！”

是的：父亲，你不会在麻袋里的。

眼看又到冬至了。我还想去慈城看你呢，你在神钟山好吗？母亲也已经来陪你了。

2011年12月18日含泪写下

老西门

那所让我展示写作才能的中学已经消失了，矗立在那里的是崭新的楼盘“众鑫坊”。

那所让我首演独幕活剧的小学，还在那条名叫“恒安坊”的弄堂里，但已经改作“区劳动教育中心”了。

被复兴东路隧道穿膛而过的老西门，已经让我不认得。

这一带的个体户实在多，印证了一句话：“上海滩，摊头多。”

路边全是小摊——虾、枣、手表到内裤、大衣、家用电器。旧自行车摞成一大堆，是“淘便宜货”的人蜂拥而至的标志。

另外，有那些下班后凭着路边的一方小桌上的几包外烟捞“外快”，靠临时的小食品摊以图生计的无业者。都为了扒分啊！想用“蒙特娇”的短统袜代替呢绒袜，用“加士登”网球裤代替牛仔裤啊！一只空的“人头马”酒瓶，也会使他们很“扎台型”。想旋转高脚酒杯“卖卖样”又做不到，于是一看见乌黑锃亮的筷子就想入非非。

我熟悉他们。虚荣心极强，而生活水平较低。开“老虎天窗”的小阁楼与铺红地毯的大客厅距离太远。这种反差会使他们奋发图强。但这里的空气里弥漫着“讨价还价”，不富裕又使人们习惯于斤斤计较。在昏黄的路灯下甩“大怪路子”的，也会是他们。

记得当年上完了珠算课，中午回家的路上，我会把父亲的那把红木算盘摇得哗哗响，令“老大房”一带的小弟弟小妹妹们多么眼红——你们还没上有珠算课的五年级！

路上曾经有爿小店，半个门面一块小板：“广告设计”。户主只有20多岁，美术字写得非常漂亮。在他的排门板前，年幼的我总会停下脚步：年纪轻轻的他为什么这样上班？50年过去了，这家静悄悄的广告公司怎么还开着？它是不是上海滩解放以后历史最悠久的广告个体户了？

我还记得：小学的大礼堂里有个小舞台，班里自编了一个表扬好人好事的话剧，我是中队委员，扮演路边的鞋匠——一个我熟悉的个体户。但走针线时，我都瞧着另一个“师傅”，就害怕演错了，那时我的胆子很小。

中华剧场就在学校的斜对面，附近有座不高的塔。剧场里常演地方戏，我偶尔进去看过。文革期间到里面参加过会。1989年秋，我作为《上海文化报》的记者经过那里，门前霓虹灯上的“剧”字已经害羞地熄掉了。剧场里衣裤林立。33元一件的黑漆漆的“里根衫”特别招摇，30多位职工缩在一边办“第三产业”，虽然旺季不旺，企业的收入也超过了原来的50%。

老西门被列为“两类营业区”，也许是指这里的消费水平不如市中心。

今天，我在小店门口坐下来喝一碗一元钱的“八宝粥”时，与对面一位穿着老套的老人攀谈了起来。

方浜西路上是一片小贩的吆喝声。他从怀里掏出了退休证——大中华橡胶厂的一位司炉工，至今还怀念着徐家汇街心花园里保存的那根大烟囱。他姓胡，现在每月退休金是1 650元，每天下午来这里喝点粥，祖籍扬州的老婆正在家里打麻将。他脚上的黑皮靴擦得雪亮，紧裹着黑色薄花呢。他自信地掀开上衣，说：“里面用的是骆驼绒！ 20世纪七十年代很吃香。”听他说，他的亲家一直是干洗浴业的，解放初家底就很厚。

对附近的那爿“西门浴室”，我印象很深。记得大年夜的晚上，我总跟着父亲带着干净衣服，在“浑堂”热腾腾的雾气中，换下的衣裤被叉得很高。老师傅帮我狠狠地搓背，搓下来的污垢很多，我倒很开心。污垢多说明我忙啊，怕就怕皮肤太白、太嫩了。我洗！我洗！洗出一个鲜灵的我，迎接新的污垢。

老西门还有家“省版图书门市部”，我是常客。80年代初，它还展销过我的散文诗选，门口还竖了块广告牌。经理后来调到了大世界对面，现在到福州路书城任职，见到我总像老朋友。女儿对那家门市部也有印象，因为母亲每年大年夜的下午，都带她去那里买连环画，一角钱就能买一本。母亲手头那时宽裕些了，岭岭又是桂家唯一的女性后代。

今天，我对着书店这排有些破落的橱窗，感到了它的盛景不在。活脱脱像一家旧货店。

逛到了11路的终点站。但中学怎么也找不到了。那幢大楼早已被炸平。

第21中学在60年代才有了那幢4层的新大楼。不甘示弱的党支部书记郦桂芳很出名，他的两只手掌都因祸截去了，那卡住钢笔的手势却十分坚强，作报告时很乐观。他还记得我哥的名字，有时候会把我叫错了。哥哥很喜欢普希金、雪莱的诗，买了不少诗集，但最终成了医生。他的这个爱好强化了我的追求，我的作文里常常会有诗句，操着乡下口音的语文老师还一次次夸我。

发黄的日记本里的支出记录有："红光依金笔1.08元，电影票0.10元，铅画纸0.13元，颜料0.54元等。"一个月只有2元零用钱。父亲患肺炎长期病假了，我有这些钱买买文具，已经很满足了。再要添什么，往往很困难——母亲的钱袋捂得很紧，为购一本新笔记本我讨得眼泪汪汪也无用。

没想到：初二的时候，我突然开始"红"起来了。因为我在全校时事知识比赛中得了第一名。班主任给我搞了一张南市区图书馆的借书证。我成了班里的第一名共青团员。

从此，在操场边的泥地上与同学打弹子，已没有时间。早些天甚至打到天墨墨黑，才依依不舍地回家。那些彩色的玻璃弹子是多么晶莹、漂亮啊！输掉了真心痛。我至今收藏着。我的左手有力，是不是与那时常用这只手的大拇指、食指打弹子有关？

我开始主编学生会黑板报。操场的一侧是一长排黑板报，一周换一次内容，我常常是边用粉笔写，边在心里想补缺的好句子。围看的同学不少。渐渐地，我的粉笔字也出了名，各个班级开主题会，课间10分钟，也会叫我先用抹布蘸着水在黑板上流下笔迹，然后用粉笔画下轮廓，很遒劲。

回想起以前有一次作业是写美术字，我用一色的金黄写了一行"向卡斯特罗致敬！"被老师表扬时，竟有同学怀疑不是我写的，他眼红了。而现在看看我的粉笔字，什么都不用说了。后来，我夺得全校小特写比赛中的第一名，又使我参加了学校写作组，并且主持了班级古典文学兴趣小组，还在《青年报》上发表了我的第一篇作品——一副春联："人人争当学习雷锋好标兵，家家抢做勤俭建国急先锋。"

1962年小年夜，我在老西门的那家比亲戚还亲的报刊门市部里买到这张《青年报》以后，几乎天天跑到学校的大门口去，看看编辑部有没有给我寄东西来。可正值放寒假，传达室不开门，我只得踮起脚跟，反复地瞅那玻璃框里一排排的信封中，有没有我的名字出现。过了好些天，我才收到了几本新书和一叠书签，弄得班级里谁不羡慕？

我哥哥也是在这里读初中的，那时叫"向前中学"，校址在梦花街，后来才搬到11路电车老西门终点站附近。11路的另一个终点站在小南门。花4分钱就能一圈一圈兜下去。我就这么兜过，兴冲冲知道了环城原来还有这么多门：小西门，大南门，大东门，老北门等。

此刻，我和爱人又这么兜了一圈。两元钱的空调车。沿途准备拆迁的房屋不少。弄堂口头发梳得油光光的小姑娘，依然如旧。老城隍庙一带的绿化最显眼。哪里是漫漫长途起点的1969年挂出的“区上山下乡办公室”？哪里是当年同学石库门里的家？……

（刊于2004年《海上文坛》）

宛南六村

定居加拿大的桂兴华哥哥来上海探亲

我在那里住了整整7年。骑自行车的7年。

回想起1991年9月1日，市文化局调配分给我的这套二居室终于踩到了我脚下，我首先记住的是现成的电话线和长长的金鱼缸。我退掉已经渐渐喘不过气来的7层楼，换来了这块前后有葱绿树丛的平地。

第一次看房时，我就被吸引了。这排靠近双峰路，面向天钥桥路八万人体育场的老式公房，虽然还是1980年的“宝钢式”——底楼竟无天井！但地段极佳。房后面就是宛平中学。搬来那天正值开学的日子，电铃声经常大作，仿佛是在提醒着我——生活每天在向我上课了。

原先的户主是上海油雕院的陈先生，很和善的一位老者。我第一次见他，他身后的窗外是密密的树叶投下的浓荫。他的儿子在双峰路口开了家小小的伙食店。我搬到这里的第一顿午饭，就是在他店里吃的。海燕后来把小店交给了哥哥，自己出了国，几年后回沪，与我聊起来依然离不开市场经济、社会热点。

一楼共有3户人家。左边的那家户主在证券交易所工作。右边的那家有对小夫妻，外貌酷似刘德华的开着一辆漂亮的墨绿色中巴。 楼组长是位胖阿姨。胖阿姨包饺子有一手绝活，一揿一转一捏，一大堆饺子就成了，我们一家都尝过她的手艺。我家的灯管、电表坏了，是胖阿姨的大儿子包修，爬上爬下不厌其烦。

搬来后的第二天，妻子突然看见李老师从楼上下来，招呼过后，才知道她就住在三楼。她是妻子读中学时的英语老师，师生相遇，格外亲热。妻知道了：李老师夫妇俩年过七旬，还无儿无女。什么原因呢？后来她对我女儿说：她的老爱人是国际上有名的细菌学家，但却差一点被打成“右派”，他患了精神分裂症。为了不让自己的孩子有这方面的遗传，她决定不生孩子了。

我女儿对李老师非常敬佩。有一次，为了帮她配一种特殊的圆珠笔芯，女儿骑着自行车跑了大半个上海。李老师则精心辅导女儿的英语，使女儿高考的英语成绩近乎满分。

双峰路很短，是41路终点站：路口的标志是陈先生的作品——一座题为“和平”的艺术雕像。对面的菜场很有名，早晚的露天摊头也排得很长。“中山苑”则像颗明珠，镶在湿答答的黄鳝摊和半夜忙着卸蔬菜的黄鱼车之间。入夜，隐隐可见曲墙里面那些浅黄色的路灯与墨绿的树荫争辉。贫富的巨大差距，我就是在这片白墙外感受到的。

记得房屋装修时，铺地板的木条是海燕留下的，我用的那些墙纸、瓷砖、涂料、大理石，则是首次在宜山路上学会了挑选，价格与型号我均是粗粗一指。

我在这条与20世纪90年代的晚风同行的小路上，曾经遇到过两位以前的女同事。一位是编辑，正在菜摊上挑肥拣瘦。见了面，我就向她请教电脑知识。我那台286电脑常出故障，她夫妇俩就在电话那头指挥我怎么扫除故障。另一位是具有作家气质的知名主持人，正匆匆上班，戴了顶别致的帽子，衣饰讲究。而路对面，住着我的一位多年的诗友——一级警官。他来我这个宛南六村的家只有一次，是为了给他负责的《大墙内外》组稿。

双峰路一拐，就到了龙华烈士陵园。在那里，我曾与它的设计者邢同和大师长谈过。记得那时，我是踩着那辆艳红的自行车来来回回采访的。

女儿，则把苦斗后的兴奋留在宛南六村了。其中的原因，就是由于她终于考取了最后入梦的大学。她把全部的时间豁了出来。离高考只有3个月了，我还陪着女儿在商城后面的高级教师家里补习数学。借来的参考书白天就全在她的小床上，临睡觉时，才把书搬下来。

每年的大年夜下午，我们一家三口要去书城买书，一进店门就分兵三路，妻爱选择小说和毛线编织书，我当然是买心爱的诗集，女儿则抱着厚厚的《张爱玲全集》、《三毛全集》直至后来的《茨威格全集》。当午夜的鞭炮铺天盖地响起，我们却捧着自己爱看的书吃“年夜饭”。

那时没有书房,《跨世纪的毛泽东》和《邓小平之歌》却是在那里完稿的。

1998年,我以14万元的价格把它卖掉了,就是为了添一间能把藏书展开的书房。没有书房真苦啊!门后面那只从延安买回来的红布做的大信插,早已被报刊杂志胀破了。女儿每天睡觉,总是被床边高高垒起的书吓得提心吊胆,生怕颤巍巍的书架会突然倒下来。34英寸的长虹彩电离沙发只有一步远,友人见此场景总是连连摇头,催我赶快想办法买房。

我在下乡当知青睡在茅草屋里时,就有这个"奢望"。1979年底回到上海后,我这副被过沉的稻把压弯的脊背,该扛起的东西实在太多。不富裕的诗人,只能从房价便宜的闵行区里找个据点。九星建材市场旁边的新村被我相中了!因为只有2 000元一个平方。我本想只买下一套作书房,可妻子硬要买两套,说分开两处不方便,于是举家而迁。我只得把宛南六村的房子抛掉。

当时,房产公司我是接触了一家又一家……后来,我这条售房的广告在《新民晚报》的中缝里一登,最早找上门来的竟是隔壁邻居!老汪是通过居委会打听到具体门牌的。他准备买给他年迈的父亲住,照顾老人家方便些。这种情况最容易成交。他赶在其他买主"起蓬头"之前,已经一下子从股市里提出了14万元现金交给我,并说:"我只提一个要求——问你讨一本签名本!"

2011年,桂兴华去加拿大探亲,哥哥领他到世界最长的铁索桥参观

这间24平方米的102房间啊，7年来只见我们忙忙碌碌的身影。还有一条小狗，对着回家的我们总是又扑又跳又摇头又使劲摆着尾巴。

这条小狗，是女儿私下同小区邻居谈妥后悄悄领来的，事后我付款300元。取名“咪达达”，是爱用叠词的女儿给起的。意即最小的到达。它刚到我家时，常躲在书桌下偷偷打量我们。

它和女儿一样爱吃小核桃桃、小刘瓜子、糖炒栗子，不给它吃，它会直起身来向我们作揖。女儿坐在沙发上，它就把头枕在她的腿上呼呼大睡起来，女儿不禁感叹：“世上哪有你这样会享受的狗狗啊！”

搬离宛南六村的时候，咪达达也跟着我们来回奔波。因为这么多的书累得我们反复折腾。先是妻子用她在誊印社工作时特有的包扎技术，把所有的书一捆捆扎好，怎么摔也摔不散，直扎得手上出现一道道血口子。再把扎好的书放进一只只麻袋、蛇皮袋。

当搬场公司的工人进门看到两个房间的屋中央堆积如山的书时，吓了一大跳，不知如何加价。因为搬彩电加100元，搬电脑加400元。他们说：“你们这是孔夫子搬家啊都是书！”其中有一位马上说：“不，简直是图书馆搬家！”但最后将五吨的大卡车装满后，还是装不下这些书。全靠妻的一个好友帮忙，用他的自备车来回运了八次，第九次是“刘德华”来看我们时用他那辆墨绿色的中巴给带过来的。

不能再穷吃、穷穿、穷住惯了，我宁愿每月按揭，也匆匆离开了这里。

当然，这里是我写作的转折点。

2006年我重返这里时，发现家门口的那只我特制的大信箱还挂在墙壁上。那时候，也是我女儿来信最多的年头。信封上是她那秀气的钢笔字。那一年她来信的最后一句是：“谢谢，所有的。”

我，则要感谢宛南六村。

明星的“特别报道”

——《新闻记者》专稿

当这个时代的人们更多地是在消费明星时，有关明星的报道都使出了浑身解数。《陈坤：不吃牛肉》、《陆毅：女友是最忠实的》、《刘若英：不爱奶茶，爱可乐》、《许巍：吃饭不忘打拍子》、《梁静茹：最爱大闸蟹》等，都在明星的生活细节中寻找“非常”。更有名为“目击”版的明星报道打出《足球队员从“头”做起》的标题，刊出上海中邦球队队员在美发厅精心打理的大照片，内容着眼于他们集体的改头换面，以此来吸引眼球。诸如此类，有的靠“轰炸性”的信息量，有的靠美文，各领风骚，不惜版面，反映明星的每一个侧面，可谓五花八门，各显神通。假如排除了娱乐新闻庸俗化低俗化倾向，有些经验还是值得聚成、借鉴的。

（一）“刁”的视角切入

明星的“非常报道”最需要“刁”的视角。而记者的切入点大有学问。一条貌似平凡的线索下面是否埋有“爆料”，考验着记者的敏感和处理素材的能力。李咏的节目如何面对“超女”的冲击，孙道临接受采访是否“收钱”，张艺谋与陈凯歌2008年奥运会开、闭幕式“拗手劲”……唯有不一般的视角，不一般的“刁”，才能在同类文章中脱颖而出、高人一筹。

“刁”的视角一定是巧视角。李敖在上海时，天天有新闻。某报以《李敖：在沪读书时被记大过》为题，报道了他在市东中学的一些情况，其中有李敖青年时期曾经“飞刀伤人”的故事。这类报道发在文化版面上虽然到位，却无法“抢眼”，它在“李敖大陆行”如潮的新闻中被淹没了。而《上海电视》记者在题为《李敖在安全刀片上行走？》一文里，对李敖这个多重身份的人打了一连串的问号。那么，属于李敖的安全刀片是什么？“刁钻”的记者多侧面找寻相关领域的专家来打量李敖。专家们的评价权威、尖锐、咄咄逼人：“是史家吗？一骂遮百学！是思想者吗？有流氓文人的鲜明特征！是作家吗？没人好好看过其小说！是诺贝尔奖提名者吗？没什么艺术性！是脱口秀者吗？中国就缺这样的男主持！”就这样，一个有争议的李敖和一个多元的世界，即刻呈现在读者的面前。

“刁”的视角一定是发散型思维的产物。对明星的报道，更需要挖掘出他们在掌声和荣誉背后的故事，这就对记者的视角提出了更“刁”的要求。《大众电影》的《张瑞芳：苦闷和失落的日子》，靠逆向思维出奇制胜。张瑞芳怎么苦闷？怎么失落？读者的好奇心被吊了起来，《出人意料的情变》、《异常苦闷的两年零八个月》、《三年零十八天的苍茫时分》里布满了生活细节，关注了她的生命状态，触及了她的灵魂深处。不仅仅如此，横向、纵向思维都能出新闻。譬如陈佩斯的一句“我和赵本山市场价码不同”，引出了一版报道《让市场来评价我和赵本山》。这比一般地介绍《阳台》来沪演出的消息，显然深刻多了。

在全国媒体密集型报道的关键时刻，“刁”的视角是一场考验。“两会”报道中，有一篇着眼于“热点人物”的新闻特写让人过目不忘。那是新华社的统发稿《马季两会“说相声”》。对相声艺术来说，谁的发言最有权威？当然是马季。这篇文章用六张“分解动作”的照片，挖掘出了精彩的细节，用照片巧妙地道出了当前相声陷于无法发挥其艺术特色、群众不予接受的尴尬境地。如分镜头一般的照片叙述既避开了大头照的平白，又制造了胜于文字的视觉冲击力。许多记者事后感叹：原来照片也可以变通成为“刁”视角的工具！

在新闻报道追求“你无我有”的竞争状态下，“刁”的视角是制胜的法宝。明星的报道要上头版，很不容易。《劳动报》2005年9月7日的头版，上了一条文化新闻《刘心武说热了“红楼梦”》。记者抓住了当时中央电视台与书市的“热点”，即央视十套的系列节目《刘心武揭秘“红楼梦”》是怎么催热了《红楼梦》的销售量。他揭开了其中的层层“内幕”，读者自然是有兴趣的。独具慧眼太重要了。跑这个领域的记者，一定要成为本行的行家。

不得不提醒的是，新闻业的圈内规矩让“刁”的视角愈来愈珍贵。当明星们为了自身宣传需要“亮相”、“抖料”时，记者们也正在渐渐习惯使用主办方的统发稿。大腕陈道明，忽然在好几家报纸上同时爆出新闻。一看，均为“不惹事”，“床边堆满书，三餐蛋炒饭”之类的内容，语言格式均是一样的，这显然是主办方的统发稿作祟。被请柬牵着跑的记者是没有出息的。读者读来十分乏味而且怪记者们偷懒，一窝蜂而入，往往似曾相识。因此，独家新闻现在越来越难。有责任心的记者应该独闯“刁”的小路。新闻不一定出在热闹的地方。柏林影后茱莉亚·燕琪出现在发布会的时候，人并不多，但《新闻晨报》的记者在引言里写得很实在：她“静悄悄地开放”。对与文章相配的四张小照片的概括也很到位。“盯着上”，才会让读者领略到不一般的面部表情。以“刁”的视角来报道一种新闻产生的过程，才能显示记者的独到见解。

当然，对于“刁”的视角，第一条是决不能胡编乱造。千万不能以捕风捉影的假新闻来扩大影响。2004年11月马季的广州之行，竟被记者挖出这样的“看点”：他“炮轰牛群”，导致“牛马之争”，他此行是“告别演出”。马季却说：“这是指驴为马”！

可见，记者的眼光，第一步是找准，第二步则是要注意视觉的冲击力，尤其在生活节奏日益加快的今朝。难以捕捉到的一瞬间，将人物不易显露的另一面放大，都会有强烈的效果。小泽征尔是世界上起床最早的指挥家，刘欢和卢璐相识九天就求婚，“笼着袖筒”四字概括出濮存昕扮演鲁迅时最典型的动作，拍白先勇就与昆曲的脸谱放在一起。这些富有个性的视角，都在读者的记忆中留下了烙印。

（二）“奇”的版面设计

如果说，“刁”的视角是明星报道的布料，那么“奇”的版面设计就是明星报道的裁缝。

“奇”的版面设计一定吻合了报刊的定位。赵本山出任辽宁省足球俱乐部董事长，曾经成为各大报刊的热点。《解放日报》的大标题为“我的选择不会错”，配用新华社的图片。图片很有冲击力，说明了赵本山出任后立即受到媒体记者包围的现场气氛。同样的内容，《文汇报》却另辟蹊径，用诙谐的漫画突出主题，画的题目是《一人转起“二人转”》，文章的副题为：戏称“已做好挨说、挨骂、挨轰的准备”。如此漫画与文字一搭一档的版面设计，再一次显示了《文汇报》始终强调的文化品位。而《新闻午报》的标题则有其文艺特色——“绝对不忽悠”，照片中赵本山叼着的那支烟最抢眼，旁边的文字说明也充满调皮，既针对了午报阅读群体的口味，也搭上了午报的“闲适”脉。

“奇”的版面设计一定是良好视觉效果的传达。《任长霞》的首映，使这个英雄人物及演员张瑜再一次成为关注的热点。《新闻晚报》怎么把一大块新闻素材在版面中有血有肉地组装起来呢？同一个记者、同一个题材的若干篇文章在同一个版面上出现，详略有致，有剧照，有现场留影，有专访，还有小花絮。2005年10月19日的《青年报》刊出《巴金的上海地图》，没用长篇大论，而是用时间、地点、事件串出了一条条重要的线索，有力地证明了“上海成就了巴金，巴金也成就了上海”。版面设计者将内容组装得有序又有趣，密集型的报道读起来就让人不觉得累，“奇”的版面设计营造出了一目了然的视觉效果。

“奇”的版面设计一定是容量和质量的叠加。八强超女飙歌，已经成为这一年最值得人们记取和思索的文化事件之一。一个节目让那么多的人疯狂过、感动过、梦想过。李宇春，在4亿观众的狂热追看，平面、电视、网络媒体的全面跟进中，一下子成了全民皆知的明星。2005年9月初的《三联生活周刊》，大篇幅的“绝密档案”中还有“审美交锋”，显得有文化含量：李宇春自己怎么说，她的亲人、观众、专家怎么看，以及她得到352万条短讯支持的内幕。对这样一个被突然广泛关注的明星人物，这么早就用轰炸式的文字与照片全方位报道，使读者看了很过瘾。它用21个页码“围攻”李宇春，不仅比10月3日出版的以“超女”李宇春作为封面的美国《时代》周刊亚洲版早了整整一个月，比一家晚报10月15日才登出的爆料均旧的《超女宇春的家庭幕后戏》早了一个半月。早，真是制胜的一个窍门，事半功倍。强化编者的组稿力量，是一条捷径。除了本刊记者亲临现场以外，一定要召唤各路精兵加盟，这样才会使文风多样，信息出彩。

和超女的一日成名相比，张爱玲是不老的话题。2005年9月8日是她逝世十周年的日子，为此《新闻晨报》以俗的面目专门策划了纪念张爱玲的专题。专题策划从“消费张爱玲”上切入，共分四个版：总述；影视篇（思恋她）；粉丝篇（寻访她）；文人篇（标榜她）。分量上足够，版面设计精心考虑、更具创意。专题中，张爱玲的各种身姿分别显示在她的一个个剪影中。这不同于一般的“拼版”，而是富有心意的艺术结合。

可见所谓“奇”的版面设计，均包括了选准人、及时上；多角度、不空洞；图文并茂的集合和一针见血的议论。甚至有时候，站在对立面也是“奇”版面设计的招数之一。面对“超女”的冲击，作为同类节目的央视“梦想中国”该怎么办？《新闻午报》旋即刊出一篇《李咏：央视的娱乐底线》，将读者的视线拉了过来。

“奇”的版面需要一双翅膀，那就是想象力。新闻不可想象，版面设计却赋予了策划者发挥想象力的空间。报道新片《鲁迅》，《电影故事》的编者拟就了一篇《鲁迅》写给导演丁荫楠的信，并以丁导演的口吻概述电影情节。文章的人称一换，顿时就鲜活出挑。除了人称转换，记者与被访者之间的角色对调也堪称“奇”版面设计的新筹码。《上海画报》2005年推出一个栏目《陈村的照片故事》，刊登著名作家陈村自己拍摄的照片，文字说明也由他操刀。由被采访对象拿出实物来“自说自话”，最贴切地传达了被采访对象自身的视野，拉动了整个版面的生动元素。

欲“奇”到位，必先有个提前量。鲁迅诞辰之际，电影《鲁迅》公演。拍摄鲁迅题材的电影是上海影人的心愿，某报刊书摘版抓住此契机，及时推出了《赵丹自述：我与“鲁迅传”》，解了读者的渴。可见编辑早作了准备，有了提前量就不会陷自己于“赶鸭子上架”的局面。看到今日终于面世的《鲁迅》，回想起赵丹当年为演鲁迅的倾情投入却不了了之的郁闷，怎能不使读者对这个版面更加关注？

但是，得掌握好“奇”的分寸。尤其是那些欲先“奇”到位就匆忙定调的报刊。2005年的春节晚会谁执导？怎么变脸？这张报登出郎昆的大照片，说他“很可能再执导”，那张报则说王炳森中标——“打百姓牌”，“为春晚瘦身”，使他赢得了人心。

谁的判断正确？采编人员应该有事先给读者“指点”的意识，却也不能写得太满。一味追求“奇”，而忽略了“奇”的分寸往往会置自己于被动。回想起对那个冲刺2004年春节晚会的上海小品《一把钥匙》，当时也是“一窝蜂”好评，结果却落了空，招来读者一片苦笑。因此，事先不要写得太满，是一条好经验。

（三）“刁”、“奇”互动

一条诱惑力十足的明星新闻线索，如同一只香味四溢的芒果，如何将它以最完美的姿态呈现在读者的面前，是对瓜瓤与切术的考验。由此，就需要“刁”的视角切入与“奇”的版面设计紧密互动。抓住了目前市民阅读的兴奋点后，还可以配以短评。对素材的综合能力体现着一家报刊的实力。聚焦、回眸与展望，一般是对一个新闻事件过后的概括。这三个部分怎么准确、精到，考验着一个记者的眼光与编辑的能力。严肃的话题，也可以讲得通俗。谁将“严肃”与“通俗”结合得好，谁就拥有更多的读者。

对陈逸飞去世的报道，各家报刊的报道曾是大批量的。《解放日报》“新闻视点”版把陈逸飞与该报联系起来，匠心独具，内容富有个性，也宣传了自己作为党报在各个历史时期的重要性。因为在1969年，陈逸飞的成名作首次发表在《解放日报》上，而且他当年又是该报的美术通讯员。而《新闻晚报》的两个版则总结了6位明星夭折的原因。为何能有这样的独家题材？因为采编人员能纵横交错地考虑突发的新闻事件。

通过傅彪的去世，再将“过劳死”这个话题推到大家面前的，是一家文摘版。它的素材是根据中央电视台的《新闻调查》整理的。文摘版如此扣住社会热点，有新闻意识。《大众电视》的采编人员，在高秀敏之死中又有不一般的醒悟：谁都会“过劳死”！这就使旧话题有了新看头。从关爱读者入手，它告示：这些病同样威胁着普通人。其意义不仅仅拉近了明星与读者的距离，而且洋溢着浓郁的人文关怀。

2005年是赵丹诞辰90周年，6月27日当天，《解放日报》发了整整一版追忆他的文章。对新闻人物的挖掘，得有充分的准备。“冰点”不一定不能成为“热点”，“热点”也有可能让人疲倦。我曾问这个版面的负责人：版面“集成”是怎样的一个岗位？他说：“就是把几方面资料统一起来。“集成”，就是责任编辑下的一个统稿者。“统”，也能从各个角度“统”出新意来。

《解放日报》的《六问赵本山》曾经用了两个版。两名记者，一个实习生进京在外交部礼堂采访，细节十分多。主动性与亲临第一线，值得我们学习。并且有“后续报道”——2005年3月31日的《本山本色》中这样写道：“3月18日我们登了《六问赵本山》之后，全国的各大网站和一些报纸转载了这篇文章，我们还接到不少读者的电话和信件”，记者又一次来到沈阳本山的家里。本山的回答被引入小标题了：《每一步都应和着底层大众的节奏》、《不能忘了文化身份》等，整整一版有看头。因此，怎么使独家的“新闻观点”纵深发展，抓住不放？看来第一步最关键：要迈得准，迈得独到。

报刊不能一味被动地追随名人，也应该让名人听从报刊。这确实要靠“金点子”的有力支撑！《解放日报》举办的首届“文化讲坛”，邀请余秋雨、赵本山、曹景行举行演讲，引起了轰动。这是报社领导出的好主意。缘由是该报的记者曾经撰写了《六问赵本山》，打下了很好的基础。领导马上出题目了：能否把文化名人们请来，办个“文化讲坛”？抓住好的线索不放，并且从高处着眼，是一个优秀策划者应有的素质。3位名人果然欣然登台。《解放日报》搭起了自己的舞台，结果其他媒体的记者也被吸引住了。这种吸引来之不易啊！

值得注意的是：还有另一种吸引。有的编辑将一整筐“臭鱼烂虾”放在一起，迎合低级趣味。有家杂志2005年9月号整整10页，特别策划了一组冠为《当影视爱上搏出位女郎》的文章。并刊出莱温斯基的照片，说她是张钰、饶颖、周璇这类人的榜样。以这么大的篇幅来罗列、分析这些以“桃色”为主料的素材，证明这些作为闹剧的主角，以丑闻开道、以绯闻聚焦，“非常”成功了。但这样和盘托出，味道令人难受。将不属于正面的内容纠合在一起，会起误导作用。那篇文章说：“眼球已经成了害人精”，那我们的刊物就不要主心骨了？还得以真、善、美来引导读者。

这个时代识时务的“俊杰”实在太多，哪些该报道、何时报道、怎么报道，记者得潜心研究，好好琢磨。同时，编辑得加强针对性强的版面策划，别光瞅着人家“总是很非常”。我们首先应该明白：报刊的“非常”不是靠“搏出位”抢来的，尤其在目前“美女挤走了学者、低俗抹杀了端庄”的不良风气较浓的情况下。

我们要坚决摒弃低俗之风，以倡导先进文化为己任，进一步增强明星报道的社会责任感，通过提高明星报道的品位和格调来提高报刊“非常”的社会影响力。

（刊于2006年1月《新闻记者》）

50年前的那声表扬

老西门已经让我不认得。上海第21中学也已经消失。但我清楚地记得：1962年，我初二（8）班的班主任、教政治的张老师，她那张圆圆的脸。

张老师总剪着短短的头发，当时年纪跟我妈妈差不多。她撑在讲台上的手，说明她的个子不太高。她注意到我，是因为我在全校时事知识比赛中得了第一名。我答出了肯尼迪是美国第35任总统，答出了第26届世界乒乓球锦标赛的各项冠军。那天上午的政治课，正课还没有开始，张老师就大声表扬了我，说："中学生这样关心世界，很好。"我心里的高兴劲真是没法形容。我从没被老师夸奖过。从那一刻起，我仿佛长大了。而在此以前，我只是一个调皮的小队长，下午放学后总爱与同学在操场边打玻璃弹子，打到天墨墨黑。

过了几天，14岁的我，很胆怯地把一份想申请入团的信放到了她堆满作业簿的办公桌上。仅隔了一个中午，当我准备去交图画作业经过张老师办公室门口时，被她喊住了。我第一次离她这么近。还没等我开口，她就笑着跟我说："信，我已转给团总支了。我跟语文老师商量了，叫你当课代表。南市区图书馆离你家很近，以后我给你搞一张借书证。"她发觉我捏着一张铅化纸，便问："能让我看看吗？"我很不好意思，因为我已经迟交了。我铅笔盒里只有一管残剩的深蓝颜料，只得用水在盘子里把蓝色化成各种层次，图案设计的画面十分单调，但张老师看了以后却说："你很会动脑筋啊。"

后来，我成了班里的第一个共青团员，开始在报上发表作品，开始主编学生会在校门口的一长排黑板报。常常是边动粉笔，边在心里想句子。有一天，金黄色的晚霞洒满校园，我在围着看出黑板报的人群里，发现还有张老师那张熟悉的笑脸。

谢谢你，张老师！现在我明白，我当时的热情就像炉膛里一簇小小的火苗，完全是被你的鼓风机使劲煽旺的……

（刊于2012年4月8日《新民晚报》）

小人物不小

一位书迷

他多么爱书啊，多么爱生机勃勃的每一天！

家里的每个转弯处都高高地垒着书，一套仿明清的老式书橱刚刚请城隍庙的“老宁波花板店”打好。窗前面向兴国宾馆的那张大书桌上，总摊着才出版的《新华文摘》和《收获》。

附近华山路、湖南路上的哪幢楼当年是谁居住的，他是那么熟悉，包括孙科他也知道。他跟我说，在复旦哲学系读书的两年间，每个周末，他总是有着朝圣一般的心情。他会为参加图书馆的讲座提早半小时出门，到了那里席地而坐也十分乐意；他会广邀同事、好友组织家庭朗诵会，一口气背出李瑛《一月的哀思》；他会陪着儿子去拉小提琴后，再去汉源书屋有滋有味地看《静静的顿河》，然后去影城看通宵场宽银幕的世界杯足球赛转播。

他说，他在80年代的科技书店、90年代的席殊书屋购书，多次遇见“老先生”汪道涵。他一天去过两次“上海书展”。周国平临时改期签售，他也毫无怨言，易中天的书早在他走红前就有一叠，捧到现场一看排队的人这么多，他就不好意思请作者一一签上大名了。在他家一个大书橱内，满满当当地塞着作家学者的百余册签名本。

去年，他发现每天一口痰里怎么会有一丝血？他有些疑惑了。医生说：“需放疗35天”。鼻子里的毛病使他开始往返于医院。路途中，衣冠十分干净的他总爱去地铁口那家季风书店转转，有什么新书他会第一个通知我，对不同的版本和纸质也分析得头头是道。他还强韧疾病带来的苦痛，寒风中来到音乐厅领受德沃夏克自新大陆的抚慰。

他是在1993年我南京东路新华书店签售《跨世纪的毛泽东》时结识我的。13年后的一个冬夜，咖啡馆聚会后的他陪我打完点滴，一直送到我小区的大门口，还不放心。我在走道上回过脸去，只见他扒在铁门上，两只眼直盯盯地望着我。我连忙朝他摇摇手，劝他赶快回去，但我走到第三幢楼，发现他还扒在那里。午夜。细雨已经飘下来了。第二天我得知：他自己也发着高烧。

而最近，我去看望他时，他头上低低地压着一顶鸭舌帽——是不是因为化疗？听他在电话里说：脖子周围的皮有些糜烂，我也不忍心去细瞧。只听他悠然地在回忆：几号在晚报上看到了我写的纪念鲁迅的诗？早报上丁刚写的瑞典随笔真精彩啊！你女儿几号结婚？他居然在重病期间还《叩问劳动》，写出了忧患人类命运的《朗润之思》……而最令我欣慰的，是他说：他的病情早已好转了。

他，叫何成钢。

婆婆妈妈的"积极分子"

"你是党员吗？"招里弄干部的考官问。

"我是积极分子！"说着，你马上掏出一大叠获奖证书。

"你有办法摆平那些乱设摊的小商贩吗？"

"给我一只对讲机，一名助手！"你对着对讲机当众连喊几声："派出所！派出所！"威势很有震慑力。不久，你成了一名居委会的治保干部。

来之不易的岗位啊！

想当年，当地人对着你这个"黑五类"之子恶狠狠地扬言："你再积极，也不让你跳出去！"多亏X光片里"少了条肋骨"，你才病退回到上海。作为到处碰壁的推销员，你曾应聘去当保安。

敲开门，办公室的人说："你等等。"你一等等到中午，雨披下是一滩活生生的水和一双强压下千言万语的眼。对方不再玩弄大头针和几张纸了，起身准备去取预定的盒饭。"我？……"饥饿的你问他。"你？名额已满，你回去吧！"你一把抓住他的衣领，按住他的头："那你为何还叫我等着？你，别想去吃饭！"对方无法，只得把盒饭让出来……

此刻，头发没几撮的你，在我面前憨笑。

悉悉索索的塑料袋里，是防天冷备着的套衫、雨伞，没藏一张贵宾卡的旧皮夹，早已破损的小本子里全是左邻右舍的电话号码。

心驰青藏铁路的盲人按摩师

几个月前就听他说要去"世界屋脊"了。费用来自他获得青藏铁路知识竞赛第一名的奖金。“你没跟旅行社讲你的视力有些困难?”“没讲,我自己能克服”。我只知道他深夜下班以后,常常独步20分钟到徐家汇乘通宵车。

他患过小儿麻痹症,精通足球、音乐。他对“雷米特杯”一届届的荣衰均有评说,对这次齐达内的“顶人事件”耿耿于怀,对意大利淘汰德国十分生气。他不但对巴赫、莫扎特、比才、勃拉姆斯的曲目了如指掌,对外国的国歌也能一一脱口而出。那天,他对着意大利的客人一口气唱完她们国家的国歌,顿时引起满堂喝彩。

当然,也有人不服:“你会宰鸡吗?你会刺鱼吗?不会了吧!”他这样顶嘴:“你不想想,你比我大几岁?到了你这样的年龄,我也都会了”。我事后轻轻地对他说:“你也有短处的,你干嘛不承认?”他说:“我心里承认,但嘴上我是不输给老板的!”

有一天下午,高温35摄氏度,但按摩室里没客人,老板就不许他们开空调,他自作主张开了,然后掏出3元钱给老板,弄得老板很尴尬。我正好上楼,他说:“兄弟们吃不消。”老板夸奖他:“我们这里最聪明的!”

他的腰间总别着一个“随身听”。听“小说连播”,对宋怀强在电台里模仿一系列名人的能力大为赞赏。他自己也能学几句。他的听觉特别灵,我在大堂里一开口,他就准备好床位了。他的手感也让我深深触动:肌肉哪里松,哪里紧,他讲得一点不错。

此刻,离藏返沪的他,确实让我吃惊不少。

用散文诗翻卷一角风云

——《金号角》后记

我与自己的散文诗《南京路在走》,已经一起走了25年。

我总在想:散文诗在赏心悦目的花花草草之外,能不能翻卷更加辽阔的风云?

这风云,又是能触摸的,不虚幻。

对于散文诗把重大题材排斥的一些观点,我并不认同。我一直认为"不要价值、不要责任感"的观点是可怕的。喧嚣的市声里,良心、创意是我的一双眼睛。

为了远离肤浅,我紧紧抱着气喘吁吁的现实不放,关注人的命运。这里面包括领袖的命运、老百姓的命运。并与读者一起同享其乐,分担其愁。

《金号角》,将重写散文诗的我忠实地呈现出来了。其中有些篇章,20多年前就有构思。

2011年,我这部被纳入上海市重大文艺创作项目的专题散文诗,一步步沿着党的90年历史轨迹,尽量细腻些、讲究些。

光追求题材的宏大,是好高骛远。场面太宏观,读者往往会走神。

散文诗要"做大做强",必须在诗这个核心上下大功夫。

即在大视野中捕捉小细节。从细节入手,是作者重视现场的表现。

怎么把握重要的地标和关注点?必须从大处着眼,在小处着笔。

写给杨子荣妈妈的一封信、三次红手印里的小岗村,都披着2011年雪后的阳光。

毛泽东的"秀"、彭湃的叛逆、青杠坡的撤退、朱德最后的党费、摇着芭蕉扇的陈毅市长、重访"毛家饭店"、县政府旁的供水站、一张人民币、看电影《创业》与《海霞》、重听《红灯记》，切入点即角度比较小，尽量巧。

细节是散文诗的第一要素。散文诗中诗的内核，就是由细节萌发、渐渐长大的。

写彭湃，扣住他的叛逆：真正的叛逆者是一条永远不会沉没的船。写瞿秋白，我就盯住他在福建长汀的就义处："来吧，敌人的子弹。来吧，所有的对手……"

激情得从细节喷出。在多侧面的结构中，聚焦一角、一点、一人。

对素材要重组，以当代元素为统帅，将具体地点作为"引爆"，爆出新的火花。

我在汕尾为何激动不已？彭湃在当年，被叛徒出卖了！押送他的囚车马上就要到了。战友们从皮箱里抽出了一批崭新的德国造20响驳壳枪。但偏偏枪身上的黄油没有来得及擦去！只能眼睁睁看着那辆囚车驶过去了。十年动乱中，又将他涂上了"叛徒"的罪名。

许多细节，让我咬牙切齿。

我细嚼历史的橄榄，在文学角度上花的脑筋最多。角度，决定了作品的成败。有了角度，就不怕别人已经涉足。

气温突然下降，我并没有被吓倒，披着一件单薄的风衣就飘然过街了。

这件黑风衣就是亮点。亮点，不易找。找到了，就有立足点了。

新的、有感染力的角度从何而来？寻访、深入、积累更多的对象。

追求前沿，就得与第一线的人群在一起。我坚持去最有时代气息的地方去提炼。

前些天，我就特地去了古田、才溪一带。一条条细节铺满了我从不离身的日记本。

时代前进了，内容、形式也要同以前的大型歌舞《东方红》不一样。补丁迭着补丁的忆苦思甜要有所变化。努力做到：生活感强，意象新鲜。

尽快确立散文诗的文学地位，只有从文学出发。

设计当代散文诗的语言大厦，施工方案、建筑材料都得更新。

首先要淘汰豪言壮语。不能老依恋那些旧砖块。得装玻璃幕墙、安无线网络了。必须是今天的,实实在在的这一幢。否则:吸引不了青少年读者。

试想一下,被埋怨声包围,智慧的火花还能频频闪烁吗?

我要与锐气十足的创新同行。坚决离开熟门熟路。坚决离开老腔老调。艺术观点不变,不等于艺术手段守旧。

我得与别人的许多散文诗不一样。其中包含自己前四部散文诗集的旧作。我如果主编新的《散文诗选》,也得有新面貌。

刚强的态度中,能不能多一些温柔?

作者老操着自己的旧调,是无新"我"。作者总沿着别人的思路,是无自"我"。

散文诗中的叙事,比较难。因为一撒开,很容易染上"散文化"。越叙述过程,就越靠近散文这支方面军。只有打碎、重构、浓缩、跳越,才能向散文诗的方面军挺进。化整为零是上策。

必须以诗人的目光去选择事件,用抒情的方式去展示情节。

散文诗像散文,但更像诗。散文诗的本质是诗,散文诗的作者群里也以诗人为多。

由于能对事件更加概括,更加凝练,诗人的创造力就在抒情中获得了解放。想象的翅膀高翔。我觉得:以前的作品有些臃肿。去掉些装饰,反而鲜龙活跳。

我试过:好的诗能改写成散文诗,差的诗就不行。同样,差的散文诗想改写成诗,往往徒劳。什么原因呢?也许:优质奶,加适量的纯净水,能制成另一种精品奶。奶不上乘,第二道工序就难了。

散文诗要有警句。警句是有力度的表现,是思想性的量化。警句的朝阳在抒情中自然而然喷薄而出,最佳。

要张扬我散文诗的个性,就像无论什么盛大节日,对每个人来说最深刻的记忆往往是与自己有关的细节。目标是:让读者与听众有不一样的感觉。既能在大广场上放声朗诵,又能在小细节中回味历史。

继20多年前,散文诗界柯蓝、郭风、谢冕、耿林莽等师长指点了我,这回,贺敬之、李瑛、海梦等老前辈又给了我鼓励。

感谢责任编辑黄建章先生，一次次在寒夜中踩着自行车来我家中交流阅稿感觉。为写这本书，我度过了一个个被诗意支撑的连连咳嗽的冬夜。几经哮喘，边输液，边改稿。一个章节，往往呛出几口浓痰。这时候，电脑显示的时间又过了午夜2点。

我一股劲地拥抱每一天。对于已剩下不多的生命，我面对不断增出的白发说："珍惜啊，珍惜！"专注地垒一件自己最倾心的事。一个人的理想境界，不就是能集中自己的精力？

散文诗这个姑娘，她的肤色、呼吸、节奏、举止，都统一于一种特有的朝气。眼一睁就这么亮，话一讲就这么短，一颦一笑就这么与众不同。给她穿花哨的衣服，没用。太华贵了，像悠闲的妇人；太先锋了，又像撒娇的模特儿。她有发自内心的选择。任别人羡慕，任别人嫉恨吧，她就是她自己，就这么轻盈地走着。

我重携散文诗的手，从前沿阵地走进历史的许多角落。我喜欢妩媚，也欣赏幽雅，但我更加立足于扎实，向往着壮美。

于是，我在南京路上，吹响了当年小红军手中的那个金号角。

写于2011年1月20日寒夜至2月4日立春

新中国散文诗的前辈与中坚

因《黄河诗报》下一期将出版《中国散文诗的回顾》专辑，所以我在10月里翻箱倒柜，整理了旧笔记、旧照片一捆捆，弄出以下的内容。断断续续的组合中还会有许多遗漏，请大家谅解。

——题记

柯蓝

柯蓝先生从事散文诗创作50多年，留下散文诗3 000多首。

《爆破》很短：

工地上有几面红旗在摇，人影四散，一片静悄悄……

此刻，是多么的静寂啊！

我们经过了多少这种考验毅力和耐性的静寂！这是一个共同愿望要实现前的静寂，一个狂呼胜利的静寂，一个风雷滚滚、硝烟四起前的静寂，这是一个双方较量、决战前夕的静寂……

我爱这样的静寂，正同我爱黎明前的静寂一样。

他写了事件中最紧张的一刻，道理却很深。

他因病于2006年12月11日逝世，终年86岁。

继《早霞短笛》之后，他又倡导了一些新的散文诗写作形式，如“联组散文诗”、“同题散文诗”、“政论体散文诗”等，使散文诗进入生活的热点。他同时还是新中国散文诗活动的主要组织者。

在他担任中国散文诗学会会长时，主办了各种培训班、笔会。并著有《中国散文诗创作概论》一书。他的散文《空谷回声》被改编成电影《黄土地》，知晓的人可能不多。

他在新时期的作品中，下面这首《梅花》有些代表性。

梅枝上挂着圆圆的花苞。梅树知道冬天人间的寒冷，先送来唯一的花枝，然后才长绿叶……

梅花是冬天最后唯一仅存的花朵，还是春天最早开放的花枝？当积雪压断枝头的时候，百花凋谢，梅花它踏着风雪来了。而当冬去春来，万物苏醒，百花满园的时候，梅花它却又一人先去。是追随风雪而去，还是把它引来的春天留在人间？

梅花恐怕是百花之中，带着最多的心意，为别人忙碌的花枝了……

柯蓝先生自己也像一枝梅花。

艰难中，开创了中国当代散文诗的新局面。

他的晚年特别忙碌，到处奔波、呼号。

但他渐渐力不从心了。好像他身边的人没有增多的趋势。

他去世以后，更是风言风语不断。

平心而论，没有他，中国的散文诗能闹到这般遍地春色的光景？不可能的。他的影响力是绝对抹杀不了的。最近有议论说他反对变革，阻挡了散文诗的纵深发展。

这是很不公平的。

他力图创新，对青年也是大力扶植的。

可惜的是：他缺乏团队，帮手少，又树了许多不该树的敌。

他注意到了理论的建树。但远远不够。

我与他交往颇多。对他在珠海明亮的住处印象很深。最后一次见面，是在北京《红旗》杂志社旧大楼，他责怪我："怎么去写长诗，不写散文诗了？"

1985年，他和夫人王文秋一起曾到我塘桥小屋里共进午餐。爱吃炒花生米，还与我回家吃饭的女儿同桌、合影。

之后，他又曾力邀我去广州编《散文诗报》。1987年，他为我主编的《散文诗的新生代》作序。

与他相处的时间最长的一次，是在哈尔滨、鸡西煤矿、呼伦贝尔大草原的那些日子。感到他豪放、外向，好朗诵。

我在想：他的晚年，如果不是分心（因为他的作品再上大的台阶，已困难重重),而是在组织强有力的阵营方面下功夫,他的功绩可能会更大。

郭风

散文诗界有“北柯南郭”之说。

两位前辈的确风格迥异。

一个躁动,力图变革;一个则宁静。静,也能静出个大家。

俄国思想家、文学家洛扎诺夫说过:“隐居是灵魂最好的卫士。隐居中有一切。隐居中有力量,隐居中有纯真。隐居是集中精神。”

郭老就如他的散文诗:内向,缠绵,含蓄。

他说:“散文诗是一种美育生活,陶冶人生的很好的文学样式。我有一个奢望,这便是我想通过不懈地持续地运用诗篇,来描绘自然界的风景美,以表现一个总的文学主题,关系到人的情操和道德,永久的政治主题。”

他的那首《叶笛》最著名:

啊,故乡的叶笛。

那只是两片绿叶。把它放在嘴唇上,于是像我们的祖先一样,

吹出了对于乡土的深沉眷恋,吹出了对于景色的激越赞美,

吹出了对于生活的爱,吹出自由的歌、劳动的歌,火焰似的燃烧着的青春的歌……

啊,故乡的叶笛。

那只是两片绿叶。把它放在嘴唇上,于是从肺腑里,从心的深处,

吹出了劳动的胜利的激情,吹出了万人的喜悦和对于太阳的赞歌……

那笛声里,有故乡绿色平原上青草的香味,

有四月龙眼花的香味,有太阳的光明。

他是福建莆田人,有40多年的创作生涯。

我第一次见到他,是在1985年春,下午,上海,西藏路汉口路路口。和平电影院旁边的一家宾馆里。

对于那次见面,他是这样描写的:

一阵年青的旋风来了,

桂兴华同志来了。那天下午，他给我请柬，请我参加一个他的作品讨论会。
可是，我来不及看清他年青的面目，他带着我对于他最初的印象，走了。
那天下午，我乘民航机自沪飞往成都。我不无歉意。我在空中想：
明快以及现代节奏和内涵，这是他独特的风格……

似乎，那天我飞越江汉平原的上空时，已在酿造一本散文诗集的序言？
于是，我时或读他的散文诗，我的认识的树枝上，不时生出新叶……
它们，都使我感到中国当代散文诗被引向以诗的现代意识所关注的新领域。

——摘自同济大学出版社《美人泉》序，1988年8月4日

这种洒脱的文风与他50年代的《叶笛》，已有很大的区别。语锋这么犀利，语速这么急促，富有时代感，说明他的心态十分年轻！郭老这一点，非常可贵。

散文诗中的叙事，比较难。因为一撒开，很容易染上“散文化”。越叙述过程，就越靠近散文这支方面军。

只有打碎、重构、浓缩、跳越，才能向散文诗的方面军挺进。

化整为零是上策。郭老的这一段很有说服力。

郭老，是在以诗人的目光来选择事件，用抒情的方式去展示情节。

散文诗像散文，但更像诗。散文诗的本质是诗，散文诗的作者群里也以诗人为多。由于能对事件更加概括，更加凝练，诗人的创造力就在抒情中获得了解放。

记得在1992年冬，我去福建组稿。由朱谷忠先生牵线，在文联大院又见到了他。静静的楼，一壶茶。淡淡的一席话。他浓浓的情是慢慢让你体会的。

也许，散文诗就该是这样的：从容，不爱大喊大叫。

从这点上说，郭老更像传统的、但又有新追求的散文诗。

耿林莽

这些年来，他的散文诗在使劲绽放。但为何没有进入中国文坛的主阵地？值得思考。

近读他的一首《枯坐》，震动。他真是典型的多面手：对诗、散文、小说、剧

本都研究。他截取了一位母亲祈祷女儿的一瞬，等来的恰恰是行刑者问她索取其女儿被处死的五分钱“子弹费”。画面集中，反差强烈。单打一的作者绝对构思不出这样的短章。散文诗坛缺的就是“左右开弓”。

他已经85岁了，飘飘然的思潮还如此喷涌、多姿，令人佩服。

他出生于1926年。江苏如皋人。著有《耿林莽散文诗选》、《五月丁香》、《耿林莽散文诗精品选》、《醒来的鱼》、《耿林莽随笔》、《飞鸟的高度》等。曾担任中国散文诗学会副会长。

评论家们均赞其“诗风冷峻，理性内敛，语言灵动”。

他张扬的诗意，是一些文坛领导所远远不及的。

有职位，必定就有写作才华？骗人的鬼话。

而他，才是创造力不分年龄的活的证据。

老一辈作家中，他是至今还在具体推动当代散文诗创作的第一人。

好一棵散文诗坛的常青树！

这一界别的飘逸者，非他莫属。

“火焰向上的姿态，如山。当她飞动，恰似一只鹰。剪开或者抽搐，阔翼驰奔，那尖尖的喙，啄破了什么？一千只一万只萤撒在了虞渊之壁。草叶枯黄，夜的眼却绿得很深。普罗米修斯的眼睛，一亿年前和一亿年后，都在动着。有一种灯，不点自明……”

完全是少女之思啊，哪像个老者！

设计当代散文诗的语言大厦，施工方案、建筑材料都得更新。

耿老在这方面是个典范。

请看：青岛小景（二章）

1.《雾：浮山九点》

浮山九点，着一浮字，那些峰峦，仿佛就动起来了。

梦境似的白云，飘飘然而至，却又自去了。只留下晃悠悠的浮山：

浮着九点烟。

山是野山，没有几棵树。石缝里偷偷长出的蒲公英，纤弱、孤独。

光秃秃的山岭，惟泥土与沙石，和顽固不化，花岗岩的脑壳。

淡淡雾，飘荡着白纱巾，羞怯地经过了山的粗脖颈。

一缕，一缕，诱惑在增殖，毛茸茸的拥抱，充满柔情。

雾将山搂在怀中，衔在嘴角。久久地衔着，不肯吐出。

但山终于挣脱而出了，喘一口粗气。

不长头发的秃老汉，拒绝爱抚的秃老汉，不过是洗了个不冷不热的喷水浴。

雾已散去，润湿地浮动，欲去还留。

被山截断，剪碎了的雾的残躯，划着逃亡的小舟，潜入山谷去。

谁打捞这些沉船？

2.《雨：湛山寺外》

满山坡的阳光，怎么说撤就撤了？寺庙，殿宇，庭院，骤然间陷落。

脱不掉的黑袈裟，阴沉沉披散。

这时候，雨来了。

雨，闪过。锡箔之光如念珠，玻璃的颗粒。

被雨淋湿的鸟声，加重了珠子的分量，渐渐沉重。

簌簌抖动的青色叶子，弹拨着雨。

雨呀雨呀，被弹断了。

闪光的丝弦。

我擎一把伞，在寺门外站着。

短墙内，郁郁森森排列着树。一个小和尚，在井栏边打水。

那雨加深了黑，把下午染成黄昏。

雨从站立的瓦楞间哗然而下，如奔马，如瀑布的喧腾。

我擎一把伞，擎不住一天的雨声。

在我身边，一座七级浮屠，岸然而立。

琉璃瓦，翼角飞檐，艳艳虹彩已在岁月漫漫中走失。

风来不动，雨来不惊。塔——

像老人，像一尊佛。

安安静静地，不睡也不醒。

谁能说：这不是散文诗？

散文诗，就该是这样。

他的《城与人》系列、《人间冷暖》系列是代表作。

青岛，因为有了耿老这样的居民，平添了许多并不张扬的诗意。

青岛，也因为有了耿老，才有了一群卓越的散文诗作者群。

在哈尔滨，我见过他一面。

感谢他为哈尔滨出版的由高砚、李松樟主编《当代青年散文诗人15家》，分别作了十分到位的点评，使我至今受益。

李耕

李耕，原名罗的，笔名巴岸、也罗、白烟、于冷、琴弓等，1928年生于南昌。20世纪40年代末开始写诗并主编报纸文学副刊，文学丛刊、期刊。曾任江西省作协副主席、中国散文诗学会副主席，1990年离休。著作有散文诗集《不免的雨》、《梦的旅行》、《没有帆的船》、《粗弦上的颤音》、《爝火之音》、《暮雨之泅》、《无声的荧光及老树三叶·李耕卷散文小品选》、《篝火的告别》等，并主编《十年散文诗》、《中外散文诗鉴赏大观（现代卷）》。

李耕先生的散文诗质量好。

好在有思辨性，凝练，不肤浅。

而肤浅，会让许多人看不起这个品种。

散文诗要有警句。警句是有力度的表现，是思想性的量化。警句的朝阳在抒情中自然而然喷薄而出，最佳。

请看他的作品：

《少女的黑森林》

蓬蓬松松的黑森林是少女的一蓬蓬秀发，有火焰，欲在此渴求憩息的小屋一杯咖啡一瓶啤酒或一盅威士忌。

急于点燃梦之火的鲁莽的骑士，未必能喝到这林间甜水。

《船》

欲抛锚于幽暗的海的初露曙色的紫罗兰的裙边，随浪花之音摇响一支淡蓝色的波光曲。我的月亮的船越漂越远,终未泊靠这芳菲的岸。

此刻,被邀请的,

升起吧,雄性的太阳。

《蚂蚁与骆驼》

招聘的门槛太高,只有骆驼,跨入门内。

二尺高的门槛,是蚂蚁仰望的珠穆朗玛。

沮丧的蚂蚁并未沮丧。蚂蚁悟出了一个道理:自己的丝绸之路,在自己世界的自己的脚下。

蚂蚁,扛起体积比自己大十倍的米粒与骨屑并爬入门槛。

蚂蚁对骆驼说:我,并不逊色……

《风》

十八岁的鸟,翻印出一千八百次不老的风,飞在自己微笑的灵魂里。

鸟,是有翅羽的风。

鸟之风,飞一万里又一万里,破开险峰激流,破开栅栏碉堡。

飞往未来的自己选择的巢。

巢的村庄,是无殿宇的村庄,

巢的岁月,是无拘束的岁月……

《有影相伴》

远处的呐喊,不是我的方向。近处的呻吟,不是我的方向。

路,崎岖曲径,蛇的形状。

天南海北,穷途末路,山高水险,或进或退,沉沉浮浮,有自己的影子相伴。

面对深渊,我对影子说:你,寻自己的出路去吧!

影子答:不!

影子,坚韧有如我的自己……

《啄木鸟》

匍匐在老梧桐的皮肤上啄了半日,啄得我骨节肌肤疼痛。

啄木鸟啄梧桐,是好意。啄去寄生小虫,老梧桐可以多活些时光。

啄木鸟并未直接啄我,似在暗暗示意:汝之沉疴难释,需认真寻医问药。

我为之沮丧并苦笑：
汝不知，今日良医难求，药又太贵，
汝，就直接在我的老皮上啄下去……

《雕马》
前蹄腾空，跃进的姿态。
风，从蹄下远去，雷电从蹄下远去。马牢牢立在岩石上。
昂首嘶鸣的神情，在万众目光中，是一匹欲于奔赴疆土一战的铁骑。
路，在马的目光中，太远太远。一百年了，也未能向驰骋之途靠近半步。
马，从未怨尤。
雕塑大师，享誉于世……

《雀》
一群麻雀，落在村庄。
叽叽喳喳于村庄的每一户瓦檐。瓦檐，是雀的舞台。
我的瓦檐，空无一雀。
问雀，
雀答：捕雀的笼，仍在檐下的风中摇摇摆动……

以此可见：用形象说话，是散文诗的入门证！

李耕在50年代曾受到不公正待遇，作品多“苦歌”，但悲壮，有力，鼓舞人向上！

“独秀，是个性的美丽”！

80年代，他主持的《星火》月刊和他儿子罗丁主持的《南昌晚报》副刊，发表了许多有质量的散文诗。

如今，他已84岁高龄了。古稀之后的这10余年，深居简出，几近足不出户。

他1990年代初写过一首打油诗：“瓢斋蜷一角，闹市独寂寞。闭门三界静，开窗四极阔。”

他表示：我执着于散文诗这一寂寞疆域，不是由于自己觉得散文诗这种文体在未来会有如何如何好的前景，而是觉得自己适宜于这种表达形式——写自己想写的东西。坚持下来，蜷于一角，默默耕耘，从未想过以此去“轰轰烈烈”或“名垂史册”。我对这点是异常清醒的。我的生活相对“简朴”，而写作又相对“勤奋”，大概是“享有，让它少些；付出，让它多些”这样的生存观念在起支配作用。是我所尊敬的前辈散文诗作家之一。郭风的作品崇尚清淡，将生命的种种（一草一木一虫一石）蕴于一种异常温馨、亲切、挚爱之中且不见“火”气。耿林莽、许淇、王尔碑等我同一代的散文作家，也是我所尊敬的。

邹岳汉

他的手提包里，永远塞满散文诗来稿。

他不会打电脑。他至今与纸质媒体打交道，乐此不疲。

一年年散文诗年选在他手中诞生。

尽快确立散文诗的文学地位，只有从文学出发。

试想一下，被埋怨声包围，智慧的火花还能频频闪烁吗?

他主编的书，年年有新面貌。他很早就有了自己的电子邮箱。

他认为：已经拥有90年历史的中国散文诗，“气可鼓，而不可泄”。作品《雨夜》:“谁的脚步？踏在了夜冰凉如水的背脊上。踏在了一颗辗转反侧、刚刚得以入眠的心上。是一场南来的骤雨，有声有势地横扫了过来，那么迅疾，那么热切，那么坚定。所谓伊人？那么出乎意料，或是正如所料。近了，近了……那轻快的，熟悉的，蹬蹬有力的脚步声！刚踏到初熟的梦的门口，又影子般踅过去了，踏上另一条伸向远方的、充满风雨泥泞的路”。

许淇

他讲究文字，段落比较舒展。很明显，是个很有沧桑感的男人写的。

热爱旧的词牌，也喜欢新的城市节奏。

我与他有过多次对话，包含在《文学报》上的笔谈。

在北京的散文诗颁奖座谈会上，对于怎么用散文诗反映大时代，我与他有不同见解。

他讲究文字，段落比较舒展。很明显，是个很有沧桑感的男人写的。

热爱旧的词牌，也喜欢新的城市节奏。

我与他有过多次对话，包含在《文学报》上的笔谈。

在北京的散文诗座谈会上，对于怎么用散文诗反映大时代，我与他有不同见解。

我总在想：散文诗在赏心悦目的花花草草之外，能不能翻卷更加辽阔的风云？这风云，又是能触摸的，不虚幻。

对于散文诗把重大题材排斥的一些观点，我并不认同。

但他却说：散文诗还是擅长于表现山水、风景。

我们没有争。

我想：共存，才是好现象。

我俩的交情颇深啊。也许，因为他有着深深的上海情结。《新民晚报》上常见他的新作。几次在外地遇到他，他都说了几句上海话。

作品《缄默的爱》：

真挚的爱，不需要甜言蜜语，它像大自然本身一样自然。它时常是缄默的，在默默中生长。

大自然缄默，因为它丰富、广袤、博大；它拥有一切，包含一切。冬在默默中萌发了芳菲的春枝；夜在默默中诞生了璀璨的星群。万物在复杂中出现和谐；单一如同它的整体。

红天竺葵、麝香草、夏季的凤兰、金秋的雏菊、泉畔的水仙、野地里的百合花，甚至在石缝里不见阳光阴影下挣扎着仰望星星点点光亮的一茎瘦草，都在用梦寐、醒觉的呼吸，来吟唱生命的爱歌。

就是帝王最华丽和珠饰，也比不上这花的一朵；就是雄辩家最漂亮的词藻，也胜不过恋爱着的无言的一瞥。

海梦

我有时候会想：在柯蓝、郭风去世以后，要不是他强而有效的组织能力，散文诗阵地会是另外一种什么景象？在他手里，《散文诗世界》日益壮大。他给我的印象，到哪里都是：西装笔挺，领带鲜艳，声音洪亮，社交广泛。圆圆的脸，大大的眼，并不像个八十多岁的老人。最近来塘桥参观我工作室时，我发现他手中的小照相机没有停下来过，对草根演员很感兴趣，还招呼语伞用手机拍。他说："我要留些资料"。临别上海时，还邀请我再聚。席间，喜欢听我们朗诵。他认为：朗诵是传播散文诗的极好途径。90年代他编《散文诗报》时，就发过我的作品《青年船长》。2003年：《散文诗世界》复刊。2006年，他写信给我，请我参与一系列活动。他的策划周密。尤其是他联合《文艺报》、现代文学馆，河南人民出版社举办的纪念中国散文诗90年优秀作品评选，功不可没。同时，他的创作在默默前行。

《遥远的曙光》:

晚霞在灵魂的肩上扛着一面缥缈的旗。夜的微笑醉倒了阳光的伟岸。走进人生的峡谷寻找自己,心很荒凉。走到天亮,也走不出痴迷的情怀。也许前面是一片阳光的死海,生命在熬炼中乳化成一滴晨雾,去滋润一路娇艳的野花。遥远的曙光,从梦中升起。

路,没有尽头。

《白马泉》:

白马在哪里?我掬一棒清亮的泉水、一朵云,飞在我手上……

我惊骇了!手一松、一串珍珠滚落进泉里,吓飞了一只青色的水鸟,把一个古老的传说留在我心上。

我拾起一片翎羽,上面写着我读不懂的文字。但,我找到了童年那个青色的梦和我失落的黑发……

我纵身跳进水里……

于是,我明白了,在我立在水中的时刻,才是人生真正的开始。

我这才发现,我正骑在白马背上,去追寻那远飞的青鸟,胸前银色的波浪,就是抖动的马鬃。

凝重的诗句中,可看到浓缩的美丽。诗人虽然两鬓白发,想象空间还十分广阔,笔力很充沛。凝重中浓缩着美丽。虽然两鬓白发,笔力却很充沛。一个人对生活的态度,决定了他对文学的态度。

徐成淼

他是因为散文诗在1957年遭殃。散文诗人竟与“右派”连在一起。徐老师脸上密布的皱纹说明了一切。他的创作与理论并重,现在时常上网。感谢他和刘虔、蒋登科、宓月、语伞等,前些年在长白山下,为我庆过一次生日。他出生于1939年。原籍浙江,后移居上海。1957年开始发表作品。现为贵州民族学院教授,学科带头人,主编《贵州八十年代散文诗选》。他的长文《加速完成当代散文诗的现代性转变》切中要害:我们甚至还不及一些年老的散文诗作家。彭燕郊先生64岁,却再次实行“衰年变法”,发表了《混沌初开》。郭风先生晚年作《散文诗别裁》,以与《叶笛》迥异的姿态展示风采。如果我们在彭燕郊和郭风面前倒退，又如何实现告别和超越？他的作品《夏：爱情在炽热的火焰里燃烧》："每一个叶孔都在悸动，它拼命地吸收着空气，吸收着阳光。第一条叶脉都在沸腾，它贪婪地吮吸着感情的乳汁，为的是让思想的子房变得更加充实。烈火的洪波已经漫过了堤岸，但是别担忧，那未来的一切，正在这火的波涛孕育。"截取的点、面都是老练的。相比于那些写过程的作品，更像散文诗。

刘虔

他新的、有感染力的角度从何而来？是在寻访、深入中积累更多的对象。追求前沿，就得与第一线的人群在一起。他坚持去最有时代气息的地方去提炼的。我发现：外出参观时，人群中往往只有他掏出了从不离身的日记本，刷刷刷记录。不愧为《人民日报》的好记者。他不是总住在北京。听说一年有一半时间住在风光秀丽的海南。他的代表作是1982年的《夜，亮了华灯，亮了华灯》。为人豪爽。语速快。笔头勤。最近加入了散文诗年选的主编行列。对他的《绿之韵：小鸟天堂》、《台山，这一片心中的蔚蓝……》等新作，崔国发评论："酣畅淋漓的表达，浑然天成的铿锵，壮怀激烈的节奏，连绵精巧的结构，给人们以审美的启迪"。

叶庆瑞

20世纪80年代初，我在《文学报》玻璃窗很大的阅览室里，翻到隔天就有邮寄来的一筒筒简装《南京日报》。我发现副刊上每期都刊登散文诗。于是，我投稿，每每投中，编辑来信署名：叶庆瑞。他于1942年出生。南京人。任《南京日报》副刊部主任。初相见，他腼腆。我的《红豆咖啡厅》《雨花石》均发表在他的园地里，还给过我奖品：坐垫、装饰画等。1993年，他又请我到他家中喝酒，庆贺他在一场严重的车祸中幸存。见面时，逃过一劫的他拄着两根拐杖而行，精神饱满。问他怎么上下楼梯，他滔滔不绝地说："我用另一种姿势走路"。近年来，他在"诗外"的书画、歌词、摄影上同时大举进军，博客上的风景、花卉照都很专业，画面中有诗眼。最近，他的新书《最是那惊鸿一瞥》有110多幅照片，含韵的镜头加上诗化的配文，在创新求变中深度互鉴。另一本散文、随笔集《诗的转角处》，大胆突破了窠臼。重见老叶时，他还像兄长一样关心我："你还得多写些。我跟现在的青年作者讲：你们不知道：80年代桂兴华他们是怎么写的。”

李华岚

他的《赶海集》(上海文艺出版社1978年版)明显受到《早霞短笛》风格影响的作品,给散文诗爱好者们带来了莫大的欣喜。作者李华岚,是一位南京的中学教师,《赶海集》出版后他便离开了人世。他因为是新时期第一本散文诗集的作者,将永久被载入史册。当然,那个时代的包袱也是沉重的。他的作品如:《回答——教师的歌之二》:

“党给我们以重托,人民给我们以信任。资产阶级野心家给以我们的却是:切齿的诅咒,刻骨的仇恨。他们甚至扬言,要用子弹对付我们……好啊!最凶恶的敌人也从反面给我们以光荣和骄傲了。我们对敌人的回答是:轻蔑的目光,冲锋的身姿”。

这是我1979年返回上海以后,看到的第一本新的散文诗集。真是黎明的通知书啊。令人爱不释手。没想到:作者“三十有余,并未婚娶,全部家产堆满床头床尾,皆书也”。这么早就远去了。但他留给我的背影很深。前几天遇到此书的责任编辑陈先法,说起他见书稿上附有一信:“因身患癌症,盼能尽快审阅。”后到李华岚家中看望,作者已出气多,入气少,卧床不起,环境凄凉。华岚在生命垂危之际在还谱写着劲歌,实在可贵!是破冰之作。可惜他去世时,还未见到自己赶出来的作品被排成铅字。

整理于2014年4-6月,上海

泛舟护城河

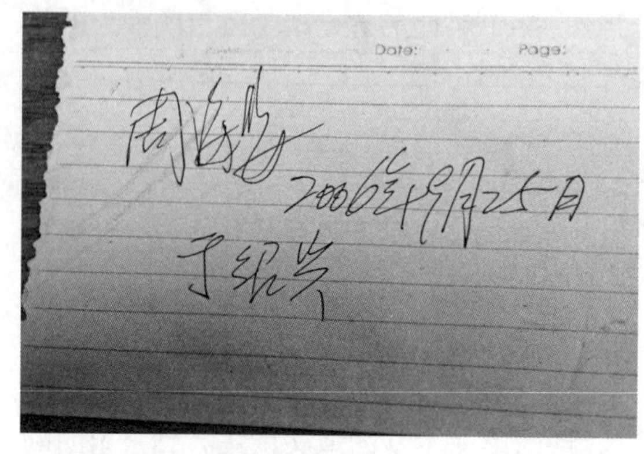

周海婴留给桂兴华的签名手迹

鲁迅之子周海婴先生，今日凌晨在北京医院病逝。

现附上自己的旧作一篇和周先生留给我的手迹，以示深深的悼念！

那夜，文学巨匠的后裔们都来游古城了。

飘着红红灯影的护城河水涨得很满。晚风徐徐，游船缓缓。

这条范蠡时期就修建的绍兴古河道并不知道9月25日是鲁迅的生日。鲁迅的儿子周海婴先生就坐在我身边，海婴先生之子周令飞、郭沫若之女郭平英坐在我对面，几个人一起喝着茶，咬着小桌上的香瓜子。老舍之子舒乙在我背后。耳边有一曲曲“小百花”演员们演唱的含情脉脉的越剧。

我怕漏听海婴先生潺潺的回忆，也就没有细看两岸的旧房舍和新楼宇。稽山园、鉴水苑、迎恩门、河清园、都泗门等一路掠过，还不时钻过垂柳下停有乌篷船的古桥……

“听说你下午在纪念馆大会上，朗诵《鲁迅》的第一章《先生，你早》时，诗中有这么一句：为小海婴的洗澡水调节温度的低、高？”我回答：“我从你妈妈的回忆里看来的”。

海婴先生笑着说：“我当时还小，不知道”。当聊到鲁迅去世的详情时，他一口气说了下去：“那个须藤医生，是父亲请他来看我的气喘病才进入我家的。两年了。父亲去世前那一天，他没对我父亲采取什么抢救措施，认为父亲是胃不好，没给他接氧气，没提出送医院，也没对我母亲说明病情的危急，只说了句：过了今晚就没事了。结果，没过去。”

我问起上海鲁迅纪念馆里陈列的那张X光片，他说："那是父亲1934年拍的，是肺结核……"

只叹波光粼粼的12公里太短。秀山镜水成了我俩对话的背景。

到了稽山园码头上，77岁的他轻轻拍着我的肩膀说："文革中的那首写我父亲的长诗我看过，现在你重新写，你就慢慢写吧！"并坐在灯光斑驳的石凳上，执意要用自己的钢笔在我的笔记本上题了字。只见他的签名中，"婴"字下面"女"的那部分很突出。

鲁迅故里的这条护城河，据说整修时市民们争先恐后地提建议、捐款，可以说是"举市共筑"。

此刻，我望着岸边被灯光勾勒的长廊俏檐，心想：鲁迅先生不就是一座城吗？以前，我们专门打开其中的那些门，还有许多鲜为人知的、生动的门并没有被打开。但打开的目的不是攻陷这座城。基于此，我们这些后生，都是一条的"护城河"。起码像国外纪念莫扎特、易卜生、安徒生、雨果那样，保卫着自己心中的城。

温和的你：张培

张培、桂兴华、梁辉、雪飞（从右至左）在2010年上海书展上

此刻，你和我在一起的照片实在太多，一叠又一叠，大约有100多张。

理着、理着，我的眼泪就会情不自禁流下来。

你认真参与了我几乎每一部作品的多次朗诵。

今年春节前，你因为患肺癌病重，《金号角》就成了你唯一一部没有参与我朗诵会的作品。

这也是我心中最大的遗憾。

此刻，又见你在上海大剧院与赵屹鸥反复排练那一段极有个性的慢板，又见你在上海歌剧院与曹丁指挥商量怎么将伴奏的音乐舒展一些，又见你开导东方电台的同事们怎么在齐诵时引进合唱的表演形式，又见你在张江高科技园区吟诵前在餐桌边回忆在市政协活动的趣事，又见你在青松城抓紧上场朗诵前的片刻时间，躺在长沙发上闭了一阵眼睛……

没想到：你怎么快就永远闭上了眼睛！

星期天上午，我在看电影，关了手机。一散场，就听到女儿急切的声音："张培去世了！"

她是在凌晨上网时，得知你零时33分离开人世了。

我懊悔自己因为连续在外地采访，只打了两个电话，而没能去肿瘤医院探望你。

岭岭去德国留学后，每次见面，你都要问："俺闺女好吗？"那次送别她的酒会和她返沪工作后的婚礼，你都参加了。在北京演出时，岭岭和你睡在同一间房间。那一夜，你和那位女友聊得很晚，留宿后，就"委屈"岭岭打了地铺。听你的建议，第二天演出结束后，我们一起逛了798创意园区。我发现你很有创造力，因此你眉宇间有些忧郁。散步中，你又很女人。好几次说："我真的好看吗？""真的好听吗？""是这样哇？"又流露出喜欢别人欣赏自己神情……

我的《邓小平之歌》，全文首播是在你的栏目。1997年4月，那批朗诵者中有你在北京开会时特约的辽宁号称"邓大人"的李默然。

先后在上海大剧院、北京音乐厅举行的《中国豪情》朗诵会，由你分别与曹可凡、瞿弦和主持，你一点不怯场。这大概因为你经历的晚会实在太多了。但每一次，你在幕侧候场时，别人是不敢与你打招呼、开玩笑的。你的唇间正振振有词啊，一遍又一遍复习。

接触次数多了，我发现你在台下既粗心，又豁达。常找钥匙。临出门远航，竟忘了带身份证，出租车再重新折回。住在襄阳路时，你家中曾失窃过一次。最痛心的是你有整整两箱青少年时期的演出、主持照片，被小偷偷去了。你苦笑了一声："那小偷知道我是谁吗？也许不知道，他原以为是什么祖传的金银财宝，现在他没有用场了。我嘛，以后再拍吧。"

去年，我曾请你去周家渡举行过一场朗诵辅导讲座。上午九点，我坐在出租车上，在康定路你家的门口等。十分钟过去了，你才下来，系着脖间的纱巾说："车来得早了"。

原来，你在打扮。无论去哪里，你都很注重自己的外表。你的特点就是端庄。你爱穿套装，上装常着西装。这是对邀请方的尊重。车上，只听见你尽关心着别人。为了台里一个同事到哪个岗位应聘，一路上都围绕着这个话题。

我诗中写到的“连惆怅也是温和的”女人，你就属于这一种。你的优雅，自然而然。这种吸引力反而强。平易与妩媚，统一在你的身上了。一颦一笑暗藏着风韵，细声细气传递着美。

上海书展，《前进！ 2010》新书朗诵，正好与走廊对面的音乐盒带展示唱起了对台戏。

音乐学院的学生正在放开歌喉，却轮到你上场，你缓缓说了声：“咱们联手，不很好吗？”

读者与对手当场都被震撼了。不喜欢大喊大叫，都是有功底的。

《中国红了》朗诵会，我请你和白莲泾的动迁居民姜菊芳阿姨合念一首《新书架里的旧瓦片》。你一次次纠正她的发音，还像家人一样地提醒她：“咱们就像拉家常，不要拿腔拿调”。

临别，你还提醒我：别忘了电台的《金话筒之约》。记得那次节目直播后，你几次唠叨着：“结尾前的那段广告是不是有些突然了？听众是否有些不舒服？”你送我到了大门口，说：“不能叫你自己打的。”

而在大门口接受我相赠的《城市的心跳》，竟成了我与你的最后一握。

悲痛中，马上就落笔写下了这么几行，并亲自将浸透了我思念的白纸黑字装进了玻璃框：

“无数双梦的手联在一起 / 还是没能拉住你 / 你向另一个频率报到了 / 但你留在我们中间的日子 / 就像永远不会中断的节目……”

你温和的笑容还在吗？仿佛还在小剧场话剧的观众席上，还在先锋小说的读书沙龙里，还在英语进修班的课桌边……

你像个老青年，其实你是上海滩的第一批“金话筒”，加盟东方电台时才36岁。原名查培莉。

散文诗依旧轻飘飘

最近，我在为"中国散文诗无名作者征文"初选作品，不少新手英气逼人，但有些作品为何被筛下？就因为"轻飘飘"，不结实，不饱满。

有的轻在思想含量上。意象陈旧，思路老套："远航的船需要风鼓帆，才能驶向理想的彼岸。"有的内涵浅薄，像老太太唠叨："在黄昏飘散的炊烟里，我是哪一根枯枝的灵魂？"

有的轻在语言衣裳上。过于修饰，快感顿减。设计当代散文诗的服装，不能老依恋那些旧材料："我倚在岁月的肩膀，掸落一身寂寞的尘。"

散文诗不能都是，也不能总是那么温柔缱绻。都挂那种山水画，人们就会说："不过是些点缀或摆设而已。"

散文诗内核的改变，为何这么难？相比诗坛，高手寥寥。就这么一味地"轻飘飘"下去？我一直想改变散文诗的这种软性化，对散文诗总体趋势有一种忧虑。

有的作家认为："散文诗应该与社会现场保持距离。"而这次来稿中从细节入手的佳作，反证了这种观点是站不住脚的："穿上黑色工衣真像只站立的蚂蚁，我收藏很多照片在家，每一处都由我作为封面，我收集了很多面对这照片的眼神，世界通过照片知道我们。"多有意思。再如："世界嘈杂。锣鼓声，喇叭声，拆房声，汽车的尖叫声，报警声，钟声……还有讨价还价声，争吵声，拍卖声，喝彩声，调戏声，诅咒声……充斥着每一个日子，撞击着每一片耳膜，麻木着每一条神经。我想让世界静一点，再静一点。"

轻飘飘是一种美，但还有另外一种美——刚健，挺拔！

针对散文诗坛偏重于写自然风光、反映社会风貌较少的状况，我在1988年就大声呼吁：散文诗必须加强对现实生活的关切。这是我散文诗观的核心。因此写了《老人舞会》、《事故多发地段》、《罪犯之妻》、《拘留所门口》等。

谢冕先生对我"死死地盯住严峻的现实生活"的不懈努力，在1988年8

月《诗歌报》头版头条以《追求力度的散文诗》为题，作了“充分肯定”。今年4月10日，在湖州“江南之春”首届南太湖诗会上又重提此事，他对我说：“我那篇文章一个字也不用改。散文诗的现状20年后还是这样：反映社会风貌较少。你还得保持比描绘更重要的沉思。”

散文诗在赏心悦目的花花草草之外，难道不能翻卷更加辽阔的风云？要提倡与锐气十足的创新同行。坚决离开熟门熟路，坚决离开老腔老调。

别林斯基早就说过：“诗人比任何人都更应该是自己时代的产儿。”紧紧抱着气喘吁吁的现实不放，就会关注人的命运。高尔基、鲁迅走在前面。海燕在劲飞。野草在呐喊。散文诗要“做大做强”，必须在题材上下大工夫，以诗人的目光去选择事件。由于对事件打碎、重构、浓缩、跳越，诗人的创造力就在抒情中获得了解放，想象的翅膀才能高翔。

但不是说题材重大，就易出佳作。应该把“怎么写”放在第一位。切入点要尽量巧。素材重组了，在一棵树、一间老屋上才会“引爆”出新的火花。

（刊于2012年11月29日《文学报》）

春姑娘：秦怡

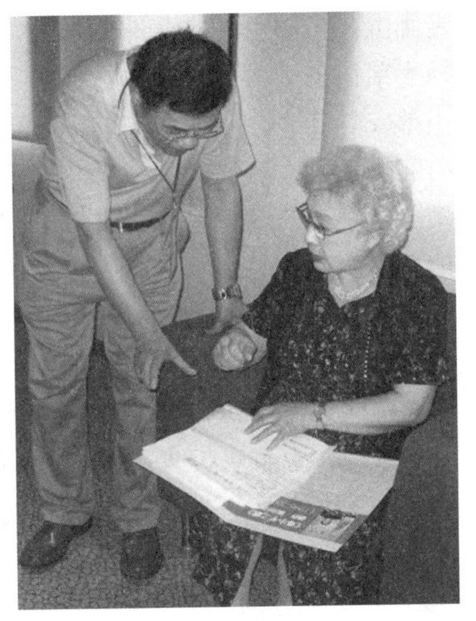

2008年，秦怡在东方艺术中心准备第九次朗诵《邓小平之歌》，桂兴华与她商量伴奏之事

一年前在浦江镇召稼楼，“秦怡艺术展示馆”落成了，前些天终于如愿前往参观。在无数的影像、剧照、奖杯、奖状、手记文稿中，我又见到了秦怡老师。

记得上次与她见面，是请她专门来塘桥社区给“春风一步过江朗诵团”揭牌。

我问她：“眼角怎么有些肿？”“我昨天撞在大玻璃窗上了”，说着，用手脱了脱自己的眼镜。

就是在这样的情况下，她还是拖着疲惫的步子走进“中国当代政治抒情诗高峰论坛”的会场。

顿时，一道靓丽的春光闪现。满头银发。目光炯炯。白底红黑相间的一条呢制长围巾飘在胸前。

多么像一株微笑的雕塑！全场向她致敬。我扶她坐下时，她轻轻地说了句：“我们是老朋友了”。

展示馆里有许多中央领导同志接见她的照片，勾起了我的记忆。

我想起：1997年2月小平去世以后，东方电视台反复播放着她和孙道临等一起朗诵的《邓小平之歌》。她对记者说：“这些天自己的脑海里总是萦绕着《邓小平之歌》中的诗句。”而那时，文化部正在筹备一场悼念小平的朗诵会，主办者看了报道后，立即找到了她和我。4月8日晚上，北京音乐厅，当她朗诵到小平在南昌那段艰难的生活时，我看到身旁的邓琳不断擦着眼泪。演出一结束，胡锦涛等中央领导就在贵宾室会见了我们。小平同志的三个女儿分别与她合影。邓琳搀着她的胳膊说：“我是看着你的电影长大的。”随后的朗诵，她都参加了。第六次复排时，我发现：她每次朗诵，都是自己用钢笔抄一遍词的。她认为这样能加深记忆。中国共产党建党90周年前夕，我与她排练即将赴京演出的新诗《相约1921》，她自己放着CD，听伴奏音乐。我说："你得有一个助手啊"。她说："不用，不用……"

那天在车上，她又唠起了儿子："小弟离开我们已经5年了"。我知道：为小弟织毛衣的是她，为小弟擦身子的也是她。小弟发病那天晚上，59岁，而整天整夜守在他身边的她，已经86岁。她说："病房没床位，小弟只能躺在走廊上。走廊里的空气非常浑浊，只有一条小通道供护士走。后来，好不容易小弟住进病房了，四个人一间，我又替他换了一间两个床位的病房，为了让小弟安静养病，我包下了另一个床位。"那些天，她不断地在小弟耳边说："小弟啊，你别着急，妈妈在你身边。不管你怎么样，妈妈不会离开你的。"一口痰卡在小弟的气管里，他将床板使劲蹬了一下，这说明小弟听到了妈妈的话，他心里明白……

此刻，我将刚出版的由她题字的朗诵碟片《大地的呼吸》赠给了艺术馆，里面还有她献给上海世博会中国馆的声音。

前些天，我在电话里问她近来忙什么？

她说："去西双版纳参加纪念电影《摩雅傣》的活动。当年我演摩雅傣，在那里拍了九个月的戏。另外，我自己在写剧本，是反映女科学家的，我准备自己来演。"我问起她赴美领奖时朗诵我写的《春姑娘》的情况。她笑着回答："我在三个地方都念了。"

这个春姑娘，是谁啊？是时代。也是一个个具体的朝气蓬勃的奋进者。

她，就是其中最有代表性的一位。尽管她，已经是90多岁的老人。

辨识度，最公正

——从王迎高的散文诗想起

中国当代散文诗发展的步伐，总体还比较慢。

不像诗歌领域的新人层出不穷、强手如林——猛！

散文诗作品及其阵地，的确越来越多，但为何难有大制作？

原因是不是在于当今不少作家，缺乏深厚的功底和博大的胸怀？有些急躁。

鲁迅和胡适并不独擅诗歌，但偶一涉猎便出华章，如《尝试集》、《野草》。

王迎高（右一）与桂兴华在松江

多情的春天，从来都是残酷的。

不能视而不见：那些暴烈的拳、混浊的眼、粉色的灯……

散文诗创作，不能一味在田园上唱牧歌。

在这方面，屠格涅夫、鲁迅已经做出了榜样。

当然，反映繁杂、严峻的时代，也不是一蹴而就。

心情不必过于沉重。应该包容各种风格。

虽然缓慢，但前进着，毕竟是散文诗这些年来的好趋势。

从我个人喜好来讲，特别看重直面现实的字里行间，能否撕开伪装，真正给人以鼓舞，传递确确实实的正能量。

是的，散文诗最自由。

培养散文诗的大手笔，需要各方面的努力。尤其要让更多的新面孔涌现。

所以，今天，我对一门心思苦钻散文诗的王迎高，很赞赏。

目前，散文诗的专门写手尚少。埋头琢磨的，更少。

作者自身的积累最重要。王迎高写出了高质量的作品，应该赢得社会的尊重。

王迎高的思维方式不错，亮我眼球。

《深水港》、《保温杯》、《创可贴》等都是佳作。

王迎高的语言很讲究："古城墙上，时光和碎片的个人简介，护城河下，溃烂刀枪和嗓音的联络方式"等都很有水平。

诗是舞蹈，散文是散步，散文诗也许是亦步亦舞。

较之散文，散文诗更富有诗意，抒情色彩相对更重，语言更考究。

较之诗歌，散文诗节奏相对较缓慢，技巧和语言要求更精细。

这一点，王迎高做到了。

王迎高的句式，今后能不能更活泼一些？

目前是否太工整，排比也太多了？排比，应该用到最合适的地方。我是慎用排比的。

我们应该把"往哪儿想？"，摆在最重要的位置。

为什么散文诗的旧屋，乌压压一片？

出奇的思维方向，要求人们大踏步改进啊，才会使图纸焕然一新。

思维方向比想象、灵感这些思维形式，更加重要。

崭新的方向，取决于独特的视角。

第一印象往往是习惯性的，最需要打破！要追求思维的广阔性，大跨度地联想，全面张扬想象力！怎么绕过熟门熟路？全靠与众不同的视角！

走出僵化的状态，告别循规蹈矩的方式，创意才会悄然降落心中——

王迎高的《深水港》："把爱的浪花，澎湃给需要帮助和需要簇拥的人。""能宽容最多遗失的地方；能慰藉最多记忆的地方。"言外之意很多，很多。

散文诗人最需要的，就是创造性思维。

要敢于大胆地冲出包围圈，不理睬那些惯例。

散文诗的语言,为何没能出现北岛、舒婷、顾城、梁小斌那样的爆发力、张力?

如:"黑夜给了我黑色的眼睛,我却用它寻找光明"、"卑鄙是卑鄙者的通行证,高尚是高尚者的墓志铭"、"中国,我的钥匙丢了"等。

让我们都好好想一想。

语言的后面,是什么?暴露了散文诗领域的什么弱项?

有些人热衷于占山头,其实仓库里没有多少货。

要知道:创作是马拉松赛,不是短跑。

赛场上,你跑了多少圈,速度、耐力、底气属于什么层次,读者一目了然。

辨识度,最公正:谁拥有更多的有个性的作品?这是硬道理。

唯有个性者,才有其位。

就像歌坛:一听歌声,就知道这是谁在唱;或者,一报歌手名字,就能说出他的代表作。

反之,就是悲剧。

所以:明显的"自我"特征,是一种"看家本领"。目的是为了将主题和内容表达得更有个性。

作品,在悄悄打分。

回想起我在1987年主编出版的《散文诗的新生代》,集中了当时国内主要散文诗青年作家的作品。

时隔20多年,这些出色的才俊们还有多少坚持在写散文诗?

上海的散文诗创作在全国的影响,还是不大。

王迎高,你已开始显山露水了。期待你那张有个性的脸,越来越鲜明。

希望王迎高们、语伞们快快强大起来。

城市"蟋蟀"们不一样的声音,一定会越来越美,越来越响!

整理、修改于2013年盛夏

(刊于2013年10月《散文诗世界》)

“剑出鞘”

——《靓剑》后记

2013年，桂兴华在山东牟平县朗诵《致杨子荣妈妈》

我的这一部散文诗集为何取名《靓剑》?

其中一个重要因素，就是为了愤然亮相：

请看我手中的这一把把靓剑，在轮流地铮铮直响!

这不卷不缺的剑口，就是我全部的发言。

我有一双会说话的手，终于在围攻的噪声中站住了脚！我请时间这位刺客，掂掂这些精巧的剑。

它只盼望着：既能一下剖开我的短处；又能直刺该刺的阴暗……”

144章散文诗，短小精悍，有力，美。所谓“红色诗人”多年来有自己曲折的经历，而个人命运总与时代有关，因此能听到一个老知青记忆中的时代脚步声。反映了内心的挣扎、情感的起伏、风景的变化，但总想给人以温暖与向上的力量。

散文诗并不都是差的诗人在那里挤眉弄眼，涂脂抹粉!

散文诗这个春姑娘，她的肤色、呼吸、节奏、举止，都统一于一种特有的朝气。给她穿花哨的衣服，没用。她得朴实地走在前沿，穿过各色各样的风。太华贵了，像悠闲的妇人；太先锋了，又像撒娇的模特儿。她得有自己不可磨灭的锋芒!

2012年9月5日于上海

透过一缸金鱼

——对当前散文诗的思考

有些脸：过于悠闲、焦躁

我眼前有些刊登散文诗的版面，多么像这一缸金鱼——看看舒服，但若问我有否震动，或者激动？没有。

随便翻一版《散文诗研究》。有些精品：“……雾是白色的胞衣。曾被太阳的染色体深入的晴岚，一条轻纱似的氤氲，在山的腰肢上缥缈成一派沧海气象。风呼之欲出：脱尽羞涩，一个圣洁的裸起伏着一弯优美的线条或急促的心跳。有一只白蝴蝶，在飞。”“我不再歌唱。我忍住的音区里拥挤着十月翻卷的落叶，和落叶中那些相似的小小忧伤。我不再碰醒一只飞蛾的痛苦。不再于静默之处，聆听一场无处安置的暴动。一滴水的暮年。”等，作者仿佛踏在柔软的地毯上，是酒足饭饱以后的休闲之作，离开社会现实生活很远，少了些充满蓬勃朝气、丰沛精神的奋进身影。

是的，我喜欢观赏这一缸翩翩而动的金鱼。尤其，在我身心疲惫的时候。披着闪光鳞片的它们，给了我愉悦。一条条那么靓丽，整天悠然自得，就这么游来游去，乐在其中。我羡慕它们。水是清的，食是有的，照耀也是有的。风浪，却没有。

有人说：散文诗的脸像金鱼那样就可以了。但我不同意，也不愿意。作为思想碎片、生活点滴的散文诗，能不能更加深邃、奔放？在赏心悦目的微波荡漾之外，能不能迎着更加辽阔的风云翻滚？

百姓面临的现实，远远比金鱼缸内繁杂：有寒暑，有隐蔽，有冲撞，有纷争，明明暗暗中藏着多少生机和危机。就连金鱼缸，缸底也藏着一批批龌龊。

称“养金鱼是资产阶级生活方式，应该批判”，是那个时代的愚蠢与无知。金鱼缸，我要。但我还要打开四面窗户，瞭望遍地的草根。怎么站在低处透视人性，将社会百态呈现笔下，展示一副五味杂陈的画卷？那些乡村炊烟、“麦地里的弦月与母亲的弯腰”、那些“包公的黑脸、火焰的心情”和粗糙的手，我思念，我要走出书斋。

幸好有另一版《新作品》：“解放前的董存瑞是舍身炸碉堡的战斗英雄，新世纪的董存瑞是一群站在街头的民工。只要顾主一来，他们总是举起树林般的手，等待召唤，渴望召唤。每当吆喝一声，那些等待在路口的民工们，就像董存瑞举炸药包一样举手，迟迟不愿意放下，直到点到手为止。你、你、你，点到手的欢天喜地；没有点到手的人，恨不得手再长长些，然后垂头丧气，继续等待……”就《民工·董存瑞》这个题目，看了就会让人猛然一惊。明显是站在萎靡的反面，连语气都这么粗犷，热腾腾的街市扑面而来。

既要金鱼，又要草根——《大诗歌》、《散文诗》、《诗潮》、《散文诗世界》等在把握总体趋势上，比较全面一些。编者就该包容各种风格。别让人有质量倒退的感觉。培养散文诗的大手笔，尤其要让更多的新面孔涌现。目前，散文诗的专门写手本身就缺，还有人在生产失落感。埋头琢磨的理论家不多，观点尖锐者更少。对平庸抨击不够。有人总沿着“人生像舞台，终将谢幕”那样的惯例。几乎没有研究怎么在创作风格及结构上，与标志性的前辈作家各领风骚，来几阵凌厉的小号、爽快的钢琴。

须警示：千人一腔都在模仿，是糟糕的“繁荣”。争辩说自己写的是散文诗，这样的标榜其实无用。你是将散文拆开来，或者是将诗并拢来，读者一看即辨出。高手是用作品说话：这是散文诗，这是我的。就像一听歌声，我就能分辨出：这是韩红，这是张也，这是成方圆。她们都成功了。或者，一说起刘和刚，我就说：“《父亲》是他唱的。”而那首《你是我的眼》，谁都首推萧煌奇原创的版本。散文诗界有几个作家有非常鲜明的代表作？抹去作者姓名，作品依然非他莫属？似乎困难。我在1987年主编了《散文诗的新生代》。时隔20多年，这些才俊还有多少位在坚持写散文诗？有的则进入了年龄跨度更大的“我们散文诗群”。

语言的后面是什么？当代中国散文诗的不深刻由来已久，上升到美学、哲学的高度差距更大。为什么屠格涅夫散文诗的语言，被列宁夸为“伟大而且有力的”？而政治术语直挺挺插入散文诗的文本，读者不会舒服。只暴露了作者焦躁的短期行为。到头来，文学形象不充盈，必定败下阵来。

辨识度最公正：谁拥有更多的有个性的艺术品？这是硬道理。唯有个性者，才有其位。明显的“自我”特征，是一种“看家本领”。目的是为了将主题和内容表达得更有个性。

时代，在为每个作者悄悄打分。同行间不要一听到不同的见解就恼火。财力只是人的一部分积累。要知道：创作是马拉松赛，不是短跑。赛场上，你还得跑许多圈，速度、底气、冲劲不属于悠闲者。

思路，别绕开"核心地段"

散文诗坛热闹，阵地扩大，旗号林立。而关注严峻的现实，为何很少提起？纷纷比赛谁的自我意识强烈。有人想尽量摆脱主流意识形态的影子，以放眼天下为不屑，故意绕开那些时代焦点最集中、矛盾最复杂、故事最精彩的核心地段，只在小圈子里自娱自乐。有些"选本"就是远离生活第一线的例证。

不能一味在田园上唱牧歌。在这方面，屠格涅夫、鲁迅已经做出了榜样。雷抒雁则活在"昏睡的生活比死更可悲，愚昧的日子比猪更肮脏"的诗句里。谁也没有反对你抒发个人的情感，我们都是芸芸众生，但反映家长里短却有高低之分。竭力把写散文诗当作夕阳下遛狗，回避时代背景，装得十分高雅，其实俗得不能再俗！

有的作家认为："散文诗应该与社会现场保持距离。"那就请听："世界嘈杂。锣鼓声，喇叭声，拆房声，汽车的尖叫声，报警声，钟声……还有讨价还价声，争吵声，拍卖声，喝彩声，调戏声，诅咒声……充斥着每一个日子，撞击着每一片耳膜，麻木着每一条神经。我想让世界静一点，再静一点。"请看："一条条生产线成了中国皱纹。它和麦地和稻田血脉相连，上班，成群结队的工衣在移动，像被风吹动的满地的树叶子。时间开始紧张，苍白的灯光是利益尖锐的背面，谁都可以睁一只眼闭一只眼。"

向天笑感悟道："利用散文诗这种体裁写底层的，真的不多。可能与底层沉重的生活有关，散文诗再也无法飘逸起来，似乎载不动底层生活那许多愁。我在写底层时，关注到的不只底层生活的无奈、痛苦和尴尬，更主要的是思考如何寻找底层人性的光芒，与自己内心诗意的光亮相呼应"。作者呈现的民工状态："小小的匙孔竟然成了通道，丢失、配制，都是一种把柄，打工的兄弟翻遍所有的口袋，找不到那枚钥匙。""他在工友的灵前摆开了楚河汉界，他用左手替他下，一步、一步，认真地算计，今晚的左手属于他了，特别灵活，右手感到吃力。"不仅让人体察到对亡友的不舍，更重要的是道出了朴实的根源。"我出入门诊的时候，总感觉到生与死也只是隔着一间巨大的药房”。寻常的医院画面意味深长。

对于散文诗偏重于写自然风光，排斥重大题材的观点，我一直不认同。事实上：散文诗至今仍以温柔缱绻为多，少锋芒。都挂那种怡静的山水画，人们就会说：“散文诗不过是一些点缀、摆设而已。”改变散文诗的软性化为何这么难？相比诗坛，高手寥寥。就这么“轻飘飘”下去？轻飘飘是一种美，但还有另外一种美——刚健，挺拔！散文诗要做大做强，与“无难度和无深度”告别，必须在题材上下大工夫，以诗人的目光去选择事件。不能视而不见：那些混浊的眼、粉色的灯，多情的春天，从来都是残酷的。越挤的地段，越有奋争。当然，也更累。

我特别看重直面现实的字里行间，能撕开伪装，真正给人以鼓舞，传递确确实实的正能量。徐成淼先生早就对散文诗界“思想的平庸、笔墨的谫陋和结构的单一”愤愤不平。

1988年，我发现一批报刊与选集，为数不少的劣质散文诗堂而皇之变成了铅字。散文诗作者队伍中，确有一批被诗与散文淘汰的落伍者，到这块刚刚复苏的土地上以次充好。这无疑加重了散文诗肩上的包袱。对那些颇有声望的诗人的散文诗，我只能表示遗憾。如果不标上“散文诗”，这种极其肤浅、毫无自己生命体验的作品就不易发表。这首《瀑布》很有代表性：“它的外表若面纱，像屏风。它的声响，如雷声轰鸣，似万马奔腾。它的奇特形态，独成风格，蔚为壮观。”这实在是散文诗的悲哀！怪就怪这种毫无生气的作品还会有人恭维有人捧。实际上，貌似“样板”的它们在贻害初学者。陈词滥调难道不是一种惰性？不是孬诗的一种并行？能谈得上什么“风格鲜明”吗？倘若一定要说“风格”的话，那就是受陈旧的意象影响太深。

也不是说题材重大，就易出佳作。如去年因首都积水有感而发的《北京雨夜》，其艺术发现、人生体验均显得浮浅，没有上升到全方位的思考。应该把“怎么写”放在第一位。切入点要尽量巧，然后激情一喷而出。多一些《意外死亡的舅舅》、《罪犯之妻》、《拘留所门口》、《一个老人走进菜市》、《蜗居高楼》、《压低天空的墓碑》那样的选题。素材重组了，对事件打碎、重构、浓缩、跳越，诗人的创造力就在抒情中获得了解放。“身在暗处，才能看清强光下的事物”的老作家，像《为草原上的新疆儿童题照》就“引爆”出新的火花。

文本,检验着作者的体温

散文诗首先得有诗的内核。这个内核由细节萌发、生长。细节是散文诗的第一要素。真正要做到:大中有小,小中有大,非常不易。但这又是好的构思产生的基础。像《开慧之死》取材于她在板仓遭枪杀时,第一次未死;《彭湃赴刑场》来源于埋伏在途中的赤卫队因周恩来发来的新枪未擦去油而营救未果。这样的细节自然惊心动魄。我想起著名诗人赵恺1988年写给我的一封信。他说:“散文诗首先是诗,最终还必须是诗。那么,作为诗,加强文学当代性之中的宏观意识,使它具有深邃睿智的哲学品质,是我们当为之思索、实践的课题。”

我在去年曾发起主办“中国散文诗无名作者征文”,许多好作品充满了人性的关怀。《底层的光芒》关注打工者,《远逝的背影》有远涉历史的气派,《城市已经没有绿皮火车》视角独特。评委们都不知这些作者的姓名、职业及其背景,完全按质量打分。6个月来,我过目的近千首作品中,来自个体运输经营者、乡村小学教师、老知青的作品,强烈的责任和道义贯穿其中:“他们比太阳起得还早,他们身上特有的那种颜色叫橘红,它不能成为城市的流行色,却能成为城市永不凋谢的颜色。他们能把城市变靓变美,却不能把自己变美变靓”。散文诗并不都是在涂脂抹粉。她的肤色、呼吸、节奏、举止,统一于一种特有的气息。给她花哨的衣服,没用。她得朴实而又艺术地走在前沿。太华贵了,像悠闲的妇人;太先锋了,又像撒娇的模特儿。

曹操——一部制造乱世与恢复秩序的机械;一位欺世奸雄与帝国开拓者的混合;一个刺痛史家笔尖与世人神经的正负电荷。就这么高速运转着,稀释分解着,激烈碰撞着。”写得多么豪迈!“酒吧之外,夜还是夜,生活依然是一团理不开的麻”,“挥手、眼泪、叮嘱相继登台,让冗杂的站台一次次受伤”,“一只夜莺即使沉默,也比所有石头齐声呐喊还要响亮

说得多好!可贵的是许多写物拟人的新手法,意向叠出,节奏感之强,时空交错之大胆,也超越了循规蹈矩。评委徐成淼、刘虔、罗继仁、龚学敏等在阅稿后都指出:“没有入选的许多篇章也很优秀!”当然也有不少作品内涵浅薄,像老太太唠叨:“在黄昏飘散的炊烟里,我是哪一根枯枝的灵魂?”有的语言过于修饰,快感顿减。当代散文诗的新装,不能老依恋那些旧材料,如“我倚在

岁月的肩膀，掸落一身寂寞的尘”之类。

诗是舞蹈，散文是散步，散文诗是亦步亦舞。较之散文，散文诗更富有诗意，抒情色彩更重。较之诗歌，散文诗节奏可以缓慢，要求则更加精细。零部件要小，不要轻易组成大机器。篇幅不宜太长，主体结构一庞杂，似一团迷雾看不透，读者会走神。得分别对每一段作精心的切割。要十分讲究动词。而目前的文本中，修饰词较重，排比太多。排比，应该用到最合适的地方。慎用定语。一进入斟词酌句阶段，对没有诗意的要删，对重复的字眼要改。这一切，考验着你的心有多暖？

出奇的思维方向，要求人们大胆地离开旧的模式，才会使全景焕然一新。思维方向比想象、灵感这些思维形式，更加重要。崭新的方向，取决于独特的视角。第一印象往往是惯性的，最需要打破！要靠与众不同的视角。大踏步走出僵化，创意才会悄然降落。写《深水港》，“把爱的浪花，澎湃给需要簇拥的人”有言外之意。应该把“往哪儿想”，摆在最重要的位置。要另起炉灶，违反常规，将熟悉的东西陌生起来。新的历史书中“英国议员的一根手指推倒了大清王朝、袁隆平的一棵杂交水稻养活了十亿人”，新意四溢。

俗套终于基本上退下了舞台。希望只能寄托在生猛的青年身上。看灵焚2013年的《返源》：“用一千次沐浴为一袭芳香送行，迎面而来的还是花的气息。是谁，蛊惑那些业已收敛成露滴的潮水在意识里转身，跟随着芳香汹涌澎湃启程？这是溯源的路途，你让桃花与玫瑰合谋，为每一种夜晚的险象环生埋下伏笔。可你，却如此轻描淡写，告诉我，你只是盗来了阿尔卑斯峰顶的一朵新雪，在沿途种植一些星光蓄水，营造一次晶莹剔透的旅程。”意象之鲜美，足以证明散文诗前进的步伐这些年来势不可挡！

散文诗的未来，在于阳光下默默工作的人们，春风里一望无际的草根。对小人物的真正关心，是要及早指出其缺陷，使他们的翅膀更快地高翔。岁月逐渐苍老，但鲜龙活跳的生活，肯定比金鱼缸更加壮阔，无法估量。

2013年10月18日—10月28日于上海

2011、2012中国散文诗关键词

（一）2011年中国散文诗关键词

1. 邹岳汉主编的《2010中国年度散文诗》，王剑冰主编的《2010年中国散文诗精选》，王幅明、陈惠琼编选的《中国散文诗年选》，三花并蒂，各自怒放，受到读者欢迎。

2. 王幅明主编的《散文诗的星空》丛书，由河南文艺出版社出版。

3. 由《散文诗世界》主办的中外散文诗学会第四届年会在山西太原市举行。中外散文诗学会的全国会员已达到7 000人。

4. 由中外散文诗学会新疆分会和伊犁晚报社举办的“2010年度中国散文诗天马奖”揭晓，目前已颁发四届。

5. 赵宏兴主编的《中国当代散文诗》由时代出版社出版。11月，《中国当代散文诗》编辑部、《青年文学》杂志社、《散文诗》杂志社和吴江市文联联合主办“首届中国当代散文诗理论研讨高端峰会”。

6. 散文诗首次被列入上海市重大文艺创作项目，《金号角：桂兴华散文诗90章》由上海人民出版社出版后，中国作家网转载，《诗刊》、《诗潮》、《散文诗世界》选登，先后在中共一大会址（上海、嘉兴）和中国2011书展举行专场朗诵会，著名艺术家秦怡进京朗诵了其中的序。

7. 由《散文诗》杂志社主办的第十一届全国散文诗笔会暨“第二届中国散文诗大奖”颁奖仪式在贵州举行。方文竹、灵焚获得了本届大奖。

8.《黄河诗报》9月向全国征稿，编辑《中国当代散文诗回顾与年度大展》：第一部分“历史的声音（1949—1978年）；第二部分“突围与崛起”（1978—2011年）。

9. 著名散文诗评论家、作家徐成淼在《贵州民族学院学报》2011年第5期上发表《加速完成当代散文诗的现代性转变》，指出：当代散文诗的基本缺失并未得到充分补正，为了从根本上扭转其弱势地位，必须大力推进质的飞跃。

10. 12月，由首都师范大学中国诗歌研究中心和文学院联合主办的“当代散文诗的发展暨‘我们文库’学术研讨会”在北京召开。“我们文库”推出了周庆荣、灵焚、爱斐儿、语伞、彼岸、黄恩鹏、唐朝晖等作品集。其中，周庆荣的《我们》，获得2011年度“中国最美的书”称号。

桂兴华诗歌工作室于2011年12月29日

（二） 2012年中国散文诗关键词

1. 回顾与大展

《黄河诗报》（总十七卷）在3月隆重推出“中国当代散文诗回顾与年度大展”，共刊发138位老中青三代散文诗人的代表作，并为名声四起的“我们”——北土城散文诗群开辟了专题。该期还刊有桂兴华《新中国散文诗的前辈与中坚》的长文。

评论家章闻哲同期发表长篇论文《散文诗：从现代主义一路走来》，认为：最终决定艺术寿命的，还是：美、审美价值、意义、价值观取向等，散文诗要获得持续地发展也将与这些息息相关。

（消息来源：新浪网等）

2. 年选

邹岳汉主编的《2011中国年度散文诗》、王剑冰主编的《2011年中国散文诗精选》，陆续由漓江出版社和长江文艺出版社推出。王幅明、陈惠琼主编的《中国散文诗年选2012》由花城出版社出版。新华出版社也已编辑出版《中国年度优秀散文诗2012卷》。各有特色，荟萃佳作，读者很喜欢。

（消息来源：《文艺报》等）

3. “草根”作者

由桂兴华诗歌工作室发起、《黄河诗报》等主办的《感觉2012》中国散文诗无名作者征文，面向生机勃勃的草根，发掘新生力量，关注民生。各地来稿踊跃，现已公布初选作品共82篇，顾问、总评委的阵容强大。2013年3月底将在上海浦东塘桥揭晓。

（消息来源：《文学报》、《深圳商报》、凤凰网等）

4. 理论研究

上海《文学报》开辟了“散文诗研究”专刊，两月一期。由萧风主编。诗歌评论家谢冕先生对该刊主编说：要像重视诗歌和小说研究一样，重视散文诗理论研究。散文诗的地位在文学界始终没得到确认，既有创作上精品不多的原因，也与理论研究没跟上有关。

桂兴华在该刊发表《散文诗依旧“轻飘飘”》一文，提出：散文诗在赏心悦目的花花草草之外，难道不能翻卷更加辽阔的风云？

（消息来源：《文学报》、《文艺报》等）

5. 专栏、专刊

继中国青年出版社大篇幅的《大诗歌》、沈阳《诗潮》、《中国诗人》、北京《青年文学》、济南《山东文学》下半月刊连续推出“散文诗”专版以后，灵焚又在向《诗歌月刊》每月力荐散文诗，2013年《星星·散文诗》(月刊)又将创刊，栏目设置很丰富。各地的晚报也纷纷开出了专栏。随着网络散文诗烈火的熊熊燎原，散文诗的纸质阵地也有不断扩展之势，行情看涨。

（消息来源：《文艺报》、新浪网等）

6. 丛书

《二十一世纪散文诗》丛书由特别重视散文诗的河南文艺出版社出版。分别推出了徐成淼、亚楠、庄伟杰、崔国发、向天笑、丹菲、亚男、李俊功、蔡旭、张筱等15位散文诗人的作品集。

（消息来源：《文艺报》等）

7. 学会征文

中外散文诗学会等主办“九寨沟国际散文诗评奖”，与著名旅游景区结伴而行。该学会的征文活动不断，每年吸引了老、中、青著名的散文诗作家。

（消息来源：《散文诗世界》、中国网等）

8. 大奖

由《散文诗》杂志社主办的第12届全国散文诗笔会在益阳举行。青年俊才徐俊国、陈劲松获得了“第三届中国散文诗大奖”。

（消息来源：《文艺报》、新浪网等）

9. 天马

由中外散文诗学会新疆分会和伊犁晚报社共同举办的2011年度中国散文诗天马奖揭晓。赵宏兴、花盛、刘虔、语伞、刘川五位作家获奖。

（消息来源：新浪网等）

桂兴华诗歌工作室于2013年1月2日

绍兴佣人在大都市里浮沉

——读长篇小说《上海霓虹》

想不到徐策"弹硬"的词库里,挤满了这么多鲜龙活跳的上海闲话。这就盘活了整部40多万字的长篇小说《上海霓虹》。但这仅仅是个基础,更要看其是怎么为塑造人物性格、烘托社会属性服务的。

阿娇等人是从绍兴乡下来的佣人、娘姨,即保姆。这一群体的故事特别多。作者笔下的这一缕水乡炊烟遇到了电梯里的旗袍、抽水马桶边的橡皮热水袋,以及有内幕的香烟票、伊拉克蜜枣、玛瑙镯子、"黑面抄"……怎么一次次扫盲,"完全换了一个人"?几十年种种挣扎、交锋、苦斗,很"扎劲",实感世事沧桑,有看头。没有"晕淘淘"。

我特看重细节。细节是小说的命。细节是不能与别人重复的。细节板着脸考验着作者所有的生活积累和文学准备。

如:《石楠根烟斗》这一节,将"五反"运动的严峻与亲情的巨创揭示得惊心动魄。娘舅被平时毕恭毕敬的外甥(即阿娇的丈夫)揭发后昏倒在台上,外甥赶紧在他口袋里找药,一面带着哭腔问:"硝酸甘油放在哪里?你快讲啊!"娘舅双目紧闭,不答一字。外甥"只得继续在四只口袋里掏来掏去,口袋芯子像舌头似的伸了出来,里面除了几瓣烟斗碎片之外,什么也没有"。外甥事后又遭检查队训斥而"寒势势"。

《德大西餐馆》一节里,娘舅又为平息外甥那位"第三者"的纠缠,从皮包里取出那小沓留有记号的"五角"钞票和情书证据,震住了未来的"过房女儿",显示了他作为"私方厂长"的威势与多谋。

《朱漆皮匣子》这一节:深夜,阿娇的女主人席太太面孔煞白,收起财宝,只留了一样递给佣人杏花:"其他东西,拜托你替我保管!"杏花两手频频在围裙上搓着:"吓死我了!"席太太说:"这么好的事,人家别也别弗着,覅不识抬举!"杏花问:"你难道就不怕我起坏心?"贪财使她感到非常罪过,可又没法摆脱。"这桩事天知、地知、你知、我知",杏花说:"你就放宽心好了!"阿娇一族中灵魂深处的声音响得入骨三分：如今匣子落到了我手中，几辈子也用不尽！

真是由无数篇微型小说组成啊！不但细节“来事”，徐策还能在南腔北调中“以小见大”。长篇重结构。历史感强，才有分量。从解放初期延伸到文革后期，一直到上海环球金融中心一百层的观光长廊……一个传媒人的细腻笔触历历在目。

看，“椭圆形的高脚朱漆大木盆里洗澡，拿粉扑子揚痱子粉，扇着蒲扇，盆里浮着浮沤，白绒绒厚嘟嘟一片，边圈上还黏着灰白的细条条”等，都勾起了我儿时的弄堂记忆。

建议周立波看看这部独特的小说，想必对他的“海派清口”大有帮助。可惜徐策将书名起得太文绉绉了，就像他本人。俗话说：“江浙斯文，绍兴九分”。题目弄得像诗，像散文，其实这是一部纵横上海滨江大厦深处、情节十分扣人的通俗小说，一点也不“腻心”。作为“二十世纪中叶上海移民悲欢录”，的确能被纳入“上海重大文艺创作项目”。改成越剧剧本或“上海说书”，都不吃力，而且肯定有票房。

小说的高潮：阿娇的丈夫临终，才听见他发出“ni”声。她蓦然想起，他们夫妇曾一起约好了去南京路看霓虹灯，却总是一拖再拖。她说：“覅急覅急，不用牵记，噢？”结果是：她狠狠跺脚，蹬腿，地板嘭啷嘭啷响。终于，她连脚也踢不动了。

阿娇的丈夫、孩子们、伙伴们，到底看到了上海七色霓虹中的几抹春痕？徐策的小说中是有答案的。并且对我们剖析当今比比皆是的外地打工者，也很有启发。作者并没有“直卜笼统”跳出来说教，完全由人物自然而然地感悟，绝不会“肉骨头敲铜鼓——昏懂懂”。

2011年9月5日

创作笔记：水仙花一朵、一朵开

纵览全局，谈何容易。一步登天，属狂想。

筛选良种，不是任何人都能胜任的。

脸红脖子粗的山里人，不必套翩翩风衣。别匆匆扔掉那件旧衣衫。有时候，可能就扔掉了自己。为何突然荣升而变为贪官的，穷出身的居多？私欲膨胀的他，还不适宜坐在指点江山的位置上。

身居低处时，往往会考虑自己的利害关系，以免出语受伤。只有当自己的影响能与权威抗衡时，讲话才无所畏惧。否则，总有所掩盖，尽挑好话。对自己地位有动摇的，往往避开牵连，甚至打压。

而位于核心地带，不到底层探个究竟，也难免空话。真正的大家，往往能上天入地，既有灵气，又有地气。

落笔之前，思想大于形象，可能是优势。启动之时，飞翔的轨迹却必须是形象。如果依然不翱翔想象，那势必一片苍白。优势已经转化为劣势。

问题是：目前的评论家往往对主旋律作品只强调其政治倾向，却不批评其十分贫乏的艺术感染力。而对先锋类的佳作，只欣赏其表现手法的高超、跳跃，不对其仅仅关注杯底风波的习性加以劝说，使其视野，能够逐步向大千世界展开。这种评论的局面，就导致了眼前的诗坛容易呈现：高昂者空喊，低吟者迷离。

如果写政治的，强调些艺术；攻艺术的，有些政治头脑——诗，就马上有了另一番色、香、味。

千万别说教，别概念！“自我”特征是一种“看家本领”。千篇一律，肯定失败。不管写什么，姿态要低些，更低些。

从“我们”到“我”，是新时期诗歌的重大转折。歌唱在阳光下生活的每一个人吧！歌唱积极向上的自己，就是歌唱这个充满朝气的时代！

怨这怨那，往往是缺乏智商。

怨气，如果像这阴霾散不开，就因为自己的风力太弱，阳光太差。

只有当你确认：这轮太阳将为你而照耀，这阵大风将为你而刮起，
怨气才会消失。

有了底气，就会排除怨气。怨气赖着不走，绝对争不来属于你的晴空白云。

诗坛举行的是马拉松赛，不是短跑。赛场上，谁都得跑许多、许多圈。速度、底气、冲劲，悠闲者、急躁者到不了终点。

改变了绮靡词风的苏东坡，即使低回长叹，也极富感染力。不要给人说：怎么又来了——那种以最容易的排比句形成的所谓“澎湃的气势”！

那种慷慨激越、直抒胸臆的诗风，常常是被评论家赞赏的“诗歌品质”。但这恰恰是当前主旋律诗歌最常见、多发的毛病。豪放，易。细腻，难。读者对作者的那种激动，并不买账。

别指望所有的评论家都喜欢你。有人欣赏你，有人却想撇开你。审美观不同。这很正常。

自己的心就是秤砣。别太在乎那些眼神。只要自己快乐。自己在兴奋地发挥艺术特长。让人们读了自己，少了埋怨，多了信心，岂不快哉！读了以后，觉得生活的色彩更加晦暗，我便弃之。我，怎么可能跟之！

有些人自以为是地甩“假大空”的帽子。一声冷笑回之：“你看过具体作品吗？”现今拥有读者群的诗人，肯定是“假大空”的死对头。不但能劲吹“金号角”，更要拔出一把锋芒毕露的嚯嚯直响的“靓剑”！

为什么有些人总胸怀敌意？有些猜测和判断，让人十分吃惊。生活难道真的这么糟吗？只可能，他们的小环境使之不快，使之沮丧。自己要找找原因。别尽拖人家后腿，自己要奋然跳出“苦坑”。拉后腿者，其位置肯定在人家的后面。而希望别人成功的人，自己才会成功。

2013年12月8日

杜宣与“诗之屋”

1985年，杜宣（右一）与桂兴华在庐山上度假

“诗之屋”是我挤满书橱的小客厅的名字。题写这三个字的，是杜宣老师。

杜老的家，在泰安路上一个绿意盎然的院子里。路两边是竹篱笆。我最后一次去他家，是1996年清明节后去取那幅他为我题的字“诗之屋”。敞开的大门口，洒满阳光。一条大黄狗柔柔地趴在他的脚边，他还是叼着那个大烟斗，笑呵呵地说：“又看到你作品了。”

每次他遇到我，即使在众人聚会的时候，我发现他总是与我先谈作品，谈对我新作的印象，几乎没漏掉一篇。可见他对我的关注。我说：“外面有人说我是你的儿子。”“哦？都姓桂嘛。”我说“你是九江桂，我是宁波桂啊。”那天我带给他的，仅仅是手中的一只大西瓜，真不好意思。

记得是1996年12月30日下午，他拄着拐杖，与上海市委老领导胡立教、杨堤一起，精神饱满地赶到虹桥路广播大厦12楼，参加我的长诗《邓小平之歌》的首发式，讲话时像军人一般慷慨，一口气讲了许多观点，令人感动：“诗人就是要靠作品说话！桂兴华的激情非常可贵！邓小平这个题材太重要了……”他对小平同志的感情十分深。听说影片《邓小平》上映时，他特地向医院请了假，专门去电影院观看了。

杜老鲜明的主流价值观，多年来与我是十分默契的。作为老党员、老战士，他是我红色题材的知音。这时候，我想起了他1996年10月为我的报告文学《东方之珠》写的序。他的序就是一篇美丽、深沉的散文。使我知道了，他是在什么情况下写序的：“江南的秋夜。在一盏明灯之下，秋虫唧唧声中，我静静地捧读着《东方之珠》，一个字一个字地看着，一页一页地翻着。1997年7月1日，不分昼夜地向我们奔来”。

在他的序里，我明显能感受到他那颗与祖国一起跳动的心在怦怦前行。他写的这一句:“香港啊，你去得早，回得晚！”将他急切的心情表达出来了。也许，这期间，他也开始酝酿他的原创四幕大戏《沧海还珠》。他对香港有切身的体验。因为他从1945年开始在那里整整生活、工作了3年多。香港回归前夕，84岁高龄的他一个月内挥笔写就。包括张瑞芳、秦怡在内的五代演员，同台演出了这部话剧。

2004年8月29日上午，我在龙华殡仪馆与杜宣老师告别。揪心的哀乐一起，除了苦叹人生，就是念着不老的杜老对自己的关怀。总觉得他遗像里的面容还在微笑，笑看着追悼会上的脸。默哀的时候，杜老鲜活的形象便从记忆的黑框里走了出来——他是我在80年代新华路上那幢碉堡似的《文学报》小楼工作时的领导。

他是《文学报》的创始人之一。那年头，每周四上午的评报会，他听得非常认真。他认为:“办一张报，要把它当事业来做，而不仅仅是工作”。同时，他也是个著名诗人，有着诗人宽阔的胸怀。因此，他常常能与我的激情对接。

此刻，每每抬头凝望杜老题写的“诗之屋”，我总感觉又带给他一大束怒放的桂花，看到了他的微笑，杜老在那里与我相聚啊。

是的：记着生活对你的好，你就会微笑；记着别人对你的好，你就会微笑。能活着，你还不微笑吗？……

2014年春夜

附：
中学生最喜欢的精美散文诗

乡土的花朵　徐学君

隐显的风景（四章）　倪俊宇

关山月　朱晨

记忆或摩天岭　雨田

中国碗　马仕安

中国围棋　马仕安

中国字　马仕安

魂依今生　谢鸿桔

放鹤亭　阿土

黑白湘西　高翔

房子和田　潭岩

家乡小路　曲可为

附录资料

桂兴华创作、出版、朗诵及策划活动的有关手迹、信件、图文

附录一

桂兴华出版书目

散文诗集

长长的街	北岳文艺出版社	1989
美人泉	同济大学出版社	1990
红豆咖啡厅	广西民族出版社	1993
新年酒吧	上海文艺出版社	1996
金号角：1921—2011	上海人民出版社	2011
靓剑	东方出版中心	2013
散文诗的新生代（桂兴华 主编）	宁夏人民出版社	1987

短诗

第一次诱惑	学林出版社	1987

长诗

跨世纪的毛泽东	江苏文艺出版社	1993
跨世纪的毛泽东	（海外版）香港文学报社	1996
邓小平之歌	江苏文艺出版社	1996
中国豪情	上海文艺出版社	1999
祝福浦东	上海人民出版社	2000
永远的阳光	上海人民出版社	2001

青春宣言　　上海人民出版社　2002
智慧的种子——张江抒怀　　上海人民出版社　2003
跨世纪的毛泽东　　上海人民出版社　2003（再版）
邓小平之歌　　上海人民出版社　2004（再版）

又一次起航——写给终身学习的人们
激情大时代——桂兴华朗诵诗集　　上海人民出版社　2006
城市的心跳　　上海人民出版社　2009
前进！ 2010　　上海人民出版社　2010
中国在赶考　　上海人民出版社　2014

报告文学

上海夜生活众生相　　上海画报出版社　1991
命运的眼神　　华艺出版社　1992
东方之珠　　上海人民出版社　1997

附录二

桂兴华创作、演出、文化创意轨迹

（1980—2015年）

1980年，从安徽返沪工作后，为罗中立的油画《父亲》配诗，夺得上海青年诗歌比赛第一名。

1985年，在《青年报》的《生活周刊》创刊座谈会上提出举办时装模特儿大赛，获得“金点子”奖。

1986年，在上海电视台新闻部的座谈会上，提出应及时播出纸质媒体的新闻，后开设了“今日报摘”栏目。

1986年，策划、主编了《上海文化报》的“大特写”专版，并撰写了《通宵场》、《今年高考生》、《夜擒卖淫女》、《财神在上海街头游荡》、《女性第三者》、《生育没有特区》、《泪与笑浇铸的韶山》、《延安，与疲困交战》等报告文学。

1987年，在全国各大报刊发表了大量题为《长街短歌》的散文诗后，策划、

1998年，桂兴华（左二）在《解放日报》、《文汇报》、《新民晚报》“咬文嚼字”活动的新闻发布会上

主编了我国新时期第一本青年散文诗选《散文诗的新生代》,由宁夏人民出版社出版。

1994年,多次策划东方电视台的《东方直播室》的选题,并参与直播演讲。

1997年,策划了设计2010年上海世博会吉祥物海宝的邵隆图先生的《智慧宣言》,由上海人民出版社出版,并作序。

1997年,参与策划了上海电视台的“香港回归知识竞赛”。

1998年,为浙江“月亮神”饮料策划了与《解放日报》、《文汇报》、《新民晚报》共同举办的“咬文嚼字”大型活动,任总策划。

1999年3月,为联想集团上海公司设计了广告词:“上海需要联想”。

1999年7月,成立了上海广播电视系统第一个工作室——桂兴华工作室,并策划、创作了在上海大剧院演出的大型朗诵会。

1999年10月,策划了在上海国际会议中心举办的大型展览《和新中国一起成长》,共和国的同龄人蜂拥而至。

2000年4月,策划、创作了在建平中学演出的大型朗诵会《祝福浦东》,4000名中学生参与。

2005年,为东方电视台长篇专题片《世纪长征》总策划之一、总撰稿。

2006年6月13日,由中国作家协会创研部、上海市作家协会、《文汇报》社联合主办的“激情大时代——桂兴华政治抒情诗研讨会”在北京中国现代文学馆举行。研讨会上,中国作家协会书记处书记吉狄马加、陈建功、贺敬之、谢冕、郑伯农、蒋巍、石英、石湾、朱先树、吴芝麟、臧建民等诗人、学者数十人参加了研讨会,并对我国政治抒情诗的现状及发展方向进行了深入的探讨,北京青年朗诵艺术团当场朗诵了《献给国歌》。现代文学馆收藏了贺敬之的发言手稿和桂兴华手稿。

2006年6月30日,上海文广新闻传媒集团、浦东新区宣传部主办的“激情大时代朗诵会”在浦东新区图书馆举行。众多朗诵艺术家和读者代表参与朗诵。请著名艺术家梁波罗与盲人女读者一起朗诵《我抚摸着浦东地图》。

2006年10月22日,为纪念鲁迅先生逝世70周年,总策划了由市文物管理委员会、中共虹口区委宣传部和广播新闻中心联合主办的《鲁迅活着》诗文朗诵会,在鲁迅纪念馆举行,并朗诵了新创作的《先生,你早》,中国作协副主席陈建功出席。

2006年11月,在浦东白莲泾地区、世博工地深入生活,策划创作了长诗《城市的心跳》,后被列为上海市重大文艺创作项目。

2006年11月10日,在《文艺报》发表《激情为大时代燃烧》。

2006年12月26日,赴韶山领奖,诗歌《韶山,一个小站》获得全国征文一等奖。

2007年2月,在复旦大学深入生活,构思反映谢希德一生的诗剧。

2007年4月,在上海电视台《往事》栏目主讲《从油画“父亲”谈起》。

2007年5月、7月,在上海电视台“东方大讲坛”、上海教育电视台“世纪讲坛”、长宁区文化中心、普陀区人民医院主讲《创造性思维与人的素质》。

2007年7月,桂兴华朗诵诗集《激情大时代》获共青团中央“五个一工程”优秀作品奖。

2007年8月1日,为上海市庆祝建军节大型晚会创作快板诗《兵妈妈》。

2008年8月,参加首届“青海湖国际诗歌节”。

2008年8月,上海戏剧学院在上海书展上朗诵《李媛媛》。

2007年10月,上海市浦东中学100周年校庆典礼上,朗诵《温暖的母校》。

2007年11月,《诗刊》发表献给党的十七大的《剪影》。

2007年11月4日,参加中国新诗90年太原论坛,《当代中国政治抒情诗的现状及思考》获优秀论文奖。

2007年11月11日,参加中国散文诗90年颁奖大会,《新年酒吧》获中国散文诗90年优秀作品集奖。

2007年12月3日,《上海表情》座谈会在三林世博功能区举行,梁波罗、冯淳超、刘凝等艺术家与居民们分别朗诵长诗片断。

2008年1月8日,上海读书节闭幕大会朗诵《上海,正在读书》。

2008年1月21日,上海市银行同业公会迎春联欢会上朗诵《难忘1978》。

2008年2月1日,乔榛、丁建华在上海市老干部团拜会上朗诵《放歌青松城》。

2008年2月3日,上海市世博局领导集体朗诵《相约2010》。

2008年2月,在《华夏诗报》上发表《朗诵中国》。

2008年2月,被上海市艺术系列高评委评为“国家一级编剧”。

2008年2月14 - 17日,应《诗刊》之约,为抗雪灾写诗《非常雪景:中国红》。

2008年4月,共青团上海市代表大会开幕式朗诵《阳光下的祝愿》。

2008年4月,策划东方讲坛《改革开放颂》系列讲座,并主讲《小村巨变》、《新时期诗坛风云》。

2008年4月27日,上海电视台“东方大讲坛”播出《诗人的创造性思维》。

2008年5月,担任2010年上海世博会志愿者标志、口号评选委员会委员。

2008年5月16日，“上海之春”闭幕式上演出大型交响合唱《春潮》，作曲徐景新。

2008年6月，开始策划纪念改革开放30周年及《苏州河笑了》大型朗诵会。

2008年7月，第9部长诗《城市的心跳》被列为上海市重大文艺创作项目。

2008年9月，策划复排了在东方艺术中心演出的《邓小平之歌》大型朗诵会，邀请著名艺术家秦怡第八次参与。12月10日该节目又进京在民族文化宫参加中国文联演出，朗诵后受到李长春等中央领导接见。

2008年12月17日，诗作《新的起航》被中国作协《追梦的中国——纪念中国改革开放三十周年诗歌朗诵演唱会》选用。

2008年12月，散文诗《西欧笔记》在中国散文学会主办的第二届全国文学征文大赛中获奖。

2008年12月，《我与邓小平之歌》在《人民文学》纪念改革开放30周年大型征文中获奖。

2008年12月，交响合唱《春潮》在全国音乐作品评奖中获得优秀作品奖。

2008年12月，《南京路在走（外一章）》被《新中国60年文学大系》（散文诗卷）选用。

2009年1月，赴西柏坡、白洋淀采风。诗作《赶考》、《诗走燕赵大地》在《华夏诗报》、《上海诗人》上发表。

2009年5月，赴四川德阳等地震灾区采访，创作《中国时间》，发表在《上海艺术家》上。

2009年5月，为上海广播60周年大型晚会创作了由60位主持人朗诵的《在时代前沿》。

2009年6月，桂兴华工作室再次策划、试编了《朗诵诗》报，贺敬之题写报名。

2009年8月，在广东惠州参加”国际诗人笔会”，演讲《我眼中的政治抒情诗》。

2009年8月27日，在北京参加《柯岩作品研讨会》。发言稿《敢于守，善于守》发表在《文艺报》上。

2009年9月，策划了由东方广播电台主办、在上海长宁区图书馆举行的《共和国颂》朗诵会。《诗刊》发表其中的作品《高唱国歌前进》。

2009年9月，担任上海《银幕交响》大型电视晚会总撰稿，并为秦怡、梁波罗写了朗诵诗《青春雕塑》、《小老大》。

2009年9月，上海文庙复排大型情景诗《走近孔子》。

2009年10月，在《诗潮》发表组诗《中南海颂》。

2009年11月，散文诗《红旗的笑声》在中外散文诗学会的“祖国杯”散文诗大赛中获奖。

2009年12月3日，在浦东塘桥街道举行《前进！2010》定稿会，向中国文化名人手稿馆捐赠手稿，并向浦东新区图书馆捐赠了创作大纲。

2009年，第12期《星星》“全国短诗展览”发表《51号兵站》(外一首)。

2009年12月，被聘为《黄河诗报》主编、《诗潮》杂志“朗诵诗”栏目主编。

2010年1月初，在上海浦东中学举办朗诵讲座，筹划《前进！2010》朗诵会。

2010年1月11日，应邀在上海电影艺术学院讲课：《主旋律作品必须创新》。

2010年2月起，为浦东花样年华旗袍沙龙策划了一系列活动，中央电视台播出。

2010年6月，策划“中国红了”大型活动，上海电视台播出。

2010年8月，北京的中国作协《诗刊》刊登长篇演讲稿《畅谈创造性思维》。

2010年9月9日，开始巡展《红色诗人主题实物展》：甲秀里，长宁区图书馆及有关街道，黄浦区有关街道，转到浦东新区图书馆及有关街道，2011年7月最后落户塘桥社区文化中心。

2011年4月起，策划成立塘桥“桂兴华诗歌工作室”，举办一系列讲座、比赛，创建了“春风一步过江朗诵团”，发起、主办了两届中国当代政治抒情诗高峰论坛。

2013年：《峥嵘岁月》朗诵会巡演，10月8日在上海音乐厅举行了专场音乐会。陈东副部长等出席。

2014年2月24日，在塘桥社区文化中心主讲：《创造性的活动策划与准备》。

2014年9月，策划《塘桥：又一个春天》展览及创作《幸福桥》摇滚快板，举行《中国在赶考》大型系列朗诵会，并连续6次进上海书展朗诵签售。

2014年9月22日，“上海地铁朗诵角”在世纪大道站揭牌并开始每月一次的朗诵活动。

2014年10月，在吉林梅河口的中国散文诗研究会年会上作主题发言《当前散文诗悠雅多、尖锐少》。

2014年11月，“春风一步过江朗诵团”团员纷纷进入“上海市民百强演说家”榜单。

2014年11月开始，多次进入上海自贸区采访，写作组诗《希望：有更大的吞吐量》。

2014年12月，策划的专题片《架桥》、微电影《朱老太登上大舞台》先后完成。

2015年1月，桂兴华诗歌工作室改名为“桂兴华诗歌艺术中心”，常年开办《红色经典诵读》讲座。

2015年3月，为陈云纪念馆创作电视诗《水乡的怀念》。

这些年来，为以下大型企业策划了大型活动：中国电信上海公司、上海银行公会、中国银行上海分行、交通银行上海分行、建设银行上海分行、陈香梅新楼盘、远程教育集团、张江高科技园区、光明乳业、浦发集团、浦房集团、浦东路桥建设公司、上海地铁申通集团及第二、第四运营公司、大众交通、陆家嘴集团、新黄浦集团、宜华实业、日立电器、甲秀里故居等。

为以下单位或重大事件等策划、创作了长篇朗诵诗、歌词等：上海市政协、市宣传部、市组织部、世博局、团市委、市妇联、市文联、市文化局、市人事局、市老干部局、市慈善基金会、市禁毒办、市防空办、市读书办、市建委、市消防总队、深圳特区宣传部、《钱江晚报》社等机构，残奥会开幕式、上海国际艺术节、国际花卉节、苏州河艺术节、上海广播60周年、九三学社60周年、上海浦东新区成立10周年、上海博物馆建馆50周年、上海师大50周年校庆、浦东中学、张江小学100周年校庆、《上海每周广播电视》50周年报庆、塘桥街道成立30周年庆典、上海“白玉兰”婚典、东海大桥通车典礼、上海文庙孔子祭奠、郑和下西洋纪念日、甲午殇思、迪士尼工地慰问、地铁建设、上海自贸区等。

为以下人物创作了长篇朗诵诗：任长霞、谢希德、祁爱群、徐虎、“神舟六号”航天员、共青城上海青年垦荒队等。

“桂兴华诗歌艺术中心”理事会2015年第一次会议，方石梅（左一）、桂兴华（左三）、奚虹（左四）等

附录三

《城市的心跳——献给中国2010年上海世博会》首发式策划书

主　　持：曹元金（三林世博功能区党工委书记）

1. 开场白

2. 宣读国务院原新闻办主任赵启正的序言

3. 上海人民出版社党委书记丁荣生介绍新书出版的过程

4. 作者桂兴华畅谈自2006年以来在白莲泾地区深入生活的体会

5. 新书诗篇朗诵

（1）朗诵演员：

其中两首诗交三林功能区群众担任朗诵，他们曾经表演过。另外的朗诵节目由艺术家表演。

(2) 朗诵内容：

重回老街——选自《城市的心跳》

表演：原白莲泾动迁居民顾媚卿、张金柳、姜菊芳、胡巧英等

新书架里的旧瓦片——选自《城市的心跳》

表演：原白莲泾动迁居民黄燕萍

曹书记随即向动迁居民代表赠书。（10本系红绸带，象征性，顾媚卿接书）

幸存的小手向红星致敬——选自《城市的心跳》

表演：著名电影艺术家梁波罗

黄浦江流进了时代大封面——选自《城市的心跳》

表演：著名电视节目主持人刘凝

6. 浦东新区政协副主席邵煜栋讲话并代表新区政协向三林世博功能区居民赠书

（10本系红绸带，象征性，二居委干部小部接书）

7. 桂兴华请上海市红十字会转交向四川灾区的赠书500本

（10本系红绸带，象征性，谢丽娟接书）

8. 上海市红十字会谢丽娟会长讲话

参加人员：

浦东新区政协邵主席、唐秘书长、杨主任及委员代表共5人

三林世博功能区居民代表20人

主流媒体记者12人，演员2人

上海世博局、市红十字会、人民出版社、浦东新区宣传部、文广集团、作协有关人员15人

背　　景：

在上海浦东新区宣传部、新区政协的大力支持下，这部长诗历经两年隆重出版。

两年来，诗人主要在周家渡街道、白莲泾工地、三林世博家园、上海世博局等处深入生活，采访了许多居委干部和动迁户，与居民们结下了深厚情谊。

诗人从2002年12月3日上海申博成功开始写起，既有深沉的回顾，又有辽阔的视野，以白莲泾为基点，体验了城区变迁之艰辛，感受了市民生活之百味，生动、激情地演绎了中国2010年上海世博会“城市，让生活更美好”的主题。

这是献给上海世博会的长诗，分80个章节，短则8行，长则250行，共3000多行，反映了建成“世博家园”的前前后后。其中有《最后的轮渡》、《小巷书记》、《动迁办公室》、《重回老街》、《“申博号”龙舟》、《听沪剧“卖红菱”》、《舞动中国的扁鼓队》等。2007年12月，曾经在三林举行论证会，听取了专家与居民的意见。

在距2006年世博园区动迁结束两年后的今天，这本书隆重出版。书中最新的四首诗，是诗人在汶川大地震后写下的，及时表达了心系灾区的情怀。

经费预算：

三林世博功能区负责组织居民、干部、演员参与、排练及费用等。出版社负责记者的交通费。

周家渡街道负责会场布置及有关接待。

2008年7月

附录四

《城市的心跳》(上海市重大文艺创作项目)
周家渡专场朗诵音乐会策划书

朗诵团队：以2008年进京朗诵《邓小平之歌》受到李长春等中央领导接见的秦怡、赵屹鸥、陈蓉等著名艺术家、主持人为主

朗诵内容：反映浦东世博园区中国馆等场馆的所在地周家渡一带巨变的诗篇

原创歌舞：《五彩缤纷白莲泾》

指导单位：

上海浦东新区世博核心区配套工作指挥部

上海浦东新区宣传媒体及志愿者服务指挥部

上海文广影视集团

演出时间：2010年6月29日(周二)晚上

地点：浦东图书馆600人演讲厅(前程路)

主办单位：

周家渡街道党工委、办事处

浦东新区文化艺术指导中心

协办单位：

艺术人文频道

东方广播电台

文广演艺集团

浦东新区图书馆

形　　式：由20位朗诵名家和世博社区居民朗诵，演唱歌曲《好日子》，文广民乐乐团伴奏《花样年华》、《花好月圆》、《步步高》、《茉莉花》、《春江

花月夜》、《在希望的田野上》、《我爱你，中国》等，指挥王永吉，朗诵节目中整块插入原创歌舞《五彩缤纷白莲泾》，并由艺术人文频道、东方广播电台录播。

分　　工：

中共浦东新区宣传部：协调、节目审定

文广影视集团：协调、节目审定

浦东新区文化艺术指导中心、文广演艺集团：参与整个排练、演出过程

周家渡街道：协调各方、配合舞美、灯光，接待领导、演员，组织观众

艺术人文频道、东方广播电台：负责录播实况，早日播出

总撰稿（包含朗诵诗及串联词）、策划、协调：桂兴华

特别平面媒体支持：天天新报

商量民乐伴奏：2010年6月8日（星期二）上午

正式开始排练：2010年6月11日（星期五）上午

排练《白莲泾流进了时代大封面》及《旗袍队走在大路上》，朗诵家们参观世博园区，培养感情。

演出主线：以高昂的时代精神和非常典型的浦东巨变、周家渡群众生活美好的史实，以小见大，反映上海世博会主题，欢庆上海世博会的成功举办，表达高举旗帜紧跟党继续开拓前进的豪情。

拥有中国馆的周家渡，红了。
面向世界的中国馆，红了。
浦东，红了。
中国，更加红了。

将该场演出纳入浦东新区迎“七一”的主题活动，由新区宣传部邀请新区主要领导参加。

背　　景：在上海世博会举办之际，为迎接中国共产党成立89周年，上海世博会志愿者标志、口号评委、著名诗人桂兴华以周家渡为创作基地，献出了他的长诗《城市的心跳》（列入上海市重大创作项目，赵启正作序）和新作《前进！ 2010》（高占祥作序）。这两部长诗，诗意盎然地反映了正在举行世博会的大上海。诗中强烈地跳动着新浦东开发开放的时代脉搏和上海世博会的铿锵脚步，向建党89周年献礼。

中央电视台已对周家渡的巨变及桂兴华五年来在周家渡深入生活的创作

情况跟踪拍摄。

上海世博会浦东主要场馆区的所在地周家渡及所属的白莲泾地区，曾经是有名的棚户区，64条大小弄堂，下岗工人多、居住条件差、弱势群体密集。世博会带给这些居民的是实实在在的实惠。小区内3 000多居民的环境彻底翻身了！周家渡街道世博动迁第二批启动首日，出现千人空巷排队签约，单日签约850多户。她们曾经参与制作了一艘“申博号”龙舟。在这艘龙舟里，有代表白莲泾小区居民心意的3 000多颗“幸运星”，引来20多家境内外媒体的争相关注。2002年12月3日，白莲泾终于听到了上海申博成功的消息，居民们仿佛拉开了千万张嘴，唱出了他们心中的狂欢，直到天亮也不肯散去。

节目内容：

1.《放歌新浦东》：陈少泽、赵静

2.《好日子》(女声独唱)：于丽红

3.《白莲泾流进了时代大封面》：雪飞、张培及周家渡居民

4.《“申博号”印象》：陈蓉、叶波

5.《听沪剧“卖红菱”》：陈醇、尹红

6.《51号兵站联想》：梁波罗、刘凝

7.《新书架里的旧瓦片》：狄菲菲、艺峰、白莲泾居民

8.《前面正在施工》：赵屹鸥

9.《在世博会倒计时钟前》：沈蕾、梁辉

10.《旗袍队走在大路上》：洁蕙及周家渡表演队

11.《漫步世博园区》：娄际成、宋忆宁

12.《中国红了——中国馆抒怀》：秦怡、刘凝

13. 歌舞《五彩缤纷白莲泾》采菱、采茶、采桔、采棉、采蜜

14.《我们是拥抱世界的海宝》：方舟及全体演员

（全体演员参与互动歌舞，并邀请领导上台）

主　　持：叶惠贤

顾　　问：宣传部长陈高宏

统　　筹：浦东新区宣传部刘部长、周家渡街道刘书记、诗人桂兴华

经　　费：主要由周家渡街道和浦东新区宣传部承担

文广集团提供电视、电台实况录播、宣传等支持

2010年6月7日

附录五

第一届“中国当代政治抒情诗高峰论坛”

——塘桥《中国红了》朗诵会策划书

（上海故事广播FM107.2录播，60分钟）

监　　制：陶青

开场歌舞：欢聚一堂：塘桥文化中心舞蹈队

朗诵节目：

1.《一月的哀思》：狄菲菲、梁辉，采访《一月的哀思》作者李瑛之女李小雨

2.《中国的十月》：桂兴华

3.《雪白的墙》：孙琴安

4.《祖国啊亲爱的祖国》：张瑞燕

5.《最后一分钟》：李小雨

6.《华蓥山所思》：黄亚洲

7.《江姐：与冰雪对抗的红梅》：王融融

8.《跟党走，百事通》：中国电信集团

9.《总设计师颂》：娄际成

10.《邓小平之歌》：雪飞、梁波罗、洁蕙、易峰

11.《前面，正在施工》：塘桥教师刘秀丽、宋雅芳

12.《新书架里的旧瓦片》：白莲泾动迁居民姜菊芳、黄燕萍、采访诗人傅亮

13.《孔繁森：你仅剩8元6角钱》：塘桥居民朱素珍（78岁老太太）

14.《不老的码头号子》：塘桥退休工人奚虹、张孚玉

15.《春风一步过江》：陈少泽、赵静

16.《中国红了》：刘凝

17.《旗袍队走在大路上》：周家渡旗袍队

音乐编辑：孙克仁

导　　演：宋晓诚

统　　筹：桂兴华红色主题工作室

总 策 划：桂兴华

外地专家报到：2012年2月16日；2月18日离沪

媒体支持：新华社、上海广播电视台、《文艺报》、《解放日报》、《新民晚报》、《新闻晚报》、《天天新报》、《文学报》、《浦东时报》等。

附录六

《大地的呼吸：桂兴华诗作配乐朗诵专辑》策划书

新视角聚焦时代风云　小细节反映百姓生活

30年来，由孙道临、秦怡、陈醇、丁建华、乔榛、奚美娟、叶惠贤、曹可凡、张培、赵屹鸥、赵静、刘凝、方舟、梁波罗、王洪生、赵兵、张欢、娄际成、俞洛生、张明煜、陈少泽、宋忆宁、刘家祯、蔡金萍、尹红、张民权、林海、渠成、李欣、章茜、晓林、梁辉、雪飞、叶波、洁蕙、桂兴华等40位著名艺术家、主持人、诗人参与朗诵、主持。

选自《跨世纪的毛泽东》、《邓小平之歌》、《中国豪情》、《永远的阳光》、《青春宣言》、《祝福浦东》、《智慧的种子》、《激情大时代》、《又一次起航》、《城市的心跳》、《前进！ 2010》、《金号角》等大型朗诵会。

中国作家协会原党组书记金炳华指出："桂兴华有深厚的情感积累、思想积累和生活积累。"中共上海市委副书记殷一璀指出："桂兴华的朗诵诗走向社会，走进人民群众，反响热烈，像鼓舞和凝聚民心奔向小康的嘹亮号角。"

秦怡题字：祝贺《桂兴华诗配乐朗诵》问世

作品概况：朗诵30首，碟片分上、下集2张，140分钟

出版日期：2012年5月

出版单位：上海高教电子音像出版社

首 发 式：在上海电视台主楼大厅举行，由上海广播电视学会主办

附录七

第二届“中国当代政治抒情诗高峰论坛”及朗诵会的主持词

一、论坛主持词

各位领导、各位嘉宾：

大家下午好！

今天，为了纪念浦东开发开放23周年，我们第二届“中国当代政治抒情诗高峰论坛”在此拉开了帷幕。

对浦东塘桥这个会场，不少嘉宾记忆犹新。

去年举办的高峰论坛，专家们就政治抒情诗的历史、方式、必要性、困境等重要问题展开了积极的讨论，并对塘桥的诗歌文化有了真切的感受。首届高峰论坛已经在全国诗歌界、文化界产生了影响。

今年的主题，是“草根散文诗与主旋律”。令人高兴的是，我们邀请到了：中外散文诗学会的四位副主席邹岳汉、王幅明、宓月、桂兴华，还有中国诗坛的许多著名专家、诗人。著名语言表演艺术家乔榛、王建新、梁波罗、张欢老师等。让我们对各位嘉宾的到来，表示热烈的欢迎。

现在，我们先为“中国当代诗歌与时代精神高地的构筑”课题组揭牌。这个课题组，是由桂兴华提议，我们文学研究所经过一年来的酝酿，决定组建的。组成人员有我们所的诗歌评论家孙琴安、诗人桂兴华、我们研究所年轻的研究人员张瑞燕。

有请上海文广影视集团党委书记薛沛建先生，浦东新区原政协主席李佳能、塘桥街道党委副书记孙云与我一起为这个课题组揭牌。

（揭牌）

现在,我们的论坛正式开始发言。发言的内容整理后,我们将发表出来。

第一个发言的,是不是先请来自福建师范大学、东南大学的教授、博士生导师王珂先生,就政治抒情诗作一个专题演讲。

王珂先生对政治抒情诗研究得很深入,他新近出版的《新时期中国新诗得失》影响很大。他研究的课题已经是国家级的。

他今天发言的题目是《中国当代政治抒情诗写作的成绩、问题及对策》。

王珂先生因为要比较详尽地介绍他的观点,我们特地留给他较多的时间。

下面的发言,请各位尽量控制在7分钟以内。

第二位发言的是孙琴安:上海社会科学院文学研究所研究员,他发言的题目是:《散文诗与主旋律》。

力推诗坛"好声音"、扶植坚实的"草根"。由桂兴华诗歌工作室发起的"中国散文诗无名作者征文",突项今天晚上将揭晓。请何成钢:桂兴华诗歌工作室监事、征文选稿小组代表发言。他发言的题目是:《中国散文诗无名作者征文总体印象》。

2009年7月,在塘桥街道的支持下,"桂兴华诗歌工作室"挂牌运作。工作室打造的"春风一步过江"朗诵团,使草根上了一个台阶。

现在请"春风一步过江"朗诵团副团长奚虹,作简单的介绍。

第五位有请王山:中国作家协会《文艺报》副主编,来自北京的专家,对主旋律作品一直很关注,请发表高见。

下一位有请宓月:《散文诗世界》主编、中外散文诗学会副主席兼秘书长,曾经主办了许多散文诗活动,很有经验,对全国的散文诗现状,最有发言权了。

第七位有请干海兵:《星星》诗刊编辑部主任,今年,他们专门创刊了散文诗的月刊,请来自四川的他,谈谈来稿中的最新情况。

下面有请邹岳汉:中外散文诗学会副主席、《中国年度散文诗》主编,他大声呼吁散文诗要做大做强,已经许多年了,还年年编全国散文诗选,一定有许多想法。

接下来有请陆梅:《文学报》副总编、文学评论家,《文学报》开设了《散文诗研究》专刊,影响越来越大。

下面有请王幅明:《中国散文诗年选》主编,主编了厚厚的《中国散文诗九十年》,而且推出了散文诗丛书,非常投入。

有请桂兴华:中外散文诗学会副主席、又主攻政治抒情诗的诗人,他发言

的题目是《散文诗要告别肤浅!》

下面有请徐策:上海广播电视台《传媒人报》主编,他新近刚刚写了篇读桂兴华散文诗的感想,谈谈吧。

接下来请吴非:重庆垫江牡丹诗会秘书长,他将介绍刚刚结束的垫江牡丹诗会盛况。

下面一位是朱锁成:无名作者征文评委会大奖获得者,他来自浦东新区。请他来谈谈写作感受。

最后一位是乔榛老师:著名朗诵艺术家,康复后难得与大家见面,他对语言艺术研究得很深,请他讲讲他的期望。

今天论坛时间很紧,晚上7点,还将到5楼剧场欣赏《春风里的草根》朗诵会,请各位专家谅解。现在请大家到外面合影。

谢谢大家的光临!

二、《春天里的草根》朗诵会主持词

各位领导、各位嘉宾:

大家晚上好!

今天,为了纪念浦东开发开放23周年,会场里有众多著名的节目主持人、朗诵艺术家、业余朗诵队以及散文诗的爱好者。更令人高兴的是,我们邀请到了:中外散文诗学会副主席邹岳汉、王幅明、刘虔、宓月、桂兴华;著名表演艺术家乔榛、王洪生老师,还有中国散文诗坛的许多著名专家,机会真是难得。

让我们对各位嘉宾的到来,表示热烈的欢迎。

社区的许多党团员、居民代表也闻讯赶来了。一起欢庆:“十八大架起幸福桥”。

1990年4月,浦东大地上,发出了振聋发聩的声音。

回首往事,23年后的今天,新浦东在精神与物资上都真正崛起了。作为中国改革开放的一大亮点和重点,小平同志指示:“抓紧浦东开发,不要动摇,一直到建成。”散文诗人们回报给时代的,是一片好声音!

今天朗诵会的节目,由上海故事广播Fm107.2现场录播,并于5月11日、12日播出。

我是电台故事频率的节目主持人梁辉。

(一)上半场

演员们将朗诵“中国散文诗无名作者征文”涌现出来的优秀作品。

力推诗坛“好声音”、扶植坚实的“草根”,由桂兴华诗歌工作室发起的“中国散文诗无名作者征文”奖项今晚将揭晓。6个月来,桂兴华诗歌工作室在收到近千首作品以后,逐月公布初选名单。各地默默无闻的业余作者们关注民生,生活气息浓厚。14位评委都不知这些“草根”作者的姓名、职业及其背景,完全按82篇初选作品的质量打分。

现在,我们请征文的评委代表邹岳汉先生宣布一下获奖作品名单。

(邹:宣读评委会大奖名单)

好,我们就来欣赏这3首佳作(《底层光芒/守灵者》、《曹操》、《城市已经没有绿皮火车》),这些诗都带着深深的时代烙印。让我们听到了生活底层的声音!分别由“春风一步过江”朗诵团夏玉兰、奚虹、陈光慈、顾卫芳朗诵。

(三个朗诵节目连续)

有请著名表演艺术家乔榛老师,评委代表王山、向获评委会大奖的作者代表,也就是《城市已经没有绿皮火车》的作者,浦东新区的朱锁成颁奖。

(颁奖,请乔榛老师讲话)

另外,还有29名作者,获得了优秀作品奖,现在请中外散文诗学会副主席王幅明向他们的代表、浙江的作者晓弦颁奖。

(颁奖)

好,接下来大家将欣赏到散文诗人各自的艺术特色,草根作者完全能融入的主流文化。首先,请听《我想让世界静一点》。由著名配音演员张欢朗诵。

(朗诵)

请听《向夜莺学习抒情》。我们请著名表演艺术家梁波罗老师,带领“春风一步过江”朗诵团黄碧霞来朗诵。

(朗诵)

接下来,请听《他们:打工者》:由春风一步过江朗诵团罗志坚、张孚玉等朗诵。

(二)下半场

《桂兴华散文诗精选:靓剑——一个老知青的剖析》新近由东方出版中心出版。其中的代表作马上将亮相。

首先,桂兴华将向地铁第四运营公司、浦东路桥建设股份有限公司、中外散文诗学会、重庆牡丹诗会、上海知青联谊会、雅剑诗刊、花样年华旗袍团队、凤凰于飞旗袍团队、塘桥社区志愿者协会、春风一步过江朗诵团赠送《靓剑》。有些单位也准备了一些纪念品。这些珍贵的友谊,都是在春风里诞生的。

(赠书仪式)

下面由朱素珍、桂兴华带来《女儿的第一声啼哭》。

下面这首《致邓丽君》,桂兴华充分运用形象思维,使群众感到很亲切。由高文萍等3位旗袍美女朗诵。

桂兴华说,细节掌握得多,想象的空间就大。以细节取胜。请听《骗子来电》,由雪飞朗诵。

《还有孩子在企盼》由电台著名节目主持人洁惠朗诵。作者不讲空洞的道理,同时又综合了许多现代诗的优点,吸引了年轻人。

《佛山:雷锋在说》由地铁员工艺峰朗诵。诗人用鲜活、动人的形象说话。因为现实,呼唤着所有与时代共命运、有独特创意、有鲜明个性的诗人。

《我还是慢慢红了》由姚珍娣、姚杏妹两姐妹与毛国治分别表演,来一个竞赛!同样一首富有激情、美感的诗,会有不同的表现手法。听了以后,我们的心都会随着时代的脉搏跳动,并且变得年轻!

桂兴华自1993年以来,连续创作了11部长诗,尤其以《邓小平之歌》影响最大。他的散文诗,同样也从独特的角度,记录了时代的迅猛发展。

不信,请听:《前面,正在施工》!由"春风一步过江"朗诵团刘文秀、宋丽莉、王福生等集体表演。

(朗诵)

桂兴华的诗就这么汹涌澎湃!这个,我深有体会。

最后,我们有请著名散文诗作家王幅明老师点评。

浦东的面貌天天在变。生活永远是第一位的,生活赐予了诗人灵感。

一系列精彩的诗句,使我们都沉浸在历史的回顾之中,令人难忘。

党的十八大指出:"要坚持以人民为中心的创作导向,提高文化产品质量,为人民提供更好更多的精神食粮。坚持面向基层、服务群众。丰富人民精神文化生活,让人民享有健康丰富的文化生活,是全面建设小康社会的重要内容。要充分引导群众在文化建设中的自我表现。"

让我们紧密团结在以习近平为总书记的党中央周围,一步步实现美丽的中国梦,我们的草根也必将更加茂盛,春色无限!

今天的《春风里的草根》朗诵会,到此结束。

谢谢大家的光临！（结束）

三、朗诵会选用作品

1.《我想让世界静一点》

世界嘈杂。

锣鼓声，喇叭声，拆房声，打桩声，汽车的尖叫声，报警声，钟声……还有讨价还价声，争吵声，拍卖声，喝彩声，调戏声，打情声，叫床声，骂儿声，骂娘声，婊子的诅咒声，祈祷声……充斥着每一个日子，撞击着每一片耳膜，麻木着每一条神经。

我想让世界静一点，再静一点。托儿所的孩子们哭得多么响，多么认真。让我们弯下身子，做一回玩具吧。

我想让世界静一点，再静一点。当冰雪覆盖着大地，种子在泥土的黑夜中悄悄点灯，小心，不要惊动它们！当枝条上的花苞在冷风中颤抖，请大家不要担忧，也不要去催促，春天来了，自然会吐出芳馨。

2.《黑暗中的苹果树》

风寂静下来。

苹果树站在黑暗里。像一个人沉默着，在倾听自己。

她身体内的河流醒着。

叶子们都沉默下来，在黑暗里不发一言。

有些花还在开着，白色的，小小的灯盏，幽微地亮着。

雨还没有来到。她已经有所感觉。

她没有停止倾听，只是悄悄地伸展了腰身。

她打开自己，没有人知道。

她关上自己，也没有人知道。

她站在黑暗里，微笑，只有大地看见，她身体轻微的颤栗。

黑暗中的苹果树，那是另一个我。

3.《水珠里的周庄》

周庄卧在江南一颗晶莹剔透的水珠里。

江南有那么多的水。每一座小桥下，每一个村庄周围，每一个凹处，都盛着珍珠一样亮晶晶的水。每一颗水珠里面都躲藏着一朵花想要盛开的梦，一只鸡站在桑树上的鸣，一条狗卧于深巷里的吠。

周庄如一尾优雅的银鱼，安详地卧在一颗水珠里。

有船娘摇着橹慢慢地晃过。荡起一船又一船清歌。两岸很近，红尘很远。天在轻轻晃，水在轻轻摇，桥在轻轻动，人在轻轻睡，梦在轻轻游。

谁把周庄放在一颗水珠里，又在水珠里安放一帧缥缈轻盈的水墨人间?

周庄是一匹清雅的苏绣。野鸭子在芦苇里过日子。鸳鸯在清波上恩爱。一朵荷花就是一个女子，一百朵荷花就是一百个女子，一百个女子在同一颗水珠上，写出一百首清澈的诗。

最美的是睡在一颗水珠里的周庄呀。

周庄的灯是明亮的。四处张挂的红灯笼指点着左绕右拐的迷路人。

周庄的夜是静谧的。偶尔来往的行人，像虚无缥缈的一缕云烟，像浮光掠影的蜻蜓，只略在水面上晃一晃，便在粉墙碧瓦处，隐匿了一角角衣袂。

周庄的睡梦是平和的。我们不去寻桃花源，也不必觅蓬莱山。睡在周庄，睡在江南水珠里的周庄，便离清澈近了，离尘埃远了。

就像，离自己近了，离世界远了。

4.《虚心地学习一朵花》

炽热的空气中时常弥漫着烦躁，不安与杀伐。

同一片蓝天下，偶或见到阴霾与乌鸦。

我诅咒这残暴的风向，时而见风使舵，时而东游西荡；我也要诅咒那些乌云，时而隐藏真相，时而欲盖弥彰；我更要诅咒那些不安好心的黑鸟，到处扑棱刮臊，欺上凌下。

在宁静的花湖面前，请你低下你安昂的头颅吧!

有时，我们真的不如那滴水，那片草，还有那朵花……

它们在自己的领地里想睡就睡，想开就开。

开就开得灿烂，睡就睡得芬芳!

四、媒体报道(选录)

桂兴华工作室发起“散文诗无名作者征文”

2012年8月9日《文学报》

桂兴华诗歌工作室在成立一周年之际，发起《感觉2012》中国散文诗无名作者征文，挖掘新生力量，关注现实生活，投稿专门邮箱为：sws2012zhw@163.com。

稿末注明联系电话即可。每月一次公布初选作品，直到2012年底。目前，来稿踊跃。

评奖时评委将不知作者姓名和背景，按质量评定。

"散文诗无名作者征文"顺利举行

2012年9月3日《深圳商报》

（记者 楼乘震）《感觉2012》"中国散文诗无名作者征文"首批初选作品名单已于日前公布。征文是由"桂兴华诗歌工作室"于今年7月发起，所有来稿均隐去作者姓名进行评选，每月一次公布初选作品，直到2012年底。《黄河诗报》将分期刊登入围作品，2013年2月，经全体评委总评后再揭晓作者姓名，并在高峰论坛上公开颁奖、出版。

桂兴华告诉本报记者，全国各地来稿之踊跃大大出乎选稿小组的意料。本月选中的文章不乏精彩之作，令人印象深刻。这些文章题材广泛，视角多元。字里行间不乏生活顿悟和人生哲理，引人深思。桂兴华也遗憾地表示，"有的题材不错，但写得不太理想，最后只能放弃。因此，怎么写，要放在第一位。"桂兴华说，"短小凝练是散文诗的特质和常态，需要铺陈的地方要慎之又慎，非情到浓处、理到深处而不用"。入选的作品大多在体量上把握较准，但也有个别文章冗长的发挥削弱了诗味，修饰词过多，阅读快感顿减。桂兴华说，"有时候我们忍不住想改动。但不能改。改了，就不是作者本来的面貌了。待活动结束编辑出书时再动些手术"。

第二届中国当代政治抒情诗高峰论坛举行

2013年4月22日《文学报》

本报讯 由上海社会科学院文学研究所主办、浦东新区文化艺术指导中心协办、塘桥“桂兴华诗歌工作室”策划发起的第二届中国当代政治抒情诗高峰论坛4月18—20日在浦东塘桥举行。论坛由上海社会科学院文研所所长陈圣来主持。本届主题为:“草根散文诗与主旋律”。来自全国各地散文诗研究者和写作者邹岳汉、王山、王幅明、王珂、箫风、孙琴安、宓月、汗漫、何成钢、张瑞燕等30余人与会。

由桂兴华诗歌工作室发起的“中国散文诗无名作者征文”奖项也在论坛上揭晓。向天笑(湖北)《底层的光芒》、朱锁成(上海)《城市已经没有绿皮火车》获得评委会大奖;晓弦等29位作者获优秀作品奖。评选过程中,评委们从隐去了名字的82篇初选作品中择优打分,直至颁奖时刻才获悉获奖者都是来自五湖四海的“草根”,散文诗写作是他们的业余爱好。6个月以来,桂兴华诗歌工作室在收到近千首作品以后,逐月公布初选名单。这些散文诗作品扑面而来生活的气息,关注民生和民间,充溢着草根的坦诚朴素和真情的自然流露。颁奖晚会上,表演艺术家乔榛为大奖获得者颁奖、梁波罗、张欢、梁辉、艺峰等朗诵艺术家和“春风一步过江”朗诵团的成员一起,为观众们奉献了一台《春风里的草根》的散文诗朗诵会。《桂兴华散文诗精选:靓剑》中的代表作也在朗诵会上亮相。

论坛期间,与会者们就散文诗如何告别肤浅、当下散文诗缺乏什么、怎么看待散文诗的大和小,以及“草根散文诗”的现实意义等话题展开研讨。浦东新区原政协主席李佳能等为上海社会科学院“中国当代诗歌与时代精神高地的构筑研究”课题组揭牌。(本报记者　陆梅)

附录八

“感怀十八大　感受新变化”
活动策划书

为进一步宣传贯彻党的十八大精神，有效传播正能量，反映基层党员的生动事例，激发党员、群众用真挚的情感、生动的事实、独特的视角来描绘近年来身边的新气象。

参加对象：以塘桥社区党员、群众为主

截止时间：2013年6月1日—10月31日

项目内容：举办系列辅导讲座，进行朗诵、演讲比赛

活动要求：主题鲜明，情感真挚，语言流畅，内容原创

统　　筹：方石梅

系列辅导讲座（2013年6-9月共3次）

第一讲

时间：2013年6月17日（周一）13：30-15：00

地点：底楼百姓舞台（听众100人左右）

主题：《演讲的准备、构思与时代感》

主讲：著名诗人桂兴华

特邀嘉宾：上海电台著名节目主持人雪飞

听众材料：每人一份桂兴华论文讲义及《无名作者征文选》

第二讲

时间：2013年7月15日（周一）13：30-15：00

地点：五楼剧场（听众200人左右）

主题：《两个不能否定——学习习总书记的讲话》：

不能用改革开放后的历史时期否定改革开放前的历史时期，也不能用改革开放前的历史时期否定改革开放后的历史时期。

——习近平总书记2013年1月5日讲话

主讲：著名诗人桂兴华

特邀嘉宾：浦东新区原宣传部长、浦东开发第一代参与者邵煜栋

听众材料：每人一份《习近平总书记在中央党校的讲话摘要》及桂兴华有关作品

第三讲

时间：2013年8月3日（周一）13：30–15：00

地点：五楼剧场（听众200人左右）

《红色诗歌的历史及正能量》暨征文揭晓仪式

主讲：著名诗人桂兴华

（送选手2013上海书展门票，并参与当天现场朗诵）

塘桥社区党员服务中心

桂兴华诗歌工作室

2013年5月22日

附录九

《中国在赶考》：徐家汇诗歌音乐会节目单

时　　间：2014年7月11日（星期五）晚上7点

地　　点：徐家汇社区文化中心五楼剧场（南丹东路109号）

主　　办：徐家汇社区文化中心、塘桥社区文化中心

主　　演：春风一步过江朗诵团、大众乐团

主　　持：著名红色诗人桂兴华、著名作曲家沈传薪（钢琴伴奏）

策　　划：桂兴华诗歌工作室、沈传薪音乐工作室

节　　目：

1. 歌曲《我和我的祖国》／男女声两重唱

2. 歌曲《祖国慈祥的母亲》／独唱

3.《天安门铺开了一张稿笺——写给开国大典》／朗诵：陈光慈、储萍萍（钢琴伴奏《我的祖国》）

4.《致邓丽君——写在一盘无数次转动的盒带上》／朗诵：耿丽萍、桂兴华（钢琴伴奏邓丽君歌曲）

5. 歌曲《月亮代表我的心》、《甜蜜蜜》／女声独唱：温婷婷

6.《旗袍汹涌——为旗袍表演队而作》／朗诵：花样年华旗袍中心10人

7. 歌曲《长江之歌》／男声独唱

8.《注册：新的黄浦江——写在中国自贸区服务大厅》／朗诵：上海地铁第二运营公司表演队

9.《时间是早已睁大眼睛的检察官——古城纪委书记的日记》／朗诵：姚振娣、姚杏妹

10.《你，在排队中静静地选择——写在庆丰包子铺》／朗诵：夏玉兰、毛国治、徐淑月、陆永康

11. 歌曲《我爱你,中国》/ 男女声两重唱

12.《前面,正在施工——写在出租车上》/ 朗诵:宋莉莉、刘文秀

13.《中国在赶考——写在西柏坡》/ 朗诵:顾卫芳、罗志坚、陈光慈(钢琴伴奏红旗颂)

14. 歌曲《阳光路上》/ 女声独唱

全体合唱:《阳光路上》

串联词:

各位嘉宾、朋友们:大家晚上好!

金色的七月,《中国在赶考》专场。

我是桂兴华。诗人。时间过得真快。今天又来到徐家汇。十分高兴。上个月刚合作过,感谢街道的领导请我写了徐家汇20年巨变的诗。也感谢沈老师指挥伴奏。我们是老朋友了。非常熟悉。

我负责任地告诉大家:我的诗和演员们的表演既有澎湃的气势、饱满的激情、又注重抒情、难忘的细节,显示把握"红色主题"的艺术感染力。

现在我们有请演员闪亮登场。

要问我的诗的最大特点?远离空泛。在设计宏大的框架时加强了纪实性和形象。

诗作,切入了毛泽东诞辰、小平同志逝世、香港回归、新中国诞辰、澳门回归、新世纪来临、浦东开发开放、高科技园区构建、中国共产党生日、上海世博会等重大"节点",但我处处是小处着眼,朗朗上口。20多年来,我的诗朗诵以后,都引起强烈反响。朗诵使诗歌展开了翅膀。

最近,上海人民出版社出版了《中国在赶考》,贺敬之题写书名,中共上海市委宣传部副部长陈东作序。内容紧紧围绕"中国梦",集中亮相了我反映中华民族振兴之路的35首朗诵诗原创作品,以小见大,以情动人,注重艺术语言,有无数的细节。《中国在赶考》系列朗诵会从5月起,连续在各社区、企业、上海书展巡演。

尤其是《开国大典》、《致邓丽君》、《前面,正在施工》、《旗袍汹涌》、《写在上海自贸区服务大厅》、《纪委书记的日记》、《庆丰包子铺月坛店》等篇引人注目。今天晚上,这几首重要的作品,我们都将献给大家。

而且都是春风一步过江朗诵团的精彩演绎，还有精彩的音乐伴奏，相信一定能给大家带来不一般的艺术享受。正当诗坛地位日益下滑、逐渐远离社会中心的时候，我不甘心。我想说明一点：群众需要诗歌，草根中蕴藏着黄金。塘桥朗诵团团员，其中既有老同志，也有中学生。秦怡老师是顾问，两年多来，已经在迪士尼工地，上海书展，上海电视台等地表演过。他们已经在许多比赛中获得了很好的成绩。今天到场的几位，都是骨干。

下面这首《开国大典》，是我的代表作，写于1992年。曾经在许多场合，被焦晃、奚美娟、李仁堂、张培、赵屹鸥等许多著名艺术家朗诵过。

那么，今天，我们来听听塘桥朗诵团的陈光慈与储萍萍的最新版本，是怎么别有风采！

《1949：开国大典》　　朗诵：陈光慈、储萍萍

他们的朗诵多么激情澎湃！

80年代，多好听的歌，多动人的抒情。影响了几代人。邓小平，邓丽君。我都写了。

不要认为我专门写伟人，其实，我写的更多的是普通老百姓。不管写什么，姿态要低些，更低些。别说教，别概念，我们一起来细细品味历史，直面人生！一代歌手，划时代的！

《致邓丽君——写在一盘无数次转动的盒带上》　　朗诵：耿丽萍、桂兴华

歌曲

欣赏了两首邓丽君的歌，美。海派旗袍，美。

离不开情感积累、思想积累和生活积累。我是个下乡知青。感觉：时代变化。

今天，为我们朗诵这首“旗袍汹涌”的，是“花样年华”旗袍艺术中心的和旗袍阿姨们。这个节目已演过多次，周家渡的旗袍姐妹排练得还是十分认真。

《旗袍汹涌》　　朗诵：“花样年华”旗袍艺术中心

歌曲

《写在自贸区服务大厅》，是我在采访中遇到的一个场面，感动了我。

细节多，角度巧，才有新面貌。感不感动人，是硬道理！桂兴华紧紧抱着

现实不放，关注人的命运。这里面包括领袖的命运、老百姓的命运。在文学角度上花的脑筋最多。角度，决定了作品的成败。有了角度，就有了立足点。

“自我”特征，是一种“看家本领”。千篇一律，肯定失败。要想成功，得重视深入生活。

由地铁2公司的员工表演。地铁公司很重视企业文化。这首诗他们已经表演过好多次。最近在世纪大道站的首发式上，他们的朗诵十分出彩！

《写在自贸区服务大厅》　朗诵：地铁工公司

我的诗作，集中体现了多年来在各地采访、写作中的积累。

始终有澎湃的气势、饱满的激情、生动的比喻、难忘的细节，涉及的重要人物众多，一次次显示了桂兴华把握“重大主题”的综合能力。正如别林斯基说的：“诗人比任何人都更应该是自己时代的产儿。”

在山西平遥县城。拆迁办主任。

《时间是早已睁大眼睛的检察官——古城纪委书记的日记》　朗诵：姚振娣、姚杏妹姐妹俩。

哪个大，哪个小？大家猜猜。

我写毛泽东：“他巨大的身躯，至今还在把我们党的旗帜牵动！”

我写邓小平：“经济这个词的真正含义／多少年一直被埋在深深的荒地／全靠他啊第一个顶着漫天的暴风雪挖出了这颗种子里的种子！”

现在，我开始写习近平。

在北京，下雪天，我专门去月坛庆丰包子铺内排队卖包子，坐下来吃。新作《写在庆丰包子铺》构思油然而生。

“你，还在排队中静静选择。不再饥饿的百姓，也在悄悄选择你。你，能不能让大家吃到更美、更传统的包子？你推出的一笼笼措施，是不是既有纯正的皮、又有精细的馅？”

请听《你，在排队中静静地选择——写在庆丰包子铺》　朗诵：朗诵团演员夏玉兰、毛国治、徐淑月、陆永康

歌曲

作品能不能大中有小，小中有大？

生活永远是第一位的，细节掌握得越多，想象的空间就越大。我是那里的

常客,有了一些新鲜的审美发现。大主题的诗歌得融入生活细节,具体而富于可感性,挖掘藏有诗意的细节。

下面这首诗,就是写在深夜的出租车上:首先得要有诗的内核。这个内核就是要聚焦细节,然后萌发。关键词是前面,施工。

《前面,正在施工》　　朗诵:宋莉莉、刘文秀

对重大的时代主题,诗人是这样发出自己声音的。

在我诗作的听众里,既有党中央领导和毛泽东的亲属,邓小平的女儿,也有已退休的老教师和刚进初中的学生;朗诵者中既有孙道临、秦怡、李默然等名家,也有无数爱好诗歌的青少年。

我在这20年间的创作、朗诵活动,继承和发扬了朗诵的传统,奉献了个性鲜明的诗。

朗诵会既能登艺术殿堂,又能下普通社区。相信大家会在细细的品味中,感受诗的魅力。

今天晚上,又添了一例成功的个案。最后,请听:

《中国在赶考——写在西柏坡》　　朗诵:春风一步过江朗诵团 顾卫芳、罗志坚、陈光慈

表演接近尾声时,春风一步过江朗诵团全体演员上,合唱:《阳光路上》

谢谢大家。我要衷心感谢这个千载难逢的好时代!

我要衷心感谢这么多艺术家、草根演员和观众。你们使我们度过了一个充满诗意,充满正能量的晚上。谢谢徐家汇。诗歌,离不开你们!大家,晚安!

(结束)

附录十

浦东图书馆大型讲座策划书

主　　题：细化的中国梦　动情的正能量

主　　讲：著名“红色诗人”桂兴华

助　　演：著名朗诵艺术家及春风一步过江朗诵团等业余演员

主　　办：浦东图书馆

协　　办：桂兴华诗歌工作室

时　　间：2014年7月13日14点30分（星期日）

地　　点：浦东图书馆一楼二号报告厅

背　　景：桂兴华是我国影响甚广、扎根浦东大地的传播正能量的“红色诗人”。

讲座将紧紧围绕“中国梦”，结合刚刚出版的《中国在赶考》，集中介绍桂兴华反映中华民族振兴之路的朗诵诗原创作品：以小见大，以情动人，注重艺术语言，有无数的细节。

尤其是《写在上海自贸区服务大厅》、《写在浦东迪士尼工地》、《纪委书记的日记》、《庆丰包子铺月坛店》、《陆家嘴的一把旧椅》等篇引人注目。

上海市委宣传部副部长陈东在序文中指出：“桂兴华能熔观赏、思想、艺术为一炉，令读者在咀嚼中回味。”听众将在讲座中深切体会他作品的魅力。

来自上海广播电视台的著名朗诵艺术家及春风一步过江朗诵团、“花样年华”旗袍中心等业余演员将当场表演《中国在赶考》中的选段。

为读者服务：

前100名读者能领到特制的藏书票

附录十一

《又一个春天》

——纪念邓小平诞辰110周年大型诗歌交响音乐会

节目单及串联词

一、节 目 单

演出时间：2014年10月6日晚19:15

演出地点：上海文化广场

指　　挥：张亮

文学统筹：桂兴华

演　　奏：上海爱乐乐团

1. 管弦乐

金复载：序曲《百色起义》(7′)

2. 诗歌朗诵

桂兴华作品：《大路上的回想——写在邓小平小道》(6′)

表演：丁建华、陈少泽

配乐：龚天鹏

3. 翟泰丰词、傅庚辰曲：《小路》(4′25″)

演唱：黄英

4. 陈晓光词、施光南曲：《在希望的田野上》(3′00″)

演唱：董明霞

5. 韩伟词、施光南曲：《祝酒歌》(2′40″)

演唱：杨小勇

6. 蒋开儒、叶旭全词，王佑贵曲：《春天的故事》(5′20″)

演唱：方琼

7. 诗歌朗诵

桂兴华作品:《上海,一张不断增值的股票——写在上海证券交易所》(4′)

表演:蔡金萍、刘风　配乐:龚天鹏

8. 曾腾芳词、戴于吾曲:《老人与大海》:(3′10″)

演唱:杨小勇

9. 郑南词、王佑贵曲:《秋天的诉说》(4′50″)

演唱:董明霞

10. 罗大佑词曲:《东方之珠》(4′23″)

演唱:韩蓬

11. 车行词、赵季平曲:《又是一个春天》(4′15″)

演唱:方琼

12. 诗歌朗诵

桂兴华作品:《注册一条新的黄浦江——写在中国(上海)自贸区服务大厅》(4′)

表演:蔡金萍、刘风　配乐:龚天鹏

13. 任志平词、施光南曲:《多情的土地》(4′)

演唱:杨小勇

14. 刘凤敏词、孙宇霆曲:《梦起东方》

演唱:韩蓬

15. 胥正君词、邵荣震曲:《中国梦》(4′22″)

演唱:黄英

16. 诗歌朗诵

桂兴华作品:诗歌《继续开拓》(5′)

表演:丁建华、陈少泽　配乐:吕其明《红旗颂》

(曲目以当日演出为准)

二、串　联　词

主　　持:张民权

撰　　稿:桂兴华

各位领导、各位嘉宾、亲爱的朋友们:

大家晚上好!

今天,我们聚集在《又一个春天》,是为了纪念一个人,一个生活在我们中间的亲人。

但又不仅仅如此。我们是在深情回顾自己走过的路,纵情讴歌我们伟大的新时代!

因为这位93岁的老人,几度走出了漫漫冰雪。

他一生的力量,就是为了温暖中国所有的寒冬,用双手推动了——我们这个贫困而又坚强的民族致富的进程!

没有他,就没有当代中国令人欣慰的满园春色!

他的一生,就是一部跌宕起伏、气势宏大的交响乐。

而第一章惊天动地的乐曲,就是他在1929年发动的百色起义!

请听,由上海著名作曲家金复载创作的管弦乐:《百色起义》序曲,在本场首次亮相。

节目1:序曲《百色起义》 7′

就在38年前的今天,党中央一举粉碎了四人帮。文化大革命结束。

再一次复出的小平同志,用他那不断前进的脚步,又带领我们冲出了十年动乱后的困惑。

他不但改变了现实,更影响着未来,使千家万户沿着改革开放的大路阔步走来。

而在那段是非颠倒的岁月,他几回回孤独地走在那条南昌郊外的崎岖小道上啊。

请听:上海著名诗人桂兴华的作品:《大路上的回想——写在"邓小平小道"》,这也是他的长诗名篇《邓小平之歌》中最精华的部分。

由著名朗诵艺术家丁建华、陈少泽表演。

这些年来,他们一次次朗诵过这个作品。今天,又怀着新的触动、新的激情。

作曲家龚天鹏专门为本次演出配了乐。

节目2:《大路上的回想——写在邓小平小道》 6′

在邓小平小道上,我们寻找着一位伟人坚定的步履,听到了历经艰难的时代脚步。

下面这首:《小路》,由上海著名女高音歌唱家黄英演唱。

节目3:《小路》 4′25″

十月里,响春雷。历史终于开始了大转折!

下面这首熟悉的旋律,曾经在我们庆贺胜利的千杯万盏中荡漾。

一响起,就能回忆起1976年那个举国欢腾的场面。

请听《祝酒歌》,由上海著名歌唱家杨小勇演唱。

节目4:《祝酒歌》 2′40″

多么好听的歌,多么动人的抒情。下面这首由上海著名女高音歌唱家董明霞演唱的《在希望的田野上》,又将使我们心潮激荡,豪情满怀!

从小岗村18户农民开始的农村改革,在小平同志的支持下,终于使祖国广袤的热土,在一阵阵扑面而来的春风里,充满了诗意,萌发出勃勃生机!

节目5:《在希望的田野上》 3′

当代生活的所有领域,无不映照出小平理论的光辉。

一曲四海飞扬的《春天的故事》,表达了亿万人民对小平的崇敬和怀念。

当一个又一个红红火火的春天与我们相拥的时候,谁能忘记这样一位老人?

有请上海著名女高音歌唱家方琼,再将我们带进那个《春天的故事》。

节目6:《春天的故事》 5′20″

小平同志与上海有着难解的缘分。

改革开放以来,他时刻关心着上海的发展。

在其晚年,更是连续在黄浦江畔度过了7个春节。

小平同志早在1990年3月就指出:“上海是我们的王牌,把上海抓起来是一条捷径。”从此,巨龙昂首,上海这扇面向世界、展示中国的重要窗口日新月异。

没有小平的决策,就没有上海的巨变啊!

诗人说:这座焕发了青春的东方大都市,就像一张不断增值的股票。

灵感就来自浦东的上海证券交易所。

请听桂兴华的新作《上海,一张不断增值的股票——写在上海证券交易所》,由著名朗诵艺术家蔡金萍、刘风表演。配乐:龚天鹏。

节目7:《上海,一张不断增值的股票——写在上海证券交易所》 4′

小平最喜欢大海,喜欢在大风大浪里奋力游泳。

四川广安老家的东门码头,不就是他走向远方的起点?

即使三起三落,他的眼前,永远是一片特别辽阔的海。

他的胸怀,像大海一样宽广。

请听《老人与大海》,演唱:杨小勇。

节目8:《老人与大海》: 3′10″

诞生在1904年初秋的小平同志,就爱与刚爆出的嫩芽相逢。

他唤来的浩荡春风,也不仅仅在春天萌生。

一曲从特区飞起的旋律,已成为老百姓的口碑。

凭着这些音符,每一个角落都能找到知音。

凭着这些音符,朗朗的笑声敲开了多少扇紧闭的大门!

该赞扬的就得赞扬,该指责的就得指责。

全因他渴求着我们的渴求啊,才让我们拥有了实实在在的秋天的收成!

十月,请听《秋天的诉说》,演唱:董明霞。

节目9:《秋天的诉说》 4′50″

小平同志说过:哪怕坐着轮椅,也想到达罗湖桥的那一边!

维多利亚港的款款碧水,早已融入了他的视线。

他的关切,贴紧了这张永远不变的黄色的脸。

他确定了1997的盛典,畅想着“一国两制”的明天。

他日思夜想的香港啊是东方之珠的七色梦幻……

有请上海著名歌手韩蓬。

节目10:《东方之珠》 4′23″

那一年,欢呼雀跃的天安门广场,“小平您好”的喊声,渗透着多少人的崇敬?

此刻,老百姓怎能不一声声,含泪呼喊着自己的领袖,自己的亲人?

一个属于中国所有家庭的老人,他是我们共同的亲人。

他的那条硬道理,成了当代中国所有奇迹的摇篮!

也使我们一代又一代的怀念,与春天一起延伸、延伸。

请听《又是一个春天》,演唱:方琼。

节目11:《又是一个春天》 4′15″

上海自贸区的每一步进展,都吸引着全世界的眼球。

李克强总理最近在自贸区调研时指出:“自贸区有大未来,上海有大未来!”

而演绎这个重大时代主题的,是千千万万朝气蓬勃的创业者!

他们站起来是又一座“上海中心”,敞开来是又一片香榭丽舍,卧下来是又一条黄浦江!

请听蔡金萍、刘风朗诵的 桂兴华的新作:《注册一条新的黄浦江——写在中国(上海)。

自贸区服务大厅》。配乐:龚天鹏。

节目12:《注册一条新的黄浦江——写在中国(上海)自贸区服务大厅》 4′

小平同志有一句发自肺腑的名言:

“我是中国人民的儿子,我深情地爱着我的祖国和人民”。

是啊,伟人与这块多情的土地,永远不会分离!

请听:杨小勇演唱的《多情的土地》。

节目13:《多情的土地》 4′

悠悠流淌的长江水,多少年都围绕着、守望着同一个梦。

东方龙的子孙,终于抓住了千载难逢的历史性机遇。

中国,终于找到了正确的航向!

好日子的一切舒畅啊,在每个人面前打开了五彩缤纷的画卷。

请欣赏:韩蓬演唱的原创歌曲《梦起东方》。

节目14:《梦起东方》

我们的心,与实现中华民族伟大复兴的中国梦一起跳动。

让我们在一面火红的旗帜下,为属于我们每个人的中国梦尽情歌唱!

有请黄英,演唱原创歌曲《中国梦》!

节目15:《中国梦》 4′22″

缅怀小平,更要担当起光荣的历史使命。

我们万众一心，勇于迈过改革的“深水区”，创造一片更新的图景。

这也是对小平同志最好的纪念。

请听由丁建华、陈少泽朗诵的桂兴华的新作《继续开拓》，配乐：吕其明的经典作品《红旗颂》。

节目16：《继续开拓》5′

今天的演出，就要结束了。相信大家再一次感受到了小平同志的魅力。

小平同志将永远活在我们中间。

谢谢为我们设计了未来蓝图的小平同志！

谢谢大家怀着同一种深深的怀念而来！

也感谢艺术家们出色的表演，让我们度过了一个充满正能量的十月之夜。

我们将更加紧密地团结在以习近平同志为总书记的党中央周围，把伟大的祖国建设得更加美好！

祝大家晚安。（结束）

附录十二

“上海地铁朗诵角”策划书及部分节目单

策划书

主　　办：上海地铁二公司，桂兴华诗歌工作室

责 任 人：李君俊，桂兴华

形　　式：为迎国庆65周年拟从2014年9月15日开始，在世纪大道站大厅一角，定期举行，一月一次，一次半小时，在非高峰时间段。

主要内容：

1. 新作：全国诗人紧扣时代脉搏、传播正能量的朗诵诗新作
2. 经典：以往短而精的名家佳作

配乐朗诵、公益演出：

6首诗，每首诗4分钟左右，6个节目之间也可穿插文艺表演。

主持人介绍诗歌及作者背景，10-15名业余朗诵演员，普及诗歌创作、朗诵的基础知识。

注意服饰及节目的可看性。

参　　与：1. 春风一步过江朗诵团；2. 地铁职工；3. 旗袍队；4. 每次一位著名节目主持人、朗诵家

意　　义：既能贴近群众，使乘客能在车站进出途中欣赏配乐朗诵，感恩时代，陶冶情操，舒缓情趣，又能普及朗诵知识，具体朗诵内容及信息将提前向社会发布。更能丰富“上海地铁公共文化建设行动计划”的内容。

分　　工：演员邀请、排练由桂兴华诗歌工作室负责

地铁与每月轮流来朗诵角的著名主持人经常保持联系，辅导职工。

编导办公室设在桂兴华诗歌工作室内，具体负责每一期的节目内容。

朗诵角的场地布置、安保、接待由地铁二公司工会及世纪大道站员工、社

区志愿者共同负责(拟参照5月8日首发式模式)

努力打造上海地铁史上第一个朗诵角!

2014年7月14日

第二场爱情诗专场节目单

时　　间: 2014年11月4日(周二)下午2:00—2:30

地　　点: 地铁世纪大道站

主　　持: 著名广播电台主持人艺峰

主　　讲: 著名诗人桂兴华

1.《致橡树》(舒婷)　　朗诵:塘桥春风一步过江朗诵团姚珍娣、姚杏妹

2.《记忆的想像》(李见心)　　朗诵:周家渡社区旗袍队

3. 陆游　词　　朗诵:塘桥春风一步过江朗诵团毛国治

红酥手,黄滕酒,满城春色宫墙柳;东风恶,欢情薄,一怀愁绪,几年离索。错、错、错。

春如旧,人空瘦,泪痕红浥鲛绡透;

桃花落,闲池阁,山盟虽在,锦书难托。莫、莫、莫。

唐婉　词　　朗诵:塘桥春风一步过江朗诵团夏玉兰

世情薄,人情恶,雨送黄昏花易落;晓风乾,泪痕残,欲笺心事,独语斜栏。难、难、难!

人成各,今非昨,病魂常似秋千索;角声寒,夜阑珊,怕人询问,咽泪装欢。瞒、瞒、瞒!

4.《自由与爱情》(匈牙利裴多菲)　　朗诵:上海地铁运营二公司全国劳模孙春霞

生命诚可贵,爱情价更高。若为自由故,二者皆可抛。(两种版本)
另外一种版本:自由,爱情!我要的就是这两样。
为了爱情,我牺牲我的生命;为了自由,我又将爱情牺牲。

5.《我愿意是急流》(裴多菲)　　朗诵:塘桥春风一步过江朗诵团陈光慈、上海地铁运营二公司徐卿

我愿意是急流,是山里的小河,在崎岖的路上、岩石上经过……
只要我的爱人是一条小鱼,在我的浪花中快乐地游来游去。
我愿意是荒林,在河流的两岸,对一阵阵的狂风,勇敢地作战……
只要我的爱人是一只小鸟,在我的稠密的树枝间做窠(kē)鸣叫。
我愿意是废墟,在峻峭的山岩上,这静默的毁灭并不使我懊丧……
只要我的爱人是青青的常春藤,沿着我荒凉的额,亲密地攀援上升。
我愿意是草屋,在深深的山谷底,草屋的顶上饱受风雨的打击……
只要我的爱人是可爱的火焰,在我的炉子里,愉快地缓缓闪现。
我愿意是云朵,是灰色的破旗,在广漠的空中,懒懒地飘来荡去,
只要我的爱人是珊瑚似的夕阳,傍着我苍白的脸,显出鲜艳的辉煌。

6.《苹果树下》(闻捷)　　朗诵:主持人易峰、塘桥春风一步过江朗诵团顾卫芳

7.《花样年华》　　演唱、走秀:周家渡社区旗袍队

主办:上海地铁运营二公司　　桂兴华诗歌工作室

第三场《冬天的诗》专场节目单

时　　间: 2014年12月18日周四下午

主　　持: 著名诗人桂兴华

嘉　　宾: 上海广播电台著名节目主持人梁辉

1.《沁园春·雪》(毛泽东)　　朗诵:奚虹

北国风光，千里冰封，万里雪飘。
望长城内外，惟余莽莽；大河上下，顿失滔滔。
山舞银蛇，原驰蜡象，欲与天公试比高。
须晴日，看红装素裹，分外妖娆。
江山如此多娇，引无数英雄竞折腰。
惜秦皇汉武，略输文采；唐宗宋祖，稍逊风骚。
一代天骄，成吉思汗，只识弯弓射大雕。
俱往矣，数风流人物，还看今朝。

2.《红梅》（陈毅） 朗诵：梁辉 沈春霞
3.《我爱这土地》（艾青） 朗诵：陈光慈

假如我是一只鸟，我也应该用嘶哑的喉咙歌唱：
这被暴风雨所打击着的土地，这永远汹涌着我们的悲愤的河流，
这无止息地吹刮着的激怒的风，和那来自林间的无比温柔的黎明……
——然后我死了，连羽毛也腐烂在土地里面。
为什么我的眼里常含泪水？因为我对这土地爱得深沉……

4.《野草》（鲁迅）片断 朗诵：梁辉 毛国治
5.《冬天的脚步近了》（龚蕾） 朗诵：地铁二公司员工
6.《相信未来》（郭路生，笔名食指） 朗诵：姚珍娣 姚杏妹

蜘蛛网无情地查封了我的炉台， 当灰烬的余烟叹息着贫困的悲哀，
我依然固执地铺平失望的灰烬， 用美丽的雪花写下：相信未来。
当我的葡萄化为深秋的露水， 当我的鲜花依偎在别人的情怀，
我依然固执地用凝露的枯藤， 在凄凉的大地上写下：相信未来。
我要用手指那涌向天边的排浪， 我要用手撑那托住太阳的大海，
我摇曳着曙光那枝温暖漂亮的笔杆，用孩子的笔体写下：相信未来。
我之所以坚定地相信未来，是我相信未来人们的眼睛——
她有拨开历史风尘的睫毛，她有看透岁月篇章的瞳孔。
不管人们对于我们腐烂的皮肉， 那些迷途的惆怅，失败的痛苦，
是寄予感动的热泪，深切的同情， 还是给以轻蔑的微笑，辛辣的嘲讽。

我坚信人们对于我们的脊骨，　　那无数次的探索、迷途、失败和成功，
一定会给予热情、客观、公正的评定。

是的，我焦急地等待着他们的评定。

朋友，坚定地相信未来吧，相信不屈不挠的努力，相信战胜死亡的年轻，相信未来，相信生命。

7.《西风颂》(雪莱)　　朗诵：夏玉兰 顾卫芳王福生等

其中名句：哦，风啊，如果冬天来了，春天还会远吗？

主办：上海地铁第二运营公司、桂兴华诗歌工作室

“上海地铁朗诵角”：参与者踊跃

附录十三

东方讲坛
《中国在赶考》桂兴华朗诵诗欣赏会策划书

策　　划：桂兴华诗歌工作室

主　　讲：著名诗人桂兴华

时　　间：2014年12月20日（周六）上午举行

地　　点：贺绿汀音乐厅

缘　　由：桂兴华的创作实践有力证明：重大的时代主题，可以通过多彩的形式和充实的内容来表现。全国许多著名艺术家和业余选手，多次朗诵过

春风一步过江朗诵团成了朗诵会的主角

他的作品。桂兴华在现场将讲解这些富有激情和感染力的诗歌的创作背景与构思方法，听众的心将并变得更加年轻，充满了正能量，并能体会诗人观察生活、喷爆灵感的全过程。本次讲座共朗诵9首诗，诗人逐一介绍。

朗诵阵容：著名朗诵艺术家、节目主持人及业余朗诵爱好者

1.《1949：开国大典》　朗诵：春风一步过江朗诵团　陈光慈、顾卫芳

2.《写在“邓小平小道”》　朗诵：著名朗诵艺术家陈少泽

3.《打桩，打桩！》　朗诵：著名节目主持人易峰、春风一步过江朗诵团罗志坚

4.《写在中国上海自贸区》　朗诵：上海地铁员工朗诵队陈捷、徐卿等

5.《致邓丽君》　朗诵：“花样年华”旗袍中心（走秀时，温婷婷女声独唱相伴《月亮代表我的心》）

6.《山沟里的上海老师——赴西部志愿者与孩子的对话》　朗诵：著名节目主持人易峰、春风一步过江朗诵团王融融

7.《庆丰包子铺》　朗诵：春风一步过江朗诵团夏玉兰、毛国治

8.《古城纪委书记的日记》　朗诵春风一步过江朗诵团姚振娣、姚杏妹

9.《中国在赶考》　朗诵：著名节目主持人罗志坚、王福生等

统　　筹：温婷婷

附录十四

“浦东新区桂兴华诗歌艺术中心”揭牌
新闻报道

人民网上海1月21日电（记者 曹玲娟）《红色经典诵读》课程今天在塘桥社区文化活动中心开学。该项目已被列为浦东新区社区教育品牌特色项目，由桂兴华诗歌艺术中心具体负责，课程计划16个月，每月有一课和一次朗诵实践。诗人桂兴华亲自编著了全部教材并担任主讲。

桂兴华今天的第一讲围绕着郭小川的《向困难进军》及《乡村大道》的艺术特色与时代背景，深入剖析，电台主持人雪飞则从朗诵角度进行了辅导，学员们纷纷上台要求表演，现场气氛十分热烈。据介绍，课程教材选取了新中国成立以来的朗诵佳作，从作品的时代背景、艺术特色切入，分析郭小川、贺敬之、闻捷、公刘、白桦、北岛、舒婷、梁小斌、骆耕野等的政治抒情诗以及柯蓝、郭风、耿林莽等的散文诗，然后讲解诵读要点，朗诵家当场辅导。

课程还将邀请著名诗人、评论家、主持人舒婷、黄亚洲、柯平、王珂、宓月、孙琴安、刘凝、雪飞、易峰、傅亮等前来作为讲座嘉宾，并与嘉兴南湖、上海地铁等单位联合举行朗诵邀请赛，为已经很有名气的“春风一步过江”朗诵团进一步招收中青年团员。

浦东新区桂兴华诗歌艺术中心也在当天揭牌。为了传播中华民族的优秀诗歌艺术，放大红色文化资源的教育功能，桂兴华诗歌艺术中心将在浦东新区以及塘桥街道的全力支持下，继续扎根基层走社会化运作的道路，为社区居民服务，坚持让诗歌通过朗诵走向群众。

2015年1月21日

（来源：人民网/上海频道）

附录十五

大型活动的创意、策划与准备

讲座关键词

策划：完整方案——多赢，是关键。为对方着想！
时机：敏感，主流。
寻找：主办，协办，承办。
重心：资金链，最重要！
强调：执行力！否则，还是停留在纸上谈兵！空对空。又错过了时机！

要有主流意识

6月29日晚，“中国红了”迎七一、庆世博朗诵音乐会暨上海市重大文艺创作项目桂兴华《城市的心跳》朗诵会专场在浦东成功举办，展示了世博社区的巨大变化，生动演绎了世博会“城市，让生活更美好”的主题，社会反响强烈。以《中国红了》为案例，分享文案的酝酿、筹资、创排到录播全过程。“主流意识很重要，我们在进行策划的时候一定要和当下重大活动结合在一起，才能引起广泛的关注与影响。”“重大项目需要用重点手段来表现，因为这次的建馆，让拆迁户从中得益，从而改变了他们的生活，这就是重大题材。在中国馆结构封顶的时候，正值世界金融风暴危机，在这个时候我们要体现主流意识，才能让中国更加红”。

要有跨度

想象力要与众不同。想象力是广告人，诗人首先要具备的创作条件。假如在你面前有一棵树，你眼中看到的、脑子里想的都是树，那么你便不能搞创作。

要有新意

给你一杯茶，你会如何作文？有人会展示杯子的华丽或描写茶的清香或浑浊，但是高手却想到了人性，把杯当做社会，人像水，在杯中窥探人的本性。思维的定式，往往会阻碍自己的视野，抑制创意的产生。创作要多方面考虑，才能挖出潜在的新意。

足球明星，大家一般都只关注他们的脚。某报社的记者逆向思维，写出的新闻是《足球队员大赛前夜集体在美容院洗头》，反差极大。

描述城市改变农民的生活，你会怎样去叙述？如果还是大篇幅去刻画城市的美好，经济发展飞速，那你就落套了。用“行李包”去比喻这一变化——麻布袋进城，手提电脑回乡，新的气象就全面展现出来了。

要有细节

“你能发现其中的细节，而这个细节又是别人没留意到的，那么你的创作才能凸显出与众不同。把皱纹看成是田埂，这就是细节”。为罗中立的油画《父亲》配诗。经过诗的描述，《父亲》中那双忧郁的眼神，那只积满老茧的手，深深地印在每个人的脑海里。将皱纹比作田埂，就是与众不同的想象。

以联想电脑为例，“上海需要联想”的广告语，就是新的创意，它有两层意义：一是上海与联想电脑的表层关系，二是人的联想空间。

要有激情

曾在《文学报》当编辑，每天的工作任务之一就是拆信，很普通，但是很有意义，就像庐山脚下第一层台阶专门送游人攀登一样。一个人适合什么工作，别急，时间没到，漫漫人生路，需要不断尝试，才能丰富自己的经历；有了经验，有了思考，才能找到自己想要的。搞创作最可怕的就是没有好奇心，那样，思维就苍老了。每天都处于饱满的状态，做事依然有冲劲，因为热爱生活，无论是诗人还是广告人，都要全面拥抱生活，创作需要激情。非常敬业的人，一个成功的策划者。注意生活的点滴，才能带来丰硕的灵感。

（此提纲曾多次在各地演讲）

附录十六

有关手迹、信件、请柬及海报

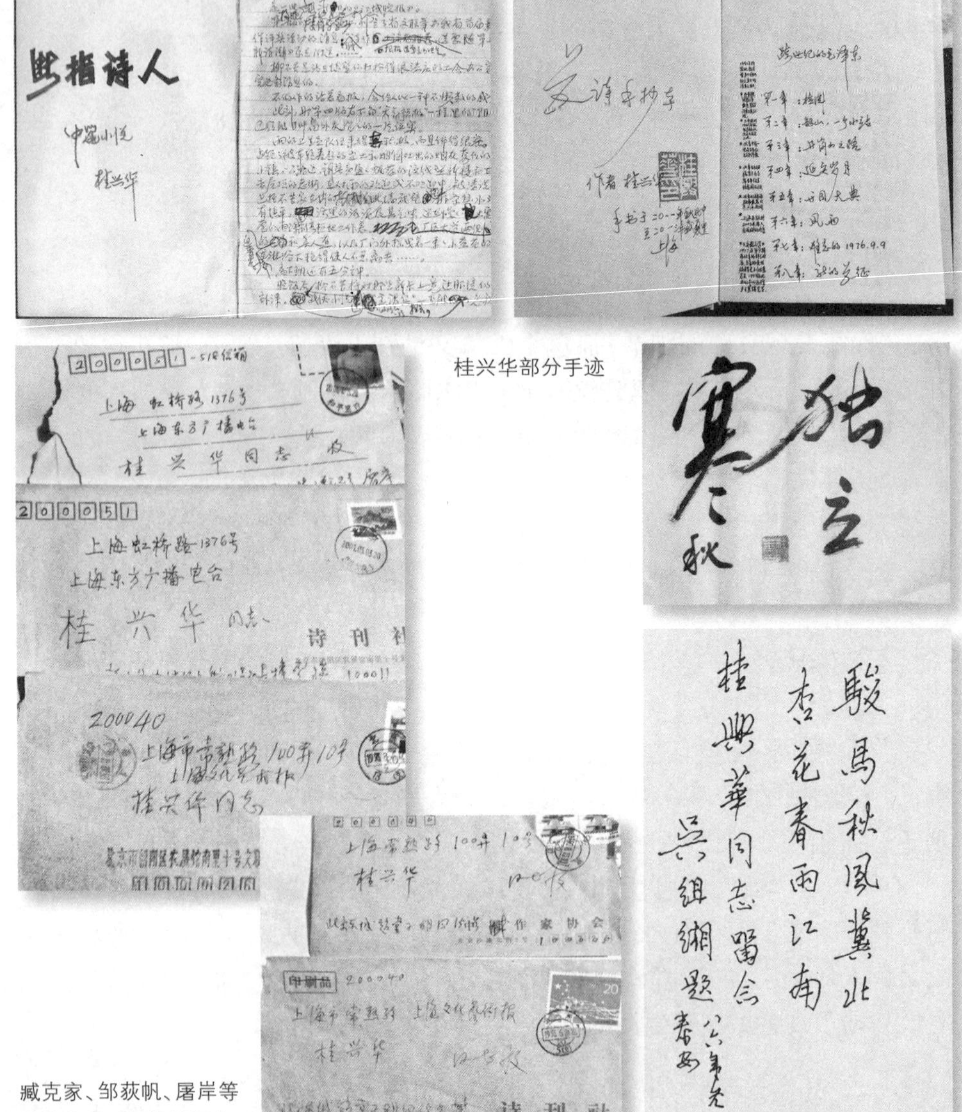

桂兴华部分手迹

臧克家、邹荻帆、屠岸等的信件和吴组缃的题字

上海书展宣传栏(1)

上海书展宣传栏(2)

赠送给读者的书签　　上海书展宣传栏(3)

《前进！ 2010》定稿会背景板

桂兴华原创《2012年纪事本》

《大地的呼吸》朗诵比赛背景板

塘桥朗诵活动说明书

《中国散文诗无名作者征文选》封面、封底

“第一届中国当代政治抒情诗高峰论坛”请柬

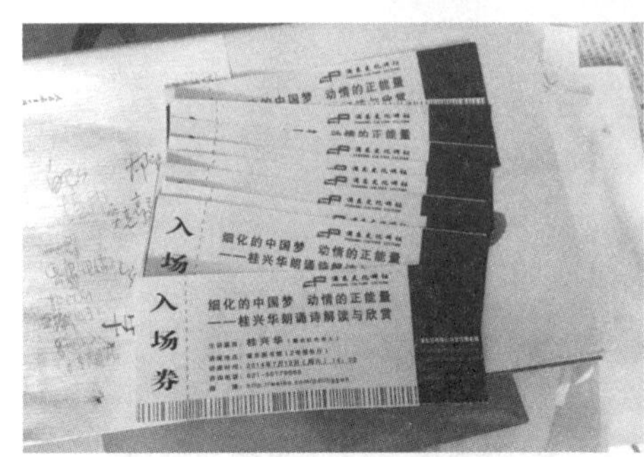

浦东图书馆讲座入场券

“东方讲坛”入场券

塘桥“中国红了朗诵会”背景板

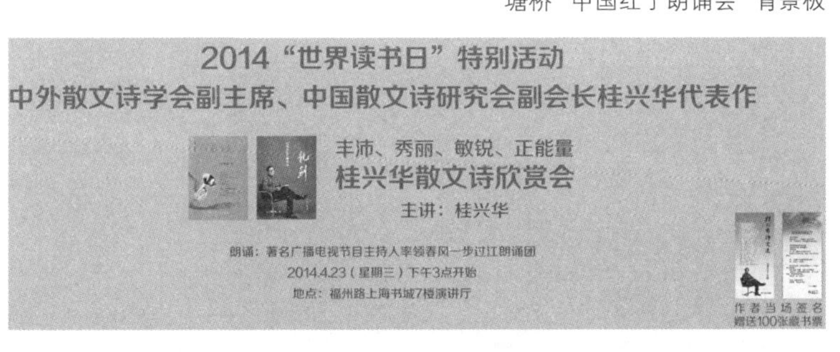

上海书城“桂兴华散文诗欣赏会”背景板

“塘桥老照片”展板

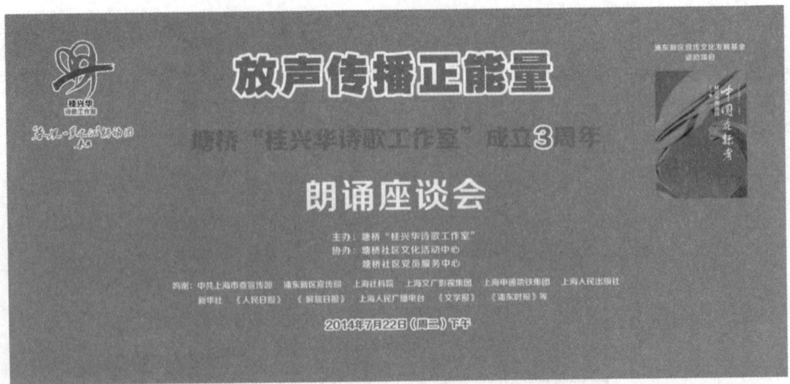

桂兴华诗歌工作室成立三周年朗诵座谈会背景板

桂兴华，全国著名红色诗人，系国家一组编剧，上海世博会志愿者标志、口号评选委员会委员。中国作家协会会员，中国电视艺术家协会会员，中国散文诗学会副主席，上海师范大学、上海电影艺术学院兼职教授。桂兴华创作了大量红色诗歌，继《跨世纪的毛泽东》、《邓小平之歌》、《中国豪情》、《祝福浦东》、《永远的阳光》、《青春宣言》、《智慧的种子》、《又一起启航》、《城市的心跳》、《前进！2010》十部红色诗集后，列入上海重大文艺项目的《金号角》已于今年5月在上海兴业里一大会址首发，这是他在实地走访井冈山、延安、西柏坡、湖南长沙和嘉兴南湖后，向建党90周年献出的一份厚礼。

副券

“红色诗歌讲座”入场券

文化广场“又一个春天”诗歌音乐会海报

“上海地铁诗歌朗诵角”现场布置图（世纪大道站）

上海地铁世纪大道站《中国在赶考》首发式场景设计图（上海地铁第二运营公司）

图书在版编目(CIP)数据

嘹亮的红 / 桂兴华诗歌艺术中心编著.—上海:
上海社会科学院出版社，2015
ISBN 978-7-5520-0820-3

Ⅰ.①嘹… Ⅱ.①桂… Ⅲ.①桂兴华-诗歌评论
Ⅳ.①I207.2

中国版本图书馆CIP数据核字（2015）第066114号

嘹亮的红——桂兴华研究图文集

编　　著：桂兴华诗歌艺术中心
责任编辑：熊　艳
封面设计：黄婧昉
出版发行：上海社会科学院出版社
上海淮海中路622弄7号　电话 63875741　邮编 200020
http://www.sassp.org.cn　E-mail: sassp@sass.org.cn
排　　版：南京展望文化发展有限公司
印　　刷：上海新文印刷厂
开　　本：710×1010毫米　1/16开
印　　张：39.25
插　　页：16
字　　数：657千字
版　　次：2015年5月第1版　2015年5月第1次印刷

ISBN 978-7-5520-0820-3 / I·154　　定价：70.00元

版权所有　翻印必究